风雨九曲湾

孙海涛／著

内蒙古人民出版社

图书在版编目(CIP)数据

风雨九曲湾 / 孙海涛著. — 呼和浩特：内蒙古人民出版社, 2021.12
ISBN 978-7-204-16986-3

Ⅰ. ①风… Ⅱ. ①孙… Ⅲ. ①长篇小说-中国-当代 Ⅳ. ①I247.5

中国版本图书馆 CIP 数据核字（2021）第 264348 号

风雨九曲湾

作　　者	孙海涛
责任编辑	张桂梅　高　彬
装帧设计	宋双成
出版发行	内蒙古人民出版社
地　　址	呼和浩特市新城区中山东路 8 号波士名人国际 B 座 5 楼
网　　址	http://www.impph.cn
印　　刷	内蒙古爱信达教育印务有限责任公司
开　　本	710mm×1000mm　1/16
印　　张	26.5
字　　数	424 千
版　　次	2021 年 12 月第 1 版
印　　次	2021 年 12 月第 1 次印刷
书　　号	ISBN 978-7-204-16986-3
定　　价	52.00 元

如发现印装质量问题，请与我社联系。联系电话：(0471)3946120

目 录

第 一 章	小桥上	003
第 二 章	蒹葭苍苍	008
第 三 章	山雨欲来	016
第 四 章	失控的马群	032
第 五 章	老马倌和他的情人	050
第 六 章	悬崖边上	064
第 七 章	风起草原	070
第 八 章	运筹	080
第 九 章	风波起处	088
第 十 章	山雨欲来	092
第十一章	琴声悠扬	103
第十二章	一棵树的传说	119
第十三章	即将离开九曲湾	126
第十四章	芦絮飘飘	135
第十五章	月色琴声	144
第十六章	羊群遇险	152
第十七章	吻	160
第十八章	相约九曲湾	170
第十九章	额吉的心	175
第二十章	铺满鲜花的夜路	185

第二十一章	误会	193
第二十二章	交错而过的缘分	208
第二十三章	离家	214
第二十四章	第一场交谊舞会	224
第二十五章	推荐后备干部	234
第二十六章	分畜到户	245
第二十七章	牧场的召唤	258
第二十八章	工作组再进九曲湾	265
第二十九章	梦想是倒爷	272
第 三 十 章	生产队长的委屈	282
第三十一章	交锋	294
第三十二章	知青哥哥来了	303
第三十三章	灯红酒绿	308
第三十四章	牵挂	319
第三十五章	分别的夜晚	327
第三十六章	新来的嘎查长助理	338
第三十七章	划分草场	345
第三十八章	再次交锋	353
第三十九章	谁的电话	367
第 四 十 章	陌生的舞伴	376
第四十一章	殊途同归	387
第四十二章	初遇骗子	399
第四十三章	第一笔"学费"	403
第四十四章	雪落九曲湾	407
第四十五章	离别故土	416

尼林河水静静流淌,

九曲湾两岸牛羊肥壮。

悠扬的牧歌深沉多情,

跟着乡愁去寻梦的远方……

第一章　小桥上

夕阳悬在黑漆漆的平顶山上,好像还不想落到山后。巴特尔站在一座小木桥上,不时向远处的芨芨滩望去。只有他自己知道是在等谁,潜意识里,那是一种很温暖的期待。那种期待,就寄托在远处一条隐约可见的勒勒车路上,那条路隐没在枯黄的芨芨草丛中。每逢路上有勒勒车或者骑马的人,就像一条漂浮的小船在草浪上时隐时现,缓缓移动,给人以虚幻的感觉。这种虚幻感与他心里的期待融合在一起,变成了一股温热的溪流,不时涌动着,慢慢向全身弥漫。他期待那辆勒勒车还会像那天一样,再次在他不经意的时候突然出现在身旁,还有车上的那位陌生姑娘。

这座小桥是尼林河上唯一的木桥。因为河水不深,也不湍急,有的地方就修了简易的漫水桥。说是桥,其实也不叫桥,就是用水泥和石子从河道铺过去,等水泥干了,河水在上面照流不误。平日只要不发洪水,人、马、车都可以涉水过河。这叫漫水桥。

那次在小桥上的偶遇之所以让巴特尔难忘,冥冥之中,是那位陌生少女给了他似曾相识的亲切感。

初春的九曲湾草原,黄苍苍一片,没有一点儿生气。渐渐西落的太阳悬在远处的平顶山上,给那座神奇的山蒙上了一层银黄色的纱幔,纱幔后面是黑色的山岩。那些黑色的山岩像一排板着面孔的雕像,冷漠地盯着前方,显得十分冷峻。这种冷峻使得南北排列的平顶山在这片平坦的草原上显得非常突兀。

巴特尔逆着夕阳的残光望去,黑压压的山岩被镀上了一层晚霞的余晖,像一位走过漫长岁月的老人,温和而平静地俯瞰着旷野。谁也想象不出当年它从地壳深处涌出时的炽烈与奔放——那肯定不是一座火山,而是几座,甚至很多座火山同时喷发,一股股炽烈的岩浆在大地上肆意地流啊流啊,直到凝固在现在这个地方。如今,沉睡了几百万年的它们还保持着当年流动时的样子,像一排排黑漆漆的巨浪,不同的是它们凝固了,带着被漫长岁月吞噬的不甘和凶悍,无奈地望着九曲湾那片美丽的草原。

关于平顶山的形成,九曲湾生产队马背小学的老师、知青哥哥告诉巴特尔说:"平顶山是典型的火山熔岩台地。几百万年前,在一次大规模的地壳运动中,火山喷发,岩浆奔涌四溅,后来这里平静了,再后来就有了这片火山熔岩台地。风把各类植物的种子还有土壤吹到了熔岩台地上,慢慢就长出了花草和各种灌木。"

"你知道吗?像平顶山这样典型的火山熔岩台地,真是大自然赐给我们的礼物呀,极为少见。能生活在这样的地方,你就偷着乐吧!"知青哥哥每次说到平顶山都会特别兴奋。

巴特尔也被知青哥哥那孩子一样单纯的神态感染了,可免不了还有些疑惑:他为什么那么喜欢这里?巴特尔记得很清楚,第一次听知青哥哥形容火山喷发时,他曾经倒吸了一口凉气,心想:幸亏那股岩浆没再往前流,否则哪儿还有今天的九曲湾呀!一想到眼前这片温柔多情的河湾差点被火山熔浆吞没,他就有些后怕,以后每次想到这儿,他都会情不自禁地凝视那排凝固的巨浪。可是今天他的心情有些复杂,又是逆着夕阳的余光,他发现此刻的平顶山比平时温柔了很多,更像一条深黛色的城墙,守护着他的家乡九曲湾。

巴特尔脚下的这座小桥,不知是哪年哪月修建的,虽然不起眼,却是连接九曲湾草原与尼林城区的唯一一座小桥。虽然尼林河不宽也不深,可是因为很多地方淤泥很深,除了骑马,勒勒车是过不去的。至于漫水桥,都在离城区很远的草原深处。尼林河水流到这里,可能是地势的缘故,流速明显加快,当河水流过一个又一个舒缓的河湾时,总会发出轻微的"哗哗"声。对于在尼林河边长大的巴特尔来说,每次听到这水流声,就像听见了额吉轻轻哼唱的摇篮曲,暖暖地从心头飘过。那声音真是太熟悉、太温柔、太亲切了。现在,他站在哗哗流淌的小河旁,心里却骤然矛盾起来,就像有一瓢凉凉的水泼下来,把涌动在他心里的那股进城的冲动浇灭了。直到现在,他也说不清自己到底怎么了,竟然生出了进城的念头。此刻,尼林河温柔亲切的流水声,让他感觉这个念头有些好笑。可是当他的目光再次转向那条勒勒车路,远方有些虚幻的草浪轻轻起伏,勒勒车上那个陌生少女的样子又出现在他眼前,还有她那双好看的丹凤眼,像一股温柔的夏夜小风,吹得他心头那池春水波澜微伏。实话实说,那匆匆的一面之缘,他连她的模样都没记住,可是他却有了一种模糊的感觉。很多次,他试着想回忆出那个少女大致的模样,结果却很失望。他不知道这是为什么。

巴特尔本来是要到知青哥哥家补习文化课的,在小桥上,他看见知青哥哥的蒙古包前拴着一匹白马,就停住了脚步。他认识那匹白马,是邻队赤脚医生雅诺姐姐的。她也是知青哥哥的女朋友,听说最近被城里一家国营工厂录取了。一想到这儿,他的心就像被谁狠狠捏了一把。雅诺姐姐要是走了,全公社的知青就只剩下知青哥哥一个人,他也会走吗?一股悲凉、茫然、怜悯的情绪同时涌上巴特尔心头,他不忍心打断他们的二人世界,就在小桥上想着心事。

那次,巴特尔补习完,是在小桥上遇到那辆勒勒车的。那位丹凤眼少女穿着一件很显眼的天蓝色蒙古袍,怀抱着一个鼓鼓的大书包……

"她是城里人?还是跟自己一样?"巴特尔暗自揣测着,不由得向市区望去。在靠近市区的鹰盘山脚下,有一条石子路。尼林河也从鹰盘山脚下拐过,绕了一个"W"形的弯拐进城区。

鹰盘山脚下还有一棵古老的大榆树,当地人称之为"一棵树"。这称谓是指那棵树,也是一个约定俗成的地名。那棵被河湾拥抱着的老榆树,可是有着许多故事。故事是清代和民国时期的旅蒙商们留下来的,大多是他们在沙窝遇见抢劫的土匪,又凭着机智死里逃生的惊险、传奇经历。当然也有旅蒙商与牧羊姑娘的浪漫故事。说浪漫可能太过文雅,那时的人们文化水

平不高,说话直来直去,形容男欢女爱一类的事,通常不讲含蓄,更不绕着弯比喻,啥就是啥,特别直白。用今天年轻人的话来说就是,那个故事挺撩人的。大草原上陌生男女一见钟情、互生好感,接下来会发生什么,还用说吗?谁不懂?就这样,那个浪漫的故事就开始了。一年接着一年,年轻的旅蒙商像候鸟一样,如约而来,也如期而归。终于有一年,故事出现了意外,牧羊姑娘来了,那个年轻的旅蒙商却没来,以后也没有再来。就像许多民间故事流传的方式那样,一棵树下的故事就这样流传了下去。后来,在星移斗转中,所有的人物和故事都随着河水漂走了,只留下一首古老的民歌在草原上传唱。

这里有一棵历经沧桑的老树、一首古老的民歌,还有一块像桌面一样的火山石,当地人叫它卧牛石。估计是当年火山喷发时,一坨燃烧的岩浆被甩到这里,一半儿扎进松软的沙土层,另一半儿裸露在外。据传说,当年牧羊姑娘与年轻旅蒙商就是在这里偶遇,也在这里约会,并种下了一棵小榆树。

这些都是民间艺人额尔敦老人亲口说的。他是九曲湾最受尊重的老人,也是这首民歌的传承人。他一次又一次对九曲湾的牧人们说,也不厌其烦地给来这里游玩的人们讲……后来,每当春暖花开时,人们看见这块卧牛石,就会想起额尔敦老人讲的故事……

尼林城有一棵树留下的故事,也有一座庙宇留下的故事,它们像尼林城历史空间的两座地标,给这里增加了不少厚重。相比一棵树,那座庙的知名度更高。当年原准备在鹰盘山建庙的,一位远道而来的活佛指点说,要选一座开黄花的山建庙,最后就选在了它对面的一座小山上。

两座山虽然不相对称,可是遥遥相望。后来,在鹰盘山下的一棵树旁,旅蒙商与当地牧人交易牲畜、皮毛,这里俨然成为名噪一时的集市,每到交易旺季,一棵树旁边便扎满白色的帐篷。

再后来,日本人的"善邻协会"来到尼林城,挂着"日"字头的畜产公司、奶牛公司,还有从多伦来的"大蒙公司",靠武力赶走了旅蒙商,垄断了所有牲畜、皮毛交易。这种状况一直延续到日本投降,所有的日本人和公司在一夜之间消失得无影无踪。这之后,来了十几个穿白羊皮袄的人,住进了那座著名的庙宇,不久,解放军剿匪部队也来了,就驻扎在一棵树附近……

这些都是巴特尔听老人们说的。

三年前,巴特尔刚到公社上初中。毕业后,巴特尔想参加中考补习,可是他的同学阿尔斯冷却说:"这辈子要饭也不会到学校要,我要进城、下海,像城里人那样享受灯红酒绿的生活。"

巴特尔站在小桥上,逆着斜阳的光,看着隐现在茇茇草滩的勒勒车路。草滩上很安静,没有车,也没有骑马人。那天的偶遇也是这个时候,他与那位少女的目光在空中飞快地交错……巴特尔暗暗拿她与队里老马倌的女儿山丹相对比,不由得心慌意乱红了脸。

突然,远处传来"吱吱嘎嘎"的声响,那是一辆勒勒车向这里驶来。刚才还悬在平顶山上的夕阳不知什么时候藏到山后了,朦胧中,隐约可见一辆勒勒车在苍凉中缓缓移动着。这声音让巴特尔浑身一抖,他感觉心里那朵期盼的涟漪瞬间被吹乱了,他的心再次波涛汹涌起来。

第二章　蒹葭苍苍

尼林河在九曲湾上蜿蜒穿过。从远处看，它就像一条银白色的飘带轻轻飘落在九曲湾这片平坦的草原上。可是站在高处就能发现，这块平坦的草原其实是夹在两座火山熔岩台地之间，只不过因为这两座火山熔岩台地相距很远，所以很容易忽视东边的那座台地。

九曲湾还是一片湿地，生长着茂密的芦苇，温柔的尼林河就在苇丛中蜿蜒流淌。

四月的九曲湾两岸就像一朵巨大的花骨朵，蛰伏过漫长寒冷的冬季，终于在春风中慢慢复苏了。在它平坦的怀抱里，小草悄悄拱出了地面，露出嫩绿中微微带丝嫩黄的草芽儿。在草原上长大的人都知道，假如这时再有几场南风，气温就会明显升高，那些可爱的小草芽就会争先恐后地钻出地面。到那时，九曲湾的景色就会悄然变化——在紧贴地面的那层枯黄草屑下面，会出现一层淡淡的新绿。如果这时再下一场春雨，那层隐匿在草屑下面的草芽就会密密麻麻钻出来，原本枯黄一片的九曲湾浮现出一层似有若无的绿色，让这片沉寂了一个冬天的旷野渐渐恢复了活力。

这是九曲湾草原独特的景色。在这个时节的草原上，最能让人理解万物复苏这四个字。特别是躺在松软的草地上，吸吮着浓郁醉人的新鲜气息，感受嫩绿草芽蓬勃向上的活力，那真是一种享受。这种感受就像有一只无形而有力的大手猛地推开了人们紧闭了一冬的心扉，使人们摆脱了寒冷的桎梏，恢复了鲜活的浪漫，熟悉而亲切的舒爽和惬意瞬间弥漫全身。

九曲湾草原还有一景,就是那片暂时还不起眼的枯萎的苇丛。随着牧草渐渐长高,河湾两岸那些干枯的苇丛也会在不知不觉中变绿,到那时,茂密的芦苇丛在水面上婀娜摇曳,组成一道像迷宫一样神秘的绿色帐幔。河水从苇丛里流出,转过几条河湾之后又消失在绿色的帐幔中,等它再次出现时,就离城区不远了。

每当进入五月,巴特尔就经常来到小桥上,看着眼前翠绿的苇丛在微风中轻轻摇曳,他的心也会加快跳动,他想唱,想跳,想使劲吼几嗓子。他想,假如自己会写诗就好了,一定要写一首九曲湾的诗,然后站在小桥上大声吟诵。可是现在还没到五月,还没到那个春暖花开的季节,眼前的景色还激发不出巴特尔内心深处的激情,眼前的苍凉景象让他有些失落。现在他所能做的就是微闭双眼,伸开双臂,给生机勃勃的九曲湾一个隔空拥抱。这时,他已经在意念中把整个九曲湾都搂在了怀里……

远处勒勒车的"吱吱嘎嘎"声越来越近,知青哥哥的蒙古包前还是静悄悄的。

小桥下,河水还在匆匆流淌。天色渐渐黯淡下来,河水的颜色变深了。起风了,但是不大。巴特尔望着蜿蜒河岸上茂密的干枯的芦苇丛,微风中,那些苇丛在生硬地摇曳。眼前的河面上出现了一个小漩涡,一片干枯的芦苇叶很惬意地打着旋儿,随着漩涡匆匆漂走,拐过不远处一道河湾消失了。

小桥的栏杆是榆木做的,在日月风雨的侵蚀下,原有的漆皮早就脱落了,没留下一点儿痕迹。有人说这座木桥修建于"大跃进"时期,是在一条独木桥的基础上改建成的简易桥,也就能过勒勒车了。略微有些弯曲的榆木栏杆,虽然表皮被风雨侵蚀成了灰白色,用指甲使劲划一下,依然能感觉到这榆木的坚硬。

巴特尔想明白了,原来是那位进城的丹凤眼少女让自己对身边的这座城市有了好感。阿尔斯冷竟然满脸不屑地说他是"乡巴佬",这三个字刺疼了巴特尔的自尊,真可笑,好像他不是乡巴佬似的。

"巴特尔,让你久等了。"一个熟悉的声音在巴特尔耳边响起。

"知青哥哥——哦,没有,雅诺姐姐……"巴特尔说话时,瞥见雅诺姐姐

跳上马背,离开知青哥哥家,向小桥的南面奔去。那个方向有一条小路,沿那条小路走几十里,再过一个漫水桥,就进入她所在生产队的辖域了。

"你雅诺姐姐已经接到招工录取通知书了,过几天就要进城报到。"知青哥哥低声说。

"那您……"巴特尔看见知青哥哥瘦弱的身子轻轻抖了一下。

"你放心,我不会离开这里的。我说过我喜欢这里,再说我还要看着你走进考场呢。"知青哥哥笑着说,可是巴特尔看出了他笑里的苦涩与无奈。

"知青哥哥,人长大了都要找女朋友吗?"巴特尔也不知道自己怎么会问这么一个问题。

"哦,你小子说实话,是不是对这个问题感兴趣了?"知青哥哥拍了拍巴特尔的肩膀问。

巴特尔红着脸躲开知青哥哥的眼睛。

知青哥哥笑着说:"这没有什么不好意思的。像你们这些进入青春期的孩子,对这个问题特别好奇,是吧?"

巴特尔红着脸点点头。

"有一句老话说'男大当婚女大当嫁',人人都要走这条路。你……"他说着在胸前比画了一下,"时间过得真快呀,我刚来九曲湾插队时,你才到我这儿,现在都快比我高了。刚才我看你老往那个方向看,坦白说,是不是在等人?等谁?等等,你让我猜一下……"知青哥哥肯定是想活跃一下气氛。

巴特尔一时不知该怎么回答,点头不对,摇头也不对,只好怔怔地看着知青哥哥。

"你还想掩饰?这件事有人跟我说过的。"知青哥哥说。

巴特尔的脸一下子热辣辣地烧起来。他知道,肯定又是那个阿尔斯冷说的。那个家伙本来自己喜欢山丹,却不敢承认,反而到处散布说巴特尔跟山丹好。

"按理说,作为老师,我不该跟你讨论这个问题,可是你一天天长大,这个问题是绕不开的。我希望你能正确对待这个问题,千万不要影响学习,因为你前面的路还很长。"知青哥哥已经从巴特尔的神色中找到了答案,就没有再追问,而是换了一种语气。

巴特尔还是不知道该怎么回答,说"是"吧,就好像自己真有了女朋友一样;如果摇头否定,可他知道自己内心最隐秘的地方还是藏着一个小秘密的,尽管飘忽不定,也很隐秘,可是确实有呀!那个秘密的小心思,有时是山丹,有时是那个勒勒车上的女孩子。

勒勒车越来越近,"吱吱嘎嘎"的声响也越来越大。巴特尔突然害怕起来,但愿车上没有那位丹凤眼姑娘,否则知青哥哥肯定能从他的眼神里捕捉到他内心深处的秘密。

"好了,咱们不说这个话题了,聊点别的吧。我先问你,眼前的景色让你想到了什么?"知青哥哥跟巴特尔并排站在一起,手扶着小桥的栏杆,面对着枯黄的芦苇丛,还有那条穿梭在枯黄苇丛间的尼林河。

"知青哥哥,我最喜欢这片芦苇变绿的时候。看着眼前这条小河,还有一望无际的芦苇,我总想使劲地喊、使劲地唱,或者大声朗诵一首诗……"

知青哥哥点点头,像每次讲课前那样习惯性地清清嗓子,说:"巴特尔,你说的那幅画面,我也喜欢,那就是咱们九曲湾的魅力所在。"

"知青哥哥,您也喜欢?"巴特尔问。

"是呀,喜欢。巴特尔,你晚上了几年学,要是在城里,像你这个年纪应该高中毕业了。"知青哥哥说。

"那……我考中专是不是年龄有点大呀?"巴特尔有些心虚地问。

"这是环境造成的,由不得你。比如我,初中刚毕业就下了乡,按照现在人们的说法,算是'老三届'吧!"知青哥哥接着又说,"我不是说你的年龄有点大,不是那个意思。我是想说,有一首古诗,不知道你在公社学校是不是学过。"

"哪首古诗?"巴特尔问。

知青哥哥静静望着眼前的小河,还有河湾两岸枯黄茂密的芦苇丛,轻声吟诵起来:

蒹葭苍苍,
白露为霜。

所谓伊人,

在水一方。

……

巴特尔懵懵懂懂地听着,摇了摇头说:"没有学过。"

"那么你能听懂吗?"知青哥哥问巴特尔,他使劲摇了摇头。

"这是先秦时的一首古诗,蒹葭就是眼前的芦苇,有时候我觉得这首诗就是专门写咱们九曲湾的。你想想,假如眼前这些枯黄的芦苇丛绿了,假如现在是秋风送爽的季节,一个清晨,大片的芦苇丛披着寒露,苇丛苍茫,小河弯弯。在这种氛围里,诗人所怀念的心上人,好像就站在对岸与他默默相望……"

知青哥哥的话像一只手,缓缓推开巴特尔心里的一扇窗,他突然明白了,原来自己想声嘶力竭地喊、唱、跳,就是这种感觉,是青春的躁动在内心作乱。

"知青哥哥,听您这样一解释,我明白了,这诗真美。后面……还有吗?我还想听。"巴特尔看着知青哥哥的眼睛说。

"我就知道你会喜欢。给,我把这首诗抄下来了。"知青哥哥笑着把一张纸递给巴特尔。

巴特尔接过那张纸,小心翼翼地捧在手里,贪婪地默读起来,知青哥哥在一旁不时给他讲解一些生僻的字词。随着知青哥哥的解说,他眼前浮现出一幅缓缓移动的画面。

"知青哥哥,您说这首诗里是不是有忧伤?"巴特尔想起雅诺姐姐的背影,小心翼翼地问。

"忧伤?"知青哥哥愣了一下,可是他很快就明白了巴特尔的意思,笑着说,"看来我们的巴特尔真的长大了,会揣摩别人的心思了。"

巴特尔红着脸低下了头。

"这首诗,不同心情的人读后会有不同的感受。现在咱们来揣摩一下古人当时的心情吧。我觉得,那完全是一种心境。在那样的景色面前,他觉得应该有一个美丽的女孩子脉脉含情地望着他。"知青哥哥说。

"知青哥哥,您为什么不跟雅诺姐姐一起回城?"巴特尔心里老浮现出刚才雅诺姐姐上马的背影,忍不住问。

"说心里话,我也想跟她一起进城,可是又舍不得离开九曲湾,也舍不得离开马背小学。还有,你听额尔敦老人讲过吗?这可是一个有故事的地方。"

巴特尔点点头。

"你会唱九曲湾草原的那首民歌吗?"知青哥哥又问。

"我会那个含蓄版本的,感觉它很美。"巴特尔说。

"这就够了。那个直白的版本是后来赶羊趟子的人加工的,是他们在百无聊赖的途中,为排解内心的孤独凭空想象出来的。"知青哥哥说。

"阿尔斯冷两个版本都会唱。"巴特尔说。

"民歌可贵的就是质朴,比如牧民们都爱唱的那个版本。可那些赶羊趟子的人却爱唱那个直白的版本,因为歌词里形容男女之间的话很露骨,甚至有些下流。这对你们这些青春期的孩子而言,确实无益。"知青哥哥说。

"知青哥哥,刚才的那首古诗呢?"巴特尔问。

"你认为呢?"知青哥哥反问他。

"知青哥哥,我觉得跟牧民们爱唱的那个版本一样。对吗?"巴特尔想了想说。

"对,对比一下就知道,都是那么纯净。"知青哥哥说。

"纯净……"巴特尔有些疑惑。

"是纯净,就应该像刚从泉眼里流出来的水一样清澈。纯净与混沌,这两者之间仅有一步之遥。我们要保护好心里的那份纯净,不让它被别的污垢污染。当然,我不是主张禁欲——算了,我们的谈话扯远了,现在跟你讨论这些还为时太早。这样吧,等你中专毕业以后,咱们再讨论,好吗?"知青哥哥问巴特尔。

"知青哥哥,要是我考不上呢?"巴特尔太想知道那个答案了。

"哈哈哈,这么说吧,第一,我相信你有希望能考上。第二,即使考不上,我说的是即使——那么等你真正长大以后,你再朗诵这首古诗,眼前的芦苇

丛旁,河水中央的那个姑娘就不再虚幻了,肯定会有具体的指向,那时咱们再讨论,好吗?"知青哥哥笑着说。

"知青哥哥,我还没长大吗?"巴特尔鼓足了勇气问。

"巴特尔,人的成长是一个过程,只有经历了那个过程,才能找到答案。"知青哥哥说。

巴特尔从知青哥哥的话里找到了答案——他还没有经历那个过程。

"明天生产队要打马鬃,咱们的复习暂停几天。不过,你不能松劲儿。我告诉你一个复习的好办法,把重要的需要死记硬背的内容抄到小纸条上,然后贴到不同的地方,无论什么时候,只要见到就默默背诵一遍。这样不仅能充分利用时间,还能加深记忆。天不早了,你也该回去了,明天队部见。"知青哥哥耐心地说。

"知青哥哥,您看,咱们队的马群!"巴特尔突然兴奋地跳了起来。

知青哥哥扭头看去,果然是队里的大马群。在老马倌高一声低一声的吆喝声中,大马群已经快要跑到小桥旁了。

"啊嘿——"

九曲湾生产队的人都熟悉,这是老马倌的喊声,粗犷中略带沙哑,还有一股带着野性的威严。随着喊声,老马倌出现了。他跟在马群后面,夕阳洒在他和杆子马风暴身上,就像一座移动的雕像。马群里,一匹匹肚子滚圆的马争先恐后地奔向河边,无数只马蹄踏在草地上,发出惊天动地的声响,就连桥身都在微微颤动。马群跑过的地方,尘土飞扬,响鼻声和嘶鸣声此起彼伏,响彻河岸上空。

"喂,你们好呀!"老马倌从尘土中钻出来,把套马杆横在风暴背上,大声跟小桥上的知青哥哥和巴特尔打招呼。这个面色黝黑、身材魁梧的汉子歪坐在鞍子上,整个身子随着马背的颠簸很随意地起伏着,显得那么轻松自如。看得出来,老马倌与杆子马风暴配合得很默契,几乎不用主人刻意驱使,杆子马风暴就能从主人的动作上找到指令,并且迅速、准确地执行。

"老马倌大叔,您今天要把马群赶到哪里呀?"巴特尔大声问。

"孩子,明天要打马鬃了,今天我先把它们赶到……嗨——嗨——"老马倌的话突然停住了,显然他突然意识到巴特尔话里有话。他举起套马杆,大声吆喝着向马群的另一侧跑去。

"马倌大叔,山丹说她一个人在家害怕……"巴特尔不依不饶地又追过去一句话。

老马倌听见了这句话,回过头来看了他一眼,张了张嘴,很快就转过身追马群去了。

"这个老马倌大叔,今晚肯定又去那儿了。"巴特尔有些失望地说。

"你也知道他去哪儿?"知青哥哥问。

"嗯。肯定是萨日娜大婶家。知青哥哥,您说他为什么不愿意回自己家住呢?"巴特尔问。

知青哥哥笑着拍了拍他的肩头说:"巴特尔,你的操心事真不少呀!大人们的事,有他自己的道理,孩子们是不会理解的。"

"我是挺可怜山丹的。她跟我说过不止一次,她阿爸经常把她一个人留在家里就走了。"巴特尔不满地说。

"巴特尔,你现在的任务就是好好复习,准备参加考试,这件事嘛——哈哈哈,就顺其自然吧,等你长大就会明白了。"知青哥哥笑着说完,转身走了。

巴特尔站在原地没动,一直望着已经过了河的马群,还有夕阳中那个跟在马群后面大声吆喝着的老马倌。很快,马群跑远了,小桥附近又恢复了平静。

太阳快落山了,晚霞的余晖洒在九曲湾草原上,洒在枯黄的芦苇丛上,洒在深蓝色的河面上,形成了一幅色彩凝重的画面。知青哥哥快步走着,瘦削的背影披着一层金粉色的霞光。在他前面的草地上,一条斜长的影子随着他的脚步快速移动。一辆勒勒车不知什么时候从小桥上走过,正缓缓向市区方向走去。

看着渐渐走远的勒勒车那模糊的轮廓,听着越来越小的"吱吱嘎嘎"声,巴特尔突然有种失落感。

第三章　山雨欲来

　　接近五月了，尼林草原渐渐现出了温柔。虽然草原上有倒春寒之说，可是一进入这个时节，草原上的风就不再那么凛冽刺骨了，尽管还夹杂着几分冷峻，但已经明显感觉到一股清新而湿润的气息愈来愈浓了。旷野的背阴处偶尔还残存着几小片积雪，草原上风沙大，那些还没有融化的残雪早变得脏乎乎的了，有的躲在芨芨丛旁，有的堆积在沟壑的背阴处。而所有向阳的山坡上或者平坦的草地上，积雪都融化了，一些湿润的地方已挤满了毛茸茸的绿色草芽。

　　每年一到这个季节，寂寞了一个寒冬的草原就渐渐复苏了，那些熬过寒冬的草原汉子们最期待的就是打马鬃、骟马、驯生个子马，这也是他们在家乡的父老乡亲们面前展现风采的绝好时候。特别是在那些围观的女人们面前，彪悍的汉子们个个劲头十足地举着手中的套马杆冲进马群，追逐那些性格暴烈的生个子马。这时候的草原骑手就像战场上肉搏的士兵，瞪大眼睛寻找马群里那些桀骜不驯的目标，一旦追上套住了生个子马，紧跟上来的汉子们立刻就扑过去。这时就会出现一位技艺高超的汉子，在其他人松开手的瞬间趁势跳上马背，任由这匹生个子马疯狂地尥啊跳啊，而那骑手却始终稳如泰山，直到这匹生个子马不再暴躁地尥和跳，人与烈马的较量也就结束了，一匹生个子马就这样被驯服了。

　　马群里哪匹儿马将要被去势的决定，是马倌做出来的。一个大马群里的儿马不能太多，小儿马长到三岁以后，就要决定是否去势了，否则这些渐渐发育成熟的儿马会与原来的儿马争夺它们身边的骒马。这种争夺有时很惨烈。

男人们在草场上与那些野性十足的马匹较量，场外的女人们也不闲着，有的剔羊肉、灌血肠，有的忙碌着挖灶、架锅、加水、点火、煮肉。当大铁锅里飘出羊肉的香气时，男人们也忙活得差不多了，于是，一场盛大的娱乐野餐就开始了。

在大铁锅旁边的荒草地上，坐着一个木讷的中年男人，不时从怀里掏出一个亮亮的小铁壶，拧开盖仰头喝一口，然后拧好盖子放回怀里。等到羊肉和骨头放进铁锅里的时候，他已经坐不稳了。

"这个苏乙拉，真没出息，大清早上就喝多了。"一个妇女说。

"可怜的阿拉腾，那么心灵手巧的一个女人，当年也是娘家草原上的一朵花，怎么就嫁给了他？可真是鲜花插到牛粪上了。"另一个妇女附和着说。

"你们看，那不是阿拉腾吗？快把她叫过来吧，她男人在这儿呢！"

"算了，还是晚一会儿让她知道她男人又喝多了吧！本来一个难得的轻松日子，对牧民来说就像过节一样，就让她的脑袋里少点烦恼吧。"一个年纪大些的女人说。

几个女人说着，没有招呼远处那个赶勒勒车的女人，一起看着她向人群聚集的地方走去。

地域辽阔的草原，牧民们平时分散在各处，亲朋好友间不能像城里人串门那样方便，往往要骑马跑很远的路才能见上一面，更多时还是一家独处。所以只要有大型活动，牧民们不管是否与自己有关系，只要听到确切的消息，就会从四面八方赶来，每年的打马鬃更是不能不来。在他们看来，那些随后充满乐趣的程序——吃手把肉、喝酒、唱歌……是在告别刚过去的寒冷风霜，迎接一个春意盎然的季节，这就是一个转承的吉祥仪式。

天刚蒙蒙亮，九曲湾生产队长浩毕斯嘎拉图就起来了。刚刚过去的这个冬天里，他觉得自己有点背。先是牵着马经过封冻的尼林河时，不知怎么突发奇想，想学着小时候在冰上打滑出溜儿，心头一痒就滑了一下，谁知他的老胳膊老腿不争气，狠狠摔了一个屁股墩。小时候，谁没有在冰面上摔

过?爬起来,揉揉摔疼的屁股,拍掉身上的雪屑,接着就又滑起来了。可是让他没想到的是,如今这把年纪的他竟然没爬起来。不但没爬起来,还躺在冰上动也不能动,一动就撕心裂肺地疼。

当老伴乌日娜赶着勒勒车,在报信的牧民引领下急匆匆赶来时,浩毕斯嘎拉图还躺在冰上哼哼着。正巧有几位骑马的牧民经过,看见队长四仰八叉地躺在冰面上,就想帮乌日娜把他抬上车,可是刚一动,他就疼得嗷嗷叫。后来,不知是谁找来了一个超大的牛粪篓子,把他慢慢套进去,再慢慢立起来,这才把他抬到车上。

到公社医院的那一路,是浩毕斯嘎拉图这一辈子经历过的最痛苦的路程。草原自然路本就高低不平,走在这样的路上,不颠簸属实难得。这可苦了蜷缩在超大牛粪篓子里的浩毕斯嘎拉图,勒勒车的每一次颠簸都让他经历一次撕心裂肺的剧痛。

乌日娜看着丈夫那副痛苦的样子,又心疼,又生气,免不了就数落起来:"活该。你以为你多大了,还想打滑出溜儿?亏你想得出来。这回好了吧,出溜成一坨牛粪了吧?只有用这么大的牛粪篓才能把你弄到车上。这回你肯定要上九曲湾生产队牧民们的茶桌了,他们的队长因为淘气摔坏了腿。"

浩毕斯嘎拉图自知没理,不仅要忍受颠簸的痛苦,还要忍受老伴的念叨。到了公社所在地后,他怕被人认出来,让老伴用他的腰带把牛粪篓蒙住了。

因为靠近尼林城,九曲湾公社医院的条件还不错。谁知刚打上石膏,公社党委书记李涛就知道了这件事。老书记让老伴特地炒了两个好菜,又煮了一小盆榨菜粉条汤,亲自送到医院病房。

老书记一直看着浩毕斯嘎拉图两口子吃完饭,留下一句话就要走:"孩子,好好养伤吧,伤好了,还有重要任务等着你呢!"

这些年来,浩毕斯嘎拉图与老书记李涛两人间有一个默契,那就是在正式场合,浩毕斯嘎拉图称李涛书记为"李书记",老书记叫他"小浩"或者"浩队长";而在私下里,他们的称呼就变了,浩毕斯嘎拉图称李涛书记是"大叔",李涛则叫他"孩子"。

之所以会这样,是因为战争年代时李涛曾经在九曲湾草原剿过匪,而浩毕斯嘎拉图的阿爸特古斯是九曲湾草原上的第一位牧民党员,也是牧民会首任会长,在一次剿匪战斗中,特古斯为掩护李涛牺牲了。

"什么重要任务?"浩毕斯嘎拉图一听就要起身,无意中抻到了伤腿,只好龇牙咧嘴地重新躺下。

"明珠盟委决定,要在全盟牧区试行'两定一奖'生产责任制。"老书记想了想,还是告诉了他。

李涛书记的话着实把浩毕斯嘎拉图吓了一跳。当了多年的生产队长,他知道这个"两定一奖"在20世纪60年代初的牧区就搞过,后来不知为什么突然被叫停,当时九曲湾生产队也是公社的试点。就因为这件事,前任队长引咎辞职,他才从一个马倌晋升为生产队长。当时明珠盟委搞"两定一奖",还提出"牲畜超千万"的口号,结果是"两定一奖"停了,可"牲畜超千万"的口号还在喊,直到今天他也没想明白是怎么回事。此时他听说又要试行"两定一奖",赶忙问:"我的书记大叔,定工定产,超产奖励,那不是物质刺激吗?"李涛书记笑着说:"这不叫物质刺激,是为了细化生产责任分工,奖勤罚懒,尝试着触动一下干好干坏一个样的分配机制。"

"大叔,什么时候开始呢?"浩毕斯嘎拉图把最后一口饭咽下去,问道。

"孩子,很快。盟委会上决定把推行'两定一奖'试点放在尼林市,尼林市委决定把试点放在咱们公社,公社党委经过慎重考虑,认为把试点放在你们生产队有利于及时总结经验推广。前后相隔二十多年,你说是巧合吗?"李涛书记又走了回来。

那条伤腿疼是疼,浩毕斯嘎拉图咬着牙挺过来了,可听了老书记的这一番话,他的额头竟冒出了一层细密的汗水:"大叔,你放心,大不了我也引咎辞职呗!"

"孩子,不要紧张,更不要有顾虑,我知道你担心什么。放心吧,公社党委之所以决定把试点放在你们生产队,是对你们队的班子放心,也相信你们一定能够顺利完成试点任务。"老书记语气温和地说。

躺在病床上的浩毕斯嘎拉图忍着疼点了点头。

"虽然盟委的正式文件还没下来,可是市委主要领导已经跟我说了,让公社党委提前有个准备。在公社党委会上,是我提议把试点放在你们生产队的。"

"大叔——"一颗残余的米粒呛进浩毕斯嘎拉图的气管里,他剧烈咳嗽起来。

老书记急忙拍打他的后背。

乌日娜倒了一杯热水递给浩毕斯嘎拉图,他喝了几口,慢慢平静下来。

"孩子,是不是吓着了?"老书记笑着问。

"大叔,放心吧,我不害怕。"浩毕比斯嘎拉图有些不好意思地低下头。

老书记想了想,依然很温和地说:"孩子呀,你要理解大叔的心思。首先,在公社所辖的这几个生产队里,你跟党支部书记敖特根是老搭档,多年来,你们队一直是先进生产队。这是一。第二,你是烈士的后代,你阿爸特古斯……"说到这儿,老书记低下了头。

说起来,李涛跟浩毕斯嘎拉图的阿爸特古斯太熟悉了,那是生死之交啊!战争年代,九曲湾牧民会刚成立不久,特古斯就被在草原上流窜的反动叛匪抓住了,他们为了杀一儆百,恐吓牧民们不要靠近共产党、解放军,把附近的牧民召集起来,扬言要用马拖死特古斯和另外几位牧民会成员。就在土匪头子跳上马拖着特古斯跑起来没多久,剿匪的解放军骑兵部队突然出现了。很多牧民目睹了解救过程,并且口口相传下来——当时,冲在最前面的解放军骑兵排长李涛一枪就把土匪头子打下马,紧接着又是几枪,打断了马拖人的绳子。神枪手的这几枪把在场的土匪们吓坏了,他们纷纷扔掉手里的枪,高举双手跪在草地上动也不敢动。李涛在浑身是伤的特古斯跟前跳下马,用马刀挑断了绑在他身上的绳子,正要扶他起来时,特古斯突然看见那个被打下马的土匪头子没有死,正挣扎着爬起来,举枪对准了李涛排长。就在枪响的瞬间,特古斯拼尽全力推开李涛,自己却倒了下去。就在特古斯倒下的同时,李涛手里的枪也响了,土匪头子死了,可是特古斯也因为流血过多牺牲了。草原解放后,已经当了营长的李涛本来可以进城工作,可是他坚决要求留在九曲湾草原,陪伴为掩护他而牺牲的老朋友特古斯。

特古斯牺牲那年,浩毕斯嘎拉图 10 岁,他额吉才 30 岁,母子俩相依为命,直到草原解放。有一天,穿着一身旧军装的李涛骑着马来到浩毕斯嘎拉图家探望母子俩。他从一个公文包里拿出一个木头镜框说,他已经从部队转业到地方工作了,就在九曲湾苏木,这回是专门来送"革命烈士证书"的。从那天以后,浩毕斯嘎拉图家的蒙古包哈纳墙上就挂上了阿爸的革命烈士证书,陪伴着他一天天长大。从老书记来送烈士证书的那天起,到现在快 30 年了,当年还很年轻的额吉已经老了,常年的痛风病终于使她躺下了。

在医院的时候,李涛书记没跟浩毕斯嘎拉图把话说透。其实他心里还有一个想法,那就是趁着自己还没有退休,帮扶这位烈士的后代一把,让他到公社担任副社长。为此,他跟市委的组织部部长谈过这个想法。

浩毕斯嘎拉图也看出来了,那天在医院病房里,老书记似乎还有什么话没说就走了。在他摔伤住院的那些日子里,一日三餐都由老书记两口子轮流送,这让他心里特别不安,不忍心再给老书记添麻烦了,就盼着能早点出院。

乌日娜也很辛苦,每天赶着勒勒车在家与公社卫生院之间来回跑,照顾完婆婆又来照顾丈夫。每次看着她走进病房时冻得说话都不利落的样子,浩毕斯嘎拉图真想给自己一巴掌,直骂自己真是鬼迷心窍了。

就这样,浩毕斯嘎拉图心神不宁地住了十几天医院。对他来说,这种折磨比伤腿的疼都难熬。后来他实在住不下去了,就跟乌日娜商量好,从卫生院偷跑回家了。

从回到自家的那一刻起,浩毕斯嘎拉图的心才落了地。乌日娜不知从哪里打听到喝煮骨头汤能补钙,每隔一天就给丈夫熬两碗骨头汤,直喝得浩毕斯嘎拉图体重飞长……

清晨,太阳还没升起来,但是天已经大亮了。

浩毕斯嘎拉图早就想好了,今天生产队打马鬃他必须去,一方面是自从受伤之后他一直待在家里,虽然老支书敖特根经常来,可是他总感觉对队里的事情还是有些生疏了;另一方面,怎么落实李涛老书记说的"两定一奖"试点任务这件事,翻来覆去地一直在他心里打转。没想到乌日娜不同意他去

队部,理由是伤筋动骨起码得休息一百天,这才多少天呀？她担心万一骨头恢复不好,留下后遗症怎么办。

浩毕斯嘎拉图知道她的担心有道理,可是他实在坐不住了,就想着怎么找一个合适的理由来劝老婆同意。他忍着腿疼,慢慢挪到老额吉身边给她掖好被子,然后推了推还在睡梦中的儿子说:"喂,巴特尔,昨天去哪儿了,那么晚才回来？天都亮了,你还不起来呀！今天……"

乌日娜急忙打断丈夫的话:"你这个人,腿断了还不老实！你说他还能去哪儿？知青哥哥给他补习的事,你不知道吗？你呀,就让他睡吧,这些天也够他受的了。你以为复习像你串蒙古包那么轻松吗？我可怜的孩子都瘦了。"

老额吉听到两人说话,睁开了眼睛,摸摸索索着想起来。可是她动了动却没能起来,还疼得"哼哟哎哟"了几声,浩毕斯嘎拉图急忙侧身去扶:"额吉,您是不是要解手？"老额吉不满地嘟囔了一句:"不是,我想看我孙子。"

浩毕斯嘎拉图这才松了一口气,说:"额吉,放心吧,你孙子没事,你还是多关心一下自己吧。额吉,公社的李涛书记说要来咱们家看你呢,他还说让你到公社卫生院去住几天。"

"我不去。我这是老毛病了,到哪儿也治不好。再说了,一住院就要花公家的钱,我心里不好受。我还是想看看我孙子是不是真瘦了。"老额吉说着又想往巴特尔躺着的地方挪。

"额吉,快别动了,我刚才就是那么说说,巴特尔没事。"乌日娜急忙拦住婆婆。

"额吉,他瘦点没事,牧区的孩子没有那么娇生惯养的。倒是你,真该到公社卫生院去住几天,你看……"浩毕斯嘎拉图想去扶老额吉,不小心碰到了伤腿,一阵钻心的剧痛让他把后面的话咽了回去。

"额吉,你还是听李涛书记的话去住几天卫生院吧！"乌日娜扶婆婆躺好,又给她掖严实被子,端起桌子上的茶碗喝了一口。

"额吉的病是老病,到哪儿也看不好了。再说我真不能给公家添麻烦。"老额吉断断续续地说着。刚才那一番折腾消耗了老额吉不少力气,她说话时嗓子眼里的那口气像游丝一样飘忽不定。

"额吉说不去就不去吧,她是舍不得离开她的宝贝孙子。浩队长,我可是再次提醒你,儿子这些日子就是瘦了,这可不是我大惊小怪。"乌日娜对丈夫说。

"好好好,我儿子就是瘦了,你说得对。那怎么办呀,别复习了呗?"浩毕斯嘎拉图放下茶碗,笑着说。

"你、你、你,什么意思?"乌日娜被激怒了,大声问丈夫。

"我就开个玩笑,你还当真了。"浩毕斯嘎拉图急忙解释。

"大清早的,你们吵什么呀!"巴特尔坐起来,边揉眼睛边打了一个大哈欠。

"你看你,把孩子吵醒了吧!"乌日娜使劲瞪了丈夫一眼,可是当她转向儿子时,顿时就像换了一个人,"巴特尔,天还早着呢。你阿爸是想逗能,非要去队部参加今天的打马鬃,好像他多重要似的。这不关你的事,孩子,好好睡吧。"

"巴特尔,我可是告诉你了,今天生产队打马鬃,你看吧,去不去由你。"浩毕斯嘎拉图故意激了儿子一句。

"昨天我就跟知青哥哥约好了,怎么能不去呢?"巴特尔一个蹦高跳起来,脑袋差点撞到陶瑙杆上。

"你看看,你看看,我说什么来着,人家早就商量好了要去的。我这个当阿爸的能对儿子隐瞒这事吗?要不他该埋怨我了。"浩毕斯嘎拉图说着,照儿子屁股上拍了一下,又忍着疼往旁边挪了挪,给儿子腾出个喝茶的空儿。

乌日娜没再说什么,噘着嘴从碗橱里拿出一只茶碗放到茶桌上,又特意加了一盘奶豆腐。"儿子,那就吃饱点再走。"她把切好的奶豆腐放到儿子碗里几块,看着他吃进嘴里才笑着说,"我们巴特尔参加中考的事,整个公社都知道了,我打听了一下,咱们九曲湾生产队那么多孩子,就他一个人报了名。先不说他考上考不上,就凭儿子有这个勇气,想想都让我骄傲。不过,说起来这事还真要感谢人家知青哥哥呀,当初要不是他提出建队办小学,咱们生产队的牧民们还停留在扫盲识字班的水平上呢。可是现在你看,不仅有了

小学毕业生,还有了初中生,眼看着就要有……"乌日娜一时弄不清比初中更高的学校该怎么叫,话说了一半就停住了,拿起暖壶给丈夫的茶碗倒满茶。

多年来,知青哥哥以他的学识和人品赢得了九曲湾所有人的尊重,现在,不管年老的年少的,大家都叫他"知青哥哥"。

"不知道了吧?假如咱们巴特尔能考上,九曲湾生产队就有了中专生,以后肯定还会有大学生。"浩毕斯嘎拉图喝着奶茶说。

"就你知道?我是故意没说。听说知青哥哥就是老三届的学生,你看人家多有文化。"乌日娜说。

"那是又一回事了,有文化的人考虑问题就是不一样。可是话说回来,建队办小学这件事我也有功劳呀。当初如果不是我为了节省钱,赶着马车、冒着风雪跑到几百里外买回木头,就那点钱够盖教室吗?你说是不是?"浩毕斯嘎拉图说。

"这倒是。不过这是你应该干的,谁让你是队长呢!人家知青哥哥心甘情愿当代课老师,每年的工分也不高,那可全凭他对九曲湾生产队孩子们的热心呀!没有老师,光有教室行吗?"乌日娜显然是故意跟丈夫抬杠。

"喂,老女人,我说你今天怎么了,老跟我过不去?"浩毕斯嘎拉图问。

"谁让你把我儿子弄醒了,还让他去打什么马鬃。再说你,拖着一条打石膏的腿,怎么上马?要是中间想拉屎尿尿怎么办?万一再掉下来呢?"乌日娜说。

"呸呸呸,乌鸦嘴。还是说儿子吧,年轻人累不坏的。打马鬃可是展现男子汉好身手的机会,咱们巴特尔也长大了,去长长见识吧。这也是知识,实践比知识更宝贵!"浩毕斯嘎拉图说着喝了一口奶茶,又拿起一根炸馃子放到嘴里,"巴特尔,你阿爸当年不仅是个出色的马倌,还是威风凛凛的打狼英雄呀!"

躺着的老额吉听见儿子的这句话,喘息声突然顺畅起来,嘴角浮上一丝笑意,脸上也现出了骄傲的神色。她颤巍巍地伸出一只手,向蒙古包内西北方的哈纳指过去,像是要够哈纳上并排挂着的两个镜框——一个是革命烈士证书,另一个是打狼英雄的奖状。这两个奖状是她的骄傲,她能行动的时候,每天起来后的第一件事就是擦拭那两个镜框,把它们擦得干干净净再重新挂上去。

乌日娜知道丈夫又要重提当年打狼的那段往事了,马上往他嘴里塞了一个馃子:"还说呢,要不是骑着那匹好马,就是狼打你了!害得额吉哭了三天。算啦,不说这件事了,在儿子面前给你留点面子,还是说说你当年骑着马、缠着人家姑娘唱了一夜情歌的事吧!"

"那还不是因为……"浩毕斯嘎拉图看了儿子一眼,声音明显低了。

"阿爸,真有这事?你年轻时挺浪漫呀。唱了一夜情歌,不累吗?"巴特尔故意问道。其实他早就听奶奶说过阿爸年轻时追额吉的这件事。奶奶说额吉年轻时是九曲湾草原上最漂亮的姑娘,小伙子们有事没事都爱往她跟前凑,变着法儿地讨好她,找着借口跟她搭讪。当时生产队会计温都苏是这些年轻人里最痴情的一个,甚至让家里人请"赫勒穆沁"(草原上提亲的"说客")到她家提亲。阿爸听说后,有一天突然就失踪了。这件事惊动了李涛书记,他一面安抚痛哭流涕的老额吉,一边动员全公社的牧民到处寻找。三天后,当人们都以为没了希望时,阿爸骑着马出现在九曲湾小桥上,马背上还驮着一只死狼。原来阿爸以为娶不到额吉了,为宣泄痛苦,带着步枪去打狼了。那个年代,狼群经常在草原上游荡,牧民们紧防慢防仍然防不胜防。当时,有一只特别凶恶的老公狼非常狡猾,经常在夜幕的掩护下混进羊群潜伏下来,只要下夜的牧人们刚一离开,它就在羊群里疯狂作孽,等下夜的牧民听见动静跑出来时,羊圈里的羊早被它祸害一大片了。那次阿爸打死的就是那只凶恶、狡猾的老公狼。

巴特尔也听额吉说过这件事。额吉说,那天阿爸到了那只老狼经常出没的地方后,光注意周围了,没想到那只老狼不知什么时候开始一直悄悄跟在他身后。就在它猛然扑向他时,他的坐骑向旁边躲了一下,那只老狼扑了个空,带着一股凉风"嗖"地从他身旁蹿了过去。就在它翻身再次扑过来时,阿爸手中的枪响了。不过那可不是阿爸反应快,而是手指条件反射地勾了一下。结果虽然枪响了,狼不但没被打中,反而张着大嘴腾空扑了过来,慌

乱中阿爸不知怎么把枪刺打开了,那三棱枪刺一下子刺进狼嘴里。受了惊吓的坐骑往旁边闪躲,把阿爸甩下了马背。没想到阿爸再次受到好运的青睐,掉下去的时候竟然砸在了狼身上,枪刺顺着狼嘴深深扎进去,一股热热的狼血瞬间喷出来,溅了阿爸满脸。阿爸曾经说过,那是他跟狼距离最近的一次,在与狼对视的瞬间,他发现狼的眼睛里闪着绿光。

乌日娜还是想给丈夫留点面子,就用很自豪的语气说:"咱们九曲湾别看偏僻,可是消息比马跑得还快。你阿爸孤身一人为牧民除害的消息轰动了整个九曲湾草原,公社还专门召开了表彰打狼英雄的大会。"

"就是呀,巴特尔,那次公社武装部奖励了你阿爸50发步枪子弹,李涛书记还亲自送来了'打狼英雄'的奖状。"老额吉也兴奋起来,居然一口气把话说完了,好像换了一个人。

"那次表彰大会我也去了,李涛书记给你戴红花的那一幕,现在还在我眼前晃动,就像昨天刚发生的一样。其实我早就打定了主意,那天晚上你就是不来唱歌、不去打狼,我也会嫁给你。那个温都苏一直都是单相思。"乌日娜说到这儿语气温柔起来。

"儿子,咱们牧民不光要学习文化知识和牧业生产技能,也要勇敢坚强。等你们这一代孩子长大以后,九曲湾草原上有知识有文化的牧民会越来越多,那时的九曲湾不知会变成什么样子呢。小伙子,加油吧,今天多吃点苦是好事。"浩毕斯嘎拉图鼓励儿子说。

"行啦,一听你这样说我就生气。难道你的苦还没受够吗?还想让儿子也受苦,好像他不是你亲儿子似的。难道你一点儿也不心疼?再说了,什么是勇敢?像你那样是拿命冒险。等我的巴特尔考上城里的学校,我可不想让他再回来当牧民。"乌日娜嘴噘得老高反驳着丈夫。

"哎,我说老女人,我觉得那不是受苦。要是跟我阿爸他们那一代人比,吃苦与流血牺牲,你说能比吗?再说我们多吃点苦,不就是为了巴特尔他们这一代孩子以后少吃点苦,为了巴特尔还有他们的孩子能早点过上富足的好日子,你说不值得吗?"浩毕斯嘎拉图说。

"我说不过你,队长同志。"乌日娜说着又把一根炸馃子塞进丈夫嘴里。

"额吉,阿爸,你们麻烦不麻烦?我考上考不上还八字没一撇呢,你们这都为我毕业以后想上了?万一呢?万一考不上呢?"巴特尔有点不耐烦地说完,转身走出蒙古包。

儿子出去了,乌日娜和浩毕斯嘎拉图相互看了一眼,都不吭声了。

"我孙子不管到哪里上学,毕业后肯定会回来,让九曲湾的牧民们都过上富裕日子。这也是他爷爷当年经常挂在嘴边的话。"老额吉的声音虽然很低,甚至有些含糊,可是大家都听见了。

"额吉,吃饭吧。"乌日娜端起碗,用小铜勺给老人喂饭。

"我有预感,这孩子离不开九曲湾草原。"奶奶口气很肯定地又说了一句。

"额吉,您是不是又跟他讲他爷爷是九曲湾的第一个共产党员和第一任牧民会会长了?"乌日娜问。

"当然了,我必须让他知道这些,这是我们家的光荣啊。他爷爷是为掩护剿匪的解放军牺牲的,他阿爸又是公社化以后九曲湾第二任生产队长。我儿子才20岁就当了队长呢。"老额吉的语气里充满自豪。

"额吉,你再夸,浩队长该扔下双拐摔跤去了。"乌日娜轻声对老额吉说。

"儿媳妇,你们的话我都听见了。战争年代,盟里的群众工作队来到九曲湾草原,专门挑又黑又破的小蒙古包进去,动员贫苦牧民们组织起来,反抗封建势力的剥削和压迫。巴特尔他爷爷就是听了他们的话,才组织起九曲湾牧民会的。从那以后,我发现他变了,说话办事像换了一个人,每天早早就出去,晚上很晚很晚才回来。有一天晚上,他很神秘地对我说他入党了。我不明白这个'党'是什么,居然让他那么兴奋。他跟我说这个党叫共产党,是专门带领贫苦牧民过上好日子的党。"

浩毕斯嘎拉图怕老额吉累着,低声说:"额吉,说话多了累呀。"

倔强的老额吉缓缓摇了摇头说:"说几句话累不了。巴特尔的爷爷不止一次说过,只要跟着共产党,咱们贫苦牧民就能过上好日子。儿子,你还记得不?在群众工作队的主持下,改变了放'苏鲁克'(旧社会一种租放牲畜的制度)。过去咱们给人家放一年牲畜,有钱人家除了允许咱们挤一头乳牛的

奶吃,羊只有下了双羔才给咱们一只。年底算工钱时就更别说了,有时全家人一年的工钱就是一口旧铁锅。说起咱们家那时的蒙古包……"

"额吉,虽然我那时小,可是我记得很清楚。咱们家最早住的是地窝子,后来有一年的工钱是给了一个蒙古包的陶瑙,第二年的工钱又换了四个哈纳,从此咱们家才有了自己的蒙古包。"浩毕斯嘎拉图说。

"是啊,那时咱们家做梦也不敢想会有自己的牲畜。是共产党把旧'苏鲁克'改成了新'苏鲁克',那一年秋天,咱们家租放羊群下的羔子六成归了咱们,从那时起咱们才有了自己的牲畜呀!"老额吉越说声音越高。

"额吉,这些我们都知道,你别累着,休息一会儿吧。"浩毕斯嘎拉图央求老额吉。

"巴特尔,你听见没有?我是想说,咱们九曲湾草原能有今天,真的不容易呀!"老额吉特意对站在门外的巴特尔说。

"奶奶,我都听见了。假如我能考上,毕业后肯定回来,当一个有知识的新牧民。咱们九曲湾生产队离城区这么近,这就是优势,只要办法对头,过好日子不难。"巴特尔大声回答。

"臭小子,你是不是在讽刺我和你敖特根大叔笨?"浩毕斯嘎拉图故意用生气的口吻问。

"儿子可没说你们笨,是你自己说出来的。"乌日娜急忙替儿子辩解。

老额吉嘴角再次露出了一丝笑意。

蒙古包外,远处的九曲湾弥漫着一片雾气。广袤的草原上已经有了一些动静,不同方向上都出现了一些骑马人,正向着队部的方向狂奔。骑手们在马背上撒着欢儿,纷纷施展着骑技,有的在马背上不停旋转,有的在马背两侧跳上跃下,还有的突然从飞驰的马背上俯下身来,伸手触摸地上干枯的牧草。

浩毕斯嘎拉图挂着双拐走出蒙古包,在儿子身边站定,说:"儿子,阿爸可能真的老了,缺少激情了。刚才你的话有道理,咱们九曲湾生产队有着得天独厚的条件。可眼下的难题是怎么调动全队牧民的生产积极性。就说'牲畜超千万'这口号吧,二十多年前盟委就提出来了,可是到现在也没有实现,你说为什么?你现在还小,阿爸说的话有些你可能还不明白。"

阿爸说的这些话,巴特尔确实不太懂,但是凭着他对阿爸的了解,他知道这其中肯定还有没完全说出来的含义。不过从阿爸的口气里,他预感到有什么重大的变革将要发生,因为阿爸从来没有用这样的口吻跟他说过工作上的事情。

草原上骑马的人们是那么兴奋,此起彼伏的高亢的喊声给沉寂了一个冬天的九曲湾草原增添了活力,一匹匹奔马的响亮蹄声就像激越的鼓点在旷野上回荡,让听见的人也情不自禁兴奋起来。那些放马草原的青壮年牧人们在追逐中发出一声声悠长的吆喝,当他们看见挂着双拐的队长时,更兴奋了,纷纷打着手势大声问候队长,然后使劲挥舞着马鞭,相互追逐着、吆喝着跑远了。

"小伙子们,今天可是你们大出风头的好日子呀!"浩毕斯嘎拉图被小伙子们的情绪感染了,举起拐杖使劲挥舞着喊。

"队长大叔,您的腿好些了吗?憋了一冬天,今天总算有个松松筋骨的机会了。巴特尔,你不去呀?"一个骑马的年轻牧人特意让坐骑往这边靠了靠,大声问。

"你听见没有,他们也觉得咱们应该去。阿爸昨天特意跟队里借了一匹马。"浩毕斯嘎拉图用拐杖碰碰儿子的腿说。

"真的?我当然去。"巴特尔大声说着,高兴得差点跳起来。其实他这是故意说给正向自己跑过来的阿尔斯冷听的。

阿尔斯冷是温都苏的儿子,虽然两家大人合不来,可是并不妨碍两个孩子的来往。他们同岁,都是知青哥哥的学生,不过从阿尔斯冷的穿戴来看,他家的生活显然殷实些,不仅蒙古袍缝制得很讲究,手指上还戴了一个镶嵌着绿翡翠宝石的银戒指。

"队长大叔好。巴特尔,走啊,咱们去看打马鬃。"阿尔斯冷说着下了马。

"阿尔斯冷,你也好呀。你阿爸他好吗?"浩毕斯嘎拉图说。

"大叔,他可不像您这样天天为生产队操心。不过他也挺好的,最近认识了城里一个靠贩卖羊皮发家的富商,两个人经常喝酒聊天。我也不知道

他们都聊些什么,好像总有说不完的话。巴特尔,咱们骑一匹马走吧!"阿尔斯冷说。

"不用了,我有马呢。"巴特尔昂着头说。

他们正说着,斜旁边出现了一位骑马的姑娘,大声问候说:"队长大叔,您好啊!"

浩毕斯嘎拉图笑着说:"你好呀,山丹姑娘。今天打扮得真漂亮呀。"

"谢谢大叔。巴特尔,别听阿尔斯冷的。他自己不爱学习,你跟他不一样。你是咱们马背小学的好学生,要为咱们的马背小学争口气,还是好好复习参加中考吧!"山丹说。

"看,看,难怪同学们都说你们俩好呢。行啊,正好没人陪我去队部,山丹你就陪我去吧。"阿尔斯冷不但没生气,还堆着笑容说。

"谁愿意陪你呀?巴特尔,别听他的,你就好好复习吧。打马鬃谁都能看,可考场不是谁都能进的。知青哥哥说了,咱们同学里你最有希望。"山丹说完,调转马头跑了。

阿尔斯冷撇了撇嘴说:"进考场?进去就能考上?真那么简单?就凭在马背小学打下的那点底子,还有公社中学的那两年,你就敢参加中考?山丹给你戴高帽呢,我才不信。山丹——等等我——"阿尔斯冷叨咕着跳上马背追山丹去了。

"阿尔斯冷,等等我,我也去。"巴特尔喊着就要回蒙古包拿鞍具,没想到阿爸已经拄着双拐给他抱了过来,他接过马鞍快步向那匹枣红马跑去。

"孩子,去吧。据可靠消息,盟委很快就要在牧区推行'两定一奖'责任制了,谁也不知道以后会怎么样,听说内地农村都有搞包产到户的了。"浩毕斯嘎拉图终于对儿子说出了心里话。

"阿爸,'两定一奖'推行以后,你是不是就不当队长了?"巴特尔边备马鞍边问。

"可能还得当,不过可能不像现在这样好当了,可能该得罪人了。"浩毕斯嘎拉图说话的时候,乌日娜也抱着丈夫的马鞍走出来。她走到浩毕斯嘎拉图的坐骑旁边,把马鞍搭到马背上,三下五除二备好,又检查了一下马肚带紧不紧。

父子俩的马几乎同时备好了鞍子,浩毕斯嘎拉图该上马了。他皱着眉头犯愁怎么上马,巴特尔走过来,单腿跪在草地上说:"阿爸,踩着我的腿上吧,我这是人工上马石。"

乌日娜也走过来,准备在一边当帮手。浩毕斯嘎拉图用那条好腿试了试,费了好大劲儿才爬上马背。

"巴特尔,别光顾自己玩,照顾点阿爸。"乌日娜叮嘱儿子说。

"知道了。"巴特尔说着跳上了马背。

"还有你,拐了一条腿的浩队长,别把那条好腿再摔断。"乌日娜说着,使劲在丈夫的屁股上掐了一把。

"天呀!真疼,你手上有针吧!"浩毕斯嘎拉图故意夸张了痛苦的表情。

"针?哪儿有针?"乌日娜伸出手让丈夫看。

"走喽——"浩毕斯嘎拉图松开马缰绳,得意地喊了一声,坐骑马上迈开小步颠跑起来。

"你个老东西,等回来再跟你算账。"发现上了当的乌日娜紧追了几步。

"额吉,放心吧!今天知青哥哥也去,我去看一会儿就回来。"巴特尔说。

"儿子,你可别逞能啊,套马是大人们的活儿,你还小,啊?我的儿子!"乌日娜说。

"额吉,放心吧!"巴特尔"啾啾"了几声,小枣红马撒开四蹄奔跑起来。

"儿子,照顾好你阿爸——"乌日娜喊起来,这喊声在旷野里比风声还轻。对她来说,儿子能否听见并不重要,重要的是她喊出来后心里就踏实了。

第四章　失控的马群

　　九曲湾生产队一年一度的打马鬃活动就要开始了。牧人们从四面八方聚拢过来，三一群五一伙地围在一起，在草地上分成很多群。大家隔了一个冬天才相见，好像分别了很久的亲人朋友，感觉是那么亲切，说得最多的除了你好还是你好。相互问候完，人们就开始聊起各自听说的着边或不着边的人或事。

　　腿上打着石膏的浩毕斯嘎拉图出现在牧民面前时，牧人们都有些吃惊，再想想他在冰上打滑出溜摔断了腿这件事，大家都很想笑，可是又不敢当着他的面笑。在他们眼里，队长从来都是很严肃的，没想到竟也有调皮的时候，看来男人们真不能用年龄来衡量，不管多大年纪，那颗童心说不定什么时候就会出来蹦一下。

　　巴特尔看见阿爸向敖特根大叔而去，知道两个人肯定有事要商量，就去找阿尔斯冷和山丹了。其他人也都趁着马群还没有来，各忙各的。青壮年牧人摩拳擦掌，就等着马群来；闲着的老年人继续围在一起说着话；那些穿着厚重皮德勒和蒙古靴的孩子在大人中间追逐打闹，有的跑着跑着就摔倒在草地上，快乐的笑声一直不断。

　　初春的草原上，还很凛冽的风从西北方吹来，在旷野上围着人群打转，不时掀起牧人衣袍的下摆钻进去。可是对早就了解草原倒春寒习性的牧人们来说，冷风的小把戏简直是小菜一碟，根本没人理会。在刚刚过去的那个寒冬里，一场接一场的寒潮和暴风雪都奈何不了他们，现在这小风能掀起多大的浪呢？那些走敖特尔的牧民,什么恶劣的天气没有碰见过？即使在能见度只有几米、十几米的暴风雪中,他们也能凭借堆积在草窠旁的积雪辨别方向,找到回家的路。至于在风雪中把畜群赶到避风的冬营盘,对他们来说更是家常便饭。

寒冷对牧民们来说,实在没有什么可怕的,如果让他们在寒冷与孤独中间选一个,他们可能宁愿冷些也不想孤独。每到冬天,厚厚的积雪覆盖着广袤的牧场,举目是白茫茫一片,串包的人就更少了,孤独就像一个摆脱不掉的幽灵时刻围绕在他们身边,赶都赶不走。一个家庭就算三代人同住一个浩特,也就是有数的十来个人,再分散在两个或三个蒙古包里,加上外出放牧的,身边眼前晃悠的就那么几个人。除此以外,很难再见到外人。对生性好客的牧人们来说,很久没有客人登门,没有沉浸在喝酒、吃手把肉、唱歌那种热闹和欢乐的氛围中,是一种难耐的煎熬。

山丹和阿尔斯冷也在人群里。他们没有下马,而是放松了缰绳,任由坐骑在草地上边啃枯草边随意走着。阿尔斯冷把坐骑向山丹靠了靠,低声问:"山丹,早晨喝茶了吗?"山丹带搭不理地摇摇头。阿尔斯冷从怀里掏出一把牛肉干递过去:"这是我特意从家里拿的,是我额吉去年入冬时精心挑选上好牛肉阴干的,可好吃了。"

山丹看也没看就躲到一边去了。

"吃几块吧,打马鬃还早着呢,你阿爸的马群还没来呢。老马倌、大叔——"阿尔斯冷光顾着讨好山丹,竟直接呼出了"老马倌",幸好他在后面紧跟了"大叔"两个字,要不然非被山丹痛骂一顿不可。心虚的他偷偷瞅了山丹一眼,没想到山丹还是有了反应,扭过脸大声质问他:"阿尔斯冷,你什么意思啊？老马倌也是你叫的吗？你以为有一把臭牛肉干,就可以随便叫我阿爸的外号吗？"

"哎哎,对不起,山丹,你别生气,我、我是——怕你、饿——"阿尔斯冷赶紧讪笑着解释。

"讨厌,我饿不饿关你什么事！"山丹说着向一边拽了拽缰绳,那匹马就离开了阿尔斯冷。

当巴特尔骑着马在人群里找到阿尔斯冷时,山丹刚刚离开,他正好看见阿尔斯冷把牛肉干塞进怀里,便悄悄靠过去,冷不丁大喊一声:"阿尔斯冷,你的什么东西掉了?"

阿尔斯冷吓了一跳,急忙俯身往下看,巴特尔趁机把手伸进他大襟里。等阿尔斯冷反应过来时,巴特尔已经攥着一大把牛肉干,笑着抖抖缰绳向山丹奔去。

"好你个巴特尔,谁说你是好学生?好学生还抢人家的牛肉干?"上了当的阿尔斯冷大声抗议着。

"我说巴特尔是好学生,怎么了?好学生就不能吃你的牛肉干了?"听见阿尔斯冷的声音,山丹勒住马一回头,正好看见巴特尔举着一把牛肉干向她奔来。她话已出口又觉得自己这句话有些不讲理,忍不住捂着嘴笑起来。

阿尔斯冷跟在巴特尔后面,看着他边吃牛肉干边向山丹靠过去,只好赔着笑脸说:"山丹,我不是那个意思。"

"那你是什么意思?再说是巴特尔吃你的牛肉干,我又没吃,你跟我解释什么呀?幸亏刚才我没要你的牛肉干,原来不过是虚情假意地让一让呀。"山丹故意偷换了概念,她就是要让阿尔斯冷尴尬,让他有口难辩。

"山丹,我可真不是那个意思,我是说……咳,多大个事呀!我又不是不给他,牛肉干就是吃的嘛,给谁吃也是吃。"阿尔斯冷发现自己被山丹绕进去了。

"哦,原来这牛肉干不是专门给我准备的呀,那还假惺惺地说什么!"山丹说完,故意噘着嘴向巴特尔靠过去。

"山、山——丹,我是……你听我解释呀……"情急之下,阿尔斯冷竟然口吃起来。本来想用牛肉干讨好山丹,怎么说着说着却说不清了?他知道自己有口难辩了,就把怨气转到巴特尔身上:这个小子,抢走了一把肉干不说,还那么坦然地拿别人的东西送人情。他妒意十足地看着山丹:难道经过了巴特尔的手,那牛肉干就好吃了?

"巴特尔——"山丹假装没听见阿尔斯冷的话,抖抖马缰绳转向巴特尔。

"山丹,听说这牛肉干是阴干的?"巴特尔说着又往嘴里塞了一根牛肉干。

"嗯,是阴干的。巴特尔,你慢点吃,别噎着。"山丹关切地说。

"给你,再吃一块。"巴特尔挑了一根顺眼的牛肉干递过去,山丹接过来送进嘴里。两个人不约而同地看了阿尔斯冷一眼,只见他哭丧着脸,手紧紧捂着大襟,那是怕再有人从他怀里抢牛肉干。山丹和巴特尔忍不住都笑了。

巴特尔把嘴里的肉干咽下去,低声问山丹:"你阿爸怎么还没来?他昨天回家了吗?"

山丹点点头,可是马上用疑惑的目光看看巴特尔,那是在问他这话什么意思。

"哦,我没有别的意思。昨天我跟知青哥哥在小桥上看见你阿爸了,当时他正赶着马群过河,我看他情绪挺好,就问他晚上回不回家,说你一个人在家会害怕的。"

"他没骂你多管闲事?"山丹笑着问巴特尔,那笑容很妩媚。

"没有。这么说他昨晚回家了?"巴特尔瞪大了眼睛问。

山丹点了点头说:"是呀,不过天不亮就赶着马群走了,肯定是去萨日娜阿姨家了。昨天晚上,看阿爸那副心神不宁的样子,我还挺可怜阿爸的,我不知道那个女人究竟有什么魅力,怎么弄得我阿爸像丢了魂一样。巴特尔,你也是男人,你说这是为什么?"

"不知道。我不知道大人们的心思。"巴特尔摇摇头说。

"哼,不说实话。你看阿尔斯冷就会讨好和黏着女人,你不会是假装正经吧?"山丹低着头说,语气里有些嗔怨。

"这可是你说的。好,等哪天你阿爸不在家,我就偷偷去你家……"巴特尔贴近山丹低声说。

"讨厌,你敢。"山丹双手捂住脸。

"你们俩靠得这么近,说什么悄悄话呢?"阿尔斯冷忍不住了,凑过来问。

"你管我们说什么呢,多管闲事!"山丹立刻板着脸怼了阿尔斯冷一句。

"山丹,我怎么觉着有点儿不对劲呢,按理说马群早就该到了呀,会不会……"巴特尔话说一半急忙打住,他知道有些话不能说,太不吉利了。

"能出什么事？他现在肯定跟萨日娜阿姨在一起呢！昨天晚上他还说都好些天没去那个女人家了，今天连早茶也没喝就急急忙忙走了。"山丹倒没在意巴特尔的话，神态很平静地说。

就在这时，人群中突然有人喊起来："那不是咱们队的马群吗？马群来啦！"

随着喊声，几乎所有的人同时向远方望去，果然，从那片不断升腾的尘土中慢慢钻出偌大的马群，黑压压地狂奔而来。

巴特尔长吁了一口气，冲着山丹笑了笑。

"山丹，巴特尔是笑你阿爸没出息呢。"阿尔斯冷说。

"巴特尔，想不到你也有这么多弯弯绕……"山丹假装生气地瞪了巴特尔一眼，嘴着嘴低下头。

"阿尔斯冷，你别挑拨离间啊，你怎么知道我是那个意思？"马上的巴特尔板着脸，一把揪住阿尔斯冷的袍襟，差点把没有防备的阿尔斯冷拉下马。

"坏了，不对！你们快看，马群怎么往东跑了？"人群中有人高喊。

巴特尔急忙松开手望去，马群奔跑的方向果然变了。

"奇怪，怎么没看见老马倌？"又有人说。

"坏了坏了，马群前面不就是那片火山石区吗？当年萨日娜的男人就是在那里……咳！"

"这个老马倌是怎么了？马群要是跑进密密麻麻的火山石区，万一绊倒了就会发生踩踏呀，那咱们队今年的打马鬃就该改成吃马肉了。"一个年轻人笑着说。

"还笑？小伙子，你怎么能这么说呢！马群可是咱们队的集体财产呀，要是发生踩踏损失，难道你不心疼吗？"一位老牧民严肃地质问说话的小伙子。

"大叔，要说心疼也轮不上我呀，最心疼的肯定是咱们的队长浩大叔，你看他脸色都变了，要不是因为那条打石膏的腿，他肯定早就冲过去了。不过话说回来，这群马要是老马倌自己家的，他能到现在也不见人影吗？"那个小伙子还在说风凉话。

"你不能这样说我阿爸！再说了，你看见领头的黑闪电马了吗？有它，这个马群就乱不了。"山丹大声反驳那个小伙子。

"妈呀，坏了，我怎么没看见老马倌的漂亮女儿呢？对不起，你可别跟你阿爸告状，他要是知道我背后说他坏话，轮到我去马群挑马时，该把爱打前失的马给我了。"小伙子说完，吐了吐舌头跑了。

"哼，我就说。先让黑闪电马踢豁你爱说闲话的嘴，再给你挑一匹爱打前失的马，磕掉你的前门牙，让你找不到媳妇。"山丹气哼哼地冲着他喊。

山丹的这句话逗得巴特尔、阿尔斯冷和周围的人大声笑起来。

"年轻人们，队里的马群眼看就要跑进火山石区了，你们还有心思笑呀？你们看，浩队长的脸多难看，你们忍心让他拖着那条伤腿去拦截马群吗？"爱管闲事的老牧民达尔玛不高兴地说。

听达尔玛老人这么一说，人们同时把目光转向他们的队长，只见马背上的浩毕斯嘎拉图铁青着脸，眼睛瞪得溜圆，紧盯着潮水一样向火山石区奔去的马群。熟悉队长脾气的社员们都知道，他肚子里的火山要爆发了。

有几个骑马的小伙子心虚了，相互看了看，其中一个小伙子冲出人群向马群奔去，随后又有三个小伙子跟着冲出去，人们这才松了一口气。几个小伙子斜着插向火山石区和马群中间的一块空地——要想截住大马群，这是唯一的选择。

看到有人去截马群，浩毕斯嘎拉图松了一口气，脸色渐渐好转起来。此时此刻，他的心情真是太复杂了。刚到这里时他本来心情挺好，可大马群出现的那一刻他的心就悬了起来，一是因为老马倌没出现，二是大马群突然向火山石区奔去。他怀疑推行"两定一奖"的消息传出去了。刚才他还跟老支书敖特根简单交换了一下意见，认为这是一件好事，能改变"干好干坏一个样"的现状。是得给社员们增加些压力，要不每年年终结算时工分基本一样，年头好时工分分值高点，年头不好时，工分分值就低。具体到每个社员，勤劳的社员工分多不了多少，稀里糊涂混日子的社员也少不了多少。不但如此，个别私心重、心眼活的还能偶尔薅点"羊毛"，占集体的小便宜。这些人的聪明之处就是在回交羊皮上做手脚，能糊弄着多吃一只羊。施行"两定

一奖"后,放牧能手的收入肯定会高一些,那些混日子的就会有危机感了。老马倌虽然脾气不好,但平时对这群马还是很用心的,今天是怎么了呢?

老支书敖特根悄悄靠过来,低声问:"喂,'两定一奖'试点的事,老马倌是不是知道了?"

浩毕斯嘎拉图摇摇头:"我也在想呢。这件事李涛书记跟我说了以后,我就只跟你说过呀!"

"据我了解,咱们队里已经有人听说了。"老支书低声说。

"是吗?谁?"浩毕斯嘎拉图问。

"他。"敖特根微微抬起下巴朝一群人努了一下。

浩毕斯嘎拉图看见那群人中,有个穿戴讲究的人正打着手势说着什么,旁边的人都认真地听着。苏乙拉不知什么时候也摇摇晃晃地凑了过去,站在人群外围,不时举起已经空了的酒壶往嘴里灌。一看见苏乙拉,浩毕斯嘎拉图就气不打一处来。

"你看温都苏的那个神态,肯定是在说这件事。你知道吗?他有个连襟在公社学校当校长,还是公社党委委员,消息很可能是从那里传出来的。"敖特根说。

"看来要尽快召开社员大会宣布这件事,否则人心惶惶的,影响今年的牧业生产。你看见没有,苏乙拉又喝多了,真要施行'两定一奖',像他这样的人该怎么办?"浩毕斯嘎拉图满脸愁容地说。

"我也同意尽快公开这件事。管理牧业生产这件事,反正我是想明白了,作为管理者,咱们的心该硬就得硬,要是婆婆妈妈老下不了狠心,像苏乙拉这样的人就永远不会清醒。"敖特根说。

"这个苏乙拉真是可恨,阿拉腾是个多勤劳的女人呀,手那么巧。你看她缝制的蒙古袍,真挑不出毛病来。偏偏就嫁给了这么一个酒鬼。"浩毕斯嘎拉图说。

"咳,这就是这个女人的命吧!等打完马鬃,我估摸公社党委的文件也就下来了,咱们必须抓紧时间动员。浩队长,你先在这儿盯着点儿,我回队部打电话问一下文件什么时候下来。我可再提醒你一句,现在是紧要关头,无论马群出现什么问题,你也不能逞强亲自出马。你要是再出点什么事,可就影响咱们队的大局了,听见没有?"敖特根叮嘱完,拍了拍浩毕斯嘎拉图的肩膀,打马走了。

因为有人去拦截马群,人们又轻松起来,说笑声又起来了。

打马鬃是九曲湾生产队的一个重要活动,所以牧民们早早就来到队部前的这片草滩上。最早来的那些人刚到这里时,天刚蒙蒙亮,枯草叶上还挂着一层霜珠,空旷的草地上冷飕飕的。直到太阳升起来,草滩上的人多了,才渐渐有了热乎气,枯草叶上的霜珠不见了,悬浮在草地上的寒气也消散了。这时的九曲湾有一种独特的美,蜿蜒流淌的尼林河沿着弯弯曲曲的火山熔岩台地,从东面缓缓流过来。远远望去,洒满晨光的小河像一条闪着银色光芒的飘带铺在苍凉的旷野上,使整个大地显得分外古朴、凝重。蔚蓝的晴空上飘浮着几朵白云,牧人们的心也像这万里晴空一样敞亮。如果不是马群突然拐了弯,人们可能早都忙碌起来了。

眼看那几个小伙子渐渐接近了马群,人们的心情更加轻松了。"这几个小伙的骑术真没的说呀!"人群中有人在夸奖他们。

"你们快看呀,南边的天空怎么阴起来了?"随着一位中年妇女的喊声,刚刚松了一口气的牧人们一起向南边看过去。真的,刚才还是霞光万道晴空万里,转瞬之间就阴了下来。天空像一块偌大的蓝色幕布被泼上了一层浓浓的墨汁,那墨汁慢慢扩散的同时还垂了下来,厚厚的云层紧贴着地面向这里移动。

"坏了,真是草原的天、女人的脸,怎么说变就变了呢?"爱管闲事的达尔玛老人叹了口气说。

"大叔,您怎么拿女人比喻呢?这是不尊重妇女。再说了,如果把草原上的天比喻成女人的脸,那么男人就是裹着乌云的风,像一匹脱缰野马整天东游西逛、爱管闲事。您说是不是?"说话的妇女是生产队妇联主任娜仁。

"呵呵呵,好厉害的妇联主任呀!对不起,我可不是跟女人们过不去,谁让大家都那么说呢。不过你说得也有道理,生产队那几个不务正业的男人真像一匹匹野马,每天串包喝酒,我看还不如裹着乌云的风呢。裹着乌云的

风还能带来雨水,可他们能带来什么,啊?哈哈哈,是风流韵事吧!"老牧民达尔玛笑着说。

"大叔,听说你年轻时也特别爱串包,也有不少风流韵事吧!"有妇联主任做主,女人们对达尔玛老人不依不饶的。

"姑娘们,你们可别冤枉我,我可不是拈花惹草的人。"达尔玛急忙辩解。

"大叔,你是不是为年轻时没拈花惹草后悔?"女人们说完,"咯咯咯"地笑起来。

"姑娘们呀!我现在不要说什么后悔了,就是眼前有朵花都快看不见了。就像城里人形容的那样,现在是什么心思也没有啦!"达尔玛老人笑着说。

"哈哈哈……大叔,这话可不像您说的呀!听说您年轻时骑着一匹小走马可着九曲湾转悠,专门挑有漂亮家庭主妇的人家进,对吗?"一个中年女人问。

"姑娘们,你们知道吗?大叔年轻时是个民兵,骑着马,背着枪,多威风呀!我那是巡逻。"达尔玛老人还是笑着说。

"大叔,您这不是坦白了吗?"还是那个中年女人抓住了达尔玛老人的这句话,故意打岔。

达尔玛老人一时无言以对,露出了尴尬的囧样儿,逗得那些女人们"咯咯咯"笑个不停。

"如今的男人们好像都变了,见着女人就挪不开脚步了。就说老马倌吧,肯定又是在相好家里拔不开腿了。"人群中不知谁说了一句。

"可不是嘛!这个老马倌呀,跟相好的约会也不挑个日子,怎么偏偏选今天?或者早起两三个钟点不就啥都办完了吗?又不是每天都打马鬃,一年不就这一次吗?一会儿雨要来了,让大伙淋着雨打马鬃吗?他可真行,这不是关键时刻掉链子吗?"有人在低声埋怨。

巴特尔怕山丹听了跟人吵架,轻轻拉了她一把,向人少的地方走去。阿尔斯冷也跟了过去。

山丹一离开,人们的话越说越难听了。

这时,浩毕斯嘎拉图那颗心就像在打秋千,一会儿高,一会儿低,一会儿好,一会儿坏。现在他又开始担心那几个小伙子能不能拦住马群,万一拦不住炸了群,结果还是一样的。他再次紧张地看向马群,只见狂奔的大马群好像要散开似的,几匹儿马带着自己的一小群骒马虽然还勉强跟着大马群跑,可是看得出它们随时有可能向黑闪电儿马发起挑战。

浩毕斯嘎拉图虽然不当马倌很多年了,但是他知道,如果黑闪电儿马被这几匹火气正旺的儿马击败,那后果就是大马群会在瞬间崩溃。即使那几个年轻人及时赶到,也很难控制住局面。

人群中也有人看出了这个苗头,气氛随之紧张起来,说笑声没有了,一双双眼睛瞪得老大,眨也不眨地紧盯着马群。

"老马倌呀老马倌——""这回你可惹大祸了,你个老马倌呀!"

浩毕斯嘎拉图的脸色又变青了,脖子上的血管鼓得老高,握着马鞭的手也"嘎吱嘎吱"直响。看他那愤怒的样子,如果老马倌在他跟前,没准那马鞭就落在他身上了。

失控的马群在领头儿马黑闪电的带领下,像一股洪流在草原上肆意奔腾。更可怕的是那几匹儿马发现了老马倌不在,就在奔跑中慢慢靠近黑闪电儿马——此刻挑战黑闪电儿马的权威,是它们在骒马面前树立权威的最好时机。对一个大马群而言,这是真正的危险,特别是在没有马倌跟随的情况下,这种挑战的直接后果就是把马群的秩序完全打乱。

巴特尔、山丹和阿尔斯冷三人刚在一处没有人的空地上停住,就又听见有人喊——

"天呀,你们看,黑闪电儿马不跑了,它好像发现身边的挑战者了,那会不会爆发一场恶战呀!"

"上帝保佑黑闪电儿马吧!"人群里不知谁低声念叨了一句。

黑闪电儿马警惕地注视着那些挑衅的小儿马,连续几次立起前蹄。虽然距离很远听不见声音,但是牧人们都知道,黑闪电儿马肯定在用严厉的嘶鸣声警告那几个心怀不轨的家伙。马群暂时恢复了平静,刚才浮现在牧民们心头的那个不祥之兆随着几匹小儿马回归马群而消失了。

"我说什么了?我阿爸今天就是不来,有黑闪电在,马群也乱不了。"山丹得意地说。

"可是黑闪电能把大马群带到咱们这里来吗?"巴特尔轻声问山丹。

"你们快看,马群又跑起来了。"阿尔斯冷指着远处说。

果然,随着黑闪电重新掌控了大马群,这个骄傲的家伙真的又带领大马群跑起来,但这回大马群不是跑向火山石区,而是朝相反方向跑去。马群的前方是平坦的草原,显然这是黑闪电的选择。可它为什么要做出这样的选择呢?前面要比火山石区凶险一万倍呀,那是死路一条啊!

"我的妈妈呀,那几个小伙子还不如不去呢。马群肯定是看见他们才掉过头的吧。跑进火山石区的话,顶多踩踏死几匹马,这回可好了,没准整个马群都会掉进几百米深的悬崖。当年就有打黄羊的汽车掉下去过。"刚才还被一双双热情的目光追随着、像英雄一样冲向马群的那几个小伙子,转眼之间就因为马群改变奔跑方向而背上一口被埋怨的"锅"。

所有牧人的心瞬间又提了起来。那独特的火山熔岩台地可是几百万年前汹涌奔流的熔岩凝固后形成的,表面看是一马平川,可是在那平川中间却隐藏着一道又一道深深的沟壑。断头崖是九曲湾最有名的悬崖,那几百米深的悬崖就像一个无底的魔窟,吞噬过逃命的黄羊,吞噬过追赶黄羊的汽车,也吞噬过不熟悉地形的骑马夜行人。后来人们在悬崖旁边立了一块提示木牌,可是黑闪电儿马怎么会知道这些呢!

巴特尔偷偷看了阿爸一眼,只见他的拳头直往伤腿上捶,大声吼叫着:"这个离不开女人的老马倌,你等着,看我怎么收拾你!今天马群要是掉到悬崖下,我非让你也跳下去不可!你要是不跳,就别想再当马倌!"

生产队会计达木丁轻轻捅了浩毕斯嘎拉图一下,可他的话已经说出口了。其实那句不让老马倌当马倌的话刚一出口,他就后悔自己太冲动,说了不该说的话。

浩毕斯嘎拉图的这句狠话,周围的牧民们都听见了,山丹也听见了,她什么话也没说。突然,她咬紧嘴唇,使劲抖了几下马缰,不顾一切地向马群冲去。等巴特尔反应过来时,山丹已经跑到几十米外了。

"天呀,那是谁呀?疯了吗?哦,是老马倌的女儿!她要干什么?是想在悬崖前截住马群吗?她不要命啦!"人群中有人在喊。

"咳,这个可怜的孩子,从小就没有得到额吉的温暖,那个狠心的女人扔下她,跟着城里的男人跑了,偏偏又有这么一个没出息的阿爸!呼勒嘿,呼勒嘿,愿佛爷保佑她吧!"一位老额吉带着哭腔说。

"这个孩子要是发生点意外,老马倌呀老马倌,看你怎么办!小伙子们,快去追呀,把这个可怜的姑娘劝回来吧。"一个中年女人在人群里大声喊。

乌黑的云层上下翻滚着缓缓而来,云层深处不时闪现出一道电光,那道光就像即将开幕的舞台帷幕偶尔露出的一条缝隙,稍纵即逝。一股裹挟着浓郁的湿气的凉风也从远处吹过来,吹得人们心头凉飕飕的。闪电过后大约有几秒或十几秒的停顿,随后就听到一阵低沉的雷声带着回音传来。

"浩毕斯嘎拉图,你的话好多人都听见了。我问你,你为什么当着老马倌的女儿说那两句要命的话?还说什么让他跳悬崖,说什么不让他当马倌。那些话山丹姑娘肯定都听见了,今天那个可怜的姑娘要是出事,我第一个到公社党委去告你,一点儿阶级感情也没有。难道九曲湾生产队是你家的吗?"满脸愤怒的温都苏大声谴责着浩毕斯嘎拉图。人们发现这个嘴唇上不知怎么有个大血泡的人,虽然说话不太利索,却是一副大义凛然的样子。

"谁有套马杆?快点给我!"浩毕斯嘎拉图顾不上搭理温都苏。眼下他更担心的是大马群,要是再不截住大马群,怕是再过不了半个小时,大马群就会跟着黑闪电儿马消失在悬崖下。现在他什么也顾不得了,就是拼上这条命也要保护集体的马群。可让他无奈的是身旁根本没有骑手,也没有套马杆。

"队长,你算了吧,就凭你这条伤腿还想去追山丹姑娘?追上去也是帮倒忙。敖特根书记临走时特地让我看着你,不能让你拼命。"爱管闲事的达尔玛老人说着扑过来,死死拉住浩毕斯嘎拉图坐骑的缰绳不放。

浩毕斯嘎拉图无奈地叹了口气,对着山丹使劲喊:"山丹姑娘,你给我回来——"

山丹连头都没回。

平心而论,在场的牧人们都觉得队长的话太过分了。温都苏的话没有错,就是队长的那几句话刺激了山丹,山丹才不顾一切地放马直奔悬崖。作为老马倌的女儿,她能听着众人数落阿爸而无动于衷吗?当然不能。特别是巴特尔的阿爸居然放出那么狠的话,这更让她别无选择。不过她也不是完全被愤怒冲昏了头脑,之前她就暗自想过,按照马群奔跑的速度,她有可能在马群到达悬崖边时赶到。可是她没想过,即使比马群先一步赶到悬崖前,就凭她一个弱弱的女孩子,一人一马,怎么能拦住像下山洪水一样咆哮奔腾的马群呢?更何况是完全失控的马群?她只知道,假如拦不住马群,那么必然会被马群夹裹着掉下悬崖。

马背上的山丹耳边风声呼啸,可是头脑却很清醒,冥冥中她默念了一句:"阿爸呀,你在哪儿呀?请原谅女儿做出这个选择吧!"

"阿尔斯冷,快,跟我来——"

就在人们眼看着山丹冲向马群而束手无策时,巴特尔喊了一声,连抽了坐骑几鞭子,飞快向山丹追去。

"你们快看,那个人又是谁?"一个中年女人惊讶地喊。

"还用看吗?那不是咱们队长的儿子巴特尔吗?"老牧人元敦用不容置疑的口吻说。

"真是虎父无犬子呀!当年他阿爸就是咱们九曲湾草原上的一头雄狮,听说他一个人就把九曲湾最凶狠的一头狼给打死了。"说话的还是那位中年女人。

"快别给他吹牛了,当年他回来时连马都下不来了。"温都苏揉了一下红肿的嘴唇,不冷不热地说了一句。

"不管怎么说,那匹狼可是人家打死的,你不服也不行。温都苏,你说是不是?"元敦老人说。

"那算他运气好吧!"温都苏不屑地说。

"不管怎么说,人家的儿子巴特尔可是冲上去了。"元敦老人说完,特意看了一眼牵着马朝相反方向走去的阿尔斯冷。

阿尔斯冷是听见巴特尔叫他时才离开的。他是真不想去,心里想:你算老几来命令我。当然了,假如山丹喊他,那就是另外一回事了。他觉得巴特尔抢了他的风头,让自己在这些人面前挺难为情的,便趁人们的注意力都在山丹和巴特尔身上时急忙躲开了,等人们想起他时,他已经来到了刚点着的地灶旁。一股味道浓烈的牛粪烟被风吹得四处飘散,正围着大铁锅忙碌的几个妇女被呛得泪流满面,连声咳嗽着跑开了。

乌日娜这时也来到这里。她一眼看见了阿尔斯冷,就问:"孩子,巴特尔你们没在一起?"

阿尔斯冷低下头,迟疑片刻才吞吞吐吐地说:"大婶,我想给我的马找点草料,就跟他们走散了。"

乌日娜点了点头,很利落地卸了车,把驾车的老牛拴在车辕上,又从车上抱下一大捧干草扔在老牛跟前,老牛慢吞吞地嚼起来。

"乌日娜大婶——"阿尔斯冷都准备离开了,可是又回过身来,有些迟疑地喊了一声。

"孩子,你——有什么事吗?"乌日娜被他欲说又止的样子吓了一跳。

"乌日娜大婶,您快去看看吧,巴特尔跟山丹截马群去了。"阿尔斯冷犹豫了一下,终于还是说了实话,然后急忙牵着马走了。

"什么?我的天呀!截什么马群?阿尔斯冷,你——那老马倌呢?他干什么去了?"乌日娜大声追问阿尔斯冷,吓得他跳上马背跑了。

阿尔斯冷的话就像在乌日娜耳边响起的一声炸雷,把她震蒙了,她慌忙扔下装食品的袋子,疯了似的向人多的地方跑去。人们看见她来了,主动给她腾出一条道儿。情急之中,她也顾不上跟熟人问候打招呼,几步跑到最前面,一眼就看见儿子熟悉的背影。只见他正挥舞着马鞭,边跑边喊着什么,在儿子的东面,一个大马群正疯狂地奔跑着。

"巴特尔——巴特尔——你,你快回来——"乌日娜声嘶力竭地喊。

"队长家里的,巴特尔那孩子跑远了,听不见你喊他的。咳,可怜的。"几个中年妇女围过来劝她。乌日娜不甘心,仍然瞪着眼睛声嘶力竭地喊着。其实她也知道儿子听不见,可是她还是想喊,想不顾一切去追儿子。她喊着喊着就哭出声了,几个女人紧紧拉住她。

乌日娜停住脚步,垂着双手,满脸无助,眼巴巴看着儿子离马群越来越近。突然,她又疯了似的原地转了几圈,哭喊着扑向不远处的丈夫:"该死的,你没看见儿子吗?你怎么不拦住他?他这可是去截马群呀!"

乌日娜跑到丈夫跟前,一把扯住马缰绳,受了惊的马猛地腾起前蹄,差点把浩毕斯嘎拉图掀下去。正全神贯注看着儿子的浩毕斯嘎拉图被吓了一跳,急忙勒住缰绳,这才看清是自己的女人。

"儿子,儿子,咱们的儿子,你怎么没拦住他呀?他那不是犯傻吗?"乌日娜无所顾忌地放声大哭。

"开始我没注意到,等我发现巴特尔冲出去后,他都跑远了。再说了,你看我能离开吗?"浩毕斯嘎拉图使劲拍着那条伤腿喊。可能是拍疼了,最后那一下手举起来了却没落下去。

"乌日娜,敖特根老书记吩咐过了,不让浩队长擅自离开。"爱管闲事的达尔玛说。

这时,有几个骑马的年轻人跑过来,听见队长两口子的对话,二话没说就向马群方向冲去。

黑闪电领头儿马带领大马群继续疯狂奔跑,距离断头悬崖越来越近。人们看清楚了,两个孩子跟大马群相遇的地方就是悬崖前。眼看着危险临近,人群中的各种议论声、惊叹声交织在一起,就像锅里刚烧开的水乱哄哄滚动着。胆小的女人吓得都不敢看了,低下头不停默默祈祷。

"浩毕斯嘎拉图,本来我就不想让儿子来,都是你鼓动他来看打马鬃,这回好了吧!我告诉你,儿子要是有个三长两短,我就跟你拼命——巴特尔呀——我的儿子,你这是要额吉的命呀!"乌日娜说着又哭喊起来。浩毕斯嘎拉图何尝不急呢,可是眼下急也没用,爱管闲事的达尔玛寸步不离他的身边。

"大家不要乱,敖书记到队部打完电话就回来了,我——"趁达尔玛离开的瞬间,浩毕斯嘎拉图话说一半就要放马去追儿子,被骑马匆匆赶来的知青哥哥一把挡住:"队长,你腿上的伤还没好,即使到了那里也用不上劲。再说这里也需要你,还是我去吧!"

知青哥哥说完,迅速调转马头向巴特尔、山丹奔去。

浩毕斯嘎拉图知道知青哥哥说得没错,因为马群失控,现场的牧人们也快乱了,一种无形的紧张与恐惧感在人群中悄悄弥漫。他偷偷看了温都苏一眼,只见他满脸幸灾乐祸的样子。

浩毕斯嘎拉图再看看身旁的乌日娜,只见她满脸泪痕,那样子真让他心疼。他想安慰她几句,一时又不知道说什么好。

"巴特尔是好样儿的。"爱管闲事的达尔玛突然大声说。

"真的吗?可是——"乌日娜看了看丈夫,看了看达尔玛,眼泪又流了出来,可是她的身子慢慢不再颤抖了。

"就是,我们的巴特尔就是好样儿的。在集体的马群面临危险时,他能冲上去。"浩毕斯嘎拉图大声对妻子说。

"乌日娜妹妹呀,你儿子真是好样的——"爱管闲事的达尔玛老人很真诚地向乌日娜竖起大拇指。

"就是啊,这是我亲眼看见的英雄,是身边的英雄,是咱们九曲湾的英雄!"一个中年妇女含着眼泪哽咽着说。

"就是,是我们九曲湾的小英雄——"更多的人纷纷大声喊起来。

喊声过后,现场似乎沉默了一会儿,紧接着,不知是谁带头拍起了手,随后,更多的人跟着拍起手,热烈的掌声压倒了清冷凛冽的风声,向南边天空翻滚着的乌云飞去。

草滩上的热烈掌声传得很远,也传到了队部那排黑灰色的泥土房子后面的小路上,那里慢慢悠悠出现了一辆勒勒车,车上的母女俩也听见了掌声。这母女俩是邻队的,女儿要进城参加中考补习班路过这里。那额吉四十多岁,女儿顶多十五六岁。

"额吉,九曲湾的牧民们为什么这么热闹?时间还早呢,咱们去看看行吗?"女孩儿低声央求额吉。

"美丽,你没看南边的天阴了吗?你要不怕淋雨咱们就去。"额吉说。

"那不正好吗?如果雨来了,咱们就在这儿躲躲雨。反正不是在这儿淋雨就是在路上淋雨。"女儿美丽说。

"你总有理由。好吧,我的孩子,咱们就看一会儿,顺便休息休息。你姨父说城里的中考补习班明天正式开学,时间还来得及。咦,美丽,你不是就为了看打马鬃吧?"额吉意味深长地看着女儿说。

美丽瞬间脸红了,低下头小声呢喃着:"额吉——"

"行了,行了,额吉不说了。"额吉笑着抖了抖缰绳,又拍了拍牛屁股。那头老牛明白了主人的意图,拉着车拐出了那条又深又窄的勒勒车路,向南边的人群走去。

"额吉,你说那天咱们在小桥上碰到的那个男孩子,会不会也在这群人里?"美丽突然问。

"如果他是九曲湾的孩子,肯定跑不了。孩子,额吉刚才没猜错吧?"额吉笑着说。

"额吉——"美丽撒着娇,轻轻依偎在额吉身上。

"那天碰到的那个男孩儿文质彬彬的,一看就很有教养。可是孩子,你是不是太急了呀,你才十六岁……"额吉乜斜了女儿一眼说。

"额吉,打马鬃是个高兴的日子,可是你听,好像有个女人在哭。"美丽借机岔开额吉的话。

母女俩来到人群旁下了车,额吉仔细打量了一下人群,低声跟女儿说:"看见没有,那个腿上打石膏的骑马人是九曲湾生产队的浩队长,他可是烈士的后代呀!挨着他的是老支书敖特根,那个满脸泪痕的是浩队长的女人。额吉还是姑娘时就听说九曲湾草原有一个漂亮的姑娘,指的就是她。今天这是怎么了?她怎么当着这么多人的面哭呢?多难为情呀!"

美丽迅速向周围看了一遍,当她顺着所有人眺望的方向望去,马上被吓了一跳,差点喊出了声。她看见一个大马群在草原上狂奔着,离马群不远有两个骑手正策马飞奔,眼看着马群和这两个人就撞到一起了。两个小骑手后面还有一个年轻的骑马人边跑边挥着手,看样子是想让那两个小骑手停下来。

"额吉,你快看,骑马的那个男孩子——像那天在小桥上偶遇的那个小帅哥吗?天呀,他怎么还不停下来,马上就要跟马群相撞了——多危险!"美丽一眼就认出了巴特尔,随之又紧张起来,紧攥着额吉的手不放。

"我的孩子,真是他吗?我怎么看不清呢?孩子,你别急,都把额吉的手攥疼了。"额吉抽出手,边揉边说。

"额吉,你看他多勇敢。难道他不害怕吗?"美丽紧盯着远处的巴特尔问。

就在这时,人群齐声呼喊起来:"英雄——我们九曲湾的小英雄——不要害怕——"

这喊声把美丽感动得热泪盈眶,她也使劲跟着人们高喊:"好样的,九曲湾的小英雄——"

"孩子,凭额吉的经验,那个马群肯定失控了——"额吉突然闭住嘴,不敢再往下说了。美丽明白额吉的意思了,一下子把脸埋进她怀里。

"孩子,不光你害怕,额吉也紧张呀!不过你可看好了,那个小帅哥肯定是为了保护后面那个女孩子,你看他还不停地对那个女孩子挥手,好像是让她停下来。"额吉说。

"还有一个女孩子吗?我怎么没看见?"美丽抬起头看了一会儿,神色复杂地慢慢噘起了嘴。

"孩子,咱们走吗?"额吉故意问。

"嗯。"美丽虽然点头应允,身子却一动不动,眼睛死死盯着远处的巴特尔。

这时,一辆勒勒车朝人群走过来,车上躺着一个烂醉的男人。赶车的是阿拉腾,只见她满脸泪痕,边走边抹着眼泪。

"可怜的女人呀!"美丽的额吉看到了阿拉腾,深深地叹了口气说。

第五章 老马倌和他的情人

老马倌姓许，叫许旺，祖籍河北阳原。在他爷爷的爷爷的爷爷那一代，口里闹饥荒，人们为了活命就走了北口。河北、山西那一带人把西出打虎口叫"走西口"，要是经张家口进草地就叫"走北口"。这个"口"指的就是张家口。那些人出了北口就分成了三拨，一拨顺着元朝时期留下来的一条古老驿道往东走，到了一个叫多伦诺尔的地方。多伦诺尔，一座历史上很出名的商业重镇，人口最多时有十几万，也有租银地可租种。另外，这里还是旅蒙商的聚集地。多伦诺尔的兴盛跟康熙时的多伦诺尔会盟有关，会盟之后，康熙赐建汇宗寺。为了鼓励内地商人与蒙古族各部落贸易往来，还特地授予大商号的商人红顶子，红顶商人就是这个时候出现的。还有一拨人沿着明朝时期的一条中俄商道，顺着化德、苏尼特的滂江、额仁淖尔，一路到了大库伦（今蒙古国乌兰巴托），再往北到了俄罗斯的恰克图，全程将近三千里。走这条商道的旅蒙商往返于张家口、大库伦、恰克图之间，所以这条路就有了一个名字——张库商道。而许旺爷爷的爷爷的爷爷那一拨没走化德，也没向东到多伦诺尔，而是一直往北，经过察哈尔草原后还往北，有很多人走到宝源一带留了下来，这里靠租银地就能养家糊口。说起租银地，今天的年轻人可能都不知道是什么意思，就是指清朝中期，清政府放垦察哈尔草原后逐渐形成的出租佃种土地的一种形式。这些土地的所有权一般归旗、庙或者私人，外来的农民只有耕种使用权，缴纳完固定的租金后，收获的粮食归自己。而许旺的爷爷的爷爷的爷爷没有在这里停留，而是继续往北走，穿过浑善达克沙地,来到了贝勒庙。刚到这里时,他爷爷的爷爷的爷爷是光棍一个人,就在靠近尼林河的地方开了一块地,种了点玉米和蔬菜,还挖了一个住人的地窝棚。蔬菜、玉米绿油油地长起来后,引起了庙里管事喇嘛的注意。这位河北来的农民从那些陆续来这里看新鲜的一双双眼睛里,预感到有事情将要发生。于是,这位还算机敏的农民在蔬菜采摘下来的第一时间里,挑了一筐新鲜蔬菜送进庙里,说是请他们尝尝鲜。那个年代的贝勒庙,人们能吃上新鲜蔬菜,不亚于今天吃燕窝。不久,一位体态臃肿的老喇嘛在几个年轻喇嘛的簇拥下来到菜地,经过一番用手势比画的艰难交流,双方好不容易才明白了对方的意思。经过这次沟通,这块菜地就归了喇嘛庙,种蔬菜的人没有变,工钱一年结一次,是银圆。

就这样,许旺爷爷的爷爷的爷爷再没离开贝勒庙,成了贝勒庙雇佣的菜农。令人惊奇的是,这个老实巴交的庄稼人竟对语言有着极为罕见的天赋,特别是对蒙古语,基本上遇到一句就能记住一句、学会一句,更神奇的是,他说的蒙古语,连口音都惟妙惟肖。凭着机敏和语言天赋,这个走北口的农民很快就在当地立足了。后来,他趁秋收后的一段空闲时间,借了一辆勒勒车回了一趟老家。他是盘算着把他的父母也接过来,可是老人们不愿意离开故土,他只好把挣的钱分成两份,一份给父母留下,另一份买了不少生活用品、点心、首饰,带上一个愿意跟他走北口的姑娘,原路返回了。这个姑娘的爹是阳原城里挺出名的郎中,从小耳濡目染,她也认得不少中草药,看一般常见病也是小菜一碟。这一切本是无意而为之,可居然让他撞上了,算是运气好吧,却没想到给他的家族也带来了好运。靠着顺路带回来的那些零碎商品,这个农民先是攒下了第一桶金。有了钱,他就在贝勒庙南面鹰盘山下的一棵树旁建了两间干打垒小土房,把家迁到这里。家乡那个姑娘也挺能生,一口气给他生了三个儿子,就这样,一直沉寂的一棵树旁边开始有了婴儿的哭声。后来,这里断断续续来了一些倒腾羊皮、牲畜的旅蒙商,像候鸟一样开春来、秋天走,来了就在他家旁边扎下帐篷。那是清一色的白帐篷,以此跟西商的蓝帐篷相区别。这时的西商已经有长期留守的旅蒙商铺了,而南商就成了远近闻名的牲畜交易市场。到现在,这里已经有许多代人了,

可是人们口口相传的一棵树始终没有变。如今,那棵历经沧桑的老榆树虽然还在,可是这里曾经是尼林城的南商这件事却很少有人知道了。而关于许旺家族的往事,甚至连他家族里的人也没几个知道的了。

岁月悄无声息地流逝了,像一棵树旁边那条小河,流啊流啊,带走了许旺爷爷的爷爷的爷爷,带走了许旺爷爷的爷爷,也带走了许旺的爷爷。在这个过程中,来自口内阳原县的那个农民的后代,慢慢变成了地道的牧民。这个家庭的所有成员都与当地牧民一样,喝黑茶,吃炸馃子、炒米、手把肉,脸都晒得油黑锃亮,说起蒙古语来,外人根本听不出是汉族。那个阳原县的农民刚来到草地时,家人们交流时说汉语,到外面跟人交流就说蒙古语,到了许旺爷爷的爷爷那一代,无论在家里还是在家外,就全说蒙古语了。至于这个变化具体始于哪年,因为没有家谱,也就没有任何文字记载流传下来。总之,起始的大致时间很模糊,只能按代算,然后口口相传地传下来,当然就不可能那么精确了。家族传下来的模模糊糊记忆是,从他们家人完全用蒙古语交流的那一辈起,他们就不再种蔬菜了,而是用辛辛苦苦攒下的钱买了牲畜,从那以后,他们家族有了自己的羊群。到了他爷爷那辈,又有了自己的马群,他们家就开始出马倌,还是好马倌。

但是谁也想不到,这个结果竟然与许旺爷爷的爷爷的爷爷带回来的那个女郎中有关,或者说,从那时起就埋下了一颗等待发芽的种子。一棵树附近有位女郎中这个传说曾在民间广为流传,不光贝勒庙的喇嘛们知道,整个九曲湾草原上的牧人都知道。后来有人偶然找到一本《贝勒庙简史》,在那本已经泛黄了的几十页薄纸上,保留有这样一段文字:"乾隆三十年(乙酉年,公元1765年),大喇嘛丹巴患病不起,久治无果。危急中,有人力荐一来自口内女郎中,称其医术堪称高明,其夫曾为庙属菜农,现居住于一棵树。经其把脉、诊治、开方,大喇嘛丹巴终于康健如初……"

人们总说"种瓜得瓜种豆得豆",可是谁也没想到,在许家这话却成了"种瓜得倌"。请看好,是"倌",可不是"官"。后来,女郎中的医术随着她的寿终正寝而没有续传下来,而这个家族意外收获的那个"倌",却绵延至今。久而久之,老马倌这个称呼就成为许旺家族的一个符号。可是到了许旺这一辈,马倌一职却旁落到了浩毕斯嘎拉图手里。许家的后代空有个老马倌的名号,真正的马倌却是浩毕斯嘎拉图。后来,老马倌娶了媳妇,也是来自河北阳原老家的一位姑娘。是他私自多给了一个赶羊趟子的人两只羯羊,那人咬咬牙才把这个叫桂兰的女人留下了。让老马倌没想到的是,桂兰在给他生了一个女儿后不辞而别。有人告诉他,桂兰跟着一个眉清目秀的羊皮贩子走了,那个羊皮贩子骑着一辆除了轱辘不响别处哪儿都响的自行车带着她走了。老马倌听人这么一说,马上知道那个人肯定是经常到这一带收羊皮、羊肠的老三,那人还是他的老乡,曾在他家留过几次宿。但他做梦也没想到,一起过了日子的女人说走就走了。他知道老三家在城里,可是不知道具体在哪里,不过他也没有找,认为这样的女人不值得找。

桂兰与老三私奔的那天,老马倌不在家,等他回来时,那个女人早走了。蒙古包里,三岁的山丹睡着了,眼泪、鼻涕胡乱地抹了一脸。薄薄的毡子上堆放着一小盆炸馃子,旁边还有一大杯温开水。一个女人静静守在孩子身边。他认识她,是萨日娜,是个没了丈夫的小媳妇。萨日娜看见他回来了,立刻像家庭主妇一样忙活起来,烧好了茶,摆好了奶豆腐、炸馃子。这时,可怜的山丹醒了,可她居然没哭。萨日娜烧了半锅热水,往脸盆里舀了半铜瓢,又兑了些凉水,开始给孩子洗脸。

"呼勒嘿,呼勒嘿——"萨日娜边说着边给孩子洗脸。她的手很轻,像是害怕把孩子嫩嫩的皮肤碰伤似的,转眼间山丹就像换了一个人。萨日娜捧着孩子的脸蛋亲了一口又一口,说了一句让老马倌至今都没忘的话:"可怜的孩子,真像她额吉,长大了一定是咱们九曲湾最漂亮的姑娘。"

那天晚上,萨日娜就住在了老马倌家。从交谈中老马倌才知道,原来白天萨日娜路过他家,听见里面有孩子沙哑的哭声,就下马走进来。

老马倌听了,一把搂住这个善良的女人,哭了。从那以后,两个人就开始来往,但更多的是老马倌主动到萨日娜家去。不知为什么,两个人谁也没主动提出来搬到一起过日子,也许是顾忌山丹吧。

这天,老马倌本来想好了,先把马群赶到萨日娜家,在她家住一晚,第二天早晨起来喝完茶,再从从容容赶着马群到队部。说实话,他已经快有半个

月没到萨日娜家了。一想起那个女人,他的心就像一匹不听话的小儿马极不安分地想往骒马旁边凑。可是他赶着马群过河时,不经意间听见浩队长的儿子巴特尔说的话,那句话箭一样扎进心窝,让他突然想起自己还有个女儿。他不由得想给自己一巴掌,心里暗骂道:"老马倌呀老马倌,你这个骚家伙,光想着自己怎么快活,忘记家里还有个女儿了吗?那么大的姑娘了,把她一个人扔在家里不管吗?那可是你的亲生女儿呀!混蛋东西,你也太自私了,还配当她的阿爸吗?"

  人有时就这样,当一门心思地想干一件事时,往往会挂万漏一,如果这个时候听到谁说了一句话,或者被谁有意无意地点拨一下,瞬间就能恍然大悟。对老马倌而言,昨天巴特尔的那句话就起到了这样的作用。

  山丹早就习惯了一个人在家,意外看见阿爸返回来了,她的脸上顿时浮现出轻松的笑容。她哼着歌,拿起簸箕走出去,迈着轻松的脚步很快端回一簸箕干牛粪。她在早就清空的炉膛里放了几块干牛粪,垒成一个窝的形状,再拿起一块干牛粪,倒上一点儿煤油,点着后放进炉子里的那个窝中间,然后小心翼翼地围放上干牛粪,坐上黑铁锅,往锅里舀了半锅水。慢慢地,一缕缕蓝色的烟从炉灶里冒出来,不久,蒙古包里弥漫起淡蓝的牛粪烟。这股带着干草味的蓝烟轻轻飘着,给蒙古包里增添了一丝略微呛人的味道。草原牧人从小到大闻惯了这种味道,对他们而言,牛粪烟不呛人,是一种熟悉而亲切的记忆。

  山丹推开蒙古包门,炉膛里的牛粪呼呼呼地燃烧起来,弥漫在蒙古包里的淡蓝色的牛粪烟就势被一股力量抽出门外。

  老马倌坐在茶桌旁,静静地看着女儿娴熟的动作。虽然山丹还只是个十几岁的孩子,可是所有动作都像家庭主妇一样娴熟、流畅。

  山丹熬好茶,天已黑蒙蒙的了,父女俩借着炉子里时隐时现的牛粪残火喝完茶,天就完全黑了下来。懂事的女儿知道阿爸累了,而且第二天还要早起,就把皮德勒(皮袄)铺好让阿爸躺下,然后轻轻走出去,检查了一遍围圈马群的柳笆圈。

  山丹回来时,手里拎了点什么东西。黑暗中的老马倌听出来了,那是细心的女儿要给他准备第二天的食物。

"孩子,不用准备了。明天一早阿爸到萨日娜阿姨家喝早茶,吃的东西她都给备好了。"老马倌说。山丹轻轻"嗯"了一声,放下手里的东西,走到自己睡觉的地方轻轻躺下。蒙古包里再也没有别的动静了。

老马倌虽然很累,可是脑袋却很清醒。尽管决定留下陪女儿是他作为一个父亲责任心的瞬间苏醒,可是作为一个正当年的男人,他还是免不了要惦记另外一个女人。说实话,萨日娜像所有牧区女人一样,温柔,勤奋,话不多,每天一睁开眼睛就里里外外忙碌着。在他看来,萨日娜什么都好,就是有一点让他不放心——有些喝酒的男人经常光顾她家,还赖着不走。牧区许多男人都有爱串包的习惯特别是那些闲散惯了的男人,有的就爱围着她的蒙古包转来转去,有的干脆找个借口进去喝口茶,放肆一点的甚至还用话骚扰她。老马倌也承认,这个女人身上确实有一股吸引男人的魅力。也许是没生过孩子的缘故,她的身子不臃肿,相反还特别丰满紧致,量身缝制的蒙古袍恰到好处地勾勒出她的身体像尼林河水的波纹一样温柔起伏、错落有致,散发着一种迷人的诱惑。

第二天,因为惦记着萨日娜,也因为这天是生产队打马鬃的日子,老马倌早早就醒了。他想早起一会儿,给自己和马群在萨日娜家多留些时间。懂事的山丹也早早起来了,忙着给阿爸烧好了茶,可老马倌没心思喝,把一块奶豆腐和一布袋牛肉干给女儿留下,就匆忙出门跨上了马背。

"阿爸,今天生产队打马鬃,你在萨日娜阿姨家别待太长时间。"像每次那样,女儿站在蒙古包前的草地上大声叮嘱着阿爸。

"知道啦,孩子。你要是不放心,就跟阿爸一起走吧!奶豆腐和牛肉干是你萨日娜阿姨给你的,我怎么也得谢谢人家吧!"老马倌说。

"我不去,我可不想当电灯泡。"山丹嘟囔着向刚刚打开的马圈走去。

女儿的话一出口,老马倌悬着的心就落地了,他原本怕女儿不高兴。

休息了一晚上的马蜂拥着冲出柳笆圈,在空旷的草地上发起疯来。有的使劲抖着身子,有的尽情打着响鼻,有的扬起前蹄发出痛快的嘶鸣,领头的儿马黑闪电则威风凛凛地围着马群跑了一大圈。而一些小马驹不时冲出

马群,躺在草地上撒欢打滚,仿佛唯有这样才能把被禁锢了一个夜晚的不愉快发泄出去。在欢腾的马群边缘,几匹儿马分别寻找着属于自己的骒马,同时也打量着黑闪电,眼睛里透出挑衅的锋芒,可是一旦黑闪电靠近,它们就迅速躲进马群里。

老马倌特别欣赏黑闪电儿马的霸气,也察觉到那几匹儿马试图挑战黑闪电,知道它们的出现意味着什么。他知道,这几匹儿马里,只有那匹四岁的白色儿马将很快成为黑闪电儿马真正的对手。不过,马群里能出现一匹与黑闪电一样优秀的儿马,着实不容易,他早想好了,只要白色儿马还没有成为黑闪电儿马势均力敌的对手,就绝不掐灭它的雄性,让它优秀的基因在马群里存在下去。

马背上的老马倌看着朝夕相处的大马群这样充满活力、奔放无羁,一种痛快、舒爽的感觉从他心头油然而生。他太熟悉这些马了,只要随便往这几百匹的马群里看上一眼,无论看到哪匹马,他都能把这匹马的特点说出来。这也是令他骄傲的资本。他觉得自己命中注定就是把马倌家族接续起来的那个人。说实话,想归想,他可从来没想到有一天自己真的会当上马倌,因为他承认浩毕斯嘎拉图是个好马倌。但更让他没有想到的是,年纪跟自己相差无几的浩毕斯嘎拉图竟然当上了九曲湾生产队的队长。当了队长自然就不能再当马倌了,他记得很清楚,有一天,浩毕斯嘎拉图找到他,笑嘻嘻地告诉他,队里决定让他接替这个马倌。当时他激动得一把抱住这位刚上任的年轻队长,不知道用了多大的劲儿,居然憋得队长半天没喘过气来。

老马倌还记得二十几年前的一件事。那时他们还都是光棍,马倌浩毕斯嘎拉图已经是队里的姑娘们瞩目的人物,当上队长后就更别提了。就在那时,九曲湾草原上发生了一件人人都知道的事:天天缠着九曲湾最漂亮的乌日娜姑娘给她唱情歌的温都苏,突然找老马倌喝酒,边喝边哭,说他看见乌日娜跟浩毕斯嘎拉图骑马进城看电影去了。此后不久,乌日娜就成了浩毕斯嘎拉图的新娘,公社最大的达日嘎李涛书记还参加了这场婚礼。浩毕斯嘎拉图结婚以后,九曲湾生产队的姑娘们也都陆续出嫁了。可是不知什么原因,没有一个姑娘愿意嫁给温都苏,温都苏只好娶了一位外乡的姑娘。

老马倌知道,温都苏对此一直耿耿于怀。尽管后来他儿子阿尔斯冷也长大了,还天天跟浩毕斯嘎拉图的儿子巴特尔在一起玩,可是温都苏就是忘不了初恋失败的痛苦。很长一段时间里,每次跟老马倌喝酒,温都苏都会咬牙切齿地说,他早晚要报这夺爱之恨。每次老马倌都劝他说:"什么夺爱呀,这不过是你自己的感觉。其实哪是人家浩毕斯嘎拉图夺了你的爱,我早就看出来了,乌日娜根本就没想过要嫁给你,是你自作多情。"可是任凭老马倌怎么说,温都苏就是听不进去。

老马倌也是在那年结的婚。

"孩子,"老马倌跟女儿说,"喝完茶去找巴特尔吧!那孩子不错——"可是没等他把话说完,坐骑就急不可耐地狂奔起来,去追赶前面的马群。他拽了拽缰绳,有些不放心地回过头,看见女儿已经进了蒙古包。他觉得自己是在瞎操心,不由得全身上下骤然轻松起来,使劲吼了一嗓子他最爱唱的西部民歌:

"哥哥头一回眊你你不在——你大打俺一烟袋——"

草原春天的清晨,风虽然还很冷瑟瑟,但已经有了一股清新的味道。一层枯黄的浮草下冒出无数淡绿色的嫩草芽,那股清新的味道就是它们散发出来的。老马倌贪婪地深吸了一口气,却被扑面而来的冷风呛了一下,后面的歌词也被呛了回去。

大马群的那些马子被圈了一宿,早已攒足了力量,冲出柳笆圈后就跟着黑闪电儿马奔跑起来,跑得是那么轻松。黑闪电好像知道主人此刻的心情,也像是要讨好主人,带着马群直奔萨日娜家的方向而去。当老马倌在一个山坳里追上马群时,再翻过前面那道不高的山梁,就能看见萨日娜家的蒙古包了。真是老马识途呀!不过黑闪电还不是老马,而是正当壮年。

老马倌看着奔跑着的马群,嘴角挂着满足的笑。他猜测,此时的萨日娜肯定早就准备好了奶茶,正等着他和他的马群呢!她肯定还会像每次那样,早早就站在蒙古包旁的一个高坡上,向马群出现的方向眺望。关于为什么每次她都能确定马群从哪个方向出现这个问题,他有一次问过她。

萨日娜红着脸指了指马群说:"是它们告诉我你从哪里出现的。"

"它们?它们是怎么告诉你的?"老马倌很不明白,追问道。

"你呀,真笨。这么大的一个马群,能没有动静吗?"萨日娜嗔怨地轻轻捶了他一下,低下头躲开了。

"噢——我知道了,是马群奔腾的声音。"恍然大悟的老马倌像个孩子一样喊起来。

果然,当马群翻过前面那道梁时,老马倌看见了一个熟悉的身影——萨日娜正站在草地上向这边眺望。从她那微微向前倾斜的样子,他似乎感受到她渴望的眼神,将一个女人的体温一波接一波地传导给他。

老马倌激动了,也更加躁动起来。"噢——"他大喊一声,把怀抱着的套马杆一横,就在马背上立了起来。杆子马风暴知道主人要玩马术了,放慢了奔跑的速度。每次周围只有他和她两个人时,他就会像个调皮的孩子一样炫耀自己的骑技。在马背上折腾了几十米远,老马倌重新坐到鞍子上,把套马杆向前一伸,杆子马风暴立刻恢复了原来的速度,转眼间就奔到了马群前面。人与马的配合是那么默契、协调。

在九曲湾草原上,老马倌的杆子马风暴是出了名的好马。这马浑身赤红,四只蹄子却是雪白,跑起来就像一团腾云驾雾的红色火球。老马倌太喜爱这匹马,经常给它吃点零食,还给这匹马起了一个很威风的名字——风暴。杆子马风暴不仅跑得快,重要的是跟主人有一种默契,特别在套马时,主人的套马杆指向哪匹马,杆子马风暴立刻就会冲向那匹马。

领头的儿马黑闪电看见杆子马风暴跑到了前面,更加坚信方向没错。它有意放慢了速度,与老马倌的杆子马保持了一段距离。

炫完了马技,美滋滋的老马倌觉得还没有尽兴,又唱起来:

"第二回眊你你不在——你娘打俺一锅盖——"

老马倌距离萨日娜越来越近了,甚至都能看见她拎着的那个油油的食品袋。那边,萨日娜也快步迎了过来。两个人相距还有几米远时,老马倌轻轻一跃从马背上跳下来,将手里的套马杆往马鞍上一靠,杆子马风暴立刻就地停住了。连续打了一连串喷嚏后,它的脑袋一上一下地点着,靠在它身上的那根套马杆却一动也不动。

老马倌不说话,大步走过去,一把搂住了萨日娜。那女人轻轻呻吟了一声,手里的食品袋掉到了草地上。可是她很快从他怀里挣脱出来,红着脸说:"别,别别——你疯了?像个骚羊耙子,没看见远处有个骑马人吗?也不怕让人笑话。"

"有人看见怕什么?整个九曲湾谁不知道你是我的女人?这些日子真是想——"老马倌说着又把萨日娜搂住,在她身上乱摸起来。

"别——别——"萨日娜又发出一声低低的呻吟,但很快又勉强挣脱出来,红着脸瞪了他一眼说,"谁说我是你的女人?有结婚证吗?"

老马倌被这话噎住了,愣怔了一下才说:"结婚证是个什么玩意?行,等我去给你开一个。"

萨日娜笑着说:"跟你开玩笑呢。你以为结婚证是一个人能开的呀,那得两个人都去,公社民政助理才给开。"

老马倌想了想说:"不行,远水解不了近渴,还是'非法同居'吧。我现在就——"说着又扑向萨日娜。

"昨天等你等到那么晚,你也没来,现在着急了?还是等打完马鬃吧。要不是怕你今天挨饿,我才不在这儿等你呢。给,这里面都是吃的。还有,我托人捎给山丹的奶豆腐和牛肉干,你给她了吗?"说着,她捡起草地上的食品袋递给老马倌。

"你捎的那些东西我都给她了。说实话,我也好多天没见到女儿了,看着女儿一个人在家里挺可怜的,就,就——"老马倌怕萨日娜挑理,想解释几句,话没说完就被萨日娜给打断了:"原来昨晚回家了呀,我还以为又住到哪个女人的包里了。"

"嘿嘿嘿,有你一个女人,我老马倌就满足了。"他赔着笑脸说。

"山丹呢?她也来了吗?在哪儿?"萨日娜边环顾四周边问。

那儿马黑闪电带着马群跑到杆子马风暴附近时停了一会儿,这时老马倌正忙着跟萨日娜调情,早忘了给儿马黑闪电发出停下来的口哨,结果它误以为主人让它继续往前跑,带着大马群又奔跑起来,从这两个人旁边跑过去

时,卷起的漫天尘土一下子把这两个人吞没了。萨日娜急忙捂住嘴向上风头躲了几步,后面的老马倌一步不离地跟了过去。萨日娜瞪了他一眼说:"你个不正经的家伙,就不怕女儿看见?"

老马倌笑嘻嘻地说:"放心吧,她没来。这孩子好像知道我的心思。要说有谁看见了,那就是我的大马群了。让它们看见怕什么?你以为领头的那个黑闪电是个老实的家伙吗?身边围拢着那么多骒马,你说它有多快活?你没看见在那几匹跃跃欲试的小儿马面前,它有多威风?不过它真不能老实,它要是老实了,我的马群就该萎缩了。"

"去去去,都说你们马倌走南闯北的容易学坏,看来花花肠子真不少。你不会像那匹儿马吧,周围围着一大群……"萨日娜故意板着脸说。

"嘿嘿嘿,看你说的。我还是那句话,这辈子就你了。"老马倌说着又要去搂萨日娜。

"那还差不多。你要是敢到处风流,小心我学咱们队的老兽医,一刀就把你给'咔嚓'了。"萨日娜照着老马倌做出个砍的手势,然后捂着嘴笑起来。

老马倌像听见了号令般猛地扑向萨日娜。萨日娜笑着边跑边躰,老马倌就在后面追。在一片很厚的枯草地上,老马倌追上了萨日娜,一使劲抱起她,两个人顺势倒在草地上……

杆子马风暴一直站在那里。看着马群从身边跑过去,它焦急地打了几个响鼻,那是在提醒主人马群过去了,可是没有得到主人的回应,它只好继续静静地站在那里。

当老马倌站起来走向杆子马风暴时,萨日娜也红着脸站起来,快走了几步,走到杆子马风暴旁边,把那个食品袋拴系到马鞍旁,温柔地说:"马群跑远了,快去追吧,别误事。"

老马倌一看,马群果然不见了,远方有一片黄色尘土在旷野上飘荡。

"坏了。"老马倌急得脸色也变了。他快速跳上马背,把套马杆往前一举,早就等得不耐烦的杆子马风暴长嘶一声……

"你——慢点——"萨日娜捋了一把被风吹散的头发,大声叮嘱他。

老马倌使劲"嗯"了一声,头也没回,策马狂奔而去。

杆子马风暴腾起四蹄,草地上顿时出现了四朵飞快飘动的白云,老马倌离大马群越来越近。突然,他前面出现了一个骑马的人,不偏不倚正好挡在他的杆子马前。

"老马倌,你好呀。"温都苏笑着问候道。

"温都苏,你好呀。一会儿咱们在队部见面再聊吧。"老马倌这下知道了,刚才萨日娜说的远处那个人原来是温都苏。可眼下的老马倌确实没有时间跟温都苏聊天,他心急火燎地要去追马群。他本想打个招呼敷衍一下就过去了,可是温都苏用手势挡住了他,看样子有话要说。

"老马倌,今天早晨你真够忙活的呀。"温都苏话里有话地说。

"早晨茶喝多了,就——"老马倌估计他看见自己和萨日娜在草地上亲热了,就想搪塞一下,免得尴尬。

"嘿嘿嘿,老弟,都是男人,谁喝多了茶都一样——我可什么也没看见呀。"温都苏狡黠地眨着眼睛说。

"温都苏老兄,我得赶快追马群去了,有时间咱们再聊——"老马倌说着就要走,却再次被温都苏的一句话给拉住了。

"老马倌,告诉你一个内部消息,今年打完马鬃,咱们队就要开始搞'两定一奖'试点了。你听说这事了吗?"虽然温都苏的声音不高,老马倌可是一个字都没漏下。

"没有啊。你听谁说的?'两定一奖'?什么叫'两定一奖'?"他勒住马缰绳问。

"消息来源当然可靠了,不过不能告诉你是谁说的。至于'两定一奖'嘛,可以告诉你,就是定产、定工,超产奖励。"温都苏说。

"要是没有超产呢?"老马倌问。

"罚。"温都苏说。

"罚?罚谁?我看谁敢罚我?"老马倌的嗓门突然提高了八度。

"那可不是敢不敢罚,而是怎么罚、罚轻罚重的问题了。盟里本来是先搞试点,看情况再推广,可是咱们队长太爱出风头,他去找公社的李书记,生生把这个试点争取到了咱们队。"温都苏说。

"这事可当真？再说他争取这个干吗呢？"老马倌盯着温都苏问。

"我还能骗你吗？说实话，社员们谁都不容易，就像现在这样多好，大家每年的收入都差不多。也不知道这个浩毕斯嘎拉图是怎么想的，要搞什么奖勤罚懒。这个人年轻时就爱出风头，现在都这把年纪了，还像年轻时一样，真是禀性难移呀！难道他就不怕把社员们都得罪了吗？"温都苏话里有话。

"我看也是，像现在这样不是挺好吗？谁也饿不着，谁也撑不着，还搞什么奖勤罚懒？你说，放马跟放羊比，风险能一样吗？"老马倌听温都苏这么一说，从心里对"两定一奖"产生了反感。

"可是有人不愿这样呀！大概看社员们这样舒舒服服地过日子他就难受吧。如果再说的话，就是想借着这个机会往上爬呗。"温都苏说。

"他想往上爬？那我怎么办？万一马群有个三长两短，我能赔得起吗？赔一只羊和赔一匹马，是一回事吗？"老马倌说着说着真生气了。

"谁说不是呢！他当队长当然不怕，旱涝保收的，可是咱们……"温都苏接过老马倌的话头说。

"大不了我不干了，谁愿意干谁干去。"老马倌赌气说。

"老马倌，你可不能撂挑子呀。你不干谁干？谁能干？谁能像你这样把这么大一个马群管理得有条不紊？"温都苏说。

"咱们队长能干。他不是也当过马倌吗？"老马倌赌气说。

温都苏笑着说："老马倌，你没有搞错吧！马倌当队长行，可是你听说过哪个队长又回来当马倌的？"

"怎么就不行？不是说领导干部能上能下吗，咱们队长怎么就不行了？要是他重新当了马倌，我第一个选你当队长！"老马倌用开玩笑的口气说。

虽然老马倌说的是句玩笑话，温都苏听着却很舒服，脸上流露出得意的神色，说："我要是真当了队长，肯定亏待不了你。"

老马倌看温都苏把他的玩笑话当真了，一时不知该怎么往下接话。这时，他听见远处的山梁上好像有人在喊他，仔细一看，原来是萨日娜。隐约中他听见了一个"马"字，这才猛地想起跑远的马群，急忙说："不行，不能再聊了,我的马群!"说完,他猛地挥舞起套马杆,杆子马风暴立刻箭一般跑起来。远处山梁上的萨日娜这才松了一口气,瘫坐在草地上。

"老马倌,你等等我……"温都苏刚想说咱们一起走,可是刚一张嘴,被杆子马风暴尥起来的一粒小石子不偏不斜正打在他的牙床上,一股殷红的鲜血立刻从他嘴里流出来,他"呸呸"吐了几口带血的吐沫,说了句"倒霉"。他揉着慢慢肿起来的嘴唇,又看了看远处那个女人,这才发现马群跑的方向错了,他自言自语地说:"我可不是有意耽误你的时间。老马倌呀老马倌,你这是往枪口上撞呀!今天要是出事,跟我可没关系。别看你骑着风暴威风凛凛的样子,其实连个女人的肚皮都没迈过去。"

温都苏在马背上自言自语着,然后拨转马头,向队部方向奔去。这是一条直达队部的近路,而老马倌的大马群要绕一个"U"字形的大弯才能到达队部。

第六章 悬崖边上

马群在儿马黑闪电的带领下,继续往前狂奔。当它们发现每天都跟在后面的老马倌不见了,更加肆无忌惮地疯跑起来。马群像破堤而出的汹涌洪流完全失了控,在微微起伏的草原上肆意奔腾。马群所到之处,尘土飞扬,鸟群惊叫着飞向高空,黄鼠和野兔惊恐地钻进洞里或者躲在远远的地方观望。跑着跑着,黑闪电似乎有一种很惬意的快乐。它享受着大地被几千只铁蹄同时践踏的强烈震撼,同时又看到小动物们惊慌失措东躲西藏,第一次发现了自己的强悍。眼前一望无际的草原、洼地和山岗,它可以尽情驰骋,要是以往,老马倌早就发出警示的哨音了,可是今天到现在,连他的影子都没有出现,更何况那声尖利而悠长的哨音呢。

可是,这一幕对九曲湾生产队的牧民们来说是恐惧的,等在队部旁边草场上的他们都看见了。

巴特尔终于先山丹一步赶到了大马群前面。当他勒住马定睛一看,真被吓坏了——潮水一样的马群没有因为他的出现而放慢速度,正向他扑来。他一时没了主意,慌乱中竟不知道接下来该怎么办了。

"巴特尔,快点躲开,快点躲开!"后面的山丹策马向他奔来,同时大声地喊着,喊声里带着哭腔。

听见山丹的哭喊声,巴特尔突然镇静了。他产生了一种责任感——要想保护山丹、截住马群,就绝对不能慌乱,一定要像一个真正的男子汉。他深吸一口气,闭了下眼睛,胸脯一挺,"啾啾"喊了几声,指挥着胯下的马在悬崖前的草地上来回跑起来,不时还大声吆喝几声——他在给马群画一道无形的线。可是这条无形的线有用吗,说实话,他也不知道。

大马群离他们越来越近,都能听见马子此起彼伏的喘息声了。远处,正催马向他们飞奔过来的知青哥哥大喊着:"巴特尔——山丹——危险,赶快躲开——"

"山丹,你赶快躲开,这里有我呢!"可山丹不但不躲开,反而紧跟着巴特尔一步不离。

"山丹,求你了,这里太危险了,你要不走我可生气了!"巴特尔板着脸怒吼着。

"不,巴特尔哥哥,我死也不离开你一步。"山丹还是紧紧跟在他身边。

这一幕,远处队部旁边人群里的乌日娜看得清清楚楚。她觉得好像有一只大手在使劲撕扯她的心。她实在看不下去了,哭着跑出人群,跑到一个没人的地方面朝西方跪下去,边哭边为儿子祈祷。

浩毕斯嘎拉图也经受不住这种折磨了,猛地从旁边一个骑手手里夺过套马杆,不顾一切地向马群奔过去。可是谁都能看出来,确实来不及了,等到他赶过去,该发生的肯定早就发生了,绝望中的他只是在拼着命要去抓住那最后的一线希望。这时他也顾不上那条伤腿了,他横下了心,假如儿子被马群夹裹着掉下悬崖,那么他还活着干什么?现在他后悔了,刚才儿子冲向马群时他就应该跟过去,有什么可犹豫的?难道这条伤腿比儿子的命更重要吗?

人群中的美丽也被吓呆了,那双好看的丹凤眼瞪得老大,一眨不眨地紧盯着与马群越来越近的巴特尔。她的手又一次紧紧攥住额吉的手,比刚才还用劲。额吉感觉到了疼,却没有抽回去,就那样默默忍受着。她用另外一只手搂住女儿的肩膀,不停安慰着:"孩子,别害怕,不会有事的,这个勇敢的孩子不会有事的。你看他多勇敢,面对狂奔的马群,他居然没有一点儿害怕的样子。"

"额吉,是真的吗?那个勇敢的小帅哥真的会没事吧?"美丽说着,泪水顺着脸颊流下来。

"我善良的孩子,放心吧!你看,雨快来了,咱们该离开了,好吗?"额吉说。

"不,不,不。额吉,我想等他拦住了马群再走,行吗?"美丽摇着头说。

"咳,都是额吉的错,就不应该答应你来看打马鬃。"额吉叹了口气说。

四周的风渐渐大了,天上的云层依然翻涌而来,这是来自南方的暖湿气流。黑压压的云层肯定带着雨,那是春雨呀!云层里不时闪现出几道亮光,亮光闪过半秒或者一秒后,一阵沉闷的雷声就传了过来。随着闪电与雷声的间隔越来越短,这场春雨离九曲湾越来越近了。

人们纷纷做起防雨准备,有的拿出雨衣披上,有的跑向勒勒车或者拴着的马匹,去拿雨衣或者雨伞。可是更多的人都像美丽和她额吉那样不忍心离开,紧张地注视着马群和那两个孩子。

人们暗暗在心里祈祷奇迹会出现——或者是狂奔的大马群在两个孩子面前停住,或者是儿马黑闪电在关键时刻带领大马群改变方向。不过人们也知道,从现在的局面来看,这两种奇迹出现的可能性都不大。那还有第三种可能就是,在大马群赶到两个孩子那里之前,知青哥哥能及时赶到。可是从距离上目测,等他赶到时黄瓜菜也凉了。至于后面追过去的浩毕斯嘎拉图虽然快疯了,也只能是黄羊的屁股——白白的,没什么用。

"孩子呀,你这样勇敢,真是英雄,可是你知道吗?这对你额吉太残酷了。"一位中年女人流着眼泪说。

"就是啊,巴特尔和山丹,你们快点躲开啊!马群掉就掉下去吧,你们可千万不能出事呀!这可是人命关天啊!"在不少女人们的抽泣声中,不知谁在说着。

"美丽,你听见了吗?那个小帅哥叫巴特尔。"美丽的额吉轻轻拉了女儿一把,附在她耳边低声说。

"额吉,我听见了,那个紧紧跟在小帅哥身旁的女孩子叫山丹。"美丽说。听口气,她对紧跟在巴特尔身边的山丹不那么敏感和排斥了。

"听说那个女孩子的阿爸就是这群马的马倌,难怪她这么不要命地冲过去。可那个小帅哥为什么呢?简直连命也不要了。"额吉对女儿说。

"额吉,你怎么能这么说呢?马群是集体的,他们这是为了保护集体的财产呀。当年的草原英雄小姐妹不就是为了保护集体的羊群被冻伤的吗?"美丽低声反驳额吉。

"这孩子,我就说了一句,你用一勒勒车的话反对我。"额吉轻轻拍了女儿一下。

人群中的议论声始终没有停歇。

"你们快看,浩队长多危险呀!万一掉下马,没准就残废了呀!"

"可怜的,跑那么快!他的腿还打着石膏呢!"

"今天是什么日子呀,看样子真要出人命了。"

"啊!天呀!"

"完啦!出大事啦!"

人群里爆发出惊天动地的哭喊声。可就在那绝望的哭喊声中,一个状况让所有人都屏住了呼吸——大马群突然在原地旋转起来,形成了一个可怕的巨大的旋涡。人们瞬间更紧张了。

"巴特尔、山丹呢?怎么看不见他们?是不是被撞下马了?"

"天呀,还用猜吗?恐怕被踩成肉酱了吧。"

"怎么回事?怎么回事?你怎么没拦住浩队长呀!"刚刚骑马赶来的老支书敖特根质问那个爱管闲事的达尔玛。

"老支书呀,我能劝住吗?那是劝的事吗?哪个阿爸看见自己的孩子处境危险能无动于衷?你快看,你快看,那两个孩子被裹进马群里,还不知道是死是活呐——"达尔玛指着马群的方向大声说。

敖特根的脸色更难看了。他顾不上再说什么,长长地叹了一口气,迅速扭转马头飞快地向马群奔去。

奇迹是在所有人都绝望的时候突然出现的。就在大马群突然绕着圈奔跑的那一刻,这边人群中有人隐约听见了一声悠长的哨音,紧接着,一个举着套马杆的骑马人出现了,只见他在悬崖边跑了几个来回后,马群突然像变魔术一样向人群这里奔来。

人群沸腾了,爆发出一阵阵欢呼声。

"老马倌,老马倌,他终于出现了。"

"就是他,没错,就是老马倌。这个该死的家伙,怎么现在才出现呀!"

"那声哨音,只有他的儿马黑闪电能听懂,那可是老马倌的绝招儿。"

人群里有的赞叹,有的大声叫好。就在人们激动得又蹦又跳忘乎所以时,突然有人大声说:"不对呀,那两个孩子呢?怎么没看见呢?"

"是呀,那两个孩子呢?"

在场的所有人重新想起那两个拦截马群的孩子,都把目光再次转向悬崖边,现场又紧张起来。

大马群这回是真的向这里奔来了。儿马黑闪电还是那样威风凛凛地跑在最前面,后面跟着的老马倌和杆子马风暴显示出一种人们都能感受到的威慑。是的,从老马倌出现的那一刻开始,失控的大马群就不再那样肆无忌惮了。当马群被驱离悬崖边后,巴特尔和山丹重新出现在人们的视野中,这时,知青哥哥、浩毕斯嘎拉图也赶到了,四个人骑着马说着话一起往回走。

其他的骑手们也都陆续赶到了,成一条线形围跟在马群后面。所有人这才真正松了一口气。

南边的天空上又出现了几道闪电,随后传来一阵低沉的滚雷声,那雷声带着回音在草原上滚动,在人们心头回荡,像是在提醒人们雨快来了。马群终于平安归来了,可是黑漆漆的乌云也在缓缓向这边移动,草原上的风更凉、空气更湿润了。偶尔有几颗凉凉的大雨点滴落在人们的脸上,可是谁也没有理会这些,而是快步散开,分头忙碌,因为让牧人们牵肠挂肚的大马群马上就要到了。

"孩子,咱们该走了吧?"美丽的额吉拉了她一下说。

美丽好像没有听见额吉的话,还在向远处张望。额吉明白女儿的心思,便没有再催促,而是耐心地站在旁边。

"额吉,你看,他来了。"美丽指着渐渐走近的巴特尔说。

"我看清楚了,就是那天咱们在小桥上见到的小帅哥。"额吉说。

"我也认出来了,就是他。额吉,咱们走吧。"美丽说完,拉着额吉的手转身就走。在她转身的瞬间,脸上浮现出两片淡淡的红晕,被她额吉敏感地捕捉到了。

"孩子,你不等了?小帅哥可是马上就到跟前了,不想顺便认识一下吗?"额吉故意问。

"额吉,你说什么呢?"美丽嘴角挂着一丝娇羞,捂着脸跑了。

"孩子,快跑几步,把咱俩的雨披拿出来,这雨马上就要来了。"额吉在后面大声喊。

这时,大马群朝这边过来了,杂乱的马蹄声中夹杂着一个汉子粗犷、沙哑的歌声:

头一回眊你呀,妹妹你不在,

你娘打了俺两锅盖。

要不是哥哥我跑得快,

差点打出俺的脑汁来……

"这个老马倌,心可真大,惹了这么大的祸,居然还有心思唱!"

"让他等着吧,浩队长肯定饶不了他。刚才浩队长拖着伤腿冲出去,是哭着跑向他儿子的。是啊,这事落在谁身上不急呀!"

"就要搞'两定一奖'了,老马倌这回是撞到枪口上了。听说他像今天这样忙里偷闲可不是一次两次了。"

"你们谁快去告诉乌日娜一声没事了,没准她还在为儿子祈祷呢。"

"真是可怜天下父母心呀,今天可是真够队长两口子受的了。好,我这就去。可怜的女人,今天这是把多少年的眼泪都流出去了。"刚才一直劝慰乌日娜的那位中年妇女说着向乌日娜走去,有几个女人跟在她身后也走过去了。果然,乌日娜依然跪在草地上,面朝西方,双手合十,脑袋像捣蒜一样磕个不停。

一个骑马的小伙子先一步跑到乌日娜身边,跳下马告诉她:"大婶,巴特尔没事了。您看,他跟队长平安回来了。"

惶恐中的乌日娜听了这话,急忙从草地上爬起来,一转身就看见了儿子。她歇斯底里地哀号一声,随后疯了一样张开双臂,踉跄着向远处的儿子跑去,边跑边喊:"儿子呀,我的儿子,你可吓死额吉了!"

第七章　风起草原

　　人们没有猜错。浩毕斯嘎拉图看老马倌一副无所谓的样子，甚至还有心思唱歌，积攒了一肚子的火气瞬间就往外喷，抖了抖马缰绳就向老马倌奔去。知青哥哥再次先一步挡在他马前说："浩队长，请您冷静一下。现在队里所有社员都在，这个时候批评老马倌，万一他撂挑子，今天的打马鬃不就乱套了吗？再说刚才虽然是千钧一发，可是毕竟没有出事。"

　　"要是出事就晚了！这可是咱们队的七八百匹马呀。"浩毕斯嘎拉图气呼呼地说。

　　"浩队长，老马倌这样无组织无纪律地任性当然不对，但是现在你在气头上，弄不好他跟你吵起来，真撂了挑子走人，你说这个大马群交给谁呢？那可就真的没法收场了。"知青哥哥继续劝道。

　　老支书敖特根也奔过来，说："知青哥哥说得对，这件事肯定要说道说道，但不是现在。我看咱们就在'两定一奖'试点动员会上说，要敢拿这个典型说事。"

　　浩毕斯嘎拉图慢慢冷静下来，说："知青哥哥说得对。老支书，咱俩想到一块儿了。刚才我也想着在推行'两定一奖'试点活动中，把这件事当个典型呢，可是一看老马倌好像什么事也没发生的样子，一股火气就冲到脑门上了。我还是不冷静呀。"

　　"刚才我听有的社员议论说，你说过要让老马倌跳悬崖？逼着人家的女儿去截马群？这是真的吗？"敖特根问。

"前一句话我说过。温都苏刚才还为这句话质问、威胁我,说要是老马倌的女儿出了事,他就到公社去告我。但我可没逼他女儿去截马群啊!要这么说的话,我儿子是谁逼着去的呢?"浩毕斯嘎拉图说。

敖特根听浩毕斯嘎拉图说完,没有说话,而是神色凝重地望着远处——那里有两个骑马的人正在说话。敖特根对浩毕斯嘎拉图说:"伙计,你看看那里吧。"

浩毕斯嘎拉图转头望去,认出那两个人,一个是温都苏,另一个是老马倌,老马倌还不时往这边张望。

"浩队长,今天巴特尔的表现真是棒极了。回去后,你可千万别说他呀。说实话,今天要不是他和山丹在悬崖边拖延了一下马群,可就真出大事了。"知青哥哥有意转移话题。

"老伙计,我也听很多社员说了,巴特尔真是好样的。"敖特根也说。

"我没想到这小子还行,关键时刻能冲上去。不过刚才那一阵,真让人揪心呀!"话题转到儿子身上,浩毕斯嘎拉图的脸色立刻缓和了很多。听见人们这样夸儿子,他心里美滋滋的。

"就是。不过最关键还是老马倌,在最要紧关头出现,那一声口哨也算是将功补过了吧。说起来真是侥幸呀。"知青哥哥说着,抬手抹了一把额头上的汗水。

"咱们功是功,过是过,通过这件事,一定要让全队社员引以为戒。为了慎重起见,我考虑还是给老马倌配备一个助手,以防这样的事情再度发生。"浩毕斯嘎拉图想了一下,才说出这个想法。他知道,温都苏肯定已经把他的那句话传给老马倌了,那个脾气倔强的家伙肯定不高兴,没准哪天就会找碴撂挑子,不得不有所预防。

"多少年了,那个温都苏可是一直对你耿耿于怀呀!"敖特根说完就笑了。

浩毕斯嘎拉图笑了笑,没说话。

"老伙计,你刚才说的话我同意。咱们一定要抓住公社党委把试点放在咱们队的这个机会,好好整顿一下全队的劳动纪律。"敖特根说。

"老支书,说心里话,眼前的险情虽然解除了,可是如果只是不疼不痒地批评几句,根本起不到引以为戒的作用。我看咱们就以这次教训为切入点,对全队社员进行一次有针对性的教育,并作为开展'两定一奖'试点的动员。"浩毕斯嘎拉图说。

"我同意。接下来咱们把想法跟支部、队委会的成员们交流一下,再听听大家的意见。"敖特根说。

"我也同意浩队长的意见。"骑在马上的知青哥哥插话说。他也是队委会的成员。

浩毕斯嘎拉图点了点头。现在他心里有底了。从李涛老书记把"两定一奖"试点这件事告诉他的那一刻起,他就有一种预感,牧区的生产经营模式可能要发生某种变化,这是他长期担任牧区基层干部形成的职业敏感。算起来,他当九曲湾生产队长快20年了,队里每家每户的情况,他闭着眼睛都能说出来,社员们也知道他的脾气:爱较真,对任何问题都不会打哈哈,更不会睁一只眼闭一只眼;可是对有困难的社员,他是真心实意去帮。经过这么多年的磨合,大多数社员们对他这个人都有了一个正确的评价:火气来了爱骂人,批评人没有深浅,可是过后就过去了,从来不因此给社员们穿小鞋。

"大马群到了,社员们也过去了,该开始了,咱们分头行动吧。浩队长,我再次提醒你,你就当个旁观者吧。千万别再像刚才那样不要命地冲过去,万一摔下来可就影响咱们的试点工作大局了。"敖特根说完,特意看了看浩毕斯嘎拉图。

"老支书,请放心,我就走马观花到处转转,绝不下马。"浩毕斯嘎拉图说。

"这就对了。"敖特根说完,转身走了。

"浩队长,您真得注意安全。"知青哥哥临走前也叮嘱。

"嗯,谢谢。知青哥哥,你也忙吧。"浩毕斯嘎拉图说。

三个人分头奔向不同的地方。

大马群失控的险情刚过去,没想到风向也悄悄地变了,原来刮的是东南风,不知不觉间却变成了西北风。原来黑漆漆地压过来的乌云又原路返回,不再那么咄咄逼人,云层也渐渐淡了,甚至还有几缕阳光偶尔透过云层洒到草原上。常年生活在草原上的人们都知道,现在正是南方暖湿气流与北方寒潮经常对撞的季节。隆冬时,每一次对撞之后就是下雪,现在天气转暖了,再对撞就是下雨,是牧人们喜欢的春雨。

有经验的老牧民看了看天上的云,说今天这雨是不会下在九曲湾了。

马群到了,早就准备好的牧人们纷纷围了上去。很快,刚才还气焰嚣张、不可一世的马群,转瞬间就被牧人们分成一个又一个小群。老马倌骑着杆子马风暴穿梭在这些小马群之间,如入无人之境,告诉人们哪匹马该去势了,哪匹马该打马印了,哪匹生个子该调教了。早就摩拳擦掌等待着的年轻牧人们,在围观人群的目光中纷纷施展着各自的技艺,举着套马杆在马群里横冲直撞寻找目标,只要套住了,立刻就有人冲上去紧紧揪住马耳朵,然后就势一扭,被套住的马就倒下了,紧接着,跟上来的人就七手八脚地摁住那匹马。这时,技术活儿就开始了——剪马鬃的剪马鬃,给马去势(骟儿马)的去势,打马印的打马印。场面看着好像很混乱,可是那些牧人知道,一切都在掌控中有条不紊地进行着。

给儿马去势,是一个有些技术含量的活儿。给儿马去完势,有人用烧红的烙铁按在去势儿马的伤口上,随着"呲呲啦啦"的一阵声响,一股青烟弥漫开了。烙马印,看着就挺刺激:一个人举着烧红的马印铁摁在马屁股上,青烟升腾中,马屁股上就出现了一个烫出来的符号。从此,这匹马就有了九曲湾生产队的印记。

经历了刚才的紧张,巴特尔一直感觉像是在做梦,那一幕不时在他脑海里闪过。当马群向他和山丹冲过来时,他被从来没有过的恐怖和绝望所笼罩;看着翻卷升腾的尘土扑面而来,又很快吞没了他,那一刻他感觉喘气都困难;几千只马蹄强劲叩击大地的声响,震得他那颗小心脏突突突地直往外跳。他认为自己肯定在劫难逃了,唯一的遗憾是没能让山丹离开。尽管他都跟她生气了,可是这个山丹根本就不听劝,执拗地紧跟着他。当马群冲过来的瞬间,他一把拉住了山丹的马缰绳,紧紧闭上眼睛,摆出一副听天由命的架势。至于转机是怎么出现的,那些奔腾而来的马是怎么突然围着他和

山丹转起来的,他一点都不知道了。这一切都是在那一声尖利的哨音响起之后出现的,那些桀骜不驯的烈马像士兵突然听到停止前进的军号般停止了奔跑,可是惯性却使它们不得不原地转起来。

"巴特尔哥哥,我阿爸来了,哨是他吹的。"在山丹惊喜的叫喊声中,巴特尔战战兢兢地睁开了双眼。他看看山丹,山丹也看看他,只见两个人脸上身上落满了尘土,显得有些滑稽。紧接着,气宇轩昂的老马倌出现了,马群不再旋转,而是在黑闪电的带领下向队部方向奔去。这时,知青哥哥和阿爸也赶到了……

巴特尔还沉浸在刚才的惊险之中,有些恍惚。

"巴特尔,勇敢的孩子。快过来,这个好东西奖给你。"不远处有人在喊巴特尔过去,那人手里举着一个血淋淋的东西。

巴特尔认出来了,那是城里兽医站的老兽医。

"勇敢的巴特尔,快去拿吧。是生吃还是拿到火上烧着吃,你自己决定。"知青哥哥笑着说。

"去吧,去吧,我的儿子。吃了它,你就是一个男子汉了。"乌日娜也说。

巴特尔迟疑了一下跳上马,刚跑出去不远,又返回来对山丹说:"山丹,既然是奖励我的,肯定也包括你,走,咱俩一起去拿。"出乎巴特尔意料的是,山丹不但没有跟他走,反而红着脸把头扭到了一边。

"巴特尔,还是你自己去吧。拿到那个东西,你就明白山丹为什么不跟你去了。"知青哥哥笑着说。

巴特尔这才向那位城里来的老兽医奔去。乌日娜不放心,也跟了过去。

阿尔斯冷不知什么时候出现了,还比巴特尔先赶到老兽医跟前,可老兽医没把东西给他,而是递向随后赶到的巴特尔。巴特尔看着老兽医手里那两个血淋淋的东西,开始没敢接,老兽医笑着说:"傻孩子,这是儿马的睾丸,吃了它吧。"

老兽医接着说:"勇敢的孩子,刚才你在失控马群前的表现,我都看见了,好样的。回去找根木棍穿上它,撒点盐放到火上去烤,香极了。生吃也行。这是奖励给你这个九曲湾草原未来男子汉的。"

就在巴特尔犹豫怎么接过来时,站在一边的阿尔斯冷慢慢凑过来,趁老兽医没注意一把抢走两颗马蛋,放马向煮手把肉的蒙古包跑去,边跑还边喊:"巴特尔,刚才你抢我一把牛肉干,现在我抢你的这两个宝贝,咱俩扯平了。不过我不吃独食,烤熟了咱俩一人一个。"

老兽医手里那两个血淋淋的马蛋本来就让巴特尔有些不舒服,现在被阿尔斯冷抢走了,他也没有计较。这时,一个年轻小伙子凑过来说:"巴特尔,那是多好的东西,是天然绿色的补品呀。你要是不吃,阿尔斯冷给你的那一颗可就归我了。"

"行,给你吃吧。"巴特尔说。

那个小伙子看巴特尔答应了,立即兴高采烈地追索那颗马蛋去了。

巴特尔对一步不离地紧跟着自己的额吉说:"额吉,你别老跟着我了,快去找我阿爸吧。刚才他玩着命追我,现在腿该疼了。"

乌日娜这才想起丈夫。她在巴特尔腿上轻轻捶了一下说:"你看我,光顾着你,都把你阿爸给忘了。巴特尔,我可告诉你,不能再干出什么让额吉担惊受怕的事了,听见没有?"

"放心吧,额吉。再说现在也没有什么危险的事了,一会儿就该吃手把肉了。"巴特尔笑着对额吉说。

乌日娜向四处张望了一会儿,远远看见了丈夫,便急匆匆地跑过去。

巴特尔看额吉走远了,就向着马群凑过去。那里的牧人们正忙活着,套马的套马,剪马鬃的剪马鬃,打马印的打马印,还不时有人举着刚抢到手的马蛋向有火的地方跑去。他对这些都不太感兴趣,他只爱骑马,特别爱骑生个子马,于是调转马头向驯马的地方走去。

阿尔斯冷找到两根干树枝,在每根树枝上穿上一颗马蛋,架在火上烤熟。那个年轻牧人悄悄靠近他,猛地一伸手抢到一颗熟马蛋,二话没说就咬了一大口。

"小老弟,我还要驯马,先走了啊!"那个小伙子飞快地吃完烤马蛋就要走。这句话提醒了阿尔斯冷,他想起来巴特尔平时爱骑生个子马,就招呼那个小伙子说:"哥们,你等等。你吃了属于巴特尔的东西,那一会儿抓住一匹

厉害点的生个子让他骑骑,行吗?"

"没问题,小菜一碟。"小伙子答应着骑马离开了。

阿尔斯冷跟这个小伙子说话时,无意中看见山丹正在人群中看驯马,他想让巴特尔在她面前出出丑,瞬间就想出了这个歪点子。让他没想到的是,他说的这句话正好被山丹听到了。她使劲瞪了阿尔斯冷一眼,然后就在人群里找巴特尔,想告诉他提防一下阿尔斯冷。

阿尔斯冷真的在调教生个子马的地方找到了巴特尔,他抹抹嘴靠了过去。

巴特尔看见阿尔斯冷走过来,就伸出一只手。

"哥们,你什么意思?"阿尔斯冷没反应过来。

"你说什么意思?不是咱俩一人一个吗?"巴特尔说。

"你不是不吃吗?刚才有个哥们说你答应给他了,我一没留神就让他给抢走了。"阿尔斯冷说。

"不是吧?你一定是拿我的东西送了人情。"巴特尔说。

"不是,真是他抢走的。对了,我告诉你,他答应一会儿套匹厉害的生个子让你骑呢,算是回报吧。"阿尔斯冷说。

两个人正说着话,远处有人招呼阿尔斯冷过去。阿尔斯冷不知有什么事,就把缰绳交给巴特尔,跳下马跑过去。谁知他刚走到一匹被摁倒的生个子马跟前,还没弄明白怎么回事,就被刚才抢吃马蛋的小伙子推到了生个子马背上。毫无思想准备的阿尔斯冷连一句话都来不及说,摁着烈马的几个年轻人就同时松开了手,那匹暴躁的小儿马立刻跳了起来,马背上的阿尔斯冷被颠得东倒西歪,吓得脸都变了色。看着那惊险的情景,几个起哄的年轻人后怕了,他们围拢过去想重新抓住那匹烈马,只见那马猛地一个仰身直立,差点倒栽过去,阿尔斯冷被狠狠地掀了下去。幸好有个小伙子手疾眼快,向前跨了几步,接住了倒栽下来的阿尔斯冷。其实说是接住了,仅仅是缓冲了一下,阿尔斯冷还是栽到了草地上,半天没爬起来。看着他的狼狈样儿,围观的人们发出了一阵善意的哄笑。

浩毕斯嘎拉图无意中看见了这惊险的一幕,迅速打马跑过。他正要冲那几个小伙子发火,还没等张嘴,只见人影一闪,一个人像一只灵巧的猴子一样蹿到那匹烈马的背上。暴躁的烈马再次被激怒,挣脱众人的围拢,疯了一样冲出人群,向远处跑去。这时,山丹也赶到了。

"看,是巴特尔。"眼尖的人喊。

"巴特尔——没错,就是他。"山丹捂着嘴惊恐地喊出了声。

浩毕斯嘎拉图顾不上再冲那几个年轻牧人发火,从一个牧人手里夺过套马杆就去追,可是刚跑了不远,剧烈的腿疼就使他伏在马背上不能动了。众人眼看着那匹暴躁的烈马跳着尥着向人少的地方奔去。

"坏了,那马往火山石区跑呢!"人群中有人高声喊道。

远处,那匹已经被彻底激怒的烈马不管不顾地向前狂奔着,而巴特尔就像贴在马背上一样,任由那马奔腾、跳跃。

乌日娜赶到丈夫身边时才看见远处马背上的儿子,忍不住又哭喊起来:"天呀,今天是怎么了?儿子呀,我的儿子呀!"

这一切几乎是在瞬间发生的,谁也没有预料到。紧张之余,更多的人发出了由衷的赞叹。

"啧啧啧,看,队长的儿子真是好身手呀!"

"就是,这匹烈马算是遇到对手了。"

"刚才是谁呀?怎么像片树叶似的轻飘飘地就从马背上栽下来了?看人家巴特尔,真棒。"

"刚才那个是温都苏的儿子阿尔斯冷吧?"

就在人们七嘴八舌议论的时候,那匹烈马更疯狂了,连着狂尥了几次蹶子也没甩掉身上的人之后,它再次使出刚才的那一招,猛地直立起来。可是巴特尔仍然死死抓住马缰绳,身子牢牢贴在它身上。

"啧啧啧,好样的,巴特尔!"人群里再次发出由衷的赞叹声,谁也没想到这个十几岁的孩子居然有如此高超的平衡能力。紧接着,人群里就鸦雀无声了,人们全紧盯着那一匹马一个孩子。那匹倔强的马子仍然不服气,在所有招数都使出来却还没把骑手甩掉之后,它突然不顾一切地向火山石区狂奔而去。

险情再次出现，好几个骑手纷纷打马追了过去。

"阿爸——快救巴特尔——"随着山丹惊恐的喊声，老马倌和他的杆子马风暴箭一样冲了出去。

"啧啧啧，快看杆子马风暴，真像腾云驾雾一样。这哪里是跑，简直就是飞呀。在咱们九曲湾，除了老马倌的杆子马风暴，到哪里还能找到跑得这么快的马呀！"有人用羡慕的口吻说。

老马倌举着套马杆直奔那匹烈马而去，很快就超越了那几个骑马的年轻牧人。浩毕斯嘎拉图也忍着疼，驱动坐骑小跑着跟了过去。

经验丰富的老马倌靠近了那匹烈马，杆子马风暴直接贴近那匹烈马，两匹烈马疾速奔跑，不相上下。

"孩子，别怕，大叔来了。"老马倌一边喊着一边迅速伸出套马杆，逼得那匹烈马改变了奔跑的方向。

"大叔，等等再套它，我感觉它快跑不动了。"巴特尔对老马倌大声说。

"孩子，好样的，你说得对，它马上就被你征服了。"老马倌话音刚落，那匹刚才还目空一切的烈马突然喘着粗气，一点儿脾气也没有地停在了草地上。随后赶来的那几个牧人纷纷跳下马，忙活着给它戴上嚼子。巴特尔擦了一把额头上的汗水，跳下了马。

浩毕斯嘎拉图也赶过来了，一把拽住儿子的袍襟使劲摇晃了几下，咬着牙举起了另一只手。巴特尔知道自己闯祸了，连忙闭上眼睛，准备挨阿爸这一巴掌。现场的人们也以为队长要惩罚他逞能的儿子呢，可是谁也没想到，队长哪是要打儿子，而是双手紧紧捧着儿子的脸仔细看了看，又用粗糙有力的大手为儿子捋了捋被风吹乱的头发，大声说："我的儿子，好样的！九曲湾草原又多了一个驯烈马的好骑手。"

"阿爸，我没做错事？"巴特尔睁开眼战战兢兢地问。

"孩子，你没做错事。我的孩子，你完成了草原男子汉的'鲤鱼跳龙门'。你知道这匹马是谁的后代吗？"浩毕斯嘎拉图问。

巴特尔摇了摇头。

"是儿马黑闪电的后代呀！"浩毕斯嘎拉图大声说。

"真的吗？太刺激了。"巴特尔高兴地喊着,跳了起来。

远处,站在人群外围的山丹看着这一幕,突然伏在马背上哭了。阿尔斯冷凑到她身边想要说什么,被山丹张口撵走了："离我远点,你这个满肚子都是坏心眼的家伙。"

"老马倌大叔能把队里的野马驯服成温顺的坐骑,怎么她的女儿却变成了谁也不敢碰的小野马？"阿尔斯冷碰了一鼻子灰,低声嘟囔着离开了。

"阿尔斯冷,你别走,你说谁是小野马？"山丹听见了阿尔斯冷说的最后一句话,立刻直起身大声问,吓得阿尔斯冷急忙溜走了。

马背上的老马倌知道队长心里有火,就没跟任何人打招呼,只是抖了抖手里的缰绳,杆子马风暴接收到信号,拖着套马杆离开了。在离开浩毕斯嘎拉图父子俩一段距离以后,老马倌突然唱起来：

头一回眊你你不在,

你娘打俺一锅盖……

歌声中,浩毕斯嘎拉图抬起头,看着老马倌渐行渐远的背影若有所思。这时,乌日娜也赶到了父子俩身边,连声说："多亏了老马倌呀,多亏了老马倌呀！"

第八章 运筹

打完马鬃以后，天气一天比一天暖和起来。九曲湾草原上那淡淡的嫩绿渐渐转浓，整个大地穿上了浅绿色的衣装。随着气温不断升高，如果再来一场下透的春雨，用不了几天，整个草原就绿油油的了。天气好，人们的情绪就好，草原上牧人们纵马奔驰，就像自由的风，无所顾忌，无拘无束。

浩毕斯嘎拉图的腿一天比一天好起来，终于熬到要去掉箍在腿上的石膏的这一天了。在去公社医院之前，他来到队部，想跟老支书打个招呼。

浩毕斯嘎拉图刚走进队部的小院，敖特根就看见了他，马上跑出来把他拉进书记办公室。

"浩队长，你来得正好。公社党委、社委会'两定一奖'试点的通知到了，我正要去你家呢，咱们赶快商量一下该怎么办。"敖特根说着从办公桌里拿出一份红头文件，放在浩毕斯嘎拉图面前。

浩毕斯嘎拉图拿起文件认真看了一遍，又把文件还给老支书："敖书记，既然公社文件来了，那我就晚去几天医院。咱们先开一个生产队班子会吧，具体商量一下如何落实公社党委的决定。"

敖特根想了想，用商量的口吻说："浩队长，我同意你的意见。为了减少层次，节省时间，干脆党支部委员会与队委会两个会一起开吧。当务之急是拟定好实施方案后，咱俩一起到公社去汇报。可要是这样的话，你腿上的石膏就得多箍几天了。"

浩毕斯嘎拉图笑着说："没关系，这些天都过来了，还在乎这几天？眼前落实'两定一奖'是大事,直接涉及全队社员的切身利益,换句话说,标准、尺度定得是否合适,也关系到全市、全盟牧民们的切身利益。咱们真得想周密一些。"

"是啊,现在社员们对'两定一奖'的说法很多,思想也很混乱,有的甚至还把它与农业地区包产到户相混淆,眼下是该统一一下社员们的思想了。'两委'班子这个会明天就开怎么样?"敖特根问。

"行。今天把知青哥哥请过来,咱们三个先商量一下,然后让知青哥哥加加班,写出个实施方案,明天在'两委'班子会上讨论一下,再把大家提出来的合理意见补充进去,后天召开社员大会正式宣布。你看呢?"浩毕斯嘎拉图问道。

"行,就这样安排吧。"敖特根点点头说。

两个人刚说到这儿,办公桌上的电话响了。敖特根急忙拿起话筒,里面传来公社党委李涛书记的声音:"你好,我是李涛。"

"李书记,您好,我是敖特根。"

"敖书记,公社党委关于在你们生产队试行'两定一奖'的文件接到了吗?"李涛书记问。

"接到了,我正跟浩队长商量怎么落实公社党委的文件要求呢。"敖特根说。

"小浩也在?他的腿伤怎么样了?你把电话交给他,我跟他说几句。"李涛书记说。

敖特根立刻把电话转给浩毕斯嘎拉图。

"大叔,您好。我的腿好多了,要不是试点工作脱不开身,今天就能去掉石膏了。"浩毕斯嘎拉图对电话那头的李涛书记说。

"好好好。你这个孩子呀,那天出院怎么也不告诉我一下呢,害得我和老伴白跑了一趟。那天她特意给你煮了手把肉,还带了一饭盒骨头汤。她说伤筋动骨,多喝骨头汤好得快。"李涛书记说。

"大叔,您每天那么忙,阿姨的工作也不轻松,还要为我操心……我是怕您和阿姨太辛苦,就提前出院了。对不起呀!说实话,我都不知道该怎么感

谢您和阿姨了。"浩毕斯嘎拉图说的是心里话。

"孩子呀,你说什么呢?这话说得可是太见外了。你阿爸牺牲以后,我和你阿姨一直拿你当我们的亲儿子看待。虽然从职务上论,咱们是上下级,可是回到家里就是长辈和晚辈的关系,你小子可不能跟我外道呀。"李涛书记说。

"知道了,大叔。"浩毕斯嘎拉图说。

"小浩呀,这次公社党委决定把试点放到你们队,是经过慎重考虑的。因为事关全盟,所以你们一定要按照要求认真落实,在实施中及时发现问题,同时也要注意总结经验,还要特别注意让社员群众的思想情绪保持稳定。对那些一时想不通的群众要多做思想工作,尽量避免激化矛盾,杜绝发生告状、上访这类事情。"

从李涛书记的口气里,浩毕斯嘎拉图听出这项工作确实不比平常,因为李涛书记很少用这样的口吻向他布置工作。

"放心吧,大叔。我们会认真按照公社党委的文件要求和您的指示办好这件事的。"浩毕斯嘎拉图说。

"我再给你们预报一下,公社党委已经接到市委办公室的电话通知,盟委书记宝音同志近期可能要到尼林市和咱们公社调研,还要到包括你们生产队在内的几个生产队调研,但是哪一天还没有定。你们生产队离市区不远,估计有可能先去,所以你们的工作要往前赶。宝音同志在战争年代是九曲湾草原解放军剿匪部队的团长,也是我的老首长,他对这片草原感情很深哪!"李涛书记说。

"大叔,刚才我跟敖特根书记商定,根据公社党委的文件要求,我们队先拟定一个推行'两定一奖'的试点方案,然后召开生产队'两委'班子会议,把公社的文件原原本本传达给每一位成员,再对生产队的实施方案进行讨论,在充实调整之后召开社员代表会议,讨论通过以后就立即召开社员大会,正式公布实施。"浩毕斯嘎拉图一口气把刚才与老支书敖特根商量的工作步骤汇报了一遍。

"好。你和敖书记都是在基层工作多年的干部了,刚才你所说的实施步骤我一时也说不出什么意见来,不过我还是要提醒你们,不要太急,也不要太武断。我给你们交一个实底吧,'两定一奖'只是一个过渡阶段的措施,之后在农牧区的生产经营体制方面将会有更大规模的变革。盟委决定搞'两定一奖',就是在为下一步改革举措投石问路。"李涛书记说。

"大叔,您放心吧!为了减少失误,我们会经常给您打电话请示的。"浩毕斯嘎拉图说。

"哈哈哈,请示就不必了。既然你们准备明天召开'两委'班子会议,今天下午我就带工作组去你们生产队,就算是为盟委宝音书记探探路,为他调研打个前站吧。"李涛书记说。

"那可太好了。大叔,您亲临指导,我们心里就有底了。"浩毕斯嘎拉图松了一口气。

"你们可不能有依赖思想呀!我们去,为的是深入了解一下基层干部们对推行'两定一奖'的态度,为今后在全公社推行'两定一奖'做准备。你们要充分调动'两委'班子成员的积极性,在政策允许范围内,争取想出一些解渴的办法来,所以怎么搞还要靠你们自己。"李涛书记说完又加了一句,"我们工作组的成员只是列席你们的会议,一般不发言表态,为的是发现问题、总结经验,还是那句话:为下一步在全公社推行'两定一奖'做准备。"

"大叔,我们明白了。"浩毕斯嘎拉图说完放下电话,半天没有说话。现在他才知道这个试点有多重要,否则李涛书记能亲自带领工作组来吗?

"李涛书记说的话我都听见了,这就证实了社员们的议论也不是空穴来风。看来,施行多年的牧区生产经营体制可能很快就要像农村一样,面临一次大规模的改革了。"敖特根说。

浩毕斯嘎拉图点点头。一段日子以来,虽然关于"两定一奖"的试点一直在他脑海里转悠,可在推行试点过程中到底会发生什么,他心里确实没有底。打马鬃时,温都苏当着那么多人的面质问他,是这些年来很罕见的事情;特别是那个倔强的老马倌,会不会听信温都苏的传言,在关键时刻闹脾气撂挑子?想到这儿,他对老支书敖特根说:"为了防备出问题,我看还是给老马倌配备一个助手为好,你觉得呢?"

敖特根点点头说:"我看行。可是选谁给老马倌当助手合适呢?"

"我还没想好。这件事挺敏感,考虑一下再定吧。"浩毕斯嘎拉图说。

"是要好好考虑一下再定。这个助手的性格一定要好,工作态度也必须认真,这样才能跟老马倌配合好。"敖特根一时也没想出合适的人选,"咱们都好好想想。我看咱们俩现在就分头通知'两委'班子成员吧,你带着公社文件先去通知知青哥哥,让他无论如何也要在今天把试点实施方案搞出来。"

"好,咱们就分头行动吧。"浩毕斯嘎拉图说完站起身,用拐杖支撑着向门外走去,还没迈出门槛,被老支书叫住了:"浩队长,你看我真是糊涂了,怎么能让你拖着一条伤腿跑来跑去呢?算了,你啥也别管了,还是回家好好休息吧,明天按时来参加'两委'班子会议就行了。"

"老支书,没问题,我行。"浩毕斯嘎拉图说。

"算了,你听我的吧。在这个关键时刻,你可不能有什么闪失。"敖特根说完,扶着浩毕斯嘎拉图走出办公室。两个人走到院子里,在拴马桩前解开马缰绳,敖特根没有立刻翻身上马,而是站到一边。他想看看浩毕斯嘎拉图能不能自己上马。

浩毕斯嘎拉图一瘸一拐地拉着坐骑的缰绳走到队部台阶旁,然后踏上最高那层台阶,费力地爬上马背。

"老伙计,回家的路上注意点。现在是关键时刻,你可不能再出什么岔子了。"敖特根也跨上马背。

"放心吧,敖书记。你也注意安全呀。"浩毕斯嘎拉图坐稳后,也叮嘱了敖特根一句。

两个人骑着马一前一后走出队部小院,可是又同时勒住马停了下来。他们同时看到老马倌正赶着大马群从远处向这里奔来。

"老马倌这是要干什么?"敖特根说。

"是不是又听温都苏说什么了?这个老马倌呀,炸药桶一样的脾气,爱放炮,一点火就着。"浩毕斯嘎拉图说。

两个人说着话的工夫,老马倌赶着马群过来了,也没跟他俩打招呼。

"老马倌,你到队部是不是有事呀?"敖特根先问了一句。

"没事就不能来了?"老马倌拉着脸子说完,特地看了浩毕斯嘎拉图一眼。

浩毕斯嘎拉图明白了,老马倌这是冲自己来的。他低声跟敖特根说:"敖书记,你跟他聊吧,我就先走了。你了解一下原因,看看是谁在这个关键时刻给这个炮筒子添加了火药。"

敖特根点点头,对老马倌说:"老马倌,好长时间没见面了,最近忙吗?"

浩毕斯嘎拉图调转马头就要离开,"哎,浩队长,你别走呀!我今天来就是问你什么时候让我跳悬崖的。"老马倌没有回答老支书的话,而是叫住了要走的浩毕斯嘎拉图。

听了老马倌的这句话,浩毕斯嘎拉图马上明白是温都苏把他在打马鬃场上说的那句话传给老马倌了。他勒住马笑着说:"老马倌,当时我那是气话,你别往心里去。你说我不过就是一个生产队长,我有什么权力让你跳悬崖呢?"

"我就问你说没说?"老马倌不依不饶地追问。

"我是说了,其实我说出这句话马上就后悔了。你说,当时眼看着马群向悬崖跑去,你却连影子都没有,我能不生气吗?所以一着急就说出口了。现在我给你道个歉,真的对不起。"浩毕斯嘎拉图真诚地说。

"你一着急就那样说了?那你为什么不像我女儿一样直接冲向马群……"老马倌气哼哼地说到这儿,突然想起巴特尔也冲过去了,往上冒着的火气瞬间像泄了气一样没了底气:"我是想说,你在那么多人面前说让我跳悬崖,一点也不给我留情面。我老马倌也是四十多岁的人了,这让我多没面子。"

"老马倌,你看这样好不好?敖书记正好也在,过几天咱们要开社员大会,我在大会上正式向你道歉,怎么样?"浩毕斯嘎拉图还是很诚恳地说。

"当然,你当然得公开道歉。"老马倌说。

"老马倌,咱们话又说回来,我说让你跳悬崖不对,我肯定当着全队社员的面向你道歉;可是你作为一个马倌,遇到打马鬃这么重要的事,居然放任

马群不管,差点酿成大祸,你说你做得对吗?从那天到现在,你也没有跟我和敖特根书记解释过一句,到底那天碰到什么事情,让你不得不那样做?反正直到今天我也没听到你的解释。你说,像这样无组织无纪律对吗?我觉得,无论发生了什么事,也不能对自行其是,马群放任不管,你说是不是?万一这些马掉到悬崖下面,你说怎么办?这些马不是我浩毕斯嘎拉图的,也不是你老马倌的,而是集体的财产呀!你说,在这件事上你是不是应该检讨?"浩毕斯嘎拉图说。

老马倌低下头想了一会儿,抬起头来说:"我承认,那天没有跟着马群,是我错了。"

这回老马倌的语气和缓多了,敖特根和浩毕斯嘎拉图同时松了一口气。

"当然,客观地说,咱们队的马群就你一个马倌,每天确实很辛苦,这是实情,老支书和我也在想着怎么解决这件事。"浩毕斯嘎拉图觉得还是把话说透好,就点了一句。

"什么意思?你们不会不让我当马倌了吧?"老马倌敏感地问。

"不是。我们有个初步的想法,想给你配备一个助手。这样你能轻松一些,要是有个急事也能脱开身子,不至于再像那天那样。"敖特根在一旁解释说。

老马倌听了这句话,看了看敖特根,又看了看浩毕斯嘎拉图,没点头也没摇头。显然他还没吃准这对自己意味着什么、是好事还是坏事,所以就没有表态。敖特根和浩毕斯嘎拉图也看出来了,两人用眼神交流了一下。

"老马倌,这是我们的想法,你考虑一下。如果你认为有合适的候选人,也可以直接推荐给我们。"浩毕斯嘎拉图说。

"就是。这是我跟浩队长两个人的想法,先征求一下你的意见,你如果有什么别的想法,也可以随时跟我和浩队长交流、沟通。"敖特根也说。

"我想想吧。"老马倌说完,看了浩毕斯嘎拉图一眼,那眼神有些异样,闪出一道狡黠的光。然后他转身吹了一声响亮而悠长的口哨,儿马黑闪电立刻从远处飞奔而来,老马倌把套马杆往前一伸,马群立刻在黑闪电的带领下向套马杆所指的方向奔去。老马倌跟着也离开了。

"这个家伙,就像他那匹领头儿马一样,暴躁,易怒。如果用好了,能影响不少社员;要是用不好,砸锅的也是他。"敖特根说。

"看样子,咱们的'两定一奖'试点工作要想顺利进行,老马倌的工作一定要做好。"浩毕斯嘎拉图说。

"是啊,我觉得不能小看温都苏。他现在就像皮影戏幕后的那只手,而老马倌就是皮影。咳,老伙计,都怨你,谁让你当年把人家钟情的姑娘给娶回家了,结果给人家心灵留下一道深深的伤口,这么多年以后还惦记着报仇呢。"敖特根看了浩毕斯嘎拉图一眼,故意叹了口气说。

浩毕斯嘎拉图听老支书这么说,不由得愣了一下,一时不知该怎么说。敖特根被他的窘态逗得憋不住了,哈哈大笑起来。浩毕斯嘎拉图这才明白老支书是在拿自己开心,就故意噘着嘴说:"好呀,老支书,你等着,我明天就请假,这个'两定一奖'的试点就交给你啦。再见!"

"别别别,千万别。老伙计,我跟你开玩笑呢。"敖特根急忙拉住他的马缰绳。

"其实温都苏这个人心气一直挺高的,失恋不过就是他一个能拿出来的借口。我早就看出来了,他是想当队长,只不过时机还不成熟。一旦有可能的机会,他肯定会不择手段地达到目的。"浩毕斯嘎拉图说。

"我觉得你这个分析有道理。有这么一个对手躲在暗处,说不定什么时候就会跳出来,还是提防点好。"敖特根说。

"我倒无所谓,大不了让他当队长。我早就想好了,他要是有真本事能把咱们队弄好,让大家都过上好日子,我主动让贤都行。"浩毕斯嘎拉图说。

"你相信他想当队长是为了全体社员吗?凭我对他的了解,你太高看他了。"敖特根说。

第九章　风波起处

生产队"两委"班子会议刚刚结束,九曲湾公社党委书记李涛就接到了市委办公室打来的电话,通知他立刻回公社。李涛看了看手表,站起身跟两委班子全体成员点点头算是告别,然后走出会议室。

敖特根和浩毕斯嘎拉图陪着李涛书记及公社工作组的几个人走出队部那排黑土房,在队部的院子中间站定。

李涛上马前把敖特根和浩毕斯嘎拉图叫到身边,神色严肃地说:"我知道,让我现在回去,肯定是盟委宝音书记来了,他说要亲自到你们这里来看一看。刚才听了你们'两委'班子讨论的实施方案,我很满意。作为一个生产队来说,能做出如此详细的安排,已经难能可贵了,剩下的问题就是如何落实。不过我要提醒你们,在社员大会上宣布实施方案时,千万要注意群众的反应,不能把方案盲目压下去,强行命令群众执行。我们共产党人是最善于做群众工作的,你们要继承发扬我们党的这个老传统。宣布实施方案后要尽快下去,队'两委'班子成员要分头深入全队每一个社员家中了解情况,同时也要给他们一个理解和接受的时间。当群众真正感到'两定一奖'是符合他们切身利益的,我相信那些纯朴正直的社员群众一定会赞同拥护的。"

浩毕斯嘎拉图往李涛书记身边靠了靠,低声说:"大叔,队里绝大多数社员问题不大,个别社员也许会有抵触情绪。"

"李书记,浩队长的分析是有道理的,现在已经有了一些苗头。"敖特根小声补充。

李涛书记听了,没有立即表态,想了想后又说:"还是要有一个预案,尽量避免激化矛盾,但是在原则问题上也不能没有底线。还是那句话,万事开头难呀!"

浩毕斯嘎拉图和敖特根听了,相互交换了一下眼色,表示同意。

"大叔,有您在,我们心里就不虚。您这一走,我怎么感觉心里好像空了呢?"浩毕斯嘎拉图说。

"孩子,我是军人出身,虽然从部队转业很多年了,但是思维习惯还是改不了。这么说吧,我相信你们一定能把试点任务完成好。按照当前的形势发展,中央一再提出要解决干部终身制问题,这是我们事业的百年大计哪。说不定哪天一纸文件下来,我就退休了,那时你们怎么办?要尽快从我们手里接过接力棒呀。"

"大叔,您是老革命了,九曲湾草原是您和战友们解放的,那个接力棒我们可扛不动哪,还是有你们我的心里才有底。"浩毕斯嘎拉图低声说着,像孩子一样拉住李涛书记的衣袖,脸上是一副不舍的神态。

李涛书记被他逗笑了:"你们看,你们看,这都四十岁的人了,还像当年我去大嫂家要离开时那样,拉着我的衣袖不松手。孩子,人总是要老的,这是自然规律。你是九曲湾草原上长大的,当年老一代为了解放草原,可是连死都不怕。别的人不说,就说你阿爸吧,他可是九曲湾草原上第一位牧民党员,为了草原的解放英勇牺牲了。你作为烈士的后代,一定要把洒有阿爸鲜血的草原建设好,不要怕担当。"

"大叔,我明白了。只要符合群众切身利益的,我就要敢于坚持。"浩毕斯嘎拉图说。

"这就对了。不过我还要加一句:不但要敢于坚持,还要善于坚持。特别是涉及群众切身利益的事情,有的时候真不能非黑即白,要学会宽容一些。要把党的政策变成群众拥护的实际行动,也需要有正确的策略。毛主席不是经常教导我们说'政策和策略是党的生命'吗?"李涛书记语气和蔼地说完,轻轻拍了拍浩毕斯嘎拉图的肩膀。那完全是一种要托付重任的样子。

"李书记,我们一定记住您的话。"敖特根说。

　　李涛抬起头,看了看眼前这个小院落,干打垒的土墙都被风雨侵蚀得高低不平了。这排房顶屋脊已经凹凸不平的土房,今天看起来很不起眼,可当年它刚出现在这片草原上的时候,在牧民眼中那是了不得的地方啊,是整个九曲湾公社建起的第一个生产队部。那时,九曲湾的牧民们有事没事都爱往这里跑,没事的牧民来到这里也不找人,也不说话,就是找个地方静静地坐在那里。可以说,九曲湾公社、九曲湾生产队的每一个细小的变化,都是他亲身经历和感受的。想到这儿,他有些感慨地说:"时间过得真快呀。当年我们剿匪部队进驻这里时,我才二十多岁,如今眼看就六十岁了,真是岁月不饶人啊!从部队转业时,我之所以选择九曲湾,是因为这里有我牺牲的战友。我还有一个愿望,就是想亲眼看着这片草原和草原上的牧民人畜两旺,生活越来越好。孩子,这也是你阿爸当年的愿望呀。"

　　"大叔,您放心吧。我和敖书记会尽全力做好工作,完成好上级党委交给我们生产队的这个重要任务。"

　　"我相信你们,不过你们也要有思想准备。过去牧民们习惯了平均主义和大锅饭的分配制度,冷不丁这么一改,勤劳的多得了,懒惰的就少得了,肯定会产生矛盾。不过我相信时间会证明,只有勤劳才能致富。还有,这仅仅是个序幕,一场更大更深刻的改革浪潮就要来临了。"李涛书记说完笑了,想了想又补充了一句,"让我们都经受这个浪潮的冲击和洗礼吧。"

　　"李书记,到时候还要我们这些队干部吗?"敖特根问。

　　"这肯定不是问题。我始终认为,无论什么时候,都不能没有基层党组织和基层政权,这是我们党的执政基础。不过形式会不会有变化,这个我也说不好。"李涛书记说。

　　浩毕斯嘎拉图和敖特根再次对视了一下,谁也没说话。

　　"好了,我该走了。你们就把这次的'两定一奖'试点当成是迎接即将到来的改革浪潮的预演吧。不仅你们两个要认识到改革的意义,也要让九曲湾生产队的全体牧民党员认识到,然后在我们党基层战斗堡垒的带领下,去迎接这场更深刻的触及更多人利益的改革。"李涛书记说完跨上马背,双腿很娴熟地在马肚子上轻轻夹了夹,那匹马就轻松地跑出了队部小院,公社工作组的几个人也跟着老骑兵跑了出去。

望着老书记微微有点驼背的身影,浩毕斯嘎拉图的心慢慢悬了起来。他转身问老支书:"敖书记,我想起一句古诗,是山雨欲来什么来着,下面的我没记住。"

"你是想说那句'山雨欲来风满楼'吧?"敖特根说。

"对对对,就是这句话。看来,在更深入的改革浪潮来临之前,这雨点先落在咱们九曲湾生产队了。"浩毕斯嘎拉图若有所思地说完,一瘸一拐地向队部院外走去,默默地站在那儿,望着李涛书记和公社工作组一行人的背影渐渐远去。

敖特根细细回味着浩毕斯嘎拉图的这句话,默默跟在他身后,也走到院外,站在他身旁。此时两个人想的是同一件事——"两定一奖"试点。

第十章　山雨欲来

九曲湾生产队的推行"两定一奖"试点动员大会，如期在队部的会议室召开了。入春以来，关于"两定一奖"的种种传言就在九曲湾生产队社员中传开了，现在这个传言终于被证实是真的。因为内容重要，全队社员携家带口地都来了。这也是多年来牧区牧民们开会的一个特色。

九曲湾生产队会议室内部多年没有修饰了，比外面还破旧。外面每年还抹一次泥，里面就不那么讲究了，墙壁是用黄泥抹的，上面不知是哪一年刷的白石灰，有的墙面已经露出了泥墙的本色。顶棚是用报纸糊的，一条条"大跃进"时期的报道成为顶棚上那些报纸的注释。这些已经变成深棕色的旧报纸被漏下来的雨水浸泡后，像小孩尿炕，留下了一圈圈水渍。雨水漏得厉害的地方，旧报纸被雨水泡漏后出现了大小不等的窟窿，透过窟窿能看见里面黑漆漆的泥和柳笆。顶棚上有的旧报纸快挂不住了，悬吊在半空，所有第一眼看到会议室顶棚的人都觉得七零八落、不堪入目。会议室虽然不起眼，可是在九曲湾牧民眼中，它不次于城里那座挺讲究的电影院，他们早就习惯了在自己队里这间会议室开会。墙上黑一片白一片的，有的地方还画着一道道粉笔、蜡笔，或者用树枝一类的硬棍划出来一条条痕迹，在他们看来，这些都不算什么。还有高低不平的地面，天长日久地被人们来来往往踩踏，十分瓷实、光滑。会议室几扇大窗子上的玻璃大部分都破碎了，为省事，都钉上了厚厚的塑料布。时间长了，那些塑料布被风霜雨雪褪去了原本的颜色，变得污迹斑斑，可是它遮风挡雨的作用还在，就凭这点，牧民们也不会在乎。会议室里最有代表性的物品,是一个偌大的用汽油桶改装的牛粪炉子,每年冬天召开社员大会时,这个大牛粪炉子就是一个中心,所有人都面朝着它。

九曲湾生产队的会议室是"大跃进"时期盖起来的。很多老社员都记得,会议室刚盖好时,邻队的一些重要会议也来这儿开,因此这也成为九曲湾生产队社员们骄傲的资本。尽管后来别的生产队陆续都建起了各自的会议室,可是"第一"这份自豪却是谁也拿不走的。正因为这个缘故,它也成为九曲湾生产队社员们越看越亲切的标志性建筑。

原本公社李涛书记说要来参加社员大会,可是等了一个多小时也没到,敖特根给公社打电话询问,得到答复是李书记陪盟委领导到下面调研去了。敖特根与浩毕斯嘎拉图两个人商量了一下,决定不等了。

九曲湾生产队的会议室虽然破旧,但是也有主席台,是用马背小学淘汰下来的三张旧课桌排在一起的,又放了七八个也是学校淘汰下来的凳子。

生产队"两委"班子成员都坐在主席台上。会议由敖特根主持,接着由知青哥哥宣读《九曲湾生产队关于推行"两定一奖"试点的实施方案》。征求社员们的意见时,没有人说话。然后由浩毕斯嘎拉图进行具体部署。

浩毕斯嘎拉图从坐到主席台上开始,就反复看《九曲湾生产队关于推行"两定一奖"试点的实施方案》,根本没有时间注意会场社员们的情况,只是轮到他发言时,才冷不丁发现温都苏就坐在自己对面。两个人的目光在空中相遇的瞬间,他看见温都苏嘴角挂着若隐若现的不屑,表情更是一副轻蔑的样子,甚至还带有挑衅的味道。紧挨温都苏坐着的是老马倌,他始终没有抬头,好像有意躲避着谁。

浩毕斯嘎拉图环视了一圈会场,看着那一张张熟悉的面孔。除了酒鬼苏乙拉,其他社员全部都来了。他简短问候了乡亲们,很快转入正题。在谈推进试点部署意见之前,他先是很诚恳地检讨了打马鬃那天自己一气之下说出让老马倌跳悬崖的话很不妥当,然后并站起来向老马倌道了歉并鞠了一躬。可是老马倌除了身子轻微抖动了一下,头仍然僵硬地低着,没有回应他。之后,他开始讲推行"两定一奖"必须整顿劳动纪律的问题,自然也把话

题转到那天大马群的失控上。这时,会场上的气氛突然紧张起来,所有的说话声都停止了,安静得连稍微沉重的喘息声都能听见。

敖特根也察觉到了这种细微的变化,就用胳膊肘轻轻碰了浩毕斯嘎拉图一下,提醒他注意。

浩毕斯嘎拉图说到这儿就停住了,借着端缸子喝水的空儿,再次飞快地扫视了一遍会场,只见人们都看着他,特别是温都苏,嘴角的不屑已经变成了幸灾乐祸的窃喜。老马倌还是低着头,不过能看见他的拳头握了起来,也能看见他的肩膀在剧烈起伏,间或还能听见一阵阵粗粗的喘息声。

"打马鬃那天,在大家的共同努力下,虽然马群没有发生意外,可是我们必须对这种不负责任的劳动态度说'不',必须引以为戒。这件事发生后,队里进行了认真的反思,我们也发现了管理上存在的漏洞,同时还提醒了我们一件事,就是咱们队的马群长期以来就老马倌一个人管理,确实辛苦。为了给他减缓压力,经队里商量,决定给老马倌再配一个助手。"浩毕斯嘎拉图说到这儿的时候,温都苏用胳膊碰了老马倌一下,老马倌第一次抬起头来,一双冒火的眼睛怒视着嘎拉图。

"浩队长,我有个请求,能说吗?"一个年轻牧民站起来,有些腼腆地说。他说完就想坐下,可能觉得不妥,又再次站起来,局促不安中手都不知该往哪里放了。

浩毕斯嘎拉图认出他是巴特尔的马背小学同学朝克图。他刚刚成家,旁边是他的新婚妻子,正悄悄地拽他袖子。

"什么事,说吧。"浩毕斯嘎拉图说。

"浩队长,我想给老马倌大叔当助手,行吗?我太喜欢领头儿马黑闪电了。"朝克图说。

浩毕斯嘎拉图不由得眼前一亮——真是踏破铁鞋无觅处,得来全不费工夫呀。朝克图,多合适的人选呀!可是当着这么多人的面,他不好直接答复,就说:"关于马倌助手的问题,现在只是一个初步的想法。行,我们会考虑你的请求的。"

"真的?谢谢大叔。"朝克图兴奋得差点跳起来。可能是过于兴奋的缘故,他坐下来时屁股一歪倒向另一边的一位年轻姑娘,要不是媳妇及时搂住他,就栽进人家的怀里了。这种错乱引发了一阵哄笑声,也缓解了会场上的紧张气氛。

浩毕斯嘎拉图估计老马倌要发作了。但是作为队长,在全队社员面前批评老马倌的失职行为,是他的责任;如果态度暧昧不敢讲,以后可能就会有人效仿,那就不好管理了。所以,必须"杀一儆百",才会"下不为例"。不过他也知道这件事目前只能点到为止,就顺口强调了一句说:"以后再发生类似问题,不管是谁,一律按照'两定一奖'的奖惩条例执行。"

"队长,按'两定一奖'的奖惩条例怎么惩罚呀?"社员中有人问了一句。

"就是根据造成的损失情况,折算成人民币,然后按比例扣除个人承担的那一部分。"浩毕斯嘎拉图说。

"就说那天吧,假如生产队的畜群真掉到悬崖下面,老马倌能赔得起吗?"又有一个社员问。

这个提问一下子又把会场上的空气搞得紧张了,很多人都把目光转向老马倌,只见老马倌的脸一会儿红、一会儿紫,脖子上的血管鼓得老高。

"不管是谁,都得按制度奖惩。大家注意,我们说的是奖惩,造成损失的要在经济上罚,要是牲畜增加超过规定指标,还要奖励呢!这叫奖罚分明。"敖特根担心社员们老拿那天的马群说事会激怒老马倌,特意插了一句话,把人们的注意力从马群问题上引开。

浩毕斯嘎拉图部署完"两定一奖"实施方案,解释了社员的一些提问后,社员们不再大声喧哗了。这让他松了一口气,跟敖特根点点头说:"敖书记,今天的会就到……"

浩毕斯嘎拉图的话还没说完,温都苏站了起来,说:"浩队长,我想说几句。那天你说让老马倌跳悬崖,我当场就表示反对。都是革命同志,怎么能一点儿阶级感情也没有呢?刚才听了你的检讨,你说当时那么说不对,可是就那样轻飘飘的一句道歉就行了吗?今天我还是觉得你们对老马倌有成见。比如说,管理羊群与管理马群所付出的能一样吗,奖惩却是一个标准,这不太公平吧?再说,你们说要给他配备一个助手,是不是想取而代之呀?

希望你们能解释清楚。"

温都苏的话一出口,会场突然安静了,所有人同时抬起头,一起盯着主席台上的浩毕斯嘎拉图,那是在等待他如何解释。可是还没等浩毕斯嘎拉图说话,老马倌忽地站了起来,他的身子在微微颤抖,可能是紧张,可能是还没想好该怎么说,他的嘴唇也哆嗦着说不出话来。他就那样站着,看得出来他是在控制自己的情绪,让自己尽量平静一些。过了一会儿,他终于说话了:"敖书记,浩队长,那天出了那样的事,是我的失职,你们该批评就批评吧。昨天我本来就想把马群交给队里,结果碰上了你们,当时听了浩队长的道歉,我还挺感动,所以就没好意思把马群甩给你们。我老马倌的脾气你们是知道的,错就是错,我不会为自己那天的过错狡辩。可是昨天回去后,我把你们的话跟一位朋友说了,他给我分析说,什么助手呀,那不就是不想让你当马倌了吗?只不过现在还离不开你。我觉得朋友的这句话有道理,所以现在我正式向队里提出来,我不当马倌了,我要当羊倌。"

"老马倌,能告诉我你的那位朋友是谁吗?"浩毕斯嘎拉图问。

老马倌看了温都苏一眼,很快又转向浩毕斯嘎拉图说:"朋友就是朋友,谁没有几个朋友呀。我老马倌没有出卖朋友的习惯,没有必要在这里说出他是谁。"

老马倌话音刚落,一个牧民说:"喂,老马倌,你是被气糊涂了吧?咱们队的马倌可是多少人想当的呀,你现在不当马倌,以后肯定会后悔的。"

"就是,老马倌,快别赌气了。万一真的有人顶替了你,后悔可就晚了。"

"我不后悔。说出去的话,泼出去的水,我老马倌绝不后悔。"老马倌说完,头也不回地走了出去。

"阿爸,阿爸——"山丹喊着追了出去。

敖特根与浩毕斯嘎拉图简单交换了一下意见后宣布:"会后,我们会把队里的实施方案细则印发给大家,队'两委'班子成员随后还会逐户走访,社员们如果有什么想法,都可以跟他们谈。现在散会。"

敖特根的话音刚落,生产队会计达木丁气喘吁吁地从外面跑进来,快步走到敖特根和浩毕斯嘎拉图中间,小声说:"敖书记、浩队长,从公社方向来了不少骑马人,还有两辆北京吉普车。"

"可能是李涛书记陪着盟市委领导来了。"浩毕斯嘎拉图说着,急忙起身走出去。

"幸亏散会了,刚才那场面要是让领导们看见,咱们这个试点可就惊天动地了。"敖特根嘀咕着抹了一把额头上的汗,跟着走了出去。

社员们没人关心这些细小的变化,相互说着话陆续往出走,一时间,队部的小院里到处都是人。

敖特根和浩毕斯嘎拉图走到小院门口时,两辆北京吉普车已经停在院子外面的草地上。随着车门打开,一个微胖的人走出来,穿着灰色的风衣,紧随其后的是公社的李涛书记。从另一辆车下来的是市委书记坚强和市委其他领导。不一会儿,后面的骑马人也陆续赶到了。

温都苏一眼看见他的连襟也在随后赶到的骑马人行列里,就没有跟随其他牧民们离开,而是不远不近地站在一边。他连襟下马后也看见了他,他上前几步想打招呼,他连襟却没有理他,而是紧走几步跟在领导们身后进了队部的走廊。

开会之前,浩毕斯嘎拉图怕领导们突然光临,已经让会计达木丁和妇女主任娜仁提前把小会议室布置好了。在妇女主任娜仁的引领下,领导们走进了小会议室。

敖特根在小会议室门口追上浩毕斯嘎拉图,小声说:"浩队长,领导们来得真不是时候呀。"

浩毕斯嘎拉图苦笑着说:"没办法。事情已经发生了,咱们就如实汇报吧。"

敖特根点点头。两个人轻手轻脚地走进小会议室,有些拘谨地站在门口。坐在会议室靠南一排中间位置的是那位身材微胖的穿灰色风衣的领导,他的左侧是李涛。李涛看见敖特根、浩毕斯嘎拉图站在门口,就招呼说:"我来介绍一下,这位是盟委宝音书记,这位是市委坚强书记,这两位是试点单位九曲湾生产队的书记敖特根和队长浩毕斯嘎拉图。宝音书记,我要特别介绍一下浩毕斯嘎拉图,他就是当年九曲湾牧民会第一任会长特古斯烈

士的儿子。敖书记、浩队长,你们就在盟委宝音书记对面坐下吧。"

宝音书记听了介绍,亲切地招呼浩毕斯嘎拉图过去,又站起来使劲握着他的手说:"孩子,你额吉的身体还好吗?"

"宝书记,我额吉是老毛病,痛风病,也没有什么特效药,现在就是每天躺着,什么也不能干。"浩毕斯嘎拉图说。

"王主任,回去后你与盟医院联系一下,安排特古斯烈士的遗属住几天院,好好治疗一下。九曲湾草原的解放不容易,我们不能让那些烈士的遗属再忍受病痛的折磨。"宝音书记转头对一位中年干部说。

"好的,我回去就联系。"那位穿着西装的中年干部说完,打开小本子记下了。

"宝书记,谢谢您。公社李书记也说过多次让我额吉住几天院,可是我额吉老说不能给国家添麻烦,这回她可能也不会同意。"浩毕斯嘎拉图急忙说。

"你们听听,这就是咱们烈士遗属的觉悟,多可贵啊!她的丈夫当年就是为了保护李涛书记牺牲的,可是人家绝不居功自傲,宁愿自己忍受病痛的折磨,也不给国家添麻烦。这不是麻烦,是我们的责任啊。不行,一定要做工作,让你额吉进城住院,要不我们的心不安呀!"宝音书记动情地说。

汇报会开始以后,浩毕斯嘎拉图首先汇报了落实盟委"两定一奖"试点情况,又把刚刚召开的社员大会情况谈了一下。

听完汇报,宝音书记先是笑了,然后问:"孩子,我走了很多地方,也见过很多基层干部,可是像你这样一点儿不遮掩矛盾的可是不多呀。你不怕我们不满意吗?"

"宝书记,我和敖书记商量过了,因为我们是试点,这些矛盾涉及社员们的切身利益,又带有一定的普遍性,如果我们隐瞒了,以后推广起来就可能会发生同样的问题,那样全盟实施这项工作时就会因为没有准备而产生阻力。我们想,反正试点的雨点已经落到头上了,只有豁出来不遮丑,出现什么问题就汇报什么问题,才能供各级领导决策时参考。"浩毕斯嘎拉图红着脸说。

宝音书记听了连连点头,脸上露出满意的笑容。

"宝书记,刚才在社员大会上公布奖惩细则时,因为触及个人利益,有个别社员直接质问浩队长。有句成语叫'前车之鉴',我们能起到这样的作用,就是受点委屈也没什么。"敖特根补充说。

宝音书记听完,沉思了一会儿开口说:"坚强书记、李涛书记,我刚听了这两位基层干部的汇报,第一个感觉就是你们选定九曲湾生产队作为盟里的试点,看来是有深意的,也是选对了的。第二个感觉是推行'两定一奖',因为涉及改变过去的生产经营模式,所以必然牵涉社员们利益分配制度的改变,这个过程肯定不会一帆风顺。举例说,过去年底分红时大家收入差别不大,就是你好我好大家好,可是在这种和和气气之中,是不是委屈了那些干得多、干得好的牧民?第三个感觉是我盟决定搞'两定一奖'是符合中央精神的,虽然盟委班子里也有一些同志有顾虑,可是这一步迈不开,以后更大的改革举措来临时阻力会更大。"

"宝音书记说的一些领导主要是顾虑我盟地处边境地区,怕因此影响边境地区的稳定。还有一些领导主张不搞'两定一奖'过渡,直接包产到户。"市委书记坚强插话说。

"对,就是坚强书记说的这样。我想问,什么叫稳定?只有让牧民们的生活水平逐年提高,才能实现真正的稳定!只要让我们的牧民们能够切实感受到收入越来越高、生活越来越好,人心才能稳定,而人心的稳定是最可靠的稳定。我们现在的奋斗目标是实现温饱,怎么实现?就要体现'按劳分配、多劳多得'的分配原则呀。所以在引入竞争机制这个问题上,即使眼前有顾虑、有阻力,也要坚决迈开这一步。但是这一步不能迈得太快,还要考虑牧民群众的接受程度。两相权衡,盟委最后选择了试点过渡这样一条路。"宝音书记打着手势,语气十分坚定。

就在这时,队部院子里突然乱了起来,开会的人们向窗外一看,都愣了——院子里不知什么时候满都是马。原来老马倌真的把马群赶来了,赶进了队部的院子里。

敖特根、浩毕斯嘎拉图最担心的事还是发生了,两人急忙站起来跑出会

议室。敖特根想劝老马倌几句,让他把马群赶回去,可是还没等他走到跟前,老马倌把套马杆往地上一摔,转身骑着杆子马风暴走了。看到老马倌和杆子马走了,院子里的马群躁动起来,特别是那匹儿马黑闪电,几次向院子的出口冲去,都被守在那里的会计达木丁给撵了回来。

浩毕斯嘎拉图正要向达木丁走过去,宝音书记、坚强书记和其他领导也都走了出来。看着浩毕斯嘎拉图站在那里手足无措的样子,宝音书记走到他跟前和蔼地说:"孩子,碰到这样的事,不要有思想顾虑,我们不会责怪你们。既然当了第一个吃螃蟹的人,就要准备经历一些别人碰不到的困难和磨难。对我们而言,这也会让我们在决策时更清醒一些,防止仅凭热情拍脑袋乱决策。"宝音书记说着,拉起浩毕斯嘎拉图的手,"孩子,碰到问题不要后退,要敢于面对,也要善于化解危机。还有一件事,你一定要转告你额吉,让她进城住院治疗。工作做通以后你给李涛书记打电话,到时候我派车接她进城。"

"谢谢宝音书记,我一定转告。"浩毕斯嘎拉图的声音有些哽咽,他又指着院子里的马群说,"对不起,宝音书记,我们没把工作做好,出乱子了。"

"情况刚才李涛书记都跟我介绍过了,我认为你们坚持得对。马群失控是大事,为什么不能批评?一批评就撂挑子,要都这样,还要这个生产队干什么?说不过去呀!不过你们还是要谨慎处理这件事,要多做思想工作。根据我的经验,像这样敢于直接表达态度的人,通过耐心细致的思想工作,动之以情,晓之以理,把道理讲清楚,是有可能回心转意的,只不过需要时间。"宝音书记笑了笑,接着说,"我这可是有站着说话不腰疼之嫌啊。不过理儿就是这么个理儿,你们还是要多费些心思,尽量化解矛盾,让试点工作获得更多群众发自内心的支持。"

"宝音书记,我明白您的意思。这个老马倌脾气就是倔,说话直来直去,不会拐弯。他提出来不当马倌当羊倌,我们准备同意他的要求。不过我估计等他冷静下来,肯定会后悔的。您想想,跟着这个大马群二十多年了,能没感情吗?"浩毕斯嘎拉图说。

"你的分析有道理。最重要的还有一条,我们是共产党员,要有胸怀。

你们的想法可以考虑,既然老马倌不想当马倌,那就让他当几天羊倌又何妨?"

李涛书记也说道:"不要让今天的事影响你们的士气。宝音书记的话很重要,我们是共产党员,要有胸怀,要能容人,特别是对那些刺头,更要有耐心、有胸怀。"说完,他又转向宝音书记,"老首长,天不早了,您是去公社还是接着往下走?"

"李书记,今天就先走到这儿吧,我们就直接回市里,你也别送了。不过最近你要经常到这个试点队来看看。"宝音书记叮嘱说。

"是,老首长。"李涛书记还像当年在部队领受任务那样,保持着立正姿势。

"你还是像当年那样,遇事总是冲锋陷阵。还有一件事,你也帮着做做烈士遗属的工作,让她到市里住一段时间医院。我今晚还有个重要的会议,就不能亲自到老嫂子家慰问了。"宝音书记说。

"今晚自治区党委有一个重要的电话会议,要求各盟市党委主要领导必须参加。"盟委办公室的王主任解释说。

"老首长,您放心,我一定完成任务。"李涛书记继续保持着立正的姿势。

宝音书记向吉普车走去,随行的王主任和秘书跟着过去。市委书记坚强带着市委的几个人上了另一辆吉普车。

天渐渐黑了。两辆吉普车一前一后驶出队部小院,马达的轰鸣声再一次引起马群的躁动。

敖特根和浩毕斯嘎拉图目送吉普车渐渐走远,四道灯光在草原上起起伏伏,忽高忽低,缓缓移动,像是在波涛中起伏的小船。

两人转身往回走,敖特根指着院子里的那群马问:"老伙计,你说咱们该怎么办?"

"我留下来吧,我当过马倌。"浩毕斯嘎拉图说着,弯腰捡起老马倌扔在地上的套马杆,把它靠在旁边的土墙上。

"可是你的腿——"敖特根说。

"没关系,这几天就把马群圈在院子里吧。明天让会计达木丁把朝克图

找来,看来他得提前进入角色了。"浩毕斯嘎拉图说。

"我看也只能这样了。不过今晚就你一个人在这儿我不放心,我还是留下来陪你吧。但现在我得回家拿点吃的来,咱们哥俩今晚喝点酒、聊聊天。紧张了一天,也该轻松轻松了。"敖特根说完就向坐骑走去。

"好。敖书记,你走之前得帮助达木丁把咱们队里的打草机堵到小院出口处。"浩毕斯嘎拉图说。

"好,这还不是小菜一碟吗?"敖特根说完,就跟达木丁把打草机拖了过来。队部院子瞬间成了乱腾腾的马圈。

第十一章　琴声悠扬

　　九曲湾又一个夏日的黄昏悄无声息地来临了。天上,不知从哪里飘过来一片雨云,接着就是一阵小雨。这是夏季草原上最常见的毛毛雨,轻柔,温馨,就像情人间呢喃的情话,在人心头轻轻飘过。

　　小桥上,阿尔斯冷正得意扬扬地向巴特尔炫耀刚买的摩托车。小雨刚一飘落下来,巴特尔就兴奋起来,把还没显摆够的阿尔斯冷晾在小桥上,一个人跑到桥下的草地上。他最喜欢这样的雨了。他站在绿茵茵的草地上,伸出双手,看着细腻的雨丝落在手掌上。那些绵软的雨丝被夕阳的余晖镀上一层金黄色飘落下来,真是美极了。可他还没看够雨丝飘落,雨就停了,那片雨云轻轻飘走了。他有些扫兴地看着那片渐渐飘远的雨云,看着雨云在草原上移动的阴影,还有从草原上升腾起来的一片浓郁的水雾。

　　九曲湾的夏天,雨云也跟人一样,被这里美丽的景观吸引而舍不得走开。这阵毛毛雨虽然很短暂,却赶走了潜伏在草丛里的燥热,空气中立刻升腾起一股潮热,里面还夹杂着来自草窠深处的清新气味,那是一股浓烈的蒿草和野花的香气。

　　巴特尔看见不远处有一丛草窠,旁边有一片蓝色的小花,虽然不起眼,仔细看去却开得十分热烈。他忍不住走过去,看着看着脱口喊道:"绝了,真美!"

　　"巴特尔,你犯神经呢?一惊一乍地喊什么?吓了我一跳。喂,你知道你脚下那些小蓝花的名字吗?"小桥上的阿尔斯冷大声问。

　　巴特尔没理他,站在那片小蓝花前,再次留恋地望向那片飘远的雨云。他感到头皮微微发痒,忍不住把双手插进浓密的头发里使劲梳了几个来回。头皮上的微痒消失了,他感觉到了手指在被雨水淋湿的头发间滑过的舒适。不过他还是挺扫兴,如果那片雨云能多停留一会儿,让他多沐浴一会儿那像少女情话一样温柔的细雨该多惬意啊。

　　"嘿嘿嘿,巴特尔,我看你是想媳妇了吧？那花叫媳妇花。英雄救美该有回报了吧？"阿尔斯冷高声笑着说。

　　毛毛雨过后,东边的天空出现了一道彩虹,在后面黑漆漆的云层相衬下,那道彩虹就像一条偌大的彩链,把九曲湾草原东边与南边两座黛青色的远山连起来,搭建起一座巨型的空中彩色拱桥。

　　这时的巴特尔突然彷徨起来。他不想回到小桥上,不想与阿尔斯冷那两只挂着大问号的眼睛对视。可是他也不能马上离开这里回家,那样就等于承认自己跟山丹有什么见不得人的事儿。自从春天打马鬃那天他跟山丹冲向大马群以后,这个家伙看他的眼神都是酸的。事也凑巧,这个平日看起来大大咧咧的阿尔斯冷,其实心挺细的,他竟然在小桥南侧的草丛中发现了一条小路,那条小路就像配合自己踩出来的这条小路似的,也在相同的位置上了小桥,不同的是它从南边沿着尼林河堤蜿蜒而来,而自己踩出来的这条小路是从北边蜿蜒而来。他有种预感,那条小路有可能就是山丹踩出来的,因为她家就在那个方向。

　　草丛中传来一阵急促的喘息声,巴特尔回头一看,是自己家的那条大黑狗不知什么时候追过来,在他后面跳来跳去。这是他亲手喂大的一条四眼狗。他习惯性地摸摸它的脑门,大黑狗更欢实地扑向主人,甚至把两只前爪搭在主人的肩上。

　　大黑狗的到来让巴特尔忘记了那阵小雨,他弯下腰搂住大黑狗,亲昵地跟它挨了挨脸,然后捡起一块小石头扔出去。大黑狗立刻箭一样窜出去,几乎没费劲儿就在草丛里找到了那块小石头。它叼着石头往回跑的样子有些夸张,左突右躲地来回奔跑。把小石头扔到主人脚下后,它神气地卧在主人身旁的草地上,两只眼睛随着主人注视的方向移动着,那发亮的鼻头在喘息声中不停地嗅着什么。

大黑狗是沿着巴特尔踩出来的那条小路,边嗅边跑到小桥边找到他的。他领这条狗就来过一次小桥,可是之后只要额吉一喊他的名字,它就冲着小桥狂叫。

巴特尔趁大黑狗没注意,猛地向小桥跑去。可是这小花样哪能躲过大黑狗的眼睛,几乎在他还没迈开第二步时,大黑狗立刻跟着跑起来,还比他先跑到了小桥上。

雨后的九曲湾草原,像被洗刷过一遍。燥热的浮尘没有了,被晒蔫的牧草重新挺立起来,整个原野显得清新而充满活力。绿茵茵的草原在淡淡的蓝雾中向远方伸展,与微微凸起的黛青色远山相互映衬,组成了草天一色的秀美风景。此时,暴晒了一天的尼林河面浮起一层银灰色的薄雾,就像薄薄的纱幔一样,轻轻地、静静地飘浮在河面上。那轻飘飘的样子,仿佛只要轻吹一口气就能把它吹走似的。这里的一切,没有任何人工雕琢的痕迹,一种纯朴、静谧的原生态之美油然而生。此时的大自然像一位功夫了得的绘画大师,在绘出了绝美的景色之后,仿佛还有未尽之憾,又把夕阳的一抹五彩光晕恰到好处地泼进雾气里。于是奇迹再次发生,银灰色的雾气突然变得五彩缤纷。这是九曲湾草原最美的时刻。它像一位绝色的佳人,不仅容颜出奇俊美,又因披上了一件华贵而绚丽的彩绸而锦上添花,带着脉脉含情的微笑,伫立在人们面前。这时的九曲湾不仅是最美的,也十分安宁、湿润和凉爽。假如哪个牧人站在河边使劲喊一声,那悠长的喊声会顺着九曲河湾钻进芦苇荡飘向远方,过了很久,那喊声居然慢悠悠地又飘回来。原来那蜿蜒的芦苇丛像是厚厚的传音墙,又把声音送回来了。

"阿尔斯冷,你看,咱们九曲湾的景色多美呀!"巴特尔指着弯弯的尼林河和河湾里的茂密芦苇丛说。

"我发现你太矫情了。我怎么就没发现九曲湾美呢?说实话,这个鬼地方我一天也不想待了。不信咱俩比比看,看谁能先进城,谁能成为九曲湾最有钱的人?"阿尔斯冷摆弄着新摩托车说。

"你现在就能进城呀,一加油门不就去了?谁能跟你比呀。你也是最有

钱的人呀,咱们公社现在也就邮电所的乡邮员有一辆幸福摩托,你这可是骑着一辆日本进口的摩托,多牛呀!"巴特尔笑着说。

"我说的不是你说的那种进城,我说的钱也不是你说的那个意思,我是说——"阿尔斯冷本想更正巴特尔说的话,可是说到这儿他突然没词儿了。真的,他真不知道该怎么跟巴特尔说了。

"那也是真正的进城呀。想想看,你骑着摩托车在尼林城的柏油路上任意跑,想去哪儿就去哪儿,那还不是真正的进城吗?就说尼林城里吧,又有几个人能骑上日本进口的摩托车呢?"巴特尔明白他想说什么,故意用话绕他。

"跟你说话怎么就那么费劲呢?我说的真正的进城是⋯⋯"阿尔斯冷还是不知道该怎么说才能准确表达自己的想法,手跟着比画了几下,还是没有说出来。

"我明白了,你是说在城里生活才是真正的进城,对吧?"巴特尔笑着说。

"对对对,我就是这个意思。"阿尔斯冷连连点头。

这时,大黑狗突然狂叫起来,接着就连跳带叫地冲向小桥东边,接着又凶猛地扑回来。阿尔斯冷吓得一下子跳到摩托车上,直到发现大黑狗不是冲着自己叫的,才小心翼翼地用摩托车把自己与大黑狗隔开。

原来大黑狗是发现知青哥哥的蒙古包前有了动静才狂叫不停的。两个男孩子顺着大黑狗叫的方向望去,看见一个骑马的姑娘来到知青哥哥的蒙古包前。姑娘身上那件蔚蓝色蒙古袍分外耀眼,腰间扎的那条洁白的腰带与她婀娜的曲线组合在一起,真是一幅美丽的画。那无法言说的美丽立刻把小桥上两个大男孩儿的眼神拽了过去。

"你乱叫什么?她是雅诺姐姐,知青哥哥的女朋友。"巴特尔轻声训斥了大黑狗一句。

"原来她就是知青哥哥的女朋友呀!啧啧,那身材,真让人眼馋啊。"阿尔斯冷看得眼睛都直了。

"你什么意思?敢用这种口气说知青哥哥的女朋友。"巴特尔瞪了他一眼说。

"没没没,我随口说惯了,你可别跟知青哥哥说啊。"阿尔斯冷不好意思地用手在脸上抹了一把。

那边,雅诺姐姐跳下马,给马上了绊子,又在原地站了一会儿,看着坐骑慢慢向附近的草地走去,这才快步向蒙古包走去。雅诺姐姐蒙古袍的下摆好看地甩动着,在绿色草地的映衬下,远远看去,真像一只蓝色蝴蝶在翩翩飞舞。站在知青哥哥开着的蒙古包门前,她似乎迟疑了一下,可很快就走了进去,然后包门就关上了。那里又恢复了平静。

刚才巴特尔训斥了大黑狗几句,它好像听懂了,从雅诺姐姐下马到走进蒙古包,它居然没再叫一声,而是卧在巴特尔脚旁,发出一阵低低的呜呜声,像是在告诉主人它现在很委屈。

"嘿,你说,别的知青都回去了,知青哥哥为什么不回去呢?是不是他离不开这个美女姐姐?"阿尔斯冷问巴特尔。

"你不是消息很灵通吗,怎么连这个都不知道?"巴特尔瞥了他一眼说。

"看来九曲湾还真有我不知道的事情。莫非他是在等着跟她一块回城?"阿尔斯冷说。

"恰恰相反。是雅诺姐姐有了回城的指标,现在她在劝知青哥哥跟她一起走。"巴特尔说。

"真的?那知青哥哥为什么不回呀?可真够傻的。难道真准备在九曲湾扎根一辈子?"阿尔斯冷阴阳怪气地说。

蒙古包门短暂地关了一会儿又打开了,雅诺姐姐走了出来,只见她换了一件干活时才穿的土黄色袍子,端着簸箕向蒙古包前面的牛粪垛走去。这时,大黑狗又从巴特尔身边跳起来,疯狂叫起来。

"大黑狗,刚跟你说不能瞎叫,怎么又忘了?别叫了,老实蹲在那儿。"巴特尔低声训斥道。

"喂,你说,知青哥哥多幸福呀。有这么漂亮的情人姐姐给熬茶,那茶的滋味肯定也迷人。"阿尔斯冷一直紧盯着雅诺姐姐。

"情人?什么叫情人?"巴特尔没听懂。

"你连这个都不知道呀?土老帽,如今城里人都这么说呢。还有,你这

条狗有点碍事吧,我真怕它趁我不注意咬我一口。巴特尔,能不能让它别管闲事了,最好还是让它回去吧。"阿尔斯冷用央求的口吻说。

巴特尔点点头,往自己家的方向指了指,又使劲推了一把大黑狗的屁股,说:"这儿没你的事了,回家去吧。"

大黑狗听了,摇着尾巴在巴特尔腿上蹭了蹭,然后按照主人指的方向,顺着来时的那条小路跑了。

"情人嘛,就是相好。"阿尔斯冷这才开始解释。

"那相好是什么?"巴特尔继续问。

"相好嘛,就是……就是……哦,对了,就像你跟山丹……"阿尔斯冷这么说其实有点违心,因为他心里不愿意承认山丹就是巴特尔的相好。

巴特尔看了阿尔斯冷一眼说:"你这好像不是心里话吧?"

"你怎么知道的?"阿尔斯冷被巴特尔看出了自己的小心思,警惕起来。

知青哥哥始终没有出来。雅诺姐姐出来进去了几次之后,两个大男孩儿眼里的她就从一位耀眼的美女变成了牧区最常见的女人,只穿一件宽松的袍子,也不扎腰带了。短短几十分钟里,一个充满青春活力的骑马姑娘变成了普普通通的牧区女人。

不一会儿,蒙古包陶瑙上伸出的那截铁炉筒子里冒出一股淡蓝的烟。黄昏时刻没有风,那缕袅袅升起的蓝色炊烟像一条很抒情的飘带,悬浮在暮色苍茫的九曲湾上空。

巴特尔看着眼前油画一样的景色呆住了。虽然他不在那缕炊烟跟前,却很真切地闻到了一股牛粪烟的味道。他好像看见蒙古包里的雅诺姐姐拿起那个颜色甚至比砖茶都要深的纱布茶叶袋,扔进冒着热气的铁锅中,接着又端起铁锅,往炉子里放了几块干牛粪,再把铁锅重新坐到炉子上。其实这些也是他额吉每天重复的动作。

自从知青哥哥的蒙古包升起炊烟后,雅诺姐姐就没有出来过,蒙古包四周也安静了。那匹绊着腿的白马在草地上边吃着草边慢慢跳着走,不时停下来,大幅度地扬几下头。

"嘿,巴特尔,你快来。"阿尔斯冷低声叫巴特尔。他把手握成两个圈,就像电影上的望远镜一样,向着蒙古包方向一步一步地挪过去好几十步,眼看就要走到直对着蒙古包门的地方了。

巴特尔看了看早已跑远的大黑狗,在那微微晃动的草丛中,隐隐显现着它奔跑的身影。肯定是额吉在叫自己回家喝茶,大黑狗才自告奋勇来找他的,等它独自回去,额吉就会明白他现在有事,就不再等他了。

阿尔斯冷看了半天什么也没看到,失望地回到摩托车旁边,倚在桥身护栏上对巴特尔说:"蒙古包里就两个人,一男一女,你说会发生什么?"

"那还用问吗?正是喝晚茶的时候,茶熬好了,不就该喝茶了吗?"巴特尔说。

"我觉得不一定,假如是我也不一定。"阿尔斯冷说着,脸上流露出一种让人很不舒服的神色。

"人家雅诺姐姐是来给知青哥哥烧晚茶的,好长时间了,她几乎每天都来,这有什么大惊小怪的。你想哪儿去了,真无聊。"巴特尔说。

"我不信。一个蒙古包里就孤男寡女的两个人,难道就不能——"阿尔斯冷脸上浮着坏笑说。

"知青哥哥不是你说的那种人。"巴特尔说的是心里话。在他心里,有着渊博知识的知青哥哥是高尚纯洁的,与那些爱串蒙古包骚扰女人的下流男人不一样。

这时,阿尔斯冷突然在巴特尔肩膀上拍了一下说:"快趴下。"说完他迅速趴到小桥上,巴特尔莫名其妙地赶紧跟着趴下。

"往前看。"阿尔斯冷小声说。

巴特尔看见知青哥哥跟雅诺姐姐从蒙古包里走出来,边走边说着什么。此刻的雅诺姐姐又换上了艳丽的蓝色蒙古袍,紧紧靠在知青哥哥身上,双手搂住他的一条胳膊,两个人向前面那片宽阔平坦的河湾走去。

他们肯定是要去九曲湾最诗情画意的地方——金沙滩河湾。那里没有火山石,全是细细的黄沙,人躺在上面舒适自在,是难得的一处能玩水的地方。金沙滩河湾水流不急,河底是一层厚厚的黄沙,没有淤泥。这里的水也很清澈,水深基本就在人的胸部,所有不管会不会游泳的人都敢下水。这片

河湾也是尼林城里孩子们的乐园,每逢节假日,城里的孩子们会成群结队来这里玩水。他们给这里起了一个好听的名字——金沙滩。

城区的中小学校怕出意外,管得严,严格规定不让孩子们来玩水。可是谁能挡住金沙滩对那些半大男孩子的吸引呢?为了到这里来玩水,他们简直费尽了心思。为躲过老师的监管,男孩子们吃完午饭或者下午放学后,只要有谁往金沙滩方向指一下,大家就心领神会了。后来,老师发现了有男孩子竟然中午到金沙滩玩水,就在下午上第一节课的时候,把那些可疑的孩子叫出来,用手指在他们手臂上轻轻划一下,凡是玩过水的孩子,手臂上就会留下一道白色的划痕。于是就把他们叫到学校教导处,被教导主任狠狠尅一顿。对那些屡犯不改的学生,学校就把家长叫来。在那个年代,犯了校规的孩子回家少不了挨顿揍。尽管这样,那些处在贪玩年纪的男孩子们始终改不了贪玩的天性,总有对付的办法。后来他们学乖了,每次在回学校的途中找一口水井,用干净清凉的井水冲一下身子,这样,无论老师还是家长靠划道道儿就发现不了了。

每当看到城里的孩子在金沙滩河湾打水仗,听着他们嬉笑的打闹声,巴特尔就对城市充满快乐的憧憬。好几次他也下水了,可水刚到腰部就停住了,不敢再往深处走,只好回到岸边,看着城里的男孩子们在水里尽情"狗刨"、打水仗、喊叫。那时他就想,这些孩子中如果有认识自己的该多好。可自己是牧区马背小学的,谁能认识呢?他心里难免有些自卑。

巴特尔看着知青哥哥和雅诺姐姐向金沙滩走去。看得出来,有雅诺姐姐陪在身边,知青哥哥情绪不错,边走还指指点点的,也许是在讲述前面的金沙滩和脚下绿茵茵的草地。巴特尔知道,在知青哥哥眼里,这片大地总有说不完的话题。他和雅诺姐姐一定说到了什么可笑的事,两个人放声大笑起来。因为寂静,笑声传到小桥上时还很清晰。那笑声是蘸着金沙滩河湾的湿润和清爽飘过来的,巴特尔感觉自己也跟他们一样舒爽、快乐。

热恋中的雅诺和知青哥哥完全沉浸在甜蜜的世界里,根本想不到此刻小桥上有两个大男孩儿正瞪大眼睛盯着他们的一举一动。雅诺确认了一下附近没人,就亲密地搂住知青哥哥的腰,踮起脚在他耳边说了句什么,又飞快地亲吻了一下他的脸颊,然后咯咯咯笑着向金沙滩跑去。

"啧啧啧,我真羡慕知青哥哥呀。你以前见过雅诺姐姐吗?"趴在巴特尔身边的阿尔斯冷小声问。

"当然。"巴特尔点点头。

"啧啧啧,光看她的身材就知道肯定是个大美女。我打听过了,她是咱们的邻居希日塔拉生产队的赤脚医生。他们队的知青都走得差不多了,她因为家庭出身不好,推荐上卫校的政审没有通过。"阿尔斯冷说。

"阿尔斯冷,你不要这么说知青哥哥的女朋友,别的事你随便。"巴特尔说。

"好好好,难怪同学们都说你是知青哥哥的崇拜者。你说吧,想听哪方面的事?"阿尔斯冷问。

"说说你吃完烤马蛋后干过什么坏事吧。"巴特尔用调侃的口吻说。

"我可没干违法乱纪的事啊。不知怎么回事,我现在就愿意往女孩子身边凑,特别是好看的女孩子。我记得知青哥哥说过一个词:美女如云。说起来还真是这样,天上飘着多少白云,地上就有多少美女。比如咱们……"阿尔斯冷突然停住了,红着脸躲开了巴特尔的目光。

"我知道你该说山丹了,对吧?"巴特尔闭着眼睛也知道阿尔斯冷想说谁。

"我是想说那个为了山丹敢玩命的人,在没人的时候是不是也像知青哥哥他们呢?啧啧啧,这种感觉真好。"阿尔斯冷一语双关地看着巴特尔说。

"你看着我干什么?"巴特尔虽然这么说,可心里却有点虚,好像他跟山丹真有什么秘密似的。

"还说呢,那天是谁豁了命地为保护山丹冲向马群的?"阿尔斯冷说。

"我那是为了保护集体的马群。谁像你那么怕事,关键时刻退缩了。"巴特尔抓住机会贬损了他一句。

"咳,巴特尔,你知道咱们同学里谁给山丹写过情书吗?"阿尔斯冷转移了话题。

"还有这事儿?谁?"巴特尔好奇地问。

"当然有了,不过谁都知道那是胡闹。一身奶气还没退净,就居然敢去追人家姑娘,你说可笑不可笑?"阿尔斯冷说完,冲着巴特尔怪异地笑了笑。

阿尔斯冷最后这句没头没尾的话把巴特尔说蒙了。这时,雅诺和知青哥哥估计已经快走到金沙滩河湾了,阿尔斯冷站起来,拉了巴特尔一把说:"快起来,我领你去看知青哥哥的宝贝。"

"人家不在家,咱们去好吗?"巴特尔犹豫着说。

"这有什么,咱们又不是去偷东西。说实话,你天天去补课可能没什么好奇,可我对知青哥哥家真的很好奇。"阿尔斯冷看巴特尔半推半就的样子,又说了一句,"假如知青哥哥和雅诺姐姐回来,你就说是来补习的,行吗?"

"不行,我不能骗知青哥哥。到时候我就说是你拉我来的。"巴特尔说。

"行,随便你怎么说,反正我是死猪不怕开水烫。"阿尔斯冷说完,拉着巴特尔就往知青哥哥家走去。可巴特尔心里还是不踏实,因为这跟他平时去知青哥哥家的感觉不一样。当他们走到知青哥哥的蒙古包前时,巴特尔紧张得腿都快抽筋了。

走到半开的蒙古包门前,阿尔斯冷停住了脚步,推了巴特尔一把说:"难道你每次来这里补习就这样吗?"

"我可没有专门趁人家不在时来。"巴特尔退到了阿尔斯冷身后。

"巴特尔,打马鬃那天的大英雄,怎么今天变得这么缩手缩脚的?你到底想不想知道知青哥哥的宝贝?"阿尔斯冷问道。

"这不是来了吗?你就说那个宝贝是什么吧,我天天来怎么没发现?"巴特尔说。

"谁知道你的眼睛往哪里瞅呢。"阿尔斯冷说着,小心翼翼推开蒙古包门。正要进去,他突然又收回脚:"天啊,知青哥哥家里还有这个新式武器。"

巴特尔凑过去,把半个身子探进蒙古包,先是闻到了一股特殊的气味,接着看见蒙古包中间的炉子旁边放着一个盛满水的大铁桶,桶里水面上还漂着一个小铁桶,小铁桶顶端伸出一根弯曲的铜管。

"什么东西?昨天还没有呢。"巴特尔也觉得奇怪。

"你知道它叫什么吗?告诉你,它不用烧煤油、羊油,只要把石头泡进水里,就咕噜咕噜往外冒气泡,划根火柴就能照明。你看多神奇。"阿尔斯冷说。

"石头?什么石头放到水里能点着?"巴特尔好奇地问。

"这个嘛——当然能。听说比羊油灯亮多了。不过这灯有股味,你闻,蒙古包里的这股味儿就是石头灯的味道。"阿尔斯冷发现巴特尔对石头灯一无所知,就大着胆子把道听途说的那些传闻说了一遍。其实他原本不是让巴特尔来看石头灯的。

"你知道这石头是什么石头吗?"巴特尔问。

"这个嘛——"阿尔斯冷一时回答不了这个问题。就在他眼看就要露怯时,他们身后传来了知青哥哥的说话声,把他俩吓了一跳:"孩子们,这石头叫嘎石,那个灯叫嘎石灯。"巴特尔和阿尔斯冷被嘎石灯给吸引住了,谁也没发现知青哥哥和雅诺姐姐是什么时候回来的。

"巴特尔,学习得怎么样了?"知青哥哥又和蔼地问。

"按照您给画出的复习范围,正抄纸条背呢。"巴特尔低声说。

"孩子们,进来吧。"知青哥哥走进蒙古包,在大铁桶旁招呼着他们。两个孩子小心翼翼地走进蒙古包,在嘎石灯旁边站定。"没见过吧?巴特尔虽然经常来,可是也没见过,因为我昨天才让它亮相。告诉你们,嘎石,也叫碳化钙,是电石的主要成分,无机化合物,能在水里生成乙炔气体。你们看,乙炔气体从这支铜管里喷出来,这时,划根火柴气体就着了。"知青哥哥边演示边说,"你们是不是听到了'咝咝'的响声?这就是乙炔气体燃着的声音。"

知青哥哥吹灭了嘎石灯的火焰,把划着的火柴伸向铜管口,"腾"的一声,铜管口立刻喷出一支蓝白色的火苗,光线黯淡的蒙古包里瞬间亮了。

阿尔斯冷用手碰了巴特尔一下,向后面使了一个眼色。巴特尔明白他的意思,就装作打量蒙古包里摆设的样子,飞快地扫了身后的雅诺姐姐一眼,又急忙转过头来。可是阿尔斯冷的眼睛还不时偷偷往雅诺姐姐那边跑。

雅诺发现这两个大男孩儿在偷偷打量自己,笑了一下,拿起放在碗橱旁的暖壶说:"来,孩子们,尝尝我熬的奶茶吧。"

这样一来,阿尔斯冷和巴特尔反倒有些难为情了。他俩相互看了一眼,

几乎同时拘谨地往后退了一步。

"既然来到老师家了,就不要拘束。特别是阿尔斯冷,咱们认识一下。我叫雅诺,你就叫我雅诺姐姐吧。"雅诺说着,从碗橱里拿出三只茶碗,摆在茶桌上。

"雅诺姐姐——月亮姐姐,真好听的名字。"阿尔斯冷说。

"你们马背小学是不是还有一个爱唱歌跳舞的女同学,叫——山丹?"雅诺弯腰倒茶时迟疑了一下,问道。

"有。她……"阿尔斯冷刚要说下去,却被知青哥哥打断了:"巴特尔,我跟公社学校的老师打听过你的情况,他们都对你有信心,你一定要给咱们马背小学争口气。"

听了知青哥哥的话,巴特尔感觉心里暖融融的。可是他也察觉出知青哥哥与雅诺姐姐之间似乎有种很微妙的感觉,就像一丝微风轻轻掠过,转瞬就消失得无影无踪。

"我呢?老师,我怎么才能给咱们的马背小学争口气呢?"阿尔斯冷问。

"你?"知青哥哥沉思了一下,没有马上回答。

巴特尔有一个多月没来知青哥哥家了,发现除了嘎石灯还有些变化,那就是原来叠放被褥的地方,多了一套被褥。

阿尔斯冷指着哈纳上挂着的一把琴又问:"知青哥哥,那是个乐器吧?"

一听阿尔斯冷这样问,巴特尔差点笑出声,原来这个家伙说的宝贝就是它呀!

"巴特尔,你告诉他吧。"知青哥哥笑着说。

"连这个都不知道,还说是宝贝呢。这是小提琴,是专为知青哥哥解闷的。"巴特尔说。

嘎石灯的光果然比羊油灯和蜡烛的光都亮。知青哥哥的家也像所有牧民家那样,每逢夏季最热的时候,为了通风凉爽,都要把蒙古包下面的毡子卷起一尺多高,这样人在蒙古包里也能看见外面很远的地方。

"巴特尔,好好复习吧,知青哥哥对你很有信心。我妹妹也在复习,不过她已经进城学习去了。"站在一边的雅诺说。

"雅诺姐姐,您妹妹是——"巴特尔问。

"是我亲表妹,叫美丽,跟你一样也参加今年中考。"雅诺说。

"她跟你一样,也是咱们牧区的孩子,也像你一样一直很努力地学习。"知青哥哥补充了一句。

"您的妹妹也要进城了?雅诺姐姐,真不知道该怎么说才能表达我的心情。唉,咱们草原上又少了一位漂亮姑娘。"阿尔斯冷叹了口气说。

"阿尔斯冷,没想到你还是一位护花使者呢。"雅诺笑着说。

"雅诺姐姐,别听他的,这个家伙从来就没有正经话。"巴特尔怕阿尔斯冷太放肆,也怕雅诺不高兴,急忙插了一句。

"巴特尔,没事的。阿尔斯冷这样说反而显得挺自然。"雅诺说。

"巴特尔,还是你多心了吧,雅诺姐姐还说我是护花使者呢。知青哥哥,我有一个问题想请教您,就是人为什么非要上中专、上大学?难道除此以外就没有别的出路吗?"阿尔斯冷是故意这样问的,他想跟巴特尔一样不受冷落。

"我知道你就会这么问,这说明你有一颗不安分的心。但我觉得你说得有点儿意思。这个问题很复杂。我认为,这是涉及怎么看待知识与经验的问题,也反映出社会对这两个问题的认知度和价值取向。说复杂了,我怕你们听不懂或者曲解了我的意思,那就害了你们。我就简单点儿说吧,一个人任何时候都不能低估自己的能力。换句话说就是,假如考试这条路走不通,也不要自暴自弃,要用所积累的社会经验选择更适合自己的人生道路。不是说'山重水复疑无路,柳暗花明又一村'吗?从这个意义上说,人生永远没有独木桥。"知青哥哥显然是在鼓励阿尔斯冷。

"知青哥哥,您说我怎么才能找到那个'又一村'呢?"阿尔斯冷眼睛一亮,追问道。

"这个嘛,首先要有对自己真实能力的客观认识,然后据此在社会上找到施展这种能力的立足之地。每个人有每个人的活法,这个过程一定很漫长,甚至很痛苦,但是只要坚持,就一定能找到那个'又一村'。"知青哥哥说。

"知青哥哥,您能不能给我指一条路?"看着阿尔斯冷可怜兮兮的样子,知青哥哥笑了，但摇了摇头说："我可没那个本事。我所以能说出上述道理，也只是把我的人生感悟讲给你们听。人与人千差万别，就得一把钥匙开一把锁，千万不能套用。包括在给你们讲这些人生大道理的时候，我不过就是九曲湾生产队最后一个知青，还有一个称呼是马背小学的代课老师。话虽然这么说，可是我并不懊悔，也不自卑，因为这就是我对自己人生道路的选择，在这条路上我肯定会坚持坚持再坚持。我想，一个人如果认准了自己要走的人生道路并且坚持走下去，那就是幸福。因为对有信仰的人来说，人生没有绝境。"

"知青哥哥，我想进城做买卖，当个商人，也许有一天九曲湾还会出个跨国商人，您说——"阿尔斯冷说话时，眼睛不敢看别人，而是死死盯住蓝白色的嘎石灯光。

"阿尔斯冷，天不早了，咱们该走了吧？"巴特尔打断了阿尔斯冷的话。他不想看阿尔斯冷步步紧逼知青哥哥。

"孩子们，请原谅。虽然我是一个老师、一个哥哥，可是在人生这个严峻的考题面前，我只是比你们多吃了几年盐而已。假如说有什么箴言可传的话，我想，还是那句老话：一个人要有理想，还要有为了实现理想而脚踩大地百折不挠的追求精神。我认为当商人也是一个选择，所有行当都没有高低贵贱之分。这么说吧，不是你选择了什么行当，而是看你能不能在这个行当里为社会做出贡献。"

知青哥哥最后这句话显然打动了阿尔斯冷，他使劲咬住嘴唇，默默点了几下头。

告别了知青哥哥和雅诺姐姐后，巴特尔发现阿尔斯冷突然变得深沉了。当他们重新回到小桥上时，夜幕已经把九曲湾草原遮得严严实实，两个人情不自禁地转向刚离开的那座蒙古包。在黑漆漆的夜幕里，那座蒙古包底座射出一道弧形的光环托举着蒙古包，仿佛悬浮在黑漆漆的草地上，就像他们面前竖起一座希望的灯塔。

"巴特尔，我忘了告诉你一件事。"阿尔斯冷突然说。

"什么事儿？这么一惊一乍的。"巴特尔问。

"我后悔了。以前我都是在小桥头听知青哥哥拉小提琴,今天我想亲眼看看他是怎么拉出那美妙琴声的。"阿尔斯冷说。

"今天太晚了,再说雅诺姐姐也在,不方便吧。"巴特尔说。

"不行。我就想今天听。"阿尔斯冷固执地说。

"那听完一曲咱们就走行不行?还有就是,以后你给知青哥哥提问题别那么一句跟着一句好不好?"巴特尔问。

阿尔斯冷点点头说:"这回我就专门听知青哥哥拉小提琴,行了吧?"

"这还差不多,一言为定啊!"巴特尔说。

"一言为定。"阿尔斯冷说。

两个孩子再次原路折返,向他们心中的那座灯塔走去。

知青哥哥的蒙古包就在眼前了,嘎石灯光从卷起的包毡下面射出来。包门关着,里面静悄悄的。阿尔斯冷低声说:"知青哥哥每天这个时候该出来拉琴了,今天怎么没拉琴?"

突然,蒙古包里传出一阵说话的声音、走动的声音,好像有人要出来的样子,两人撒腿向桥头跑去,躲到阴暗处。

随着一阵马镫铁器的碰撞声响过,一个人骑马离开了。"那是雅诺姐姐。平时这么晚她就不走了,今天怎么了?"阿尔斯冷说。

随着马镫铁器的碰撞声渐渐远去,一阵悠扬的琴声轻轻飘来。

"听见没有,这就是知青哥哥的琴声。"阿尔斯冷兴奋起来。

"真好听,这是什么曲子?阿尔斯冷你真行,什么时候发现的?"巴特尔捶了阿尔斯冷一拳。

"你真没听过知青哥哥的琴声?"阿尔斯冷疑惑地问。

"真没有。"巴特尔说。

"我不信。"阿尔斯冷说。

"真的,我说的是实话。"巴特尔说。

"好了,不说了。哎呀,远处有人来了,快走。"阿尔斯冷低声说着,拉了巴特尔一把,推上摩托车就往桥西跑去。

在桥西那条自然路离桥头还有二十多米远的地方,有个六十度的大拐

弯,人站在拐弯处,就能把自己隐蔽起来。阿尔斯冷把摩托车支在黑漆漆的草地上,低声对稀里糊涂跟着他跑过来的巴特尔说:"咱俩今天挺有眼福,既然赶上了就看看吧。"

两个人刚准备趴到草丛中,巴特尔看见小桥上出现了一个人的身影。

"你不知道她是谁吗?"阿尔斯冷猫着腰往前走了几步,趴到自然路旁的一个草墩子旁边。

"那是谁?"巴特尔凑过来问。耳朵边有蚊子嗡嗡叫着跟过来,可此刻的他根本顾不上。

"没认出来?"阿尔斯冷低声问。

巴特尔终于认出那个熟悉的身影,心里不禁暖暖地抖了一下。但他心里有点纳闷:"这到底是怎么回事,真是她……"

优美而抒情的小提琴声盖过草窠中各种鸟虫的鸣叫声,悠悠地传过来。随着悠扬的琴声,小桥上的山丹在翩翩起舞。那些动作,巴特尔很眼熟,是现代芭蕾舞剧《红色娘子军》里女红军在万泉河畔跳舞的动作。那部电影他不知道看过多少遍,每次都不提前离场,一直看到散场,然后围在还在散热的电影放映机旁,看着放电影的叔叔倒片子,再把倒完的片子放进一个四方形的铁盒里。

第十二章 一棵树的传说

这天晚上,巴特尔不知道自己什么时候回到家的,反正很晚了。他和阿尔斯冷一直等到琴声消失,山丹也离开小桥顺着来路回去,才悄悄爬起来。正值夏季,趴在草丛里的滋味可不好受,蚊虫叮咬不说,地上的小虫子也争先恐后往裤子里钻。奇怪的是,他们都忍住了。

月光下,山丹很快消失在夜幕深处,阿尔斯冷还意犹未尽地张望着。巴特尔有个新的发现,就是从山丹出现在小桥上开始,阿尔斯冷的那双眼睛就没离开过她。他发现这个家伙跟以前不一样了。

到家了,巴特尔特意放轻了脚步,可是前脚刚迈进家门,正在羊油灯下缝被褥的额吉一眼就看到了他沾满泥水的靴子,压低声音问他:"天呀儿子,你这是去哪儿了?难道趴到泥坑里了吗?"

虽然乌日娜的声音很低,可是也惊动了正在打呼噜的浩毕斯嘎拉图,节奏平稳的鼾声停了。过了片刻,他翻了一下身子,停顿的鼾声才又慢慢响起来。

巴特尔没有说话,脱去泥靴子轻轻放下,然后往自己睡觉的地方一躺,困得连眼皮都不想眨一下。

"儿子,还没吃饭吧?额吉给你留着呢。"乌日娜看儿子好像有什么心事的样子,就换了一种口气,满脸堆着笑问。

"额吉,别烦我,我不饿。"巴特尔说着背过身去。现在的他只想静静地躺着,静静回味刚才在桥头看见的那一幕。

"儿子,是不是碰到不开心的事了?"乌日娜又问了一句。

"不是。"巴特尔说完,扯起被子捂住了头。

乌日娜不再说话,继续缝着新被子。自从儿子开始复习准备参加中考,她就忙活起来了。虽然不知道儿子能不能考上,她却提前就准备上了,开始是零碎的东西,备点这备点那的,可干着干着就当真了。现在她早就不想儿子考上考不上的事了,就好像儿子已经接到录取通知书,剩下的就是哪天进城报到,她要赶在儿子进城前把所有的事都办完。

经过十几天的忙活,乌日娜已经准备得差不多了,现在的她正在昏暗的羊油灯光下赶缝新被子。她缝得那么认真,一针一线、有条不紊地在新被子上留下她爱的印迹。看着精心挑选的绸缎被面,摸着松软的棉花,闻着那股熟悉而清新的味道,一种复杂的情绪在她心头翻腾。儿子一天天长大,越来越像个真正的男子汉了,特别是打马鬃时面对失控的大马群,他居然面不改色地冲了上去……虽然这事把她吓了个半死,可是作为额吉,事后她早就忘了跪在冰冷的草地上磕头祈祷时的害怕与痛苦,听着人们你一句我一句地夸奖儿子时,她心头只剩下高兴与自豪。可是每当她想到儿子有可能离开自己,到完全陌生的城里学校上学,而且一走最少三年,洋溢在她心头的高兴与自豪就变成了担忧和不舍。她一直就是在这种矛盾和百感交集中干活的。

乌日娜有个习惯,做针线活儿时爱轻声哼歌,看着儿子回来了,悬着的心踏实了,她忍不住轻声哼唱起来:

九曲河湾最难忘,

定情的榆树长高了。

骑枣骝马来的哥哥哟,

留下的约定煎熬人……

"深更半夜的,哼哼唧唧唱什么呀!天不早了,你也早点睡吧。儿子考试的事八字还没有一撇呢,你倒好,就像儿子真要走了,快把家弄翻天了。"浩毕斯嘎拉图说完,翻过身又睡了。

"我愿意,你管呢。万一真考上了,我就没心思忙了,那时候我就天天守在儿子身边,哪儿也不让他去。儿子从小长到现在,除了到公社中学上学那几年,还从来没离我这么远过……"乌日娜越说声音越低,最后竟轻声抽泣起来。

"哎呀呀,你麻烦不麻烦?儿子这不还没走吗?你这是让他走还是不让他走?"浩毕斯嘎拉图不耐烦地又翻过身来。

乌日娜没说话,停了一会儿,又低声哼起那支古老的九曲湾民歌。

阿爸和额吉的对话,闷在被子里的巴特尔都听见了,他暗暗责怪自己刚才对额吉的态度不好。听了额吉说的话,他一想还真是那么回事,自己到公社上学的那几年,额吉动不动就赶着勒勒车去了。额吉低声哼着的民歌,肯定是讲述一个离别的故事,要不也不能那么忧伤。他觉得这首民歌讲述的离别故事一定离自己不远:九曲湾,一棵树,小桥……对了,他想起刚才阿尔斯冷从发现山丹到推着摩托车躲起来,一切都是那么熟练,说明这个家伙偷看山丹跳舞肯定不是一次两次了。

还有,阿尔斯冷一说到山丹,特别是拐弯抹角打听小桥两侧那两条小路时那副酸溜溜的样子,也让他不舒服。

巴特尔耿耿于怀起来。今天小桥上的一幕幕就像电影一样在巴特尔脑海里闪过——那个家伙偷看雅诺姐姐时的眼神,以听知青哥哥拉琴为借口差点带他闯进蒙古包里,还有躲在草丛旁看山丹跳舞时猥琐的样子……

巴特尔终于明白了一件过去不知道的事,那就是自己经常来的这座小桥,其实也是山丹练功的地方。皎洁的月光下,面对着潺潺流淌的尼林河,穿着一身紧致的练功服的山丹,随着悠扬的琴声翩翩起舞,这是一幅多美的画卷呀。

"知青哥哥是专门为山丹练舞拉琴吗?"巴特尔想起在知青哥哥家里,阿尔斯冷提起那把小提琴时,雅诺姐姐似乎无意中问山丹的那句话。他还想起阿尔斯冷看见雅诺姐姐骑马离开时说:"今天怎么了?平时雅诺姐姐这么晚就不走了。"

巴特尔觉得自己太愚钝了。他一直以为小桥上的每一颗石子他都记住了,原来有这么多的事他却不知道。朦胧的夜色里,皎洁的月光下,倔强的

山丹从什么时候开始喜欢上舞蹈了？他虽然看不懂那舞蹈动作的一招一式，却能感受到她内心深处燃烧着的向往未来的激情，也能感受到她要像鸟儿一样展翅飞翔的浪漫——她的青春冲动他能读懂，因为他也有，就像傍晚时分喊着叫着冲进毛毛细雨里一样。

巴特尔又想起趴在草丛旁时，阿尔斯冷低声跟他说的话："今天的琴声跟知青哥哥以往拉的不一样，我感觉有些哀伤。巴特尔，这曲子怎么有点耳熟？"

"你要是没听过这支民歌，就不是九曲湾草原上的人了。这不是《骑枣骝马的哥哥》吗？"巴特尔说，他是从额吉那里听到并学会这支歌的。

"哦，想起来了，想起来了，就是这首歌。"阿尔斯冷这才恍然大悟。

"那个简洁版的是最早的歌词。后来歌词被人们瞎改得乱七八糟的了。"巴特尔说。

"你喜欢哪个版本的？反正我喜欢乱七八糟的歌词那版，听着过瘾。什么就是什么，直来直去。"阿尔斯冷说完，悄悄吐了吐舌头。巴特尔照他肩膀使劲捶了一拳。

这是巴特尔从阿爸口中听到的故事，它发生在很遥远的年代：

一个走草地的年轻旅蒙商，骑着枣骝马来到了今天的九曲湾一棵树一带。当时这里还没有一棵树，只有一条古老驿道的痕迹。那深浅不一的车辙里长满了深绿色的牧草，最后消失在一处浅浅的河湾，能看出是一条被遗弃很久的古道。如果仔细观察，还能看见河对岸有一处人为踏开的豁口，那就是续接这条驿道的地方。古驿道涉过河湾，继续向远方延伸。那位骑枣骝马的年轻旅蒙商在九曲湾认识了漂亮的牧羊姑娘阿如温查斯。阿如温查斯就像她的名字一样，纯洁得像飘落在九曲湾草原上的瑞雪。两个燃烧着火一样恋情的年轻人，在一个月色朦胧的夜晚，躲在古老驿道旁私订了终身。可是，如胶似漆的甜蜜日子转眼就过去了，萧瑟的秋天来了。像候鸟一样的旅蒙商们该走了，那位骑着枣骝马的哥哥也要离开九曲湾草原，回到多伦淖尔。可他舍不得离开心上的姑娘，找遍了借口一再拖延行期。眼看着天气越来越冷，阿如温查斯姑娘担心恋人会被突然降临的风雪阻隔在途中，毅然劝恋人早早踏上归途。起程的日子到了,分别的痛苦让两个年轻人的心一次次撕裂。就在他们分手的那个深秋的夜晚,年轻的旅蒙商找来一棵小榆树苗,跟阿如温查斯姑娘一起把它种在二人私订终身的地方。他们相约,以后每年的开春,两个人就在这里相逢。第二年,九曲湾河水刚刚冒出冰缝,年轻的旅蒙商如期而至。第三年,南方的鸿雁刚落在开化的九曲湾,年轻的旅蒙商又骑着枣骝马如约而来。而他跟阿如温查斯姑娘一起栽的那棵小榆树,也因为九曲湾河水的滋润长大了。平坦的九曲湾草原上出现了一棵树,严冬的风雪里,它是牧人们回家的路标;盛夏时节,它像一朵绿色的浮云,很多路人在它的绿伞下躲避太阳的炙烤。第四年,阿如温查斯怀抱着一个婴儿来到这棵榆树下,想给年轻旅蒙商一个惊喜,让他猜猜这个孩子像谁。可是世事难料,直到秋天的风又在九曲湾漫步,很多旅蒙商们陆续踏上归途,阿如温查斯姑娘也没等到骑枣骝马的恋人。又过了很多年,阿如温查斯怀里的孩子慢慢长大了,成为九曲湾草原上最知名的摔跤手,可是骑枣骝马的旅蒙商始终没有再出现。

后来,阿如温查斯老了。有人说,那位骑枣骝马的旅蒙商返回多伦淖尔途中遇到了土匪,凶残的土匪不仅抢走了他的全部钱财,还把他绑起来扔到了没人的沙窝子里。不过也有人说,又过了很多年以后,当一棵树已经长得很粗壮了,有一年春天,树下出现了一位失去双腿的男人,他向所有路过这里的人打听一个叫瑞雪的九曲湾女人。可是在那个年月,九曲湾的牧人们中能活到五六十岁的人不多,知道阿如温查斯下落的人更少。那个可怜的失去双腿的人在一棵树下苦等到深秋,最后披着一身寒霜离开了这里。以后又过了多少年,就出现了《骑枣骝马的哥哥》这支民歌。

"失去双腿的人是谁?"巴特尔问。阿爸摇了摇头,接着又很神秘地对他说:"孩子,你知道那位叫阿如温查斯的姑娘是谁?"

"是谁?"巴特尔瞪大了眼睛问。

浩毕斯嘎拉图只是笑了笑,没有回答。

……

躺在被窝里的巴特尔还在听额吉哼着《骑枣骝马的哥哥》。在他的记忆

里,这是额吉第一次当着阿爸的面哼这支古老的民歌。阿爸再也没有说话,相反,那阵阵鼾声停了,好像也在听着。巴特尔从被窝里钻出来,眯缝着眼睛看向额吉,只见昏暗的羊油灯光下,额吉轻轻摇晃着,正用一块儿沾湿了的破布仔细擦拭他那双满是泥水的尖头蒙古靴。

浩毕斯嘎拉图坐了起来,低声问:"老婆子,你今天是怎么了?"

"儿子长大了,就该离开额吉喽……"乌日娜抱着一只靴子精心擦拭着,自言自语着。

"长大了?你是不是又舍不得儿子离开了?"浩毕斯嘎拉图问。

"我说儿子长大了,这句话你不懂,反正我有预感。"乌日娜放下手里的靴子,又用袍子使劲擦了擦双手,顺手给巴特尔掖了掖被子,轻声说:"呼勒嘿,呼勒嘿,我的儿子有心事了。"

巴特尔急忙闭上眼睛,可是心里却一热,暗自惊叹额吉的洞察力。

"你说,咱们儿子是不是看中了哪位姑娘?"浩毕斯嘎拉图低声问。

"你应该了解你的儿子呀。俗话说'有其父必有其子',当年你是怎么迷惑了我的双眼,还记得吗?"乌日娜说。

"嘿嘿嘿,当然记得,那是我这辈子最骄傲的一段经历了。"浩毕斯嘎拉图低声笑着说。

"还笑呢。过了这么多年,温都苏都没放下这件事。不过,当年即使你不那样疯狂地追我,我也会反过来追你的,你信不信?"乌日娜娇嗔地说。

"真的?早知道这样我就不去冒险打狼了,就等着你来向我表白。"浩毕斯嘎拉图说。

"你个坏狗。当年你要是没打死那条凶狠的野狼,没人会喜欢你。"乌日娜瞪了丈夫一样说。

"那就是说你也有可能嫁给那个家伙?"浩毕斯嘎拉图趁机问。

"作为一个女人,还能有什么办法?世世代代不都是这样过来的吗?"巴特尔能听出来,额吉这是想让阿爸吃醋。

"我现在才知道,这么多年了,原来你心里还有那个家伙的影子呀。"果然,浩毕斯嘎拉图的语气里有酸味了。

"当年你要不是像个跟屁虫一样围着我献殷勤,还不停唱着歌,哼!"乌日娜故意用这声"哼"刺激浩毕斯嘎拉图。

"那段日子我也不知道怎么了,像着了魔一样,就想见到你,就想在你身旁。"浩毕斯嘎拉图说。

"其实我额吉早就看出来了。她说,我不会选择温都苏的,你肯定是浩毕斯嘎拉图的女人。当时我还不明白额吉为什么看得那么准,现在我才知道是怎么回事。"乌日娜说了半截话就不说了。

"那是怎么回事?"浩毕斯嘎拉图问。

"你比温都苏正直、上进,心胸开阔。"乌日娜这才说出后半句话。

"嫁给我,你后悔过吗?"浩毕斯嘎拉图问。

"这个你问我儿子吧。不过真像我额吉说的那样,咱们这一代人长在新中国,遇上了好日子。"乌日娜说。

"阿爸,原来你跟阿尔斯冷的阿爸抢过我额吉呀。"巴特尔再也忍不住了,猛地坐起来。

"你这个臭小子,原来在装睡偷听阿爸和额吉的秘密。"浩毕斯嘎拉图笑着说。

"孩子,能不能告诉额吉,你看中了哪位姑娘?"乌日娜慈祥地看着巴特尔问。

"什么呀!你别瞎猜了,等着我给你们娶回一个城里姑娘吧。"巴特尔急忙躺下,又用被子蒙上头。

乌日娜没有再追问,"噗"地吹灭了羊油灯,蒙古包里顿时黑漆漆一片,除了几人的呼吸声,再也没有别的声音了。

第十三章　即将离开九曲湾

巴特尔没想到自己真的考上了明珠盟牧业机械兽医学校。这是自治区的一所重点中专学校。

坐在小茶桌前的巴特尔定定地看着那张录取通知书。在他眼里，这也是一张进城通行证。有了它，他就能坦然地走进尼林城，就像坐在勒勒车上的那个美丽姑娘一样，从此告别草原牧区。录取通知书只是小小的一张盖着公章的纸，可他拿在手里看，放在茶桌上看，看了一遍又一遍，总也看不够。此时此刻，他的心情就像这座敞开门的蒙古包，灿烂的阳光直接照进来，敞敞亮亮的，没有一点儿阴影。因为心情好，他感觉今天的太阳好像也格外关照他。

喝完早茶，浩毕斯嘎拉图骑着马去了队部，今天他要带朝克图去放马。自从老马倌甩把子不干以后，他也不急着去做劝说工作，因为时机不成熟，急着去反而会把事情弄复杂。唯一正确的选择就是自己多吃几天苦，给老马倌一个反思的时间。

丈夫走后，乌日娜拎着奶桶去挤牛奶，蒙古包里只剩下巴特尔和老额吉。

"孩子，我知道你就坐不住，还是出去玩吧，进城后就不能像现在这样走几步就是草原了。"老额吉对巴特尔说。

"奶奶，您好像知道我在想什么一样。"巴特尔说。

"因为你是我的孙子呀。"老额吉笑着说。巴特尔站起来刚要往外走，听见外面传来一个女孩子清脆的问候声,他的心猛地一抖——他听出了是谁的声音。

"你好,山丹姑娘。巴特尔在,在,在。快,快——巴特尔——"乌日娜的声音慌乱中有些语无伦次。

巴特尔刚要迎出蒙古包,山丹已经笑盈盈地走进来,站到他面前。今天的山丹格外好看,穿着一件天蓝色的蒙古袍,一双水灵灵的眼睛看着他,说:"哎哟,巴特尔哥哥,一个人躲在家里发呆呢?怎么不去帮大婶干活儿?"她转头看见躺在旁边的老额吉,急忙恭恭敬敬地说:"对不起,奶奶,我光顾着跟巴特尔说话了。您好呀!"

"你好呀,山丹姑娘。你来了正好,我刚才还劝巴特尔出去转转呐。"老额吉说。

山丹跪坐在老额吉身边,抬手给她理了理头发,说:"奶奶,我好长时间没来了。盟里的达日嘎不是让您到城里的医院住几天吗?"

"是啊,前些日子盟里的一位达日嘎还派车来接我进城,我没去。我这个病到哪里也是这样,不能再给公家添麻烦了。"老额吉说。

山丹没有再说话。她看见放在小茶桌上的那张录取通知书,顺手拿起来看了看,然后依原样放下,语气却不像刚才那样轻松自然,而是有些拘谨地问巴特尔:"录取了?"

"嗯。"巴特尔点点头。

两个人突然不知说什么了,蒙古包里出现了短暂的沉默。

"巴特尔,山丹姑娘很少来咱们家,你怎么不给倒茶呀?"乌日娜从门外走进来,放下刚挤满牛奶的奶桶,张罗着给山丹拿碗倒茶。

"大婶,我也没什么事,就是想跟巴特尔哥哥商量一件事。"山丹拿过乌日娜手里的暖壶,先给老额吉倒了一碗,又给巴特尔倒了一碗,然后娴熟地从碗橱里拿出一个铜勺子,跪坐到老额吉身旁准备喂她。

"山丹姑娘,奶奶喝过了,谢谢你,奶奶愿意看你喝我们家的茶呀。"老额吉伸出一只长满老人斑的手,抚摸着山丹的脸庞说。

"山丹姑娘,不仅奶奶愿意看着你喝我们家的茶,大婶也愿意呀。你先

坐着,我出去给你找点好吃的。"乌日娜拿出一个十分精巧好看的绿色龙瓷碗,倒满茶放到山丹跟前,又拿起一个枣红色的木盘子走出去。

"大婶,不用忙活了,我也刚喝完早茶。还是我来帮您吧。"山丹说着,站起来就要跟乌日娜往外走。

"不用,不用。孩子,你跟巴特尔说话吧。大婶给你拿点自家晒的牛肉干,你看好吃不好吃。"走到门外的乌日娜回过身,对跟在后面的山丹摆了摆手,山丹只好又坐回原处。

蒙古包里剩下老额吉、巴特尔和山丹三个人。

"知道我是怎么来的吗?"山丹看了老额吉一眼,俏皮地问巴特尔。

"不知道。"巴特尔愣了一下,他不知道山丹这样问是什么意思。

"我是沿着你踩出来的那条小路走过来的。本来我还不知道草丛里也有你踩出来的一条小路,今天早晨阿尔斯冷去我家,他告诉我了。他还怀疑那两条小路都通往小桥。为了证实他的话,他一走我就顺着那条小路来了。"山丹说。

"这个多疑且嘴快的家伙,他还说什么了?"巴特尔问。

"别的嘛,他还说你们俩去知青哥哥家了,还说……"山丹想了想,悄悄放低了声音问:"巴特尔哥哥,你说我的舞姿好看吗?"

巴特尔红着脸支支吾吾地不知说什么好,心想:"完了,这个该死的阿尔斯冷,把我俩偷看她跳舞的事都说出来了。"

"说呀,或者说像不像那么回事也行。"山丹轻声问。

"好,好,好看。"巴特尔躲开山丹的目光,吞吞吐吐地说。

两人正尴尬着,乌日娜走进来,把盛满牛肉干的瓷盘放到小茶桌上,热情招呼说:"来,山丹姑娘,尝尝大婶腌制的牛肉干。"

"谢谢大婶。"山丹拿起一根牛肉干,轻轻咬下一小块细细品尝,"真好吃。大婶,这牛肉干如果拿到自由市场上去卖,肯定有销路。"

"真的吗?好,等巴特尔中专毕业在城里安顿下来,我就去给他做饭,连带推销我的牛肉干。"乌日娜笑着说。

"那浩毕斯嘎拉图大叔怎么办?大婶就不管他了?多可怜呀。"山丹说。

"那时候我就不让他当这个生产队长了。远离那些操心事,也搬到城里去住,享几天清福。"乌日娜话说出口才发现不对劲,急忙弥补说,"山丹姑娘,你别多心,我可没有说你阿爸的意思啊。"

"大婶,我知道。我阿爸就是那样,脾气一上来什么都不管不顾了。他甩耙子那天我也在现场,不怨大叔。"山丹笑着说。

乌日娜这才松了一口气,说:"好孩子,你阿爸有你这样的女儿真是他的福分呀!也不知道我们巴特尔有没有这个福气,以后能在城里找一个像你这样的好姑娘。"

"巴特尔哥哥听见没有,你可得好好学习,怎么也不能让大婶失望呀。"山丹话里有话地笑着说。

巴特尔瞪了额吉一眼,那意思是不让她乱说一气,因为他现在心里很乱。小桥上的经历让他想的事情突然多了起来。特别是从小桥上回来后的那天晚上,他听了阿爸与额吉的对话,才知道阿爸年轻的时候居然是阿尔斯冷阿爸的情敌。联想到阿尔斯冷一次次绕着弯探问自己与山丹的关系,他不由得有些好笑:这是怎么了?九曲湾草原这么大,怎么偏偏就这么巧?难道父一辈的经历又会在儿一辈重演?

乌日娜怕自己在旁边两个孩子说话不方便,找个借口出去了。

"巴特尔哥哥,今天找你有件事。可是我先得说好,你不能拒绝。"山丹看着巴特尔说。

"看是什么事吧。"巴特尔说。

"看看看,人还没进城呢,就拿起了城里人的臭架子。不行,什么事你都得答应。"山丹的口吻没有一点商量的余地。

"行,行,行,我答应还不行吗?"巴特尔笑着说。

"这还差不多。是这样的,明天晚上公社所在地放电影,是革命芭蕾舞剧《红色娘子军》。我请你去看电影,算是对你那天冒死跟我冲向大马群的回报。"山丹看了躺着的老额吉一眼,又把声音往低压了压。

"什么?回报?"巴特尔被山丹看得有点不好意思了。

"巴特尔哥哥,明晚请你陪我去公社看《红色娘子军》。我这可是第一次

求你呀。"山丹怕巴特尔找借口推脱,没给他留一点余地。

巴特尔激动得半天说不出话。真的,山丹说的这件事,他可是在梦里才偶尔碰到呀。

"为什么是明天晚上呢?"为了掩饰自己的情绪,巴特尔想幽默一下,可是说出来的话却一点儿也不幽默,反而很生硬。

"莫非你——明天晚上有事?"山丹敏感地问。

"没,没有。我是想说为、为、为什么不是今天晚上。从现在等到明天晚上,那、那、多折磨人呀。"巴特尔知道自己弄巧成拙了,情急之中竟然结巴起来。

"坏哥哥,想得美。就是让你跟我去看电影,没有别的意思,不许胡思乱想。"山丹乜了巴特尔一眼,站了起来。

"人们常说'好事成双',看来还真有道理。"巴特尔几乎被这个从天而降的邀请砸晕了,他窃喜得都快找不到北了。虽然内心美滋滋的像洒了一罐蜜,可是他的面部表情却分外紧张,他紧闭着的嘴就是张不开,只怕一张嘴,那颗狂跳的心会从嗓子眼蹦出去。

"巴特尔哥哥,那明天晚上就在九曲湾的小桥上见。不能骗我啊,来,拉钩。"山丹一边说着一边伸出小手指。

"好。"巴特尔也伸出了手。当他的手触碰到山丹那温热绵软的手指时,他的身子不由得抽搐了一下。对他来说,眼前这一幕他连做梦都没有遇到过。一个那么美丽、高傲和倔强的姑娘,一个那么遥不可及的姑娘,竟然就这样出现在自己面前,他沉醉了,也蒙圈了。

"巴特尔哥哥,明天喝完晚茶,咱们在小桥上见。"山丹重复了一遍,顺手拿起一根牛肉干边嚼边往外走。

"山丹——"巴特尔欲言又止。

"巴特尔哥哥,你想说什么?"山丹停住脚步问。

"明晚,你,能不能……杆子马风暴……"尽管巴特尔说得吞吞吐吐,山丹还是听明白了,因为九曲湾生产队几乎所有的男孩子都觊觎着老马倌的那匹杆子马,并且把骑过风暴当作一个骄傲的资本炫耀。

"不就是想骑我阿爸的杆子马风暴吗？行！反正他现在也不放马了，再说还是晚上，没问题。"山丹痛快地答应了。

"太好了！"巴特尔差点跳起来。

"其实我今天就是骑着风暴来的。"山丹笑着说，"要不，你今天就骑一骑？"巴特尔想了想，还是长距离骑得过瘾。他犹豫了一下，还是拒绝了："还是明天，明天骑吧。"

"大婶，您先忙吧，我该走了。"走出蒙古包的山丹跟在外面忙活着的乌日娜打招呼。

"什么太好了？巴特尔，巴特尔，快出来送送山丹姑娘。山丹，你等等，大婶给你把那些肉干装起来，你拿回去吃。"乌日娜放下手里的活儿，边说边往包里走。

"不用了，谢谢大婶。那些肉干真好吃，哪天我来了再吃吧。"山丹说着，快步向杆子马风暴走去。

巴特尔走出蒙古包时，山丹已经跳上了马背，只见她抖了抖缰绳，火红的杆子马就按照主人示意的方向跑起来，很快，那四只雪白的马蹄就像云朵在绿色的草地上飘起来。这回巴特尔看清楚了，风暴顺着那条隐没在草丛里的小路飞快向小桥奔去。

"啧啧啧——"巴特尔被威风凛凛的杆子马风暴吸引住了，连声赞叹。过去，每当看见老马倌骑着风暴从他身边驶过，他总会情不自禁地把头驻足看一会儿，想象着有一天自己也骑着它在草原上驰骋，那肯定别有一种惬意在心头，也肯定比阿尔斯冷骑着摩托车满世界乱转爽得多。

正是朝阳冉冉升起的时候。杆子马风暴逆着阳光向前奔跑，马背上的山丹微微躬着腰，长长的头发在风中飘舞着，天蓝色的蒙古袍和风暴火红的身体融为一体，在绿色的草地上跳跃，是那么轻盈、醒目。

在巴特尔眼中，草原上的风遇到了漂亮姑娘，就像一个调皮的孩子扯着蒙古袍的下摆往里钻，把她身体的曲线绷得紧紧的。他现在才发现，山丹姑娘就连骑马的姿势都像是在跳舞，那么优美动人。不过说实话，在这优美里有一股掩饰不住的野性。

"咳,这姑娘这么快就走了。孩子,跟额吉说实话,那个让你心神不宁的姑娘就是她,对吗?"乌日娜拿着一个装满肉干的食品袋,走到巴特尔身旁轻声地问。

"额吉,你知道什么呀,别胡猜乱想。"巴特尔有些不好意思。

"你的小心思,躲不过额吉的眼睛。"乌日娜看儿子不愿意说,捧着装肉干的袋子转身走回去,然后拎着挤奶的木桶走出来,脸上带着神秘的微笑。

这时,远处传来了摩托声。巴特尔的心不由得沉了一下,低声嘟囔了一句:"这个讨厌的家伙,怎么又跟过来了?"

巴特尔看见绿色的草地上,那辆开得挺快的红色摩托车沿着九曲湾那条高低起伏的自然路快速在草尖上移动。阿尔斯冷肯定也看见了山丹。山丹现在都快到小桥了,摩托车还有挺长的一段路。只要过了小桥,阿尔斯冷的摩托就追不上山丹了,那条小路摩托车走不了。

巴特尔的眼睛紧紧盯住奔跑中的杆子马风暴,还有马背上那个渐渐模糊起来的姑娘。现在他眼里的那匹奔马像蓝天上的白云一样在草原上飘着。

"巴特尔,山丹姑娘找你有什么事?"在柳笆圈里挤牛奶的乌日娜大声问。

"没什么事,她让我跟她去一趟公社所在地。"巴特尔故意漫不经心地回答。

"什么?你说什么?大点声说。"不知乌日娜是没听清,还是被这句话惊着了。

"她让我跟她去一趟公社所在地。"巴特尔尽量用很平淡的语气说。

"你说什么?你今天是怎么了,好像多少天没吃饭似的,能不能大点声说。"乌日娜直起身,擦了一把汗水,耐心等着儿子说话。

"她让我跟她去一趟公社所在地。"巴特尔一字一句大声地说。

"去干什么?"乌日娜追问。

"不知道。我没问,她也没说。"巴特尔说完,急忙转身回到蒙古包里,他知道只有这样额吉才不会再追问下去。

果然,看见巴特尔进了蒙古包,乌日娜也就不再问了,重新蹲下去挤起牛奶来,一股股洁白的奶子被挤进奶桶。柳笆圈外有一头小牛犊,围着柳笆圈焦急地转个不停,还不时"哞哞"叫着。

　　回到蒙古包里的巴特尔,又恢复到山丹进来之前的姿势,再次看着茶桌上的那张录取通知书。

　　巴特尔心里有些纠结。一想到进城上学,他就被一个美丽的愿景所吸引,那是他站在小桥上眺望鹰盘山那边的城区时经常思考的一个问题。那是他的向往。可是当他接到录取通知书,知道自己真的要离开这片草原,离开倔强秀气的山丹姑娘,竟然又矛盾起来。那是一种失落感,在那种失落感面前,他即将进城的愉悦被冲淡了很多。

　　巴特尔看了看天,太阳好像固定在了上升的途中——还不到中午时分。从现在到明天傍晚,还有一整夜和一个白天。天啊,这是多么漫长的一段时间呀!他长长叹了口气,第一次发现一天一夜的等待是那么漫长。

　　"咔嗒、咔嗒、咔嗒……"马蹄表的秒针很有节奏地移动着,可是在巴特尔听起来,时间就像凝固了一样,每一分钟都比平时长很多。

　　马达声又出现了,而且明显能听出来是向这里来的。巴特尔把录取通知书收起来,放到茶桌下的小抽屉里。他不想让阿尔斯冷知道这件事,怕刺激他。

　　"巴特尔,巴特尔,你出来一下。"阿尔斯冷在门外喊他时,摩托车已经熄火了。

　　巴特尔走出去,只见阿尔斯冷像每次那样,双手握住车把,屁股斜跨在摩托车座上,一只脚支着草地。

　　"刚才看你开得那么快,干什么去了?"巴特尔故意问。

　　"我干什么去了,你能不知道?"阿尔斯冷别有深意地冲他眨了一下眼。

　　"我又不是你肚子里的蛔虫,我怎么能知道呢。"巴特尔说。

　　"行啦,别装了,我知道她刚才来过你这儿。对吧?"阿尔斯冷问。

　　"是来过,怎么了? 谁像你,狗肚子盛不了二两油,这么快就把咱俩偷看人家跳舞的事交代出去了。你无聊不无聊呀!"巴特尔说。

"嗨,我这个人不就是这点儿毛病吗?"阿尔斯冷不好意思地挠了一下后脑勺。

"你这不是毛病,是有了辆破摩托车以后想到处讨好漂亮姑娘。"巴特尔说。

"嘿嘿嘿,随你怎么说都行。嗨,公社所在地的电影是今天晚上还是明天晚上?"阿尔斯冷有些神秘地问。

"应该是明天晚上吧,不过我也是听别人说的。"巴特尔说。

"意思是你还不确定?告诉我你去吗?"阿尔斯冷问。

"去哪儿?"巴特尔装着没听明白,反问道。

"别装了。她是特地来邀请你一起去的,对吧?"阿尔斯冷的话里带着一股酸味。

"她?你说的她是谁?你今天是怎么了?"巴特尔还在装糊涂。

"行了行了,我不跟你说了。好像怎么回事似的,这么点事儿还想瞒我?看来,在女人面前就没有什么朋友。哪有什么哥们儿呀,都是他妈的重色轻友!算啦,走了。等我证实了电影是不是明天晚上放映,第一个来告诉你。我可不像你那么小气。"阿尔斯冷说完,一脚踹着摩托车,疯了一样地跑起来。可能是速度太快,摩托车接连从几个草墩子上蹿过去,整个车身被颠起老高,幸亏阿尔斯冷双手撑得稳,才没被颠飞。

第十四章　芦絮飘飘

　　山丹走后,巴特尔又躺了一会儿,再看看衣柜上的那个老式马蹄表,才上午十点多钟。耳边是一声接一声马蹄表的咔嗒声,可是表针却迟迟不动。实在待不住了,他跟奶奶和额吉打了个招呼,一个人走出来,想也没想就走上了那条直通小桥的小路。大黑狗不知从什么地方跑过来,围着他前后打转。他蹲下来搂住它,跟它贴了贴脸,然后拍了拍它说:"回去吧!"

　　大黑狗好像预感到什么似的,默默站在那里,看着主人一步步走远。

　　巴特尔觉得现在只有一个地方能让他平静下来,就是那座小桥。只要站在那里,看着茂密的芦苇丛和蜿蜒在苇丛中的尼林河,再远眺蓝雾蒙蒙的九曲湾大地,他躁动的心就慢慢平静了,感觉所有的杂念都被桥下清澈的河水冲洗了一遍,燥热没有了,心中的杂质也没有了,只剩下宁静。现在,他又想起了知青哥哥教给他的那首古诗:

　　　蒹葭苍苍,
　　　白露为霜。
　　　所谓伊人,
　　　在水一方。
　　　……

　　尼林市位于一个小盆地中间,四周的低山丘陵紧紧拥抱着这片小盆地,使得这里形成了一个独特的小气候。冬天,猛烈的西北风被那些不起眼的

低山丘陵渐次挡住,刮到市区时,凛冽的锋芒已被抵消了不少。夏天,内地炎热难耐,而这里在巨大温差的调节下凉爽宜人。这就要感谢紧挨着城区的九曲湾湿地,还有那条终日流淌的尼林河。

看过这里的三级火山熔岩台地,就能对九曲湾怀抱里的那条尼林河心生敬意。看着它一波九折的河道,就能知道它在那遥远的岁月里,是怎样历经无数艰难,怎样在火山熔岩台地之间冲刷出一条河床的。尼林河仿佛始终无惊无澜地流淌着,什么障碍也阻挡不住它的脚步,这从尼林河留下的一个个像是堰塞湖的洼地就能得出结论。它走走停停,顽强向前流淌,硬是在茫茫大地上开辟出一条蜿蜒美丽的九曲河湾。谁能想到九曲湾迷人的风景,源自一条河水的执着和坚持?

尼林河是一条温柔的内陆河,雨季河水不涨,旱季河水不落,就像尼林人的性格,不喜张扬,宠辱不惊,终日沿着弯弯曲曲的河道规规矩矩地流淌。只是在雨水稍多的夏季,尼林河有时会伸展一下腰肢,漫出的河水就会把原本平坦旷野上的几座小丘陵揽在怀中,于是,一个风姿绰约的草原多岛湖就出现了。这也是九曲湾最美的时候。那一座座被茂密芦苇簇拥着的小丘陵,把弯弯曲曲的尼林河湾遮掩起来。银色的尼林河就在这些芦苇和小丘陵之间蜿蜒流淌,有时羞涩地躲在被芦苇簇拥着的小丘陵后面,有时又俏皮地从芦苇丛中探出头来,很快流向另一片簇拥着小丘陵的芦苇丛深处。其实这片旷野并不很辽阔,只是那一座座小丘陵和一片片茂密的芦苇丛把这里摆布得像苏州园林那样幽深,充满了神秘感。

尼林河虽然只是一条不大的河,但却是明珠盟所有人心头的一颗明珠。有一首流行很久的歌就是赞美这条河的,虽然词曲朴实直白,却成为明珠盟人人都喜爱的歌。每逢夏日牧草繁茂,尼林城区的人们就会成群结队来到这里,在和煦的微风中,选一块平坦的草滩,打开自带的帐篷,架起烧烤灶,男女老少守在河边,尽情地吃啊喝啊唱啊跳啊。这时,无论走到哪里,都能听见《尼林河》这支歌或其他草原歌曲。这些歌曲在这个时候更充分展示出动人的魅力。

有人曾设想在这条小河上搞漂流,或者弄几支小船穿梭在幽深的芦苇丛中,生意肯定错不了。河水不深,无论漂流还是划船都安全。特别那些热恋中的恋人们,划着小船,沿着蜿蜒流淌的河湾,在一座座长满芦苇的小丘陵之间环绕、穿行,看苇丛摇荡,看小丘陵高处枝繁叶茂的灌木林,看色彩缤纷的各种野花,一定特别浪漫。但不知为何,这个设想没能实现。

每年芦苇丛长高以后,巴特尔就会沿着河湾任意地走。眼前的景象会让他想起舞蹈《到敌人后方去》的场景。不知道什么缘故,他特别喜欢芦苇,每当看到厚密的芦苇在水里挺拔向上,一望无际的浅棕色的苇穗随风摇动,在阳光下熠熠闪动,发出"沙沙沙"的声音,他就想大声朗诵些什么,好像只有这样,才能抒发心里的激情。那时他还没有学会那首古诗,也找不到最能宣泄心情的方式,只能扯着嗓子,对着厚厚的苇丛使劲大喊几声。

这回真的要离开九曲湾了,巴特尔心头突然涌出了浓浓的不舍,眼前的河流、苇丛,甚至天上翱翔的水鸟,一切都是那么熟悉,像亲人一样令他牵挂。进城后就不能每天都到这里了,趁着还有一些日子,他决定从今天开始每天都来一次这里,算是开启暂时向九曲湾道别的一个仪式吧。

旷野里不时传来摩托车声,忽高忽低,有时还很刺耳。巴特尔估计又是阿尔斯冷骑着摩托车在九曲湾闲逛。

其实只有巴特尔自己知道,他喜欢来到小桥上还有一个原因,那就是能看见知青哥哥的蒙古包。无论什么时候,只要能看见那座蒙古包,他心里就踏实了,就像夜间在茫茫大海里航行,无边无际的夜幕里只能听见轮船破浪的哗哗声和马达的轰鸣声,除此以外就是审美疲劳后出现的百无聊赖,这时,前方突然出现一座灯塔,让人心里陡然一震。知青哥哥的蒙古包,就像巴特尔遨游在知识海洋里时遇到的那座灯塔。

此刻,巴特尔向心中的灯塔望去,那里静悄悄的,雅诺姐姐的白马没有出现,蒙古包的门也关着。知青哥哥去哪儿了呢?他正暗自揣摩着,无意中扭了一下头,不由得眼前一亮——知青哥哥正站在他身旁,微笑地望着他。

"知青哥哥,您什么时候来的?我怎么没看见?"巴特尔问。

"我早就来了,刚才是在小桥下。我最爱听尼林河的流水声,那清亮的声音就像把心浸泡在清爽的溪流里,那种感觉奇妙无比。我听见脚步声估

计是你,就来到桥面上,看你望着眼前发呆,就没打扰你。要是我没说错的话,你是在心里向这片美丽的大地告别。对吗?"知青哥哥笑着问。

"知青哥哥,真像您说的那样,我在心里说了很多次,暂时告别这片大地。"巴特尔说。

"暂时?"知青哥哥有些意外地问。

"对,暂时。我还会回来的,就像您这样,用学到的知识守护这片大地。"巴特尔很认真地说。

"哈哈哈,巴特尔呀,看来咱俩师生一场,你是懂我的。"知青哥哥说。

"知青哥哥,不知怎么回事,现在我一想到要离开这里,心里就有种酸楚的感觉。"巴特尔说。

"这是人之常情。俗话说'故土难离',所谓故土,其实就是一种乡愁。这种情结是诗人酝酿诗句的根基,也赋予诗人灵感和创作激情。古今中外,很多名篇都是这样诞生的。"知青哥哥动情地说。

"乡愁?"巴特尔发现一向很理智的知青哥哥说到乡愁时竟那么动情。

"为什么我的眼里常含泪水?因为我对这土地爱得深沉——这就是乡愁。"知青哥哥说。

"知青哥哥,这是艾青的诗句吧?"巴特尔问。

"是,是我国著名诗人艾青的诗句。巴特尔,你就要离开九曲湾了,面对着如诗如画的九曲湾,面对着被尼林河水缠绕着的茂密芦苇丛,你是怎么想的?"知青哥哥望着远方,语气温和地问。巴特尔想了想,说:

假如我是一只鸟,

我也应该用嘶哑的喉咙歌唱:

这被暴风雨所打击着的土地,

这永远汹涌着我们的悲愤的河流,

这无止息地吹刮着的激怒的风,

和那来自林间的无比温柔的黎明……

知青哥哥跟着巴特尔一起朗诵起来:

——然后我死了,

连羽毛也腐烂在土地里面。

为什么我的眼里常含泪水?

因为我对这土地爱得深沉……

师生二人朗诵完,谁也没说话,静静地望着眼前的大地,知青哥哥的脸上出现了两道泪痕。

"知青哥哥,您哭了?"巴特尔问。

"不,我不是哭了,是爱得太深了,就像诗人艾青饱含着泪水热爱这片土地。"知青哥哥说。

"知青哥哥,诗真好,我想当诗人。"巴特尔说。

"你有这个愿望固然很好,可是我帮不了你。能不能写出好诗来,就看你能不能时刻脚踩在大地上,踏踏实实地前行,时刻用一双清澈的眼睛去发现诗情;无论什么时候,无论顺境还是逆境,能不能始终保持一颗热爱生活、热爱生命的初心。这是需要你在人生旅途上认真回答的。对了,那首《蒹葭》你背下来了吗?"知青哥哥说。

巴特尔背诵起来:

蒹葭苍苍,

白露为霜。

所谓伊人,

在水一方。

知青哥哥微闭双眼,静静地听着。这时的小桥上,除了巴特尔饱含深情的朗诵声,安静极了,平日桥下的潺潺流水声也听不到了。

溯洄从之,

道阻且长。

溯游从之,

宛在水中央。

……

"很好,巴特尔,你是咱们马背小学记忆力最好的同学。会背不是目的,

一定要懂,而且不仅是这一首古诗。"知青哥哥满意地点点头,又接着说,"巴特尔同学,现在我来点评一下这首《蒹葭》,好吗?"

"太好了,知青哥哥。上次听您讲解我收获很大,才知道这首诗真美。"巴特尔差点跳起来。

"是啊,真美。那是一种可望而不可即的境界吗?不是。是得而复失吗?好像有点道理。得到的时候不去珍惜,只有失去了,才知道痛彻心扉是什么滋味。这就是让人捉摸不定的爱情。"

巴特尔没想到知青哥哥会这么说,一时有点蒙圈:"知青哥哥,您的意思是……"

"巴特尔,你也不小了,是个大男孩了,你现在是怎么想的?面对此情此景是不是也有一种渴望?渴望苇丛边站着一位美丽的姑娘?"知青哥哥笑着问。

"嗯,知青哥哥,有时看着眼前的芦苇丛,还有弯弯的尼林河,我就会想那里还应该有什么,或者到底应该有什么。我一直没想清楚是什么,现在我知道了。"巴特尔一激动,壮着胆子把心里话说了出来。

"在这首诗里,诗人在结满白霜的苇丛中看见了河对岸站着的恋人,就想逆流追赶上她,然而他却面临着那么多艰难险阻。恋人一会儿在水中的小洲上,一会儿又在沙滩上,他始终苦苦追寻不放弃。你看,这可以理解为追求爱情,换个角度想,这能不能理解为对人生理想的追求呢?不管前面有多少艰难险阻,都毫不动摇地走下去,这个追寻的过程不苦吗?可是正因为苦,所以才收获了人生的真谛呀!巴特尔,对你而言,你的生活之路才刚刚开始,就像九曲湾这美好的风景,可是你还缺少现实生活的洗礼,只有经历过,你才能保持对这美好风景的执着向往。就像诗中那位苦苦追寻恋人的人,不管面前是千难还是万险,始终勇敢无畏地往前走。"知青哥哥说。

知青哥哥的话让巴特尔想起了他暗恋着的山丹,他忍不住偷偷瞥了一眼小桥南侧。在桥头一根被风霜雨雪侵蚀得发白的木桩旁,露出一丛绿色的小草。他知道,紧靠那丛绿色小草有一条小路,是山丹不知用多少个来回踩出来的,她是为了借助知青哥哥的琴声练习舞蹈。而小桥另一侧也有一条小路,那是他往返知青哥哥家踩出来的,他是为了求知,为了能像骏马一样在草原上奔驰。

"巴特尔,你发现没有,小桥两侧的草丛中有两条并不显眼的小路。"知青哥哥的话吓了巴特尔一跳,他以为知青哥哥知道了小路的秘密,慌乱中红着脸低下了头。

"哈哈哈,不要紧张,我没有别的意思,就是想举个例子。这两条不起眼的小路为什么要在小桥上相逢?因为这里是一个路口,从这里可以走进尼林城。"知青哥哥说。

巴特尔知道阿尔斯冷的猜测是对的,那两条小路分别是他跟山丹踩出来的,可他没猜对这只是偶然的巧合。不过说心里话,他真希望能有一个像阿尔斯冷说的那样的浪漫故事,那样,当他站在小桥上眺望九曲湾时,在河道簇拥着的一个个苇丛茂密的小丘陵前,就能看见一个叫山丹的姑娘。

"巴特尔,巴特尔,巴特尔——"知青哥哥连着几声沉浸在甜蜜遐想里的巴特尔。

"哦——知青哥哥——"巴特尔回过神来。

知青哥哥饶有意味地看了他一眼,笑着问:"走神儿了?浮想翩翩,对吗?"

"没,没,没想什么。"巴特尔红着脸说。

"身处这样诗情画意的景色之中,肯定会想起离自己最近的人——亲人,或者恋人,你说是不是?"知青哥哥问。

巴特尔红着脸点点头。一旦扯开了那层遮掩自己小心思的细纱,他突然感觉轻松了,心胸也豁然开朗。看着在微风中微微摇动的苇穗,他渐渐兴奋起来,说:"知青哥哥,现在看九曲湾更像是拥抱着一个个小岛,您说对吗?"

"巴特尔,用咱们的思维给眼前这个景观起个名字吧。"知青哥哥说。

"好啊!"巴特尔高兴地跳起来。

"你先说。"知青哥哥说。

"不,还是您说吧。"巴特尔连连摆手。他怎么敢抢在知青哥哥前面

说呢?"

知青哥哥没有推辞,微闭双眼默默地想了一会儿,说:"就叫'草原千岛湖'怎么样?"

巴特尔一时不知道这个名字好还是不好,说:"千岛湖?把九曲湾所有露出水面的芨芨草墩子都算上,也不到一百个呀。"

"巴特尔,知道什么叫夸张吗?"知青哥哥笑着问。

巴特尔仔细想了想,很快找到了他认为最恰当的词汇:"就是吹牛吧?"

知青哥哥看了巴特尔好一会儿,突然笑了,笑得前俯后仰,笑得捂着肚子蹲在小桥上起不来了。从走进马背小学到即将离开,巴特尔还从来没看见知青哥哥这么笑过。

笑了好一会儿,知青哥哥终于停下来了。他擦干脸上的泪水,又拍了拍裤腿上的土说:"是有这个意思,但吹牛不是艺术,而夸张是对一种事物或情景的艺术张扬,属于文学范畴。"

知青哥哥的话让巴特尔想起了老马倌,那个一旦骑到马背上就像翱翔在蓝天上的雄鹰的黑脸汉子,经常会有一些出人意料的发现,比如他说尼林河边的几块卧牛石,一块像一只眺望远方的鹰,一块像一只刚爬出河床的乌龟,还有一块像顽强跋涉的骆驼。可是当巴特尔跑到那几块卧牛石前对号入座时,却怎么也看不出名堂。

"巴特尔,就要离开九曲湾了,你有什么感受?"知青哥哥转移了话题。

"不知道为什么,刚接到通知书的那一刻是高兴,可是接下来就是不舍。"巴特尔想了想说。

"知道这是为什么吗?这就是沉淀在你心头的乡愁。平时觉不出什么,它就那样不声不响地待在你看不见的地方,可是当你有一天要离开这片草原时,乡愁就会像火山一样喷发出来,让你恨不能紧紧搂住这片大地。巴特尔,记住知青哥哥的这句话,以后无论你走到哪里、走多远,都不要忘记这片大地,不要忘记珍藏在你心头的乡愁,那样你就不会迷失自己。"知青哥哥一字一句地说。

"知青哥哥,我记住了。"巴特尔说。

"巴特尔,今天能在这里相逢,也是我们师生的缘分。你看,她来了,我也该回去了。祝你人生的新一页写出新内容。"知青哥哥说完,大步向自己的蒙古包走去。

巴特尔向蒙古包望去,那里有一位姑娘,是雅诺姐姐,还穿着那件醒目的天蓝色蒙古袍。她刚绊住马,正直起腰向这里眺望。在距离知青哥哥的蒙古包不远的一条草原自然路上,一辆勒勒车正慢悠悠地走过来。雅诺一会儿往这边看看,一会儿又转向那辆勒勒车,直到看见知青哥哥向她走去,她才转身跑向那辆勒勒车。

巴特尔看着知青哥哥的背影渐渐走下小桥,脑中仍回想着知青哥哥跟他的对话,这时一阵摩托车声从远处传来。巴特尔真不想在陪山丹看电影之前再见到那个家伙,他转身想走,可就在转身瞬间,他看见那辆勒勒车已经停在了知青哥哥的蒙古包前,知青哥哥、雅诺姐姐跟车上的人说着话,他隐约听见知青哥哥在招呼自己过去。

第十五章　月色琴声

巴特尔来到知青哥哥的蒙古包前时,阿尔斯冷骑着摩托车也赶到了。今天的阿尔斯冷穿得有点怪,裤腿又宽又长,像两个扫地的笤帚。看到巴特尔盯着他的裤子,他得意地小声说:"这是我刚从城里一个老板手里买的南方货,叫喇叭裤,城里的年轻人现在都穿它。你要吗?我批发价给你一条。不信你去打听打听,我保证不挣你一分钱。"

巴特尔摇了摇头说:"谢谢你的好意,我不要。"

知青哥哥等巴特尔、阿尔斯冷两个人说完话了,这才笑着说:"巴特尔,我叫你来是要告诉你一件事,这件事我也是刚知道。你雅诺姐姐的表妹跟你上的是同一所学校,不知道是不是一个专业。"说着,他把坐在勒勒车上的一位额吉介绍给巴特尔,"这位就是你雅诺姐姐的姨,她刚把美丽送进城,回家路过这里看看我们。"

"大婶您好。"巴特尔有些腼腆地问候车上的额吉。

"你好呀孩子,我记得你。我们家美丽很崇拜你,勇敢的小骑手。"额吉笑着说。

"额吉离开时,妹妹哭了吗?"雅诺关切地问。

"快别说她了,能不哭吗?别离的滋味真难受,我到现在一想起来都想掉眼泪。"坐在车上的额吉说着,眼圈又红了。

"好了,好了,慢慢就习惯了。咱们不说这件事了,下车到包里休息一会儿吧。"雅诺急忙岔开话题。

"我不下车了。一跟你们说话我就想起美丽,不知道她现在吃饭没有。"额吉连连摆手。

"姨,我保证从现在起有关美丽的话一句也不说,你下来喝口茶再走,行不?"雅诺说。

"孩子,不是说不说的事,看见你们我能不想美丽吗?那孩子从城里的学校毕业刚回来没几天,这就又走了,以后回来的时间就少多了。我还是回家去吧。"额吉说。

"巴特尔呀,你到学校报到以后去找找美丽,她可崇拜你了。"额吉又转过头,认真地看着巴特尔说。

巴特尔红着脸点点头。

站在旁边的阿尔斯冷一直听着他们的对话,没看见巴特尔点头,赶紧推了他一把:"巴特尔,你听见大婶的话没有?"

"阿尔斯冷,怎么哪里都有你插话?"巴特尔瞪了他一眼。

"好啦,我现在心里空落落的,什么也不想吃不想喝,就想早点赶回家。几天不在家,不知道家里是个什么样子了。孩子们,再见吧。驾!"勒勒车上的额吉说着,在牛屁股上轻轻拍了一下,那头已经攒足了劲的老牛迈开脚步,慢悠悠地向小桥走去。

"大婶再见。知青哥哥、雅诺姐姐,我也该走了。"巴特尔说。

"孩子们,你们都长大了,人生之路就在你们的脚下,知青哥哥祝福你们走好自己的人生路,每一步都迈得踏踏实实的。"知青哥哥说。

"知青哥哥,您说的也包括我吗?"一旁的阿尔斯冷问。

"当然,我说的是'你们都长大了'呀,这个'你们'里没有你吗?"知青哥哥笑着问。

阿尔斯冷一直挺茫然的脸上慢慢浮现出笑意。

"知青哥哥,无论走到哪里,我都会记住您的话。"巴特尔说。

"知青哥哥,我们会记住您的话,走好自己的人生路。"阿尔斯冷特意在"我们"上加重了语气。他之所以这样说,其实是说给巴特尔听的,他心里想的是:"巴特尔,你别牛,咱们谁也不比谁高。你不就是考上了城里的学校

吗？没准几年以后我就是一个大款呢。"

"知青哥哥，还有一件事，我——"巴特尔犹豫了一下。

"什么事？说吧。"知青哥哥说。

"他肯定是想问您前天晚上拉的曲子叫什么名字。"阿尔斯冷替巴特尔说了出来。

巴特尔瞪了阿尔斯冷一眼，又捶了他一拳，两个人会意地笑了。

"呵呵呵，原来你们两个是我夜半琴声的听众呀。我先问你们，好听吗？"知青哥哥问道。

"好听。"巴特尔说。

"好——听。"阿尔斯冷说这句话时心挺虚的。说实话，他真不知道好听不好听，可是看巴特尔这样说了，也就像模像样地说了个好听。

"那曲子叫《月洒河湾》，是我把一次梦中的景象谱了曲。我说不清梦见的是不是九曲湾，可是当我谱完曲子，把它完整地拉出来后，就百分百地确定是九曲湾。我闭着眼睛，任由那旋律在脑海里徜徉，慢慢地就看见了月夜下的九曲湾，月光洒在静静的河面，轻风拂过时，波光粼粼。第一次拉完这支曲子后，我扔下小提琴，一口气跑到金沙滩，连衣服都没脱就跳进河里。你们知道吗？夏夜的河水是温暖的，看着河面上无数闪动的波纹，我突然萌生了一个念头，生活在这样如诗如画的地方，不应该有什么悲伤的理由，应该享受生命过程中的这个美好时刻。"

巴特尔没想到，原来曲子是知青哥哥写的，难怪那优美的旋律听着那么亲切呢。"可是，曲子除了很美，我怎么听着还有点哀伤？"巴特尔又问。他看出来今天知青哥哥的心情很好。雅诺一直安静地站在他身边，脸上带着微笑，认真听着他们的对话。

"你们还小，不懂得大人的心思，那天……"知青哥哥看了身旁的雅诺一眼，欲言又止。

"有什么不能说的呀！你们的知青哥哥那天晚上惹我生气了，本来我想劝他跟我一起进城，可是他说离不开九曲湾，也离不开你们，所以我一气之下就走了。"雅诺说。

"雅诺姐姐,那您今天怎么又回来了呢?"巴特尔问。

巴特尔把雅诺问得脸红了,她有些羞涩地低下头,然后很快又抬起头,很大方地看了知青哥哥一眼,双手紧紧搂住他的胳膊说:"那当然是我不生气了呗。等你们以后有了女朋友就知道了,女朋友有时候有点小脾气,可是如果她真的爱你们,那个小脾气就来得快,消失得更快。"

知青哥哥的手搭在雅诺手上,轻轻地抚摸着。虽然没说一句话,可巴特尔、阿尔斯冷都被那自然流露出来的温情感动了。

"咱们约好,等哪天清晨,我在小桥上再给你们拉一首《清晨》。曲谱是朋友抄给我的,听说是流传进来的一首外国名曲。清晨,阳光洒在九曲湾草原,雨露挂在牧草尖上,夹裹着草香的微风轻轻吹过,就像从人的心头拂过。那曲子让人走进一个刚刚苏醒的清晨,不管昨天是否经历过失意和痛苦,或者与心爱的姑娘失之交臂,可是在清晨的阳光下,那种沮丧会瞬间烟消云散,鲜活的生命力又鼓舞人燃烧激情,毫不动摇地去追寻理想。"知青哥哥充满诗意的字字句句,像一把生命力极强的种子播撒在巴特尔心头。

"谢谢知青哥哥。"巴特尔被深深感动了。

"理想是人生的不竭动力。一个人可以一无所有,但是不能没有自己追求的理想,理想是一座人生灯塔。"知青哥哥说。

"知青哥哥,您的蒙古包就是我的灯塔,我什么时候能像您一样懂得那么多就好了。要是那样,我也不去上学了。"巴特尔说。

"巴特尔,等你走进城里、走进校园就会发现,外面的世界太精彩了,知青哥哥教给你的这些简直就是九牛一毛,根本不值一提。你要真正热爱九曲湾这片大地,就要努力学习更多的知识,然后为这片大地增光添彩,让自己的家乡变得更可爱。你有这个理想吗?"知青哥哥笑着问。

巴特尔使劲点了点头。

"巴特尔,让知青哥哥和雅诺姐姐早点休息吧,我送你回家。"知青哥哥的话音刚落,阿尔斯冷就迈上了摩托车。他一点也插不上嘴,觉得自己有点多余,就想出这么一个借口。

"知青哥哥、雅诺姐姐,再见。阿尔斯冷,路不好走,你就把我放到小桥

上吧。"巴特尔虽然意犹未尽,可是也不好再说什么,只好坐到摩托车上。

"孩子们,祝你们在人生的道路上一路顺风。"知青哥哥和雅诺同时喊道。

摩托车开过小桥,巴特尔跳了下来,走上那条自己踩出来的小路。阿尔斯冷没有加大油门离开,而是放慢车速跟在巴特尔身后:"喂,巴特尔,你真有桃花运呀,没准你跟知青哥哥能成连襟呢。"

"你胡说什么呀。"巴特尔回了他一句。

"你不知道,连襟可真不一样呢。比如说我阿爸跟宋——"阿尔斯冷说了半句话突然闭上嘴。他是想说他阿爸跟宋文校长是连襟这件事,可又想起阿爸再三跟他说不要到处乱说这件事。为什么不能说,他不知道,反正阿爸去了几次公社都是专门去姨父家的。凭直觉,他知道他们正在核计什么事,还挺神秘的。

"你是说你姨父宋文吧?咱们九曲湾生产队谁不知道呀。既然说了就说出来呗,何必吞吞吐吐的,让人听着难受。行了,我到家了,你走吧。"巴特尔说。

"嗨,巴特尔,我是来专门告诉你,我从公社所在地得到了确切消息,明天晚上放电影。桃花小哥,我可把你送到家门口了,哥们儿够意思吧?对,以后我就这样叫你。走喽!"阿尔斯冷说完,调转摩托车加大油门跑了,绿色的草地上顿时扬起一股尘土。天很热,他把头盔挂在车把上,脸上的汗渍和尘土混在一起,像个脏兮兮的大花脸。

"桃花小哥?阿尔斯冷说你呢?是不是他知道你跟山丹姑娘看电影的事了?"巴特尔一走进蒙古包,额吉就问。

"额吉,你的耳朵可真尖。阿尔斯冷这个家伙的话你还信?每天就会胡说八道。"巴特尔说。

"我当然不信他。但是他肯定知道你点什么事,要不他也不会这么说。巴特尔,你看现在都几点了,光顾着跟姑娘约会,连饿不饿都不知道啦?"乌日娜笑着说。

"额吉,你怎么跟阿尔斯冷一样俗气呢?告诉你,我在小桥上碰到了知青哥哥,跟他说了一会儿话。"巴特尔说着往衣柜上看了一眼,那只老式马蹄表告诉他现在是下午三点。他这才想起来从早晨到现在他还没吃饭,肚子已经叽里咕噜响成一片了,便随手从茶桌上拿起一块肉干放进嘴里。

"你阿爸放马没回来,中午就我和奶奶两个人喝的茶。你们爷俩真让人操心。"乌日娜唠叨着给儿子倒满一碗热奶茶递过来。不过唠叨归唠叨,当她一坐到儿子对面,脸上立刻堆满了笑,好像在等儿子说什么。

"额吉,一想到真要离家去城里上学,我怎么就眼睛发酸呢?说实话,我真舍不得离开家、离开九曲湾。要不我不去上学了,跟阿爸学放马吧。"巴特尔喝了一口奶茶,又拿起一块炸馃子放到嘴里。

"傻孩子,不能这样没出息。我儿子长大了,就应该像——像你老马倌大叔的那匹杆子马风暴,走到哪儿都威风凛凛、引人注目。你现在要有勇气离开额吉和阿爸,到更大的舞台上练练蹄力。"乌日娜说着,拿起蒙古刀切了一块干肉递给儿子。

巴特尔没有再说什么,低下头吃起来。

其实,话是这么说,可一想到儿子就要离开自己,乌日娜心里始终不是个滋味。她怕儿子看出来,就端起刚做好的奶豆腐,拿到外面去晒了。

额吉刚出去,巴特尔从茶桌的抽屉里再次拿出那张录取通知书,轻轻放在桌子上,定定地看着。越看,他心里越复杂,也越能理解美丽姑娘离开额吉时为什么要哭。换作自己,眼睁睁看着额吉、阿爸离开,能不难受、不掉泪吗?早晨,山丹的出现搅乱了他心里的那份平静与满足,而上午听了知青哥哥的一席话,还有创作那首曲子的过程,他觉得就像有人给他打开了一扇心窗,使他看见了一个新鲜的世界。窗外有山丹的影子,也有勒勒车上美丽的影子,两个性格迥异但是又俊俏动人的姑娘,在他脑海里交替出现。刚才听说美丽哭别额吉,他很心疼,想着到了学校一定先找到她。

巴特尔站起来,走出蒙古包。

"孩子,几点了,你还要去哪儿?"正在往蒙古包顶上摆放鲜奶豆腐的乌日娜问。

"我再走走。"巴特尔说着,又走上那条通往小桥的路。

那条小路距离小桥不太远,也就三四里地。这时,太阳已经向西滑落,最炎热的时候已经过去,被暴晒了大半天的草地上升腾起热气,燥热的草原多了几分宁静。一缕缕水气飘浮在空中,许多水鸟鸣叫着,在河湾上空忽高忽低地盘旋。

巴特尔来到小桥上,镜子一样平静的河面上浮着很多水鸟,有的结伴游弋,有的相互追逐,在河面上留下一圈圈涟漪。河面上有水鸟不时飞起,有的在空中盘旋几圈后突然俯冲下来扎入水中,转瞬之间又叼着一条小鱼从水里钻出来,拍打着翅膀飞向空中。

巴特尔是在河边长大的,看惯了这种鸟语花香的景致。特别是每个雨后的傍晚,明月从远处的山峦后面缓缓升起,皎洁的月光温柔地洒在九曲湾的湖面上,蜿蜒的河床边响起阵阵清脆的蛙鸣声。被燥热折磨了一天的他,这时什么也不想干,只想静静地坐在河边,看看冉冉升起的月亮,听听蝈蝈密集的合唱。这时是河边的蛤蟆空前亢奋的时刻,最先是一只或者几只蛤蟆试探性地叫几声,慢慢地有更多的蛤蟆加入进来,虽然没有蝈蝈们那么密集,却也是此起彼伏,热闹非凡。

巴特尔进城上学以后,这幅画面曾在梦中陪伴了他很长一段时间。九曲湾和由知青哥哥命名的"草原千岛湖"上的水鸟,草丛里密集的蝈蝈声,还有月光下高一声低一声此起彼伏的清脆蛙声,都会在他最想家的时候出现,眼泪在不知不觉中悄悄洇湿了他的枕巾。

此刻,巴特尔来到小桥上,漫无边际地边走边胡思乱想着,直到一轮圆圆的明月从东方升起。他看到知青哥哥蒙古包上的半截炉筒子不冒烟了,雪亮的嘎石灯光从敞开的蒙古包门里射出来,成为夜幕里的一个亮点。他想起阿尔斯冷的话,知道知青哥哥快出来了,此时此刻的他特别想听到知青哥哥的小提琴声。他不知道今晚是不是十五,反正月亮很圆,皎洁的月光洒在九曲湾大地,给一座座黑漆漆的小丘陵镀上了一层浅金黄色,而围绕小丘陵流淌的尼林河,就像一条晶莹的银色项链。远处,一棵树那巨大的树伞,现在是一个黑漆漆的影子,显得有些孤单。一棵树东边,在通往公社所在地的自然路旁,隐约可见一座小山似的影子,那是九曲湾敖包,月光下的它十分宁静。这时,河湾水面上浮起茫茫雾气,那些白天躲在河岸附近草丛里、藏在小丘陵四周芦苇丛中的蛤蟆,在阵阵凉爽的夏风引诱下跳进河水里,畅快地游啊游啊,好像要把白天的燥热都洗掉。让人奇怪的是,它们好像顾不上东一声西一声地叫了,而草丛里的蝈蝈也很低调,它们好像都在等待着什么。

静谧是短暂的。巴特尔期待的琴声终于响起来了。雅致而抒情的小提琴声穿破茫茫夜雾,悠悠然地飘过来。

"这就是那首《月洒河湾》。"巴特尔听出来了。琴声飘过草丛,越来越清亮,悠悠的琴声似乎带着一股沁爽飘过水面,飘过巴特尔的心头,他感觉那么舒畅。今晚的琴声没有哀怨,是不是因为雅诺姐姐回来了,她没有生气,她理解了离不开九曲湾的知青哥哥?原来琴声是被人心拨动的呀,这让巴特尔觉得仿佛又享受了一次太阳雨,浑身的燥热瞬间被婉转愉悦的琴声驱走了。

这时的巴特尔真想伴着琴声,大声朗诵艾青的那首诗:

  为什么我的眼里常含有泪水,

  因为我对这片土地爱得深沉……

他也想朗诵那首古诗:

  蒹葭苍苍,

  白露为霜。

  所谓伊人,

  在水一方。

  ……

但巴特尔忍住了。他现在才知道自己等待的是什么。他把目光转向小桥南边那条小路,果然,皎洁的月光下,一个熟悉的人影正快步走向这里,那么轻盈,就像她家那匹腾云驾雾的杆子马风暴。他知道这个地方该让给她了,便向桥西自然路的拐弯处快步走去。他不会像阿尔斯冷那样偷看姑娘跳舞,他要回家了,明天他还要陪她去公社看电影。

第十六章　羊群遇险

巴特尔回到家已经半夜了。虽然睡得晚,可是因为心里有事,他一直半睡半醒的,直到天快亮时才真正睡着。清晨,额吉点炉子熬茶时碰出一点动静,他就从睡梦中醒了过来。晨光从开着的门照进蒙古包,也带进来湿润清凉的空气,他揉着眼睛爬起来,来到外面的草地上伸了几个懒腰,啊,真舒服。

"巴特尔,你又要走?这几天家里就放不下你了,也不说多陪额吉待一会儿。要走你也得喝完茶再走。"乌日娜没忍心阻拦儿子,说着说着自己就先妥协了。

"巴特尔,你额吉说得对,多陪她几天吧。过几天你走了,她不知道会多难过呢。"浩毕斯嘎拉图说。

一旁的奶奶说话了:"你们还是让孩子随心所欲吧。"阿爸、额吉听了,都不说话了。

"额吉、阿爸,奶奶就是知道我的心。外面的空气多好呀,过几天我就呼吸不着这样新鲜的空气了。我不饿,就在附近转转。"巴特尔说完就走了。

"这孩子,自从山丹姑娘昨天早晨来过以后,他就像屁股底下有根钉子一样。"奶茶熬好了,乌日娜自言自语着摆好茶桌,又把肉干、奶豆腐、炒米、炸馃子摆上去。看儿子不喝早茶就走了,她就想把装肉干的小盘子拿下去。正巧浩毕斯嘎拉图要拿肉干,乌日娜犹豫了一下,给丈夫留下两块:"肉干不多了,你就解解馋,剩下的还是留给儿子吧。"

"就是,给孩子留下吧,大人少吃点儿。"躺在一边的奶奶也支持儿媳。

"好你个老婆子,好吃的是不是都想留给儿子?算了,这两根肉干也留着吧,我不吃了。"浩毕斯嘎拉图笑着把手里的肉干扔回盘子里,接着问:"山丹?就是那个老马倌的女儿?"

"除了他女儿叫山丹,咱们队还有叫山丹的姑娘吗?"乌日娜没好气地说。

"你一说我倒想起来了。听说老马倌不当马倌以后,特别想他的马群,想儿马黑闪电,这就说明他后悔了,可是又找不到台阶下。自己做事自己当,反正我是不给他这个台阶,我可不是卖后悔药的掌柜。既然敢当着盟委、市委主要领导的面甩耙子不干,那么硬气到底才叫汉子。大不了我多当几天马倌,朝克图进步也挺快的。"浩毕斯嘎拉图说。

"浩毕斯嘎拉图,你就嘴硬吧。谁不知道你把老马倌的套马杆好好护理了一遍,准备随时还给他呢?依我说,既然老马倌已经后悔了,你再让他当马倌不行吗?"乌日娜瞪了丈夫一眼说。

"想当马倌就当马倌,想当羊倌就当羊倌,闹着玩呢?要是全队的社员都这样,那我怎么办?"浩毕斯嘎拉图严肃起来。说实话,提起这件事他就生气。

"咱们队有几个老马倌呀,不就他一个吗?他的脾气谁不知道,得饶人处且饶人吧。就因为那天他当着全队社员的面顶过你,又当着盟委、市委书记的面把大马群撂给你,你就这样对他?你想过没有,春天打马鬃时你还当着那么多人的面让他跳悬崖呢?马群失控时,要不是他及时出现,咱们的儿子不定会怎么样呢!"乌日娜明显在替老马倌说话。

"你这个女人,怎么胳膊肘往外拐?就因为老马倌女儿来找过儿子,你就有私心了,对不对?"浩毕斯嘎拉图故意板着脸说。

"那个姑娘多漂亮呀。她让咱们巴特尔陪她去公社看电影呢。说实话,我挺喜欢这个姑娘。"一边躺着的奶奶说。

夹在额吉和老婆中间的浩毕斯嘎拉图一时不知该说什么了。其实让她们这么一说,他心里对老马倌的那股火气已经消了不少。

"为了那句过头话,两个人时我给他道歉了,社员大会上也道歉了,甚至向盟委、市委、公社的领导检讨过了,你说我还要怎么办?我总不能去找老马倌说求你了,还是继续当马倌吧。那样我以后还怎么当队长?"浩毕斯嘎拉图说。

乌日娜听丈夫这么一说,觉得也是这么回事,就不再跟他较劲了。这时,她想起了外面的儿子,来到门外喊起来:"巴特尔——巴特尔——"

卧在蒙古包附近的大黑狗也迎合着"汪汪"叫起来,边叫边向四周看。

"别喊了,他肯定又去小桥上看九曲湾去了,这孩子的心思我知道。"浩毕斯嘎拉图抱着马鞍走出来。

乌日娜听了,向南面望了望说:"浩队长,一会儿你去队部时往九曲湾拐一下,告诉儿子今天尼林河上游可能有雨,让他别下水。"

浩毕斯嘎拉图含含糊糊地说了句什么,乌日娜没听清,又叮嘱了一遍:"你别不当回事,听见没有?"

"听见了。涉及儿子安危的大事,我能不上心吗?他是我的亲儿子呀。"浩毕斯嘎拉图嘟囔着备好马鞍,系紧马肚带,使劲拉了拉,又拿起一根新买的套马杆,支撑着上了马。一上马,他立刻自如多了,抖了抖缰绳,坐骑就向小桥方向跑去。

"你先别走,我给你带点肉干和炸馃子。"乌日娜说着就往蒙古包里走。

"行啦,留给你儿子吃吧。"浩毕斯嘎拉图头也没回地走了。

"小心眼的家伙。"乌日娜冲着丈夫的背影不满地嘀咕了一句。

"额吉,你叫我呢?"乌日娜刚要进蒙古包,巴特尔不知从什么地方跑了过来。

"儿子,我们还以为你又去小桥了呢。进家喝茶吧,等你进了城就喝不上额吉熬的茶了。"自从儿子接到录取通知书,乌日娜一说到儿子要走就流泪。

"好好好,我喝。"巴特尔一把搂住额吉的肩膀说。

乌日娜飞快地把脸上的眼泪抹干,破涕为笑了:"孩子,快点喝吧。我刚才还让你阿爸拐个弯儿到小桥去,告诉你千万别下水,今天尼林河上游地区

154

肯定有雨。没准你阿爸现在正到处找你呢。"

"额吉,我这就去小桥,别让阿爸因为我耽误时间了。"巴特尔说着站起来走出去。

"儿子,再吃点吧,就让你阿爸多找一会儿。"乌日娜追出来喊。

"额吉,阿爸腿不好,再说他还得去放马,太辛苦了。"巴特尔说着抬腿向小桥方向跑去。

"咳,可怜的孩子,谁让你是队长的儿子,到现在连匹自己的马都没有,人家温都苏的儿子都骑上摩托车了。"乌日娜叹了口气,回到蒙古包里。

巴特尔赶到小桥上,一眼就看见阿爸正骑着马在小桥上四处张望。他看见巴特尔走过来,马上松了一口气说:"多亏我没到别的地方去,要不咱俩今天就相互找吧。儿子,今天尼林河上游地区看来真有雨,你看河水比往常浑浊多了。你可千万别下水,太危险。"

"阿爸,放心吧,我不下水。"巴特尔说。

"早点回家,别让你额吉担心。我也该走了,朝克图还等着我呢。"浩毕斯嘎拉图安顿完儿子,骑马向马群每天饮水的地方奔去。

巴特尔看看桥下,河水果然不像往常那样清澈,而是混杂了很多泥沙,一片片泡沫样的漂浮物在河面上快速流过,这是上游山区的雨水流进小河里的缘故。河水不仅湍急,也明显加深了,往常河面距离河堤顶端最少也有一米多,可是现在不到半米了。按这个标准推算的话,最深的地方恐怕都能没过人了。

巴特尔看知青哥哥的蒙古包门紧闭着,拴马桩前也没有马,估计知青哥哥去生产队小学上课去了。他正想原路返回,猛然听见了一阵粗犷的歌声:

三月里是清明,

五哥放羊在山中。

羊在前来人在后……

听声音,巴特尔知道是老马倌。不知他怀着一种什么样的心情,把这首本来有些苦情的民歌唱得喜气洋洋,像过年一样。紧随着歌声,一群羊快速向河边涌来。九曲湾的孩子们都知道老马倌爱唱的歌跟当地的民歌不一

样,他们听大人们说过,老马倌唱的都是内蒙古西部地区的民歌,这可能与他赶着马群走南闯北有关系。

巴特尔走了几步又返回来。他看见在羊群的后面,果然是老马倌慢悠悠地跟着。没有奔腾的马群衬托,威风凛凛的杆子马风暴也没有了往日的风采,像它的主人一样懒散地跟在羊群后面。看得出来,老马倌是想找个水浅的地方,让羊群饮够了水,再往草好的地方赶。谁知羊也看出今天的水流比平时急,它们都在河边转来转去,没有一只羊敢往河边走。老马倌往南边看看,那边已经下起雨了,他想在大雨来到之前饮完羊群,就强赶着羊群往河边走。看主人催得紧,有几只羊慢慢靠近河边,小心翼翼地喝了几口水。然后,在这几只羊的引领下,更多还在徘徊的羊纷纷向河边涌去。

自从辞去马倌改当羊倌,出于忌讳,老马倌很少在有人的地方唱《五哥放羊》,怕人们议论他如愿了。其实他哪里如愿了呀,不过是图一时痛快撂了挑子,很快就后悔了。后悔又有什么用?说出去的话,泼出去的水,他只能打碎门牙往肚子里咽。平时他有张嘴就唱的习惯,可自从当了羊倌,不知怎么回事,就唱不出来了,真把他憋够呛。今天走到河边,看周围没人,他就想亮一嗓子,可是刚唱了几句,就看见了小桥上的巴特尔。看见巴特尔,他就想起浩毕斯嘎拉图,自然也就想起自己的大马群,忍不住靠过来想探听一下马群的消息。

"老马倌大叔,您好。"巴特尔大声问候他。

"你好呀,孩子,你阿爸近来忙什么呢?"老马倌弯也没拐,直奔主题。

"我阿爸刚从这里过去。"巴特尔说。

"刚过去?跟着马群吗?"老马倌问。

"我阿爸和朝克图哥哥用柳笆建起来一个大马圈,每天我阿爸过去后,朝克图哥哥才把马群放出圈,然后他们一起到河边饮马……"巴特尔尽量把自己知道的都说出来。

"孩子呀,你阿爸说过领头儿马黑闪电吗?它听话吗?"老马倌关切地问。

"我阿爸说那匹黑闪电好像有点小毛病。"巴特尔说。

"天呀,什么毛病?我的黑闪电怎么会有毛病呢?"老马倌急得声音都变调了,可是他很快想起来黑闪电确实有点毛病,"对了,我忘了,黑闪电右前蹄受过伤,那是踩塌了一个黄鼠洞被崴过。"

"老马倌大叔,快看,羊群下河了。"巴特尔猛不丁看见羊群都往河边挤,赶紧提醒老马倌。

"它们肯定都渴急了。就这条小河,没关系,我当马倌时根本都不管,马群蹚过小河的过程就是喝水的过程,不用特别操心。"老马倌笑着说。

"大叔,今天上游可能有雨,您看河水多混浊。坏了,前面的羊有掉河里的了。"巴特尔说着就往桥下跑去。

"什么?"老马倌听巴特尔这么一喊,这才发现不对劲。等他追到河边时已经晚了,掉进水里的羊已经被湍急的河水冲向深水区。它们拼命想往岸上靠,可是后面的羊急着往前挤,羊群就这样在河堤上拥挤起来,结果前面的羊陆续往河里掉,而后面的羊还在拼命往前挤。

老马倌发现问题严重了。他意识到自己想得简单了——同样是过河,羊群与马群是不一样的。要是大马群遇到麻烦,只要他一声长长的口哨,黑闪电立刻就会带领马群向自己奔来,可是现在,面对眼前这看似温柔的羊群的混乱,他真是束手无策了。情急之中,他习惯性地像放马那样,催促杆子马风暴在羊群后面来回跑。可这个当马倌时养成的习惯现在却起了相反的作用,等于把羊群往河里赶,两股力量加在一起,更多的羊下饺子一样"扑通扑通"往河里掉。

河水还在缓慢上涨。要是在往常这也没有什么,上游没有发水,尼林河水不深,流速也不急,羊群再往河中间走,甚至直接涉过小河也不会有什么危险。可是今天,不仅河水比往日深,流速也比往日快。更可怕的是,这是上游洪峰来临的前奏,一旦洪峰到来,河水会骤然暴涨,正在河水里拥挤着的羊群瞬间就会被洪峰卷走。

老马倌急忙跳下马,三步并作两步跳进河里,吼叫着往岸上赶羊。深水区有几只羊正在挣扎,一会儿漂起来,一会儿又沉到水里。他已顾不上那几只在水里挣扎的羊,只要能把靠在岸边的羊群赶上岸,就阿弥陀佛了。那笨

拙的样子看上去有点好笑，完全不像他放马时那样潇洒自如。

一切都是瞬间发生的。这出人意料的骤变让巴特尔愣怔了一下，不过他马上就不再观望，而是连靴子都没脱就跳进了河里。

"巴特尔呀，好孩子，你可真是大叔的救星啊。"正在水里忙活的老马倌边往岸上推羊边喊。可能是过于激动了，声音里竟然带着哽咽。

巴特尔是从下游下水的，正好截住了深水里的两只羊。它们顺水而来，被他一手搂住一只，逆水往岸边推去。这时惊恐的羊群早已阵脚大乱，岸上的羊依然往下涌，河里的羊拼命扒着河堤要上岸，两拨羊在岸边冲撞起来。

"大叔，您先把头羊抱上岸，水里有我呢。"巴特尔把截住的两只羊推到浅水滩上，又返回齐腰深的水里——他觉得水里好像还有一只羊。

巴特尔的话提醒了老马倌，他强迫自己镇静下来，按照巴特尔说的，把两只头羊推到岸上。混乱的羊群渐渐变得有序，跟着头羊慢慢向河堤上涌去。

"巴特尔，快上来，上游的洪峰下来了。"老马倌发现河水上涨的速度加快了，大声喊道。

巴特尔也觉察出河水在上涨，流速也更快了，老马倌大叔的话没错，洪峰马上要到了，他急忙向河岸靠去。眼看就要到岸边时，他感觉被一个东西重重撞了一下，他伸手去抓，没想到抓住的是一只羊腿。他拼足了劲使劲一拽，那只沉没在水里的羊还在踢蹬。他就势弯下身子，憋了一口气蹲在水里，等他站起来时，水里的那只羊被他扛在了肩上。这几下折腾过去，他离岸边又远了。

"孩子，来不及了，别管羊啦，快扔下它上岸吧。"老马倌焦急地喊着向巴特尔跑来。

一个半尺高的浪涌来，差点把刚从水里站起来的巴特尔掀倒。他在水中晃了晃，扛着那只羊踉跄着向岸边走去。

"孩子呀，听大叔的话，快放下吧。损失几只羊大叔能承担得起，你可千万别被河水冲走喽，那可就要了大叔的命啦！"老马倌大声喊着跳进河里，向巴特尔靠过来。

巴特尔没有吭声。他知道现在不能说话,必须走稳每一步,如果脚下不稳,失去平衡的身体就会被快速流动的河水吞噬。他不会游泳,一旦倒在湍急的水里,想站起来都很难,更何况他还扛着一只羊。在水里,他借助浮力还能扛起那只羊,可是一出水面,被河水泡过的羊像吸足了水的海绵,死沉死沉的不说,羊毛里的水还像瀑布一样流下来。这样的重量压在一个十六岁大男孩的肩上,让他觉得双腿有些发软,眼前有些模糊,可是他潜意识里一直有一个声音——不能放弃这只羊。

"孩子,别急,我来了。"老马倌高喊着冲向巴特尔。就在巴特尔几乎要瘫倒的同时,老马倌强有力的大手伸过来,紧紧搂住他的腰,把他和那只羊拉到浅水区,接着抱起那只羊先扔到岸上。

老马倌脸上不知是河水,还是激动的泪水,反正湿乎乎的,还沾着不少草屑。他一只胳膊夹起巴特尔,几步跨上河岸,把他轻轻放到一块干燥的草地上,俯身抱住水淋淋的巴特尔说:"孩子呀,大叔真不知该怎么谢你了。"

"大叔,不用谢,谁看见都会这样做的。"巴特尔浑身无力地躺在草地上说。

"孩子,大叔帮你把袍子拧干吧。"老马倌说着就要给巴特尔解扣子。

"大叔,不用了。您的羊群走远了,快去吧,我躺一会儿就没事了。"巴特尔说着,从老马倌怀里挣脱出来。

老马倌看巴特尔能坐起来了,这才松了一口气,再看羊群真的走远了,连忙说:"孩子,你要是没事,大叔就追羊群去了。我可真怕它们再拐到别的河湾下水。"

"大叔,您快去吧,我真的没事。"巴特尔说完又四仰八叉地躺到松软的草地上。

老马倌打了一声口哨,杆子马风暴立刻从不远处跑过来。

第十七章 吻

　　躺在草地上的巴特尔第一次感觉自己与九曲湾的尼林河这么近。闻着身上带着潮气的河水味道,听着河堤下湍急的流水声,想着刚才在河水推搡中往岸边挣扎的经历,尼林河留给他的印象改变了。当那一阵比一阵湍急的水流把他往深水区推时,尼林河褪去了表面的温柔,露出了暗藏的凶险,一种从未有过的恐惧感袭上他的心头。平时听着流淌的河水声,他感受到的是亲切,可是现在却越想越后怕。

　　盛夏的草原天气变化无常。刚才九曲湾上游地区还乌云密布,电闪雷鸣,可是转眼间就像什么事也没发生过,温暖的阳光普照着九曲湾,也照在巴特尔身上。本来他还想去帮老马倌数数羊群,可是他实在懒得动了。

　　恍惚间,巴特尔甚至都不知道自己跟老马倌说了些什么。现在,他的眼皮沉得像一扇被锈住的大铁门,推也推不开,好不容易露出一条缝,可意念稍微一松懈,那条缝瞬间就消失了。他从来没有这么困过。在一次次无力的挣扎过后,他感觉自己就像一只被线绳扯住的风筝,在空中剧烈摇摆了一阵后,突然挣脱线绳飘走了。

　　九曲湾上游的乌云散了,草原上又变得像平日那样温和而宁静。尼林河水的流速虽然比刚才慢了一些,可是河水还很混沌。蜿蜒的九曲湾两岸,绿色的草浪在微风中轻轻起伏,和煦的暖风在精疲力竭的巴特尔身旁吹过来吹过去。

　　草滩上不窝风。风从河面上吹过,湿润的水分子与岸边草滩上的热气流混合到一起,使这里的空气格外湿润、清爽。睡在这样舒适环境里的巴特尔很惬意,手脚都夸张地张开了。他的鼾声不高,声声都很顺畅。

疲惫使得巴特尔陷入了沉睡。这一觉,他不知睡了多久。巴特尔正在梦乡畅游,忽然觉得脸上有什么东西在爬,痒痒的,也很舒爽,把他从沉睡中拉出来。潜意识告诉他可能是一只小虫子爬到了脸上,他懒得睁开眼睛,抬手在脸上抹了一把。尽管没摸到什么,那轻轻的痒感却消失了。可是不一会儿,那小虫子又爬到他脸上,轻轻的,痒痒的。他又抹了一把,仍然什么也没抹到。这时,一阵轻风从旁边吹来,隐约有股清新的香味围住了他。浑身酸软的他还是不想睁开眼睛,心里猜想着到底是什么虫子,难道草原上还有散发香气的虫子吗?就在这时,那只小虫子又出现了。他两次都没抓住那只狡猾的小虫子,逐渐从朦胧中清醒过来,就想用两只手去抓。他静静等那只小虫子在脸上爬了一会儿,然后双手同时猛地向脸上捂去,没想到一下子搂住了一个人的头,因为用力太猛,一张凉丝丝的小嘴一下子紧紧贴在他的嘴上。

巴特尔吓了一跳,猛地松开双手,睁开惺忪的眼睛,只见惊慌失措的山丹大叫着"妈呀"从他身旁跳起来,双手捂着通红的脸直跺脚。

"巴特尔哥哥,你坏,你坏,你真坏。"山丹带着哭腔喊。

巴特尔懵懵懂懂地坐起来,一支毛茸茸的芦苇穗从他脸上掉下来。

"你,你,躺在这里装睡,你真坏。"满脸通红的山丹瞪了他一眼,接着就不停地抹嘴,"你的嘴真臭,刚才是不是吃沙葱了?"

"我,我,我——"巴特尔这才明白刚才发生了什么,他的脸也烧起来,心怦怦直跳。他不敢再跟山丹对视,从草地上爬起来撒腿就跑。

"巴特尔哥哥,我又不是吃人的老虎,你别跑呀。"山丹红着脸笑着喊。她被巴特尔逃跑时的狼狈模样逗得笑弯了腰。

巴特尔停住脚步时,已经跑出十几米远了。他转过身,一股满是草香气的微风迎面吹来,他不由得抿了抿嘴,觉得嘴唇上还留着山丹凉丝丝的唇印。他抬手想抹一下嘴唇,却又没舍得,那凉丝丝的感觉仿佛正从他的嘴唇慢慢往他心里渗去。从那以后,每次看见山丹红润润的嘴唇,他就会想起那

种凉丝丝的感觉,可每次想起那个感觉,他的脸就红了,眼睛不知该往哪里躲。

"巴特尔哥哥,问你一件事,看见我阿爸了吗?"山丹红着脸走过来问。

"哦,你阿爸往那边走了。"巴特尔朝西边指了指。这时他看见自己刚才躺着的地方,有一只羊摇摇晃晃地在草地上溜达。这就是他从河里救出来的那只羊。它肯定喝了不少水,肚子还是鼓鼓的,慢慢地踉跄着向他走过来。

巴特尔迎着那只羊走过去。

山丹奇怪地问:"巴特尔哥哥,怎么回事,是不是你和它都掉到河里了?"

"就是,早上它差点被河水冲走。"巴特尔说着,轻轻拍了一下羊头,羊身上还没有完全干透。

"是你捞出来的吗? 你看,它看你的眼神都不一样。"山丹说。

"你阿爸走时它还没清醒。你来得正好,把它带回去吧,是你阿爸让我在这儿等它醒过来的。"巴特尔骗山丹说。

"我的马倌阿爸呀,真拿他没办法,丢三落四的。还放羊呢,怕是连自己也得赔进去。"山丹相信了巴特尔的话,走到那只羊跟前。

"这回你阿爸可能明白了,放羊跟放马确实不一样。"巴特尔说。

"咳,可怜的羊呀,怎么摊上了这么个羊倌。也不知道我阿爸抽的是哪根筋。对了,巴特尔哥哥,假如我阿爸不让骑杆子马风暴,今天晚上咱们步行去公社所在地行吗?"山丹说。

"行,那更好呀。"巴特尔想也没想就说。

"好? 好什么?"山丹歪着脑袋想了一下,没琢磨出巴特尔的话里有什么意思,就用那双好看的眼睛盯着他。

巴特尔飞快地瞥了山丹一眼,发现山丹正在看他,两个人的目光在空中相遇,溅起一道火花。山丹立刻红着脸低下头,身子也跟着扭过去,巴特尔虽然脸也红了,眼睛却没有离开山丹。他第一次这么近距离地看她,他发现与马背小学里那个快乐简单的山丹相比,她变了。像所有渐渐长大的姑娘们那样,她前胸凸起了两个小包,刚才她扭动身子时,那两个小包似乎还微微颤了几下。就是那转瞬即逝的颤动,让他的心像被什么东西使劲拽了一把,那种感觉很陌生,很新鲜,也很刺激……

"巴特尔哥哥,我只是怕万一先这么说,不过我估计阿爸不会拒绝我的。"山丹的话打断了巴特尔对刚才那个难忘时刻的回味,像一阵风,把他心头的那片甜蜜彩云吹走,快速飘向他脑海深处一个很隐秘的地方藏了起来。

也是从那一天开始,巴特尔的心里有了真正属于自己的秘密。每当闲暇无事时,那朵甜蜜彩云就会飘出来,任他偷偷回味。

这时,一阵急促的马达声传过来,两个人同时抬起头,只见一辆红色摩托车疾驰而来。

"原来是你们俩呀。你们在这里聊的时间不短了吧,我早就在望远镜里看见这里有人,可是太远了,看不清是谁。我还以为是知青哥哥跟雅诺姐姐呢,没想到——咳咳咳……"阿尔斯冷在他们跟前玩了一个漂亮的急刹车,扬起的尘土呛得他干咳了几声。

"你是不是偷看了?无聊!"山丹说。

"那还用偷看吗?光天化日之下……说说吧,那滋味好不好?"阿尔斯冷笑嘻嘻地说。

"什么意思?"巴特尔没听懂。

"讨厌!跟你有关系吗?"山丹说。

巴特尔没想到刚才那么羞涩的山丹现在居然一点儿也不扭捏,反而理直气壮地回怼阿尔斯冷。

"你可别逼我说出来啊,你们的一举一动都没跑出我的望远镜。刚才我看见你们俩好像……好像……"阿尔斯冷边说边看着山丹。

"好像?好像什么?"山丹丝毫不让步地追问。

对巴特尔来说,阿尔斯冷的这句话就像炸响了一颗大炸弹,吓得他脑海里一片空白。

阿尔斯冷带着一脸怪异的表情,说:"是不是趴在……"

山丹厉声打断了他:"阿尔斯冷,你别胡说八道,你跟谁趴在一起你自己知道,别像发情的骆驼满嘴喷白沫。"

　　阿尔斯冷吓了一跳,他没想到自己的这句话竟然惹得山丹突然翻脸。

　　"我那是用芦苇穗给巴特尔赶蚊子呢。上午巴特尔帮助我阿爸从河里救落水的羊,我来时看他在草地上睡着了。巴特尔哥哥,我说得对吧?"山丹觉得没有什么可隐瞒的,实打实地全说了。

　　"就是。不信你看我的蒙古袍,还有我从河里捞出来的这只羊。"巴特尔缓过神儿来,接着山丹的话说了一句。

　　"哎呀呀,能考上个中专可真美呀,躺在草地上还有姑娘给驱蚊子。"阿尔斯冷酸溜溜地说。

　　"那你也考呀。你要是能考上中专,我不但给你驱赶蚊子,还亲自送你进城。"山丹抓住时机反守为攻。

　　"可惜我没有那个福气。"阿尔斯冷说话的底气明显不足了。

　　巴特尔始终没有山丹那样镇静。他不敢与阿尔斯冷对视,而是一直看着远处的那棵老榆树。

　　"巴特尔哥哥,我这样说你不生气吧?"山丹低声问。

　　巴特尔没想到山丹竟然这样问,怕阿尔斯冷也听见,仓皇间一时不知该怎么说。

　　"不就考上个中专吗?有什么了不起!等我当跨国商人成功以后,再让你看看是中专生好,还是有钱人好。"阿尔斯冷被触到了痛处,脸上白一块红一块的挺难看,犹豫了一下后大着胆子说。

　　看巴特尔躲躲闪闪的,山丹有些扫兴,就把心里的一股火转向阿尔斯冷:"阿尔斯冷,你迫不及待地赶来,是不是就想说这句话?告诉你,你吃醋也白吃。别说当跨国商人,你就是成了亿万富翁也没人喜欢你。"

　　"嘿嘿,哪里哪里,我不过就是说说。我打听到今晚公社所在地放电影,想再次邀请你感受一下我的新摩托车。顺便说一句,它可比骑马舒服多了。"一说到摩托车,阿尔斯冷自信起来,又恢复了平时那副嬉皮笑脸的样子。

　　"九曲湾最有钱的大款哥,劳你费心了。全苏木的人都知道你家有钱,也知道除了苏木邮电所乡邮员有辆幸福牌摩托车,再就是你家这辆日本的雅马哈了。这么金贵的摩托车,我哪有资格坐呀？还是你自己享受吧,我们还是愿意骑马。"山丹冷着脸说。

阿尔斯冷没听出山丹话里有话,一只脚踩在河堤旁的一个土坎上,美滋滋地说:"我阿爸说,咱们嘎查就你有资格坐我的摩托车。"

"未来的跨国商人,我可享受不起,还是留给你未来的跨国媳妇吧。"山丹用揶揄的口吻说。

"我听城里人说过,要想死得快,买个一脚踹。"巴特尔趁机补充了一句挺恶毒的话。

"巴特尔哥哥,别这样诅咒人家有钱人,不对,是未来的跨国商人。"山丹轻轻碰了巴特尔一下。

"即将成为中专生的巴特尔同学,你知道你这叫什么吗？这叫嫉妒。别看我学习不如你,可眼前的这个铁家伙,那可是真金白银换来的。有本事你也弄一辆,骑给九曲湾的人们看一看。"阿尔斯冷拍着摩托车的车把大声说。

"摩托车算什么？等以后我买辆汽车,买公社达日嘎都坐不上的北京吉普。你信不信？"巴特尔说。

"吹,吹,你真敢吹。今年咱们嘎查养牛的牧人该倒霉了。"阿尔斯冷嘴一撇,满脸不屑地笑着说。

"阿尔斯冷,你别小看人。俗话说三十年河东三十年河西,巴特尔哥哥,我相信你总有一天能买得起汽车。不,不买那种北京吉普,买明珠盟达日嘎坐的那种上海牌高级小轿车,还要雇个专职司机。不过,今晚咱俩只能骑马走了。"山丹故意说出今晚跟巴特尔一起去看电影这件事话。

"天呀,山丹,这样的梦你也敢做？巴特尔不过是个还没报到的小中专生,先不说他能不能坐上明珠盟达日嘎坐的那种高级轿车,就算有一天他真坐上了,那也得多少年以后呀！再说了,你敢保证以后坐在副驾驶位置上的女人就是你吗？要我说,还是看看眼前吧。现在快秋天了,你阿爸舍得让他那匹宝贝杆子马跑这么远的路吗？还是坐我的摩托车吧,又快又舒服,多好。"阿尔斯冷说完,又把头转向巴特尔:"巴特尔,说起来你也够可怜的,自己连匹马都没有,还得蹭山丹的坐骑。"

"谢谢你的好意,不过我还是愿意骑马,愿意跟你瞧不起的还没报到的小中专生同骑一匹马,这件事我一想起来就高兴。"山丹抢白了阿尔斯冷一句。这时的她,脸上浮现出一股凌然傲气。

"哦,我知道了,你们是想浪漫一下。就像那部日本电影《追捕》里,一对男女骑马奔逃,你们俩是不是想学人家的那种浪漫呀?哈哈哈,两个人紧紧挨在一起……"阿尔斯冷话还没说完,山丹怒气冲冲地打断了他:"阿尔斯冷,实话告诉你,我们就是想学又碍你什么事了?真下流。巴特尔哥哥,别理他,咱们走。"

阿尔斯冷被山丹的气势给镇住了,偷偷看了她一眼,低下头,嘴角不自然地撇了撇。

"就是,碍着你什么事了?"巴特尔的话明显慢了半拍。

"其实真没我什么事,我只是善意地提醒你们。电影里的那匹马多高大,可你阿爸的那马是蒙古马。你俩骑着跑那么远的路,啧啧啧……万一把你阿爸的宝贝马骑趴蛋了,看你们怎么见老马倌——大叔。"阿尔斯冷差点直呼老马倌的名字,好在他反应挺快,加上了"大叔"两个字。

"这就不用你操心了,不过我还是谢谢你的好意。巴特尔哥哥,咱们走。"山丹说着,伸手拐住巴特尔的胳膊,身子也紧紧靠过来,几乎是拉着巴特尔走了。

山丹靠过来的瞬间,隔着一层薄薄的衣服,巴特尔感觉到了她绵软的身体和温热的肌肤,不由自主地痉挛了一下,但他很快恢复了自然。他怕被阿尔斯冷看出来山丹是在演戏,就迎合上山丹的动作,两个人特别亲昵地走了,把阿尔斯冷甩在身后。

"看,看,终于不再躲躲闪闪、遮遮掩掩了吧,我刚才绝对没看错。巴特尔,原来你这只蔫猫早就干过什么事了。都说无师自通,看来你比我更通。"受了刺激的阿尔斯冷使劲踹了一脚摩托车。随着"咔嗒"一声响,那辆红色摩托车大声吼叫着撩起一股黄土,疯了一样,飞快地冲向绿草地。

"巴特尔哥哥,你看他疯了吧。"山丹笑着问。

巴特尔点点头。

摩托车离开的瞬间,巴特尔感觉手背被什么东西狠狠扎了一下,抬起手一看,手背上竟然扎着一颗拇指大的尖石子。显然,石子是被猛然起步的摩托车后轮弹射出来的,一股殷红的血从伤口慢慢流出来。山丹惊叫了一声,双手托起巴特尔那只手,毫不犹豫地把嘴贴上去,吸吮着伤口的血。她吸了几口,居然没能把那颗尖石子吸出来,就轻声说:"巴特尔哥哥,你忍着点,我给你拔出来。"

巴特尔点了点头。山丹伸出手指摸向那块尖石子,当她捏住尖石子后,竟然紧张得哆嗦起来。她稍微平复了一下情绪,尖叫了一声,拔出尖石子扔到草地上。接着,她捧起他的伤手吸吮起来,他清晰地感觉到她的舌尖温柔地触碰到伤口。

"巴特尔哥哥,还疼吗?"山丹吸吮了几下,吐出几口血水问。

"疼。"巴特尔有点夸张地咧咧嘴。

山丹急忙又捧起他的手轻轻吸吮着。"还疼吗?"山丹又问。

"还疼。"这回巴特尔更夸张,嘴里还不停"咝咝"着。

山丹相信了,又赶紧含住巴特尔的伤口。她认真的样子深深感动了巴特尔,一股暖流涌遍他全身。

"现在呢?还疼吗?"山丹紧张地又问。

巴特尔看见山丹嘴角粘着一小片血迹,伸手想为她擦去,山丹下意识地躲了一下,他又特别痛苦地"咝"了一声说:"疼,你的嘴一离开就疼。"

"真的?"山丹信以为真地又要捧起巴特尔那只伤手,无意中看见巴特尔嘴角露出了一丝坏笑,她明白过来,把他的伤手使劲一甩,噘着嘴说:"人家是真着急呢。你,你真坏。"

其实山丹没看出来,那颗尖利的小石子只是把巴特尔手背的皮肤刺破了,并没扎很深。巴特尔只是想多享受一会儿被山丹呵护的感觉,那是一股又甜又暖的涓涓细流,那么绵软,那么舒服。

"咱们赶紧回家吧,晚上还要去看电影呢。"山丹说。

"怎么阿尔斯冷一走就没人搂我胳膊了?没人搀扶我迈不开腿呀。"巴特尔故意趔趄了几步。

"什么呀！巴特尔哥哥，原来你最坏了，比阿尔斯冷还坏。"山丹羞涩地捂住脸，使劲在原地跺了几下脚。

"不说了，不说了，跟你开玩笑呢。我还得回家换件袍子。"巴特尔说。

"巴特尔哥哥，咱们一言为定。"山丹说。

"行，咱们走吧。"巴特尔笑着说。

不知不觉间太阳已经向西滑落了，阳光温柔地洒在九曲湾。绿油油的草丛升腾起一股温热湿润的气息。几只鸟"叽叽喳喳"鸣叫着悬在半空，那是在寻找草丛中的巢穴。远处，一群牧归的羊快速在草原游动，搅起一团淡黄色的尘土，尘土随着"咩咩"的叫声渐渐向四处弥漫。

"哈嘿——"牧羊人略显疲惫的吆喝声，紧贴着水面轻轻飘向远方。

在牧人出现之前，巴特尔心里突然冒出一个大胆的念头——他想使劲抱一下身边这个姑娘。就在他激情马上就要燃烧的瞬间，牧人的那声吆喝像一桶凉水浇灭了他心头的火。

山丹似乎从巴特尔脸上不停变化的表情里察觉到了什么，十分警觉地后退了几步。

"我——该走了。一会儿——你去找我。"巴特尔怕自己失态，果断地转身走上小桥。当他即将走上那条隐没在草丛里的小路时，回了一下头，只见山丹还在河岸旁站着，那只命大的绵羊在她身旁的草地上吃着草。

"巴特尔哥哥，你看多美——"山丹指着被阳光照耀着的河湾向他喊道。

巴特尔顺着山丹指的方向看去，立刻被眼前的景色陶醉了——他最爱的九曲湾披着一层薄薄的纱幔，绿色的草浪在微风中滚动，银色的尼林河水像一条洁白的哈达，缠绕在广袤的草原上。在河湾湿地怀抱中，那些被芦苇簇拥的小丘陵，还有随着银色河湾延伸的芦苇丛，形成一条千回百转的神秘水巷，几只野鸭欢叫着追逐着、从水巷里游出来。他眼中的"草原千岛湖"，绿意盎然，一望无际，那些在风中缓缓摇曳的芦苇穗给这幅景色增添了浓郁的诗意。

九曲湾的美景在巴特尔的眼里怎么看也看不够。"我爱你——"他情不自禁地喊了一句，紧跟着加了一句："九曲湾——"

山丹面朝巴特尔站着,一动不动。

巴特尔有点儿舍不得就这样离开,转身又回到小桥上。就是在这里,知青哥哥引领他走进诗情画意中。他从来没想到古诗里的芦苇是那么美,这让在九曲湾长大的他对那些很遥远的古人有了亲近感,对那些过去他曾以为深奥的古诗句也亲近起来。正是那首古诗《蒹葭》,为他打开了一扇窗,让他从那些飘逸茂密又平淡无奇的苇丛里找到了诗意;而知青哥哥的朗诵和讲解,激活了他对诗的悟性。从那天以后,那首诗所营造的一切,就在他的脑海里变成了一幅画,那简直就是对九曲湾活灵活现的临摹。在他的"草原千岛湖",在一座他刻意设定的小丘陵上,恍惚间似乎有位老人,银须在微风中舞动,带着几分仙气,在一片雾幔里若隐若现。那位银发老人淡然地望着远方,抑扬顿挫地吟诵着:

蒹葭苍苍,

白露为霜。

所谓伊人,

在水一方。

溯洄从之,

道阻且长。

溯游从之,

宛在水中央。

……

巴特尔想起了知青哥哥的话。恋人,理想,就在眼前的河湾中,芦苇穗絮与蜿蜒的河面连成一片,像是美少女身上一条精美的腰带。他觉得古人没有自己幸运,他不仅能看见片片苇丛、缠绵的河湾,还能看见一群群牛羊,在牧人的吆喝声中,披着橘红色的晚霞牧归。

山丹还站在那里,像是期待着什么,贴身的蔚蓝色蒙古袍在微风中轻轻飘动,就像飘浮在绿色的草丛上。巴特尔向她挥了挥手,她没有回应,而是举起一支蒲公英,借着风势,轻轻向巴特尔站着的小桥吹了一下,顿时,一片白絮顺着微风飘散开来。

第十八章　相约九曲湾

尼林河从紧靠火山熔岩台地的原始森林流出来,穿越三层台地,流向尼林盆地。九曲湾是在最底层这片台地上形成的,这里也是通往尼林盆地的入口。巴特尔的家就在通往尼林盆地的入口处。从这里跨过小桥,沿着一条自然路往北走不远,就是尼林城区。可是从这里到公社所在地却要走二十多里的草原路,骑马得一个多小时。

巴特尔的心情非常好。他早就盘算好了,回家后茶喝不喝都无所谓,用最快的速度换完衣服,然后就到小桥上等山丹。如果她能把那匹杆子马骑出来……天啊,一想到那匹马他就激动,只要能骑上它,什么时候赶到公社所在地已经不重要了,重要的是他终于骑上了那匹优秀的杆子马。可他又有些担忧,万一山丹的阿爸不让她骑呢? 他的心又悬了起来。他突然有点羡慕阿尔斯冷,这个家伙每天骑着摩托车在草原上闲逛,想去哪儿就去哪儿,可自己只是陪山丹去看场电影,却还在为骑马的事犯愁。想到这儿,他有些沮丧。

想在天完全黑下来之前把羊圈好的乌日娜正忙着,看见儿子回来,就招呼他过来帮一把手,可是有心事的巴特尔却指东干西地净帮倒忙。乌日娜一生气,就让他回家喝茶去了。

"额吉,我的衣服弄湿了,想换一件干净的。"巴特尔对正在忙碌的额吉说。

乌日娜这才看清儿子的蒙古袍上有许多水渍,还沾满了草屑,急忙问:

"我的儿子呀,你这一天跑哪儿去了?不是跟你说不能下河吗?你怎么不听话呀!"

"帮老马倌大叔抢救掉进河里的羊了。"巴特尔低声说。

"我的儿子呀,多危险呀!肯定是上游发水了吧,要不怎么能下河捞羊呢?"乌日娜盯着儿子问。

巴特尔点点头承认了。

"快回去,额吉这就去给你找。"乌日娜急忙放下手里的活儿,抖了抖袍子走出羊圈。

巴特尔边脱衣服边走,临进蒙古包之前还忍不住朝小桥方向看了一眼。心里有事,他换了一件干净的蒙古袍就要走。

乌日娜拦住他:"儿子,你早晨出去到现在什么也没吃吧?不行,喝点茶再走。"

"额吉,我一点也不饿。"巴特尔说完还想走。

"巴特尔,出去一天了,还是喝口茶吧。"躺在一边的奶奶说。听奶奶这样说了,巴特尔收住了脚步。

此时,天已经快黑了,西边的晚霞已经落到远山后面,像是一堆快要燃烧完的篝火灰烬,不时有微微的残火闪烁。在紧靠远方山峦的空中,出现了一片淡淡的青色,那是残光反射到天空的最后一丝亮色。很快,山峦变成了一条凸凹起伏的黑影,在最贴近那条黑影的地方,有一条微微可见的橘色缝隙——又一个草原之夜即将来临了。

在蒙古包门前的拴马桩附近,有一片微微凹陷下去的圆形沙地,再往上就是草地了,一匹绊着的枣红马正在吃草,不时打着响鼻。这时也是蚊虫最猖獗的时候,为了驱赶蚊虫,它边吃边大幅度抖动着鬃毛。

匆忙喝完茶,巴特尔就向枣红马走去。他想好了,如果山丹骑不来杆子马风暴,他就央求阿爸让他骑这匹枣红马。

乌日娜猜出巴特尔在打马的主意,急忙说:"孩子,千万别动你阿爸的马。自从他当了兼职马倌,就为随时准备处理急事特地备了这匹马。说起来也真难为你阿爸了,腿刚好没几天,就里拉外拽地到处忙活。作为生产队

171

长,队里这么多牧民,谁家有事能不管?你看见没有,那匹枣红马从早晨到现在连鞍子都没卸过,就是怕有事现备鞍子耽误事。你可不能骑它。"

额吉的话提醒了巴特尔。生产队有一百多户牧民,散住在二百多平方公里的草原上,他知道自己的预案没戏了。

巴特尔正心里着急,忽然看到在旷野里慢慢升腾的雾气中,一个骑马人从小桥向这里奔来,走的是他踩出来的那条草原小路。他的心猛然一跳,再仔细一看,那个骑马人正是山丹。只见她腰板挺直地坐在鞍座上,那像火一样耀眼的头巾,就像一朵鲜红的山丹花,在绿色的草原上特别醒目。

"假装公正廉洁,天天忙这忙那,结果全队牧民里就自己的儿子没有坐骑,还好意思当队长呢。"乌日娜不满地叨咕说。

"巴特尔——巴特尔——"随着清脆的喊声,山丹和杆子马风暴奔到巴特尔面前。

乌日娜笑着迎过去:"山丹姑娘,快进家喝口茶吧。"

"大婶,您好。不喝啦。巴特尔哥哥要到市里上学去了,临走前,我想跟他去看场电影。"山丹大大方方地说。

"多懂事的姑娘呀,大婶谢谢你了。"乌日娜笑得眼睛都眯成了一条缝,热情地拉着马缰绳不放。

"额吉你快回去吧。"巴特尔不想让额吉添乱,就往蒙古包里推她。

躺在蒙古包里的老额吉听见了外面的说话声,也着急地插话说:"乌日娜,是不是有姑娘来咱们家了?我们的巴特尔长大了,身边也该有个姑娘了。"

巴特尔冲着蒙古包喊了一声:"奶奶,您说啥呢?"又转头对乌日娜说:"额吉,我们走了。"拉着杆子马风暴的缰绳赶紧离开了家。

山丹下了马,跟巴特尔肩并肩地走在草地上,老额吉的声音虽然不高,她还是听了个真切。

"巴特尔哥哥,你听到没有?"山丹小声问。

"听到什么?"巴特尔假装不知道。山丹的脸红了。

"巴特尔哥哥,咱们骑马走吧。"山丹说。

"山丹,咱们俩骑一匹马,你不怕别人看见吗?"巴特尔问。

"我阿爸说你是个好孩子,两次碰到事你都鼎力相助。刚才回家,阿爸都跟我说了,说要不是你,今天就惨了。"山丹低声说。

"没事,应该的,小菜一碟。无论谁在跟前都会出手相助的,谁也不忍心看着集体的羊群受损失呀。"巴特尔说。

"我阿爸说了,明天他就去找你阿爸,他还要当马倌。"山丹说。

"真的? 那可太好了。"巴特尔差点跳起来。

"说实在的,自从不当马倌以后,我阿爸每天都是唉声叹气的,他特别想他的大马群,有时候晚上说梦话还喊儿马黑闪电呢! 你说你阿爸还能让我阿爸当马倌吗?"山丹有些迟疑地问。

"肯定没问题。其实我阿爸也猜到老马倌大叔离不开他的马群,所以他就一直兼职放马。这些日子以来,那个选定当助手的朝克图哥哥进步很快,这回你阿爸就不用像以前那样辛苦了。"巴特尔说。

山丹听了,忘情地抱住巴特尔的一条胳膊,连连跳着说:"真是太好了。巴特尔哥哥,你阿爸真好。"

巴特尔又想起了白天的经历,想起她那凉丝丝的嘴唇。

"巴特尔哥哥,你想什么呢? 现在咱们能骑马了吧?"山丹问。

"好,骑马!"巴特尔兴奋地喊了一声。他让山丹先上,可是山丹不干,非让他先骑上去,随后山丹轻轻一跃上了马背,从后面抱住他的腰,温热柔软的身体紧紧贴在他的后背上。

杆子马风暴果然名不虚传,巴特尔一骑上去就发现这马确实跟普通的马不一样,它始终昂着头,显现出一种高贵的气质。借着风暴飞奔前在原地转了一下的机会,巴特尔往家的方向看了一眼,朦胧中好像看见额吉站在一个高坡上,正向这边眺望。

与此同时,从不远处的九曲湾河堤方向传来一阵尖利的摩托车轰鸣声,接着传来阿尔斯冷的一声怪叫,那叫声像狼嗥一样怪异。山丹被吓了一跳,搂着巴特尔的双臂抽搐了一下,两只手慌乱地摸索了几下,像在寻找什么抓手。

巴特尔像被电着了一样,一股麻酥酥的暖流从后背涌遍他的全身,一种奇特的感觉出现了。她柔软的前胸随着杆子马跑动的颠簸,一次比一次真切地触碰着他的后背。

巴特尔松开缰绳,让杆子马风暴飞奔起来。虽然杆子马风暴跑得很快,可是骑在它背上却是那么稳当。巴特尔陶醉于杆子马风暴的疾驰中。

"巴特尔哥哥,你这是要去哪儿?"山丹突然问。

巴特尔仔细一看,天啊,不知什么时候杆子马风暴改变了方向,正飞快向山丹家跑去。

"你想尝尝我阿爸马鞭的滋味呀?"山丹轻声问。

"想。"巴特尔硬着头皮说。

"傻家伙,他会把你打得皮开肉绽的。"山丹说完,把脸紧紧贴在巴特尔背上。

天已暗了下来。夏日夜晚的草原,散发着一种诱人的天然气味,有着异常的渗透力。墨蓝色的夜幕中,远处微微起伏的山峦在皎洁的月光下变成了一条朦胧的黑影,一望无垠的厚厚草浪轻快地向远方滚动。坐在杆子马风暴的背上,巴特尔感觉耳畔的风就像迷人的小夜曲。他虽然没有坐过轮船,但不止一次听那些坐过轮船的人说过,夜间在海上航行时,天边无际的大海能让人联想到夜幕笼罩的草原。那种感觉他能想象出来:骑马夜行在草原上,就像驾驶一条小船在海上漂荡,四周幽暗静谧,夜幕深处偶尔有灯光闪烁,就像很远的海面上驶过一条轮船,那孤独的灯光会让人心生畏惧。可是此刻他不会畏惧,因为身后的那个姑娘正紧紧依靠着他。

"巴特尔哥哥,毕业以后你还回来吗?"山丹突然问了一句。

"不知道。我——不知道还回不回来。"巴特尔话一出口就后悔了。他知道这不是他的真心话,可不知道怎么就说出了口。

"这样啊……"山丹像是在细细咀嚼巴特尔的话,搂着他的双手没有之前那么紧了。

第十九章　额吉的心

巴特尔离开的时候,太阳刚落山,温柔多彩的晚霞洒落在九曲湾草原上。雾气茫茫,河水静静流淌,偶尔有牧人悠长的吆喝声飘过,在迷蒙的雾气中传向远方,又不知从什么地方飘回来,给人一种特别空灵的感觉。可能就是因为牧民的这声吆喝成为恰到好处的点缀,暮色苍茫中的九曲湾更加耐人品味,给人以无限的遐想。

浩毕斯嘎拉图刚下马,就看见乌日娜正撅着屁股往勒勒车篷顶上爬。他紧走了几步,两手托住老婆的屁股说:"咳,老家伙,你这是向谁展示性感的肥臀呢?"

乌日娜没理他,一只脚踩着车轱辘,另一只脚使劲往车棚顶上跨,眼看差一点就上去了,她却被自己肚子上的那堆赘肉给卡住了,上也上不去,下也下不来。勒勒车在她的踢蹬中不停摇晃,"吱吱呀呀"叫个不停,好像随时都可能侧翻过来。

"再用点劲儿,往上推。"乌日娜想借着丈夫的托举之力再往上爬。

"你倒是往回缩一缩肚子上那些赘肉肥油呀,有它们拖着,你还想登高上房?真是啥心都有。我还真没发现,你都这么老了,本事还见长了,居然学会登高耍杂技了。"浩毕斯嘎拉图对老伴有些反常的举动迷惑不解。他想吓唬吓唬她,就收回两只手,站在一旁看起热闹来。借不上力又被闪了一下的乌日娜紧张起来,整个身子趴在车篷顶的边缘,两条腿再次左右踢蹬,弄得勒勒车也开始大幅度摇晃。

"还晃,再晃车就扣过去了。"浩毕斯嘎拉图警告说。

乌日娜不敢再踢蹬,喊了起来:"浩毕斯嘎拉图——你个坏狗,快,快,快推我一把。"

此时的乌日娜已经精疲力竭,全身的重量都集中在双手上,身子已经在慢慢下滑。她紧紧拉着车篷顶上的两根毛绳,双手被勒得生疼也不敢撒手。她不甘心在丈夫面前丢丑,于是忍着手疼稳住了身体,暗暗憋足一口气,再次挣扎着往上爬。

"知道你现在的姿势像什么吗?"浩毕斯嘎拉图一副幸灾乐祸的样子,说话的语气不紧不慢。

"像什么?快,快,再推我一下,快点!"乌日娜不耐烦了。

"像一个大狗熊。"浩毕斯嘎拉图终于憋不住笑出了声。

"浩毕斯嘎拉图,你是在看我的笑话吗?你怎么能这样呢?"乌日娜真的生气了,腾出一只手使劲拍着车篷上的毛毡喊。这时全身的重量都集中在她另一条胳膊上,她又往下滑了一截。

"算啦,快下来吧。挺大个老娘们,怎么想起淘气来?"浩毕斯嘎拉图担心老伴失手掉下来,向前靠了几步。他不准备再往上推她,而是做好了接她滑下来的准备。

"我就不信了,你看我能不能自己爬上去。"倔强的乌日娜拼足了全力又往上爬。当她的大半个身体爬到车篷上,车身失去平衡,车头像跷跷板一样猛地翘起来。浩毕斯嘎拉图早就想到会这样,急忙站到前车辕上,翘起的车辕才重新被压下去。

"呼勒嘿——呼勒嘿——"脸被吓得惨白的乌日娜趴在车篷上再也不敢乱动了。

"快下来吧。现在我要是一离开,你可就从车篷的另一端翻过去了。"浩毕斯嘎拉图提醒老伴说。

"你这个老家伙,真是条没良心的坏狗,现在还顾得上拿我开心。赶快扶我一把,要是把我摔瘫痪了,以后看谁给你熬奶茶、煮手把肉。"乌日娜知道不能再动了,于是试着把一条腿往下探,寻找着力点。可是刚才她是被肚子上那团赘肉卡住上不去,现在那团赘肉又卡着她下不来,两条腿就在离车辘辘一尺多高的地方夯拉着。

浩毕斯嘎拉图想吓唬吓唬老伴,便轻轻跳了一下,失去了重压的勒勒车辕跟着翘了一下。

"妈呀!妈呀!嗨,你这条老坏狗,怎么学会拿我开心了。"车篷上的乌日娜连叫带骂。

"哈哈哈,等一会儿咱们儿子回来,让他看看他的额吉在干什么。"浩毕斯嘎拉图笑着说。

"快让我下来,快让我下来。咱们儿子很晚才能回来,难道你要等到那个时候才让我下来吗?"乌日娜说。

"你怎么知道儿子很晚才回来呢?"浩毕斯嘎拉图问。

"想知道你就扶一把,让我下来。"乌日娜说。

"听你这话好像话里有话呀。他怎么了?录取通知书我也拿回来了,还能有什么事呢?你说的是巴特尔吗?"浩毕斯嘎拉图以为老伴在忽悠他。

"废话,除了巴特尔你还有几个儿子?"乌日娜说。

"身边就这一个呀。"浩毕斯嘎拉图笑着说。

"浩毕斯嘎拉图,你真是条老坏狗。今天你是想气死我呀?"乌日娜使劲在车篷上摇晃了几下,勒勒车又"吱吱嘎嘎"地叫起来。

"好吧,看在我这个儿子的份上,就帮你一把。"浩毕斯嘎拉图知道不能再刺激老伴了,怕她一生气真的松开双手掉下来。他慢慢往车篷那儿靠了靠,伸手抓住老伴的两条胳膊说:"慢慢往我这儿靠。"

乌日娜按照丈夫说的,将身体向车辕靠过来,悬着的一条腿也踩着了车辘辘。她先踩了踩,确定踩实了,这才靠着丈夫一双有力大手的支撑,把另一条腿挪到车辕上。也许是过度紧张,两只脚刚落在车辕上的乌日娜满脸是汗,身子一软就瘫在车篷里。

"说吧,儿子怎么了?"看老伴下来了,浩毕斯嘎拉图跳下勒勒车,站在草地上问。

脸色惨白的乌日娜没理丈夫。她还没缓过劲儿来,紧闭双眼躺在勒勒

车上一动不动。

"多大年纪了还敢这么玩命?你不知道掉下来会是什么结果?"浩毕斯嘎拉图说。

"你管不着,掉下来我愿意。"乌日娜气哼哼地说。

"你不是要告诉我儿子的事吗?他怎么了?"浩毕斯嘎拉图又问。

"你现在想起儿子了?"乌日娜抹了一把脸上的汗水,这才睁开眼睛,狠狠瞪了他一眼。

"你快说,我还有事呢。"浩毕斯嘎拉图催促说。

"本来刚才我就想告诉你的,可是你宁可站在旁边看热闹,也不出手拉我一把。"乌日娜还对老伴刚才的表现耿耿于怀。

"嗨,我说老东西,你今天是怎么了?是不是偷喝我的酒了?"浩毕斯嘎拉图说。

"我看见了比喝酒还让我高兴的事。哟哟哟——"乌日娜哼哼着坐起来,手在腰眼上轻轻揉了揉。

"是不是跟儿子考上中专的事有关?"浩毕斯嘎拉图试探着。

"我不知道你是问咱们的儿子,还是哪个儿子?"乌日娜学着浩毕斯嘎拉图刚才的口吻说。

"当然是问咱们的儿子呀,哈哈哈。"浩毕斯嘎拉图被老伴的样子逗笑了。

"他傍晚时跟着一个人走了。"乌日娜用悬念让老伴着急,报复他。

"大惊小怪,我还以为出了什么大不了的事呢。那么大的小伙子了,到哪儿去那还不是他的自由吗?"浩毕斯嘎拉图知道一时半会儿问不出什么,哽装出不感兴趣的样子说。

"哼,你知道啥呀,跟你说不通。儿子要是出去玩,我还能这么激动吗?你呀,当生产队长都当傻了。"乌日娜故意刺激老伴。

"那你就说说,看咱们俩谁傻。"浩毕斯嘎拉图反击老伴。

"想听吗?"乌日娜问。

"想。"浩毕斯嘎拉图说。

"你熬茶去吧,给我压压惊。只有喝上你亲手熬的奶茶,我才告诉你。"乌日娜的满腔怨气变成了女人惯用的撒娇。

浩毕斯嘎拉图知道老伴已经不生气了。凭着对她的了解,他知道这件事在她肚子里也待不了多久,过一会儿就会一五一十说出来了,就说:"不说拉倒,就让这件事留在你肚子里下小崽吧,我还要去公社开会。"说着,他把骑了一天的杆子马放开,让它到周围的草地吃草去了。

"你到公社注意一下儿子。"乌日娜说。

"儿子去公社干什么?"浩毕斯嘎拉图走到备用的枣红马跟前问。

"他去干什么不重要,关键是跟他去的那个人重要。"乌日娜还在故意卖关子。

浩毕斯嘎拉图觉得有些奇怪,老伴以前从来不这样,看来今天真有不同寻常的地方,就说:"能告诉我那个人是谁吗?"

"你快去公社开会吧,再不走天更黑了。晚上回来我再告诉你。"乌日娜说完,一只手支在腰眼上,弓着腰慢慢走回蒙古包。

浩毕斯嘎拉图想了想,觉得老伴说得对,一是天这么晚了,二是还要走夜路,就没再说什么,跟着老伴进了蒙古包。

浩毕斯嘎拉图的家和九曲湾绝大多数牧民的家一样,没有什么特殊的地方。地中央有个土炉子,门东边有个半人多高的紫红色碗橱,虽然旧了却被擦得一尘不染,爱干净的乌日娜一天要擦好几遍。碗橱有对开的两扇小门,上面是用金粉和各色颜料描绘的有着民族特色的吉祥图案,周围还画有白色小花和绿色叶子。包内西侧摆着一个小衣柜,上面的哈纳上挂着一排相框,正中间是一张毛主席像,周围的相框里是一张张微微发黄的老照片。紧挨着相框还有两个镶玻璃的木框,一个是烈士证书,颁发于1950年,一个是打狼英雄奖状。衣柜东边垛着红红绿绿的被褥。

"刚才你们俩怎么了? 就听见乌日娜一直大声喊。"躺在一边的老额吉问。

浩毕斯嘎拉图和乌日娜相互看了一眼,谁也没吭声。

乌日娜进门拿起簸箕又往外走,被浩毕斯嘎拉图一把拉住。

"你不是要喝我熬的茶吗？来,看我的。"老伴刚才的一顿数落让浩毕斯嘎拉图心里挺不是滋味。他意识到跟她开的玩笑有点过了,万一她失手从车篷上摔下来,那可就出大事了,儿子回来自己怎么跟他解释？他心疼起老伴来。

"刚才在气头上我才那么说的。这么多年了,我什么时候让你熬过奶茶？还是我来吧。队长的女人居然让她男人伺候,这话要是传出去,以后谁还会尊重你这个队长。"乌日娜说着拿起暖壶,把壶里最后一碗茶倒进碗里,放到小茶桌上,接着又清理炉灶、掏灰,端着满满一簸箕牛粪灰走出去,再回来时簸箕里装满了牛粪。

浩毕斯嘎拉图说要给老伴熬茶不过是说说而已,真要让他熬奶茶,还不知道熬出什么味儿呢。从老伴的语气里听出她的气消了,他就像往常那样脱掉靴子,坐到茶桌旁喝起茶来。

"额吉,一会儿我到公社开会,李书记肯定会问你住院的事,我看你还是到市里医院住几天吧。"浩毕斯嘎拉图对躺在一边的老额吉说。

"我的病我知道,老毛病,没有什么好办法,可不能给组织添麻烦了。"老额吉的语气很果断。

"额吉,这件事李书记说了不止一次,他说哪天要亲自来动员您住院呢。"乌日娜也过来劝,又转头问丈夫:"你今天到公社是这事儿？"

浩毕斯嘎拉图摇摇头:"这个温都苏呀,从春天到现在一直就没有消停,上蹿下跳闹腾得挺厉害,还给公社、市委写了告状信。今天晚上李涛书记找我谈话,就是这个事。"说完,他长叹了一口气。

"就是说了又怎么样？再说那天老马倌确实有责任呀。"乌日娜愤愤地说。

"温都苏写给公社的那封告状信,是他的连襟宋文转交给公社党委的。"浩毕斯嘎拉图说。

"谁转也得讲理呀。"乌日娜说。

"说话的分量不一样。特别是现在,提倡培养有学历的干部,可公社现有干部里数来数去符合条件的不多。听李书记说,市委已经初步拟定宋文作为公社领导班子主要领导后备人选了。"浩毕斯嘎拉图说。

"他就是市政府主要领导的后备人选也得讲理呀！再说了,他了解当时的情况吗？还不是偏听偏信了温都苏的话?"乌日娜更加愤愤不平了。

浩毕斯嘎拉图向乌日娜做了一个低声的手势,看老额吉没有动静,这才松了一口气。这么多年来,老额吉在他们谈论队上的事情时从来不随便插嘴,更不发表意见。他对火气正旺的乌日娜说:"你的火气一会儿再发好不好,能不能先把炉子点着？我还等着喝完茶去公社呢!"

"咳,我都气糊涂了,怎么忘了给浩队长烧茶了?"乌日娜笑着一拍大腿。

"到底是什么好事,把你高兴得都爬到车篷上了?"浩毕斯嘎拉图趁机问。

"当然是跟你宝贝儿子有关的事了。"乌日娜说着,拿起一块牛粪,往上面倒了点煤油,又划着火柴点着牛粪放进炉子里,上面又加上几块牛粪,随后把熬茶的黑铁锅坐到炉子上,往锅里添了几瓢水。

浩毕斯嘎拉图太了解老伴的脾气了,她不高兴的时候,他越想知道的事越不会痛痛快快地告诉他,于是他用满不在乎的口气说:"我宝贝儿子能有什么事？还不是考上了明珠盟的重点中专。"

"嗨,你呀,怎么这么不关心自己的儿子呢？我跟你说,咱们的巴特尔可是好事连连呀。"乌日娜说。

"谁说我不关心儿子？我不是忙吗？当着生产队长,还兼着一份马倌的工作,又要考虑'两定一奖'生产责任制的试点,你说我能像你那样有爬勒勒车玩的兴趣吗?"浩毕斯嘎拉图话一出口马上就后悔了,这不是哪壶不开提哪壶吗？果然,乌日娜脸上刚浮现出的笑容瞬间消失了。

"你不说我差点忘了。一想起你刚才那副幸灾乐祸的样子,我就伤心。还有,从那时到现在,我跟你说了多少次'咱们的儿子',想引起你的注意,可你始终就是一副漠不关心的样子,真是在家里也想摆你这个生产队长的臭架子。"乌日娜不满地瞪了丈夫一眼。

"我可没幸灾乐祸,刚才我是跟你开玩笑呢。我要真是幸灾乐祸,我为啥还守在你身边？说是说,做是做嘛。"浩毕斯嘎拉图说。

乌日娜一想,是这么个理儿,脸上马上就多云转晴了,笑容跟着浮现出来。浩毕斯嘎拉图知道自己说服了老伴,便再次把话题转到儿子身上:"其实也怨你,老是卖关子,一到关键时候就像说书人那样,且听下回分解。这就是你的老毛病,我越想知道的事你越不说。"

"嘿嘿嘿,你要是态度好,我早就说了。"乌日娜话里有点撒娇的味道。

"那你现在可以说了吧?"浩毕斯嘎拉图说。

"你等等。今天我高兴,让你沾沾儿子的光,奖励你点好东西。"乌日娜说着走出蒙古包,再回来时一手拎着一瓶草原白酒,一手端着一碟咸菜。

"看来真不是一般的好事呀!不过今天晚上我还要去公社呢。"浩毕斯嘎拉图一看见草原白酒就乐了。

"少喝几口。当了一天的马倌,解解乏。"乌日娜说着,从碗橱里拿出两个酒盅,一个放到丈夫面前,一个放到自己跟前。

"你也要喝?"浩毕斯嘎拉图问。

"那当然。你先别急着喝,等我熬好奶茶,咱俩一起喝。"乌日娜说着,从茶锅里捞出茶叶袋,又从门口的奶桶里舀了几勺鲜牛奶倒进锅里,随后很娴熟地用黄铜勺在茶锅里扬了好多下,茶锅里顿时飘起一股浓浓的奶香。

趁着老伴忙活熬茶的空当,浩毕斯嘎拉图耐不住偷喝了两口酒。等到乌日娜坐下端起酒杯时,他早已两杯酒下肚了。

"这第一杯酒,是庆祝咱们儿子考上明珠盟的中专。来,干。"乌日娜举起酒杯,一口把杯中的酒喝干了。

"那第二件好事呢?"浩毕斯嘎拉图放下空酒杯问。

"第二件好事嘛,昨天晚上咱们说什么来着?"乌日娜夹了一筷子咸菜送到嘴里,边嚼边问。

"昨天晚上?"浩毕斯嘎拉图早忘了昨天晚上说了什么事。

"我说你们爷俩追女人是怎么了?"乌日娜提醒了丈夫一句。

"我的乌日娜达日嘎呀,快点说吧,快把我急疯了。求求你,早点把儿子的第二件好事说出来吧,我也该走了。"浩毕斯嘎拉图说着喝干了杯中的酒。

乌日娜端起酒杯象征性地抿了一口说:"告诉你吧。山丹姑娘跟咱们儿子今晚去公社看电影了,两个人骑着老马倌的那匹杆子马风暴走的。"

"你说什么?老马倌居然舍得把那匹杆子马交给他女儿骑?这个家伙到底怎么了?真难琢磨。"浩毕斯嘎拉图惊奇地说着,不解地摇摇头。

"那还有假吗?"乌日娜看老伴真着急了,这才把她为什么要爬勒勒车顶的原因说出来。

"真的?这个小子比我有本事啊。当年知道温都苏想向你求婚时,我都二十多岁了,可这个小子今年才十六岁哪。当年我是骑着马围着你唱歌献殷勤,哪敢奢望你到我家约我看电影呀。哈哈哈,有本事。来,为儿子干杯。"浩毕斯嘎拉图说着,又把杯中酒一口喝干了。

几杯酒进了肚,乌日娜的脸上腾起了红云,听见丈夫重提当年的浪漫往事,不由得也兴奋起来。她对丈夫说:"那时的你是个穷小子,你阿爸家的家底哪有温都苏阿爸家的厚?告诉你吧,不是你的那些歌打动了我,说实话你唱歌也没温都苏好听,你唱歌老跑调儿,温都苏年轻时唱歌可是字正腔圆的。我就是看中了你比温都苏上进,还是生产队的团支部书记。"

"我儿子还是打狼英雄呢。"一直悄无声息的老额吉突然插进来一句话,明显在偏袒儿子。

"额吉,那时他还没去打狼呢。"乌日娜说。

老额吉没有跟儿媳争辩,也没再吭声,满是皱纹的脸上隐隐浮现出一丝笑容。

"假如倒退十八年,让你重新在我和温都苏之间选择呢?"浩毕斯嘎拉图借着酒兴问。

"你说还能是谁?"乌日娜娇嗔地白了丈夫一眼。

"来,靠近点儿,两口子喝酒哪能离得那么远。"浩毕斯嘎拉图看了一眼躺在边上的老额吉,小声说着,拉了乌日娜一下。

"你要干什么?天还没黑呢。"乌日娜也看了看老额吉。

"你不是说儿子去公社所在地了吗?今天晚上这儿是咱俩的天下。"浩毕斯嘎拉图小声说着,往乌日娜身边靠了靠。

"嗨,你要干什么?你不是还要到公社去吗?"乌日娜假装扭捏了一下,

也向丈夫身边靠过来,两个人紧紧挨在一起。

"我被你的话刺激了。我觉得我还没老,你也没老。"浩毕斯嘎拉图说着,撩起乌日娜的衣袍,一只大手伸进去使劲捏住了她肉乎乎的屁股。

"你不是还要去公社吗?"乌日娜低声问。

"李涛书记电话里说今晚或明天都行,再说这么晚了,去了就肯定不让我回来了。我明天再去。"

乌日娜看了丈夫一眼,没再说什么。

浩毕斯嘎拉图又喝了两碗茶,想了想,说:"不行,我还是今天去公社见李书记吧。"

第二十章　铺满鲜花的夜路

巴特尔这是第一次单独跟一个女孩子走夜路。马背上的巴特尔始终有种如梦似幻的感觉，她那两条绵软的胳膊从后面伸过来紧紧搂着他的腰，她的脸贴在他后背上，喘息的微热透过薄薄的衣袍传过来，他感觉得到姑娘温热的体温。所有的细微感觉都是那么新鲜、刺激，特别是两个人的身体随着马的颠簸而不停碰撞，这对这两个情窦初开的青春期孩子来说真是一种考验，就像无数颗小火星飞向两堆干草垛，随时都可能被点燃。此刻，巴特尔的脑海里像节日的夜空升起五彩缤纷的礼花，那是一种极为微妙而复杂的体验，他说不出是兴奋、快乐，还是紧张、胆怯。从跨上杆子马风暴的那一刻起，他内心的潮水就一浪比一浪汹涌，好几次他甚至想转过身搂住她，然后直接滚落到厚厚的草地上。

两个人刚骑上马背时，心里都有些慌乱，谁也不知道该说什么才能打破沉默，而这种沉默让两个人都有些尴尬。不过打破这种尴尬并不难，就像一张薄薄的纸，轻轻一下就能捅破。其实这种微妙之处两个人都知道，可是又都缺少勇气。

变化是在经过九曲湾的那座小桥时发生的，巴特尔突然想起前几天的事，便给山丹讲了他跟阿尔斯冷到知青哥哥蒙古包的那段经过。山丹听后，先是很谨慎地问他是不是见到了知青哥哥的女朋友，也就是友邻生产队的赤脚医生姐姐，巴特尔想也没想就说见到了雅诺姐姐，后来他们还在小桥上听了知青哥哥的琴声。

话匣子一旦打开,两个人之间就不再拘谨了。山丹好像随口似的问了一句:"巴特尔哥哥,你什么时候进城报到?"

"过几天就该走了。学制三年,其中有半年的实习期,在此期间,只有寒暑假能回来。"巴特尔说。

"有机会我进城去看你,你欢迎吗?"山丹问。

"当然欢迎,可是,毕竟离得那么远。"巴特尔心里突然酸了一下,停了一下接着说,"等着,等我毕业挣到了钱,第一件事就是买一辆北京吉普。"

"巴特尔哥哥,我实话实说,那天阿尔斯冷说得可能有道理,那时坐在车里的不知会是哪位姑娘呢。"山丹说。

"还会是谁呢?"巴特尔想说肯定是你,却没好意思说出来。

"那天我故意反驳阿尔斯冷,是看不起他炫耀的张狂劲儿。其实说心里话,我真不在乎坐什么车,哪怕还像今天这样,咱们骑着同一匹马,轻轻松松地说着话。我在乎的是……"山丹停住不说了。

"你在乎什么?"巴特尔追问。

"巴特尔哥哥,我才发现,原来你比阿尔斯冷还坏。"山丹娇嗔地说着,抽出一只手,在他后背上轻轻捶了几下。

"我要是阿尔斯冷,就把你搋到摩托车上,然后骑得飞快,莫非你还敢跳下来?"巴特尔故意说道。

"要真是那样,你以为我不敢跳吗?"山丹的口气一点也不含糊。

"我想不明白,你放着摩托车不坐,非要骑马,为什么呢?"巴特尔又故意说。

"笨哥哥呀,这还不懂?你慢慢琢磨吧。"山丹长长地叹了口气。

很久以后巴特尔才意识到,山丹的这声叹息钻进他心里很深的地方,徘徊了很多年也没有消失。

两人坐在杆子马风暴的背上,任风暴带着他们驰骋。巴特尔的心里就像月光下的九曲湾草原,始终被一片蒙蒙的雾气笼罩着,如诗如画。这是他最轻松、最难忘的时刻,他的思绪就像蜿蜒的尼林河水在蓝雾笼罩的草原上流淌。此外,他还被交替出现的紧张、甜蜜、兴奋、胆怯的情绪所折磨,最后,

186

一个本能的念头从纷乱的意念中跳了出来。他壮了壮胆子,转身想去搂身后的姑娘,可一个理智的声音再次出现——巴特尔,你把山丹对你的信任当成了什么?

"巴特尔哥哥,你怎么那么严肃,不高兴了吗?我虽然说你笨,可没有看不起你的意思。我,我,我怎么说你才能明白呢?咳,我真的说不清楚。"月光下的山丹一脸认真。

"怎么会生气呢?没有,没生气。我,我是想看看阿尔斯冷跟过来没有。"巴特尔说着,把伸出去的手抬起来,往山丹身后胡乱指了指又飞快缩回去,身子也就势扭正。

"别理他,他就是想在咱们面前显摆一下。我是想说……"山丹一时找不到合适的词语。

"你想说什么?"巴特尔紧追不放。

"哎呀,我的笨哥哥呀,我怎么说你才能明白呢?"山丹急得在马背上使劲跳了几下。

"哦,我知道了,他要是骑马,你就跟他走了,对不?"巴特尔问。

"笨哥哥呀笨哥哥,哪儿跟哪儿的事啊,你怎么就不明白呢?我是害怕——"山丹故意把尾音拖得很长,然后突然停住了。

"噢,那你跟我在一起就不害怕吗?"巴特尔问。

"你真讨厌。"山丹又轻轻在他后背上捶了几下。

杆子马风暴可能感觉到今天背上的人跟以往不同,似乎也嗅到了一种温馨的气息,所以格外卖力。它打着响鼻,步伐轻快平稳,马蹄划动着月光下的草浪"沙沙"作响,那是很有节奏的声音。草丛中偶尔有一只鸟惊叫着飞起,留下一阵翅膀扇动的"唰唰"声,由近到远,消失在夜幕深处。

"巴特尔哥哥,你现在想什么呢?"山丹问。

"我就想这样走下去,也别去公社所在地看电影了,就这样走,不停地走。"巴特尔认真地说。

"你说什么呢,尽跑题,哪像一个有文化的中专生说的话呀。"山丹捶了他一下。说是捶,其实很轻很轻,像挠痒痒一样,巴特尔感觉舒服极了,就

说:"再来一下。"

"好,没想到还有人愿意挨打。哎呀——"山丹突然惊叫了一声。

"怎么了?山丹?"巴特尔猛地勒住马缰绳。

"下马,快下马!"山丹大声叫着跳下马背,巴特尔莫名其妙地赶紧跟着下了马。

月光下,山丹俯身蹲下去,轻轻钻进一片花丛里躺下,脸从花丛中露出来,两只手不停向他挥舞。

巴特尔知道,芍药坡到了。

"大惊小怪。"巴特尔说着就要上马,山丹立刻坐起来拽住马缰绳:"多美的花,别踩坏了,咱们还是绕过去吧。"

"你喜欢这花吗?"巴特尔问。

"喜欢。"山丹说。

"那好,哪天我采一把送给你。"巴特尔说。

"不,别,我不要。"山丹急忙说。

"为什么?"巴特尔问。

"你知道这花还叫什么吗?"山丹低声问。

"不知道。我就知道它好看,这还不够吗?"巴特尔说。

"它还有一个名字,叫'别离草'。"山丹低声说。

巴特尔听了,真想狠狠给自己一个嘴巴。多不吉利呀,能跟这样可爱的女孩子别离吗?不,永远不。他暗暗在心里发誓。

绕过芍药坡,就是九曲湾的敖包山。这座敖包山并不高,但在附近却是地势最高的,翻过去就离公社所在地不远了。夜幕下,敖包山下那条通往公社所在地的自然公路,就像一条细长、弯曲的线,从那里隐约传来摩托车声。

"讨厌,像个跟屁虫,这么甩都没甩掉他。"山丹使劲"呸"了一下。

巴特尔明显感觉到山丹发自心底讨厌那个骑摩托车的人。

夜幕下的九曲湾被月光镀成了一条蜿蜒飘逸的银色飘带。白天,这里是观赏芍药坡的最佳地方,那姹紫嫣红的芍药花点缀在绿草如茵的草原上,显得九曲湾分外妖娆。那条像哈达一样洁白的小河从花海旁穿过,更增添了几许迷人的韵味。此时夜风吹来,湿润的草香中夹杂着芍药的浓郁香气。

巴特尔从来没有在月光下来到芍药坡,也从来没有与女孩子一起走草原夜路的体验,而且还同骑一匹马,共同呼吸浓郁醉人的草香。如今即将离开九曲湾,他才发现身边竟然有如此美轮美奂的景色,还有一位倔强又多情的姑娘。

多年以后,当巴特尔真正明白了男女之间的那些事情以后,才知道当初的自己是多么木讷、迟钝。一个姑娘能那样毫无顾忌地把身体紧贴过来,一次又一次地暗示,如果不是率直、坦诚的草原姑娘,还有谁会那样真诚地以心相待?可是自己这个榆木脑袋居然就没有明白她的心思……可是话又说回来,他扪心自问,即使放在今天,假如还有一次这样的机会,他能放肆地冲破那道底线吗?不,他不能。因为他不能伤害这个清纯美丽的姑娘。即使这个放肆的念头只是在脑海里一闪而过,他也会立即对自己心生厌恶,厌恶自己的猥琐和龌龊。他觉得任何时候都不能玷污纯洁的山丹姑娘。

敖包山的西侧是巴特尔常去的地方,那里长满了野杏树。山上的野杏树虽然很多,但是却不高。可以说,那些野杏树是在巴特尔的呵护下长大的。

九曲湾离城区不远,城里的孩子经常成群结队地来采摘野杏。但是他们光采不浇,有时还把结满了野杏的树枝折断,当作野游的实物拿回去,向别的孩子炫耀。

每当看到那些被折断枝杈的野杏树,巴特尔都会驻足一会儿,像是在代那些淘气的孩子向受伤害的野杏树道歉。他经常拎着水桶,蹲在山下那块黑棕色的火山石上,从尼林河里取水,再爬进满是石头的山沟,把水浇到一棵又一棵野杏树根上。看着水或慢或快地渗进去,一种成就感溢满他心头。他喜欢这种似乎没完没了的义务劳动——一个人,没有要求,也没有目的,但是却充满了乐趣。有时他累得连下山的力气都没有了,索性顺势躺在山坡上,等山风吹干身上的汗,还有被河水溅湿的裤子,然后再拖着沉重的双腿下山。每当这时,他也会问自己为什么要这样没事找事,但他找不到理由。可是当他又一次精力充沛的时候,就忍不住又想来到这片野杏树林。

每当他看到亲手浇过的野杏树要比没有浇灌过的野杏树先挂满浅粉色的花瓣,先结出一串串绿色的野杏,就会沉浸在一种莫名的快乐中。有时,满头大汗的巴特尔冷不丁抬头,会看见山丹出现在河边的那块火山石上,静静地看着他,这时他会产生一种自卑,觉得自己拎着大水桶爬山的样子一定很傻。也许是巧合,就在他第一次看见山丹出现在火山石上的那天,他偶然发现草丛中有一株山丹花,带着五朵花骨朵在草丛中微微摇曳。从此他浇水又多了一个目标——山丹花。山丹出现在火山石上的时间一般不长,显然是不想影响他的劳动热情。奇怪的是,每次山丹走后,他都会像打了鸡血一样,迸发出无穷的热情和力量。每次给野杏树浇完水,他就坐到那块火山石上,想象着山丹在身旁的感觉。

"巴特尔哥哥,你怎么不说话了?你知道这里还有什么吗?"山丹问。

"还有什么我应该都知道呀。"巴特尔边说边想。

"你肯定不知道。"山丹说。

"你说说看。"巴特尔说。

"那个地方是我命名的,谁也不知道。"山丹的语气很肯定。

"难道我也不知道吗?"巴特尔问。

"当然。你想知道吗?"山丹调皮地问。

巴特尔点点头。

"巴特尔野杏沟"山丹说完,"咯咯咯"地笑起来。

巴特尔心头再次一热,他又有了想把身后的姑娘紧紧搂在怀里的冲动,可是他不忍心破坏他与她之间的那份纯净。

"应该再加一句话。"巴特尔说。

"不,这就够了。"山丹固执地说。

"你知道吗?野杏沟里的草丛中还长着一棵有五个花骨朵的山丹花。"巴特尔说。

"真的吗?"山丹兴奋地问。

"是真的。我一直给它浇水,现在它快长成一棵山丹树了。"巴特尔说。

"那就叫'巴特尔山丹沟'吧!"山丹说。

"行,就这么定了。"巴特尔说。

山丹觉得好像还缺点什么,沉默了一会儿说:"巴特尔哥哥,那么大一个山沟里,就一棵山丹花太少了,等你走后,我要在那朵山丹花旁边多栽培一些山丹花,让这个名字名副其实。你说好不好?"

"好,一言为定。"巴特尔说。

"巴特尔哥哥,我再问一遍,你毕业以后还回九曲湾吗?"

"回——回来。"巴特尔口气很坚定。

"听你的口气有些犹豫,我不信。"山丹说。

"你等着,等我毕业以后……"巴特尔说。

"三年太漫长了,谁知道这期间我会不会出嫁?"山丹说。

山丹的这句话像是在巴特尔的心头浇了一瓢冒着寒气的凉水。

这时,山下突然传来阿尔斯冷怪异的号叫声,接着是他学着老马倌的腔调唱:"头一天眊你你不在,你妈打……"

"草原夜色美……"巴特尔猛地扯开嗓子唱起了这首歌。阿尔斯冷那半生不熟的西部民歌中断了。

"你疯了?"山丹被吓了一跳,惊慌中紧紧抱住了巴特尔的腰。

巴特尔的惬意肯定刺激了山下骑摩托车的阿尔斯冷。只听一阵猛轰油门的声音从山下传来,接着,车灯在草地上飞起来似的向前窜出去……可是这种疯狂没延续多久骤然消失了,车灯看不见了,轰油门声也没有了,一切归于了平静。

"阿尔斯冷怎么了?不会是……"山丹有些担忧。

"黑夜里开摩托车疯跑,还唱歌,没准摔倒了。"巴特尔说。

"今天他去找过我,说要送我去苏木。可是,可是——"山丹说到这儿向山下看了一眼,不说话了。

"他可能伤心了。"巴特尔说。

"不仅是伤心,他跟我说了一件跟你有关的事。"山丹说。

"跟我有关?"巴特尔愣了。

"你说说,在公社上学时都认识谁?"山丹问。

"认识谁?"巴特尔没明白山丹话里的意思。

"我再说明白点,公社的哪个姑娘跟你好过?"山丹问。

"我? 我跟哪个姑娘好过?"巴特尔被山丹这几句话说蒙了。

"你没想到吧,他都跟我说了。你们俩是同学,他的话,我信。"山丹说完又朝山下看了一眼。

"山丹,我真不知道你说的是谁。不过现在咱俩先别争论这件事了,还是下山去看看吧。万一摔坏了,咱们去帮他一下,好吗?"巴特尔问。

"不去,谁让他把那件事告诉我了,还在这个美好的时候让我想起来,气死我了。巴特尔哥哥,上马,咱们走。"山丹说。

第二十一章 误会

后来，当巴特尔写的诗开始像春天的草芽那样带着鲜嫩的气息出现在《明珠日报》副刊上，他才开始思考自己为什么选择了写诗。经过认真思索，排除了一个又一个答案以后，他渐渐把自己第一次跟一个女孩子同骑一匹马到公社去看电影的记忆翻了出来，并且最终认定自己心里那颗文学的种子就是在马背上颠簸的浪漫时刻萌芽的，这是把他领上文学之路的第一个路标。

那个夜晚的一幕幕，甚至每一个细节都深深铭刻在巴特尔心里。每当他想起那个夜晚，眼前就会出现月光下那片灿烂盛开的芍药花，还有躺在芍药花丛中的山丹，她那张迷人的脸使得簇拥在四周的芍药花都逊色了。夜幕下尼林河洁白而弯曲的身影，还有山丹绵软的前胸在他背上不停碰撞的感觉，那一切的一切，在以后的岁月里一直栩栩如生地储存在他的记忆深处。当然，阿尔斯冷那怪异的号叫声早已被时间的尘埃淹没了，每当他面对幽静而空旷的草原时，回想起来的总是牧人那悠长的吆喝声，那绵延不绝的略带些萧瑟的回音，在他的记忆深处久久回荡。

幸福的时刻总是令人难忘，还有一幅画面也让巴特尔很难忘却。当然，这跟他的心情有关。记忆中，那个夏日草原的傍晚很美，西边的天空中，一抹橘红色云彩与地平线上凸起的远山的身影融合在一起。草原上的山一般不是很高，白天如果不仔细看，似乎草浪就能淹没它们。但是当夜幕渐渐笼罩了辽阔的绿色原野以后，远山的身影便不肯被夜幕轻易淹没，而是披着凝

重的深蓝色衣袍伫立着,留下一个深深的起伏的身影,静静地守护着洒满月光的九曲湾大地。

那是巴特尔从来没有过的体验。他不记得已走过多少次草原夜路,可是从来没有过那天的那种感受。听着马蹄拨开茂密牧草发出的"沙沙"声,一阵阵微凉又有些湿润的夏风吹来,一阵阵好闻的气味包围着他,他分不清那气味是来自山丹的还是来自花草的。那沁人心脾的香气就像一个有着巨大引力的磁场,紧紧拥抱着他,他的思绪空前活跃。当时的他就像刚刚跑出棚圈的小马驹,不知天高地厚,任由桀骜不驯的思绪在辽阔草原上尽情驰骋。

那天晚上,巴特尔跟山丹骑着马赶到公社所在地时,露天电影已经开始了。

在那个年代,所有公开放映的电影名字人们都能背下来,那一天放映的电影是革命芭蕾舞剧《红色娘子军》。过去没有电视机,牧人们只能从收音机里,更多的是从公社的大喇叭里,听到这部芭蕾舞剧的优美音乐。所以电影成为几乎所有人的钟爱,特别是孩子们,每次都是早早就来到放映电影的地方,兴奋地守候在那块偌大的白色屏幕前,耐心等候着电影放映机"嘎嘎嘎"地响起来。

靠近公社所在地时,巴特尔跳下马,把马缰绳递给山丹说:"我去给风暴找点草。"

山丹点点头接过马缰绳,轻声说了一句:"那我去拴马。"她说完刚要离开,巴特尔又把她叫住了。

"怎么了?"山丹问。

"怎么能让你去拴马呢?我就把风暴拴在这根电线杆上,一会儿电影散了咱们还在这里见面。"巴特尔从山丹手里接过马缰绳,向不远处指了指说。

"这还差不多。不过你可不能乱跑啊,更不能去找那个姑娘约会。"山丹笑着撇了撇嘴。

"公社就这么大点儿地方,我能跑到哪儿去?再说我也不知道你说的那个姑娘是谁呀。放心吧,我今天就跟定你了。"巴特尔半开玩笑说。

"我可是认真的。如果发现你三心二意,我以后就再也不理你了。"山丹咬着嘴唇说。

"让你阿爸的杆子马风暴监督我吧,我拴完马就来找你。"巴特尔说。

"随便你。电影散了我在现场等你。"山丹说。

"还是在这儿吧,这里人少,好找。"巴特尔说。

"看把你吓的,有什么可怕的呀。是不是怕被卫生院的美女护士看见呀?"山丹特意朝人群看了一眼。

"原来阿尔斯冷说的是她呀!这都哪儿跟哪儿的事呀。"巴特尔现在才明白山丹说的是谁,笑着说,"原来你说的是萨日娜呀,等有时间我再给你解释。"

"看来阿尔斯冷没骗我,不管真假还是有这么回事。"山丹笑着说。

"萨日娜跟我能有什么事呢?她比我大好几岁呢。再说我还是一个学生,怎么可能呢?"巴特尔有些不高兴了。

"我一路上问了你多少次,你都假装糊涂,一句也没有解释呀。"山丹依然不依不饶。

银灰色的月光洒在巴特尔的脸上。他真的不想解释,因为一句两句根本说不清。

"不是阿尔斯冷跟你说的那样。"巴特尔低声辩解了一句。

"好啦,好啦,巴特尔哥哥,我跟你开玩笑呢。咱们就在这里见吧,你拴好马就去找我。"山丹笑着看了巴特尔一眼,转身向供销社前看电影的人群跑去。巴特尔牵着马没有动,默默注视着山丹的背影。刚才她那轻盈的一转身,就像用什么把巴特尔的心暖了一下,随后,一股甜蜜漫向他的全身。

巴特尔牵着马走到公社邮电所后面,在僻静处的一根电线杆下拴好风暴。看着跑了一路的风暴浑身湿漉漉的,他心疼了,便取下挂在鞍子上的马汗刷,给风暴刷了刷身上的汗水,然后从旁边不知谁家的草垛上抱了一捧干草扔在风暴跟前,谁知风暴竟然不领情,昂着头闻都不闻。巴特尔左右看看,几乎所有拴着的马跟前都堆着新鲜的绿草。他叹了口气心想,也不能怨风暴挑食,在这个到处散发着鲜嫩草香的季节里,哪匹马愿意吃干草呢?更

何况这匹被老马倌极为宠爱的杆子马呢？想到这儿，他决定去弄点鲜草来。可这样就意味着不能跟山丹一起看电影了，他犹豫了一下，还是抬脚向公社所在地外面走去。

公社所在地虽然不是城镇，但是比起九曲湾生产队来，不仅人多，房子也多很多。巴特尔虽然爱看电影，可他毕竟在这里上过两年学，每月起码能看到一两场，因此跟山丹相比，他觉得自己更像这里的主人。还有就是风暴驮着他和山丹跑了这么远的路，不给它吃点新鲜草，他总觉得对不起这匹好马。

在公社上学期间，巴特尔一有时间就在公社所在地到处转，对这里已经熟悉得不能再熟悉了。为了给辛苦了一路的风暴弄点好草，他想也没想，直奔一家小饭馆而去。他记得那家小饭馆后面有一个小高坡，上面的草又高又密，里面还有些野苜蓿。

这个时候，九曲湾公社所在地的居民们刚刚吃过晚饭。悠闲而无聊的人们难得碰上一场露天电影，纷纷扶老携幼、拎着小板凳走出家门。人们的目标是一致的，就是供销社前面的那片空地。那里就像城区的文化广场，一些大型的文体活动都在那里举行。因为放映电影，此时的公社所在地有着节日一样的轻松氛围。

当然也不是所有人都惦记这场电影。公社唯一一家小饭馆里，灯火通明，酒意正酣的人们频频举杯，杂乱的吆五喝六声、劝酒声，混杂着一阵接一阵的引吭高歌飞出敞开的窗子，表明里面的人们都已进入佳境。

路过那家小饭馆时，巴特尔不经意地往窗口扫了一眼，隐约看见一张熟悉的脸庞，恰巧那姑娘也正往窗外看，两个人的目光几乎同时撞在一起，又飞快地移开。巴特尔一怔——那姑娘像是公社卫生院的女护士萨日娜。此时他不敢打招呼，因为按照牧区的习俗，进去打招呼就是在找酒喝呢；再说山丹还特意叮嘱他不能跟别的姑娘约会。他知道，有阿尔斯冷那个不靠谱的碎嘴子，他肯定清白不了。想到这儿，他快走几步绕过小饭馆，径直向后面那个长满青草的小高坡走去。

夏天的草原上，草高草密的地方蚊虫肯定多，可是在地势略高的地方，因为有风,蚊虫往往就少,它们会聚集在低凹窝风的地方。巴特尔选中一片又密又高的草丛后,就弯腰拔起草来,可没拔多少手就疼了。虽然他随身带着一把蒙古刀,可是对他而言,这就是一个装饰物,从来舍不得用。听额吉说,这把蒙古刀是爷爷传下来的,看那精致的银刀把,还有镶嵌着的绿宝石,就知道这把蒙古刀可是有年头了。再加上那套古香古色的配饰,不仅贵重,还能增添几分威风。平时如果不是特殊日子,巴特尔都舍不得全套佩戴在身。

可是眼下时间紧,他要让风暴吃上新鲜嫩草,还要尽快回到山丹身边,便破例拿出蒙古刀。月光洒在刀刃上,闪出一道亮光。他往地上一蹲,把袍子的下摆铺在膝盖上,边割草边往袍子里放,不一会儿就放满了。他把草归拢到一起,抱起来正要离开,猛然发现不远处的草丛里有个白色的东西晃了几下。在朦胧的夜色里,那白色挺刺眼,他吓了一跳,不由得握紧蒙古刀,悄悄趴到草丛里。渐渐地,巴特尔看清楚了,原来那里趴着一个没穿裤子的人。

"那个人一定是喝多了,出来方便时睡到草丛里了。"想到这儿,巴特尔慢慢走过去,想扶那个人一把。可是就在他快要走到近前时,那个趴着的人猛地从草丛中跳了起来,巴特尔这才看清,原来那里有一男一女两个人。

瞬间的变化使得巴特尔慌乱不已,他急忙对那两个人说:"对不起,我什么也没看见。"说完抱着袍子里的草撒腿就往回跑。他没有按照原路返回,而是特意从小饭馆后面绕到拴马的地方。

夜色朦胧,微风和煦,四周不停歇地响着阵阵蝉鸣声。露天电影已经放映了一会儿。

巴特尔把兜来的鲜草倒在风暴跟前,这回它不像刚才那样昂着头带搭不理了,先是冲着他连点了几下头,打了一串快乐的响鼻,然后就埋头吃起来。黑暗中,风暴发出的咀嚼声那么好听,让他把刚才所有的一切都忘了。

巴特尔静静地在杆子马风暴跟前站了一会儿,用袖子擦了一把脸上的汗水,这才向供销社那边走去。

尼林市是明珠盟行署所在地,九曲湾公社是离城区最近的公社。公社

所在地建筑不多，电影幕布挂在供销社前的一片空地上，幕布后面是供销社那排坐北朝南的青砖房。围着那排青砖房散放着一辆辆勒勒车，一匹匹带鞍的马被拴在电线杆旁。这些马对电影不感兴趣，只是低头吃着主人不知从哪里弄到的新鲜嫩草。

电影画面不停晃动着，又通过幕布折射到幕布前男女老少的脸上、身上。巴特尔来到放映现场，音箱里铿锵的音乐声沉稳响亮，带着回音传到黑漆漆的夜幕深处。从那熟悉的音乐声，巴特尔知道电影已经放映过半了。他向不停闪着光的电影放映机方向看去，密密麻麻的都是人，人们兴奋地看着白色幕布上不停变换的画面，时而低声议论着。在人群外围，有些人找不到合适的位置，陆续离开了。

巴特尔在公社上学时是住校。自从毕业以后，他很少到公社所在地来，今天重新回到这里，上学时的一些往事又浮现在他脑海里，他不由得向学校方向望去。

供销社前面有一条粗糙的沙石路。这是公社所在地唯一的一条街道，公社的党政机关、邮电所、商店、饭馆、学校，都设在这条路的两侧。沿着这条路一直往西走就是公社学校，那里也是这条沙石路的尽头。在公社所在地，最好的房子是学校和邮电支局，明显比公社党委、革委会的办公室好。人们区分房子新旧，主要看这建筑是红砖房、青砖房，还是"四角硬"（这是二十世纪七十年代比较常见的建筑，建筑物的四个角和房檐、地基上的部分是用砖垒砌的，其他部分则用土坯，墙面用灰膏拌废毛抹就）。学校和邮电支局完全是红砖房，学校的房子不仅新，而且还用红砖墙围起一个偌大的校园。这在当时来讲就很讲究了。公社党委、革委会的办公用房是"四角硬"，即使用砖的地方也是青砖。青砖是二十世纪五六十年代烧制的砖，而七十年代以后就是红砖了。

巴特尔不停寻找着山丹，在人群的最外面，他终于看见了山丹的背影。她站的位置不太好，前面有很多站着的人。她伸着脖子，踮着脚尖，努力看向白色幕布，两只手还不停比画着。从后面看山丹，她的蒙古袍裁剪得特别贴身，听说这是她亲手缝制的。虽然她还不像成熟的女人那样有着迷人的曲线,可是却那么轻盈,仿佛只要有一阵微风吹来,就能翩翩飞舞起来一样。

巴特尔看她不停地踮起脚,有些心疼,就想找个什么东西让她站在上面,于是他借着朦胧的月光四处寻找起来。

公社所在地的居民虽然住的是房子,可是生活习惯和牧民们差不多,每家门前都垛着一垛垛牛粪。在当时,牛粪是最常见的燃料,各家各户平时做饭用它,冬天取暖主要靠它,还有做成牛粪砖的。有条件的人家即使买上几吨煤,平时也舍不得烧,只在冬天取暖时才用。在堆放牛粪的地方往往会有一些引火用的旧木头,巴特尔就专到这些地方去找。在一个大牛粪垛跟前,他看见了一个一尺高的圆木墩子。正在他琢磨贸然拿走合适不合适时,突然有人从后面蒙住了他的眼睛,同时伴着一股浓烈的酒菜味、香水味和医院的消毒水味。他感觉得到,那人的身体刻意与他保持着距离。

"谁?"巴特尔说着,两只手往身后那人的腰部摸去,那人惊叫着松开了双手:"巴特尔,你真坏。"

"萨日娜!"巴特尔猛地转过头来,眼前是公社卫生院女护士萨日娜。

"哎呀,你这个家伙学坏了。姑娘的身子是能随便乱摸的吗?"萨日娜说着,轻轻捶了他一下。

"问题是我不知道身后是一位美女呀。"巴特尔笑着说。

"坏蛋。一年多没见面,你学坏了。说,是哪个女人把你教坏的?"萨日娜故意板着脸问。

"嘿嘿嘿,是你们公社所在地的人教坏的。刚才我看见两个人……在草丛里……摔跤。"巴特尔想起阿尔斯冷形容这件事时曾说过的词。

"你看你,还说没学坏呢,连这种话都敢说了。"萨日娜害羞地捂住了脸。

"怎么这么大的酒味?你跟谁喝酒去了?"巴特尔不再开玩笑了。

"跟朋友呀。"萨日娜说。

"男朋友还是女朋友?"巴特尔故意加重了"男朋友"三个字。

"都有。怎么啦,吃醋了?"萨日娜笑着问。

"我猜一下,一定是在那个小饭馆吧?"巴特尔问。

"看,说实话了吧。原来刚才从窗外走过去的那个人真是你呀。"萨日娜

说完又追问了一句,"你说实话,刚才到那里干什么去了?"

"听说你在那儿喝酒,我才去的。"巴特尔说。

"你骗人。那为什么不进饭馆找我?快坦白,是不是躲到公社的恋爱草地跟谁约会去了?"萨日娜撇着嘴说。

"有那么多保镖前呼后拥着美女护士,你说我敢进去吗?那不得出人命?"巴特尔说。

"算了,不跟你开玩笑了,说点正经的。听说你考上城里的中专啦,怎么不告诉我一声?"萨日娜打了一个酒嗝,说话时舌头硬得都不打弯了,但看得出来她在努力控制着自己不失态。

"咳,这有什么值得炫耀的呀,如果考上大专或者大学告诉你一声还差不多。一个不起眼的中专生有什么可嘚瑟的。"巴特尔说。

"没想到你还挺低调。行,行。听说咱们公社学校毕业班没考上几个,你是脱颖而出的一个。"萨日娜竖起右手的大拇指,借着酒劲儿,她的另一只手搭到巴特尔肩膀上。

萨日娜是两年前从明珠盟卫生学校毕业后分配到公社卫生院的,比巴特尔大三岁。公社学校毕业班的男孩子里,最早打探到公社卫生院来了一个漂亮女护士的是阿尔斯冷。这些牧区长大的男孩子,可能是吃牛羊肉多的缘故,身体比城里同龄孩子发育得壮实,单看外表几乎像是成年人了。他们嘴唇上那层黑绒绒的汗毛,就像刚钻出地皮的韭菜,只要割过一茬,马上就能变成又密又硬的胡须。这个年纪的男孩子们凑在一块儿,不弄个鸡飞狗跳才怪呢。而且公社所在地的业余生活实在单调,除了饭馆没有其他娱乐场所,这让那些荷尔蒙旺盛的青春期男孩子本能地把注意力转向异性。

萨日娜自然成为他们关注的目标。有一阵子,去公社卫生院就诊的人突然多起来,引起了公社卫生助理的注意。他专门深入卫生院认真观察、调研,发现前来就诊的大多数是公社学校的高年级学生,这让他骤然紧张起来,还以为学校发生了什么流行病。后来他进一步查阅了那些男孩子的就诊病例,发现这些学生都是毕业班的男学生。细心的卫生助理穿着白大褂在候诊室蹲了好几天,终于从那些男学生就诊时偷偷游向萨日娜的目光里发现了端倪,最后哭笑不得地摇着头走了。

可是,那场惊动了公社卫生助理的流行病风波刚刚降温,巴特尔真的病了。有了那些没病装病的男孩子们搞出来的虚惊铺垫,班主任老师开始以为巴特尔也是在装病,不但不给他假,还狠狠批评了他一顿。一天晚上,巴特尔的病发作了,不但发高烧,还上吐下泻。这可吓坏了留校值班的老师,急忙给公社卫生院打电话。卫生院位于公社所在地的东边,与学校正好形成一个大斜角,距离虽然不远,可是学校没有车,值班老师怕巴特尔去就诊时受风加重病情,就说好话央求卫生院的值班大夫出诊。公社所在地人口不多,相互之间都熟悉,也都好说话,值班大夫很快带着萨日娜来到学校,经过检查,确认巴特尔得的是胃肠炎。在随后的打针吃药过程中,巴特尔经常被这个新来的美女护士细心周到的服务所感动,他觉得自己是因祸得福了。

萨日娜是城里的姑娘,住单身宿舍。两个人自从认识后,有时在供销社碰上就打个招呼,有时在小饭馆相遇就喝上一小杯。两个人的来往越来越多,后来就成了无话不说的好朋友。

"今天电影散了你还回去吗?"萨日娜问。

"回去。我们九曲湾离这里不远,再说今天还是月亮地。"一听到"电影"二字,巴特尔不敢再贫下去了。

"快开学了吧?今天来看电影,是不是还有别的目的?刚才我在小饭馆看你走过去就追了出去,可是你早没影了。说实话,你去哪儿了?"萨日娜盯着他问。

"我去小饭馆后面打草去了。"巴特尔说。

"你真去那儿啦?知道小饭馆后面是什么地方吗?"萨日娜问。

"我知道那里的草很高,别的就不知道了。"巴特尔老实回答。

"你一个小屁孩,不知道也对。今年夏天来了以后,不知怎么回事,那里成了年轻人约会的地方,最近还被一些好事人士命名为公社恋爱角,也就是情侣们光顾的地方。你知道吗?敢到那里的情侣,大多数都是真刀——真枪的来呀。"萨日娜犹豫了一下还是说了出来。

"真刀、真枪?"巴特尔一下子没听懂是什么意思。

"哎呀,怎么一不留神就从嘴里秃噜出来了。这些话本来不应该跟你说的,太那个了。咳,算了,刚才广播都不算,翻篇吧。"萨日娜红着脸说。

看着萨日娜的难堪样,巴特尔忽然想起刚才草丛里的那一幕,心颤了一下,暗暗庆幸自己没有贸然走过去。可是他感觉到一股说不清的躁动再次在全身热辣辣地弥漫开了。

"咱们说正经的,你跑这么远的路,难道就为了看场露天电影?"萨日娜又把话题扯回来。

"就是呀,就是专门来看电影的。"巴特尔避开萨日娜追问的目光说。

"一个人来的?不会吧。告诉我,跟哪个姑娘来的?"萨日娜追问道。

"哪个姑娘敢跟我跑这么远的路来看电影呀。再说……"巴特尔本想说句玩笑话,但没敢说出口。

"你来公社后还去哪儿了?"萨日娜继续追问。

"除了去打草,别的地方哪儿也没去。我刚一来电影就开演了。"巴特尔想也没想地说。

"你没说实话吧?你去饭馆之前,去过……卫生院吗?"萨日娜小声问。

"卫生院?没有呀。"巴特尔摇了摇头。

"那会是谁呢?"萨日娜有些失望地叹了口气,又把刚才拿来的凳子递给巴特尔,"拿上。估计这会儿电影也快结束了,跑了这么远的路,坐一会儿吧。"

"不,我不累。还是你坐吧,看你今天喝了不少。"巴特尔说。

"那你到这儿找木头墩子干啥?跟我还客气?走。"萨日娜说着就要来拉巴特尔。

"真不是客气。我是……"巴特尔一时不知该怎么说才好。

"刚才我回到卫生院,值班室的老陈说了一句九曲湾有人来找你。看他那神秘兮兮的样子,我猜是你,这不我就找过来了。"萨日娜解释说。

"不是我,那又会是谁呢?"巴特尔问。

"对了,你刚才说打草,你是怎么来的?"萨日娜突然问道。

"骑马来的呀。我是给杆子马风暴找新鲜嫩草去了。"巴特尔说。

"哦,老陈说的是有个骑红色摩托车的人找我。"萨日娜说。

"那我知道是谁了。不错,他也是九曲湾的,他叫——阿尔斯冷。"巴特尔原本不想点破,想了想还是说了。

"我想起来了,就是你们班那个见了女生就发贱的男孩子吧?"萨日娜说。

巴特尔没有点头,也没有摇头。

这时,两个人已经走到了人群后面。巴特尔把凳子放到萨日娜身边,萨日娜又推给他,谁也不肯坐。两个人正在推让,雄壮的《红色娘子军连歌》猛然响起,电影进入了尾声。两个人离放映机不远,可以听出在"嗒嗒嗒"的响声中,放映机一前一后一高一低的两个大盘子虽然还在转动,但是声音已经发生了微妙的变化。前面那个胶片盘子像领先冲刺的马拉松选手跑得越来越轻松,后面的那个胶片盘子则像落后的选手脚步越来越沉重。那些经常看露天电影的老电影迷从放映机声音的微妙变化就会知道快散场了,每逢这时,就会感到有一股清凉的风吹过。

巴特尔和萨日娜站在人群的最外层,看着身边的人陆续离开,听到了放映机声音的微妙变化,感觉到了那股似有若无的小凉风。这种久违了的亲切感觉让巴特尔想起在公社学校度过的那些日子,此时重新品味到这种感觉,他的心不由得沉了一下,一个不包含任何意义的别离愁绪浮现出来。进城以后再想重返这个虽然闭塞却留有很多亲切记忆的地方,机会肯定不会很多了,这个空气中牛粪、羊肉、奶香等各种味道混杂在一起的地方,以及生活在这个悠闲而宁静的环境里的一张张淳朴的脸庞,更多地走进了他的记忆深处。而城市,一个他完全陌生的地方,那里有放露天电影的地方吗?那里的人们也这样悠闲吗?

电影结束后,还有一段不短的字幕闪过。这时,放映机旁的白炽灯泡亮了,坐在幕布前的男女老少纷纷站立起来。人们在活动身体的同时,相互间打着招呼、说着话,然后向不同的方向走去,渐渐消失在夜幕里。曾经人头攒动的放映场里转瞬之间只剩下放映员孤独地忙碌着,还有扔了一地的纸屑和杂物。

"你看,咱们俩谁也没坐成,电影散了,这把凳子真是白拿了。"萨日娜笑着说。

巴特尔憨憨地笑了笑,没有说话。

"这么晚了,今天就别回去了。不行住我们那儿吧,正好有位男大夫请假不在,他临走前把宿舍钥匙交给了我。"萨日娜说。

"巴特尔,你让我好找,原来你在这儿呀。"山丹突然出现在巴特尔身旁。她带着些敌意地看了萨日娜一眼,口气生硬地问巴特尔:"原来你不是来看电影的?你把马拴到哪里了?"

"山丹,来,我介绍一下,这位是萨日娜,公社卫生院的护士。"巴特尔还没顾上回答萨日娜,山丹的突然出现让他有些尴尬,他慌乱地向山丹介绍着。

"我听朋友说过你。萨日娜,多好听的名字,人长得也像这名字。"山丹微笑着伸出手。

"你好,巴特尔可没跟我提过你。"萨日娜说着,看了巴特尔一眼。两个姑娘的手在空中轻轻碰了一下,飞快分开了。

"你们先聊着,我去牵马。"被夹在两个女孩子中间的巴特尔感觉有点尴尬,为了脱身,他找了一个理由。

"巴特尔,你先别急着走。萨日娜姐姐,有人跟我提起过你,但不是他。"山丹叫住了巴特尔。她好像很想看巴特尔尴尬的样子,而且摆明是想让他继续尴尬下去。

"这回认识了,以后有事一定不要客气。"萨日娜说完觉得不妥,又笑着解释,"对不起,我可不是希望你得病,大家身体都棒棒的,少进医院才好。我是说以后来公社办事找我玩。对了,山丹,你刚才说谁还认识我?"萨日娜很好奇。

"一个既认识你也认识他的人。"山丹故意卖了个关子。

"那会是谁呢?"萨日娜自言自语地说。

"还能有谁,不就是那个嘴快好事的阿尔斯冷。"巴特尔说。

"对,就是他。你看,他在那里等着我呢。"山丹朝不远处指了指,转身对巴特尔说,"你走不走?咱们还要走那么远的夜路呢。"

"我去牵马。萨日娜,再见。"巴特尔如释重负地向萨日娜摆摆手。

"巴特尔,咱们城里见。记着给我打电话呀。"萨日娜说完,又瞟了山丹一眼,"山丹,再见。"这才拎着凳子走了。

"看看,美女护士多关心你,连下次约会的时间、地点都告诉你了。"山丹小声说。

"原来你是个醋坛子呀。她是我在公社上学时认识的,人家给我看过病。"话是这么说,其实巴特尔心里觉得挺虚。

"巴特尔哥哥,你别多心,我凭什么吃醋呀。人家又给你看过病,又怕你看电影累着来给你送凳子,对吧?刚才我看见你俩拉拉扯扯的,就没敢往跟前走,怕破坏你们的好心情。我要是知道风暴拴在哪儿,就不惊动你们了。"山丹说到"你们"时,故意加重了语气。

"你误会了,山丹。我是想给你找个木墩子,让你站上去能省点力气,无意中碰上她的。人家萨日娜非要把凳子让给我,你说我能接吗?两个人就是这么推让起来的。"巴特尔知道即使浑身是嘴现在也解释不清了。

"算了算了,不说这些了。你快去牵马吧,我在那儿等你。"山丹说完,往不远处指了指就走了。巴特尔还想说几句,可是山丹没给他这个机会,那些话就堵在了他的心里。

电影散场后,供销社前面的发电机就停止了轰鸣,整个公社所在地陷入一片黑暗中。远处,刚才还坐满人的草地上只剩下孤零零的放映机,一片昏黄的灯光下,两个放映员还在忙碌着收拾放映设备。

夜幕深处,有着渐渐走远的杂乱脚步声,伴随着乱糟糟的吆喝牲畜声、马镫铁的碰撞声和马的响鼻声。还有人在喊孩子,偶尔又传来孩子的哭声和一两声咳嗽声。

突然,一阵摩托车的马达声响起来。那声音带着十足的傲气,在夜幕里的公社所在地上空肆意吼叫。巴特尔的心抖了一下,他知道这又是阿尔斯冷的那辆摩托车。

巴特尔牵着风暴走到山丹跟前时,阿尔斯冷也在,只见他一只脚斜踏在

草地上,另一只脚踩着摩托车挡位。山丹站在阿尔斯冷身边,两个人头挨得很近,正低声说着什么。

看见巴特尔走来,山丹略微离开了一些,快步走向黑暗中,一会儿又走过来。

巴特尔故意用满是暧昧的语气说:"山丹,咱们现在就走吗?"他是故意做给阿尔斯冷看的。

山丹没有马上回应,而是在巴特尔跟前站住。停了片刻,她用只有他才能听见的声音说:"巴特尔哥哥,你一个人骑马回去行吗?"

"你,不回去了?"巴特尔不由得一愣。

"阿尔斯冷骑摩托车来的时候,撞到路中间一块石头上了,就在敖包山附近。你还记得吗?他怪叫了一声就没动静了。原来我还以为他走远了,其实是摔倒了,你看他脑袋上,现在还缠着纱布呢。"山丹说着,下颏悄悄朝阿尔斯冷努了一下,然后没等巴特尔说话就走到阿尔斯冷的摩托车后面坐上去。

巴特尔知道,现在的局面已经不是语言所能解决的了,他的自尊被重重地摔到了草地上。这时他才看见阿尔斯冷额头上的白纱布,他知道,山丹说阿尔斯冷受伤使她改变了主意,不过是她的借口而已,她明摆着是用这种方式报复他。想到这儿,他心里一时五味杂陈,说不清是一种什么滋味。失望?还是沮丧?更让他感觉没意思的是,刚才他竟然用酸得倒牙的口吻想跟她暧昧一下,却碰了个软钉子,想起来真栽面,他恨不得找个地缝钻进去。

"啊嘿——走喽——"巴特尔强装出无所谓的样子翻身跃上马背,使劲一抖缰绳。早已吃饱了的杆子马风暴打着响鼻,就等着主人的示意呢。

"哥哥眊你你们不开,为甚还给哥哥一锅盖——"阿尔斯冷学着老马倌的西部口音,再次幸灾乐祸地吼了一嗓子。

"阿尔斯冷,你要这样我可下车啦。"山丹说着就要跳下摩托车。

"别别别,都怪我。好好好,我不唱了。"阿尔斯冷急忙拉住山丹。

山丹这才重新坐好,还大声对已经消失在夜幕里的巴特尔喊:"巴特尔哥哥,回去的路上慢点呀。"

巴特尔听见了山丹的话,但是他没有回答,更没有回头。这时的他心里空荡荡的,甚至想哭。

"巴特尔——"黑暗中,有个姑娘在大声喊他。

"萨日娜,我在这儿。"没跑出多远的巴特尔急忙勒住了马。

"你先别走,我给你找了一个同路人。"夜幕里,一个人影快步走过来,后面跟着一个牵马的人。

巴特尔抖了一下缰绳,调转马头迎过去。

"他叫毕力格,家离你们九曲湾生产队不远,你俩搭伴走,路上不寂寞,还能相互照应。"萨日娜气喘吁吁地来到巴特尔跟前,后面的毕力格也跟了过来。

"巴特尔,再见。"萨日娜说。

"萨日娜,再见。走喽——"巴特尔向细心的萨日娜挥挥手,然后松开缰绳,风暴立刻甩开四蹄奔跑起来。

"巴特尔,毕力格,你们路上慢点跑。"萨日娜大声喊。

在公社学校院墙外的一个阴影里,停着那辆红色摩托车,山丹坐在后座上。在这里,能听见萨日娜的喊声,也能看见巴特尔和一个陌生的青年骑马跑过。神情复杂的山丹低声说:"等他们过去,咱们走另外一条路。"

第二十二章　交错而过的缘分

后半夜的九曲湾,月亮已经偏西了,夜幕笼罩下的河湾大地更加宁静,远处偶尔响起几声狗吠,沿着蜿蜒的尼林河面飘过来,让人听了有种孤零零的凉意。当它钻进山丹心里时,就变成了悲怆的失落感。其实当她躲在学校墙边阴影里,看着巴特尔从眼前跑过去时就已经后悔了,可是她没有勇气喊住巴特尔。

离开公社所在地走了一截路后,山丹突然让阿尔斯冷停下摩托车。她跳下来站在路边向身后看了很久,然后叹了一口气,又坐上摩托车说:"走吧!"

阿尔斯冷知道山丹在等谁,但他一句话也没说,只是稍稍加了点油门让摩托车跑得快点。他怕山丹反感,身体一直僵硬地挺着。他也曾想往后靠靠,或者借着颠簸的机会接触一下山丹柔软的身体,可是他没敢,因为他感觉到山丹一直刻意与他保持着距离。那距离虽然不远,却是一种无声的警示,也是意念中一条不可逾越的红线。在男女交往中,这种距离感不仅存在于躯体的接触上,更主要的是存在于两个人的意念中。阿尔斯冷知道,这条红线绝不能随意触碰和跨越。一路上,为了博得山丹的好感,他始终没有触碰这条红线。这就苦了他自己了,因为需要一直保持僵硬的姿势。直到在山丹家门前停住摩托车,他才长长地松了一口气,酸痛感骤然漫向全身。虽然没有触碰到身后的姑娘略感遗憾,可是他心里一直美滋滋的,陶醉在胜利者的喜悦里。这喜悦从他看到巴特尔怅然失落的样子开始,一直延续到山丹下了摩托车。

阿尔斯冷觉得今晚发生的事就像电视剧剧情一样跌宕起伏,开始是山丹拒绝坐他的摩托车,选择跟巴特尔同骑一匹马。想到这儿,阿尔斯冷特别庆幸自己先到公社卫生院,碰上了那位朋友。如果不是卫生院的门卫老陈给他设计了这么一出苦肉计,山丹肯定还会跟巴特尔走的。看来下次到公社得请那家伙好好吃一顿了。

阿尔斯冷又想起他到公社卫生院之后的事。

阿尔斯冷赶到公社所在地时,不知怎么就骑到了卫生院。真巧,门卫老陈正坐在值班室门前的水泥台阶上抽烟,阿尔斯冷的新摩托车让他眼睛一亮。他诡秘地看了阿尔斯冷一眼问:"小伙子,发财了?今天骑辆新摩托车来,是想勾引哪位姑娘呀?"阿尔斯冷笑着说:"你说我应该勾引哪位姑娘?"

在门卫老陈的逼问下,阿尔斯冷说出了窝在心里的那股火。没想到老陈听了以后突然哈哈大笑起来,而且笑得快趴到地上了。

老陈笑完,就找了卷纱布对阿尔斯冷说:"来,我教你一招儿。"然后就在他头上一圈一圈地缠起来,缠完又前后左右看了一遍,有些难为情地说:"本来应该弄得更专业些,可是护士们都不在,只好这样凑合了。"说完又到护士值班室找了一瓶红药水,往纱布上洒了一小片,很像洇出来的血迹。老陈这才满意地点点头:"就这样吧。我告诉你,见了那位姑娘以后,千万不要再显摆你的破摩托车,一定要装出一副特别痛苦的样子,要让她知道你是为了她才受的伤。"

结果真的出乎阿尔斯冷的意料,当山丹来到他的摩托车旁边,看到摔碎的后视镜,又看了看他头上缠着的纱布,还问他疼不疼,然后说坐他的摩托车回家。

一路上,山丹和阿尔斯冷说的话没超过十句:"你头还疼吗?"

阿尔斯冷摇了摇头,又连着点了好几下头。

"你是在公社卫生院包扎的伤口吗?"山丹问。

"你知道巴特尔就要进城上学了吗?"阿尔斯冷怕露馅,答非所问地转移了话题。

"知道。所以我才跟他来公社看电影。"山丹说。

"毕业后,你说他还能回来吗?"阿尔斯冷问。

"回来怎么样?不回来又怎么样?你的纱布快掉下来了,停一停,我帮你重新包一下。"山丹说。

"不,不,不用了。"阿尔斯冷怕山丹发现自己是假受伤,心一慌,车把连着扭了几下。幸亏开得不快,摩托车在自然路上颠了几下后,又恢复了平衡。可即使这样,山丹也没有碰他一下。

从这时开始,山丹再也没有说过话,却一次次回头看,阿尔斯冷知道她想看谁。当摩托车在山丹家门口停住时,阿尔斯冷开始怀疑自己这样做到底是为了什么。

山丹跳下摩托车,转过身来。阿尔斯冷以为她想跟自己说什么,赶紧说:"在摩托车上我没敢说太多的话,怕摔着你。现在……"他想说"现在我们聊一会儿吧"。

"阿尔斯冷,谢谢你送我回来。我想一个人在外面站一会儿,有什么话咱们明天再说好吗?现在你先回家吧。"山丹冷冷地打断他的话。

"不客气。这么黑了,我陪你待一会儿吧?"阿尔斯冷不甘心就这样离开。

"你还是回去吧。都后半夜了,让别人看见还以为怎么回事呢。"山丹说着又向公社所在地方向望去。

"你是不是在等巴特尔?这么晚了,他能把风暴送回来吗?看明天早晨吧。"阿尔斯冷说。

"这跟你有什么关系?"山丹不高兴地瞪了他一眼。

"嘿嘿嘿,我瞎猜呢。"阿尔斯冷连忙赔着笑脸说。

"阿尔斯冷,你不是受伤了吗?让我看看你的伤口。你头上的纱布都掉了,别感染了,我再给你重新包扎一下吧。"山丹说着向阿尔斯冷走过去。

"别,别,别——就是擦伤一点皮,不严重——"慌乱之中,阿尔斯冷被绊了一下,差点跟摩托车一起倒在草地上。

"你看看你头上的纱布还在不在?"山丹说。

阿尔斯冷往头上一摸,才发现那块纱布早就不知掉到哪儿了,不由得在心里骂老陈:真笨,连个纱布都缠不牢,还吹牛皮说这是什么"苦肉计"。就在他不知该离开还是听天由命的时候,山丹伸出一只手:"给,纱布在这儿呢。怎么能说伤得不重呢?这纱布上有不少血呢。"

阿尔斯冷一把抢过纱布揣进怀里,蹬着摩托车就跑。

"你不是不着急回家吗?重新包一下吧,万一感染了可就麻烦了。"山丹对着他的背影大声喊。

"不,不,不用了。明天我到公社卫生院重新包一下。反正我也得去趟公社,摩托车的倒车镜也得换新的了。"阿尔斯冷头也没敢回。

看着阿尔斯冷远去的背影,山丹轻轻"哼"了一声,再次向公社所在地方向望去,可那里一点动静也没有。夜更深了,朦胧的月色又多了一层凉意。她家门前地势低,看不到太远的地方,她想到蒙古包后面有处高坡,便想去那里看看,可刚走了几步,就被四周黑漆漆的草地吓得停住了,但踌躇了片刻,她还是快步向高坡走去。

后半夜的草原,草尖上挂满了露珠,山丹跑到高坡上,感到夜风更加清冷。她双手抱紧前胸,踮起脚尖,目光钻进黑黢黢的夜幕深处。那里没有熟悉的马蹄声,也没有风暴的响鼻声,静悄悄的原野睡得很沉很沉。

站在寂静暗夜中的草原上,山丹有些害怕。她想起刚刚看过的芭蕾舞剧《红色娘子军》,忍不住学着电影上吴清华的样子,舒展双手,身体微倾,一条腿向后伸展。她之所以喜爱跳舞,就是看了这部电影后,被那些红军女战士优美的舞姿所感染,悄悄学了起来。

山丹有着天生的舞蹈禀赋,不仅身体柔软,感觉也异常出众。简单的一个踢腿,别人要经过苦练才能达到头顶,她却能轻松做到。她日常的很多动作都流露出难掩的艺术韵味,更何况专心致志地学习那一招一式呢?外行人都以为她经过专门训练呢。电影《红色娘子军》上的舞蹈动作,她每看过一次都要凭记忆悄悄模仿,直到学会为止。除了足尖半立动作以外,基本没有什么破绽。此时此刻,借着刚看完电影的兴奋,也是为了分散害怕和紧张,她慢慢跳起来。虽然没有音乐伴奏,可是当她一跳起来,耳畔似乎就响

起了音乐的节奏,脑海里不停闪过电影里那些动作和画面。

跳着跳着,山丹渐渐进入一种氛围,仿佛她已成为电影里那些女红军中的一员。就在她忘我地旋转时,她的脚被一颗尖利的小石子硌了一下,疼痛让她停了下来,她一边揉着脚一边再次向公社所在地方向望去。时间一点点过去,她已不抱希望准备回家了,就在这里,她突然看见远处出现了两个模糊的小黑点,看那快速移动的样子,应该是一前一后的两个骑马人,其中一个在尼林河的河堤上晃了一下就消失了。那个人会不会是巴特尔?山丹的心猛地一跳,踮起脚尖向那片河堤望去。清冷朦胧的夜色下,河堤和紧靠河堤的那片草原被夜幕涂抹得漆黑一片。夜空中有鸟飞过,留下了翅膀扇动的回声。山丹断定两个人中有一个就是巴特尔,他肯定是给她送杆子马风暴来了。她要在这里等他。

山丹已经没有心情再跳舞了,她希望刚才看见的骑马人是巴特尔,即使他不理睬她,她也不会计较,还要主动跟他说话。必须这样,她在心里一遍遍要求自己不能再任性,不能再让巴特尔伤心。可是又过了很长时间,骑马人始终没有出现,已经疲惫到极点的她再也没有心情等下去。她环顾一下黑漆漆的四周,仿佛草丛里趴着什么东西,正悄悄盯着她。她害怕了,快步向家走去,越走越快,马上就要跑起来了。这时,有什么声响从河堤方向传来,她停住了脚步。心里的不甘心让她暂时忘记了害怕,她又走到刚才看见骑马人的高坡上,再次向公社所在地方向望去,无声的草原就像浩瀚的大海,草浪就像深不可测的海水,在她眼中默默涌动。

"哞——",一声牛叫声吓了山丹一跳,她转身就跑。当她跑到自家蒙古包前时,一下子愣住了:门前的拴马桩上拴着一匹马,是杆子马风暴,旁边堆了不少鲜嫩的青草,可是没有人。山丹明白了,巴特尔是有意躲开她,悄悄把风暴送回来,又悄悄离开了。她含着眼泪再次跑到刚才跳舞的高坡上,看到月光朦胧的草地上,一个人步行走着,旁边还有一个骑马人跟着,二人就那样渐行渐远了。

山丹拖着沉重的脚步回了家。蒙古包里黑漆漆的。黑暗中,老马倌低声问:"怎么刚回来?"

山丹轻轻"嗯"了一声。

"是跟巴特尔一起回来的吗?"老马倌问。

山丹没有说话。

"唉,我听见停在门口的摩托声了。"老马倌轻轻叹了一口气,"孩子,今天要是没有巴特尔跳进河里舍命相助,那群羊恐怕剩不了几只了……真是个好孩子呀。算了,不早了,睡觉吧。"

蒙古包里又恢复了寂静,只有一种声音越来越清晰。今晚的山丹听着它格外烦躁,她轻轻爬起来,把那只马蹄表塞进一件大皮得勒里,然后轻轻躺下。过了一会儿,她用被子捂住头,眼泪悄悄地顺着脸颊流下来……

第二十三章　离家

巴特尔回到家已经是后半夜了。看见他回来,乌日娜马上坐起来,笑眯眯地看着儿子,又看了一眼正在打呼噜的丈夫,低声问:"孩子,告诉额吉,你是跟山丹骑一匹马走的吗?"

巴特尔没说话,脱掉衣服躺下了。

看儿子心情不好,乌日娜没有再追问,吹灭羊油灯躺下了。

"今天山丹的阿爸来过了,说了你跳进河里帮他救羊群的事。你阿爸还把老马倌那天扔了的套马杆还给他了。"乌日娜在黑暗中沉默了一会儿,还是没忍住告诉了儿子这件事。

巴特尔没有吭声。

"儿子,是不是碰到不高兴的事了?"乌日娜低声问。

"没有。"巴特尔说。

"孩子呀,你还小,还得到城里去上三年中专,上完学能不能回来还不一定吧?我听那些有亲戚考上中专的人们说,你们这些学生毕业后国家都是包分配的,你只要安心学习,肯定也能留在城里。"乌日娜猜测儿子肯定跟山丹闹别扭了,含蓄地开导儿子。

尽管乌日娜的声音不高,睡在母子俩中间的浩毕斯嘎拉图的呼噜声还是停止了。

"额吉,别瞎操心了。我明天才进城去报到,你就开始惦记我毕业后留不留城了,累不累呀!"巴特尔没好气地说。

"傻孩子,你别不高兴,我这是为了你,因为我是你额吉。"乌日娜听出儿子不愿意听,不软不硬地回了一句。

"你越是这样,我越想回来。你看着,我毕业以后肯定不留城。"巴特尔果断地说。

"哎哟,我的小祖宗,那怎么行呢。你看咱们生产队那些城里有亲戚的人,哪回进城走亲戚不是惊天动地的一副得意样儿,生怕别人不知道?要是你也留了城,额吉也学他们,敲锣打鼓地赶着勒勒车,逢人就说要到城里的儿子家住几天。等我们老了以后,就在你家养老。咦,不对,你是不是怕我们去你家呀?"乌日娜开始是跟儿子开玩笑,最后这句话就别有深意了。

"我说老东西,深更半夜的让不让人睡觉啦?你真行,把养老的地方都选好了?做梦吧!我哪儿也不去,就在九曲湾,要去城里你一个人去。"浩毕斯嘎拉图低声说。

"你就不怕我被别人拐走?"乌日娜问。

"哼,你现在这样谁还稀罕。要是真的有人要你,我送你几只大羯羊陪嫁,如果嫌少再多几只也行。"浩毕斯嘎拉图说。

"你这个没良心的家伙,你忘了当年怎么费尽心思追我啦。"乌日娜在丈夫的背上轻轻拧了一下。

"那天你要是没去,我就打算把你让给温都苏了。"浩毕斯嘎拉图故意气老伴。

乌日娜不想再说这件旧事,于是转了话题:"公社李书记都跟你说什么了?"

"他把那封群众来信给我看了,那上面有盟委宝音书记、市委坚强书记签署的意见,大概意思就是推行'两定一奖'这件事,有些群众想不通是可以理解的,九曲湾生产队要多做群众思想的疏导工作,尽量避免激化矛盾,但是要支持生产队干部坚持原则、加强管理的做法。"浩毕斯嘎拉图把领导们的批示简要说了一遍。

"那你说让老马倌跳悬崖那句话,领导们是怎么说的?"乌日娜追问。

"哦,好像是坚强书记在批示上说,在那种危急情况下,生产队干部情急

之中说出过头话,是可以理解的,但是一定要引以为戒、下不为例,以免在群众中造成不良影响。"浩毕斯嘎拉图说。

"太好了,还是上级领导能理解下级的难处。"乌日娜笑着说。

"公社李书记还找温都苏那个连襟宋文谈了一次话,批评他不但不做亲戚的思想工作化解矛盾,还不经调查就把这封信转交给公社党委,造成了不好的影响,给基层干部开展工作增加了阻力。"浩毕斯嘎拉图说。

浩毕斯嘎拉图和乌日娜的对话,巴特尔一句也没听进去,他的脑海里正在过电影,电影是从傍晚离开家时开始的……

"巴特尔——"乌日娜轻轻喊了一声,没有听到回应。

"你就让他好好睡吧,跑了这么远的路,他也累了。"浩毕斯嘎拉图说。

蒙古包里恢复了宁静。

乌日娜知道那封告状信的事了结了,心里放下了一块大石头。过了好久,二人还是睡不着,又轻声聊起来。

"老马倌能亲自来,还多亏了巴特尔呀。他说咱们有个好儿子,帮了他两次大忙。"浩毕斯嘎拉图说。

"当然啦。我就说儿子的袍子上怎么都是泥,还像在水里泡过,原来真跳进河里了,还正赶上上游下雨发大水……我一想起来这事就后怕,天呀!"乌日娜说到这儿,不由得打了个冷战。

"这回好了,老马倌想通了,我就不用再当兼职马倌了。朝克图进步很快,性格又好,跟老马倌肯定出不来乱子。"浩毕斯嘎拉图松了一口气。

"哼,还不是儿子给你解了围。你准备怎么感谢我儿子?"乌日娜说。

"你说吧。"浩毕斯嘎拉图说。

"必须给我儿子备一匹马。儿子站在你那匹枣红马跟前的样子,我看着真难受。"乌日娜说。

"好,好。老马倌也说了,他想从马群里挑一匹小马驹,把它驯成风暴那样的好马交给儿子。"浩毕斯嘎拉图说。

"真的?你不会是忽悠我吧?"乌日娜高兴得差点喊出声。

"小点声,是真的,这回我就睁一只眼闭一只眼。我发现了,生产队里像巴特尔这么大的孩子,就咱们儿子没有自己的马。"浩毕斯嘎拉图说。

"太好了,这是今天让我最舒服的一句话。"乌日娜说着,抱着丈夫使劲亲了一口。

巴特尔并没有睡着,阿爸额吉的对话他断断续续都听到了,当听到阿爸说老马倌要给他挑一匹小马驹,他的心里骤然一跳,睡意突然消失了。他透过半敞开的陶瑙看着外面墨蓝色的夜空,看着夜空中那些或大或小或远或近的星星,那些星星可能也困了,不再像前半夜那样轻快地眨眼睛。他又想起了山丹,想起两个人同骑一匹马走夜路的感觉,想着想着,郁结在他心头的那些苦恼慢慢消散了。

巴特尔给山丹送还风暴时,真想再跟她解释一下,想说的话也在路上想好了。可是当他骑着风暴跨过尼林河,在河堤上面对着不远处的山丹家时,勇气又烟消云散了。踌躇再三,他悄悄到了山丹家门前,把风暴拴到马桩上,又把在路上打好的青草堆放在风暴跟前,就悄悄离开了。萨日娜介绍的那位同路人真够意思,一直把他送回家才离开。

"扑哧——"巴特尔想起一件事,差点笑出了声。当年阿爸跟温都苏看中了同一个姑娘,没想到他们的儿子竟然也看中了同一个姑娘,他暗暗问自己:"这是怎么回事?也太巧了。"

巴特尔看着深邃的星空,默默地想着心事,不知不觉进入了梦乡……

"孩子,天亮了,该起来了。"巴特尔正在莫名其妙的梦境中游荡,突然被额吉的叫声惊醒了。他睁开眼睛,额吉正满脸笑意地看着他:"你阿爸先走了,他叫你喝完茶哪儿也别去,等他安排一下,用队里的小马车送你进城。"

茶桌上摆满了干肉、奶豆腐和炒米,还有冒着热气的奶茶碗。

巴特尔揉了揉眼睛,翻身坐起来。

"孩子,你昨天碰到什么不开心的事了吗?额吉可是惦记了一晚上。"乌日娜说。

"额吉,你别那么敏感,也别瞎操心,跟你没啥关系。我已经长大了,你就放宽心吧。"巴特尔说。

"谁说跟我没关系？只要跟我儿子有关系，就跟我有关系。"乌日娜的口气不容置疑。

"行了行了，额吉，我说不过你，反正这是我自己的事。"巴特尔说。

"额吉不管这些。儿子，昨天晚上到底怎么了，明明走的时候你俩都挺开心的，怎么半夜回来脸就黑了？"乌日娜看着儿子的脸色，小心翼翼地又问道。

"额吉，都说跟你没关系了，你怎么还婆婆妈妈的呀，再问我就走了。"巴特尔有些生气，把茶碗往茶桌上一放。

"乌日娜，巴特尔长大了，男人的事让他自己处理去吧。"躺着的老额吉提醒儿媳。

"好好好，我不问了，你慢慢喝吧。等进了城，你再想喝额吉熬的奶茶也不容易喝上了。"乌日娜说着，眼泪又掉了下来。虽然九曲湾生产队离尼林城区不远，甚至比公社所在地还近，可给她的感觉却好像隔着老远老远的距离。儿子到公社上学时，她心理上觉得不远，什么时候想去，赶着勒勒车就去了，可是一说到进城，这个牧区女人就觉得那么遥远。

"额吉，看你，又来了。"巴特尔看额吉又掉眼泪了，起身就要走。

"好了，好了，额吉知道了。唉，今天应该高兴才对。好，你慢慢喝吧。"乌日娜刚说完，外面传来浩毕斯嘎拉图的喊声："车来了，快把行李什么的都拿出来。"

"急什么，儿子还没喝完茶呢。"乌日娜大声呵斥丈夫。

巴特尔却急忙放下茶碗站起来，拎起早就捆好的行李和装洗漱用具的布袋子走出去。

"都是你，催催催，弄得儿子连茶也没喝好。"乌日娜埋怨着，顺手拎起另一个布口袋，跟着儿子走出去。

"喂，你拿那个袋子干什么呀？"马背上的浩毕斯嘎拉图问。

"送我儿子去。"乌日娜理直气壮地往小马车上一坐。

"胡闹，你凑什么热闹。咱们都进城了，额吉怎么办？谁照顾？"浩毕斯嘎拉图说。

乌日娜又拎着布口袋下了车,含着眼泪走到儿子跟前拥抱他,给他整理了一下衣袍。然后,她跑回蒙古包,过了一会儿,扶着老额吉慢慢走出来。

常年躺着的老额吉身体很虚弱,可是此刻却特别精神。刚走出蒙古包的她很不适应外面强烈的阳光,眼睛眯了半天才睁开,满头白发在阳光下分外耀眼,鬓角上的几缕银发在微风中飘舞。巴特尔急忙跑到老额吉跟前跪下,老人微笑着亲吻孙子的前额,又从儿媳递过来的黄油碗里蘸了点黄油,抹在孙子的前额上。

巴特尔知道老额吉是拼着最后的力气来为自己送行的,含着眼泪紧紧抱住老额吉,哽咽着说:"奶奶,您好好保重。"他怕老额吉看见自己眼中的泪水,一说完急忙坐到小马车上。

老额吉的脸上始终带着微笑。看得出来她已经很累了,但还要继续为即将离开的孙子祝福。她从乌日娜手里拿过一个铜勺,舀了一勺牛奶想往空中扬,可是她已经力不从心了,举了几次也没举起来。勺子剧烈地抖动着,满满的一勺牛奶只剩下一点底儿了,还是没能洒出去。

乌日娜明白老额吉的心思,上前握住她那只颤抖的手,重新舀了一勺牛奶轻轻扬向空中,接着又舀了两勺。老额吉终于长长地舒了一口气,像完成了一件特别重要的事情一样,露出轻松、快慰的笑容。

"儿子,咱们走吧。"马上的浩毕斯嘎拉图抖了抖缰绳,马车向小桥方向奔去。

赶车的车夫举起鞭子在空中甩了一下,随着"叭"的一声脆响,小马车有节奏地跑了起来。巴特尔还是第一次坐生产队的小马车,他没想到阿爸今天能破例用小马车送自己。他回头向家的方向望去,看见额吉搀扶着奶奶,还站在蒙古包门口目送着他,他的心头突然涌起一阵酸楚,眼泪跟着流了出来。

"儿子,你是咱们九曲湾生产队走出去的第一个中专生,阿爸为你骄傲。"浩毕斯嘎拉图靠过来大声说。

"阿爸,你说我还能回来吗?"巴特尔问。

"能啊。儿子,这就要看你想回来干什么。"浩毕斯嘎拉图说。

"我想用我学到的知识让咱们的九曲湾更美好。"巴特尔说。

"阿爸支持你的想法,不过你还得征求额吉的意见才行。"浩毕斯嘎拉图提醒儿子。

父子俩说话的工夫,小马车已经来到了小桥上。巴特尔真想像照相机一样把此时此刻都拍下来,印在心里。

"儿子,你看见了吗?南边河堤上好像有个骑马人正往这里看呢。"浩毕斯嘎拉图朝那里指了指说。

巴特尔一眼认出来那个骑马人是山丹。只见她骑着杆子马风暴,后背挺得笔直,正看着这里。

"阿爸,是山丹。"巴特尔说。

"这孩子是不是来送你的?为什么不到这儿来呢?"浩毕斯嘎拉图说着,又往那里看了一眼。

小马车很快下了小桥,拐上了通往尼林城的那条自然路。巴特尔回头再看,山丹已经不见了。

太阳渐渐升高了,九曲湾上的雾气慢慢散去。河边苇丛舞动着浅粉色的草穗,在阳光下微光闪闪。从这里还能看见知青哥哥的蒙古包,但现在仅露出一截白色的包顶,还有那截黑灰色的炉筒子。

此时在巴特尔心中,一种说不清的亲切感油然而生。从马背小学到后来他参加中考,那座熟悉的蒙古包就像这片大地上的一个路标,一直提示着他该往哪里走。

巴特尔想起了走之前跟知青哥哥的对话。

"是不是舍不得离开九曲湾呀?谁都一样。当初我刚到这里插队时,把蒙古包扎在那片平坦的草地上,真是天天想家,想家门前那条一点也不起眼的小胡同。可现在,要是让我马上离开这里,我反倒会更加想念九曲湾。这种想念平时是感觉不出来的,可是一旦决定要离开,就会让人牵肠挂肚,看哪里都亲切、都舍不得,恨不能抱着它离开。你知道吗?这就是我一再说过的乡愁。"知青哥哥脸上很平静,有着一种过来人的豁达和从容。

"知青哥哥,您当年离开城市到草原插队,哭过吗?"巴特尔觉得知青哥哥的话触碰到了自己内心深处最柔软的一个地方,不由得问了一句。

"当然哭过呀。当年我才十七岁,就像你现在的年纪,还是个大孩子。离开了母亲,离开了温暖的家,特别是生病的时候,没少钻进被窝里放声大哭。这些你现在体会不出来,因为你的经历跟我相反。我是离开城市到牧区插队,而你是离开牧区进城上学,跟我那时的心情肯定也不一样。当年我感觉真是前途渺茫,不知道结果会怎么样,就在懵懂中离开了家。我记得临行前的那个晚上,我妈妈一夜没睡,一直坐在我身旁静静地看着我……"知青哥哥说到这儿,眼泪缓缓流出眼眶,声音也哽咽了。

"对不起,知青哥哥,我不应该问您的。"巴特尔低声说。

"没关系,这些我都经历过,只要经历过就能承受那种痛苦。今天说起来心里有些发酸,是因为我妈妈已经永远离开了我。唉,后来我才理解了我妈妈,她当年因骨肉分离而忍受的煎熬肯定更加撕心裂肺吧。"知青哥哥的语气变得沉重了。

"知青哥哥,来到这儿插队,您后悔过吗?"这是巴特尔早就想问的一个问题。

"没有什么后悔不后悔的。以后你就会明白,太多的时候人会身不由己。不过有这样的经历我觉得也是一种人生的磨砺,换个角度说就是有得也有失,我虽然失去了母亲长久的爱,却有了对第二故乡的爱。"知青哥哥说。

"知青哥哥,离开九曲湾我可能也会难受。从这里到城区虽然不远,可是我感觉就像要去很远很远的地方。我常常想,尼林河拐过鹰盘山脚就流进了市区,可我呢?好像没有那么容易。即使我的双脚踩在尼林城的马路上,我也总感觉自己还没有进城,总有什么东西横在我和城市之间,总觉得那些繁华的城区、楼房、街道始终没有眼前的这片草原亲切。"巴特尔说的是心里话。

"巴特尔,你知道为什么会有这样的感觉吗?"知青哥哥问。

"不知道。"巴特尔低下了头。

"你的感觉是准确的。这是一段心理距离,就是人们经常说的城乡差

别。不过你不要自卑,你别忘了,从你走进尼林市那所中专学校的第一天开始,你就是这座城市的候补成员了,候补期是三年。三年以后,你将按照国家政策被分配到机关单位,成为一名国家干部。从那时开始,你与这座城市的那层隔膜会慢慢消失的。"知青哥哥说。

"真是那样吗?"巴特尔觉得知青哥哥是在安慰自己,他不相信这么容易就能成为城里人。

"巴特尔,是那样的。还记得我给你们讲过的那篇课文《小鲤鱼跳龙门》吗?"知青哥哥说。

"记得。"

第一次听知青哥哥讲《小鲤鱼跳龙门》时,巴特尔想了很久也没想明白,小鲤鱼为什么非要跳过龙门?原来不是挺好的吗?只要有水的地方,不就可以生存吗?随着年龄的增长,他慢慢懂了。他曾经换位思考过,对自己而言,跳过龙门就是进了城。当一个城里人多好啊,看额吉,一提到进城,眼睛都发亮。可后来他又觉得,在牧区也挺好的,在这片自己再熟悉不过的草原上创造出新的生活,就像知青哥哥那样,不也是一种新生活?

"巴特尔,其实我给你们讲那个故事的时候,我心里也有一个未解的疙瘩。咱们光说跳龙门的美好了,可并不是所有的小鲤鱼都那么幸运,绝大多数都没有跳过去,而是从空中摔下来,头上落下一个黑疤。我认为,那是一个追求理想的记录,有这样的记录就足够了,说明自己的一生曾经有过追求。"知青哥哥看着巴特尔说。

"知青哥哥,我明白了,我会回到九曲湾来的。"巴特尔语气坚定地说。

"巴特尔,哥哥是过来人,至少在人生道路上比你多走了几年。我本来是一个城里人,可是命运让我完成了一次人生的逆行,从城市到了牧区。你知道鲫鱼吗?咱们的尼林河里就有。它们是一种奇怪的生物,天生就有逆行的本领。你因为时代的原因和自己的努力,顺着尼林河水流动的方向,绕过那座鹰盘山,流进了尼林城。我呢,就是一条鲫鱼,从城市一路逆行,游过鹰盘山,来到了九曲湾草原。"知青哥哥笑着说。

"知青哥哥,你为什么不参加中考?凭你的能力肯定能考上。"巴特尔发自肺腑地说。

"如果时间往前推几年,我可能会有这个想法,可是现在,命运已经让我逆行来到九曲湾,这里多了一个马背小学的老师……"

巴特尔静静地听着,仿佛又看到几年前知青哥哥给他们这些马背小学的孩子们讲课的样子。看着他从容镇定的样子,听着他侃侃而谈,巴特尔的眼前好像流动着一幅色彩斑斓的画卷……

随着小马车的颠簸,九曲湾越来越远,那油亮的草浪、那轻盈的尼林河水都渐行渐远了。而铭刻在巴特尔脑海里的弯曲的河床、连绵的丘陵,还有围着丘陵的茂密芦苇丛,却一点也没有模糊。阳光下,那一眼望不到边的芦苇穗正在微风中轻轻起伏,闪动着浅粉色的波光。

第二十四章　第一场交谊舞会

　　巴特尔之前也进过几次城,但是以一个中专新生的身份进城,使他有一种截然不同的新鲜感。小马车在柏油路上轻快地跑着,胶皮车轮摩擦地面发出的"唰唰"声,还有马蹄铁踏在柏油路上发出的"哒哒"声,都仿佛他此刻轻松的心情。街道边,有行人或快或慢地走着,偶尔还碰到几个调皮的孩子,对着少见的小马车指指点点。

　　说到尼林城,其实只是与九曲湾公社对比起来人多一些、砖房多一些,市区分布着七八座楼房。还有就是道路的差别,公社所在地没有柏油路,而尼林城里有两条柏油路,一条由南到北,另一条从东到西,两条柏油路组成了全城唯一一个像回事的十字路口。可是对那些很少到过大城市的牧民们来说,这座城市已经很大了。对他们而言,进一次尼林城就像尼林城里人逛一次大城市的那种感觉,他们把采购的一大堆月饼和江米条放到勒勒车上,或者放进专用的褡裢里,回到牧区后,这些点心一般要放很长时间,逢年过节或者有客人光临时才拿出来。

　　那时候尼林城生产的食品还没有保质期,在交通不便的牧区,能吃上月饼或者江米条也不是一件容易的事,经常因为存放时间太长,月饼、江米条硬得跟干奶豆腐差不多了。当时尼林城里流传着一个故事,说是从食品厂拉月饼和江米条的马车在送货途中颠了一下,一根江米条扎进地里,车老板怎么抠也抠不出来,甚至用铁锹也挖不出来。车老板十分犯愁,有个路人便提醒他拿江米条去撬一下,车老板就挑了一根江米条去撬,可沙地太硬,还是不行。路人又进一步提醒他,用月饼当锤子,用江米条当撬棍。车老板按照路人的提示照做,那根江米条果真被抠了出来。为了感谢那位路人,车老板挑了一个干净的月饼送给他,谁知那位路人也是个实在人,不好意思接月饼,用商量的口吻问车老板能不能把那根当撬棍用的江米条给他,车老板奇怪地问他为什么,路人说用它挖树坑比铁锹好使……这个故事当然有调侃的意味,人们听了总是善意一笑。

城区柏油路两侧的杨树种了有十多年了,是那些响应国家号召支援边疆来的干部、知识分子们栽的。如今他们都老了,尼林城里的人就给这些树起了一个挺有纪念意义的名字——老人树。这些老人树扎根在街道两旁的沙土里,在尼林城里人的精心呵护下长得挺兴旺,每逢烈日当头,那一把把绿色的树伞就成为人们纳凉的好地方,同时也给这座小城增添了颇有文化意味的一景。

坐在马车上的巴特尔,眼睛、鼻子好像都不够用了,琳琅满目的街景让他应接不暇,而城里的空气也与牧区单纯的花草香不一样,这里能闻到汽车尾气、煤烟、下水道和炒菜味混在一起的气味。

"儿子,还是城里好吧?"浩毕斯嘎拉图问。

巴特尔点点头。

"你看,尼林城里有柏油路,又宽又平,也不怕下雨刮风。咱们的草原路不能比呀。"浩毕斯嘎拉图说。

"阿爸,我相信咱们九曲湾也会有柏油路的,一定会。"巴特尔语气很肯定。

"是啊,如果能有一条柏油路直通咱们九曲湾,那就太好了。到那时,一旦牲畜有病,随时都能进城请兽医了。"浩毕斯嘎拉图说。

"阿爸,你忘了我学的就是兽医了?等我毕业后咱们九曲湾就有自己的兽医了。"巴特尔说。

"儿子,听你的口气,毕业后是真想回九曲湾了?"浩毕斯嘎拉图问。

"我估计有百分之七十的可能回去。"巴特尔笑着说。

"臭小子,阿爸不信,先在城里上完三年学再说吧。听说你们学校有一

位老师专门配制治疗牲畜拉稀的药,特别灵,你想办法跟他学一学如何配药方吧。看,前面就是你们学校。"浩毕斯嘎拉图往前指了指说。

巴特尔顺着看去,只见远处有一个青砖垒成的大门,门上挂着两个木头牌子,一个牌子上是汉文,一个牌子上是蒙古文,分别写着"明珠盟牧业机械兽医学校"。

到了学校门口,浩毕斯嘎拉图下了马,把马拴在电线杆上,然后把小马车上的行李扛到肩上,巴特尔拎着那个洗漱袋子,父子俩相跟着走进校门。

正是新生报到的日子,来来往往的人很多,校园里很热闹。巴特尔怯怯地跟在阿爸身后走着,突然,不远处的一群人里传来一个女孩子的声音:"巴特尔——"

巴特尔吓了一跳,没想到学校里会有人认识自己。就在他愣怔的时候,一个穿着一身时尚的蓝色牛仔装的女孩子边向他摆手边跑过来。

"你是……"巴特尔觉得这个姑娘很眼熟,特别是那双好看的丹凤眼很熟悉,可是一时又想不起来在哪里见过。

那个女孩子跑到巴特尔跟前,大大方方地伸出一只手:"巴特尔,欢迎你来学校。看样子你不认识我,没关系,我认识你。咱俩一共见过两次面,其中一次还是匆匆而过,你肯定对我没什么印象。"

巴特尔懵懂着,一时不知该点头还是摇头。

这一幕让旁边路过的学生也有些奇怪,有人低声议论着什么。

"姑娘,你是不是认错人了?"浩毕斯嘎拉图笑着问。

"没认错,您是浩毕斯嘎拉图大叔,九曲湾生产队长,对吧?"姑娘说。

这一下连浩毕斯嘎拉图也愣住了:人家姑娘说得对呀,连自己是干什么的都知道。

看着父子俩满脸的疑惑,姑娘笑得更开心了:"告诉你们吧,春天你们队打马鬃时,我跟额吉正好路过,就认识了二位。巴特尔那天的表现真棒,就是一个临危不惧的英雄。"姑娘说。

"巴特尔,没想到你一战成名啦。"浩毕斯嘎拉图笑了,接着又问道,"姑娘,能告诉我你的名字吗?"

"大叔,我叫美——"姑娘话没说完就被巴特尔打断了:"阿爸,我知道了,她是知青哥哥的女朋友雅诺姐姐的妹妹美丽。"

"真的吗?太巧了。如果是雅诺的妹妹,那我就知道了,你是我们邻队的孩子。"浩毕斯嘎拉图说。

"大叔说得对,咱们两个队紧挨着。"美丽说。

"对不起,美丽,我想起来了。咱们第一次见面是在九曲湾的那座小桥上,当时你穿着一件特别好看的蓝色蒙古袍,跟你额吉坐在勒勒车上,好像也是要进城去,对吧?"巴特尔说。

"对了,我还以为你忘了呢。"美丽看了巴特尔一眼笑着说。

"孩子,你是今年的新生吗?"浩毕斯嘎拉图问。

"我也是刚考进来的。不过我跟巴特尔不一样,我是在城里的补习班补习了三个月后参加中考的。我听姐姐说巴特尔一直在牧区复习,看来真有实力呀。"美丽看着巴特尔,语气诚恳地说。

"不是我有实力,而是我身边有一位好老师,不用进城补习。"巴特尔有些腼腆地解释说。

"是呀,美丽姑娘,知青哥哥可是一个人才哪。没有他,就没有我们队的马背小学,没有马背小学,就没有我们队那些能到公社学校读书的孩子们,自然也就没有我们队的第一个中专生巴特尔了。"浩毕斯嘎拉图自豪地说着,"孩子,告诉大叔,你学的是什么专业?"

"大叔,我的专业是畜牧兽医。"美丽说。

"是吗?我也是畜牧兽医专业。"巴特尔兴奋地说。

"太好了,太好了,咱们竟然是一个专业,太有缘分了。"美丽高兴地喊起来。但她马上意识到自己有些失态,不好意思地低下了头。

"巴特尔,咱们光顾着说话了,你还没报到呢。"浩毕斯嘎拉图提醒儿子。

"就是。大叔,您是不是今天就要返回九曲湾?"美丽问。

"等巴特尔报到完我就回去。"浩毕斯嘎拉图说。

"大叔,趁着天还早您就回去吧。我前几天已经报到了,也熟悉了学校,巴特尔报到的事就交给我吧。"美丽自信地说。

浩毕斯嘎拉图想了想说:"我看行。巴特尔,就让美丽姑娘帮你报到吧。生产队还有事,阿爸就先走了,等你安顿好了,哪天我再来看你。"

浩毕斯嘎拉图说完,默默地看了看儿子,脸上露出一丝不舍的神情。停了一下,他从怀里掏出一沓零钱递给巴特尔:"孩子,这些钱留给你。"

巴特尔急忙摇头:"阿爸,我不要,出门前额吉已经给我钱了。快到中午了,你拿着这些钱到街上的饭馆吃点什么吧。"

浩毕斯嘎拉图执意要把钱给儿子留下来:"孩子,你就拿着吧,万一有个急用,手里不能没有钱。阿爸还不饿,下午就到家了。"

巴特尔坚决不收,二人推搡起来。美丽在一旁劝说道:"大叔,放心吧。我是提前来的我知道,学校伙食很好,也很便宜,饿不着的。"

浩毕斯嘎拉图还是强行把钱塞到巴特尔手里,然后深情地看了儿子一眼,嘴角抽动了几下,但什么也没说,转身走了。

巴特尔攥着带有阿爸体温的一把零钱,看着阿爸离开的背影,眼泪默默地流下来。

"没出息,都是英雄了,还这么爱哭?"美丽红着眼圈说。

巴特尔马上抹去眼泪,不好意思地笑了笑。

"快走吧,你可能是咱们班最后一个报道的新生了。"美丽说。

巴特尔扛起行李,美丽从他手里接过洗漱袋,两个人向报到处走去。正走着,迎面走过来一个姑娘,别有意味地看着美丽说:"哎呀呀,美丽,你真行,这么快就联系上帅哥了。"

美丽的脸腾地红了,但她并不扭捏,而是大大方方地扬起头说:"怎么啦,你嫉妒?告诉你,嫉妒也没用,他是我姐姐男朋友的学生。"

"我说呢。是姐姐男朋友的学生,现在又是一个班的同学,真是缘分呀。"那个姑娘也不示弱。

"巴特尔,来认识一下,她叫宏伟,跟我一个宿舍,也是咱们班的。"美丽说。

"巴特尔——英雄,真好听的名字。认识你很高兴。"宏伟很大方地伸过手来。

两个人握住手的一瞬间，宏伟惊叫了一声："天呀，难怪叫巴特尔呢，你的手真有劲儿。"她一边揉着手一边趴在美丽耳边低声说："告诉你，美丽，我这个人对帅哥一点抵抗力也没有，你可要小心了。"

"你敢。"美丽使劲瞪了宏伟一眼。

两个姑娘嘀咕着，不约而同地看了一眼傻傻站在那里的巴特尔，又对视了一下，哈哈大笑起来，直笑得巴特尔莫名其妙。

这时，校园的大喇叭响了起来，播放了一则通知："同学们，今天晚上八点，将在学校礼堂举办欢迎新同学入学舞会，请同学们按时入场。"

宏伟高兴地跳起来说："太好了，咱们晚上都得去。"

"对不起，我不会跳舞。"巴特尔难为情地说。

"交谊舞好学，晚上你就跟着我们俩，保证你很快就出徒。"美丽说。

"就是。不过你可不能转移目标啊，今晚只能跟我和美丽跳。"宏伟笑着说。

"别听她瞎说了，走，咱们赶快报到去。"美丽领着巴特尔继续向报到处走去。

报到结束，巴特尔来到分配给他的宿舍。宿舍里摆着四张床，算上巴特尔，三张床位上已经有人了。他把崭新的被褥铺好，一股新鲜的布料和棉花的气味扑面而来，他的手停住了，他想起了羊油灯下额吉忙碌的样子，心头涌起一股酸楚。离开家还不到一天，可他感觉好像离开了很久。耳边没有了额吉的唠叨，他突然觉得额吉的絮叨声对他那么重要，现在听不到了，他感觉身边缺少了一种熟悉的温暖。

有些怅然的巴特尔脱下身上的蒙古袍，换上额吉早给准备好的深蓝色牛仔装。他把脱下来的蒙古袍仔仔细细叠好，放在枕头旁边。这件袍子额吉刚洗过不久，上面有一种他非常熟悉的气味，把它放在枕头旁边，他就能闻到那熟悉的气味，心里就踏实。

宿舍的窗户敞开着，学生们的说话声不时传进来。巴特尔觉得有些累，就躺在刚铺好的床上。跟他对床的同学叫王志强，此时也刚整理好床铺，看巴特尔躺下了，他也躺到了床上。

"听说你是城郊九曲湾公社的?"王志强首先打破了沉默。

"嗯。你呢?"巴特尔问。

"没有你幸福,我是伊盟东胜的。"王志强说。

"伊盟?"巴特尔问。

"离你们锡盟远着呢。坐完火车坐汽车,没完没了地走啊走,好像没有个尽头。"王志强说。

"离家那么远,你想家吗?"巴特尔问。

"我到了好几天了,刚到学校时想过,后来就不那么想了。再说想也没用啊,还是静下心来好好学习吧,不就三年嘛。你呢?"王志强说。

"想,我现在还在想……"巴特尔哽咽了一下。

"巴特尔,该吃饭了——"窗外传来美丽的喊声。

"哟,巴特尔,没想到你挺有人缘呀,刚来就有美女找。"王志强说。

"王志强,你别胡说八道。巴特尔是咱们班新来的同学,我是叫他吃饭去,你不去吗?"美丽和王志强先到了几天,已经熟悉了,美丽和他说话也就不客气了。

"哎哟,真得谢谢你叫我们去吃饭。巴特尔,走,吃饭去。"王志强急忙坐起来,拿起饭盒走出去。

忙碌了这么久,巴特尔的肚子早空了,他也拿着饭盒走了出去。美丽带着他走向食堂。

在巴特尔眼中,学校食堂是一个比生产队会议室大了不知多少倍的大礼堂,他根本没想到会有这么大的房子。食堂里,已经打好饭的美丽多占了一个凳子,那是为巴特尔留的。宏伟端着饭盒过来时,巴特尔还在排队,宏伟一看就明白是怎么一回事了:"美丽,你这是重色轻友吧?自从你说的英雄来了以后,你就事事想着他,把老朋友也给忘了。"

美丽瞪了宏伟一眼说:"就是重色轻友了,怎么着?人家巴特尔刚从牧区来,我关照一下怎么了,你怎么那么多话呢?再说我姐姐早就叮嘱过我,让我多帮帮他。"

宏伟吐了吐舌头,坐到旁边桌子去了。

看到巴特尔打上饭了,美丽赶紧招呼他:"巴特尔,过来,这儿有地方。"

巴特尔迟疑了一下,走了过来。说实话,过去在家里吃饭,全家一共就四个人,现在冷不丁在这么大的食堂吃饭,还跟一位刚认识的姑娘面对面,除了不好意思以外,他觉得有点像做梦。

"巴特尔,学校的饭跟家里的比有什么差别?"美丽问。

"家里吃饭哪有这么丰富的菜?就是茶、奶豆腐、炸馃子和手把肉,哪能顿顿都有菜呢。"巴特尔说。

"就是这样的。牧区交通不方便,吃一次菜不容易。城里就不一样了。"美丽说。

两个人边说边吃着,旁边的宏伟吃完了,走过来催促说:"哎,你们说完没有?快点啊,一会儿舞会就开始了。"

巴特尔听了,有些为难地说:"美丽,我真不会跳舞。"

"没关系,我教你。学学吧,现在全国都时兴跳交谊舞,不会跳的话,一旦参加个什么活动多尴尬。"美丽鼓励他。

吃完饭,三个人离开食堂,回到宿舍里还没顾上喝口水,巴特尔就被王志强急急忙忙拉走了。走出学生宿舍,凉爽的晚风扑面而来,学生们三三两两地向学校礼堂走去。

太阳刚刚落山,月亮还没有升起,西边的云层被多彩的晚霞渲染得分外秀美,一朵朵多彩的游云飘浮在西侧的天空。微风习习的校园里,激荡人心的流行音乐声久久回响,那充满青春活力的节奏像一种无声的语言,召唤着那些激情澎湃的学子。

学校大礼堂门口摆放着一个大音箱,流行音乐就是通过这个音箱在校园里萦绕。大礼堂里灯火通明,彩灯闪烁。舞厅早已布置好了,红色横幅上,蒙汉两种文字的"新学年新同学喜相逢舞会"几个字分外醒目。看人到得差不多了,学校一位领导简单地讲了几句话,之后,一首舞曲响起来,舞会正式开始了。这时,礼堂里的照明灯都熄灭了,只有彩灯随着舞曲的节奏在闪烁。

美丽用胳膊肘碰碰巴特尔,他胆怯地摇了摇头。说实话,他是第一次经

历这种场面,看着那么多人随着舞曲翩翩起舞,他不由得想起山丹在知青哥哥的小提琴声中舞动的身影。他猜测假如山丹在这里,肯定会毫不犹豫地走进舞池,可是他不敢。

美丽虽然也是牧区的孩子,但她经常进城,所以对眼前这种场合一点也不怵。她轻轻靠近巴特尔,在他耳边耐心讲解那一对对滑动过去的舞伴和他们的舞步,最后对他说:"巴特尔,其实跳舞没你想得那么复杂,你就跟着感觉走吧。来,咱们试试去。"

又一支舞曲开始了,巴特尔硬着头皮跟着美丽走进舞池。跳着跳着,巴特尔感觉自己有点找到门道了。也就是三四支曲子以后,美丽发现巴特尔跟自己的节奏已经完全一致,不由得高兴地说:"巴特尔,这么短的时间你就学会了跳舞,看来你真有天赋,说不定你很快就超过师傅了呢。"

"真的吗?"这时的巴特尔已经不再拘谨,擦着额头上的汗兴奋地问。

"是真的,巴特尔。"美丽说。

就在他们真正开始享受交谊舞带来的快乐时,有好几对舞伴突然拥过来,把毫无防备的巴特尔与美丽挤到了一起,美丽柔软的前胸紧紧贴在巴特尔的胸前。尽管这只是一瞬间的事,美丽和巴特尔却突然拘谨起来,谁也不敢看对方一眼。

迪斯科舞曲响起来了,旋转的彩灯发出七彩的光,在一张张青春的脸上闪烁,人们肆意地扭动着、宣泄着。在拥挤的人流里,巴特尔和美丽面对着面,眼睛紧盯着对方,巴特尔学着美丽的样子伸展胳膊、扭动身体,自由奔放地跳着,刚才的尴尬很快就被舞曲淹没了。

快乐的时光总是过得很快。当巴特尔终于学会了交谊舞步,一曲接一曲地跳得满头大汗时,大礼堂里的灯光突然亮了,音乐骤然停止,舞会结束了。

巴特尔跟着美丽走出大礼堂,美丽可能有些冷,双手环抱着,他脱下自己的外套给她披上。

"谢谢你,巴特尔,想走走吗?"美丽低声问。

巴特尔点点头。

"今天是个多难忘的夜晚呀。"美丽意犹未尽地说。

"这是我进城学会的第一件事,我终于不是舞盲了。美丽,谢谢你教我学会了跳舞。"巴特尔说。

"跟我还这么客气?说实话,你的节奏感很强,稍微指点一下你就能找到感觉。跟你跳舞不费劲,就像两个人之间有一种不言自明的默契,只要一个细小的动作暗示,相互间就能明白。"美丽说。

"是吗?我怎么没发现?"巴特尔问。

"巴特尔,我可告诉你,以后只要我在,你就得跟我跳,不能跟别的同学跳。"美丽说。

"为什么?"巴特尔问。

"没有为什么。"美丽任性地抬着头说。

"要是你不在呢?"巴特尔故意问。

"那可以。但是不能像在公社看电影时,躲在一个没人的地方跟女孩子纠缠不清。"美丽想了一下后说。

"我的天呀,你们冤枉死我了。我只是想给山丹找一个木墩子,结果碰上了那个女孩子。"巴特尔急忙辩解。

"那个女孩子叫萨日娜吧?"美丽问。

"对呀,名字你都知道?"巴特尔惊诧地问。

"不但知道名字,我还知道她家在城里。"美丽说。

"美丽,求求你,快告诉我,到底是怎么回事?"巴特尔拉住美丽央求。

"不行,想知道的话,得看你的表现。"美丽笑着说。

巴特尔沮丧地叹了口气。

"巴特尔,先不说这事了。今天晚上真让人难忘,谢谢你。你早点休息吧。"美丽的语气很温和,她含情脉脉地看了巴特尔一眼,转身快步离开了。

第二十五章　推荐后备干部

又一个春天带着蓬勃的生命力来到九曲湾大地上。

浩毕斯嘎拉图走出蒙古包,深深吸了一口气。春天的空气真好,这些日子他的心情也格外好。去年,九曲湾生产队因为推行"两定一奖"试点,年底牲畜总头数纯增了两万头只,公社党委李涛书记专门陪着明珠日报的记者来采访,还特地把他介绍给记者。很快,明珠日报刊发了长篇通讯《风雨过后是彩虹》,对九曲湾生产队推行"两定一奖"进行了全面介绍。盟委宝音书记看完通讯后,专门给尼林市委坚强书记打电话,请他向九曲湾公社党委、九曲湾生产队的同志们表示祝贺和感谢。宝音书记在电话里说:"现在明珠盟全面推行'两定一奖'的条件已经成熟了,这是九曲湾公社党委、九曲湾生产队'两委'班子和广大党员、社员同志们,为全盟蹚出的一条通往既定目标的路,接下来还要请九曲湾公社党委、九曲湾生产队'两委'班子继续超前探索。推行'两定一奖'试点不是结束,而是更深刻的探索的开始。"

这个消息很快就在九曲湾公社、九曲湾生产队传开了,这不仅让浩毕斯嘎拉图卸下了一个大包袱,也使写告状信的人消停了。可是昨天下午他正要离开队部时,公社来了电话,说社长朝鲁让各生产队党支部书记、队长今天到公社开会,说是市委组织部工作组要来。让他想不明白的是,为什么不是李涛书记让通知的呢?他想早点去公社问问李涛书记,因为近来社员中有很多传言,比较集中的是说李涛书记要退休了。

喝完早茶,浩毕斯嘎拉图骑上马向公社奔去。

这几天,公社党委书记李涛也同样轻松。他本来想趁着目前这个热乎劲,在研究超前探索之前,先从公社党委的角度初选两到三名进入公社党政领导班子的后备干部人选。他的想法是把现有的生产队干部排排队,把那些有实践管理经验、有政绩的队干部选进来,因为尼林市委坚强书记在如实传达宝音书记指示的同时,特别重复了一遍宝音书记的那句话:超前探索。他还对李涛书记说:李书记,您是老革命了,明白宝音书记的意思吧。

凭着对老首长的了解,李涛当时就猜测到肯定是又有新任务了,就在电话里问:"是不是又有什么重要任务交给我们?"坚强书记笑了起来:"李书记,您不愧是宝音书记多年的老部下,猜对了。为了让您有个思想准备,我就提前给您漏个风,吃个小灶。盟委决定在总结'两定一奖'经验的同时,在全盟农牧区搞'包产到户',牧区是'分畜到户',还是以试点先行。盟委决定牧区的试点还是放在你们公社的九曲湾生产队,允许他们先行一步。但前提是必须征得社员们的同意,必须在社员们自愿的基础上搞试点,不能强迫社员们接受。"

"坚强书记,作为一名共产党员,我坚决执行盟委的决定。但是从目前的形势看,解决领导干部终身制、实行干部退休制度已经是大势所趋。您知道,战争年代我曾经在九曲湾剿过匪,对这片草原有着特殊的感情,所以我想在退休之前,推荐一位年轻的同志进公社党政班子。"李涛没有接着坚强书记的话谈如何落实盟委决定,而是把话题转到了这个问题上。作为一名长期工作在这片草原的老共产党员,他觉得这也是自己的义务。

坚强书记没有马上表态,沉默了一会儿才说:"李涛书记,我能理解您的心情,您这也是为了九曲湾公社实现长久可持续发展考虑。但是现在选拔年轻干部有年龄、学历的具体要求,作为公社党政领导的后备干部也必须符合这些基本条件。"

"我明白。可是根据我长期从事基层工作的实践经验来看,选拔牧区公社一级的管理干部最好是从基层来,特别是那些有能力和工作实绩的队干部。"李涛说。

"李涛书记,我同意您的想法。目前牧区基层干部的学历确实普遍不

高,而有学历的年轻干部呢,或者是不愿下去,或者是下去后没有长期在那里工作的意识,仅仅把它当成晋升的台阶。还有一个是既没有农牧业生产实践的经验,又不能扑下心来虚心请教学习,很容易犯主观主义瞎指挥的错误。所以选好选准一个公社干部确实不易,这也是下一步机构改革所面临的难题。前些日子,我让市委组织部整理了一本各公社副科级以上干部名册,看了以后真不乐观呀。这其中有个规律,就是有学历的年轻同志一般都集中在学校。"坚强书记说。

李涛书记长期从事基层领导工作,他从坚强书记的话里听出来,市委对下一步机构改革中的干部人选已经有了考虑,便知道自己不宜再多说了。但是他认为在这个问题上必须表明态度,这片草原的今天来之不易,如果不正式向组织推荐自己看好的干部,他真有些不甘心。想到这儿,他还是把心里话说了出来:"坚强书记,我也是个没有学历的干部,是在部队扫的盲,在公社书记的岗位上干了二十多年。我对有学历的干部没有什么成见,可是我看准的干部如果不推荐给市委,总感觉没有尽到责任,经过慎重考虑,我觉得还是说出来好。"

坚强书记在电话那头笑了起来:"老书记,我理解您的心情,说吧。"

"我推荐的是九曲湾生产队队长浩毕斯嘎拉图。这个干部开始是一个马倌,后来当了生产队长。如今将近二十年了,他的工作实绩没让我失望。他的特点是正直、有工作能力、敢于坚持原则。这次'两定一奖'试点,他顶住了各方压力,不怕得罪人……"李涛的话还没说完,就被坚强书记打断了:"李涛书记,我知道您推荐的这位干部,我还知道他是烈士的后代,他阿爸当年就是为掩护您牺牲的,对吧?"

"坚强书记,这些情况您是怎么知道的?"李涛奇怪地问。

"李涛书记,有人在您之前就把信送到市委了。不过不是推荐信,主要是反映浩毕斯嘎拉图的问题的,说他简单粗暴、压制人才,甚至让社员跳悬崖。实行'两定一奖'后,他还要个人英雄主义,为了多挣钱而身兼数职,不仅当生产队长,还兼生产队马倌。对了,这封信上还捎带提到了您,说您出于报恩的私心,把一个本来不称职的马倌提拔成为生产队长,并且处处为他护短……"坚强笑着把信里的主要内容讲了讲。

听了坚强书记的话,李涛马上想到了公社学校校长宋文,但既然牵涉自己了,他也不好再说什么。

"李涛书记,这封告状信对不对先不说,但它反映的事不新鲜,上次我陪盟委宝音书记去的时候就知道了。这个人选择在这个时刻重提这件事,肯定有他的目的。我怀疑市委研究公社后备干部的消息泄漏出去了,再说得具体些,可能就是后备干部的名单泄露了。有一件事让我感到蹊跷,我听市委办公室的秘书说,这封告状信来头不小,是尼林市的一位万元户通过盟里的一位领导秘书转交过来的。"坚强书记说。

"那就说明这位万元户与九曲湾公社或者九曲湾生产队的人有来往。对了,听说公社学校宋文校长的舅舅就是一位万元户。"李涛说。

"你这样一说倒是提醒了我,我想起来了,那位万元户姓刘,叫刘百万。"坚强书记说。

"那就对了,宋文校长的舅舅就是姓刘。"李涛没有再往下说。他知道刘百万还有一位外甥女,也就是宋文的妹妹,是一位歌唱演员,叫宋梅,号称尼林市的一枝花。听说盟委袁副书记招待上级领导或者宴请重要客人时经常点名让她去献歌,时间长了,社会上难免有些风言风语。这个宋梅的丈夫是袁副书记的前任秘书,叫李禄,现任尼林市委常委兼体改委主任。

"看来关系还是蛮复杂的呀。但是不管有什么干扰,李涛书记,您是老革命,在站好最后一班岗的同时,推荐干部是正常的,这不是任人唯亲。即使有瓜田李下之嫌,可是为了党的事业,也要有举亲不避嫌的勇气嘛。再说您推荐的是一位在生产实践中成长起来的烈士后代。在改革不断深入、深层矛盾不断涌现的情况下,请给我一点时间。最近我准备派市委组织部副部长赵亮同志带工作组下去,了解一下情况。"坚强书记说。

"坚强书记,您的话我听明白了。"李涛书记说。

"李涛书记,如何落实盟委在你们公社九曲湾生产队搞'分畜到户'试点的决定,请公社党委与生产队党支部和队委会多沟通。这回试点涉及生产经营体制的大变革,与推行'两定一奖'不一样,肯定会触及方方面面的利

益,牵一发而动全身,所以一定要充分发扬民主,充分听取各方面的声音。承包方案确定后,要先召开社员大会讨论,在此基础上再拟定实施方案。"坚强书记说。

"好的,最近我去一次九曲湾生产队,把宝音书记的意见以及您刚才的指示传达给九曲湾生产队两委班子成员。"李涛书记终于讲完了电话,门外站着的一个人见他放下电话就走了进来,正是刚才电话中提到的公社党委委员、公社学校校长宋文。

"李书记,刚才听您在讲电话,我一直没敢进来。"宋文这样说还有一层意思,表明他不是有意站在门外听领导讲电话的。

"没有什么秘密,是市委坚强书记的电话。宋校长,有事吗?"李涛问。

宋文走到李涛办公桌对面的一把椅子旁坐下来说:"李书记,我是来检讨的。上次我没有经过调查核实,偏听偏信,不问青红皂白就把温都苏的那封信交给了公社党委,产生了不好的影响,干扰了九曲湾生产队推行'两定一奖'试点工作。您找我谈话以后,虽然当时思想上一时转不过弯来,但过后我认真地想了很久,认为您的批评很及时很正确,是对我的一个警示,是对年轻干部的爱护,所以今天我特地来找您表示感谢。"

宋文态度的骤变让李涛感到有些意外。当时他找宋文谈话时,宋文很是抵触,事情已经过去这么长时间了,他为什么在这个时候来道歉呢?他联系刚才坚强书记在电话里说的那段话分析,认为宋文肯定不是一时的心血来潮。想到这儿,李涛认真打量了一下眼前这个年轻人。

今天他之所以要向坚强书记推荐浩毕斯嘎拉图,是因为他听到了一些风传,说是人民公社将实行政社分开,建立苏木(乡)级政权,不再保留原来"一大二公"的体制,在分配制度上也不再搞"一平二调",而是包产到户。他估计宋文肯定是听到了市委研究公社党政后备干部的一些风声。既然宋文的舅舅能把这封信递交到一位盟级领导的手上,就说明这次市委研究公社党政班子主要领导的后备人选,肯定不是单纯凭借有学历、年轻这些硬条件的,所以才会有那封转给市委的信。那封信不早不晚恰在此时出现,可见宋文的舅舅对出手火候的把握是十分精准和到位的。

李涛笑了笑说:"宋校长,批评与自我批评是我们党的老传统。有意见讲在当面,不在背后犯自由主义,才能达到从团结的愿望出发,经过批评与自我批评,最后达到团结的目的。从这个意义上说,你不用感谢我。我已经老了,可你们还年轻,为党工作的时间还很长,所以一定要坚持原则、分清是非,这本身就是对你们这些年轻干部的考验。"

"放心吧,老书记,您的话我会时刻牢记在心的。"宋文谦卑地说。

"那就好。九曲湾草原有今天实在不容易啊,既有革命烈士洒下的鲜血,也有自新中国成立以来,在党的关怀下,各民族人民守望相助、共同建设美好家园的探索。虽然与旧社会时的黑暗落后相比较,今天的九曲湾草原在各方面都取得了翻天覆地的历史性进步,但我们绝不能满足,而是要把它建设得更加美好,这样才能告慰牺牲的先烈。"说到动情处,李涛激动地站了起来。

"老书记,今天我本来是来感谢您的,可听了您的一席话,怎么感觉您好像要离开似的?"宋文说。

"哦,我早晚得离开这个位置呀。"李涛重新坐下了。

"老书记,我听说朝鲁社长可能要提任公社书记,是到哪个公社任职呀?"宋文小心翼翼地问。

"他不能离开九曲湾公社吧?"李涛说。

"那您呢?您可是九曲湾公社从成立那天就在任的老书记呀。"宋文的语气里有些含糊不清的味道。

"我已经向组织提出退休申请了,不过我退休不进城,家还在九曲湾公社所在地。"李涛估计宋文后面还有一些话要说,索性先交了底。

"老书记,不会这样对待您吧?您辛辛苦苦干了二十多年,怎么说退就要退了?"宋文顺着退休的话题说,也许是想知道更多的事情。

"我挺满足的。比起那些牺牲在剿匪战斗中的战友,我很幸运了。毛主席说过,我们共产党人不是为了当官,而是要革命。我当年参军时就是一个穷小子,什么也没有,是党组织和部队将我慢慢培养成为一个公社书记。要是没有遇到部队,我也许早就饿死或者冻死了呢,还有什么不满足的?"李涛笑着说。

"老书记,朝鲁社长当书记以后,会不会从外面派来社长呀?"宋文的这句话刚一出口,李涛就明白他的来意了。

"肯定会有人来。但是究竟从本地产生还是外派,现在我也不清楚。"李涛说。

"老书记,我舅舅是尼林城里的刘百万,他早就想认识您,还说过几天要专程拜访您。这是他的名片。"宋文说着,递过来一张印制考究的名片。

李涛接过来,认真看了看上面的头衔:明珠盟羊绒产业协会副主席、明珠盟企业家协会副主席、尼林市企业家协会主席。此时此刻,他终于明白宋文的言外之意是什么了。他把那张名片放到桌子上一个专门存放名片的塑料盒子里,说:"你舅舅是咱们尼林市的名人呀,他找我能有什么事呢?他每天那么忙,何必专门来一趟呢?要是真有事,由你转告就行了。"

"老书记,我舅舅想在发展城郊经济这方面与咱们公社合作开发旅游项目。"宋文迟疑了一下说。

"好呀。现在咱们国家正在搞沿边开放,如果你舅舅真有兴趣,在咱们公社发展旅游经济,我看可以考虑,不过前提是要有一个可行性研究报告。"李涛说的也是心里话。他早就想过依托九曲湾公社的地域优势搞一些经济项目,毕竟作为一个纯牧业公社,想完全依靠粗放经营的畜牧业富裕起来是不太容易的。可是具体怎么搞,要有一个通盘的规划。

李涛与宋文正在说话时,外面开来一辆北京吉普车,车上下来了三个人,李涛一眼认出走在最前面的是市委组织部副部长赵亮,而迅速跑出去迎接赵副部长的是社长朝鲁,看样子,显然他早已知道市委组织部要来人了。可是让李涛奇怪的是,除了刚才电话上坚强书记说过以外,公社里没有一个人告诉他今天市委组织部要来人。这种反常现象让他想起宋文刚才问他朝鲁书记在哪里当书记,显然这个传闻已经影响到公社了。

公社党政办公室走廊里响起一阵杂乱的脚步声和说话声,市委组织部赵副部长问道:"朝社长,李涛书记在家吗?"

"在在在。抱歉抱歉,早晨接到你们的电话后,我忙着处理一个急件,还没顾上跟李书记汇报你们要来这件事。李书记办公室门开着,咱们先——"

这是朝鲁的声音。

"先到李书记办公室吧。我们下来之前,市委坚强书记专门把我们叫到他的办公室,让我们首先向李涛书记详细汇报此行的目的,然后再开展工作。"赵副部长话音未落,已经走到了李涛办公室的门口。

李涛起身迎接的同时对宋文说:"宋校长,快去让秘书把会议室的门打开。"宋文急忙答应着往外走。赵副部长听到了他俩的对话,特意问了一句:"原来这位就是宋校长啊,我早有耳闻。"宋文连连点头问好。

"李书记,会议室的门开着呢。"这时,朝鲁也出现在门口,笑着对李涛说完,就转向宋文说:"宋校长,学校要是没有什么事,你就先在这儿等一会儿吧。"宋文听了,站在门边有些不知所措。

"朝社长,要不这样,你先跟我们部里的同志到会议室坐一会儿,我先跟李涛书记汇报一下此行的主要工作。"赵副部长对朝鲁说。

朝鲁愣怔了一下,很快又恢复了常态,对市委组织部的其他两位同志说:"请你们跟我来。"

看人们都走了,赵副部长随手把门关上,走到李涛书记的办公桌对面坐下,李涛把刚沏好的茶放在赵副部长面前。

"李涛书记,我下来之前才知道,市委研究市辖几个公社领导班子调整的内容被泄露了,刚才您可能也看到了,请您不要有什么想法。坚强书记特地跟我交代过,他的原话是:九曲湾公社第三梯队干部的推荐必须重视李涛书记的意见,同时不能影响'分畜到户'试点。"

"赵副部长,谢谢市委领导对我的信任。"李涛说。

"李涛书记,我们这次下来主要有三件事,我提前向您汇报一下:一个是落实群众来信中对九曲湾生产队长浩毕斯嘎拉图的举报是否真实,信中还提到了大多数群众要求改选队长;第二个是民主推荐干部;第三个是我单独与您交谈,主要是听取您对公社机构改革后班子配备的意见和建议。"

"赵副部长,我的意见已经跟坚强书记谈过了。如果是听取我对公社机构改革后班子配备的意见,我还是坚持要结合目前九曲湾干部队伍的实际

选配公社一级的第三梯队干部,当然应该重视学历、年龄,但是如果目前找不到更合适的人选,可以从有能力、有实绩的队级干部中选配作为过渡。我之所以这样说,不是对坚持干部选拔条件有看法,而是长期在基层工作的经验告诉我的。另外,关于九曲湾生产队长的改选问题,说'大多数群众要求'肯定是虚张声势,我的意见是放到公社机构改革以后统一考虑,那时各生产队也该换届了。现在改选,条件不成熟。"李涛说。

就在这时,从打开的窗子外面吹进来一股强风,猛地把虚关着的门吹开,躲在门外的宋文没来得及躲开,正好曝光在他们面前。一脸窘态的宋文,仓皇之间不知如何是好,为了掩饰自己的失态连声说:"不好意思,不好意思,这门怎么会自己开?李书记,会议室的暖壶不够,我是来拿暖壶的,正犹豫是否方便进去的时候,这门就——"他自说自话地走进屋子,看见暖壶放在李涛书记的办公桌上,就又退出去了。

李涛和赵副部长同时看见了这一幕,二人谁也没有说话,相视一笑。赵副部长走过去重新把门关上,笑着说:"李书记,看起来这里风不平浪不静呀。"

李涛也笑了,说:"风不大,也掀不起多大的浪。可能有人想抓住公社机构改革的机会往高处走走,可是他不知道还有个高处不胜寒呢。没有经过风雨的洗礼,有些人的那个身子板呀,不伤风也会感冒。"

"李涛书记,您是从枪林弹雨中闯过来的老革命了,当年您就是九曲湾草原剿匪的英雄,后来又为建设新草原呕心沥血了二十多年,您的话真深刻呀。"赵副部长说。

"战争年代里,战友们出生入死,就是为了让草原人民不再受反动封建王公的奴役,能过上太平日子、富裕日子。说起'过富裕日子'这几个字,我实在是惭愧,现在社员们顶多就是能吃饱穿暖,要想过上富裕日子,还得继续奋斗呀!我记得二十世纪六十年代,公社党委提出牲畜总头数要达到二十万头只,可这么多年过去了,牧业年度的牲畜总头数才十万挂零,平均下来,一个生产队也就万数多头只。"李涛将目光转向窗外,脸上凝聚起沉重的神色。

"李涛书记,您真不愧是一位老党员,您的这种情怀值得我们这些年轻干部好好学习。"赵副部长发自内心地说。

"年纪实在不饶人啊!曹操说,'老骥伏枥,志在千里,烈士暮年,壮心不已',可再有雄心壮志,也是人生暮年了,所以我就想着把这个位置让给一个有事业心、有使命感的人,能够继续带领九曲湾公社的全体社员为过上富裕日子而奋斗。"

赵副部长接过来话题说:"对了,老书记,咱们聊到这儿正好入题,您能不能推荐一位能担任公社行政正职的干部人选?"

"我还是推荐九曲湾生产队队长浩毕斯嘎拉图同志。他是烈士后代,也是我看着成长起来的。在一个更合适的人选出现之前,我相信他能担此过渡重任。"李涛的语气很庄重。

赵副部长点点头,认真记在本子上,然后站起来说:"老书记,真是听您一席话,胜读十年书呀,您等于给我上了一堂党课呢。关于第三梯队干部的最后确定还有一个很长的过程,目前只是初步征求各方面的意见,市委组织部会在部务会上形成一个名单,再提交市委开常委会研究。最后什么结果谁也难料,但至少在我的责任范围内,我会如实地把您的意见提交上去。老书记,我该去会议室了,谢谢您。"赵副部长跟李涛书记握了握手,走出办公室。

赵副部长刚离开,浩毕斯嘎拉图就走进了李涛的办公室。

"浩队长,你怎么刚来呀?你走错门了,开会在会议室。"李涛指着旁边的会议室说。

"我知道,李书记,我是专门来找您的。"浩毕斯嘎拉图说。

"找我?有事吗?"李涛问。

"李书记,听说您要退休了?"浩毕斯嘎拉图直截了当地问。

"谁说的?我办公室外面不还挂着'书记'牌子吗?"李涛说。

"那今天的会为什么是朝鲁社长通知的?"浩毕斯嘎拉图说。

"哦,没想到你还挺敏感的。你就别跟着瞎操心了,眼下最重要的就是跟敖特根书记好好商量一下,怎么把你们队的'分畜到户'试点搞好。现在

快去开会,散会后,你跟敖特根书记再来我这儿一趟,咱们商量商量怎么启动'分畜到户'试点工作,朝鲁社长也参加。"

浩毕斯嘎拉图这才松了一口气,挠了挠头皮走出去。

第二十六章　分畜到户

九曲湾生产队自从推行"两定一奖"试点以来，会议比以前少多了。社员们都感到责任重了，参加畜牧业生产的积极性明显提高了。但同时也出现了另外一个问题，那就是社员们对生产队的事不像以前那样关心了，都想着怎么把自己负责的牲畜经营好，年底多拿点奖金。结果当然没让他们失望，这年年底分红，大多数社员都比往年拿得多。

试点好是好，可是有很多人怕开会。当初宣布"两定一奖"试点方案大会上，温都苏和老马倌合起伙跟浩队长叫板的那一幕，让那些朴实的社员不知如何是好。大多数社员心里同情浩队长，觉得那两个人有点过分，可是又不敢公开站出来反对。而那些向着温都苏、老马倌的，都是平时吊儿郎当，对经营队里的畜群不上心，因此被浩队长批评过的人。这些人看有人公开顶撞浩队长，就像是为他们出了一口气，心里痛快得很，不过谁也没想站出来去为那两个人叫好。

那次社员大会以后，除了传达上级文件和年终分红公布账目以外，生产队基本没有开过什么特别会议。这次队里又通知要召开全体社员大会，有些社员就找理由推辞了，可是当他们知道是关于"分畜到户"试点内容时，又都改口说能参加。

召开这次社员大会之前，九曲湾生产队做了比较充分的准备。先是成立了分畜到户领导小组。考虑到必须有一定的代表性，浩毕斯嘎拉图不计前嫌，主动提出让温都苏作为群众代表加入进来。关于这件事，他跟老支书

敖特根还有了些分歧,老支书最后是勉强同意的,并对浩毕斯嘎拉图说了一句特别经典的话:"你呀你呀,你知道吗?对本性善良的人,你的善良宽容会得到善意的回报;可是对那些本性就不善良的人,他会利用你的善良来置你于绝境。"

"老搭档,你的话我明白,还能怎么样?大不了他们把我赶下台呗。"浩毕斯嘎拉图还是坚持自己的意见。

社员大会如期召开了。"分畜到户"可是一件涉及家家户户切身利益的大事,所以会场上的气氛与往常明显不一样,私下里说话的人不多,所有人的脸色都挺严肃。

今天的会议室似乎也与往常不一样,温都苏坐到了主席台上。这出乎很多人的意料,有些平时看不起他的人不时拿白眼斜他一眼,那是不服气。温都苏倒没觉得有什么不自在,相反却满脸春风,端出来的那个派头就好像他是今天会议的主持人一样。而老支书和浩队长只是平静地坐在那里,像是在想着什么心事。

山丹走进会议室的时候,人员已经差不多到齐了,她在阿爸跟前坐下,两个人对视一眼,微微一笑。山丹低声在阿爸耳边说:"阿爸,你看看你给那个人当炮筒子的结果。人家今天坐到了主席台上,看那副踌躇满志、趾高气扬的样子。阿爸,你记住我的话,要是有一天他取代浩毕斯嘎拉图大叔当上队长,绝不会对你好到哪里去,肯定不会像浩毕斯嘎拉图大叔那样宽容大度。你信不?"

"我信。"老马倌点点头。

"这几天我发现他经常找你,你可不能再当炮筒子了。"山丹小声说。

"放心吧,孩子,阿爸知道了。马失前蹄,已经瘸了一条腿,要是不长记性再失一次前蹄,你阿爸我还能在草原上驰骋吗?"老马倌突然反应过来,"今天你特意坐在阿爸身边,是不是就为了告诉我这个?"

"今天我当消防队员。"山丹调皮地撇撇嘴。

"你们爷俩在说什么悄悄话呢?"坐在老马倌另一侧的萨日娜笑着问道。

"我在给阿爸打防暑降温预防针呢。"山丹笑着回答。

萨日娜明白山丹话里的意思，笑着说："是应该给他打打预防针，省得到时候犯病。"

"看看你们两个，今天都跟我过不去是不是？我老马倌发誓，虽然我心眼不多，可是没有坏心眼，别人敬我一尺，我一定敬别人一丈。再说——"话刚说一半，山丹悄悄拉了一下他的衣袖，他这才发现差点说走嘴，赶紧闭上嘴不说话了。

温都苏坐在主席台上，看着下面的一双双眼睛，心里说不出有多高兴。说实话，他没想到这一天来得这么快，而这一切都是浩毕斯嘎拉图和老支书敖特根两个人到公社开完会以后发生的。他的连襟宋文提前跟他说过，这次市委组织部工作组到九曲湾公社，有一项任务就是核实他那封告状信所反映的情况，还有一项是推荐公社第三梯队干部。宋文说他进公社班子的事，是他一位表姐找了刚提拔起来的盟委袁副书记。那位袁副书记曾经是他的校长，为此还专门给市委打了电话，说基层公社像他这样既有学历又年轻的干部很难得，应该合理使用。因为有袁副书记的这句话，所以市委也准备在公社机构改革后，让他接替朝鲁担任公社管委会主任。可没想到市委坚强书记又征求了李涛书记的意见，事情便复杂起来。李涛坚持要选一个有基层工作经验的生产队干部，这样就有了市委组织部工作组下来搞民主推荐。

温都苏想到这儿，偷偷看了浩毕斯嘎拉图一眼，心想：你不就是有个李涛书记撑腰吗？咱们看看谁的后台硬。只要我连襟当上公社社长，我第一件事就是取代你，哼，等着吧。

浩毕斯嘎拉图看着虽然简陋但熟悉、亲切的会议室，心里不免有些感慨。他是二十世纪五十年代末开始当生产队长的，是当时九曲湾公社最年轻的队干部。如今二十年过去了，他已过了不惑之年，好像才有时间回过头来细细品味所经历过的一切，这个会议室就承载着他一路走来的所有记忆。当年建这个会议室时，他还是一个不到二十岁的小马倌。为了帮社员们学会脱土坯，队里特意从城里请来了两位师傅，一个是木匠，帮助做脱坯用的木头模子，另一个是泥瓦匠，教大家怎么和泥脱坯。因为经费有限，当时社

员们都是义务劳动,生产队管中午一顿饭。会议室从里到外用的全是土坯,盖好以后,几乎每年都要组织劳力给房顶和外墙上一次泥,里面用白灰刷一遍,再补一下破碎的玻璃。可最近几年中断了修补,如今外面的墙皮四处脱落,有的地方露出了土坯;而靠近房檐的地方被鸟掏出了许多小洞,成为它们的窝巢。会议室里面也不像以前那样了,报纸糊的顶棚被雨水浸泡出许多大窟窿,从下面能看见里面黑漆漆的柳笆和挂着的泥块。顶棚上的那些报纸内容就像大事记一样罗列起来:有大炼钢铁的内容,有一九五九年十二月《明珠日报》刊登的明珠盟牧区公社实行以大队为基本核算单位和分配单位的新闻,有一九六〇年《明珠日报》刊登的全盟推行"三包一奖"报道,有中国第一颗原子弹爆炸成功的号外消息,有"东方红"一号卫星上天的号外,等等。自从会议室建成以后,各级党政机关下发到生产队一级的所有文件,都是在这里传达的;不知有多少次动员会、誓师会、批判会,都是在这里举行的。甚至在这个会议室的墙上或者一些不太起眼的旮旯里,都留有一些特殊痕迹,那也是过往的一种记忆,收藏着与这些痕迹有关的故事。这些他都经历过,也是见证人。自当了队长以后,他记不清在这里传达过多少次上级文件,在社员大会上讲过多少次话,可是今天他隐隐有种预感,好像即将要跟这里告别似的。

坐在下面的乌日娜,眼睛一直在主席台上,在丈夫、老支书和温都苏之间游动,偶尔转向周围。她从走进会议室的那一刻就感觉到一种紧张与沉闷,她不明白平日那些熟悉的社员们,此刻神色为什么那么凝重。是疑惑?还是茫然?看着烟雾腾腾的会议室里那一百多口人,闻着呛人的烟草味,她发现今天很少有人说话。平日里只要生产队开大会,牧民们都会像过节一样穿戴得整整齐齐、干干净净,兴高采烈地从四面八方赶来,坐在一起尽情地聊,天南海北,什么话题都有。这些生活在牧区的牧民们知道的事情可多了,甚至连明珠盟领导班子谁要来、谁要走都知道,那口吻就像组织部长宣布任命时一样,不容置疑。可是今天的气氛真不一样。

九曲湾生产队社员们的心情与浩毕斯嘎拉图一样。会议室虽然残破,可在他们心里却是生产队最重要的地方,沉甸甸地存在于他们的心里,一想起来就特别温馨。每当接到让他们来开会的通知,他们总有一种归属感。在这里可以看到老支书、浩队长,还有其他工作人员,有事找生产队,其实就是找这些人。就是这个今天看来破旧不堪的会议室,曾经是九曲湾公社所有生产队中的第一个,因此也成为他们的骄傲——我们队有会议室,你们队有吗?有也是学着我们队的样子后盖的。这是让九曲湾生产队的社员们扬眉吐气很多年的一件事。

坐在人群里的乌日娜暗暗替丈夫着急。他的神色告诉她,此刻他的心很乱,这从他不停翻看手里的文稿和红头文件就能看出来。她知道,他现在肯定不是在看文件,如果看文件不会翻那么快,也不会不停地扫视会场,他可能在想着一会儿开会时怎么说。

老支书敖特根看了一下时间,又跟浩毕斯嘎拉图低声说了几句,然后站起来,目光深沉地在会议室里扫了一圈,清了清嗓子说:"社员同志们,九曲湾生产队'分畜到户'试点社员大会现在开始。现在请队长浩毕斯嘎拉图同志宣读队里的决定。"

也许是这个决定太重要了,社员们都忘记了鼓掌。其实他们也不知道该不该鼓掌,万一这是一件对他们没有好处的事呢?冒昧地鼓了掌,以后该怎么说怎么做?别看这些质朴的社员们文化程度不高,可是对有些事还是拿捏得挺有分寸。

浩毕斯嘎拉图一站起来,会场瞬间鸦雀无声,几乎所有人的眼睛都看向他,每一张脸上都充满了紧张与期待。他知道,对社员们而言,这个决定将直接关系到他们今后的生活。按照预定方案,社员们要与队里签订一份协议,主要内容是社员们承包到一定数量的牲畜,十年后要按承包数量归还生产队。其实不仅社员们,他也一样,今天自从走进会议室,他就一直很紧张。为了平复一下紧张的情绪,他微闭了一下眼睛,清了清嗓子,神情严肃地环视了一遍会场上的社员们。社员们知道,这是队长讲话前的老习惯。

浩毕斯嘎拉图缓缓开口了:"社员同志们,最近,九曲湾生产队党支部、队委会、团支部、妇联、民兵连的达日嘎,还有特邀的社员代表,连续开了几天会,关于会议内容,社员同志们可能都听说了,就是咱们生产队到底是包

还是不包,怎么包?现在,大多数同志主张包,可是也有不同意见,认为这是走回头路。大家看看顶棚上那张一九六〇年的旧报纸登的'三包一奖'的报道……"

社员们顺着浩毕斯嘎拉图手指的方向看去,果然看见在一张旧报纸的头版用大字号标题写着"明珠盟在全盟推行'三包一奖'……"。

"咱们中间年纪大些的社员可能都有印象,后来这个'三包一奖'被叫停了。今天咱们搞'分畜到户',我专门请示了公社的李书记,李书记特别强调说,实行分畜到户,打破大锅饭,可以调动全体牧民的生产积极性,进一步解放生产力,实现畜牧业的大发展,这是大势所趋。根据这个精神,生产队领导班子成员经过反复认真讨论,当然其中也有激烈的争论,现在基本统一了认识。"浩毕斯嘎拉图说得嗓子眼都干了,皱着眉头咽了几口唾沫。

社员们看见浩队长这个样子,更加紧张了,都屏着呼吸,喘口粗气的声音都能传遍整个会场。所有人都目不转睛地盯着他,生怕漏掉什么重要信息。

浩毕斯嘎拉图努力控制着剧烈起伏的情感,同时尽量保持情绪的平稳,这对习惯了直来直去的他来说简直就是煎熬。其实从昨天决定召开"分畜到户"试点社员大会开始,他内心就没有平静过,马背上想着这件事,喝茶时想着这件事,躺下后想的还是这件事,翻过来翻过去一直折腾到后半夜,始终想着这件事,最后把额吉、老伴都弄醒了。一点睡意也没有的他索性穿上衣袍,抱着马鞍走了出去。乌日娜轻轻追出去问:"黑天半夜的,你这是要去哪儿?"他低声说:"我去队部看看,明天社员大会以后,很多东西就看不见了。"

乌日娜一时不知该跟丈夫说什么,只好低声叮嘱:"天黑,慢点走,看完了早点回来。"

短短的几句话让浩毕斯嘎拉图陡然感受到温暖,他说:"放心吧,也不是一天两天走夜路了。"说完就骑上马披着星光走了。

乌日娜看着丈夫渐渐走远的背影长吁了一口气:"快点分畜到户吧,但愿别再出什么岔子。"

已经是后半夜了,挂在草丛上的露珠闪烁着银灰色的冷光,坐骑好像也明白主人此刻的心情,不快不慢地跑在那条去往队部的小路上。这条路,浩毕斯嘎拉图走了二十年,这匹马跟着他也有十年了,每次主人骑上它,几乎不用提示它就知道往哪里跑,除非主人刻意抖抖缰绳,它才会加快速度或者改变方向,否则就会按照一定的节奏跑下去。今天主人没有特意提示,它也没有加快速度。

　　浩毕斯嘎拉图想的是"分畜到户"试点大会召开以后,生产队的许多东西可能就分了,他想再看一看。这些东西虽然不是用他自己的钱买来的,可也是一点一滴积攒起来的,是从生产队紧巴巴的经费里东抠一点西抠一点置办起来的。来到队部院子里,他下了马,看到已经摆好的所有家当整整齐齐的,泛着一层冷冷的白光。他昨天离开时,生产队会计达木丁拿着一个资产设备登记簿跑过来说:"队长,所有的都登记清楚了。"他点点头没说什么,心里却泛起酸楚。现在趁着夜深人静,他来跟那些资产、设备告别,跟那些马拉打草机、胶轮马车、喂料的铁槽、羊皮、没卖出去的羊毛羊绒什么的告别。他走到它们跟前,轻轻抚摸着,一件一件地数着。当他走到打草机和胶轮马车跟前时,不禁犹豫起来,这些东西怎么分?在讨论会上,他坚持还是把马拉打草机、胶轮马车留在队里,打草机平时归队里管理,秋天打草季节里,社员们可以轮流使用。另外他还有个想法,把队里最好的那片草场作为打草场保留下来。他已经跟市里的打井队谈好了,在那片草场上打两眼机井,解决了水源问题以后,产草量会翻几倍,所以这个打草机还大有用场。以后再建个大型贮草棚,平时卖一些,给队里增加些收入,不然没有钱,怎么救济贫困户?而且遇到灾年还可以接济队里的牧民们。胶轮马车也留下,归队里使用,社员们遇到急事或者有病患时,还可以救急。可是温都苏坚决不同意,指责他这样是想假公肥私,是为了慢慢把这些东西据为己有。温都苏的主张是所有东西都分,生产队一点也不留,就连铁丝也要剪断,平均分给社员们……

　　队部静悄悄的小院里,浩毕斯嘎拉图站在那些摆放整齐的家当前流泪了,一颗颗硕大的泪珠滑落下来。

浩毕斯嘎拉图讲完话,心里又想起昨天晚上的事。他把手里的文件放到桌子上,再次环视了一遍会场,凝重的目光在一张张敦厚朴实的脸上缓缓移过:"社员同志们,说心里话,如果不是经历了去年冬天的那场大雪灾,我真不甘心就这样分家过日子。还好今年国家给调拨了一些牲畜,加上生产队保留下来的,数量基本跟往年持平,这样大家就能按设想的数量把牲畜领回家。不过我也要提醒大家,虽然畜群归社员同志们自己经营了,生产队的干部也不会再催促你们出牧了,你想天天杀羊吃,可以,卖羊换酒,也可以,但是——"浩毕斯嘎拉图说到这儿,非常严肃地加重了语气,"前提是,你要不怕当无畜户,不怕你的孩子没钱上学,不怕被人看不起,不怕喝西北风,那你就吃吧。什么叫分畜到户?我打个比方就是,原来生产队当家的是书记、生产队长、会计几个人,承包以后,牲畜全部归你们经营,一句话,不再依靠生产队,你们自己给自己当家,每个人都得为自己的牲畜操心。至于经营得好与不好,那就看个人的本事了。"

"是不是就像电影里说得那样,'谁发家谁光荣,谁受穷谁狗熊'?"马倌助手朝克图大声问。

会场上响起一阵笑声,紧张的气氛瞬间缓和了很多。

"那就是说,以后再也没人管我们了?"阿拉腾怯怯地问。她的酒鬼丈夫大清早就喝了不少酒,半坐半靠在她身上,不时东倒西歪地摇晃着。

"这是谁说的?我这个党支部书记可没有说,浩队长也没有说。上级的文件精神是允许一部分人先富起来,先富帮后富,最后实现共同富裕。"老支书敖特根大声说。

"不是不管大家了,而是鼓励大家放开手脚发展牲畜,把日子过好。对那些因为各种原因贫困的,生产队照样管。"浩毕斯嘎拉图补充了一句。

社员们喊喊喳喳地议论起来,在一片嘈杂声中,老牧民乌日图站了起来。他是九曲湾生产队谁都知道的老气管炎,一到冬季就犯病,不知多少次被队里用胶轮马车拉到公社卫生院急救,最严重的一次是直接被拉到尼林城里的医院抢救。

"敖书记、浩队长,首先我坚决拥护生产队的决定。这么多年来,我这个老病号全靠生产队才活到今天,也拖累了生产队。以后大家都分灶吃饭了,那些身强力壮的、劳动力多的家庭,只要勤劳肯干就没问题,不但能吃饱饭,还能发家致富。可我呢?我和老伴无儿无女,就是分给我再多的羊,我也挠头呀。先不说坐吃山空,就我这样一走路气都喘不匀的样子,能跟着羊群走吗?我年轻时杀羊是一把好手,可是现在羊就是老老实实躺在那儿,一动不动地让我掏心,我都不一定有那个力气了。"乌日图几次停顿才说完这段话,咳嗽了半天才把气喘匀。

"那你可以雇人呀。"有人说。

"那不是剥削吗?"有人立刻反驳。

"就是呀,过去有生产队在,碰到什么困难心里都踏实。这要是散了伙,感觉就像没有额吉的孩子了。"又一个老牧民站起来忧心忡忡地说。

"社员同志们,大家放心,生产队还在。正是考虑到这些因素,我们才决定保留一部分集体经济,帮助需要扶持的有困难的牧民渡过难关。"浩毕斯嘎拉图语气平稳地解释了一下,觉得还没有把话说清楚,便继续说:"这样说吧,包括乌日图哥哥在内的所有有困难的社员们,你们记住我今天说的话,不管以后发生什么变化,有我浩毕斯嘎拉图家吃的,就有你们吃的。也许有人怀疑我在吹牛、放空炮,那就让时间来检验我这句话是真是假吧。"他有些激动,喉咙哽了一下,极力忍住了往外涌的眼泪。

这时,温都苏不紧不慢地插了一句:"不管谁说得多么冠冕堂皇,有一点我必须表明态度,生产队的所有财产属于全体牧民,谁也没有理由截留,包括那辆胶轮马车和马拉打草机,都得分给牧民。"现在的他有点隔岸观火的意思,他就想看浩毕斯嘎拉图的笑话,让他压下葫芦升起瓢,顾得上头顾不上屁股。

浩毕斯嘎拉图没有理会这些杂音,神色严肃地说:"今天的会议上,我代表生产队'两委'班子。为了让全体牧民过上更好的日子,现在我宣布:从今天起,施行分畜到户。同意的社员们现在就可以跟生产队签订协议。不过在签订协议之前,请会计达木丁同志宣布一下牲畜和财产分配标准和

方案。"

达木丁站起来,把社员们每人应分牛、马、羊的数量是多少,队里的各种设施、财产、拍卖价格等宣读了一遍。他刚说完,温都苏就站起来问:"浩队长,咱们昨天研究的生产队的公有资金和打草机、小马车,怎么没有在分配方案上?"

"就是,都得分。把胶轮马车和马拉打草机拆开,拿回去烧火卖铁我们也心甘情愿。"有人迎合着温都苏。

话音一落,会场上立刻乱了起来,有人说对,有人说这件事队里肯定有考虑。

浩毕斯嘎拉图站起来说:"关于公有资金、打草机、小马车的问题,我和敖书记商量过,暂时不动。为什么呢?主要有以下理由:一是保留一部分公有资金,作为生产队储金会的第一笔资金。有了这个储金会后,社员们有困难都可以借用。对那些有特殊困难的社员,经过储金会管委会投票表决,可以适当拿出一些钱来救助。二是考虑到牧区还没有定居,社员们居住环境潮湿、饮水含氟高等因素,生产队另外拿出一部分公有资金,给每户社员安装风力发电机、除氟罐,再配制小牧床。至于打草机、胶轮马车,也是由生产队掌握。"

"浩队长,我不同意。你们这样干,说穿了还是为生产队保留一个小金库吧?再一个,什么安装风力发电机呀、除氟罐呀、小牧床呀,还不是你们想吃回扣,从中牟利。"温都苏反驳说。

会场上响起一些支持温都苏的声音,这让他受到了鼓励:"浩毕斯嘎拉图,你敢不敢当着全体社员的面解释清楚,生产队的牲畜是不是全部分给社员们?"

温都苏的这句话又在会场上产生了震动,一时间,所有的说话声都停止了,社员们的目光全集中在浩毕斯嘎拉图身上。

"我可以告诉大家,不是所有的牲畜都分到户。比如咱们队还有三十峰骆驼,按户分,每户分不到一峰,宰杀了分肉又可惜,所以生产队决定把这些骆驼留下来。再加上五十匹马、一百只种公羊,这些都作为集体积累保留下来。"关键时刻,敖特根站起来替浩毕斯嘎拉图做了回答。

社员们了解了这是队里研究决定的,那些集中在浩毕斯嘎拉图身上的疑问也就消散了。

"浩毕斯嘎拉图同志,说说吧,你到底想怎么处理马拉打草机和胶轮马车?"温都苏再次质问。

浩毕斯嘎拉图低下头沉默了很久,当他再次仰起头的时候,眼中噙满了泪水:"社员同志们,这样吧,我自愿从我家的牲畜里拿出十只羊,保证这辆胶轮车和打草机交给生产队使用,这样可以了吧?"说完,他满是歉意地冲坐在下面的老伴乌日娜苦笑了一下,乌日娜回应给丈夫一个微笑,眼神中是坚定的支持和满满的信赖。

"队长,牲畜都分到每家每户了,那放牧的草场怎么办?"又一个社员站起来问。

"关于草场问题,原则上是就近按照传统放牧的草场,以牧业小组为单位放牧。明天开始我们简单划分一下,以后如果上级有明确文件要求,再按照上级的文件精神办。不过有一件事我要强调一下,咱们队靠近尼林河金沙滩的那片好草场,以后就是队里的打草场,我们还准备在那里建一个大型贮草基地。好年景时,打下来的草可以卖一部分,增加集体的经济收入;如果碰上灾年,主要为队里的社员们提供低价过冬贮草。"

浩毕斯嘎拉图刚说完,温都苏又大声反驳:"浩队长,靠近金沙滩那片草场的真正价值不是过冬牧草,而是旅游创收。你们这样由队里控制起来,旅游开发怎么搞?"话音一落,他特意看了老马倌一眼,真巧,老马倌也正在看他。

"老温,你说的搞旅游开发我们也想过。可是你想过没有,草场是咱们牧民的命根子啊,草场破坏起来很容易,要想恢复可就太难了。"浩毕斯嘎拉图说。

"浩队长,让你们这么一弄,靠近金沙滩的那些牧户想挣点外快也都没戏了。"温都苏之所以这样说,就是想拉拢一些支持者,他的目的还真的达到了。他的话音一落,立刻站起来十几个社员,都表示不同意队里的这个

决定。

"社员同志们,大家的意见我们知道了。这次分畜到户的方案,是在广泛征求社员们意见的基础上,生产队党支部、队委会、团支部、妇联、民兵连的达日嘎和特邀的社员代表进一步讨论集中后,由生产队'两委'班子最后研究确定的。关于金沙滩草场的使用问题坚决不变,请大家理解队里的苦心。你们都知道,九曲湾是三年一小灾,五年一大灾,留下一块能救急的草场,遇到灾年它就是抗灾保畜的救命草呀。这件事就这样决定了。另外,考虑到要尊重大家的选择,同意安装风力发电机、除氟罐、小牧床的,现在就可以签协议;不同意的,签协议时表明自己的意见,再到会计那里领取现金。然后大家就可以把牲畜领回家了。"浩毕斯嘎拉图又详细解释了一遍。

"浩队长,我也有件事。"老马倌天生嗓门就高,平时说话就像是喊。一听老马倌也要发言,会场上马上静了下来,敖特根、浩毕斯嘎拉图对视了一眼,都有点紧张。

山丹使劲拉了几下阿爸袍子的下摆,意思是不让他在这个时候添乱,可是老马倌没有理会:"浩队长,上次'两定一奖'的时候,我太不冷静,没想好就要性子,给你的工作添了麻烦。借今天这个机会,我当着大家的面给你道个歉。不过,今天我可不是来找碴的,我是想问问,咱们队的大马群怎么办?"

"马子按照每户劳力一人分一匹以外,剩下的还是交给你来放。"浩毕斯嘎拉图松了一口气。

"浩队长,乌日图家的事就交给我来打理吧。"老马倌的这句话让浩毕斯嘎拉图心头一热。

"好,老马倌,那就辛苦你了。"浩毕斯嘎拉图笑着冲老马倌点点头。

"不辛苦,不辛苦。"受到鼓励的老马倌一时有些激动,停顿了一下说:"队长,我没问题了。"他美滋滋地看了女儿一眼,山丹松了一口气,笑了。

会场渐渐乱了,没有意见的社员陆续走上来签协议,拿不定主意的社员犹豫不决、相互打探,不同意的则坐在原地,一脸凝重。一位社员站起来问:"书记、队长,你们是要实物呢还是领现金?"

敖特根、浩毕斯嘎拉图二人对视了一眼,笑了笑,谁也没有说话。这个表情让提问的社员更加疑惑了,他不知道书记、队长这样的表情是什么意思。

　　到社员大会结束时,只剩下温都苏一个人没有签协议。他看了看周围,会场已经空了,连老马倌都走了,只有书记、队长和会计三个人还在,就大吼一声:"浩毕斯嘎拉图,你等着,我要告你。"

　　他转身要走,又被达木丁叫住:"老温,你是不是不签协议了?"

　　温都苏这才在协议上签下自己的名字,又特别注明不要风力发电机、除氟罐、小牧床,要领取现金。签完字,他把笔往桌子上一扔,气哼哼地走了。

　　这时,站在一边的敖特根、浩毕斯嘎拉图同时长嘘了一口气,拖着沉重的脚步走出会议室。他们都清楚,这才是开始,以后的日子里不知道还有什么风雨会突然降临。

　　当浩毕斯嘎拉图踏上回家路的时候,太阳已经落山了,草原上慢慢落下一层黯淡的帷幕,辽阔的九曲湾大地上渐渐升腾起一片薄雾,湿润而冷瑟的风在薄雾中轻轻地吹过。

　　东边遥远的地平线,此刻已模糊成一片,分不清哪里是天幕,哪里是山峦,哪里是草原。月亮还没有升起来,晚霞在云层中若隐若现,整个九曲湾大地陷入一片寂静与黯淡当中。当越来越浓的夜幕渐渐笼罩天空,东方渐渐出现了一抹浅浅的亮色,那亮色越来越浓,越来越浓,慢慢地,一轮温润的明月升起来,刚才还黑漆漆的九曲湾大地被洒上了一层银灰色,静静流淌的尼林河重现了旖旎的身姿。

　　月亮慢慢跳到远山顶上,草原深处传来牧人的几声咳嗽声,然后是"哦——哦——哦"的几声呼唤,那是回家的牧人发出的声音。

第二十七章 牧场的召唤

时间过得真快,第一个学年转眼就过去了。这期间巴特尔回过一次家,不知为什么,他感觉额吉和阿爸好像有什么事瞒着他,不仅不让他多待几天,还一个劲儿地催他早点去学校,叮嘱他在学校安心学习。眼看又要放暑假了,巴特尔有些犹豫到底回不回九曲湾。说心里话,他从额吉和阿爸的话里话外预感到他们有事,可到底会是什么事呢?这个疑问偶尔在他脑海里飞快地闪一下,但很快就被满负荷的学习生活淹没了。有时他钻进被窝时,这个疑问也会闪现一下,可是很快就会随着被积累了一天疲惫的他进入梦乡。

说实话,刚刚过去的一年里,巴特尔过得并不轻松。他的起点是生产队的马背小学,接受的教育与城里正规的学校肯定有区别。即使九曲湾公社学校,教学质量与城里的学校也有差别。为了弥补这种差距,他咬紧牙暗中恶补。每次开新课,他都要把这门课的相关基础部分重新学一遍;课后,他也要付出比其他同学更多的精力去复习,让学到的知识更加牢固。自我加压的学习方式,几乎占据了他所有的业余时间。

从入学时的那场舞会以后,巴特尔就很少再走进学校的舞厅,而是成了学校图书馆的常客。每天吃完晚饭,他第一个走进图书馆,又最后一个离开;稍有空闲时间,他便马上走向图书馆。时间久了,图书馆角落的那个座位几乎成了他的专座。

刚开学的头几个周末,美丽都要约巴特尔去跳舞,可是慢慢地,她察觉到他有些变化,跳舞的热情不再那样高涨,反而有些心不在焉。

美丽不知道这是为什么,难道……有时候她找个借口到巴特尔的宿舍,却很少碰到他,这更加重了她的猜疑。带着所有这个年纪的姑娘都会有的小心思,她开始观察巴特尔的行踪。

直到有一天晚上,她到图书馆去还书,没想到一眼看到了巴特尔。

偌大的学校图书馆里静悄悄的,没有几个人。角落里的那张桌子上堆着厚厚的一摞书,巴特尔正埋头在笔记本上写着什么。

美丽没有走过去,而是在不远的地方默默站了一会儿,然后悄悄离开了。她心里释然了,也找到了另外一个答案:为什么他这样一个马背小学出来的学生,却能成为班里的佼佼者。现在她看到了他不为人知的一面,也明白了他。

从那以后,美丽很少再约巴特尔跳舞,去图书馆的次数也慢慢多起来。

又是一个星期天,巴特尔躺在宿舍的床上看书。女同学宏伟从窗外探进头来,看屋子里只有巴特尔一个人,抬手就把一块湿毛巾扔向巴特尔的脸。

正在全神贯注看书的巴特尔被吓了一跳,猛地坐了起来。

宏伟笑着说:"真是好学生呀,星期天也不休息。看你这样子,是恨不得把课本吃进肚子里了。"

巴特尔放下书本,揉揉眼睛笑了笑说:"要是那样能解决问题倒好了。"

"我觉得你没有必要这样下功夫。我听讲兽医课的齐老师说,你的学习已经很出色了。"宏伟说。

"差远了。什么时候我能把齐老师的那个秘方学到手,再说学得很出色了还差不多。"巴特尔说。

"巴特尔呀巴特尔,你的野心真不小。齐老师的那个秘方可是他花费了几十年心血才研发出来的呢。咦,你是怎么知道齐老师的那个秘方的?"宏伟好奇地问。

"尼林城周边牧区的牧民都知道呀。"巴特尔说。

"原来如此。对了,齐老师说要挑几名同学到咱们学校的牧场去,你知道吗?"宏伟问。

"真的?"巴特尔迅速站了起来。

"肯定是真的啊,不过听说要在牧场住一个假期呢。难道你不回九曲湾了?我听美丽说,她一放假就要回家,你不跟她一起走吗?"宏伟说。

巴特尔犹豫了一下,很快果断地说:"家什么时候都能回,可是跟齐老师在牧业生产一线学习的机会却不多。不过……"

"不过什么?"宏伟问。

"不知道我会不会这样幸运呢?"巴特尔说。

"你真想去?"宏伟认真地问。

"当然真想去呀。我听说咱们学校牧场的畜牧业基础设施在盟内都是一流的,不仅有红砖墙牛圈羊圈,还有暖棚呢。可我们九曲湾的牛羊就像露宿街头的流浪汉一样散养着,更别说暖棚了。"巴特尔说。

"巴特尔,我——"话没说完,宏伟突然被人一把捂住了嘴。随着一串清脆的笑声,美丽松开手,宏伟这才长出了一口气:"好你个美丽,你想憋死我呀。"

"就憋死你。你不是去老师办公室了吗?怎么跑到这儿来了?"美丽盯着宏伟问。

"快放假了,我也想轻松轻松呗。天天跟你在一起,抬头不见低头见,真没劲,所以就到帅哥这儿来新鲜新鲜喽。"宏伟故意气美丽。

"没那么简单吧?快说,老师找你干什么?说不说?不说……"美丽一边说一边把手伸向宏伟的腋窝。

宏伟转身想跑,美丽一把紧紧搂住她,一只手伸进她腋窝挠起来。

"妈呀,别,别,我说,我说……"宏伟笑得上气不接下气,连连求饶。

美丽这才松开手。

"老师让我跟班里的同学说一下,暑假期间,他要带几个同学到咱们学校的牧场,看哪位同学想跟他去。"宏伟说。

美丽听了,立刻把目光转向巴特尔:"巴特尔,你去吗?"

"我想去,可是不知道能不能轮到我。"巴特尔说。

"巴特尔,要去学校牧场可就回不了家了。"美丽说。

话音刚落,宏伟低声说:"说曹操曹操到,齐老师来了。"

巴特尔走到打开的窗子前,看见齐老师快步从远处走过来。

"美丽,你假期回牧区还是住在城里的亲戚家?"巴特尔低声问。

"当然回牧区了。我都给额吉捎信了,让她来接我回去。可是……"美丽看了巴特尔一眼,显然是巴特尔的话影响了她的决定,让她一时犯了难。

齐老师走到他们跟前,大声问:"宏伟,你把我的意思转达给同学们了吗?"

宏伟急忙说:"老师,我一离开办公室就到这儿来了,巴特尔——"

"同学们,事发突然,我刚刚接到学校牧场的电话,说有一些羔羊不知什么原因突然拉稀了,牧场的杨场长让我尽快去一趟。原本我想放假后带几个同学去学校牧场的,没想到等不到放假,下午就得走了。宏伟,你刚说巴特尔怎么了?"齐老师问。

"齐老师,我想去。"巴特尔抢先说了一句。

齐老师的脸上立刻浮现出笑容说:"我估计你会去,我也听说你对我的那个'羔痢灵'秘方特别感兴趣。好啊,有这种钻劲儿才像我的学生,我那个秘方就是这样钻出来的,光啃书本是啃不出来的。我是在参与牧业生产实践的同时,结合自己所学的知识,被浓烈的牛粪羊粪气味熏陶出来的。"

"老师,我从小到大早就闻惯了牛粪羊粪的味道,不说别的,我们家一年四季都离不开牛粪。可是……"巴特尔想说我怎么就什么也不懂呢,可是话没出口又被他咽了回去。他知道自己跟老师对比太自不量力了。

"巴特尔,咱俩走的路径不一样。我是从理论到实践,现在又回到理论;而你生长在牧区,这是一个很好的实践基础,等你学习掌握了一定的理论知识再回到实践中,我相信,你一定能成为一位好兽医。"

"老师,到学校牧场是不是就是到实践中去?"巴特尔瞪大眼睛问。

"当然是。这是检验所学理论知识的最好机会。"齐老师笑着说。

"老师,我……"站在一边的美丽被齐老师和巴特尔的对话触动了,忍不住也想去学校牧场,可她刚一张嘴,就被齐老师打断了:"咱们学校牧场住宿条件有限,女同学就别去了,不方便。"

美丽有些沮丧地撇撇嘴,又有些失望地看了巴特尔一眼。

"巴特尔,你马上准备一下,一会儿牧场来接咱们的解放卡车就到了。牧场只有一间空闲的房间,里面那个大土炕能睡四个人。这个假期里我跟你,还有王志强、巴根那就要睡在那个土炕上了。美丽,你说女同学去了往哪儿住呢?"齐老师最后这句话是专门安慰美丽的。

"老师,还有什么需要准备的吗?"巴特尔有些兴奋。

"你们得跟家长打个招呼,这个假期不回家了。另外,我已经让王志强、巴根那到中药店买些药材,你们去了以后的主要任务就是协助我配药。巴特尔,你不是想学我的那个秘方吗?其实也没有你们想得那么神秘,老一点的懂些兽医常识的牧民都知道怎么配。"

"老师,我们九曲湾的牧民只要一提起您,都知道您和您的那个秘方。"巴特尔说。

"每个假期我都往牧区跑,尼林市周边的牧区我基本都跑遍了,所以知道的人不少。巴特尔,我发现你有股钻劲儿,在咱们治疗拉稀羔羊的过程中,我会结合病例给你们讲解一下如何使用'羔痢灵'。"齐老师说。

"老师,您花费了几十年心血才研发出'羔痢灵',就这样轻易传人,您舍得吗?"宏伟问。

齐老师笑着说:"哪有什么舍得舍不得的?二十世纪五十年代,我从北京支援边疆来到咱们明珠盟,发现牧民们特别怕羊羔拉稀。受生产力水平所限,那个时候全盟牲畜的数量就像水面的波纹一样起起伏伏,经常是走两步退一步,其中很多因素就是疫病。后来消除了疫病,羊羔拉稀导致成活率下降这个问题就突显出来了。说实话,作为一名兽医,我恨不得让所有牧民都学会使用'羔痢灵',更何况我的学生。"说到这儿,齐老师停住话头,"算了,不说了,再说就有老王卖瓜自卖自夸的味道了,哈哈。"

"老师,北京多好呀,您怎么就到这儿来了?"宏伟追问了一句。

齐老师笑了笑,说:"一九五三年,我刚从学校毕业,正赶上国家号召大中专院校的毕业生到农村去、到边疆去、到祖国最需要的地方去,我就来了呗。"

"老师,您后悔过吗?"巴特尔问。

"后悔?为什么要后悔?我如果不来明珠草原,能研发出'羔痫灵'吗?还有,我问你们,吃过尼林羊肉吗?"齐老师问。

"老师,是不是一层肥肉一层瘦肉、又嫩又爽口的尼林羊肉?"美丽的口水都快流出来了。

"对呀。那就是我用实践中积累的知识,在原来尼林土种羊的基础上培育出来的。"齐老师说。

"老师,您真了不起。尼林羊肉特别香嫩可口,每次吃涮羊肉,我首选就是尼林羊肉,没想到是老师的杰作。"宏伟说。

"同学们,我不是跟你们讲大道理,知识就像一颗神奇的种子,而实践就是富饶的土壤,只有把这两者结合起来,才能真正有所收获。"

听了齐老师的一番话,巴特尔想起了自己即将面临的选择,说:"老师,您能讲讲从北京那样的大城市来到我们尼林市的经历吗?"

齐老师看了一下手表,说:"巴特尔,没时间了。这样吧,等你们毕业典礼的时候,我再给你们讲讲我的经历。现在我得赶快回家准备一下要带的行李和洗漱用品,你也赶快收拾一下,一会儿来集合。"

齐老师说完,转身快步走了。

"巴特尔,本来我以为你也回牧区呢。现在怎么办,用我给你捎信回去吗?"美丽问。

"来不及写了,你就带个口信给知青哥哥吧。请他转告我额吉、阿爸,还有奶奶,学校牧场临时有事,假期我就回不去了,再告诉他们我挺好的,请他们放心。"巴特尔说。

"就这么几句话?"美丽问。

"嗯,反正他们也不太欢迎我回去。"巴特尔顺口说了这么一句话。

"巴特尔,你不要冤枉你额吉和阿爸,他们……"美丽从姐姐那里间接听到一些九曲湾生产队发生的事,但姐姐一再叮嘱她千万不能告诉巴特尔,还说这也是知青哥哥的意思。可是她一急差点脱口而出。

"他们怎么了?"巴特尔敏感地问。

美丽一下子不知该怎么回答。就在她迟疑的瞬间，宏伟插话说："巴特尔，我算是看出来了，你假期不回牧区，你说谁最失望？"

美丽没让宏伟把话说完，又把手伸向宏伟的腋窝，宏伟笑着跑了。美丽没有去追，而是隔着窗子低声说："巴特尔，你额吉、阿爸肯定是想让你安心学习……咱们下学期再见。"美丽迟疑了一下，好像还有话要说，但还是什么也没说，转身走了。

"下学期——见——"巴特尔看着美丽离开的背影，不知是对自己还是对美丽，说了这么一句。

第二十八章　工作组再进九曲湾

这年的九曲湾草原,水草长势格外好,放眼望去,绿油油的牧草厚厚的,一望无际。因为雨水勤,尼林河水也明显比往年深一些,过去河面距离河堤有一米多,现在仅一尺多就溢出河床了。可能是水流量大的缘故,河水不像过去那样清亮,有些混浊,流速也没有过去快,像一位刚吃饱饭的人行动略有迟缓。簇拥在小丘陵和河湾两岸的芦苇丛又高又密,淡粉色的芦苇穗在微风中轻轻摇曳。

九曲湾生产队社员大会一散,社员们携家带口地纷纷向提前集中起来的羊群、牛群、马群走去。经过相关工作人员清点核实,在尘土飞扬中,一群群羊分散开来,里面间或掺杂着几头牛,在牧人们喜气洋洋的吆喝声中缓缓离开九曲湾生产队队部,向四面八方散去。这是九曲湾生产队历史上最热闹的时刻,虽然很短暂,却深深铭刻在牧人们的心头。

九曲湾生产队分畜到户的消息像一阵风,很快传遍九曲湾公社。这消息不光轰动了九曲湾公社,因为尼林城是盟府所在地,自然很快传遍了全盟。明珠日报的记者闻讯赶来要采访浩毕斯嘎拉图,被他婉言谢绝了。他说九曲湾生产队仅仅是试点,工作刚刚开始,还没有完全结束,有些做法还有争议。

在过去,社员们虽然每天都跟五畜打交道,但是总感觉它们与自己隔着一层什么似的,现在他们明白了,是因为那时的五畜是队里的。可现在不一样了,五畜由社员们自行管理,至少十年内是这样。至于十年以后怎么样,

社员们一时也不会想那么多。即使到时候不变也无所谓,协议上规定十年后要把从生产队领回来的这些牲畜交回去,而那时牲畜都繁殖好几代了。就是按照正常年景算起来,牲畜数量也会远远超过现在好多倍。只要好好经营这些牲畜,即使按今天的数量还回去,那还不是小菜一碟?

社员们想到这些,心里头不仅是高兴,更是轻松。草原上的牧人们一高兴就爱喝酒,这些日子到公社供销社打酒的社员分外多起来,几乎家家户户都杀羊煮手把肉。好事好像都集中出现了,城里的汽车也来了,给那些同意安装的牧户安好了风力发电机。这些风机果然功效神奇,随着叶片呼呼旋转,一座座蒙古包里的电灯亮了,洗衣机转动了,收音机也不再用电池了——天哪,这可是城里人才能享受到的生活呀,怎么转眼间就走进牧区了呢?

那些领取现金的社员们后悔了,纷纷找到安装风机的师傅要求安装,可是一打听价钱才知道,自己领的那些现金根本不够。生产队之所以能给社员们安装得起,是因为在决定搞"分畜到户"试点时,浩毕斯嘎拉图跟李涛书记提了一个条件,就是由市里补贴一些经费,生产队再出一些,先给这些祖祖辈辈靠羊油灯照明的牧民们解决照明问题,再配一个除氟罐净化饮水,再给每户社员家安装一个小牧床。

李涛书记听了浩毕斯嘎拉图的这个建议连连点头:"想得好,想得好,这就叫取之于民,用之于民。"

"老书记,向您张口我也是抱着试试看的态度。我们队里的经费实在太可怜了,为了保存一点集体经济实力,队里的资金我们不准备全分,所以只能请老书记给争取点市财政经费了。"浩毕斯嘎拉图说。

"这事我愿意干,我会像办自己家的事那样上心办这件事。"李涛书记说完就给市委坚强书记打电话说明了情况,坚强书记犹豫了很久,最后说:"李涛书记,咱们可说好了,下不为例。要不全市牧区的生产队都来跟我要,我可受不了啊。咱们这是为了推进'分畜到户'试点工作,其他社队的社员可能就要等一段时间了。听说国家有规划,要逐步推广风力发电机,我跟有关部门联系一下,看能不能争取些项目补助。"

"放心吧,坚强书记。我就张这一次嘴,理由是这个生产队承担了'两定一奖'和'分畜到户'的正面主攻任务,算是犒劳犒劳他们吧。"李涛书记笑着说。

"好吧,不是强调奖惩分明吗,我看这也是一种形式的褒奖。李涛书记,我能看出来您对九曲湾生产队的特殊感情,包括那个叫浩毕斯嘎拉图的队长,你们这些老革命,真是又有原则又重感情,对烈士遗孀、后代的爱护和扶持真是发自心底的呀。不过,老书记,您也要有些思想准备,我指的是人事方面的。说实话,有些领导越级指挥,弄得下面听也不是、不听也不是,作为市委书记,我也很难办。"坚强书记说。

李涛听出来市委坚强书记话里有话,也许暗指九曲湾公社第三梯队干部有变。如果这样的话,推荐浩毕斯嘎拉图的事就有落空的可能,而宋文担任公社行政一把手的砝码就增加了。他知道盟委新提任的袁副书记的建议是不能被忽视的,于是说道:"坚强书记,我是一个共产党员,不管发生什么,我都服从组织的决定。我已经给市委组织部写了退休申请,给年轻的同志腾开位子。但是我退休后不进城,家还在公社所在地,用现在的话说就是'扶上马,送一程'吧。"

"老书记呀,您的退休申请我和市委常委的同志们都看过了,大家都很感动。作为一位曾经为解放九曲湾草原出生入死的老战士,您的高风亮节是我们学习的榜样。九曲湾生产队的'分畜到户'试点影响很大,很多公社的生产队都迫不及待地分了牲畜,现在看来,形势发展比我们预料的要快很多,所以原定明年开展的机构改革就提前启动了。您的退休申请书为市属各公社的机构改革带了个好头呀。"坚强书记说得很真诚、很动情。

"我倒没有想更多。作为一名老党员,心里这么想的,也就这么做了。"李涛说。

"老书记,既然这样,我就实不相瞒了,最近盟委办公室又转来了一封群众来信,还是反映九曲湾生产队队长浩毕斯嘎拉图的,说他在'分畜到户'中武断专横,截留公共资金,借给社员安装风机、除氟罐和定制小牧床之机吃回扣,还打着集体的幌子霸占最好的草场私用。这封信上有十几名群众签

名,还要求立刻改选生产队长。"坚强书记说。

"我也听说在九曲湾生产队社员大会上,有人公开叫板浩毕斯嘎拉图,说要告他,看来是真告了。"李涛说。

"盟委袁副书记很重视这封群众来信,还在上面签署了意见,希望市委高度重视,立即派出工作组调查。如果属实,一定要给写信的群众一个满意的处理意见。"坚强书记说。

"欢迎市委工作组来调查核实。那封群众来信反映的问题很好鉴别,风力发电机、除氟罐、小牧床都已经安装到位了,如果浩毕斯嘎拉图真的假公济私,很容易从账面上查出来问题。坚强书记,请您放心,九曲湾公社党委一定积极配合市委工作组的工作,在这些原则问题上,我不会偏袒任何人的。"李涛说。

"根据盟委袁副书记批示的意见,工作组边调查核实边帮助整改,有可能提前举行九曲湾生产队领导班子换届选举。"说到这儿,坚强书记沉默了,过了一会儿才接着说:"老书记呀,我虽然是市委书记,可是也必须执行盟委领导指向明确的指示。说实话,从我担任市委书记以来,九曲湾生产队给我的印象一直不错,本来这次市委组织部已经把浩毕斯嘎拉图列入第三梯队干部名单了,可是在市委常委会上讨论时,一位常委明确表示不同意。再加上这封过于及时、过于到位的群众来信和领导批示,这事只能暂时搁置了。"

"坚强书记,我明白您的意思,您就放心吧,无论退不退我都不离开九曲湾公社。作为一名老党员,我会履行我的责任和义务的。我相信浩毕斯嘎拉图同志也会这样的。"李涛一字一句地说,语气很深沉。

"老书记,我代表市委感谢您,也,也相信您。等到——算了,不说了,再说下去我就该犯自由主义了。"坚强书记也动情了,但控制住了自己的情绪。

李涛放下电话,走到办公室窗前,静静地望着窗外。此时正是草原最美的季节,满目苍翠。公社党委和管委会办公室前面是一片空旷的平原,虽然是缺水草场,草却长得格外好。阳光下,厚厚的草浪在微风的吹拂下泛着银绿色的光波,在旷野上缓缓起伏。远处,一位骑马的牧人慢慢悠悠地出现在他视野中,随后,一群洁白的羊群浮现在草浪间。

他的心情挺复杂,本来他早就想好了,退休之前把浩毕斯嘎拉图推到公社的领导岗位上。这不仅因为他与这位烈士后代有着情同父子般的情谊,更主要的是浩毕斯嘎拉图在公社所有生产队干部中,是一位有责任担当、有工作热情和能力的基层干部,把这样的干部推荐到公社领导岗位上,不仅是选出了一位得力的领导干部,更对九曲湾公社今后的发展极为有利。可是人算不如天算,由于那封过于及时的群众来信和领导批示,浩毕斯嘎拉图的路被堵死了。他想了想,回到办公桌前,拿起电话,让公社总机转到九曲湾生产队办公室,找浩毕斯嘎拉图。

电话接通了,那边是会计达木丁,说浩队长正准备接待市委工作组的同志。当他听清是李涛书记的电话后,急忙冲外面喊了一声:"浩队长,电话。"

浩毕斯嘎拉图快跑过来接起电话,带着急促的喘息声。

"孩子,我是李涛,市委工作组什么时候到?"李涛问。

"哦,是老书记。刚接到市委办公室的电话通知,市委工作组已经从市里出来了。"浩毕斯嘎拉图说完,看身边没有人,迅速把门关上,返回来拿起电话低声说:"老书记,我感觉有点不对头。今天一大早温都苏就来到队部,虽然没说什么,但他好像已经知道市委工作组要来的消息了。"

"孩子呀,别管他知道不知道了。从我的角度是认可你的工作的,特别是这次'分畜到户',你和敖书记同心协力拿下一颗硬钉子呀。虽然不是那么尽善尽美,可是公社党委是认可的,对你的工作也是认可的。"李涛说。

老书记很少用这种口气跟浩毕斯嘎拉图说话,他被老书记的几句话说蒙了,疑惑地问:"老书记,是不是有什么事了?"

"孩子,你是哪年入的党?"李涛没有直接回答浩毕斯嘎拉图的问题。

"一九六五年,在'四清'工作队时入的。"浩毕斯嘎拉图说。

"哦,已经是将近二十年的老党员了。孩子,毛主席有一句话,不知道你还记不记得,他说'我们共产党人不是要当官,而是要革命'。"李涛说。

"老书记,我记得。"浩毕斯嘎拉图说。

"我理解毛主席的这句话,就是不管你干什么工作,无论当官还是不当官,只要你是一个共产党员,就要心里装着群众,要为群众的利益而奋斗。

只要你始终坚持这个信念,那么不管遇到什么挫折和困难,都能坚定地走下去。"李涛说完,浩毕斯嘎拉图沉默了半天才说:"大叔,我明白了。放心吧,我会按照您的话去努力的。"

"那我就放心了。大叔再重复一遍,不管我退休没退休,都不会离开九曲湾公社,会一直跟九曲湾公社的父老乡亲们在一起。"李涛说。

李涛正想再叮嘱浩毕斯嘎拉图几句,门被推开了,公社学校的宋文校长走了进来。他只好放下电话问:"宋校长,有事吗?"

"李书记,我是来向您请示工作的。"宋文说。

"向我请示?"李涛一时没理解宋文的意思。

"是。我刚刚接到市委办公室的电话通知,抽调我参加市委赴九曲湾生产队工作组的工作。"宋文说。

"是坚强书记的意见吗?"李涛问。

"不,是盟委办公室一位副秘书长转达盟委一位领导的意见,是那位领导直接点了我的名字。"宋文口气很平和,但却含有特殊的意味,有一种不言自明的态度,意思是这事已经定了,现在就是跟你打个招呼而已。

"盟委办公室?既然都已经决定了,还请示我干什么呢?"李涛淡淡地说。这时他才理解了坚强书记所说的"领导越级指挥"这句话的含义,但让他意外的是袁副书记居然过问得如此具体。

"李书记,我也是刚刚接到通知的。其实我也不想参与这事,办好了没有我任何功劳;要是办砸了,以后我在九曲湾公社还怎么待呀。真不明白袁副书记为什么点名让我参与工作组的工作。"宋文用虚假的不情愿当幌子,借机抬出自己的后台,巧妙地虚枪了一晃,让李涛书记无法不同意。

"宋校长,尼林市有一位叫宋梅的歌唱演员,你认识她吗?"李涛在这时提起宋梅,就是想灭灭他的骄横气。

果然,宋文的表情突然变了,一下子话也说不连贯了:"李、李书记,您认、认识——她?"

"我听过她唱歌。有一次袁书记请客,我也有幸去了,宋梅唱得真不错,风格有点像李谷一。"李涛夸赞着宋梅,可在宋文听来更像用棉花包裹着一

270

根尖利的钢针,深深戳向他的自尊。

"她是我妹妹。"瞬间的慌乱过后,宋文迅速调整了情绪,神色变得从容,脸上堆满了笑。

"按理说你是学校校长,应该跟朝鲁社长请假才对。我多问一句,你们工作组的组长是谁?还准备来公社吗?"李涛故意这样问。他已经猜到如果工作组提前介入九曲湾生产队的换届改选,肯定需要一个在市委常委会上说话有分量的人,这个人应该也是袁副书记信任的人。

"组长是市委常委、体改委主任李禄。"被李涛书记不露声色地敲打了一下之后,宋文没有像刚才那样刻意介绍李禄,只是轻描淡写地说。

"你参与市委赴九曲湾生产队工作组需要多长时间?现在学校还没有放暑假,学校的工作都安排了吗?"李涛问。

"我听李禄主任说,工作组今天下午在九曲湾生产队集中后,马上就开展工作。先是分头找社员谈话,明天争取结束,给市委的报告由他负责回去写。"宋文说。

"这么快就能弄清群众反映的问题?"李涛皱着眉头说。

"问题都是明摆着的,只要找几个当事人谈谈话就差不多了。"宋文不以为然地说。

"宋校长,了解调查、核实问题可不能像你说得那样简单,需要认真、深入的走访。如果浮皮潦草地轻易下结论,那是对被调查干部的严重不负责,更直白地说就是草菅人命!"李涛心里产生了一种不祥的预感,他暗暗为浩毕斯嘎拉图担忧起来。说实话,他没想到温都苏为了把浩毕斯嘎拉图弄下去,居然动用了这么多社会关系,下了这么狠的手,他觉得在这个关键时刻,必须亮明自己的态度。可是事已至此,而且是一位市委常委当工作组组长,他的话能起到什么作用呢?想到这些,他心里真的没底。

第二十九章 梦想是倒爷

这几天,温都苏坐着儿子阿尔斯冷的摩托车一趟趟地往返于尼林城、九曲湾公社之间,简直太忙了。阿尔斯冷没想到,阿爸居然能和那些领导一样出入盟委办公楼。作为一个孩子,他对阿爸挂在嘴边的那些什么改选、举报不感兴趣,却被一个穿着时尚的女人吸引了。这是在牧区肯定见不着的女人,穿戴洋气,还有一种说不出来的气质,让人又想多看她一眼,心里又有一种忌惮。让他没想到的是,这个女人居然管阿爸叫大哥。从小到大,他还是第一次听说她是姨父宋文的妹妹。虽然她叫阿爸"大哥",可阿爸在她面前却点头哈腰,脸上堆满了笑,平时的傲气和满脸的冰冷消失得无影无踪,跟在她身后屁颠屁颠地向盟委办公楼走去。阿尔斯冷知道那是明珠盟里的领导们办公的地方,阿爸也能进出这样的地方,他心头升腾起一丝骄傲。

温都苏跟着宋梅走了几步,回过头来对阿尔斯冷说:"孩子,我这边可能需要点时间,你先去找葫芦玩吧,阿爸办完事就去你舅姥爷家找你。"

葫芦的年纪跟阿尔斯冷差不多,辈分却比他大,他得叫葫芦"舅舅"。他正犹豫着要不要去,一辆北京吉普在他身边停下,一个人喊了他一声:"阿尔斯冷。"

阿尔斯冷扭头一看,真巧,说曹操曹操就到——葫芦正笑嘻嘻地在吉普车里冲他招手,他赶紧把摩托车停靠到盟委大门旁的一片树荫下。

"阿尔斯冷,你怎么来了?"葫芦坐在车里问。

"我送阿爸来办事,他还说让我去找你玩呢,你就来了。"阿尔斯冷说。

"我是送货路过这里,哪有时间玩呀。你看我车里都是什么?"葫芦说着下了车,把后门打开。

阿尔斯冷走过去一看,惊讶得半天没有合上嘴。天呀,里面花花绿绿的,都是好东西,什么军绿色的望远镜、军用小铁锹、瑞士军刀、电子表,还有一垛垛捆成捆儿的牛仔服、呢子大衣,看得他眼睛都花了。

"葫芦,你这是从哪里弄来的?"因为年纪相仿,阿尔斯冷从来不叫葫芦"舅舅",而是直呼其名。

葫芦早习惯了,笑着说:"从哪儿弄的?如果我说是从国外弄回来的,你信吗?"

阿尔斯冷的眼睛一下子瞪得老大:"国外?你能出国?"

"哈哈哈,老土了吧。告诉你,这里的东西,有从北边口岸进来的,有从南边深圳倒腾回来的。既然碰上你了,送你一块电子表戴戴吧。"葫芦说着,从车上一堆电子表里随便拿了一个递给阿尔斯冷。

阿尔斯冷看着那块电子表,一时有些懵懂。说实话,他早就想买一块电子表了,可是自从买了摩托车,光油钱就是一笔不小的开销,他一直不好意思再跟额吉要钱。

"怎么?不想要?"葫芦说着就要扔回车上,阿尔斯冷急忙抢过来:"要要要,谁说不要了。"

"我就说嘛,现在城里的孩子们都为有一块电子表而到处炫耀呢。"葫芦笑着说。

"葫芦——舅——"阿尔斯冷声音低低的。

"你说什么?再叫一声,我没听见。"那声"舅"虽然很低,葫芦还是听见了。

"嘿嘿,叫就叫。"阿尔斯冷鼓了鼓勇气,却没再叫出来。

"你再叫一声,我送给你一个军用望远镜,怎么样?"葫芦笑着用话激他。

"真的?"阿尔斯冷问。

"真的。"葫芦说。

"舅舅——"军用望远镜刺激得阿尔斯冷红着脸叫了一声。

葫芦笑着从一堆迷彩绿军用望远镜中拿了一个递给阿尔斯冷,说:"以后就这样叫啊!说不定哪天我一高兴,还能让你用摩托车换进口汽车。"葫芦说。

"你就别忽悠我了,你自己开的才是北京吉普。"阿尔斯冷不相信地撇撇嘴。

"这可是你说的。实话告诉你吧,我爸已经走好几天了,这回去口岸就是想往回搞几辆走私车。只要能搞回来,我这辆车就淘汰了。"葫芦说。

"真的?那我再叫你一声舅舅,我用这辆摩托车换你的北京吉普,行吗?"阿尔斯冷问。

"兄弟,不对不对,我弄错辈分了。我说外甥,这可不是我一句话就能给你的。我爸说等他回来,这辆北京吉普就给别人了。听说这回弄回来的外国车是'蓝鸟',你知道吗?这个大院里最大的官坐的轿车也就是上海牌,跟'蓝鸟'没法比。"葫芦冲着大院撇撇嘴。

阿尔斯冷听了低下头,一种自卑感悄悄从心底向全身蔓延。葫芦看着他那副垂头丧气的样子,说:"这年头,要想发财就得有胆量。你知道现在最火的职业是什么吗?"

"什么?"阿尔斯冷问。

"倒爷。把那些电子产品、服饰,比如电子表呀牛仔服呀什么的,从南面弄过来,再把北边口岸的望远镜、呢子大衣、高级轿车什么的弄进来,折腾几趟后就能发大财。哎,对了,既然碰上你了,我就批发给你一些望远镜和电子表吧,望远镜按十五元,电子表按十元,每卖一个望远镜你留五元,卖一块电子表你留三元。怎么样,舅舅够意思吧?"葫芦笑着说。

"真的?"阿尔斯冷像打了鸡血一样立刻有了精气神。

葫芦从车里一样装了几个,放进一个提包里交给阿尔斯冷。"你点点数。我告诉你,来钱最快的是走私汽车,利太大了,要是能弄进来几辆,你就等着数钱吧。不过前提是得有关系,别被抓住。"葫芦向周围看了看,压低了声音。

就是这次与葫芦的偶遇和交谈,让阿尔斯冷义无反顾地走上经商之路。

原来巴特尔在的时候,他常常暗中盯着他的一举一动默默效仿,尽管往往南辕北辙,他也觉得津津有味。自从巴特尔进城上学以后,他就像猎人失去了目标,空抱着一杆猎枪不知该往哪里瞄。他甚至觉得九曲湾突然空落落的。其实每次进了城,他最先想起来的还是巴特尔,说不出是羡慕还是嫉妒,还是别的什么原因,他心里总是不服。他觉得阿爸走进去的那座办公楼离自己太远,太高不可攀,再说他对阿爸所忙碌的事情一点也不感兴趣,甚至反感。他觉得自己还是有机会超越巴特尔的,那就是成为一个比他有钱的人。可是怎么才能比他有钱呢?眼前就有一个选择,就是像葫芦说的,当个倒爷,而且要当一个大倒爷,甚至倒到国外去,当一个跨国倒爷。在坚定这个信念的同时,他还是有点疑惑,九曲湾的那座小桥有什么特别的秘密吗?为什么巴特尔几乎每天都要到那里去站一会儿?

就这样,听了葫芦的一番话,阿尔斯冷脑洞大开,当即就决定了两件事,一件是跟阿爸说说自己当倒爷的想法,另一件是到九曲湾小桥上探探秘,看看那里到底有什么神奇的东西指点着巴特尔。

"你阿爸来了,我该走了。坏了,我表姐也来了。"葫芦老远就看见了正往这里走的温都苏和宋梅,急忙上了车,同时叮嘱了阿尔斯冷一句:"你可别跟他们说啊,特别是别说我爸爸到口岸城市弄走私车的事,要不他们又该说我多嘴了。"

"放心吧,我不说。"阿尔斯冷话音还没落,葫芦已经轰着油门跑了。

温都苏和宋梅走到了阿尔斯冷跟前。温都苏还是卑躬屈膝、满脸堆笑,宋梅还是那副清高的样子。宋梅看看周围,又回头看看身后那幢办公大楼,低声跟温都苏说:"以后你们来,不要站在这里。这里正对着大楼,谁走到窗口都能看见。特别是我,只要在这里一出现,马上就会有人说我又到袁副书记办公室去了。人的嘴呀,太可怕了。"

"放心吧,换届的事定下来以后我就不来了。没有什么重要的事情了,怎么好意思惊动这么大的领导呢。再来也就是逢年过节给你们送些土特产品,九曲湾的牛羊肉可是远近闻名的。"温都苏说。

"那些东西不能往这里送,也不能在白天大摇大摆地送。袁副书记刚刚

走上领导岗位,盯着的人太多了,这次如果不是我找他,换成是别人,肯定没戏。对了,今晚我还有一个应酬,都是袁副书记的重要客人,我得提前认真准备一下,我就先走了。"宋梅说完就走了。

阿尔斯冷一直盯着宋梅的背影,看着她渐渐走远。"孩子,孩子,咱们走吧。"温都苏连着叫了阿尔斯冷两声,他都没有听见,又拉了一下他的袖子,他才回过神来。

"走吧,真是求人难呀。谁能想到当年宋文刚从师范学校毕业时,留市里没留下,又不想去旗县,找到咱们家说想留在城郊公社学校。那时候,别说他,就是今天大名鼎鼎的刘百万,哪敢用这种口气跟我说话呢。可现在是咱们求人家,得看人家的脸色啊。"温都苏说。

"阿爸,刚才那位美女也没说什么话呀。"阿尔斯冷说。

"什么美女?你动啥歪脑筋了?告诉你,按辈分排,她还是你的姨呢。"温都苏警告儿子。

"你说的是啥呀?我是说人家刚才也没说什么呀,你何必那么不高兴。"阿尔斯冷说。

"有些事你还不懂。今天我心情好,要不就凭你看人家的眼神,我就饶不了你。"温都苏说。

"阿爸,这些天你忙活的事有结果了吗?"阿尔斯冷问。

"当然有结果了。你知道谁带队去咱们队?"温都苏问。

"谁?"阿尔斯冷不太关心这些事。

"宋梅的丈夫。"温都苏说。

"她丈夫是谁?"阿尔斯冷问。

"她丈夫李禄原来是袁副书记的秘书,现在是尼林市委常委兼体改委主任。"温都苏挺神秘地说。

"阿爸,这么说你成功了?"阿尔斯冷又问。

"当然。你不高兴吗?今后九曲湾生产队不姓浩,改姓温了。小子,你阿爸终于翻身了。走吧,回家。"温都苏长嘘一口气,有些疲惫地坐上摩托车后座。

阿尔斯冷听明白了阿爸话里的意思,大意就是九曲湾生产队要换届选举队长,阿爸马上要当队长了。可浩毕斯嘎拉图大叔呢?他怎么办?他马上问道:"阿爸,你当了队长,那浩毕斯嘎拉图大叔当什么?"

温都苏用恶狠狠的口气说:"他回家去当羊倌吧。"

阿尔斯冷一听阿爸的口气,不敢再问,急忙转换话题:"阿爸,我刚才见到葫芦了,他现在当倒爷呢,我也想试试,行吗?"

温都苏在儿子肩头拍了拍说:"孩子,你这个想法不错,阿爸也有这个意愿。说起来,今天的刘百万,当年不就是一个羊皮贩子吗?没准我儿子以后还是阿千万呢,你说对不对?"

看阿爸没有反对,阿尔斯冷兴奋起来,摩托车也跑得快了,平时两个多小时的路程,今天一个半小时就开到了家门口。温都苏下车直接进了家,阿尔斯冷调转方向就向九曲湾小桥奔去,要去完成第二个心愿。

阿尔斯冷带着满满的好奇心来到小桥上。他在桥上仔仔细细走了好几个来回,甚至连每一根扶手的木头都仔细看过,根本没发现什么特殊的地方。他想起来了,巴特尔每次都是面向南方站在小桥上,于是他也学着巴特尔的样子,站在他经常站的地方往南面看去。已经是下午了,阳光下的九曲河湾白茫茫一片。他实在想不通,就这么一个普普通通的小桥,还有面前的这些水啊芦苇啊,怎么就能让巴特尔那么如痴如醉,每天不来一次好像就找不到魂一样。现在他眼前的九曲湾,蜿蜒的河岸两侧长满了芦苇,正是芦苇拔穗的季节,金灿灿的柔软的苇穗在西落的阳光下摇曳,在风中不时变换着颜色,一会儿是白色,一会儿是灰棕色,一会儿又变成了紫中泛着浅粉色,真是五彩缤纷。

阿尔斯冷突然感受到了九曲湾的美,自言自语起来:"真美,真美。过去我怎么就没发现呢?现在我也想离开九曲湾了,才第一次发现自己的家乡有多美。"他想使劲喊上一嗓子,可突然看见了一个人,便急忙转身向停在另一边的摩托车走去。

"阿尔斯冷,你别走。"山丹骑着杆子马风暴沿着小桥下的那条小路跑了过来。

"山丹——你,你有事吗?"不知怎么回事,阿尔斯冷每次跟山丹说话都很紧张。

"你怎么知道我要来这里?"山丹大声问道。

"你,你,想听真话还是假话?"阿尔斯冷问。这时他已经坐到了摩托车上,一条腿支着地。

"当然是真话。"杆子马风暴真给力,转眼就上了小桥。

"那我就说实话了,你可别生气。"阿尔斯冷说。

"我不生气,你说吧。"山丹并没有从马上下来。

"我决定离开九曲湾了,走之前,我想来这里看看。"阿尔斯冷说。

山丹没有吭声,过了一会儿才问:"你也要走?去哪儿?"

"我可不是像巴特尔那样进城上学,学习跟我无缘。我走出公社学校校门的那天就发过誓,再也不进学校门。我要去搞边贸。"阿尔斯冷特意用了一个很流行的词汇。

"搞边贸?说得还挺文雅。不就是当倒爷吗?"山丹也没客气,直接给戳穿了。

"嘿嘿嘿,就是当倒爷去。"阿尔斯冷赔着笑脸,打开挂在摩托车把上的手提包让山丹看。

"天呀,这么多?你从哪里搞来的?"山丹惊叫了一声。

"告诉你吧,这根本不算什么。我现在充其量不过是一个三道贩子,搞了边贸以后我就要当二道贩子,甚至头道贩子。"阿尔斯冷说。

"你什么时候走?"山丹低声问。

"估计很快。"阿尔斯冷说。

"巴特尔走了,你也走了。"山丹低头说。

"男人嘛,总要到外面闯荡闯荡。"阿尔斯冷不知怎么冒出了这句话,暗自有些得意,一高兴又对山丹说:"我正想送你一样东西当纪念呢,你就来了,喜欢什么就从这里挑吧。"

山丹看了阿尔斯冷一眼,摇头说:"我不要,你还是拿去卖吧。"

"山丹,你挑一件吧,我是真心送你礼物的。"阿尔斯冷的语气很诚恳。

"那我也不要。"山丹连连摆手说。

阿尔斯冷想了想,从提包里拿出一块电子表递给山丹:"现在城里的年轻人都挺喜欢这个的,你就留下它吧。"

山丹还是坚决不要,阿尔斯冷又说:"山丹,反正我这个人脸皮厚,一枪也打不透,我再问你一句话,你希望我离开九曲湾吗?"

"讨厌,你离开不离开九曲湾,关我什么事?"山丹立刻板起了脸。

阿尔斯冷苦笑了一下说:"山丹,那就再见吧。"话音刚落,他猛地轰了一脚油门,红色摩托车尖叫着蹿了出去。

虽然一轰油门离开了山丹,其实阿尔斯冷还有些不死心。他以为山丹会喊住他,可是跑出好远也没听到她的喊声。他有些沮丧地看了看腕上的电子表,四点多了,他脑子一转,突然萌生出进趟城的想法。自从巴特尔进城以后,他还一次也没有去探望过,他觉得应该去看看他。尽管大人们之间像斗架的公鸡一样,针尖对麦芒互不相让,可是他觉得自己不应该卷进他们的争斗中去。

摩托车在明珠盟牧业机械兽医学校门口停住时,阿尔斯冷看了一下电子表,是下午五点多,他居然用一个小时多一点的时间就进了城。他挺满意,抹了一把额头的汗水跳下来,把摩托车停靠在学校门口。

学校大门关着,仅开了一扇小门。旁边的传达室开着一个小窗口,里面坐着一位五十多岁的看门人。

"大爷,我想进去找个人。"阿尔斯冷对着小窗口说。

"找谁?"看门人问。

"他是九曲湾生产队的学生,叫巴特尔。"阿尔斯冷说。

"你是说那个长得挺精神的小伙子吧?有这么一个人,你进去吧。"看门人很和蔼。

走进陌生但充满活力和青春气息的校园,阿尔斯冷贪婪地深深地吸了几口校园的空气。一群学生正聚集在篮球场四周观看篮球比赛,不时有人高喊着加油。

"阿尔斯冷,你个没出息的家伙,为什么那么轻易就做出了不再进校园

的决定?"此刻的阿尔斯冷内心突然涌出对学生生活的留恋。

阿尔斯冷走到篮球场旁边,轻声问一个男生:"请问巴特尔在哪里?"

那个男生好像不认识巴特尔,扭头跟身旁一个同学说:"你认识巴特尔吗?有人找他。"

人群里的王志强恰巧听到了问话,对阿尔斯冷说:"你找巴特尔?跟我走吧。"

王志强把阿尔斯冷领到一堵榆树墙前,做出一个放轻脚步的手势,阿尔斯冷便学着王志强的样子猫下腰,悄悄靠近榆树墙。王志强指了指里面,低声说:"你看,是不是他?"

阿尔斯冷透过榆树墙的空隙往里看,见巴特尔正跟一位漂亮姑娘跳舞,那个姑娘看着很眼熟。他想起来了,打马鬃的时候见过她。阿尔斯冷对王志强点了点头,王志强出了个怪相,猫着腰轻轻走了。

阿尔斯冷坐在榆树墙下,透过缝隙看着那个漂亮姑娘指导巴特尔一招一式地跳舞,忍不住轻轻咳嗽了一声。就是这一声咳嗽,把正在跳舞的两个人惊动了。巴特尔一眼就看见了阿尔斯冷,笑着跑过来给了他一拳:"好你个阿尔斯冷,是不是又有讨好山丹的新话题了?"

美丽也走过来,问巴特尔:"你们认识?"

"认识。不光认识,我们俩还是光屁股一起长大的。"巴特尔说。

"那你们谈吧,我走了。"美丽冲阿尔斯冷笑了笑就走了。

阿尔斯冷看着美丽的背影,酸溜溜地说:"巴特尔,我真佩服你,怎么到哪里都有美女陪伴?你知名度不小呀,就连校门口那个把门的老头都知道你。"

"没你想得那么复杂,我是跟人家学跳舞呢。"巴特尔说。

"谁信呀?"阿尔斯冷撇撇嘴。

"爱信不信,随你。对了,你大老远地跑来,不是就为了打听这些事吧?"巴特尔问。

"巴特尔,我已经想好了,我要离开九曲湾到口岸城市去当倒爷。走之前有件心事我想向你坦白,要是不说出来,我心里难受。巴特尔,我早就看出来了,山丹喜欢的是你。你还记得不,当年咱们在草原上抓小牛犊骑,你把山丹扶到小牛犊背上,说那是迎亲的马队,从那时开始我就对你俩好坚信不疑。"阿尔斯冷说。

"你绕来绕去的到底想说什么?"巴特尔有点莫名其妙。

"巴特尔,全怪我,她信了我编的瞎话,对你有了误会。刚才我在小桥上见到了山丹,我突然很内疚,就直接来找你坦白了。"阿尔斯冷很真诚地说。

巴特尔没有怪罪阿尔斯冷,反而一把握住他的手说:"阿尔斯冷,我祝你梦想成真。"

"巴特尔,你恨我吗?"阿尔斯冷不知道巴特尔是什么意思,心虚地问。

"那天晚上我也有过分的地方,我不该刺激你,害你摔了一个大跟头。听说你还受伤了?"巴特尔说。

"嘿嘿嘿,没受伤。是公社卫生院看门的老陈出了个馊主意。"巴特尔听了又气又笑,使劲给了阿尔斯冷一拳。

第三十章　生产队长的委屈

一个折磨浩毕斯嘎拉图好久的"分畜到户"试点，终于艰难地画上了句号。尽管有些人对生产队提出的承包方案有争议，特别是在草场、保留一部分集体经济等方面争议很大，但在他的坚持下，都保留了下来。他当然明白，这些事肯定会有后遗症，这个后遗症具体会有多大影响，他心里真没底。当了多年的基层干部，他有一个最实在的经验——众口难调。在一些他还没有看准的问题上，对有些不同意见是可以参考采纳的，可是经验也告诉他，如果顾虑不同意见而过于迁就，就会举棋不定、贻误战机，结果把事情办成一锅糨糊。所以这些年来，在一些重大问题上，只要看准了，不管多大阻力，他也果断决策。他认为这不是蛮干，也不是盲目。为了防止武断和自以为是，他暗中要求自己不能以是否对自己有利来画线，必须出于公心和为社员们着想，否则他就会暂停下来，让自己冷静一段时间再决策。

对浩毕斯嘎拉图这一点，老支书敖特根一一看在眼里。他曾经对浩毕斯嘎拉图有个评价：浩队长这个人要是再上几年学，一定能当大干部。

"分畜到户"试点社员大会结束以后，看着一张张熟悉的面孔从办公室窗前走过，浩毕斯嘎拉图感觉卸下了一个沉重的包袱。尽管心里五味杂陈，感觉也有些累，他还是摇通了公社的电话，找到李涛书记："老书记，您好，我是——"浩毕斯嘎拉图本想汇报一下九曲湾生产队"分畜到户"试点情况，谁知刚一开口就被电话那边的李涛书记打断了："小浩呀，我得纠正你一下。根据上级文件通知，咱们九曲湾公社改名了，现在叫九曲湾苏木。下一步，你们九曲湾生产队改叫九曲湾嘎查了。"

"真的吗？这说变就变了？李书记,那,那,那我该怎么称呼您？"浩毕斯嘎拉图一下子有点结巴了。

"文件很快就下去了,我先给你透个风。改制后的苏木还设党委呀,我还是党委书记,至少目前还是。"李涛书记幽默地说。

"李书记,我们生产队,不,我们嘎查的牲畜已经分到户了。"浩毕斯嘎拉图一字一顿地说。

"全都分了吗？"李涛书记语气很平和。

"这个——"事关敏感问题,浩毕斯嘎拉图想斟酌一下语句,可还没等他把话捋顺,李涛书记就单刀直入了："没全分就没全分嘛,你们队的事我都知道了。不过实话实说,到底是全分好,还是保留一些集体经济实力好,这个问题我也没想清楚。但是我个人认为,如果生产队干部不想承担什么责任,简单地一分了之,然后一门心思经营自己的一亩三分地,率先富起来,可能是最利己的选择。所以其他地方老百姓才编了个顺口溜:'包产到了户,牛羊啃了树,女人大了肚,不要队干部。'我说不好这种态度有什么错,但是如果每个基层干部都这样图省事、遇事绕着走,那谁来当党和政府联系群众的桥梁？这种情况值得思考。"

"李书记,没有全分是我的意见,如果违反了上级的政策,要处分就处分我。市委工作组这次来我们队,主要就是了解为什么没有全分,我看来头不小。特别是宋文校长气势汹汹的样子,好像要彻底否定我们这次'分畜到户'工作。"浩毕斯嘎拉图说。

"谁说要处分你了？队是基础呀。虽然改叫嘎查了,可是不管怎么改,嘎查、行政村,都是我们国家这座大厦的基础呀。没有坚实的基础,那可不得了。你这个生产队长有想法,不愧是烈士的后代,对革命前辈开辟的事业有责任心。快说说你的想法。"李涛书记绕开市委工作组的话题,转向了为什么没有全分的理由。

"李书记,我认为牧区居住分散,社员们有事到公社,不对,到苏木一次不方便,更别说到尼林市了。生产队,不,嘎查的集体经济要是没了,社员们

有了困难找谁?即使找到嘎查,嘎查拿什么为社员排忧解难?不能为社员排忧解难,我们靠什么凝聚人心呢?"浩毕斯嘎拉图说。

"孩子呀,你说到点子上了,我也正在思考这个问题。承包是为了解放生产力,但是人心可千万不能散呀。现在已经分畜到了户,那么真的就不需要队干部了吗?我看不一定。孩子呀,这件事咱俩想到一起了。过去也搞过一次承包,叫'三自一包',我记得是'自留地、自由市场、自负盈亏和包产到户',可是刚开始就结束了,没留下可供借鉴的经验,所以我们必须要有责任感,更要有探索的勇气。说实话,今天到底怎么搞,咱们谁也没经验,谁知道会碰到哪些问题呢。依我看,队干部不是没事干,而是责任更重了。首先就是要引导社员们转变观念,适应新的形势,不断探索如何完善家庭联产承包责任制。"李涛书记说。

"李书记,我感觉有点跟不上形势了。到底怎么探索、完善,我觉得还是走一步看一步吧。社员们刚刚承包了牲畜,最近正忙着贷款垒牲畜棚圈呢,谁还顾得上听我们的呀。不过,现在已经有新的矛盾出来了。"浩毕斯嘎拉图说。

"什么新的矛盾?现在的工作千头万绪,承包已经调动了牧民们的生产积极性,出现新的矛盾也是正常的。作为现任苏木党委书记,我也不能给你更多的支持。"李涛书记的语气里带着歉意和无奈。

"我说的是牲畜虽然承包了,可是好草场就那么几块,牧民们都扎着堆想把牲畜往水草好的草场赶,这样下去可不得了呀。"浩毕斯嘎拉图有点焦虑。

"是呀,牧区跟农区不一样。农区把土地一分就解决了,可是牧区分了牲畜,还有个草场问题。草场怎么分?要是分了,古老的'走敖特尔'就走不了了;要是不分,牧民们都往好草场挤,那这片草场很快就沙化了。"李涛书记的语气明显谨慎起来。

"李书记,一发现新问题我就随时向公社党委——不对,向苏木党委汇报。我也说不出更多大道理,我就记住了您经常跟我说的那句话:什么时候也别忘了牧民群众,他们是我们共产党人的大地。"浩毕斯嘎拉图说。

"孩子,你真的成熟了。我是从战争年代走过来的,当年要是没有牧民群众的支持,我连土匪是谁都分不清,更别说剿匪了。记住,什么时候也不能忘了我们立足的大地。好了,这件事就先不说了。今天你不来电话,我也正要找你呢。"李涛书记的口气更严肃了。

"什么事?"浩毕斯嘎拉图问。

"有人给市委写匿名信,说你们嘎查有人借'分畜到户'侵吞牧民利益。"李涛书记说。

"侵吞?谁的胆子这么大?"浩毕斯嘎拉图的声音一下子提高了八度。

"孩子,那封信告的是你呀。这么多年了,你是什么样的人,我清楚,我之所以告诉你这件事,是因为我相信你不是那样的人。刚才你已经说明白了你的想法,是想保存一部分集体经济实力。关于集体保留不保留部分经济实力,现在谁也说不出是对还是错,只要咱们干干净净、出于公心就不怕。要相信群众的眼睛是雪亮的,这些就留给时间和实践来检验吧。"李涛书记说。

"李书记,能得到您这样的评价,我就是不当生产队长也心甘情愿了。"浩毕斯嘎拉图说。

"孩子,你当生产队长是党员,不当生产队长也是党员,我相信,只要站得正,就不怕邪风。在这种时刻,你还能想着保存一部分集体经济实力,这就说明你心里想着群众,没有为自己发家致富不择手段。"李涛书记说出自己的真实想法。

"大叔,说实话,如果阿爸当年不是九曲湾草原上的第一个牧民党员和牧民会主任,如果没有把鲜血洒在这片他热爱的大地上,如果没有大叔您的呵护和支持,我真没有勇气做出这个决定。如今已经这样了,我绝不后悔。"浩毕斯嘎拉图坚定地说。

"孩子,虽然我职务不高、能力有限,但我绝对跟你站在一起。还有一件事我提前跟你打个招呼,随着人民公社、生产队体制的改革,马上就要举行嘎查'两委'班子的换届选举了,你可要有思想准备。"李涛书记的语气很低沉。

"我明白了。放心吧，大叔，无论什么样的结果我都能承受。"浩毕斯嘎拉图说。

浩毕斯嘎拉图本来以为汇报完就一身轻松了，谁知放下电话后，他的心情反而更加沉重起来。他知道，李涛书记说的那封匿名告状信肯定是温都苏写的，一想到温都苏在社员大会上咄咄逼人的样子，他的心就堵得慌。

汇报工作之前，看着社员们赶着羊群兴高采烈地回家，想着再也不用劳神费力地布置牧业生产任务，不用带着人走东串西地清点牲畜，这些年的疲劳瞬间涌向他，他只想回家好好睡几天懒觉。自从当了队长，他每天就像一个碎嘴婆婆一样不停地唠叨，社员们又怕他又烦他，又离不开他。那些年，每当看见生产队的一群群牛羊马驼，他就情不自禁地联想到年景。假如年景好，牲畜的膘情好，又没发生疫情，他的心就会轻松下来；如果年头不好，他就整天犯愁秋天的贮草到哪里才能打。现在好了，过去仅靠几个队干部操心的事，全交给社员们了。

回想着李涛书记讲的事，浩毕斯嘎拉图无精打采地走出来。

秋天到了，太阳不再像盛夏时那样炎热，蔚蓝的天空也显得更加辽远。队部院墙的四周长满杂草，像一群调皮的孩子趴在残破的干打垒墙上往院子里探头探脑。在院子里的孤零零地摆放着胶轮马车、马拉打草机，别的什么也没有了。

浩毕斯嘎拉图走到自己坚持保留下来的小胶轮马车、马拉打草机跟前，突然闻到一股浓郁的草香味，刚才还沉甸甸的心扉突然被这股草香气打开，堵在他心头的那些烦心事瞬间被这个熟悉的味道吹散了。他抬头看着院外的滚滚草浪，一时兴起，快步走到正在吃草的坐骑旁，解开马绊翻身上马，把手中的缰绳向队部西南方向抖了抖，老马打着响鼻向绿油油的草浪深处奔去。

浩毕斯嘎拉图享受着马背上颠簸的舒畅，吮吸着浓郁的草香，忘掉了所有的不快。像往常那样，他的目光在绿色的旷野上游荡，目之所及是无边无际的绿色草浪，还有浮动在草浪间的牛群、羊群、马群……他的心头涌起一种幸福的成就感。

浩毕斯嘎拉图突然想起一首老歌《牧民歌唱共产党》,放开喉咙就唱了起来——

  在那百花盛开的草原上,

  肥壮的牛羊像彩云飘荡……

阿拉腾站在大约一百只羊的羊群旁,惊奇地瞪大了眼睛——队长唱歌让她感到有点意外。她想了想,低声自语道:"看来这回队长不管我们了。"

羊群旁边的草地上仰卧着一个醉酒的男人,这是阿拉腾的丈夫,酒鬼苏乙拉。

浩毕斯嘎拉图也看见了阿拉腾,有些不好意思地靠过来:"你好呀,阿拉腾。"

"队长好。分畜到户了,队长也轻松了吧?"阿拉腾问。

"是啊,原来生产队像一个大家庭,事事都得操心,什么都得管。现在分家了,每位社员过好自己的日子就行了,不用我操那么多心了。"马上的浩毕斯嘎拉图笑着说。

"那就是说,以后队长就不管我们了,是吗? 队长,你看看他,走到哪儿喝到哪儿,放羊还喝成这样。今天幸亏我来了,要不这群羊丢了都不知道是怎么回事。"阿拉腾哭丧着脸说。

"这个苏乙拉太不像话了。好好的日子不过,每天还喝成这样吗?"浩毕斯嘎拉图跳下马走到苏乙拉跟前,本想劝他几句,可他已经烂醉如泥了。浩毕斯嘎拉图无奈地叹了口气,转头对阿拉腾说:"放心,虽然分畜到户了,但是对你们这样有困难的牧户,队里不会不管的。"

"队长,你要是不当队长了,还会管我们吗?"阿拉腾眼圈都红了。看来连普通社员都在关注这件事情。

浩毕斯嘎拉图没有回答。他想安慰她几句,可是无法张口,停了一下,说:"阿拉腾,一会儿我找个人来帮你把他弄回去。"

"队长,不用了,大家现在都忙,怎么好意思麻烦别人呢。我就在这里等他清醒了再回家。"阿拉腾说。

"对了,你的缝纫手艺那么好,现在政策也这么好,你可以揽点活儿挣点

钱呀。"浩毕斯嘎拉图说。

"队长,我也这么想过,可是我顾不过来呀。你看看他,天天这么喝,家里的活我一个人根本忙不过来……还有,我们家的羊群眼看着一天比一天少,他要是再这样喝下去,用不了多长时间,这群羊就没了。"说着,阿拉腾流下了委屈的眼泪。

"这个苏乙拉呀,真是……阿拉腾,你不要太难过,回头我跟敖书记商量一下怎么办。"浩毕斯嘎拉图的话给了阿拉腾一点希望。

阿拉腾的话也让浩毕斯嘎拉图想起了老哮喘病人乌日图老人,他拨转马头向乌日图老人家奔去。从遇见阿拉腾的那一刻开始,到听她说出"队长不管我们了",他越来越坚信自己坚持保留一部分集体经济实力的想法是符合实际的。

浩毕斯嘎拉图走进乌日图家,看到老马倌也在。

乌日图的家是一座陈旧的蒙古包,家具很简陋,一张不知什么年代的茶桌,上面的油漆早就脱落了,桌面在多年油渍的浸透下闪着黑亮的光。桌上摆放着的两个茶碗里,黑茶水还冒着热气。

看见浩毕斯嘎拉图走进来,乌日图的老伴急忙站起来,一边热情打着招呼,一边去碗橱里拿碗。齐胸高的碗橱跟茶桌一样古老,一对磨得发亮的黄铜拉手嵌在两扇小门上,早年民间艺人一丝不苟描画的图案还很清晰。

乌日图好像正在跟老马倌说着什么,浩毕斯嘎拉图一进来,两个人同时把目光转向他。他们的神色告诉浩毕斯嘎拉图,他们正在谈论一件跟自己有关的事。乌日图微微低下了头,老马倌那双大手局促不安地搓着,蒙古包里的气氛瞬间有些沉闷。浩毕斯嘎拉图察觉到了这种沉闷。

"我好像来得不是时候啊。"浩毕斯嘎拉图笑着说。

"浩队长,你说到哪里去了?我请还请不来呢。"乌日图一着急,就连着咳嗽起来,嗓子眼里像拉风匣一样刺刺啦啦响成一片。

"就是,就是,我们怎么能怕你来家里呢。特别是现在,我们感觉很孤单,好像身后的靠山没了。"乌日图的老伴在一旁说。

浩毕斯嘎拉图与乌日图两口子说话时,老马倌一直没有吭声。他的脸上带着一丝慌乱,想拿起碗喝茶,却把浩毕斯嘎拉图面前的茶碗碰倒了,冒着热气的茶水洒了一桌子,顺着不平整的桌面流着。

"哎呀哎呀,我这是怎么了,真笨哪。"老马倌反应很快,迅速用一只袖子在茶桌上一扫,另一只大手放在茶桌边沿接着,桌面上的茶水有的渗进老马倌的袖筒,大部分流进了那宽大的手掌里,然后他把满手掌的茶水往土炉子坑里一甩,桌面上瞬间整洁了。

"你看看,你看看,到底是技艺高超的老马倌,动作多利索,还没等我下手,人家都清理干净了。"乌日图老伴又倒了一碗茶水放到浩毕斯嘎拉图面前,然后躬着腰走到老马倌跟前,用抹布擦了擦马倌湿透了的袖筒,又使劲拧了拧。老马倌把湿了的袖子展开,用手捋了几遍,又有些局促地搓起手来。

乌日图咳嗽了一阵,渐渐平静下来。他看看浩毕斯嘎拉图,又看看老马倌,犹豫了一下,说:"浩队长,我们虽然分到了牲畜,可是我们老两口一点也轻松不起来。我刚跟老马倌兄弟核对了一下,才知道我们家分到的牲畜一只也不少。队里这样待我们两个老病号,我和老伴心里头热乎乎的。真是谢谢你呀,这么多年来一直默默地关照着我们老两口。"乌日图眼眶里噙满了泪水。

"不要感谢我,要感谢党的政策。分畜到户,对我们所有人都是个开始,以后肯定会碰到很多与大集体时不一样的困难和问题。咱们以前是以生产队为经营核算单位,人多虽然力量大,可是也有多的麻烦。就像那首儿歌里唱的,一个和尚有水喝,两个和尚抬水喝,三个和尚没水喝。分畜到户以后,就是以家庭为经营核算单位了,就是要解决三个和尚没水喝的问题。可是你们家缺少劳动力,情况特殊,这就是困难。老马倌,你说对这种情况,生产队该管还是不该管?"浩毕斯嘎拉图拍着老马倌的肩膀问。

"哦哦,当然该管——我——"老马倌红着脸说。

"刚才你们是不是正在商量这件事?"浩毕斯嘎拉图问。

"也是,也不是。最近我老家来了一个表弟,年纪不小了,让我给找点活儿干,说想在这里挣够钱回家娶媳妇。咱们开会的时候我就想好了,把帮助

乌日图大哥这件事交给他。谁知道他这几天跟咱们队的苏乙拉谈好了,给他家放羊。苏乙拉给的条件很优越,除了在他家白吃白喝以外,工钱一个月十五元,还免费提供一顶放置多年没用的蒙古包。"

"什么,苏乙拉?那个天天喝酒、对酒比对媳妇还亲的苏乙拉?他哪有能力支付工资呀。"浩毕斯嘎拉图说。

"就是那个苏乙拉拍着胸脯说的。"老马倌说。

"哼,苏乙拉再喝下去,用不了多久就得把家产和媳妇喝没了。"乌日图说。

"那乌日图老两口怎么办呢?"浩毕斯嘎拉图问。

"我们正商量这件事呢。说实话,我家也缺劳动力,我可舍不得让山丹放牧。你进来时我俩正犯愁这件事呢。"老马倌脸上的神色慢慢正常了。

"我倒是有个主意。老马倌的表弟放一家的牲畜是放,放两家的牲畜也是放,为什么不能放你们三家的牲畜呢?为了防止混群,你们把自家的牲畜都画上标记,然后你们三家与老马倌表弟签订一个协议,规定好工钱,这样一来,表弟不仅能多挣点,你们每家平均起来也能少花点。你们说,这个办法怎么样?"浩毕斯嘎拉图话音一落,另外三个人一起拍手叫好。

"咱们想了一下午也没想出办法,浩队长屁股还没坐热乎就想出这么一个好主意,就是厉害。"乌日图一高兴嗓门都提高了,喉咙里一痒又咳嗽起来。

"就是,还是咱们队长有办法。可是——"老马倌说着又低下了头。

"浩队长,说实话,这些年为了队里的事,你受了不少委屈。我虽然是个老病号,可是我的心没病。我每次犯病,只要找到你,你总要亲自赶着小马车送我去医院。这些我都忘不了。"乌日图说。

"浩队长,'两定一奖'的时候,是我犯浑,不该直接顶撞你。不过,虽然当面顶撞了你,我可没有告你的黑状。这次市里的工作组到队里找我们谈话,我可一句坏话也没说啊。我就奇怪了,温都苏怎么就偏偏跟你过不去?他在工作组面前肯定没少说你的坏话。凭直觉,我发现工作组好像带着框框来的。工作组刚走他就找到我,说工作组里有他的亲戚,咱们队马上要换届选举了,不让我投你的票。你们说我可能听他的话吗?"老马倌说。

"我这样的老病号,温都苏都来找过我,不让我投你的票。他那次来还带来了一个军用望远镜,说我身体不好,有了它在家里放牧都行。不过我没要,真的没要。"乌日图说。

浩毕斯嘎拉图这才知道,温都苏早已紧锣密鼓地活动起来。他想起李涛书记在电话上说的,原来真不是空穴来风呀。他抛开杂念,诚恳地对眼前三位朴实的牧民说:"谢谢你们的信任。听了你们说的这些话,我就是落选了、不当队长了,也不遗憾。"

"浩队长呀,你可不能不当队长啊。说实话,你当队长的这些年,虽然也说过我们,虽然我们也有气,可我们心里都知道你说得对,只不过为了面子我们才强词夺理的。说句心里话,事情过去就过去了,我们从来没有记恨过你。"老马倌说。

"浩队长呀,老马倌说的也是我想说的。"乌日图说。

"谢谢你们对我工作的肯定。老马倌,你抽空找一下阿拉腾吧,征求一下她的意见。如果同意,你们可以组成一个小互助组,这样她还能抽出时间揽点缝制蒙古袍的活儿,一举两得。别的我先不多说了,以后再谈吧。"浩毕斯嘎拉图说着,站起来要走。

"队长,你就放心吧,我一定把话捎到。天已经快黑了,咱们喝点怎么样?"老马倌问。

"你们老哥俩喝吧,我还得到几户困难社员家去看看。要不过几天真的落选了,就没有机会去了,是不是?"浩毕斯嘎拉图笑着走出蒙古包。

三个人跟着走出来,默默地看着他们的队长上了马。

这一年的草原跟牧人们的心情一样。已经跨进初秋了,但是辽阔的草原不仅没有褪色,反而更加生机勃勃,草香气更加浓郁,到处洋溢着丰收在望的喜悦。一群群牛羊在广袤的绿色原野上缓缓移动,一阵阵雁鸣在蔚蓝的天空中悠悠回荡,那声音似乎带着眷恋,也有些怅然,像是在向即将来临的短暂的分别说着再见。在这队大雁的后面还有几队雁阵,排着相同的"人"字形,坚定地向南飞去。它们掠过草原的上空,越飞越远,渐渐没有了

踪影……那情那景,让人不由得心生一丝慨叹。那是萧瑟秋风带给人的凉意,最容易触动人们多愁善感的神经;那是人们一种与生俱来的本能——触景生情。

"你们回去吧,再好好商量商量,看能不能总结出点新鲜内容,给分畜到户试点探索出些新经验。另外,咱们九曲湾生产队很快就要改称九曲湾嘎查了,面对新问题,我们要善于动脑筋,就摸着石头往前走吧。"浩毕斯嘎拉图说着,调转马头走了。

"浩队长,慢点骑。今年草厚,靠近沙地的时候小心点,那里经常有马踩塌了黄鼠洞把人甩出去。"老马倌大声提醒。

"浩队长,你年纪也不小了,别太累着,早点回去休息吧。"乌日图老伴对着浩毕斯嘎拉图的背影喊。

"浩队长,哪天我杀只羊,你可一定要来呀。"乌日图呼噜着嗓子说。

"杀羊吃肉可以,不过别忘了发展生产。眼下这些羊都是你的家底了,可不能不管不顾地放开吃。"浩毕斯嘎拉图远远地回过头来大声叮嘱了一句,坐骑渐渐跑远了。

"哎,咱们队改叫嘎什么来着?"改名的消息太突然,乌日图一时没记住。

"浩队长说叫嘎查。"乌日图老伴提醒他。

"对,嘎查,有这样的队长是咱们嘎查牧民的福气呀。"乌日图含着眼泪说。

"浩队长真不容易。如果不是为了给队里保留一些资金,温都苏也没有理由到处告他。"老马倌说。

"我觉得浩队长是出于公心。一个家里就几口人过日子,不也得有点积蓄吗?更何况有上百个牧户的这么大一个生产队,每天有多少事要处理呀。无论遇到什么事,咱们队长从来都是为大多数群众着想的,我相信他。"乌日图说。

"是啊。这下搞承包了,不知怎么回事,每次看见咱们队长我就从心里可怜他,就想哭。"乌日图老伴抹了一把眼泪。

"我也是。那天有人提出要把那辆小胶轮马车也拆了,我听了就像剜肉,真舍不得呀。刚开始赶那辆胶轮马车时,我还没成家呢,可现在……山丹那天说得对,咱们生产队最少有一半产妇都是那辆小胶轮马车送到公社卫生院的,或者是从公社卫生院接来大夫。那辆车是当年咱们浩队长用打狼奖给他的奖金,又从公社要了点钱,才买回来的。浩队长为什么不让拆,我能理解他的心情。"老马倌也动了感情,抬起还湿着的袖子在脸上抹了一把。

"不说别的,我去医院就不知道坐了多少次哪。哎,咱们光顾着说话了,浩队长说让咱们注意总结点什么来着?"乌日图说。

"他肯定还有别的想法。咱们生产队,啊,不对,咱们嘎查,还有十几户缺少劳动力的牧户呢,浩队长肯定也想到了他们。真是难为他了。"老马倌有些哽咽,停顿了一下又说,"还有一件事,我不说出来就要憋死了。那天,有人说书记和队长借给社员们安装风机、除氟罐、小牧床的机会吃回扣,我听得清清楚楚,达木丁哭着对天发誓说,根本不是吃回扣的事。本来书记和队长两家也想安的,可是到最后经费实在不够了,为了让社员们都能安装上,他们两家就放弃了,不仅放弃了,最后连现金也没领。达木丁哭着说,他就奇怪工作组怎么不找他了解情况呢?他才是真正的知情人。"

三个人一起向着浩毕斯嘎拉图远去的背影望去,乌日图老伴低声啜泣起来,老马倌和乌日图也揉了揉眼睛。

第三十一章 交锋

九曲湾生产队的"分畜到户"试点在尼林市,甚至在全盟牧区引起了巨大反响,更形象的比喻就是,就像点燃了鞭炮的炮捻或是在干柴堆上点了一把火。他们的试点还在进行中,九曲湾公社的所有生产队几乎也都搞起了"分畜到户",很多人都说他们等不及了,都想早点把牲畜赶回家。

早晨,浩毕斯嘎拉图刚走进队部办公室,支书敖特根便跟进来坐到他对面,想说什么却没说,长长叹了口气。

"敖书记,怎么唉声叹气的,有什么为难事吗?"浩毕斯嘎拉图笑着问。

"浩队长,这几天咱们队里可是不太平静呀,你知道吗?"敖特根情绪很低落。

"我听说了,温都苏在下面拉选票呢,要当队长,不对,是想当嘎查长。"浩毕斯嘎拉图淡淡地说。

"就是这件事。你说这个家伙是不是发昏了,居然跑到我家去,说要跟我搭档。"敖特根说。

浩毕斯嘎拉图正要说什么,电话响了,他拿起来一听,是李涛书记:"孩子呀,该来的都要来了。我刚接到市委组织部的通知,全盟牧区人民公社改建苏木及政社分开体制改革试点就要开始了。"

"李书记,正好敖书记也在我这儿,需要我们提前做什么准备吗?"浩毕斯嘎拉图问。

"孩子,市委工作组要求公社党委提前进行九曲湾生产队换届选举的文件已经下来很久了,一直压在我这儿,现在看来压不住了。市委要求生产队改为嘎查,这是一级政权组织,所有嘎查都要举行换届选举。"李涛书记停顿了一下说,"一切都按照他们设计的方案进行着。市委组织部已经找我谈过话了,我马上退居二线,由朝鲁接任书记,宋文任苏木长。"

最后这几句话像在浩毕斯嘎拉图耳边炸响了一个惊雷,他震惊了:"大叔,九曲湾离不开您呀。我——"

"孩子,我理解你的心情。可是作为一名共产党员,在任何时候都要无条件地服从组织的决定。再说这也是我自己提出来的,目的是让贤,把更有能力的年轻同志推上来。这次市委组织部找我谈话提出了两个方案,一个是在九曲湾苏木退居二线,一个是调到市里的单位任一把手,再工作一段时间。我考虑了一下,决定继续留在九曲湾。"李涛书记的语气很平和。

"大叔,我明白您的心。"浩毕斯嘎拉图知道李涛书记为什么宁愿在九曲湾退居二线,也不去当市属单位的一把手,他是放不下九曲湾草原和这片草原上的牧民群众呀!他的眼睛湿润了,声音也哽咽了。

"孩子,不要难过。废除干部终身制,是我们党和国家的一次重大改革,是为了保证党的事业后续有人,是党和国家的百年大计,我们要坚决执行。我今天要跟你说的是,今天下午苏木换届工作组就到你们嘎查了,工作组组长是宋文,你要有思想准备。我还是把毛主席的那句话送给你:'我们共产党人不是要做官,而是要革命。'只要我们脚踩在辽阔的大地上,就能永远立于不败之地,因为大地是我们的母亲。"李涛书记明显激动起来,声音也变得高亢有力。

"大叔,您放心吧,无论换届还是换人,我都有思想准备。"浩毕斯嘎拉图说。

浩毕斯嘎拉图终于放下电话,敖特根这才长舒了一口气:"我还以为你不知道温都苏在下面拉选票呢。"

"不仅仅在下面拉选票,往上面他也跑着呢。听说最近一段时间他经常到盟委书记楼。"浩毕斯嘎拉图说。

"看来他是不达目的不罢休呀。"敖特根说。

"敖书记,刚才李涛书记正式通知,下午苏木换届工作组就来了,我们得提前通知社员们。"浩毕斯嘎拉图说。

敖特根点点头:"我去安排。我建议你还是抓紧时间多走几户社员,多跟他们交流交流,以防万一。"敖特根说。

"敖书记,顺其自然吧。如果落选了,我就进城打工,给咱们队有进城愿望的社员们打个前站,特别是那些有困难也有特长的社员,也许在城里能找到新的出路。"浩毕斯嘎拉图笑着说。

"我还是希望咱们俩能继续搭档下去。要是温都苏当了嘎查长,凭他的秉性肯定是先捞一把,还不知弄出什么幺蛾子呢。"敖特根边说边走出去,没一会儿又转了回来,疑惑地问:"奇怪呀,社员们已经接到开会通知了,是谁通知的呢?"

"肯定是温都苏替咱们做工作了呗。他的连襟是工作组组长宋文,现在是万事俱备,只欠东风了。"浩毕斯嘎拉图说。

"看来他已经提前上任了。"敖特根双手一摊,摇了摇头。

两人正说着话,门开了,温都苏出现在他们面前。这回他不像平时那样板着脸了,而是满面笑容:"两位达日嘎,人都齐了,就等你们二位了。"说完做了一个"请"的手势。

敖特根、浩毕斯嘎拉图被惊到了,两人对视了一下,一时不知该说什么。

"两位达日嘎,九曲湾苏木新上任的苏木长宋文临时决定提前召开换届选举会。他马上就到了。"温都苏从二人脸上看出了疑问,解释了一句。

"的确是提前上任了啊。"敖特根低声在浩毕斯嘎拉图耳边说。

浩毕斯嘎拉图和敖特根一前一后走进队部会议室,看到温都苏竟然坐在主席台上。敖特根有点看不惯,往下指了指说:"老温,选举还没开始呢。今天不是分畜到户会,坐在这里的是生产队'两委'班子成员。"

会场上响起一阵笑声。温都苏红着脸站起来走下主席台,边走边说:"敖书记,你说错了,现在不叫生产队,改称嘎查了。"他走到阿尔斯冷身边坐下,低声对儿子说了句什么,阿尔斯冷不解地看看主席台南侧,不情愿地走过去坐下。从这个角度能看见主席台上的人私底下干什么。

浩毕斯嘎拉图在主席台上坐下来,这个位置从他当队长开始一直坐到现在。刚才敖书记撵温都苏时,他一句话也没有说,懒得搭理那个心怀叵测的家伙。

会场上还有一些空座位,牧民们陆陆续续来了一大半。开会时间快到了,人渐渐多起来,会场上一片嘈杂,不再冷清了。

突然,会场上出现了一阵骚动,原来是苏木工作组的人进来了,宋文走在最前面。他先是朝敖特根、浩毕斯嘎拉图走过来,依次跟他俩握手,然后坐到了他俩中间——主席台正中央的位置。跟着他来的另外两个人直接走到主席台南侧坐下,随后有意无意地看了阿尔斯冷一眼,把随身携带的文件袋放到桌子里面。

会议还没开始,满脸春风的宋文跟敖特根耳语了几句:"敖书记,上次我根据盟委领导指示,参与市委赴九曲湾生产队工作组来这里调研时,就已经内定担任现在这个职务了,出于多种考虑才没有声张。李涛书记退居二线的事你们听说了吧?"

敖特根面无表情地听着,随口问道:"宋校长,哦,对不起,应该叫宋苏木长才对,您高升后,学校校长由谁来接替呢?"

"目前苏木党政领导班子还没有配齐,校长人选暂时还没有考虑。"宋文想也没想就说。

"把我们队的知青哥哥调过去当校长多合适呀。"坐在另一侧的浩毕斯嘎拉图听见了他俩的对话,插了一句。

"知青哥哥确实是个不错的人选,可是他现在的身份还是知青,如果到学校还得转换一下身份。关于知青哥哥,老书记李涛也推荐过,还作为党委遗留问题交给了朝鲁书记。"宋文说。

开会时间已经过了,人们才来得差不多,喊喊喳喳的说话声盖过了主席台上几个人的低语声。宋文看了看会场,低声向敖特根、浩毕斯嘎拉图说:"怎么样,开始吧?"

敖特根、浩毕斯嘎拉图点头同意,宋文清清嗓子说:"牧民同志们,我们是苏木换届工作组的,今天来就是协助嘎查党支部完成嘎查长换届选举工

作。按照苏木党委的统一安排,在完成了人民公社转为苏木级政权、实施政社分开的改革以后,我们原来的九曲湾生产队也完成了历史使命,现在正式改称嘎查了。现在,先请上一届班子做一下工作总结,然后我们选举出新一届嘎查长。下面请敖书记主持会议。"

敖特根没有直接宣布请浩毕斯嘎拉图对上一届工作进行总结,而是声情并茂地讲起自己与浩队长搭档以来的情况,讲到动情处,会场上甚至传出低低的抽泣声。此时,他根本不管宋文怎么想,只想给老搭档一个客观的评价,更深一层的用意是想为老搭档拉拉选票。

没想到敖特根会毫不避讳地为浩毕斯嘎拉图说好话,宋文的脸色越来越难看。下面的温都苏坐不住了,直接打断了敖特根的讲话:"敖书记,今天是换届会议,关于浩队长的工作,能不能让他自己讲?"

宋文马上说道:"就是,温嘎查——哦,温都苏同志说得有道理,还是让浩毕斯嘎拉图同志对上一届班子的工作情况进行总结吧。前不久,我曾随市委工作组来过咱们队,对浩毕斯嘎拉图同志担任队长以来简单粗暴的工作作风,在'两定一奖'以及'分畜到户'中的一系列做法,特别是擅自做主留下小马车、打草机,还借给牧民配备风力发电机、小牧床之机吃回扣,最为严重的是以保存集体经济实力为借口截留了部分现金等——"宋文的话被敖特根一下子打断了:"宋达日嘎,你刚才说的这些我没听懂。那是我们'两委'班子集体的决定,要是有问题我也有责任呀,不能都算在浩队长一个人身上。"

宋文没有接敖特根的话,不耐烦地说:"你们要记住,不要贸然打断领导的讲话。下面我继续讲关于浩毕斯嘎拉图同志作风霸道的问题,最突出的就是让社员跳悬崖。同志们呀,我们都是阶级兄弟,怎么能让他跳悬崖呢。"

"宋达日嘎,你说得不对,那件事责任在我。浩队长是看到队里的马群失控随口说了一句气话,我不怪他。"老马倌不管不顾地站起来说道。

"宋达日嘎,浩队长没有吃回扣。因为经费不够,他跟敖书记的家里现在还没安装风力发电机和小牧床,不信你去看呀。"会计达木丁也站起来说。

会场上有些乱了,宋文不再让敖特根主持会议,也不敢让浩毕斯嘎拉图做总结了,直接宣布投票开始。跟着他来的两位工作人员立刻站起来,把事先准备好的选票分发下去。

"牧民同志们,选票上的人员是苏木党委和政府根据盟委领导的意见,在征求一部分牧民同志意见的基础上,提出的新一届嘎查长候选人,请你们从中选出自己认可的嘎查长。有不同意见的,可以在后面填上你认为合适的人员名字。"宋文对着乱哄哄的会场大声说。

敖特根知道宋文是怕会场乱起来不好把控,想急忙投票了事,便尽量用商量的语气说:"宋达日嘎,是不是还应该选出监票员、唱票员、计票员呀。"

"不用了,不用了,我从苏木带来了两位干部,他们既是工作组成员,也是监票员、唱票员、计票员。"宋文说。

敖特根无奈地摇摇头,没再说什么。

拿到选票的牧民们看着选票,不时发出一阵阵低语声。宋文掏出手帕,擦了擦头上的汗水。

那两个工作人员把用纸糊起来的红色投票箱放到主席台前,牧民们陆陆续续拿着选票走过去。很多人从浩毕斯嘎拉图面前经过时,眼睛里流露出一种复杂的神情,有同情,有怜悯,有不舍,还有一些说不清楚的情绪。

此时,坐在主席台上的浩毕斯嘎拉图反而很平静,敖书记、达木丁、老马倌的仗义执言,还有那一双双投向他的目光,让他特别宽慰。当然了,那些平时对他不满的牧民从他面前走过时是不屑一顾、趾高气扬的。特别是那个芒莱,平时遇见他时点头哈腰的媚笑不见了,今天故意绕着走,投完票后立刻坐到一个旮旯里,跟周围的几个人说着什么,那几个人的神色都怪怪的。

投票刚一开始,温都苏就坐不住了,一会儿出去一趟,一会儿出去一趟,很紧张的样子。

宋文带来的两位干部从外面拿进来一块小黑板立在主席台上,唱票开始了。

开始时人选比较集中的是温都苏,他二十票时,同意浩毕斯嘎拉图的才十人。敖特根的眼睛不停地在会场上环视。这些年来,只有他知道浩毕斯嘎拉图为九曲湾生产队和这些社员们付出了多少心血,可是有些人居然这

样对待浩毕斯嘎拉图,他有些心寒。他扭头看了看浩毕斯嘎拉图,只见他表情平静,嘴角甚至还带着一丝微笑,完全一副置身事外的样子,仿佛现在的投票与他无关。

温都苏的票数还在增加,浩毕斯嘎拉图的票数却不动了,会场上的气氛渐渐紧张起来。如果按照这种趋势发展下去,温都苏当选嘎查长没有任何悬念,有些胆小的牧民甚至已经开始向温都苏示好了。

这时的温都苏不再坐立不安,也不往外跑了,铁青的脸色慢慢改变,出现了一丝隐约可见的红晕。现在的他终于有心情看看自己的对手了,但他看到的却是一张平静的脸。他的心里迅速产生了一个大大的问号——他怎么了?怎么一点也不紧张,好像这事跟他没关系一样?

他摇摇头,哼,管他呢。此刻,他特别感谢自己的连襟果断否定了已经退居二线的李涛提出的差额选举方案。要真的执行差额选举的话,自己肯定会落选。从眼前的情况来看,即使他是唯一的候选人,居然还有这么多人没投他的票。

温都苏看到儿子一直在主席台南侧关注着唱票。不管怎么说,儿子好像知道了他在找牧民们拉选票,从城里弄回来不少电子表、望远镜、呢子大衣,都被他送人了。可现在看撒出去的数量与实际投给他的票,还是有一定数量的人没买他的账。好在他的票数现在遥遥领先,只要保持现在的差距就没有问题。这样想着,他心里慢慢轻松了。过去他还不知道自己有这个毛病,一紧张就来尿,刚才跟浩毕斯嘎拉图的选票交替上升差距不大时,他往外跑得很勤,甚至引起了宋文的不满。

就在人们以为大局已定的时候,意外的事情发生了——浩毕斯嘎拉图的选票突然连续出现,而投给温都苏的偶尔才有一票。温都苏的脸色又变得铁青,人也坐不住了,一趟接一趟地往外跑。而主席台上的宋文也不自然起来,眼看着浩毕斯嘎拉图在三十票时撵上了温都苏,并且很快又超过了十五票,他再也坐不住了,走到正在念选票的那两位苏木干部旁边小声说了一句什么,其中的一个干部点了点头。宋文重新回到座位上。

投温都苏的选票在停止了一会儿之后再次集中出现,很快又与浩毕斯嘎拉图的选票交替出现……就这样,两个人的选票交替出现,同时到达了五十五票,这时候,全场只剩下最后一张选票没有宣布了。

会场上的气氛骤然紧张起来,所有人都死死盯住了最后那张选票。当苏木干部宣布最后这张选票投给温都苏时,很多人同时发出"唉"的一声叹息。这是一声无奈的叹息,是很多人心底的失落转变成了叹息。主席台上的几个人都明白这声叹息的含义。

这个时候,只有阿尔斯冷知道最后一张选票是怎么回事。不,不仅最后一张选票,他看到宋文走到唱票的那两位苏木干部身旁说了句什么之后,其中一位干部就从另外一个文件袋里抽选票了。

敖特根站起来要向那两位苏木干部走去,被宋文拉住了。

"宋苏木长,已经宣布完了,这些选票我要存档。"敖特根说。

"敖书记,不用了。九曲湾是全苏木第一个举行换届选举的嘎查,我们准备把它存到苏木政府。"可能是过于紧张,宋文的手在微微发抖。

敖特根不好再说什么,但是他有种不祥的预感。

"这次选举对浩队长不公平。"老马倌突然站起来大声喊。

"浩队长,以后谁来管我们呀?"阿拉腾哭着站起来。

陆续又站起来几位牧民,有人大声质问:"为什么从发选票到收选票再到念票和监票都是这两个公社的人?"

"就是!"

"这是不相信我们呀!"

站起来的人越来越多,会场秩序瞬间混乱了。

坐在主席台上的宋文好像屁股下面有钉子一样,那种慌乱与不安引起了敖特根的注意。他想再次走过去要选票,可那两个苏木干部不知道什么时候已经悄悄走了。

这时,浩毕斯嘎拉图慢慢站了起来,大声说:"各位社员同志,请大家不要乱,我来说几句,可以吗?"

下面立刻有人说:"大家都坐下,咱们队长要讲话了……"

人们很快坐下,浩毕斯嘎拉图清了清嗓子,说:"社员同志们,在即将告

别队长这个职务的时候,我有一些话想讲一讲。首先,我要感谢在座的社员同志们这些年来对我工作的支持,正是因为有你们的支持,我们才能同舟共济,一起走过二十多个春秋。我知道,我这个人脾气不好,有时候不问青红皂白地爱训人,在这里,我向大家鞠一个躬,表示我的歉意;其次,我要感谢大家这些年来对我的帮助,否则靠我一个人的力量,很难做好生产队的工作。借这个机会,我再给大家鞠一个躬,谢谢你们;最后,我是真心实意地想给大家增加些收入,可是我能力有限,没能让大家如愿。借这个机会,我再给大家鞠一个躬,请你们原谅。"

安静的会场上,有女人低声抽泣起来。

浩毕斯嘎拉图说完,走到台下的温都苏跟前,伸出手说:"温都苏嘎查长,祝贺你当选。"

温都苏显然没想到浩毕斯嘎拉图能当着这么多人的面如此坦然地向自己祝贺,一时手足无措,不知该伸哪只手才对,引起人们的一阵窃笑。

浩毕斯嘎拉图又回到主席台上,继续他没说完的话:"社员同志们,希望大家今后像支持我一样支持温嘎查长的工作。其实谁当嘎查长都不重要,重要的是大家一条心,共同把咱们的家乡发展好,让大家过上更好的日子。"

浩毕斯嘎拉图说完,向着主席台下面的社员们深深鞠了一个躬,又跟身边的宋文、敖特根握了握手,转身走下主席台。一位叫呼牧的老牧民迎上去,拉住他的手,含着眼泪说:"浩队长,不是威名远扬的摔跤手,即使弄个姜嘎戴上,也只能糊弄一时;当他有一天来到摔跤场上,就会真相大白的。"两个人使劲握了握手。

会场上大部分社员都站了起来,默默目送他们的浩队长离开。人群里又有女人哭出了声,开始只有一两个,慢慢就数不清了。刚才跟浩毕斯嘎拉图握手的老牧民呼牧经过宋文面前时盯着他说:"你是今天最大的达日嘎吧?我说一句良心话,浩队长落选不正常。"说完冷冷地走了。

社员们带着复杂的情绪慢慢散去了。宋文没想到会是这样一个结局,坐在主席台上目光呆滞,有些六神无主。温都苏走到他跟前轻轻喊了一声:"宋苏木长,人都走了。"宋文这才如梦方醒般"嗯"了一声。

第三十二章　知青哥哥来了

　　时间就像尼林河水一样,不声不响地流走了。

　　明珠盟畜牧兽医学校的又一届学生完成了所有专业课的学习,进入了最后的毕业实习阶段。很多学生开始考虑毕业以后的去向,心思出现轻微波动。这时,一个来源不明的小道消息在学生中间流传,说是学校准备从应届毕业生中挑选三名留校任教。

　　这个消息像一股暗流,虽然表面上没有掀起波澜,但是却产生了一股强大的冲击力,引起很多人的关注。

　　在兽医专业班里,这个消息不仅在传,而且传得有鼻子有眼,甚至连谁是留校的候选人都确定了,很多学生不约而同地把目光转向巴特尔。

　　此时的巴特尔已成为很多人议论的重点,但由于他仍关注于学习,对此事一无所知,所以并没有留意到同学们对他的态度有什么变化。每当有同学话里话外地想从巴特尔嘴里套问虚实,他答非所问的样子总让人误以为他是为了隐瞒这件事在刻意装傻。

　　巴特尔还是像以往那样,每天都是宿舍—教室—食堂—图书馆四点一线。自从跟齐老师在学校牧场了解了"羔痢灵"的配方以后,他就开始逐一了解配方里那些药材的特性。他的这种态度让很多同学以为他是对自己的去向胸有成竹了。

　　同学们的议论传到了美丽的耳朵里,她不由得暗暗替巴特尔担忧起来。说实话,她真怕巴特尔知道事情的真相。

还有一件事,就是兽医专业班党支部准备在毕业前,从确定的入党重点培养对象中发展一名预备党员。兽医专业班里有两名重点培养对象,巴特尔正好重点培养满两年,符合发展条件。

这两件事虽然互不相关,但在美丽看来却不那么简单。她听说班级党支部委员王志强也在留校学生候选名单中,不由得暗暗替巴特尔捏了一把汗。

毕业的日子越来越近,巴特尔早已归心似箭了。自从他上学之后,除了第一个假期回过一次家以外,其余几个假期他都跟着齐老师去学校牧场了。现在终于要毕业了,他急切地想回家,想额吉、阿爸和奶奶,想站在九曲湾的那座小桥上看潺潺流淌的尼林河水从眼前流过,想尽情地听河面上、苇丛中各种鸟儿的鸣叫。

这时的巴特尔已经铁了心要回九曲湾。而让他最终下定这个决心的还是跟齐老师的近距离接触。

在学校牧场那间办公室兼宿舍里,他们三个学生和齐老师齐肩躺在土炕上。随着外面风力发电机叶片的转动,悬在顶棚上的那盏电灯发出忽明忽暗的光。就在这样的氛围中,齐老师给他们讲述了他当年是怎么一路从北京来到明珠盟的。

齐老师说,当他满怀激情地来到明珠草原后,遇到的第一个问题就是吃饭。他每次端起饭碗,一闻到羊肉浓烈的膻味就吐,可是他知道不吃饭体力就跟不上,于是他就吃了吐,吐干净了再吃,慢慢地,他就适应了牧区的生活。

听了齐老师的讲述,巴特尔想起了知青哥哥,他当初到九曲湾插队落户时也这样经历过吧?

就在他们返回学校前的那个夜晚,牧场特地杀了一只羊,杨场长用手把肉欢送他们。热气腾腾的手把肉端上来后,杨场长以主人的身份提了三杯酒,对这四位师生表示感谢。齐老师跟着也提了三杯酒。王志强看杨场长、齐老师都提过酒了,就代表巴特尔和巴根那又提了三杯。

可能是酒喝得有点快,五个人很快兴奋起来,话题很自然地就转到三个学生毕业以后的去向上。

"同学们,你们知道在牧区什么职业最受欢迎吗?"连着喝了很多杯酒的齐老师脸色已经通红。

三个学生一下子被问住了,他们相互看了看,同时摇了摇头。看着他们懵懂的样子,齐老师笑了。

"同学们,在牧区最受欢迎的是兽医呀。"杨场长说。

"就是呀,同学们。最近,我担心的就是咱们这个兽医班的同学毕业以后,能有几个回到牧区。"齐老师说着低下了头。

"老师,我已经决定了,毕业以后回九曲湾。"巴特尔借着酒劲脱口而出。

"你?"王志强满脸疑惑地看着巴特尔,无论语气还是神色都流露出万分的不相信。

而让巴特尔不解的是齐老师也轻轻摇了摇头。他不明白他们为什么都不相信他说的是心里话,而这就是他真实的想法。

"巴特尔,咱们班可能就你敢说毕业后回牧区。你要知道,敢说也是需要勇气的。"坐在巴特尔身边的巴根那低声说。

这下巴特尔明白齐老师和王志强为什么不相信他了。他在心里默默地说:不信就不信吧,过多解释也没有用,就等毕业那天看我的行动吧。

那天晚上的这一幕深深铭刻在巴特尔心里。后来他想,会不会因为那句话是他在酒桌上说出的,结果被齐老师和王志强当成了酒话。

对一个毕业生来说,毕业实习阶段是走上社会前的适应与调整阶段,也是相对比较松散的阶段。

但巴特尔一点也没有松懈。他天天在宿舍里鼓捣齐老师的"羔痢灵",弄得满宿舍都是中草药味。他是从牧区出来的,知道牧民们最怕羊羔拉稀,他想趁着还没有离开学校,把这个让很多牧民头疼的病因和"羔痢灵"的药理弄清楚。

晚饭后,美丽骑着自行车来找巴特尔,说知青哥哥进城了,要来见他。

巴特尔一听了,立即起身跟着美丽走出学校。美丽把自行车递给巴特

尔说:"书呆子,不对,闻着你这满身的中草药味,我还是叫你药贩子吧。"

"行,叫什么都行。"巴特尔笑了笑,接过自行车骑上去,美丽轻轻一跳坐到后座上,顺势伸出一只胳膊搂住巴特尔的腰,可是马上又红着脸抽了回来。

"怎么了?"巴特尔不解地问。

"我可没有山丹的胆量,和你骑一匹马到公社所在地看电影,还大摇大摆地搂着你的腰。"美丽说着,一只手扶住自行车后座,身子也与巴特尔拉开了一点距离。

"这事你也听说了?"巴特尔问。

"当然。"美丽说。

"谁说的?"巴特尔问。

"就不告诉你。"美丽说。

尼林城区不大,两人在自行车上打着嘴架,十几分钟就来到了雅诺的宿舍前。

"看,我没骗你吧?"美丽跳下自行车,指着拴在木头杆旁的一匹白马说。

巴特尔一眼认出这是雅诺骑过的那匹白马,她进城后就把这匹白马给了知青哥哥。

巴特尔刚把自行车停稳,就听见从雅诺的宿舍里传出一阵悠扬的琴声,两人高兴地冲进去,巴特尔还兴奋地叫着:"知青哥哥,知青哥哥。"

雅诺的宿舍里面摆放着两张单人床,每张床的床头放着一个皮箱,皮箱上摆放着镜子和几本书,整个环境简朴、干净、整洁,散发出一种淡淡的清香。

正在拉琴的知青哥哥看见巴特尔和美丽来了,立刻放下小提琴,笑着迎过来,跟巴特尔来了一个大大的拥抱。

"巴特尔,三年不见,你长高了,结实了,成了名副其实的小伙子了。"知青哥哥满是感慨。

"知青哥哥,您怎么才来呀?"巴特尔说。

"我还想问你怎么不回去呢?"知青哥哥笑着说。

"知青哥哥,好几个假期巴特尔都跟着我们学校的齐老师下牧场去了。"美丽在一旁急忙解释。

"哈哈哈,你看,我就知道会有人替巴特尔说话。"知青哥哥对雅诺说。

"知青哥哥,你闻闻他身上都是什么味。"美丽说。

知青哥哥夸张地抽了抽鼻子说:"哎呀,巴特尔,你这是刚从药房里出来的吧?"

"知青哥哥,告诉你一个好消息,我把齐老师的'羔痢灵'药方学到手了。"巴特尔没多解释,急着先把这件事告诉了知青哥哥。

"真的吗?就是牧民们说的那副神奇药方吗?"知青哥哥问。

"就是那副神奇药方。以后咱们九曲湾的牲畜再也不怕拉稀了。"巴特尔很自信地说。

"你的意思是你毕业后要回九曲湾?"知青哥哥问。

"是啊。"巴特尔想也没想就说。

"我听说你……"知青哥哥看了看美丽,没说下去。

美丽知道知青哥哥是想让她说,就问道:"巴特尔,你听没听说咱们学校要选几名毕业生留校任教的事?"

巴特尔摇了摇头:"没听说啊。"

美丽迟疑了一下,没再说什么。

知青哥哥郑重地说:"巴特尔,根据我对你的了解,我相信你说毕业后要回九曲湾是心里话。不过,毕竟你很长时间没回去了,如今的九曲湾已经发生了一些变化。临来之前,李涛书记让我告诉你,最近市委组织部为培养基层后备干部,可能要出台一个政策,但具体是什么政策,现在还不知道。他让你打听一下,别错过这个机会。"

"巴特尔呀,你可千万别学你的知青哥哥,有城不回,非要留在牧区。"雅诺说着瞪了知青哥哥一眼。

这句话的声音不高,却使屋子里的空气骤然紧张起来,巴特尔和美丽看了看雅诺和知青哥哥,悄悄闭上了嘴。

第三十三章　灯红酒绿

新当选的嘎查长温都苏满面春风地走进嘎查长办公室,这里原来是浩毕斯嘎拉图的办公室。看着屋里的陈设,他皱起眉头背着手,在凸凹不平的地上转了一圈。

"达木丁——"温都苏恼怒地冲门外喊了一声。

"温嘎查长,您有事?"达木丁面色紧张地走进来。

"换届选举会上,你替敖书记、浩毕斯嘎拉图说话,我暂时不计较。但是,以后要是再有类似的事情发生,凭我温都苏的性格会怎么办,你是知道的。"温都苏不冷不热地说。

"温嘎查长,我不是替谁说话,我说的是实话。"达木丁说。

"好啦,这件事就过去了。我叫你来是让你看看,这个浩毕斯嘎拉图呀,怎么不换一换这些桌椅?他这套办公桌椅太破旧了,你搬走吧,再给我换一套新的。"温都苏说。

"温嘎查长,现在没有钱买呀。分畜到户以后,浩队长把剩余的资金拿出一部分给牧民们买了小牧床、除氟罐和风机,其余的都存进了储金会的账户里。"达木丁解释说。

"储金会里的钱不也是钱吗?怎么不能用?就用那里的钱买。"温都苏说。

"不行啊,温嘎查长。浩队长、敖书记说过,动用储金会里的钱必须经过生产队储金管理委员会讨论通过,并报'两委'班子批准才行。"达木丁说。

正在这时,外面响起了汽车声,一辆高级轿车停在窗前,温都苏看到一个熟悉的面孔从车里走下来。"刘百万?他怎么来了?"他不顾达木丁还在,一个人迎了出去。

刘百万刚踏进走廊,说话声就传了过来:"温嘎查长呀温嘎查长,这么大的喜事也不告诉我一声?"

两个人在走廊里相遇,温都苏伸出手要跟刘百万握手,刘百万却给他来了一个大大的拥抱,随后大声笑起来:"哈哈哈,恭喜你呀,温嘎查长,快领我到你的办公室看看吧。"

两个人走进办公室,刘百万看着办公桌和座椅连连摇头:"温嘎查长呀,这哪像一个嘎查长的办公室呢,我门卫的家什都比你这套讲究。"

"咳,前任是个小气鬼,抠抠搜搜得舍不得花钱,我正想着换一套呢。"温都苏说。

"你刚就任嘎查长,估计嘎查里资金不会很充裕。这样吧,我送你一套高级办公桌椅,还带书柜。回头我再给你简单装修一下,铺上地板砖,装上防盗门,就算是我的贺礼,怎么样?"刘百万说。

温都苏以为刘百万在跟自己开玩笑,摇摇头说:"那得多少钱呀,算了算了。我一个乡下佬,怎么敢有那个想法呢?你今天来是拿我开心的吧?"

"哪里哪里,温嘎查长,我今天是专门来请你进城吃饭的。怎么样,赏个脸吧?"刘百万说完往窗外指了指,"你看我开的车,蓝鸟,知道吗?刚从口岸弄回来的。"

"请我吃饭?"温都苏以为自己听错了。活到现在一把年纪了,还从来没有人专程从城里开着高级轿车来请他吃饭呢。当官儿真不错,难怪人们都愿意当呢。

"是啊,就是来请你的呀。走吧,温嘎查长。"刘百万说。

"那多不好意思呀。要按辈分排,我还得叫你舅舅呢。"

"咱们可不能这么论,各论各的。虽然你跟宋文是连襟,但他是他,你是你。"

"好吧,按你说的论也挺好。"温都苏正说着,达木丁走了进来:"温嘎查

长,我刚才把你要动储金会资金的事跟敖书记说了,他说得先召开储金管理委员会讨论……"

达木丁的话还没说完,温都苏的脸就拉下来了:"你的嘴真快,我就是那么一说,你……"

"温嘎查长,不是我嘴快,你刚才明明说要买桌子、椅子的,所以我才去请示敖书记。"达木丁有些委屈。

"算啦算啦,这点钱,我的朋友帮着解决了,以后我再用钱的时候你痛快点就行了。"温都苏有点不耐烦了。

温都苏一向爱显摆,现在在刘百万面前,他想把谱摆得再大点,便对满脸委屈的达木丁说:"达会计,以后我每天来上班之前,请你把我的办公室清扫一下。"说完就跟着刘百万走了。

达木丁站在原地一动没动,他知道温都苏不会轻易放过他。不过平心而论,要是因为在"分畜到户"大会上说真话得罪了温都苏,他一点不后悔,得罪就得罪了,有啥可怕的,大不了不当这个会计。

敖特根走进来,看达木丁一脸的不愉快,笑着拍了拍他的肩膀说:"达会计,我都听见了,你坚持得对。储金会的那笔钱是牧民们的救命钱,如果碰到天灾人祸咱们拿不出钱来,让牧民们怎么办?所以必须按规定程序办事。"

敖特根说完就走了出去。这时,刘百万的蓝鸟轿车还没开走,他问温都苏:"这位看样子也是个官吧?"

"对,是我们嘎查的书记,叫敖特根。跟我的前任都快穿一条裤子了。"温都苏面露不快。

"嘿嘿嘿,我倒是有个想法。你出面把他也请上,进了城里我好好安排一下,保管让你俩也能穿一条裤子。"刘百万说。

"真的?那敢情好,我试试看。"温都苏喜形于色。

这时,敖特根已经上马要走了,温都苏从车里伸出半个身子喊道:"敖书记,今天你就别骑马了,跟我走吧。"

"去哪儿?"敖特根问。

"今天我城里的朋友请客,他说想跟你认识一下、交个朋友,我们一起去吧。"温都苏强装笑脸。

"谢谢你的朋友,我家里有事去不了,以后再说吧。"敖特根打马跑出院子。

碰了一鼻子灰的温都苏觉得很没面子,嘟囔着说:"算了吧,人家不给面子。"

刘百万笑着摇摇头说:"慢慢来吧。人嘛,共事时间一长,相互就了解了。"说完,他发动着车,汽车轻轻颤动了一下,驶出队部的小院,沿着一条弯曲的草原自然路向城里驶去。

温都苏坐在车里,心里有些不快。敖书记好像就没把他当回事,这让他觉得在刘百万面前挺没面子。念头一转,他对坐在副驾驶位子上的刘百万说:"刘老板,能不能把我儿子也带上,开阔开阔他的眼界?这孩子每天没事就到处乱逛,天天骑着个摩托车到处乱跑。"

"当然能啦。我听我儿子说了,他们之前在盟委大楼前见过一次,我儿子还给他批发了不少电子表、望远镜什么的。"刘百万转头又对司机说,"快,拐弯,到温嘎查长家去。"

"对对对,那些东西后来全让我给包圆了,为这事他跟我别扭了好几天呢。"温都苏说。

"温嘎查长,您家在……"司机一边调头一边问。

"你顺着这条小路往西走,到了头就是我家。"温都苏说。

"他是不是怕葫芦跟他要钱呀?回头我跟葫芦说一下,批给你儿子的那些货算到我的账上。"刘百万说。

"不不不,刘老板,我还我还,我肯定还。只不过现在刚上任,我对嘎查的家底还不熟悉。说起来,那些东西对我可真是及时雨呀。"话说到这儿,温都苏突然觉得有点不对劲,自己用那些东西拉选票的事怎么能往外说呢?

精明的刘百万早就听出来怎么一回事了,但他没有追问,而是换了一个话题:"温嘎查长,你看这辆轿车怎么样?"

"好啊,当然好啊。我估计在咱们明珠盟你这是第一辆吧?"温都苏说。

"除了口岸,差不多是第一辆。你知道吗?把它弄回来可真不容易哪。要不是袁书记的面子,别说车回来,我可能连人都回不来了。说起来,能把袁书记跟咱们连起来,全靠宋文的妹妹宋梅了,那孩子真行,这么大的官都能拿下。"刘百万之所以不避讳温都苏,是想让他明白彼此都是亲戚,用不着躲躲闪闪地说话。当然他没有明着点破,而是用这种方式婉转地说明了这层关系。

这个刘百万,可是从社会底层一点一点奋斗成今天这个样子的。早期的他不过就是一个骑着一辆破自行车到处收羊皮、羊肠的贩子,自从在九曲湾生产队拐走了老马倌的媳妇桂兰,他再也没敢到那里去,一是怕碰上老马倌,二是怕碰上留下的那个孩子。跟自己跑进城的桂兰对老马倌倒没有什么念想,毕竟她是跟着赶羊趟子的人来到九曲湾的,嫁给老马倌不到两年,两人之间没有太深的感情,对那个刚断奶的孩子也没有太深的惦念。说实话,拐走了别人的媳妇,刘百万心里始终不是那么踏实,一想起当年骑着那辆破自行车,带着桂兰慌慌张张逃出老马倌家,隐约还能听见蒙古包里婴儿的啼哭声,他的腿就发软。真的,尽管那时他还年轻,可是那一路下来直骑到城边,他一头栽倒在路基旁就什么也不知道了,最后还是桂兰叫醒了他。一晃十来年过去了,桂兰给他也生了个孩子,还是个儿子,两个人就这样一直过下来了。

听刘百万提起宋文宋梅兄妹俩,温都苏这才反应过来刘百万跟自己也是亲戚,正是因为有这层关系,才有自己的今天。于是他对这位名声显赫的刘百万更有了一种亲近感。

"是啊,我能当选嘎查长,还多亏了宋文苏木长呀。换届选举那天,如果不是他亲自带人去,我根本就选不上。"温都苏说。

"是亲三分向,亲戚嘛,自然要帮的,你说对吧?不过话说回来,既然是亲戚,咱们就要有钱一起挣、风险一起担。虽然我现在不缺钱了,可是像宋文兄妹,还有你,日子恐怕不一定多宽裕。好在现在挣钱的机会多,咱们好好合作一把,你说怎么样?"刘百万转向温都苏说。

"刘老板,我能有什么资本跟您这样的大款合作呀。"温都苏听出来了,刘百万话里有话。

"当然有啊。这回你当了嘎查长,我就跟你交个实底儿。通过城建局的一位朋友,我知道了尼林市的城市发展规划。要知道,这城市发展规划一旦确定下来可是不能改变的。"刘百万说。

温都苏越听越糊涂,他不知道尼林城区发展规划跟自己这个嘎查长能有什么关系。

"你不明白了吧?告诉你,不但跟你有关系,而且还是直接关系,非你不可。"刘百万加重了口气。

"非我不可?"温都苏更不明白了。

"根据尼林城区发展规划,很快就要把你们嘎查列入旅游景区。这样的话,能否在这里捷足先登、占据有利方位,直接关系到以后能否挣到大钱哪。"刘百万的一番话简直让温都苏倒吸了一口凉气。天呀,难怪人家能成为暴发户,当上大名鼎鼎的刘百万,自己要学的东西真是太多了。

"温嘎查长,这就叫天赐良机,或者说就是天上掉馅饼呀。按照现在的城区发展规划,用不了几年,你们那里就是一个旅游热点了。你想想,你们嘎查离城区那么近,草原又那么好,尼林河流过的地方有芦苇荡,有芍药坡,还有火山熔岩台地,只要选准地方建一座可以吃住行一体的旅游点,能不挣钱吗?也许就是一台印钞机呢。"刘百万说。

刘百万这短短的几句话,让温都苏眼界大开、如梦方醒。当初他决定与浩毕斯嘎拉图竞选嘎查长,很大因素只是想出一口恶气,因为他实在看不惯那个家伙凭什么就那么顺。风水轮流转,自己点再背,也能有铁树开花的那一天吧。可是听了刘百万的这番话,他第一次觉得自己太庸俗了、太狭隘了、太可笑了。

"刘老板,不对,我还是叫您舅舅吧,本来从宋文苏木长那里论,也应该叫您舅舅。"温都苏说。

"哈哈哈,叫什么不重要,反正都是亲戚。话说回来,如果不是亲戚,我也不会来找你。你说是吧?"刘百万说着,从包里拿出一个大信封递给温都苏,"既然你改口叫舅舅了,作为舅舅的我得给你改口费呀。"

"舅舅,这怎么好意思呀。"温都苏虽然这样说着,还是把手伸出去接了过来。他暗中掂了掂,估计最少也得两千元。他心里哆嗦了一下:这个刘老板到底有多少钱呀?

"别客气,收下吧。说起来我跟你们九曲湾嘎查也是有缘分的,对了,那个叫老马倌的还在吗?"刘百万问。

"舅舅,他还在,还是马倌。他有个女儿叫山丹,已经长成一个大姑娘了。"温都苏说。

"那个老马倌还是一个人吗?"刘百万又问。

"有一个女人呢。不过不知道什么原因,两个人没有结婚,也没住在一起,不过已经是公开来往了。"温都苏说。

"这是不是跟葫芦他妈有关系?当年桂兰跟我离开时,怕老马倌不同意,两个人没办离婚手续。进城以后她隐姓埋名了很多年,后来估计老马倌不会去找了,才敢用真名。"刘百万说。

"我说呢。老马倌迟迟没有跟萨日娜结婚,是不是心里还抱着一线希望呢?"温都苏说。

"都这把年纪了,说起来我真觉得挺对不住老马倌的。可那时候年轻,桂兰又漂亮,是那种让男人拔不开腿的女人,我就这么把人给拐走了。"此时的刘百万不知是什么心情,可能有自责、有忏悔,也可能觉得当时的冲动有些不可思议吧。

汽车来到温都苏家门口时,阿尔斯冷正准备发动摩托车出去,被温都苏叫住了:"儿子,刘百万舅爷今天请咱们进城吃饭,来,上车。"

"孩子,走吧,我是来请你阿爸进城吃饭的,祝贺他升任嘎查长。"刘百万摇下车窗说。

"我不去,我还有事。"阿尔斯冷并没有像温都苏想象得那样高兴,而是有什么心事似的,不愿意多说一句话。原来选举那天,阿爸在投票前让他坐到了主席台南侧,他看到浩毕斯嘎拉图大叔的选票领先阿爸越来越多时,姨父宋文假借看选票,走过去跟那个唱票的苏木干部说了什么。那个干部深深吸了一口气,好像是让自己镇静一下,然后从那一刻开始,选票就全是阿爸的了。他感觉有些奇怪,就特别注意看着,正好那个人刚唱完一张选票,他清楚地看到选票上面本来写着"浩毕斯嘎拉图",可念的却是"温都苏",一连好几张都是这样。阿尔斯冷突然觉得有些恶心。说实话,他虽然学习成绩一直不好,但从来不抄同学作业这一点,全班同学都认可。他没想到阿爸和姨父居然干这样肮脏的勾当,这样即使当选了嘎查长,又有什么意思呢?他为阿爸的行为感到脸红。

温都苏的老伴也走出来对儿子说:"孩子,你刚才不是还挺高兴的,这是怎么了?你就跟你阿爸进城去吧。你不是要当倒爷吗?多体验体验城里的生活,也能为以后多做准备呀。"

阿尔斯冷不想进城没有别的原因,就是怕碰上葫芦,因为他从葫芦手里批发的那些东西都被阿爸当作拉选票的礼物送人了。可这个理由又不能公开说,他只能憋在肚子里。

温都苏猜出儿子为什么不想进城了。他打开车门走下车,把儿子拽到刘百万看不见的地方,从刚才那个大信封里抽出挺厚一沓人民币塞到儿子牛仔裤的屁兜里,说:"你那些东西加起来也不到五百块,这些钱除了你该给葫芦的,还够你下几顿城里的饭馆,先拿着。等你阿爸完全掌握了嘎查的实权,这点钱算什么,只是小菜一碟。我保证,用不了多久就给你买一辆汽车。"

阿尔斯冷这才打开车门坐进去,温都苏松了一口气,也跟着坐进车里。可是阿尔斯冷脸上还是那副冷冰冰的表情。

刘百万从倒车镜里看到了温都苏塞钱给阿尔斯冷,他笑了笑,又拿出一个挺厚的信封转过身递给阿尔斯冷说:"孩子,我经常听葫芦提起你,这是舅爷给你的见面礼,你别嫌少啊。"

阿尔斯冷一时不知如何是好,想接又有点不好意思,不接吧心里还想接。正犹豫着,温都苏用胳膊肘碰了他一下:"怎么不接呀,快谢谢舅爷。"

"谢谢——舅爷——"阿尔斯冷这才接过来。

"孩子,葫芦批发给你的那些东西的钱,你别放在心上,舅爷给你还。"刘百万笑着说。

"不,舅爷,我不能让您替我还,那样就没有信誉了,我自己一定还。"阿尔斯冷说。

"好好好。你这孩子如此看重信誉,将来在生意场上一定能干出点名堂来。"刘百万连声称赞。

从刘百万踏进嘎查办公室到现在,温都苏慢慢琢磨出点意思——刘百万已经决定在九曲湾嘎查投资建旅游点了。这对他来说正是求之不得的事。广播上天天号召招商引资,这不就是吗?可让他想不通的是,本来应该是他求刘百万来投资,可为什么刘百万不仅主动来投资,还弄得这么复杂?他为什么要绕这么大一个弯子?难道商人们都这样吗?

汽车驶进了尼林城区,行人的回头率确实很高。坐在前排的刘百万故意把车窗摇下来:"进了城,不像在牧区的自然路上,该透透气了。"

温都苏明白刘百万就是想显摆显摆,毕竟这是尼林城里最好的轿车,比盟委书记的上海牌轿车都讲究。

"你先把温嘎查长送到尼林饭店,今天他们不回去了。"刘百万对司机说。

"老板,都按您的吩咐安排好了。"司机回答。

刘百万转头又对温都苏说道:"温嘎查长,一会儿你先跟儿子到饭店里洗洗脸,休息一会儿,我再派人来请你们到餐厅。这可是尼林城最讲究的地方,这里的蒙餐品种齐全,最出名的是'蒙餐精选套餐',一会儿吃的时候你就知道了,虽然价格不菲,但有很多人专程坐飞机来品尝呢。"

"舅舅,随便吃点就行了,千万别破费太多。"温都苏说。

"像你这样的嘎查领导,如果不是我的亲戚,你说我能请得动吗?再说你又是第一次来,还是要讲究的。"刘百万的语气很诚恳。

"舅舅,真的千万别客气。这回我当嘎查长了,以后您有什么事尽管说,只要我能办到的一定全力以赴。"温都苏哪经历过这样的场面?过去虽然也经常进城,可是这么高级的饭店,看一眼都心惊肉跳的,他哪舍得住?更不敢想象有一天居然有人请自己到这里吃住。

蓝鸟轿车在尼林饭店门前停住,温都苏和儿子从车上走下来。他看了看豪华气派的尼林饭店,再看看自己身上,暗自后悔刚才回家时怎么没换件新蒙古袍。看看那些与他擦肩而过的人,个个都是西装革履,仰着头走进饭店。

同时下了车的刘百万似乎看出了温都苏的心思,对迎候在饭店门口的一位漂亮姑娘说:"三妞,你陪温嘎查长和他公子先进房间洗漱一下,试试那身衣服合适不合适。"

那位叫三妞的漂亮姑娘微笑着走向温都苏和阿尔斯冷说:"温嘎查长,您二位请跟我来。"

三妞软绵绵的一声"温嘎查长"让温都苏找回了自信,他拉了儿子一把,跟着三妞走进尼林饭店。

当这父子俩从房间里走出来,除了脑袋还是自己的,从上到下都换成了笔挺的西装。他们跟在三妞姑娘的身后,走进一条金碧辉煌的全是雅间的走廊。在一间写着"九曲湾"的雅间门口,三妞转过身,做出一个"请"的手势,温都苏略带紧张地迈步走了进去。阿尔斯冷刚要跟进去,被三妞微笑着拦住:"请您跟我到另外一个雅间,葫芦少爷在那里等您。"

刘百万已在雅间等候多时,见温都苏进来,立刻起身,笑着招呼他在身边坐下,周围陪同的那些人也都站起来,很礼貌地冲温都苏点点头。

温都苏发现儿子没有跟进来,正要问,刘百万笑着说:"温嘎查长,阿尔斯冷跟我儿子单独安排了。咱们大人有大人的活动,跟孩子在一起不方便。"

温都苏听了,觉得有道理,就没再说什么。

刘百万说:"来来来,现在我介绍一下光临今天宴席的各位嘉宾,大家互相认识认识。"

一场温都苏从来没有经历过的豪华酒宴就这样开始了。几杯酒下去,他借着酒劲儿问刘百万:"舅舅,您是不是还有什么事需要我办?"

"嘿嘿嘿,温嘎查长,今天咱们不说事,更不谈工作,今天就一件事——喝酒。"刘百万话音刚落,酒桌上的所有人都高声喊:"刘总说得对,今天咱们就一件事——喝酒。"

这场酒喝了多长时间,刘百万什么时候走的、怎么走的,温都苏没有一点记忆了。他只依稀记得他摇摇晃晃地走出来,等候在门口的三妞姑娘立刻搀着他,向一个他也说不清的地方走去。三妞姑娘告诉他,刘老板也喝多了,临走前叮嘱一定要把他安排好。

三妞姑娘搀扶着温都苏走出餐饮部,拐向一个幽静的大厅,一个穿着暴露的女人立刻扭着屁股迎过来。这里很幽静,灯光微红,三妞把温都苏交给这个女人,低声说了些什么,又低声对温都苏说:"温嘎查长,这些服务都是刘总吩咐安排的,您就放心消遣吧。我就在门口,有什么事让他们跟我说。"

"这位老总是我们的重要客人,一定要照顾好啊。"三妞又嘱咐了一句。那个女人笑着说:"放心吧。"然后搂住温都苏的一条胳膊,紧紧贴到他身上,半搂半抱地把温都苏拥进一间更肃静的屋子。昏昏沉沉的温都苏走进去,迷迷糊糊中看到这是个隐形套间,里面还有一条漆黑的走廊,穿过这条走廊又进入了一个小庭院。庭院里所有房间的窗帘都拉着,看上去很神秘。

"老总,您要港式的还是泰式的?"那个女人嗲声嗲气地说着,把手伸进他的西服。

"我要最舒服的。"温都苏顺嘴说了一句。其实他根本不知道"港式""泰式"是什么意思,但他不想让人看出来自己是乡下人。

"懂了。"那个女人更紧地贴着他,他更加昏昏然了。在一间昏暗的小房间门前,那个女人推开房门,里面出现一个仅穿着三点式泳装的女人。两个女人低声说了几句,那个带路的女人诡秘地笑着对温都苏说:"老板,您就放心玩吧,我们这里很安全,谁也不会来查的。"说完扭着屁股走了。

这一夜的经历,不仅让温都苏开了眼,更让他念念不忘。一连好几天,只要一坐到嘎查办公室里,他的眼睛就往窗外看,心里就盼着那辆蓝鸟轿车再次出现。

第三十四章　牵挂

太阳刚刚从东方的地平线上露出头,浩毕斯嘎拉图就起来了。经过认真、反复的思考,他决定进城打工。他不是为了别的,只是想为九曲湾嘎查的牧人们探出一条新路。他刚往茶桌旁一坐,乌日娜就把茶碗放到他面前,边给他倒茶边说:"你呀,天生的操心命,已经不是队长了,怎么还要像当队长时候那样到牧民家走访呢?"

浩毕斯嘎拉图没有马上回答,端起碗喝了一口茶,这才慢慢地说:"虽然我不是队长了,可我还是嘎查党支部的副书记呢;就算我什么也不是了,我还是一名共产党员呢!当年我阿爸入党,是躲在九曲湾的那棵老榆树下宣的誓。我记得很清楚,那天晚上,阿爸跟着一位陌生的叔叔一直左拐右拐地走,我就悄悄跟在他们身后。走到那棵老榆树下,那位叔叔从怀里拿出一面鲜红的党旗,用两手抻开,阿爸举起右手对着党旗宣了誓。这么多年了,那个画面一直刻在我心里。那天晚上月亮很大,我看见阿爸脸上挂着泪花。当时我太小,不明白阿爸那么坚强的人为什么会哭,后来当我在党旗下举起拳头的时候,我理解了阿爸——那是一种信仰,是比生命都重要的信仰。当年阿爸是为了九曲湾贫苦牧民的翻身解放而斗争,作为烈士的后代,我的责任是带领今天九曲湾的牧民为过上富裕的日子去奋斗。可惜我没能实现这个目标啊。"

"难怪我听说你入党时一定要在老榆树下宣誓,原来是这个原因呀。"乌日娜笑着说。

"儿子呀,咱们家出了你和你阿爸两个共产党员,你们和李涛一样,心里牵挂着牧民群众,这是我的骄傲啊。如果说用一个颜色形容咱们家,我说就是红色,这里有你阿爸的鲜血呀!"躺在一边的老额吉一口气说了一大段话,乌日娜特别惊奇,急忙俯到老额吉身边说:"额吉,我明白了。"

"明白就好,要支持你丈夫的选择。"老额吉用不容置疑的口气说。

"放心吧,额吉,我会的。"乌日娜轻轻给老额吉掖好被子,起身在丈夫对面坐下,用蒙古刀割了一块肉放到他的碗里。

"这几天我一直在想,像我这样的人进城能干什么?想来想去,还是先从送煤气罐干起吧。先用咱们家的勒勒车送,如果能挣点钱,就买一辆三轮脚踏车。如果像我这样的也能在城里站稳脚跟、挣上钱,你说阿拉腾她们不就更没问题了吗?就凭她的缝纫手艺,用不了多长时间就能发起来。如果不尽快离开牧区,她家的羊早晚会被苏乙拉喝进肚子里。"浩毕斯嘎拉图说。

"别的我不管,你想干什么就干什么吧。不过有件事我得提醒你,咱们的巴特尔快毕业了,孩子的工作你得当回事。"乌日娜说。

"正好,我一边送煤气罐,一边找巴特尔了解了解情况。"浩毕斯嘎拉图点了点头说。

两人正说着话,阿拉腾推门走进来,看到他们一家三口,一句话没说,眼泪先下来了。

"咳,阿拉腾,你怎么了?哭什么呀?"乌日娜急忙问。

"是不是苏乙拉又连着喝起来了?"浩毕斯嘎拉图问。

阿拉腾抹着眼泪点点头:"不但他自己喝,现在又多了一个喝酒的。"

"多了一个?谁?"浩毕斯嘎拉图问。

"队长,自从你不当队长,就没人管他了。这下子可好,他自己放开了喝不说,还跟给我们几家当羊倌的那个人成了酒友。"阿拉腾说。

"这可不行啊!刚才我还想着呢,临走之前去你们有困难的几家看看。行,我今天就去跟他谈谈。"浩毕斯嘎拉图说。

"队长,现在他还能听你的吗?那天你落选以后,最高兴的就是苏乙拉,喝得躺在那儿都翻不了身了,嘴里还翻来覆去地说:这回可好了,浩队长再

320

也不管我了。"阿拉腾说。

"他听不听是他的事,我必须得说。"浩毕斯嘎拉图说。

"浩队长,分畜到户后我们家好了一段日子,这全靠你的帮助。听说你要进城去,我也没有什么好东西,就挑了一只大羯羊,算是我们的一点心意吧。"阿拉腾眼圈红红地说。

"阿拉腾,帮助你家、教育你家那个酗酒的男人,是我在支部里的分工,因为我是党支部副书记,这是我的工作,我是在履行职务。你不能给我送东西,我也不能收你的东西。"浩毕斯嘎拉图说。

"队长,你要是不收,就这么走了,我心里难受呀!"阿拉腾的眼泪又流了下来。

"那也不能收。你要是非给我,那就是害了我。为什么这么说呢?阿拉腾,我当了二十多年队长,队里很多钱是从我手里花了出去,但我一分钱也没往自己腰包里装过,所以不管别人怎么说,我心里是踏实的。如果今天我干了应该干的工作,却收了你的礼物,你说我心里还能保持那种清清白白的感觉吗?"浩毕斯嘎拉图说。

"阿拉腾,你的心意我们领了,你能来看我和浩毕斯嘎拉图,我们就很知足了。按理说,你家生活困难,我们应该帮你们才对,怎么能要你们的东西呢!"乌日娜也劝阿拉腾。

阿拉腾听完这番话,哭得声音都哽咽了。

"你别着急,往后日子还长着呢。我看还是让浩毕斯嘎拉图去劝劝苏乙拉吧,让他别再喝酒了,好好跟你过日子。刚才浩毕斯嘎拉图还说呢,他想先进城给你们这些有一技之长的人探探路,如果他能在城里站住脚,以后你们也可以跟着进城开个民族服饰店什么的,那样用不了几年,你家肯定就能过上好日子了。"乌日娜又说。

"就是,我真是这么想的。牧区草场毕竟有限,牲畜总有一天会饱和,要是能找到一条增加非牧收入的路子,对咱们牧民也是一件好事。阿拉腾,凭你的手艺还怕挣不上钱吗?"浩毕斯嘎拉图说。

"那我们家的牲畜怎么办呢?"阿拉腾红着眼睛问。

"这是一个新问题呀。我觉得,既然可以雇人放牧,那么把牲畜租给亲戚或愿意承租的人,应该不会违背现行的政策。再说按目前的形势发展下去,肯定会出台一些明确的草场政策和规定,而不是像现在这样,只是以牧业小组为单位,在传统放牧地域放牧。"浩毕斯嘎拉图说。

"如果这样的话,浩队长,我可就有希望了。"阿拉腾的脸上终于露出了笑容。

"我先进城闯一闯、探探路,如果可行的话,马上回来告诉你。"浩毕斯嘎拉图说。

阿拉腾泪眼婆娑地看着靠山一样的队长,哽咽着说:"队长呀,知道了你要进城打工的消息,说实话,我心里真不是滋味啊。这么大岁数了,如果不是那个可恶的温都苏跟你争,你也不至于离开九曲湾哪。"

"阿拉腾,还是不要记恨温都苏吧,如果他真有能力带领九曲湾嘎查的牧民们过上更好的日子,这不是好事吗?"浩毕斯嘎拉图笑着说。

"哼,谁信?他只能把自己家的日子过得更好还差不多。"阿拉腾说。

"阿拉腾,你是赶勒勒车来的吧?这样,这只羊你先带回去,我随后就到,我再去跟苏乙拉好好谈谈。"浩毕斯嘎拉图走出去,把门口那只大羯羊抱到阿拉腾的勒勒车上捆好,走向自己的坐骑。

阿拉腾执意要把羊留下,乌日娜劝道:"算啦,你家的日子怎么样大家都知道,收了你的这只羊,我该失眠了。"

阿拉腾含着眼泪走出蒙古包,刚要赶着车走,乌日娜拎着一袋肉干跑过来放到车上:"也没什么新鲜东西,这肉干你拿回去吃吧。"阿拉腾的眼泪又流下来了。

浩毕斯嘎拉图想多走几家牧户,便骑马先走一步了。这是他当队长二十多年养成的习惯,经常到各家转一转,及时了解牧民们生产生活中的困难和问题。今天再走进牧户家里,他心里有一种难言的情绪在波动。那次选举投票后,很多牧民专程到他家或者是找到他说投了他的票,人数算起来应该超过了一半,可为什么是这个结果呢?这让他怀疑温都苏和宋文在中间做了手脚,但是他不想公开提出疑问。既然如此,何不换个活法呢?只是他心里还是牵挂着那些有困难的牧民,走之前再走访他们一次,他心里才能踏实些。

走了五六个牧户之后,浩毕斯嘎拉图来到阿拉腾家,此时已经是下午了。远远地,他看见阿拉腾家的那辆勒勒车停在蒙古包的一侧,蒙古包里好像很安静。他下马走过去,在门口一眼就看见了烂醉如泥的苏乙拉。他正要进到包里,里面传出来一个男人的说话声:"阿拉腾,浩毕斯嘎拉图当队长时,我就挺可怜你的,看着这个酒鬼男人折磨你,我——"

浩毕斯嘎拉图听出来了,说话的是温都苏。

"温嘎查长,你也喝多了。你今天真不该跟他喝酒,本来这几天是他不喝酒的日子,你跟他这么一喝,他的酒瘾又起来了。"阿拉腾说。

"阿拉腾,我说的是你,其实今天我是来看你的,结果你不在。听说你去浩毕斯嘎拉图家去了?"温都苏说。

"温嘎查长,别、别、别这样,我丈夫要是醒过来,多不好……"阿拉腾已经有了一丝哭腔。

"你就别假装正经了。咱们都是结过婚的人,作为一个女人,天天守着这样一个无能的男人,你能不寂寞吗?"温都苏说。

"我早就习惯了。温嘎查长,你还是走吧。"这是阿拉腾央求的声音。

"阿拉腾,你怕什么?这是九曲湾嘎查,我是九曲湾嘎查长。再说了,这个酒鬼一时半会儿能醒吗?我今天就住你家了。"温都苏说。

"那可不行,一会儿羊倌就回来了。"阿拉腾说。

"阿拉腾,你天天跟这个酒鬼生活在一起,能有什么好日子?女人这个时候最需要男人了。来,阿拉腾,过来。"温都苏厚颜无耻地说。

"温嘎查长,告诉你,我男人虽然是酒鬼,可我不是你想象的那种女人。"

"阿拉腾,我知道你喜欢浩毕斯嘎拉图,他也经常帮你,可现在他什么也不是了,我才是嘎查长呀。"

"温嘎查长,你说错了。浩队长虽然经常帮我们家,教育苏乙拉少喝酒,可是他一心只想帮助我们,从来没有歪心思……"阿拉腾话没说完,温都苏发出怪异的笑声,紧接着,阿拉腾带着哭腔喊起来:"苏乙拉,苏乙拉——温

嘎查长,你,你不能——这样——苏乙拉你快醒醒——"

接着,蒙古包里发出"呼"的一声响,有什么东西被碰翻了。

刚听到温都苏的声音时,浩毕斯嘎拉图本想转身离开,可是听了阿拉腾的哭喊,他十分气愤,不能让这个刚当上嘎查长的家伙欺负阿拉腾。于是,他使劲咳嗽一声,走进了蒙古包。

温都苏显然想不到他最不想见到的人在这个时候出现了,此刻他的手还扯着阿拉腾衣袍的大襟。阿拉腾一把推开温都苏,躲到浩毕斯嘎拉图身后,梳理着被扯乱的头发。

"原来是温嘎查长呀,是来走访嘎查牧户的吗?"浩毕斯嘎拉图好像什么也不知道一样,大大方方地坐下,又看了一眼一动不动地躺着的苏乙拉。

温都苏万分尴尬,走也不是,留也不是,索性往浩毕斯嘎拉图对面一坐,拿起一瓶白酒蹾在茶桌上,说:"浩毕斯嘎拉图,听说你要进城打工了,没想到今天能在这里碰上你。这也是一种缘分呀,咱们俩几十年前就有这个缘分了。来,喝酒,算我为你送行。"

浩毕斯嘎拉图拿起酒看了看,六十二度白酒,笑着说:"你可真小气哪,就一瓶怎么喝?"他想刺激一下温都苏,温都苏却理解成浩毕斯嘎拉图这是在推辞,二话不说摇晃着走出去,转眼又拿回两瓶六十二度白酒放在桌子上。

"这回怎么样?想找借口溜走?没门!"温都苏说着,用牙连着咬开两瓶白酒的盖子,在浩毕斯嘎拉图跟前放了一瓶,自己手里拿了一瓶。

"你说怎么喝吧?"浩毕斯嘎拉图问。

"一人一瓶。"温都苏说。

"那不公平。刚才你跟苏乙拉两个人喝了多少?"浩毕斯嘎拉图问。

"不到半斤。这不,都在这儿。"温都苏举起剩下的另外半瓶酒让浩毕斯嘎拉图看。

浩毕斯嘎拉图接过来看了看,一仰脖喝了一半,然后把那个酒瓶放到一边说:"这回就行了。你们两个人喝了半斤,一人平均二两五,我把这二两五补上,咱们这就在同一条起跑线上了。"

温都苏这才明白浩毕斯嘎拉图是什么意思,点点头说:"行,就凭这个,是个汉子。"

"现在,咱俩一口气把眼前的这瓶酒喝干。如果喝干后能走出阿拉腾家,自己跨上马背,那就是胜利者;走不出去的那个人,对不起,把剩下的这瓶酒再喝干。你说怎么样?"浩毕斯嘎拉图问道。

"喝就喝,谁怕谁!当年要不是你老婆,咱们俩马上的决斗也不至于流产。"其实温都苏知道自己的酒量有多少,但话已至此,他只能硬着头皮充好汉。

"好,请阿拉腾作证,剩下的这瓶酒由爬不出蒙古包的那个人喝干。"浩毕斯嘎拉图把一瓶白酒递给阿拉腾。

"浩队长,你行吗?明天还要进城去。"阿拉腾低声问。

"放心吧。今天也只能用这个办法了。"浩毕斯嘎拉图说着,举起那瓶白酒,"咕嘟咕嘟"几口灌进肚子里。

此时的温都苏真是钻地缝的心都有,可是到哪里找地缝呢,只好学着浩毕斯嘎拉图的样子举起酒瓶。不过他可不是一口气喝下去的,分了好几次才勉强喝完,当他把最后一口酒使劲咽进肚子里,已经就瘫软了。不过他的大脑还没有断片,还隐约记得喝酒前浩毕斯嘎拉图说的那句话,靠着仅存的最后一点意识,他强撑着想爬出蒙古包,可刚爬过门槛就哇哇大吐起来。

浩毕斯嘎拉图喝得也有点晕了,但他的意识很清醒。他慢慢站起来,左右晃了一下,阿拉腾急忙要去扶,他摆摆手说:"阿拉腾,本来我今天是、是想跟苏乙拉谈话的,可是——碰上了他——等我从城里回来,再、再谈吧。"说着就往出走。

"浩队长,你喝了这么多酒,缓一缓再走吧。"阿拉腾有些担心地说。

"没、没关系——他以后不会再、再来纠缠你了……"浩毕斯嘎拉图摇摇晃晃地走出去。上马时过了劲儿,他差点栽到马背的另一侧,阿拉腾急忙跑过去拉,可他居然又坐回到了马鞍上。那匹马打了一个响鼻,稳稳地跑起来。

温都苏刚才是半个身子卧在门槛上,不知什么时候又往外爬了爬,整个身体终于都出来了,卧在蒙古包前。他浑身上下都是呕吐的污物,散发出难闻的味道。

阿拉腾含泪看着浩毕斯嘎拉图渐渐走远的背影,心里默默地祈祷:"佛爷呀,保佑浩队长一路平安吧。"

第三十五章　分别的夜晚

秋天到了,明珠盟牧业机械兽医学校的校园里,满地的落叶被秋风吹得四散。天气一天天凉了,校园里的人越来越少,但是学生宿舍区还是灯火通明,不时传来歌声、乐器声和录音机播放的流行音乐声,这些声音交织在一起,让校园有了特别快乐的气息。

在操场的一个僻静处,美丽被凉风吹得瑟瑟发抖。她双手抱在胸前,不停向学生宿舍区的方向张望着。今天她约巴特尔在这里见面,是想告诉他一个好消息,可是不知为什么他一直没有来。她看了看手表,心里想着再坚持十分钟,要是还不来就明天再跟他说。突然,一双手从后面伸过来蒙住了她的双眼,她被吓得双腿一软,幸好那双有力的大手及时撑住了她,才没有瘫坐下去。

"谁?"美丽颤着声问。

"嘿嘿嘿!说吧,有什么重要事非要在这儿说?"巴特尔笑着松开手,站到美丽面前。

"死巴特尔,吓死我了。你这个家伙,从哪儿出来的,我怎么没看见?"美丽举起拳头就要打他。

巴特尔笑着躲了一下,指着操场前一幢教学楼后的阴影说:"从那儿。"

"讨厌,让我等了这么长时间,还差点吓死我。今天我要是冻感冒了,你陪我去医院呀?"美丽假装生气地说。

"行啊,那有什么,医院那么多人,谁认识谁呀。如果有人问,我就说你

是我的——"巴特尔本想开个玩笑,话到了嘴边,怕美丽生气就收住了。

"说呀,是你的什么?"美丽不依不饶地追问。

"嘿嘿嘿,是我的同学呗。"巴特尔说。

"好呀你,巴特尔,没良心。"美丽又假装生气地把身子扭过去。

"对不起呀美丽,我来晚了。把你冻够呛吧?来,我给你暖一暖。"巴特尔说着伸出双手,做出一个拥抱的姿势。

美丽笑着瞪了他一眼:"想得美。"

"宿舍的几个同学要凑钱喝酒,庆祝顺利毕业,我好不容易才溜出来,结果在门口又碰上王志强。他告诉我班级党支部已经研究通过,确定我为入党重点培养对象,还让我在离校前把表格填好,放到我的档案里,到工作单位后由单位党组织继续考察培养,作为是否发展为预备党员的重要依据。美丽,对不起啦。"巴特尔看美丽笑了,这才解释为什么来晚了。

"那我就不埋怨你了。要是因为这件事,再冻一会儿我也愿意。巴特尔,我就特别欣赏你积极向上、要求进步这一点。"美丽说。

"还有别的吗?"这回轮到巴特尔追问她了。

"还有——"美丽没看出巴特尔在逗她,还很认真地想着,冷不丁看见他憋着笑看着她,才知道自己上当了,气得追过去打他。两个人一个跑一个追地闹腾了一阵,美丽不像刚才那么冷了,巴特尔也笑着停住了脚步。

"巴特尔,我问你,你知道今天是什么日子吗?"美丽气还没喘匀就问。

"什么日子?"巴特尔被问愣了。

"今天是我在小桥上见到你以后的第一千零一天。"美丽说。

"真的?"巴特尔被这句话感动了,伸出手想拥抱她,但又停住了。

"好吧,不跟你开玩笑了。我约你来是要告诉你一件事,但这件事之前我没征求你的意见。是这样的,我听说学校要从咱们班选三名表现突出、成绩优秀的同学留校,就托我姨父找人看能不能把你留下,因为你的学习成绩在咱们班是最好的。如果不找人,就有可能被别人顶替。今天白天,我姨父叫我去他家,跟我说——"美丽故意卖了一个关子。

"跟你说什么了?"巴特尔问。

"他说这事成了一半儿。就是说,为了体现公平竞争,是以二比一的比例进行预选,再根据综合考察,筛选出三名最好的同学留校。你就是其中之一。"美丽兴奋地说完了,却发现巴特尔好像并不是很高兴,她有些失望地说:"巴特尔,你怎么不高兴?"

"美丽,谢谢你的关心。其实,这个问题从接到入学录取通知书那天起,就开始困扰我了。说实话,我知道这是一个非常难得的好机会,特别是对我这样一个牧区孩子,许多年前在九曲湾草原上遥望着城区,我就幻想着有一天能成为城里人。现在,一旦确定我留校就实现这个愿望了,拿着公家的工资,每天三点一线地上班下班……可是,你知道我的心在哪里吗?"巴特尔问。

"在哪里?不会是在你的九曲湾吧?"美丽说。

"恭喜你,答对了。真的在那儿,在九曲湾,在咱们相遇的小桥上。你知道你当时的样子在我眼里多靓丽吗?你特别端庄地坐在勒勒车上,穿着一件天蓝色的蒙古袍,怀里抱着一个大书包……那是我见你的第一面,那次偶遇是那么让人难忘。后来我不知憧憬过多少次,希望能再次看见你,没想到竟跟你在求学的路上再次相遇了。"巴特尔停下来,轻声对美丽说,"我给你朗诵一首古诗吧。"

"古诗?哎,巴特尔,我头一次发现你还挺浪漫的。那你朗诵吧。"美丽说。

巴特尔看着脚边不停滚动的一片片落叶,静静地沉思了一会儿,然后仰望着清冷的夜空,轻声朗诵起来:

蒹葭苍苍,

白露为霜。

所谓伊人,

在水一方。

美丽接了下去:

溯洄从之,

道阻且长。

溯游从之,

宛在水中央。

……

美丽朗诵完,两个人都沉默了。秋风像一群调皮的孩子围着他们,不时掀起他们的衣襟,或者钻进他们的裤管……此时此刻,那种贴近他和她肌肤的凉意,却给了他和她一种燃烧起来的诗情。

"巴特尔,别说了,我懂你了。"美丽低声说。

"美丽,自从认识你,你给了我太多关照,谢谢你。近三年的光阴虽然很短,但在我的一生中却是非常重要的一个时期,它将陪伴我在人生的旅途上走很久很久。"巴特尔动情地说。

"巴特尔,不必多解释,人各有志。从那年在打马鬃场上第二次见到你,我就知道你是一个勇敢的有抱负的青年。你面对失控的马群那么无所畏惧,真让人佩服。"美丽由衷地说。

"美丽,说真的,我可没有那么勇敢。当时我只有一个念头,后面就是悬崖了,集体的马群要是掉下去,损失可就大了。我阿爸是队长,要是追责的话,那可是天大的责任呀。再说我身边还有一个山丹,如果把她扔下不管,那就太不仗义了。所以我就眼睛一闭,默念着'上天保佑、上天保佑',骑着马子来回跑……"

"真的吗?你可真逗,要不是听你亲口说,我怎么也想不到你这位英雄竟然也会害怕。"美丽笑着说。

"都是人嘛,谁都会害怕呀。是不是可以这样说,在生死面前,英雄就是没有逃跑而留下的那一个?"巴特尔说。

美丽没有回答,默默咀嚼着这句话。

"美丽,我这样说,是不是让你失望了?"巴特尔问。

"没有失望,我觉得你更真实了、离我更近了。"美丽说。

"那就好。我一心一意想回到九曲湾,整天面对九曲湾草原上流淌的尼林河,还有一望无际的芦苇荡,回味知青哥哥教给我的那首《蒹葭》,开始新的生活……"巴特尔说着,渐渐沉浸在自己的想象中。过了好一会儿,他看着美丽说:"我再给你朗诵一首诗吧。"

美丽有些奇怪地说:"今天你是怎么了?简直是诗情喷发呀。行,我洗耳恭听。"

巴特尔微闭双眼,学着知青哥哥的样子朗诵起来——

假如我是一只鸟,

我也应该用嘶哑的喉咙歌唱:

……

月光洒在夜幕笼罩着的校园里,秋风轻轻吹动了巴特尔的头发,美丽静静地听着巴特尔朗诵。秋风把巴特尔的一缕头发吹散了,美丽伸出手把那缕头发轻轻捋顺。

为什么我的眼里常含泪水?

因为我对这土地爱得深沉……

"巴特尔,这是谁的诗?"美丽含着眼泪问。

"艾青。"巴特尔说。

"这诗写得真好,诗句就像是从诗人心里流出去的,又流进了听诗人的心里,真让人感动。"美丽抹了抹眼角的泪。

"这是我离开九曲湾前,知青哥哥站在小桥上朗诵的,当时他的眼里也含着泪水。那一幕我永远也忘不了。"巴特尔说。

"巴特尔,你是一个有理想有信念的青年,我衷心祝福你成功。我不像你有理想,还有追求理想的勇气,我是一个女孩子,就想着能离开牧区,当一个城里人,过上城里人的日子。所以我肯定不回牧区了,姨父也给我联系好了,留在尼林市畜牧局的二级单位,他们正好缺专业人员。"美丽目光忧郁地看着巴特尔说。

巴特尔察觉到了美丽低落的情绪,说:"美丽,我能理解你的选择,甘愿平凡与追求理想是不矛盾的。说实话,我也不知道我以后能走多远。我就想回到洒有爷爷热血的大地上,用自己学到的知识让那里更加富饶美丽。"

"巴特尔,你最近回过家吗?"美丽迟疑了一下问。

"没有呀。我已经很久没有跟家里联系了。我还奇怪呢,他们是不是把

我忘了?"巴特尔说。

"哦——"美丽想把巴特尔阿爸落选的事告诉他,可是又有些犹豫。她想告诉他,是想让他重新考虑一下毕业以后还回不回牧区,因为环境变了,他已经不再是队长的儿子了。可是她又没有勇气,她不想给他泼冷水。

"难道真出什么事了?"巴特尔话音刚落,就听见远处有人在大声喊:"巴特尔,巴特尔,有人找你。"听声音是王志强,他边喊边向这里跑,后面好像还跟着一个人。

王志强带着那个人来到巴特尔跟前,巴特尔一下子愣住了——是阿尔斯冷。这个家伙这么晚了来学校,是不是有什么事呀?

王志强先是看看巴特尔,又看看美丽,笑着说:"对不起呀,我不知道你俩——"

"王志强,你别想歪啊,我跟巴特尔商量正经事呢。"美丽怕王志强再说出什么话,抢先一步堵住了他的嘴。

"我知道,我知道,你们在商量正经事,不过——我也没说你们不正经呀。"王志强说完,笑着跑了。

阿尔斯冷看了美丽一眼,趴在巴特尔耳边小声说:"你小子行呀,上次我来的时候,你就跟她在一起吧?是不是——"

"去你的,想什么呢,这是我的同学美丽。来,美丽,你们认识一下。哦,对了,你们之前见过一次吧?这位是阿尔斯冷,我的马背小学同学,一个立志当倒爷的牧区青年。"巴特尔说。

阿尔斯冷有些拘谨地看看美丽,想握握手又有点不敢。美丽大方地伸过手跟他的手碰了一下,又飞快地缩回去。

"巴特尔,你的小学同学这么晚了来找你,肯定有重要事情,你们谈吧,我先走了。刚才说的那件事,你再好好考虑一下,明天我等你的回话。"美丽又向阿尔斯冷说了一句"再见",转身就走了。她有一种预感,阿尔斯冷这么晚来找巴特尔,肯定是跟他说他阿爸落选的事,这样的话,明天巴特尔可能就会改变主意。说心里话,她是真心希望他能留校。不知怎么回事,自从认识了他,她对他就像多年的朋友那样,心里始终没有任何提防,相反,却有一种莫名的信任和依赖,尽管她与他之间最多只是每个周六跳跳交谊舞,再就是吃饭时在食堂相互占个座位。

其实,人与人之间,特别是青年男女之间是否有好感,往往从表面是看不出来的,有时候恰恰是表面的冷峻掩盖住了地火般热烈的爱慕。美丽对巴特尔就是这样的。她心里虽然对巴特尔有好感,但囿于女孩子的矜持,没有什么更亲昵的接触。

"别走呀,美女。"阿尔斯冷喊住了美丽。

美丽转过身问:"是不是你想请客?"

"美女,请你稍等一下。"阿尔斯冷笑着说。

美丽本不想走,因为她还有话没跟巴特尔说完,这下便顺势回到巴特尔身旁。

"阿尔斯冷,你这么晚来找我就是为了请客吗?到底有什么事,快说吧。"巴特尔有些不耐烦了。

"巴特尔,我前些日子跟我阿爸进过一次城,那次我就想找你,可是身边有一个亲戚家的孩子跟着,就没来了。本来我以为我够无聊的了,没想到还有比我更无聊的人,不一样的是人家躺着就能挣钱。"阿尔斯冷说完,又看了巴特尔和美丽一眼,"站在这里多冷呀,刚才美女不是说让我请客吗?走吧,我请你们去酒吧。怎么样,能赏个面子吗?"

"我宿舍里几个同学也正在喝酒,看来咱们只能去酒吧了,不过还是我请你吧。"巴特尔说。

"咳,你一个穷学生能有什么钱呀,还是我请吧。再说还有美女相陪。说好了啊,我请。"

"那就走吧。"巴特尔看了美丽一眼,她没有拒绝,三个人就相跟着向校门口走去。出了校门,阿尔斯冷看巴特尔到处张望,知道他是在找那辆红色摩托车,就指着一辆停在路边的北京吉普说:"哥们,摩托车的历史结束了,现在升级了。"说完走过去,打开车门坐进去。

巴特尔打开副驾驶那一侧的门,让美丽坐到副驾驶座位上,他自己坐到后排。他还没坐稳,美丽就从副驾上下来,也坐到了后排。这些都被阿尔斯

冷看在眼里。他飞快地扫了一眼后视镜,见两个人离得很近,便明白这位美女跟巴特尔比较亲密。

巴特尔没有在意美丽为什么不愿坐前面,而是前后左右地打量了一遍汽车,说:"阿尔斯冷,你行呀,摩托车换成北京吉普了。"

阿尔斯冷平时就爱在姑娘们面前显摆,此时听巴特尔这样说,便假装低调地说:"这不算什么,我亲戚家的那个孩子现在已经开上蓝鸟轿车了。你知道吗?咱们明珠盟最大的达日嘎才坐上海牌轿车呀。"

"这么说——你现在已经超过苏木书记的待遇了?我听说咱们尼林市的达日嘎才坐北京吉普。"巴特尔半讥讽半调侃地说。

"差不多吧。"阿尔斯冷根本没听出来巴特尔是在讥讽他。车里有美女,他在意的是怎么顺着这个话题显摆一下。

美丽听出巴特尔在调侃阿尔斯冷,笑着看了他一眼。

"美女,你说吧,想去哪个酒吧?可千万别想着为我省钱。"阿尔斯冷问美丽。

"既然你连北京吉普都开上了,钱肯定不是问题。就挑一家高档的酒吧吧,怎么样?"巴特尔问。

"好。"阿尔斯冷说着把汽车拐向那天葫芦请他吃完饭后去的尼林酒吧。

三个人坐在尼林酒吧的一间雅间里,边喝啤酒边聊天。阿尔斯冷突然站了起来,端着满满的一扎啤酒对巴特尔说:"哥们,咱们是一起在九曲湾长大的,这些年来虽然也闹过小别扭,可过后哥们还是哥们。从那天嘎查换届选举以后,我就老想进城来找你,跟你好好喝一杯,要不我心里不舒服。"说到这儿,他举起手里的啤酒喝了一大口。

"换届选举?怎么回事?"巴特尔突然有了一种不祥的预感。

"巴特尔,跟你说实话吧。这次换届选举,你阿爸落选了……"阿尔斯冷把扎啤杯里的啤酒一口喝干,又要了第二杯。

"那谁当选了?"巴特尔问。

"现在我阿爸是新当选的嘎查长。"阿尔斯冷说。

"巴特尔,我刚才还想跟你说的就是这件事,这是我姐姐从知青哥哥那里知道的。现在情况变了,你还想回去吗?"美丽说。

巴特尔沉默了一会儿,拿起自己面前的啤酒杯站起来,说:"美丽,我明白你的意思了,再次谢谢你的好意。可越是这样,我越想回去了。你说呢?阿尔斯冷。"凭他对阿尔斯冷的了解,他听出阿尔斯冷有难言之隐,可又没办法直说,毕竟当选的是他阿爸。

"巴特尔,我跟你相反,我决定离开九曲湾了。我准备先到口岸去当倒爷,如果有机会就当跨国倒爷。反正我是不想留在九曲湾。"几杯啤酒下去,阿尔斯冷的脸和眼睛都红了。

"美丽,想跳舞吗?"巴特尔低声问美丽。美丽点点头,两个人起身走到中间。

阿尔斯冷熟练地指挥酒吧工作人员打开音响设备,放了一个适合跳舞的曲子。

"巴特尔,难怪大家都说你感觉好。你现在的舞步与舞曲是那么和谐,跟你跳舞真的很轻松。"美丽由衷地说。

"能得到师傅的夸奖,我太高兴了。我也觉得现在踩你脚的次数越来越少了。"巴特尔看着美丽说。

"这么说来我真是你的师傅呀,以后可不能忘了我啊。"美丽说。

一曲未了,坐在沙发上的阿尔斯冷面前已经摆了五个空酒杯。他始终心事重重的样子,低着头默默地喝酒。巴特尔低声对美丽说:"你跟他跳一曲吧。"

美丽使劲瞪了巴特尔一眼:"你要这么说,我可生气了。"

巴特尔吐了吐舌头,两人跟着音乐的节奏继续跳着。

"唉,不知道毕业以后还有没有机会跟你跳舞了。"美丽的话里有些感慨。

"回到牧区以后,我先买一辆摩托车,只要你愿意,我随时进城来陪你跳舞。"巴特尔说。

"我才不信。你回去一见到那个山丹姑娘,肯定就把我忘了。"美丽撇了撇嘴说。

"我听我们队里的人说,山丹考进了市里的乌兰牧骑,也进城了。你知道吗?山丹跟他——"巴特尔说着,朝阿尔斯冷努了一下嘴,"山丹跟他的小舅舅葫芦是同母异父的姐弟。"

"真的?"美丽差点喊出声。

"真的。只不过他现在可能还不知道,还在拼命地追求山丹。"巴特尔说。

"巴特尔,你真的忍心就这样走了?再说你阿爸的对头当了嘎查长,你回去了,能有你的好果子吃吗?"美丽说的是心里话。

"放心吧。我就是想当一个有知识的新牧民,又不去跟他争什么,他能把我怎么样呢?我阿爸当了那么多年的队长,现在是最需要我的时候。原来阿爸为我遮风挡雨,现在我长大了,该为阿爸遮风挡雨了。看阿尔斯冷心事重重的样子,我有一种预感,换届选举中肯定有什么事,要不他不会这样的。我跟他从小一块儿长大,太了解他了,虽然经常暗中跟我较劲,但他还是很单纯的,心里藏不住事,特别是看不惯的事。"巴特尔扭头又看了阿尔斯冷一眼,那个家伙已经喝多了,趴在桌子上一动不动。

"巴特尔,让我怎么说呢?我还是那句话,你是一个有理想有抱负的青年,也许你的选择是对的。城里机关、学校那种生活和工作,可能不是你需要的,你需要的是九曲湾现实风雨的沐浴和洗礼。离别之际,我就把高尔基的《海燕》里的那句话送给你吧——在苍茫的大海上,狂风卷集着乌云。在乌云和大海之间,海燕像黑色的闪电,在高傲地飞翔……"

巴特尔也跟着轻声朗诵:"一会儿翅膀碰着波浪,一会儿箭一般地直冲向乌云,它叫喊着,——就在这鸟儿勇敢的叫喊声里,乌云听出了欢乐——"

朗诵到这里,两个人找到了共鸣:"在这叫喊声里——充满着对暴风雨的渴望!在这叫喊声里,乌云听出了愤怒的力量,热情的火焰和胜利的信心……"

"巴特尔,既然你铁了心要回去,我可以再告诉你一个消息。"美丽想了想还是说了出来。此时此刻,只有说出来,她的心里才能踏实些。

"什么消息?"巴特尔问。

"那天知青哥哥来了之后,特意让雅诺姐姐到市委组织部问过,后来我听我姨父说,针对目前牧区基层干部学历偏低的现状,为了加快培养有学历的基层干部,动员中专以上学历的青年学子到牧区嘎查挂职。"美丽说。

"真的吗?这可太好了。需要办理什么手续吗?"巴特尔问。

"我打听了一下,需要从学校开出证明,再到市委组织部报名。"美丽说。

"美丽呀,我该怎么感谢你呢?"巴特尔使劲握了握美丽搭在他手掌上的那只手,美丽也回应了一下。

舞曲终了,两个人意犹未尽,相互看了一眼,牵着手走回沙发前。

美丽满眼深意地看着巴特尔,举起酒杯说:"巴特尔,今晚真好,我会永远记住的。来,干杯——"

巴特尔也举起酒杯,两个酒杯在空中不轻不重地碰了一下,发出"叮"的一声脆响。这时,阿尔斯冷从茶几上机械地抬起头,条件反射般地伸手去摸自己的酒杯,摸了半天也没摸到。

第三十六章　新来的嘎查长助理

北京吉普车在家门前还没停稳,巴特尔就急不可耐地跳下车,大声喊起来:"奶奶——额吉——阿爸——"

蒙古包里好像晚了半拍才有动静,停了一会儿,门开了,乌日娜踉跄着跑出来。

"巴特尔,我的儿子,你——回来了?"乌日娜带着哭腔跑过来,紧紧抱住了儿子,母子俩拥抱了好久才松开。

乌日娜含泪打量着儿子,双手在儿子身上不停地抚摸着。巴特尔笑着说:"额吉,你怎么了?我这不是回来了吗?"

乌日娜破涕为笑:"就是,我儿子回来了,额吉高兴呀。可是你阿爸今天进城打工去了,上午才走。你们这爷俩呀,真是成心折磨我。"

"什么?我阿爸进城打工去了?"巴特尔着急了。

"是啊,他赶着咱们家那辆勒勒车走的,说是进城租间小房,给城市居民们送煤气。"乌日娜的话音有些哽咽。

"额吉,别难过,会好起来的。对了,阿爸落选的事你们怎么不告诉我呀?"巴特尔问。

"孩子,你快毕业了,我们怕你分心,影响毕业考试,就没敢告诉你。"乌日娜解释说。

"额吉,对不起,我才知道这件事,办完一些手续才赶回来,没想到阿爸已经去城里了。我记得阿爸早就说过类似的话,想为九曲湾嘎查的牧人们探索一条增加非牧收入的路子。"巴特尔安慰额吉说。

"你——回来,什么意思？是没留在城里工作吗？"乌日娜突然问。

"额吉,这事我以后慢慢跟你说。你看那是谁？"巴特尔指着站在北京吉普车旁边的阿尔斯冷说。

乌日娜一看是阿尔斯冷,立刻拉下脸来:"我怎么能不认识呢,温都苏的公子嘛,他阿爸现在可是风光得很呀!"

"额吉,您别这样,都是大人之间的事,跟他没有关系。他这么老远把我送回来,都到家门口了,怎么也请他进家喝口茶吧。"巴特尔轻声对额吉说。

阿尔斯冷心里也别扭,连声说:"大婶,我今天是顺路把巴特尔送回来,过几天我还要走,还有很多事要办,就不进家喝茶了。"他慌慌张张地钻进车里,打了好几次火才发动着车,七成新的北京吉普车带着一道尘土走了。

"奶奶呢？她还好吗？"巴特尔快步走进蒙古包,看见老额吉居然坐了起来,满是皱纹的脸上洋溢着欣慰的笑容。

"奶奶——"巴特尔走过去,紧紧拥抱了老额吉,又在她满是皱纹的脸上亲吻了好几下,这才扶着她重新躺下。

"孩子,你终于回来了——"老额吉笑着说。

"是的,奶奶,我回来了。以后我就守着奶奶,当一个有文化的新牧民。"巴特尔说。

"好呀,好呀。儿媳呀,看我猜对了吧,巴特尔这不是回来了吗？巴特尔呀,九曲湾是一片多好的草原啊,你爷爷、你阿爸,都为这片草原出过力,现在该你们这一辈了。"老额吉自豪地说。

"奶奶,告诉您两个好消息。一个是我在学校被确定为入党重点培养对象了。我想啊,等到被吸收为预备党员那天,我一定要到当年爷爷秘密入党的那棵树下宣誓。"巴特尔说。

"你阿爸也是在一棵树下宣誓的。"乌日娜补充说。

"好呀,孩子,这是你送给奶奶的最珍贵的礼物啊!"老额吉说完抹了一把眼泪。

"巴特尔,你不是说两件好事吗？另一件呢？"乌日娜问。

"另一件就是,我这次回来挂职了九曲湾嘎查长助理的职务。"巴特尔说。

"这是好事吗?你阿爸落选已经让我伤透心了,你可别再当什么嘎查长助理了。孩子,咱们以后好好把自家的牲畜经营好就行了,别的事少管,咱们也管不了。"乌日娜有些着急了。

"儿媳,你不能这么说呀。我看巴特尔的选择是正确的,你不要给他泼冷水。"老额吉在一旁说。

"额吉,浩毕斯嘎拉图受的那些委屈还不够吗?"乌日娜说。

"额吉,奶奶说了,你不要给我泼冷水。"巴特尔说。

"孩子,额吉不跟你争论这件事了,你快说说,以后你是怎么打算的?"乌日娜的心情很复杂,儿子回到她身旁,她当然高兴;可是那么辛苦地上了三年学,怎么说回来就回来了?她总感觉不甘心。

"额吉,我今天一早就离开尼林市,先是到九曲湾苏木找了李涛爷爷,才知道他已经退二线了。他说他从市委组织部的文件里知道了我要回牧区的消息,还专门把我领到苏木朝鲁书记的办公室。了解了我的情况后,朝鲁书记也很意外,问我为什么要回来,我说我学的是兽医专业,搞行政工作就把专业荒废了……"巴特尔话没说完,被乌日娜急急打断了:"傻孩子呀,你不留城就不留城吧,怎么连苏木也不想留呢?这样一来,你的书不是白念了吗?"

"额吉,我学的是兽医专业,如果不接触实际,学到的那些知识就荒废了。生产一线才是我的用武之地呀。分畜到户了,我先把咱们家的牲畜放养好、发展好,在这个过程中积累一些实践经验,多好的事呀。"话音没落,门外传来敖特根书记的声音:"乌日娜,听说你家来贵客了,怎么不提前告诉我呢?"

紧接着,敖特根书记推门走了进来,巴特尔急忙走上前:"敖特根大叔,你也听说我回来了?"

"不光我听说了,咱们嘎查好多人都听说了。上午你刚离开苏木,李涛书记就打电话告诉了我这件事,说你是市委挑选的优秀应届中专毕业生,选派到基层挂职,任嘎查长助理。乌日娜呀乌日娜,你知道吗?巴特尔可是市委直接选派到基层挂职的,已经是九曲湾嘎查长助理了。"

"敖书记呀,浩毕斯嘎拉图刚落选,我的心情还没有平复,怎么巴特尔又来当这个受气的官呢。"乌日娜脸上阴云密布。

"乌日娜,你的眼界可不能这么狭隘。以我的经验,要让孩子有出息,就一定要让他在生产斗争的实践中成长,温室里的花朵是经历不了风雨的。我们的巴特尔有理想、有抱负,是个好孩子啊。今天李涛书记在电话里还说,原本想让巴特尔留在苏木党委,可是巴特尔说什么也要回到九曲湾嘎查来。还有一件事我要提前告诉你,李涛书记说有人反映嘎查在换届选举中有作弊行为,现在市委纪检委已经开始调查了。我相信浩毕斯嘎拉图落选的事一旦澄清,他所受的委屈就能得到更多人的理解了。"说到这儿,敖特根故意板着脸转了话题,"你怎么回事啊?我都来了这么长时间了,怎么连口茶水也不给我倒呢?是不是不欢迎我呀?"

乌日娜急忙站起来,连声说:"哎呀,敖书记,对不起,对不起。你看我,光顾着发牢骚,把倒茶的事都给忘了,我这就给你倒。"

"这还差不多。"敖特根笑着喝了一口奶茶,接着说,"上次投票以后,很多社员都跟我说不对劲。当时他们的选票基本是公开的,大家谁也没有避讳,同意温都苏只需要打一个钩,而选浩队长得写名字,这样一来笔都不够用了。在等笔的过程中,大家都看见了,大部分人都是写字,打钩的很少。再说当时连收票人和监票人也没选,都由苏木来的那两个人代替了。"

"听大叔这样一说,这明显是不合规的,有很多漏洞。我听说投票期间宋文苏木长还走到唱票人和计票人跟前嘀咕了几句,还有大叔您去要投票存档也没给您,这些都有作弊的嫌疑呀。"巴特尔说。

"李涛书记听说浩队长落选以后,特地找宋文了解情况。宋文说当时急于完成换届选举,忽略了按程序进行。可是当李涛书记找到跟宋文同去的那两个工作人员谈话时,发现他们三个人的话漏洞百出。后来,其中一位工作人员主动向李涛书记坦承了选举作弊的事。"敖特根说。

"那就赶紧查处呀。"乌日娜说。

"李涛书记又去找宋文,可他不承认,说是承认选举作弊的那位工作人

员对他有成见,借机陷害他。其实这个问题很容易查清,最关键的还是选票。当时我向他们要收回来的选票准备存档,宋文说因为生产队改为嘎查,这些选票要统一拿回苏木存档。可是据那两位工作人员说,他们刚出了九曲湾嘎查会议室,文件袋就被宋文要走了。李涛书记再跟他要选票时,他说在回苏木的路上丢了。因为没有实证,这事就变成了无头案。"

"太不像话了,我阿爸受了多大的委屈呀。"巴特尔气得腾地站起来。敖特根拉着他重新坐下:"孩子,不要冲动,别忘了有一句话叫'冲动是魔鬼'。如今你回来了,怎么样与跟你阿爸有矛盾的人一起工作,就是你回来后的第一课啊,这不仅考验你的能力,更考验你的胸怀。"敖特根拍拍巴特尔的肩膀说。

"敖书记,本来我就不同意巴特尔回来,这下可好,他阿爸刚下台,儿子又要重走他阿爸的路。"乌日娜嘟囔着说。

"乌日娜,我跟你的想法恰恰相反。浩毕斯嘎拉图进城打工,是我们俩商量过的。眼看着人口一天天增加,可是九曲湾草原只有这么大,你说,等有一天人满了怎么办?到那时候,别说增加收入,能保住收入不下降就不错了,所以老浩就先进城探探路。你说这是为了谁?"敖特根问。

"为了谁?"乌日娜反问道。

"额吉,我觉得阿爸做得对。阿爸是为了我们这一代或者我们的后代着想的。"巴特尔说。

"你看看,有知识就是不一样。乌日娜,我们一天天老了,可是时代在发展,要想跟上不断变化的形势,我们的观念就要改变。巴特尔,你说我这样说对不对?"敖特根问巴特尔。

"大叔,您说得对。还有就是像您刚才说的,既然我是嘎查长助理,那么就要跟温都苏嘎查长配合好,不能因为他跟我阿爸有矛盾就不支持他的工作。"

"孩子呀,你这学真没白上,好样的。大叔跟你说吧,李涛书记还特地跟我说,过几天苏木党委就把你的入党重点培养材料转到嘎查党支部,希望你时时处处严格要求自己,早日成为预备党员。"敖特根说。

"大叔,我一定时刻用党员的标准严格要求自己。不过我有个请求,等我成为预备党员的时候,我也想到一棵树下宣誓。"巴特尔的话音刚落,老额吉在一旁插话说:"他爷爷当年就是在一棵树下秘密入党的。"

"他阿爸也是。"乌日娜说。

"孩子,大叔记住了,到时候大叔亲自在一棵树下领誓。"敖特根一字一句地说。

"我一定努力,争取早日实现我的愿望。"巴特尔十分认真地说。

"孩子,你刚回来,先休息两天,好好陪陪奶奶和额吉,不过大叔希望你尽快到嘎查报到上班。分畜到户以后,因为草场没有划分,牧民们不时因为草场边界不清出现纠纷。最近要开始细化草场,也就是要搞'草畜双承包'了,作为嘎查长助理,你可不能缺席呀。"敖特根说。

"大叔,我以后就天天陪在额吉和奶奶身边了。我还想去看一下知青哥哥,告诉他我回来了。"巴特尔说。

"孩子,看我这记性,忘了告诉你,知青哥哥已经调到苏木学校任校长了。"敖特根拍了一下脑门说。

"真的?那太好了。知青哥哥终于找到能发挥他特长的岗位了。"巴特尔说。

"是呀,你阿爸先后向李涛书记推荐了好几次,宋文当了苏木长以后,学校校长位置空了很长时间。后来,苏木党委搞了一次招聘活动,报名的人还真不少,最后还是知青哥哥凭借实力夺得笔试、面试双第一,没有任何争议地走马上任了。"

几个人又闲聊了几句,敖特根说:"我还有事情要办,该走了。"乌日娜、巴特尔把敖特根书记送出门。老书记上马有些迟缓,巴特尔走过去,帮着紧了紧马肚带,说:"大叔慢走。"

敖特根笑了笑说:"还是老啦,年轻时坐在马背上就像站在平地上,怎么折腾都掉不下来,现在不行喽。"他松开马缰绳,那匹老马点着头、迈着四平八稳的步子走了。

两人转过身,乌日娜指着附近草地上正在吃草的一匹枣红马说:"孩子,那就是老马倌专门为你驯的马,他特地叮嘱你阿爸一定要给你骑。"

那匹马浑身上下没有一点杂色,就像一团燃烧的火,四条腿强劲有力,一看就是一匹好马。巴特尔走过去摸了摸那匹马,虽然他一次也没有骑过,可是它好像知道他就是它的主人,一点也不认生,打着响鼻把脑袋依偎在他怀里。乌日娜明白儿子的意思,赶快回家把马鞍抱出来,搭在马背上。巴特尔娴熟地系好马肚带,跳上马背,向着那座久违了的小桥奔去。

终于又能骑着马在草原上奔驰了,巴特尔惬意地感受着耳旁呼呼的风声。初秋的草原,大地仍是满眼绿色,在浓淡不一的广袤的绿色大地上奔跑着,感受着夏风的微醺,别有一番滋味涌在巴特尔心头。好像心有灵犀,没用他提示,枣红马就选中了他踩出来的那条草间小路。这条小路已经很久没有人走过了,但还清晰可见,在青绿的草丛中向前延伸。

小桥到了,巴特尔跳下马,习惯性地朝知青哥哥的蒙古包方向看去。那里已经什么都没有了,只留下一个大大的圆。远远望去,那个圆里生长出一圈新鲜的绿草,簇拥着知青哥哥生活过的地方。巴特尔觉得,那是希望。

看着那个还很清晰的蒙古包留下的痕迹,巴特尔心里忽然飘过一丝沧桑感。他摸着小桥的扶手,想起了当年躲在草丛后面看山丹在知青哥哥的琴声中翩翩起舞的情景……仅仅三年,许多人走了,而本来可以留在城里的他却回来了。从刚才敖书记的话里,他第一次真切地意识到自己的学生生活结束了,他已走上人生的又一个舞台,有很多未知在等待着他。只有眼前的尼林河还是那么熟悉,还像以前那样潺潺流淌,被芦苇丛簇拥着的那些小丘陵还像当年那样,是各种飞鸟的乐园。

景色依旧,物是人非。巴特尔心里那个灯塔一样的蒙古包不见了,曾经在这里翩翩起舞的山丹进城了,曾经在这里偶遇的美丽也不会再抱着求知的书包从这里经过了……可是在这里学会的那首诗还在心里,他轻声朗诵起来:

蒹葭苍苍,

白露为霜。

所谓伊人,

在水一方。

……

第三十七章　划分草场

草原上虽然交通闭塞,可是一旦有什么事,用不了一顿饭的工夫就能家喻户晓。巴特尔中专毕业又回到九曲湾草原的消息,像一阵风传遍了嘎查的家家户户。很多牧人疑惑不解,浩毕斯嘎拉图家这是怎么了?阿爸进城打工去了,本可以留在城里挣工资的儿子却回来了,还是挂职回来的,而且在市委都挂上号了。

巴特尔正式上班了,敖特根书记特意把他安排在自己办公室的东边。虽然简陋,但也是一个单间办公室,这在嘎查里已经是很好的待遇了。敖特根书记办公室的西边是嘎查长温都苏的办公室,一间从外到里都与众不同的办公室:天蓝色的精致防盗门,地面铺着木地板,豪华的办公桌椅、书橱、沙发,甚至连窗框都换成铝合金的了。

敖特根之所以把巴特尔与温都苏隔开,当然是有想法的——他可以随时了解巴特尔的情况,防止他被温都苏用吃吃喝喝的手段给拉过去。毕竟巴特尔是一个刚刚毕业的孩子,在生活阅历和社会经验方面还是一张白纸。

本来刘百万想把九曲湾嘎查所有办公室都重新装修一下,可温都苏不同意,就只单独装修了他的办公室。这样一来,就像舞台剧上主角出场时,聚光灯都打在主角身上那样,这间办公室如鹤立鸡群般醒目、扎眼。这就是温都苏想要的效果。

巴特尔把分配给自己的办公室打扫了一遍,然后跟敖书记打了一个招呼。他想学阿爸当队长时的样子走访一下牧户,今天准备去阿拉腾家和乌

日图老人家。

敖特根笑着点点头:"孩子,去吧。你要记住,无论以后官当得多大,都不能脱离群众,他们是你的衣食父母,是你立足的大地。"他朝办公室的另一侧努了一下嘴,"千万别学他。自从当上嘎查长就没来过几次,天天有人请吃饭,听说那个刘百万还在城里给他租了一个房间。你看着,他在九曲湾不过就是昙花一现的人物。"

"大叔,您的话我记住了。"巴特尔刚要走,又被敖特根叫住:"巴特尔,你等等,还有一件重要的事情没跟你说。我接到苏木电话,根据上级文件通知,最近就要进一步划分草场了,这回也是按人口分。如果草场再划分到户,就叫'草畜双承包'了。你要有个思想准备,走访中注意了解一下牧民们对划分草场的反应。"

"知道了,大叔。"巴特尔信心满满地走了。

巴特尔骑着老马倌给自己精心调驯的枣红马离开嘎查办公室,走上了茫茫草原。虽然离开这里已经三年时光,可是他感觉一切还像他离开时那样熟悉。已经是秋天了,旷野上的秋风越来越凉,可是他没感觉到冷,而是从里往外地热。他刚到嘎查就赶上了划分草场,不知道会不会像阿爸当队长时"分畜到户"那样复杂激烈?他记得阿爸曾经说过,"'分畜到户'时,草场是按牧民小组划分,如果以后按牧户划分,不用说别人,就是这个温都苏也得跳出来跟我作对,他肯定要争九曲湾生产队那块最好的草场。不过我也不会让步,因为那是咱们嘎查的救命草场"。现在温都苏当上了嘎查长,他还会争那块好草场吗?巴特尔暗想。

巴特尔知道,阿爸和敖特根大叔在"分畜到户"时就明确规定,那块最好的草场直接归生产队管理,哪个牧民小组也不能放牧。秋天打的草一律售卖,队里的牧民们有需要的,按内部价购买,对外就是市场价,挣的钱归生产队公共积累。他记得阿爸对他和额吉说:"如果因为保留这块草场作为集体草场而得罪谁,或者被处分,我都认了,因为我问心无愧。作为生产队,如果没有了集体经济实力,怎么为牧民服务?谁还听你的?"

当时巴特尔不明白阿爸为什么宁愿得罪人也要坚持,他问阿爸为什么要把最好的草场留给集体,阿爸说就凭那片草场,每年最少能打一百万公斤牧草,风调雨顺的年景可能看不出什么,要是遇到灾年,特别是旱灾,那一百万公斤牧草就能给全嘎查的牧民救急,卖草的钱还能资助那些有困难的牧民。

巴特尔记得当时额吉坚决反对阿爸这样做:"你老是说为集体、为牧民,那有什么用?就像那天牧民大会上,你提出来要保留那辆小胶轮马车,那个温都苏是怎么说你的?那几句话就像刀子一样扎人呀。后来你说用咱们家的牲畜换,供队里使用,他还诬告你趁机占牧民的便宜。你说说,你到底是图什么呀?"

阿爸和额吉互不相让,巴特尔想缓和一下紧张气氛,就问阿爸:"都承包了,你为什么还要坚持保留集体经济实力呢?"阿爸说:"孩子呀,你还小,有些事你还不明白。你想想看,虽然现在承包了,牧民们都有了自己的牲畜,可他们还是靠生产队管理的。如果集体一分钱也没有了,以后谁还听你的?如果没有人听你的,上级下来的一个个文件靠什么落实?再说牧民的情况也千差万别,有的牧民凭借自己的经验能力,很快就能成为大户,可有些牧民因为这样那样的原因富不起来,或者遇到疾病、意外事故或者灾害,当他们找到生产队来求助,你说生产队该怎么办?管还是不管?怎么管?如果你管不了,谁还信任你?谁还跟你走?"

这一番话终于让巴特尔明白阿爸为什么坚持保留集体经济了。也就是那次阿爸说过如果落选了就进城打工的话,所以巴特尔听说阿爸进城打工这件事后,一点也不奇怪。他只是遗憾回到家没见到阿爸,因为他好想和阿爸聊聊。

巴特尔决定先去阿拉腾家。他知道这是阿爸当队长时经常关照的一户牧民。

巴特尔来到阿拉腾家时,远远就看见了正在草地上捡牛粪的阿拉腾。她也认出了巴特尔,立刻笑着跑过来,那踉跄的样子就像看见了久别的亲人。她先跑到粪垛旁,放下背着的牛粪篓和粪叉子,又抖抖衣袍,擦了一把脸上的汗珠,这才跟巴特尔打招呼说:"巴特尔,你好呀。"

"大婶,您也好呀。"巴特尔下了马,走到拴马桩前把马拴好。

"巴特尔,听说你回来了,我真高兴啊。"阿拉腾笑着说。

"大婶,我是真离不开这片草原呀。我今天刚上班,特地来看看您和苏乙拉大叔。他还好吗?"巴特尔问。

一听巴特尔提到苏乙拉,阿拉腾的脸立刻阴了下来:"快别提他了,自从你阿爸走了,他喝得更凶了,不仅自己喝,还领回来一个。你去看看吧,现在还喝着呢。"

巴特尔走进蒙古包,一股浓烈的酒味迎面扑来。苏乙拉已经喝倒了,旁边的一个陌生人虽然保持着坐姿,可是脑袋耷拉在胸前,东倒西歪地摇晃着。

"孩子呀,你看看,这日子可怎么过呀!本来你阿爸临走前都安排好了,我们家跟老马倌、乌日图几家缺劳动力的,合起来雇一个羊倌,没想到一个好好的羊倌,硬被苏乙拉给发展成了酒鬼。现在我唯一盼望的就是你阿爸进城打工能带回来点好消息。只要能挣上钱,不管能不能有富余,我都不在乎了。只要能离开这个酒鬼过几天安生日子,我就知足了。"阿拉腾抹着眼泪说。

可能是听见了阿拉腾的声音,那个羊倌抬起头来。他看着阿拉腾,嘴角咧了咧,示意她在他身旁坐下来。

"孩子,你看见没有,每次没有人的时候,苏乙拉喝多了,这个混蛋就这样——"阿拉腾的泪水涌了出来。

巴特尔冲阿拉腾点点头,坐到了羊倌身边。那个羊倌迷迷糊糊中还以为他是阿拉腾,一手搂住他,另一只手向他胸前伸过去。巴特尔没有说话,而是一把攥住羊倌的手使劲一扭,羊倌惨叫了一声把手抽回去,酒劲顿时醒了一半。他看清坐在身边的不是阿拉腾,马上慌乱地站起来,甩着那只被捏疼的手跟跟跄跄地跑出去了。

"大婶,以后他要是再敢这样,你告诉我。"巴特尔看着羊倌的背影说。

"孩子呀,你们父子俩真是好人哪。听说你阿爸要进城打工的那几天,我一想起来就哭,那个色狼一样的温都苏凭什么能当选嘎查长?九曲湾嘎查牧人们的眼睛都瞎了,还是良心被狼吃了?"阿拉腾的眼泪又流了出来。

"大婶,敖书记说最近草场也要划分到户,如果大婶想进城打工,最好等草场划分完了再考虑这件事。"巴特尔提醒说。

"孩子,我明白。"阿拉腾说到这儿,朝烂醉如泥的丈夫大喊了一声:"快起来,浩队长来了。"话音刚落,苏乙拉猛地坐了起来,虽然身体还在摇晃,但看得出他在努力装出没醉的样子。

"浩、浩队长——在、在哪儿——"苏乙拉慌慌张张地四处看着。

"大婶,看来我阿爸确实能起到震慑他的作用呀。"巴特尔笑着说。

"谁说不是呢。你阿爸在的时候,他每个月要醉上十天,现在倒好,就没有清醒的时候。"阿拉腾哭笑不得。

这时,外面传来一阵马蹄声,接着有人大喊道:"巴特尔,巴特尔,在里面吗?"

巴特尔急忙答应着跑出去,原来是嘎查会计达木丁。

"达会计,有事吗?"巴特尔问。

"你快回去吧,敖书记跟温嘎查长吵起来了,敖书记让我到这里找你。"达木丁着急地说。

"因为什么事?"巴特尔问。

"你走后不久,苏木转发的上级划分草场的文件就到了。敖书记让'两委'班子成员、牧民代表组成草场划分领导小组,可是温嘎查长说不用那么复杂,由他跟敖书记两个人商量一下就可以决定了。"达木丁说。

巴特尔明白温都苏为什么不想成立领导小组,肯定还是为了那块草场。他回头对跟出来的阿拉腾说:"大婶,我先走了。以后有什么困难到嘎查去找我,我会像我阿爸那样帮您的。"

"好孩子,大婶又有依靠的人了。"阿拉腾激动得又要落泪了。

巴特尔跟达木丁回到嘎查办公室时,敖书记跟温都苏两个人刚吵完。巴特尔没有进温都苏的办公室,而是去了敖书记那里。

"大叔,怎么了?"巴特尔问。

"孩子,你刚走,苏木的文件就来了。我让秘书拟定了一个划分草场领导小组名单,温都苏看到后来找我,说我们两个人商量就可以定了,没有必要找这么多人。我分析他是害怕你阿爸,因为你阿爸虽然落选了嘎查长,但

还是党支部副书记,必须要参加这个领导小组。如果你阿爸参加了这个小组,那他想划分集体那片打草场的目的就很难实现。"敖特根说。

敖特根的话音刚落,温都苏走了进来,看到巴特尔也在,强装出笑脸说:"巴特尔,听说你回来挂职嘎查长助理了,欢迎你呀,这样我就多了一个得力助手。"

"温嘎查长,您好。我刚离开学校,很多情况都不熟悉,还请您多指教。"巴特尔说。

"那是那是。巴特尔,我先跟敖书记商量件事。"巴特尔听出来了,这是让他暂时回避一下,便点点头向门口走去。这时温都苏又说了一句:"巴特尔,一会儿你到我办公室来一下。"

巴特尔还没走出去,温都苏就迫不及待地对敖书记说:"咱们刚才争论的事,我请示了宋文苏木长,他同意我的意见。他说草场划分很敏感,弄不好又会引发一些矛盾,还是参照传统形成的放牧草场,再结合实际划分一下就行了。"

"宋苏木长真这么说的吗?"敖书记问。

"不信你给他打电话。"温都苏说。

"李涛书记是什么意见?"敖书记问。

"敖书记,这件事就没有必要征求李涛书记的意见了吧?毕竟他已经离开领导岗位退二线了。我知道,你是担心我把集体草场也分掉,对吗?"温都苏说。

"你对集体草场是什么想法?"敖书记问。

"我为什么要把那么好的草场也分掉呢?在这点上,我同意你和浩队长的意见,把它作为集体草场保留下来。"温都苏说。

敖特根听了愣了一下,他没想到温都苏同意保留这块集体草场,既然如此,还能有什么分歧呢?他说:"那好,就按照宋文苏木长的指示办吧。"

"敖书记,我已经想好了。这次划分草场,我们就在原来牧业小组传统放牧草场的基础上进一步细化一下,原则上也是在传统放牧草场的范围内适当调整一下就行了。现在关键的不是这个问题,而是划分完草场以后,要动员牧民尽快把'草库伦'建起来,这样对保护生态也有好处……"

巴特尔回到自己的办公室,隐隐约约还能听到温都苏和敖书记的对话,他陷入了沉思。会计达木丁走进来,在他对面坐下来说:"巴特尔,温都苏跟敖书记说的话,我也听见了。奇怪,他原来不顾一切地反对你阿爸保留那片集体打草场,现在怎么变了?"

"是不是宋文苏木长批评他了?"巴特尔说。

"哦,也有可能。可是凭我对温都苏的了解,他不是这样能轻易改变主意的人。"达木丁说。

这时,温都苏喊了一声:"巴特尔,来我办公室一下。"

达木丁对巴特尔使了个眼色,巴特尔站起来走出办公室,来到温都苏那间豪华的办公室。温都苏仰靠在一张深棕色的真皮沙发上,见巴特尔进来,往旁边的沙发上指了一下,示意他坐下。他没有马上说话,而是往窗外看了一会儿,这才回过头来说:"巴特尔,你是九曲湾的孩子,是我看着长大的啊。时间过得真快,你跟阿尔斯冷都长大了。他一直想当倒爷,你呢,都进嘎查'两委'班子了。我听宋苏木长说,咱们苏木里你是第一位有学历的嘎查长助理。"

巴特尔一时没听出温都苏想说什么,只得默默地听着。

"你在城里读了三年书,对当今的形势看得比我清楚。如今提倡'招商引资',原来咱们以为九曲湾有什么可以招商的,谁愿意来呢? 可事实证明,那是因为我们思想保守,所以就看不到商机。阿尔斯冷现在已经在口岸站住脚了,他说今天的口岸早就不像原来那样壁垒森严的,去一次还要办边防证呀什么的,现在来去可自由了,半路上检查站查验边防证已经成为历史了。"温都苏说。

巴特尔还是没有吭声,还是不知道温都苏到底想要说什么。

"我刚才跟敖书记商量好了,明天上午召开牧民大会,宣布划分草场的原则方案。明天下午开始,咱们嘎查'两委'班子的人,还有民兵、共青团、妇联的领导,分成几个组,给每户牧民划分草场。我进城去找关系,给牧民们联系贷款。"

巴特尔打断了温都苏的话："温嘎查长,现在给牧民们贷款干什么?"

"你刚来,还不了解情况。这次划分完草场以后,为了减少草场纠纷,也是为了保护草场,根据外地经验,围建'草库伦'效果应该会很好。这样,谁家的牲畜就在自己家的草库伦里吃草,别人的牲畜进不来,自己的牲畜也出不去,牧民之间就不会因为争草场打架了。"温都苏说。

"温嘎查长,您看我能干些什么?"巴特尔问。

"这就是我找你来的原因。你刚来挂职嘎查长助理,但是对牧民们传统放牧的草场范围肯定不熟悉,明天你就跟我进城去跑贷款吧。"温都苏说。

温都苏的话音还没落,敖特根走了进来。他正好听到了温都苏的话,就说:"温嘎查长,你说晚了。我已经跟巴特尔说好了,让他去市委组织部把挂职通知和入党重点培养的手续拿回来。最近嘎查党支部要研究发展新党员,所以必须尽快拿回来。"他边说边对巴特尔使了个眼色,巴特尔会意地说了一句"温嘎查长,我先出去了",就站了起来。

温都苏只好说:"既然敖书记已经安排了,就按敖书记的安排办吧。"

在敖特根办公室里,巴特尔有些奇怪地问:"大叔,您没说过这些事呀。"

敖特根朝门口看了一眼,压低声音说:"孩子,他的用意我明白,他是想用吃吃喝喝那一套拉拢你呢。不过我说的那两件事真的要抓紧办,特别是入党重点培养的材料,要尽快转过来。"

"大叔,我知道了。"巴特尔说。

"你阿爸进城后,一遇到事我连个商量的人都没有,这下好了,有了你,我心里踏实多了。孩子,我有一种不好的预感。温都苏同意把那块草场作为集体打草场这件事,态度转变得太突然了,可我又不知道他葫芦里卖的什么药,所以只能静观其变。但愿是他当了嘎查长后开始为集体着想了。"敖特根说。

"大叔,您的怀疑有道理。我阿爸曾经跟我说过这件事的前因后果,既然已经僵到那个程度了,怎么可能转变得这么快呢?还是像您说的,静观其变吧。"巴特尔说。

"好。咱们就静观其变。"敖特根重重地点点头。

第三十八章　再次交锋

晚霞像快要熄灭的火焰，悬在西方那几条交错的火山熔岩台地上空，把一层层台地也染成了橘红色。晚霞没有染到的地方则是暗黛色的山坳，远远望去，橘红色与暗黛色错落有致地搭配在一起，立体感十足。这时候的九曲湾没有了白天的嘈杂，空旷、宁静。喊一声，那清亮的声音穿越幽静的湿地传得很远很远。

刚划分完草场的九曲湾嘎查牧人们，都在忙活着围建草库伦。此刻，他们对围封起来的草库伦有了一种显而易见的认识上的变化——从现在开始，这片草场就属于自家牲畜专用了。但围围栏所用的铁丝网和水泥杆都要花钱买，一下子拿出那么多钱投入草场，起码得花上两万多元，这对一般牧民家庭来说，确实压力挺大。因此绝大部分人家都是从信用社贷款，待年底牲畜出栏后有了现金再还。他们就是这样每年贷了还、还了贷，但前提必须是正常年景，万一碰上灾年，这种循环就要中断，一旦中断，来年再贷就难了。虽然钱难凑，可再困难的家庭也要贷款围栏，道理很简单，如果不用围栏围住草场，别人家的牲畜就有可能进来吃草。

划分完草场的九曲湾草原上，随处可见忙碌的牧民们。他们挖坑、埋水泥杆，进度快的都开始挂铁丝网了。那种感觉就像城区里刚搬到新居的居民，兴致勃勃地围建自家的院墙，假如不垒起这堵院墙，似乎心里就有种不踏实的感觉。

草原上牧人们的生活节奏虽然很慢，可日月轮回却是一成不变，该来的

来,该走的走。牧人们计算时间流逝,不像城里人以小时、天、星期计,而是看季节。什么季节开始接羔了,提前要准备什么;什么季节该给牲畜注射防疫针了;什么季节牲畜该出栏了……

当又一个春天来临时,九曲湾嘎查的牧人们还惦记着上一年没完成的草库伦工程,纷纷迎着春天的风走出家门。早春,还感受不到春天的温暖,空旷的大草原上,牧人们顶着依然刺骨的风,继续去年没完成的活儿。有些有远见的牧人,眼看网围栏完不成了,便在上年冬季来临前重点把埋水泥杆的坑挖好,这样等到来年春天能干活时,就不用在冻土上挖坑了。即使这样,经过了一个冬天,很多提前挖好的坑里雪还没有融化,牧人们还得用铁锹把残雪挖出来。那些因为懒惰或者其他原因没能在上一年提前挖好坑的,这时就惨了,别人家都忙着埋杆挂网,草库伦眼看就围起来了,而他们还在与冻土过不去,经常是一镐下去,连一寸深都刨不开,还震得手臂生疼。尽管这样,牧人们的脸上还是挂着微笑。特别是那些一向勤劳的人家,勤劳致富已成为他们心里一个最简单最直接的动力,为了实现这个目标,他们有着使不完的劲儿,因此他们的草库伦围建得最早、最好,他们把这片刚分到手的草场当宝贝一样呵护着。

一辆高级轿车出现在九曲湾嘎查草原上。那个年代,不用说高级轿车了,就是一辆北京吉普,也能格外引起牧人们的关注。他们看到那辆叫不出名字的高级轿车在平坦的草原上一溜烟儿地跑,直接开到了那片最好的草场上。这时的牧人们不但没有心疼被碾压的集体草场,反而心疼起那辆高级轿车来。在他们看来,这么高级的轿车在没有路的草原上颠来颠去的,多让人心疼呀。

高级轿车里有四个人,一个是开车的刘百万,一个是温都苏,另外两个是桂花和她的儿子葫芦。桂花原本是不准备来的,可是心里还是有点想来,自从把还没断奶的孩子扔给老马倌以后,她就像留下了一根看不见的线,那根线拴着她的心,让她经常在梦里回到这里。有时会梦到女儿被一个陌生人抱走了,有时又梦到女儿被放在草地上没有人管,孤独无依,她不知从梦里哭醒了多少次。刘百万知道她的心思,也想成全她,毕竟当年她抛弃亲骨肉,跟着他这个不起眼的羊皮贩子跑了,又辛苦了那么多年,她想见女儿这个愿望一点也不过分。没想到,车一进九曲湾草原,桂花就哭了,开始是哽咽,渐渐就抽泣起来。这一下把刘百万给哭恼了:"哭哭哭,就知道哭。要不你就留下来,我把你还给老马倌。听说他到今天也没有再结婚,是不是等着你呢?"

"爸,你说什么呢?这话可不好听啊。"坐在母亲身旁的葫芦不高兴了,他搂着不停抽泣的母亲,毫不留情地怼了父亲一句。真是一物降一物,刘百万马上不吭声了。

熟悉刘百万的人都知道,别看他在外面吃五喝六风风光光的,可是一回到家里,特别是见到他的独生子葫芦,那是一点儿脾气也没有,连骨头都是软的。

葫芦搂住母亲的肩膀说:"妈,别怕。他不要你我要你,大不了我领着你要饭去。"葫芦这是一出苦肉计,每次有矛盾他都这么说,屡试不爽。

开车的刘百万又被葫芦这句话扎心了,车头一下子撞到一个草墩子上,熄了火。他趴在方向盘上说:"说说说,还说不?再说我就把车开进尼林河里。还要什么饭?咱们一起到河里吃鱼去吧。"

坐在副驾驶座上的温都苏一时不知该说什么,就指着前面的那片草场说:"刘总,你看,那就是你做梦都想弄到手的地方。"

车里的气氛骤变,所有人的眼睛都转向那里。只见辽阔的草场上,厚厚的绿色一望无际,草浪在微风中滚动,像麦浪一样诱人。刘百万重新发动着车,有些激动地说:"太美了,我梦里都不知道来过这里多少次了。在这里建旅游点,就等于放了一台印钞机啊,葫芦,你就等着收钱吧。"

轿车不管不顾地从厚厚的草地上开过去,留下几道深深的车辙,就像一片洁净的绿色地毯上留下了几条深深的污痕。

在一块略高的地方,轿车停住了,刘百万、温都苏、葫芦三个人缓缓走向九曲湾河堤,桂兰没有下车,她有点不敢。刘百万指着在一丛丛芦苇丛中穿梭的九曲河湾说:"温嘎查长,你看见没有,这些芦苇简直就是为九曲湾而生的,多美呀。你想想看,如果在这里建几个餐饮店,再设几个漂流点,尼林城

里的人们能不来吗?如果在下公路往九曲湾拐进来的地方设个收费站,你说是不是就意味着设了一个印钞机?"刘百万问。

温都苏说:"刘总,这可是我们嘎查最好的草场了。为了减少阻力,这次划分草场时我同意了敖书记他们的意见,仍然归嘎查集体管理。"

刘百万看着这片河湾环抱的草地,使劲抽了几下鼻子,说:"真是一个好地方呀,连空气的味道都不一样。要在这里建旅游点,连路都不用修,只要搭起几顶蒙古包,城里人就该来了。温嘎查长,我从来都是主张有钱大家挣,到时候咱们就等着数钱吧。"

温都苏半信半疑地问:"真有那么容易吗?"

刘百万很自信地笑着说:"你就等着那一天吧。"说到这儿,他突然想起了什么,问道:"温嘎查长,我听宋文说你们嘎查的草场已经划分完了,那这片草场……"

温都苏马上明白了刘百万的意思,笑着说:"宋文苏木长没跟您说吗?为了这片草场,我们可是费尽了心思。用宋苏木长的话说就是'借力而为之',最后才如愿的。"

"什么叫'借力而为之'?还有这么多名堂?"刘百万没听明白。

"从'分畜到户'开始,我的前任就一直坚持这片草场由队里直接管理。得到这次要划分草场的消息以后,我知道现任书记敖特根肯定还会原样坚持,就跟宋苏木长请示,没想到宋苏木长让我同意他的意见,这片草场还归嘎查集体管理。这就叫'借力而为之'。"温都苏解释说。

"宋文当校长时,我以为他就是一个书呆子,没想到点子还不少,难怪盟委袁书记那么欣赏他呢。"刘百万这话其实是一语双关,一个是赞扬宋文跟温都苏他们,另一层意思是间接告诉温都苏,他们后面还有盟委的袁副书记。

就在他们说话的时候,一个骑马的牧人经过这里。他先是看了看停在草丛中的蓝鸟轿车,然后才向车旁的几个人靠过来。他第一眼就认出了温都苏,勒住马问候道:"温达日嘎,你好。"

温都苏也笑着跟那位牧民打招呼:"你好。"

牧人低声问:"温达日嘎,是不是要围封咱们的集体草场?"

温都苏摇摇头,指着身旁的刘百万说:"不是围封,而是要干一件大事。这位城里来的大老板是来给咱们九曲湾嘎查投资的。"

"是吗?那可太好了。"牧人说。

"刘老板要在咱们这里投资建一个旅游点,以后挣了钱,有咱们嘎查的一份。嘎查有钱了,牧民们不也就有钱了吗?"温都苏说。

牧人听了,没有点头,也没有摇头,而是神色凝重地看了看刘百万,又看了看温都苏,当他看到厚厚草丛里的几道车辙,什么也没说就走了。

刘百万从牧人的眼睛里看出了点不对劲,对温都苏说:"温嘎查长,这件事咱们既然已经说出去了,就要赶紧办,否则夜长梦多啊。这样吧,明天我就安排人和机械进来施工,争取在旅游旺季到来的时候完工。"

温都苏想也没想就说:"行啊。"

"你一个人能决定这件事吗?"刘百万问温都苏。

"能。我一个嘎查长连这件事都定不了,还叫什么嘎查长?行,刘总,你就动手干吧,有什么事我担着。再说苏木里还有宋苏木长呢。"温都苏说。

"温嘎查长,商场无戏言呀,施工前咱们是不是还得签一个协议?"刘百万问。

"协议?什么协议?"温都苏没听懂,也从来不知道什么叫协议。

"就是咱们的合作协议,我投资建旅游点,你负责管理,盈利按投资比例分成。"刘百万说。

"刘总,我刚接任这个嘎查长,正在整理账目,估计拿不出多少钱来。"温都苏渐渐明白了刘百万说的协议的意思。

"那没关系,我出全资,你们嘎查以草场作为实物投资,你看行不行?"刘百万问。

"作为实物,那怎么算?"温都苏问。

"就以产草量计算怎么样?看草场每年打多少草,再按市场价计算,然后——"刘百万话没说完就被温都苏打断了:"刘总,我看别弄那么复杂了,我们草原上讲'估堆儿',就是大概估个数就行。"温都苏被刘百万说得有点

蒙,就想起来"估堆儿",这在牧区是很常见的。

"行啊,那咱们现在就去签协议吧。"刘百万连声赞同。

就在蓝鸟轿车离开这片集体草场的同时,一个惊人的消息在九曲湾嘎查传开,而且传得飞快。没用一上午工夫,温嘎查长要跟城里老板在九曲湾嘎查集体打草场上共同建旅游点的消息,就一阵风似的吹进每一座蒙古包。大部分牧民同时想到了一件事——那么好的草场,如果建了旅游点,车来车往的,还能保住吗?如果草场被破坏了,遇到旱灾该怎么办?那不意味着要到外地买高价草吗?

第二天,九曲湾嘎查的牧人们刚放下茶碗,平静的草原上突然响起马达的轰鸣声,一辆挖掘机和一辆大汽车拉着一卡车人出现在那片集体打草场上。大卡车上的工人跳下车就分头忙起来,有的搭建施工帐篷,有的拉线测量,不一会儿,几顶浅黄色的帐篷就立起来了。旁边的那台挖掘机也没闲着,不一会儿,原本绿油油的草地就被豁开了,一堆堆醒目的黄土像一个个在水中慢慢扩散的染料块儿,越散越大……

一个牧民骑着马气喘吁吁地跑到温都苏家:"温嘎查长,不好了,有人在咱们集体草场上施工呢。"

正坐在蒙古包里喝茶的温都苏动也没动,甚至连眼皮都没抬:"我还以为出了什么事呢,大惊小怪的。那是人家城里的大老板投资咱们嘎查建旅游点。这件事我知道,是我同意的。"

"温嘎查长,敖书记知道吗?这可是咱们嘎查的集体草场呀。建旅游点?现在草场都被挖掘机豁开了……"那位牧民看温都苏一副爱答不理的样子,调转马头气愤地走了。

"我是嘎查长,这件事我说了算。你们也不想想,有了钱到哪儿不能买过冬的草呀!真是鼠目寸光,没见过大世面。"温都苏自言自语地嘀咕着。

敖特根起来不久,刚要端起茶碗,老马倌就来了。因为心里急,他让马跑得太快了,那马一直喘着粗气。他跳下马,有点心疼地搂住马脖子拍了拍,算是安慰了一下,这才走进敖特根家。

"敖书记,你知道吗?温都苏把嘎查集体的草场租给城里的大老板建旅游点了。"老马倌人还没进门,声音已经急急地传到了屋里。

"什么?你说什么?走!"敖特根立刻站起来,迅速走出去。

"敖书记,原来你不知道这事呀?"老马倌问。

"我一点也不知道。我就说这次划分草场,温都苏为什么那么痛快就同意保留这块草场呢,原来他早就另有打算了。你怎么才来告诉我呢?"敖特根生气地问。

"敖书记,我也是刚知道呀。我本来还不相信,就到现场去看了,原来是真的,这不就马上跑到您这来了。"老马倌有些委屈地说。

"对不起呀,老马倌,我的火是冲温都苏发的。我真是小看他了,没想到他的胆量这么大,干了这么一件惊天动地的事。"敖特根说着匆匆跳上马,跟着老马倌向施工现场奔去。

敖特根来到施工现场时,温都苏也在,还有不少牧民陆续从四面八方向这里奔来。温都苏看见敖特根来了,赔着笑脸说:"敖书记,我正要跟你说这件事呢。刘百万、刘总之前就曾表示过要与咱们嘎查合作开发九曲湾旅游景点,结果这几天别的嘎查也急着邀请他到他们那里投资,事情紧急啊,我怕错失机会,所以没跟你商量就自己做主,跟刘百万老板签订了合作意向协议——"没等敖特根站稳,温都苏就先把事情挑明了。

"温嘎查长,这片草场是属于嘎查集体的,要在这里搞项目投资,光跟我商量是不行的,必须经过嘎查'两委'班子共同研究确定。"敖特根说。

"这个刘百万老板,不知怎么回事就这么急,昨天我还让他给我留点时间,容我在内部协商一下,谁知今天他就把施工队派过来了。"温都苏装出一脸无辜的样子。

"温嘎查长,这件事事关重大,肯定会在牧民中产生很大的影响。那么好的一片草场,这一挖,以后想恢复可就难了。"敖特根弯下腰,捧起一捧湿润的黄土,看着黄土里被齐刷刷铲断的草根,他的心隐隐地疼。

"发展嘛,总要付出点代价。人家刘老板是看得起咱们,才把钱投给咱们嘎查。旅游点建起来以后,咱们嘎查除了能分到一部分红利外,还能提高知名度,这不是一举多得的好事吗?"温都苏说。

"温嘎查长,稳妥起见,你还是请施工队的工人们暂停一下吧。咱们现在就召开'两委'班子会议,如果大家都支持你的这个提议,那我二话不说,复工!可是现在必须停工。"敖特根语气严肃地说。

"敖书记,你不能这样吧?怎么说我也是社员们投票选出来的嘎查长,跟你是同级别的,你有什么资格对我指手画脚。"温都苏终于没有耐性了。

"不错,我们是同级,但我没有对你指手画脚。嘎查'两委'班子的议事规则上明确规定,嘎查里的大事必须经'两委'班子集体研究确定。"敖特根严肃地说。

"规则?什么规则?我不知道,也没人跟我说过有什么规则。"温都苏毫不相让。

敖特根与温都苏之间的火药味越来越浓,眼看就要撕破脸了,这时,一辆轿车从远处驶来。温都苏一看,脸上露出一丝冷笑,心想:"敖特根,这回你算是撞到枪口上了。"他暗自庆幸自己早有预防,让刘百万亲自去请宋文苏木长。

蓝鸟轿车在施工现场停下,宋文苏木长从车上走下来,刘百万跟在后面。

宋文边走边说:"温嘎查长,你这一上任,九曲湾确实有新气象呀,真的轰轰烈烈地干起来了。"

温都苏急忙迎过去,赔着笑脸说:"宋文苏木长过奖了,我这干的还不知道是好事还是坏事呢。"

"什么意思?遇到阻力了?"宋文愣了一下。

"我们班子里面意见不一致。敖书记不同意建旅游点,说是怕把这么好的草场给破坏了。"温都苏说着,看了敖特根一眼。

"老敖,是这样吗?"宋文转向敖特根问。

"是。按规定,这么大的事情必须召开'两委'班子开会研究决定。"敖特根说。

"老敖呀,这件事我了解过了。温嘎查长新上任,急于建功立业,一听说别的嘎查也想争取这笔投资,他就着急了,为了抢到这个投资项目就先斩后奏了。都是为了嘎查建设,大家应该相互理解一下,现在不是有句口号叫'理解万岁'吗?"宋文的口气虽然温和,脸上的表情却十分严肃。看敖特根似乎并不太买他的账,他接着说:"作为九曲湾苏木的苏木长和党委副书记,我……"

宋文的话被飞驰而来的两个骑马人打断了。他们是苏木党委老书记李涛和嘎查长助理巴特尔。

李涛一下马,立刻对正在施工的工人厉声说:"马上停下来,马上停下来。"所有的工人都停住了手里的活儿,开挖掘机的也熄了火,所有人的眼睛都看向李涛。

"老李,这是怎么回事?为什么要停下来?他们建旅游点我是同意的,不仅我同意,而且……"宋文情急之中竟直接喊出了"老李"。

李涛看了宋文一眼问:"你是不是想说,而且盟委的袁副书记也同意?"

宋文愣怔了一下,没敢接李涛的这句话。就在这时,远处又飞快驶来两辆北京吉普车和一辆上海牌轿车。眼看那三辆车就要碾压这片草场时,驶在最前面的上海牌轿车停住了,后面的两辆北京吉普也跟着停下来,接着,从车里走下来一群人,看得出他们是刻意要步行过来。

李涛一眼就看见走在最前面的是老首长宝音书记,后面跟着的是市委坚强书记,他急忙迎了过去。自从上次两位战友在九曲湾相见以后,已经几年过去了。当时为了推行"两定一奖"试点,宝音书记来到作为全盟试点的九曲湾生产队。原本计划在总结"两定一奖"试点经验的基础上,再在全盟推行"两定一奖";然后,九曲湾生产队作为"分畜到户"的试点,再继续前行一步。可是让所有人都没有想到的是,这期间形势变化很快,九曲湾生产队"分畜到户"的试点刚刚展开,这股风竟迅速吹遍了全盟所有的农牧区。

李涛走到宝音书记面前,举手行了一个标准的军礼,然后大声报告:"首长,原九曲湾苏木书记、现在的退二线干部李涛,奉命坚守岗位到现在。"

宝音书记脸上的微笑没有了,也回了一个标准的军礼:"李涛同志,你完成了任务。"

跟在宝音书记身旁的人,有的听懂了他们的对话,有的没有听懂:什么

意思?奉命坚守岗位?难道这个李涛……

市委书记坚强也走过来,紧紧握住李涛的手说:"老书记,您辛苦了。"

宝音书记在人群里看了看,问李涛:"特古斯烈士的儿子在吗?"

"首长,浩毕斯嘎拉图同志在九曲湾嘎查换届选举中落选后,进城打工去了。"李涛说。

"我听说特古斯烈士的孙子中专毕业后主动要求回牧区,他在吗?"宝音书记问。

"巴特尔,你过来。"李涛向站在人群外围的巴特尔招了招手,巴特尔有些局促地走到宝音书记跟前。

"孩子,你对九曲湾这片洒有革命烈士鲜血的草原有着特殊的感情,不愧是烈士的后代啊。听说你是被确定留校任教后主动要求回牧区的,是吗?"宝音书记紧紧握住巴特尔的手,动情地说。

人群中传来一阵惊叹声和议论声:"很多中专毕业的学生想方设法地要留在城里,没想到……啧啧啧……"

"宝书记,这是我应该做出的选择。"巴特尔有些腼腆地说。

"真好呀,真好!听说你主动要求返回牧区这件事后,我想了很多。孩子,你入党了吗?"宝音书记问。

"宝书记,我已经被确定为入党重点培养对象了。"巴特尔说。

"好好好。孩子,我现在以一个老共产党员的切身体会告诉你,无论什么时候,只要我们的双脚始终踩在大地上,只要为了让人民过上更加美好新生活的初衷不改,我们就永远也不会脱离群众。我们要为了人民而努力和奋斗,这种努力和奋斗是无怨无悔的,可能有的时候要忍受一些委屈,甚至付出牺牲,但我们不要怕,这是我们的责任。"宝音书记这番话,好像是对巴特尔说的,也好像是对自己说的,也好像是对所有人说的。

"宝音书记,巴特尔现在是市委下派挂职的九曲湾嘎查长助理。"书记坚强补充了一句。

"孩子,你一定要清醒地认识到,在你的人生路上,这仅仅是起步,今后还会经受各种现实风雨的洗礼。不过,只要不脱离这片美丽的草原,你一定能像你爷爷、你阿爸一样出色。"宝音书记的话音未落,站在人群里的宋文双腿一软,差点瘫在草地上,幸好旁边的温都苏悄悄扶了他一下才没有倒下去。原来宋文趁宝音书记跟巴特尔说话的空当,在宝音书记身后的那些人里找了半天,始终没看见袁副书记,他瞬间感觉全身凉飕飕地往外冒凉气。他当然能听出宝音书记话里的意思,他知道当初九曲湾嘎查换届选举时自己耍的那个小伎俩露馅了。他突然发现,官场跟自己想的不一样,不是靠着袁副书记这一棵大树就可以有恃无恐、为所欲为。

市委坚强书记看人们都围了过来,大声说道:"今天宝音书记专程来到他当年剿匪的战场,绝不是故地重游,而是别有深意。想当年,为了解放这片草原,有太多解放军战士和牧民群众牺牲在这片土地上,他对这片草原有着很深的感情。现在,根据宝音书记的指示,市委在这里举行现场办公会。首先请市委工作组的赵亮同志宣读对九曲湾嘎查换届选举一事的调查结果及处理意见。"

当市委组织部副部长赵亮拿出一份红头文件时,宋文知道一切都瞒不住了——苏木那两位干部低着头站在赵亮身旁。

"同志们,经市委赴九曲湾嘎查工作组深入调查核实,并经市委常委会研究,现就九曲湾嘎查换届选举拉选票及作弊一事核查结果公布如下:在换届选举工作中,九曲湾苏木负责换届选举工作的宋文苏木长,为了让其亲属当选嘎查长,擅自授意随行工作人员公然作弊,致使选举出现严重弄虚作假行为,在社会上造成极恶劣的影响。九曲湾嘎查换届选举工作未能严肃、认真地完成,宋文负有不可推卸的责任,经市委常委会研究,现决定,撤销宋文九曲湾苏木长职务。其他后续事宜,另行安排。"

坚强书记接过话说道:"这次九曲湾嘎查换届选举工作出现问题,不是偶然的。本着有错必纠的原则,经市委研究决定,九曲湾嘎查将重新举行嘎查长换届选举。为了尊重民意,新嘎查长人选要经全体牧民推荐,然后由苏木党委确定,再由嘎查牧民大会讨论通过后表决。"

盟委书记来到九曲湾嘎查的消息不胫而走,牧民们从四面八方涌向这里,周围的人越来越多。

李涛走到坚强书记跟前低声说:"请浩毕斯嘎拉图同志回来重新担任嘎查长的问题,我专门跟他谈过,但他推辞了。他说不是因为落选闹情绪,而是想为嘎查探索出一条增加非牧收入的路子。通过交谈,我觉得他说得有道理,如果能走通,还能带动一些有专业技能的牧民进城。"

"那嘎查长现在有没有合适人选?"坚强书记问。

李涛摇摇头。

这句话被不知道什么时候来的老马倌听见了,他粗声粗气地说:"各位达日嘎,我提一个人行吗?"

"你——是老马倌吧?"李涛问。

"老书记,是我。我提巴特尔。这个孩子有文化,又懂专业,对九曲湾的情况也熟,最主要的是他太爱这片草原了。"老马倌的话音刚落,人群里立刻有很多人跟着喊起来:"就是,巴特尔是个好孩子,让他当嘎查长吧。"

"谢谢各位乡亲的推荐,我可不行。我刚从学校毕业,什么都不懂,一切都得从头学起。"巴特尔连忙大声说。

"李涛同志,你的意见呢?"市委坚强书记问李涛。

"我认为巴特尔说得对。他刚从学校毕业,可以锻炼几年再考虑。"李涛说。

"我看这个巴特尔的群众基础很好嘛,谁说刚从学校毕业就不能当嘎查长了?李涛,你当年当排长时带领那个排打土匪,是准备好了才上战场的吗?"宝音书记笑着问李涛。

"老首长,我是说……"李涛还想解释几句,宝音书记没等他说完就打断了他的话:"看一个干部有没有前途,我的经验是要看他对这个事业抱着什么样的态度。我看巴特尔肯定能干好,因为他辞去了留校的工作,不当城里人,直接回到牧区当牧民,这在所有毕业生里恐怕也是不多的吧?这充分说明他热爱自己的家乡。这么一个有理想有信念的青年,他能不全身心地把工作干好吗?"

人群中立刻响起一片掌声。

李涛想了想,说:"老首长,我明白了。"

宝音书记指着那块被破开草皮露出黄土的地方说:"用对一个人,不仅能把这片草场保护好,还能把这片草场传给子孙后代。要知道,草原是牧民的命根子啊,我们不能为了眼前的一点私利就搞掠夺性使用。敖特根、巴特尔,如何解决发展与牧民增收的问题,可能还要由你们带领牧民们去探索。今天正好来到了这里,我再告诉你们一件事,九曲湾草原很快就要被列入国家级自然保护区,今后你们这个嘎查可能要整体搬迁了。"

坚强书记也严肃地对敖特根、巴特尔说:"市委、市政府已经在城乡接合部划出一块地皮,准备建牧民新村,你们以后可能就要搬迁到那里。巴特尔,这就是你担任嘎查长以后所面临的新课题呀。"

"各位领导,我行吗?"巴特尔一听,心里慌得更没底了。

"孩子,在战争年代,我们这些人都是今天刚参军,明天就可能上战场,所有的本事都是在战斗中学会的,就像毛主席说的,是在战争中学习战争。你问问他是怎么当排长的?头一天在剿匪战斗中,他们排长牺牲了,他作为一班班长就接任了排长。"宝音书记指着李涛说。

"孩子,宝音书记说的是真事。你不要担心自己行不行,只要心里时刻装着九曲湾牧民群众,并且为了让他们过上更好的日子不懈地努力,你就肯定能行。不过,现在只是领导们的初步意见,还要经过牧民大会投票,万一落选了呢?你要有思想准备呀。"李涛拍着巴特尔的肩膀笑着说。

"放心吧。要是落选了,我还当我的嘎查长助理,一样能发挥自己的作用。"巴特尔明白老书记的意思,而且落选的可能性是存在的。但是他知道此时绝不能后退,要勇敢面对。想到这儿,他脸上的神色渐渐凝重起来。看着眼前这些经过战争洗礼的前辈,他知道在担任嘎查长的同时,他还接过了另一副重担,那就是沿着他们用鲜血和生命开辟的那条道路继续走下去。

坚强书记跟宝音书记低声说了几句,宝音书记点了点头。坚强书记大声说:"关于九曲湾旅游点的建设,现在必须马上停工。谁破坏了草场,就要把所破坏的草场全部修复。这件事由市畜牧局负责监督,修复的结果要向市委汇报。现在,我们要到九曲湾苏木召开干部会议,传达市委关于九曲湾嘎查换届选举工作作弊的通报及对相关人员的处理决定。"

听到坚强书记这番话,牧民们的脸上都露出了欣喜的笑容。宋文低声跟温都苏说了一句:"这回好了吧,前功尽弃啊。"

随着几辆汽车先后离开,人群慢慢散开了。

第三十九章　谁的电话

九曲湾的春天,是一年里最有活力的季节。被弯弯河床拥抱着的一片片芦苇,把一望无际的平坦大地装扮得生机勃勃,几乎所有的来人都会被这独特的景色所吸引。穿梭在一片片茂密芦苇丛中的尼林河,就像一个调皮的少女,一会儿从这片苇丛中探头观望,一会儿又在另一片苇丛旁颔首微笑。

巴特尔觉得一切就像做梦一样,就像有一只大手推着他,顺利接替温都苏当上了九曲湾嘎查长。上任的第一天,他就把敖特根请到温都苏装修过的那个办公室办公,而自己到了敖特根的那间办公室。敖特根笑着说:"孩子,坐什么样的办公室不重要,重要的是你要赶快想一想,咱们嘎查的辖域马上就要列入国家自然保护区了,咱们搬迁到牧民新村以后该怎么办?"

巴特尔何尝没为这件事思考过呢?自从当选嘎查长,他就没轻松过。

乌日娜看着儿子天天眉头紧锁,心疼地说:"孩子,这样下去,你可别愁出什么病呀。自从你当了嘎查长到现在,我就没看见你笑过一次。"

"额吉,咱们嘎查马上就要列入国家级自然保护区了,你说这么多牧民,以后光靠在牧民新村养奶牛,能增加收入吗?"巴特尔说。

"孩子,你阿爸进城不就是为牧民们增加非牧收入探索路子吗?你为什么不去问问他?"乌日娜的话提醒了巴特尔,他兴奋地说:"对呀,额吉,还是你厉害,我怎么把阿爸给忘了呢?明天我就进城去,向阿爸请教。"

温都苏当了九曲湾嘎查长以后,就把儿子阿尔斯冷的那辆摩托车卖给

了嘎查,但敖特根书记出行是骑马,这辆摩托车平时也就没人骑。巴特尔虽然没学过,但阿尔斯冷骑摩托车的时候他也摆弄过几次,所以也能骑。就这样,他骑着摩托车进了城,住进了市里的招待所。

巴特尔刚走进房间,摆在床头茶几上的电话就响了。让他无从预料的是,这个电话好像是跟着他的脚步打进来的,一下子打乱了他进城的所有计划,让他不管不顾地应约而去。

电话里是个女孩子的声音,那声音很熟悉,尼林城里能主动给他打电话的女孩子还能有谁呢,他想都不用想就知道是谁。可是放下电话他就后悔了,为什么不确认一下对方是谁呢?说心里话,他有点不敢问,怕对方说"刚当嘎查长就这个样子了,那以后……"

电话里那个女孩子的声音那么熟悉,那么好听,像一缕扑面的春风猛地吹进了他的心扉,是那么清爽。他感觉他与她之间总隔着的那层薄纱被那个电话掀开了,所以他才有勇气抛开所有的自尊与羞涩,不管不顾地冲出房间去赴约。巴特尔的思绪整个乱了,都乱了,那扇尘封已久的记忆之窗,还有附着在他记忆小屋里的所有思绪都被这突如其来的电话翻卷开来,他被一种突然迸发出来的激情所激活,他那早已进入休眠期的情感瞬间癫狂起来。

巴特尔冲出有些湿腥气的房间,照直向走廊的一个方向跑去。

"哎,哎,你,不对——快回来——"巴特尔身后传来女服务员尖厉的喊声。

巴特尔马上就要冲到一个白色门帘前了,女服务员的喊声让他及时刹住了脚步。门帘一掀,里面走出一个刚洗完澡的中年妇女,警惕地看了他一眼,回手把门使劲关上。巴特尔这才看清白色门帘上印着"女浴"两个字。帘子不知已挂了多少年,红色字迹已经模糊不清。

"对,对,对不起。"巴特尔急忙转过身。

可能是巴特尔的动作太过滑稽,那位中年妇女"扑哧"笑出了声。

"小伙子,现在正是'严打'的时候,今天你要是闯进去,事就闹大了。"中年妇女并无恶意地说。

"对不起,我刚住进来,有急事想出去,结果走错方向了。"巴特尔低声解释。

"牧区来的吧?"中年妇女抽了抽鼻子问。

"是。"巴特尔老实地点点头。

女服务员这时也跑了过来:"哎呀,我那么大声喊你都没听见,要是真闯进去……"

"对不起对不起,我不是故意的。"巴特尔感觉脸在微微发热。

"走廊的出口在那儿,经服务台往北拐再往南。您正好走反了。"女服务员又叮嘱了一遍,这才放心走了。

巴特尔走出招待所,清冷的风和霓虹闪烁的街道让他长嘘了一口气。他又深吸了一口气,定了定神儿,把涌上心头的那股躁动压了下去。

春天刚到尼林草原,清冷的空气中还夹杂着浓浓的寒意。但是吸一口那凛冽、清爽的空气,就像喝下一口烈性白酒,那刺激能把人的意识瞬间集中在咽喉,随之就是一股热热的激流向全身弥漫,让人身心不由得沉浸在愉悦与舒爽中。巴特尔吸进这口寒气时的感受也是这样,像无数针尖同时扎在他喉头,但瞬间又融化了。这种刺激真让他痛快,转瞬之间便把压在他身上的所有重负卸了下去。

巴特尔快步走在人行道上,不时环顾一下四周。不停闪烁的霓虹灯下,车流穿梭如织。而牧区此刻早就静悄悄的了,分布在广袤草原上的一座座蒙古包里,喝完晚茶的牧人们很多都入睡了。

电话里的那个女人会是谁呢?是她?还是她?都像,又都不像。巴特尔突然觉得自己太冒失、太草率了。知道自己进城的只有老支书和额吉,现在连阿爸还都不知道,那会是谁打的电话呢?怎么那么巧,不但知道他住在哪家招待所的哪个房间,而且连电话都知道?会不会是自己骑摩托车进这家招待所时,正巧被看见了呢?

巴特尔记得在电话里跟那个女孩子说了几句话,可是现在他的记忆里只剩下一句话:"来吧,我在梦故乡舞厅等你。"

巴特尔快步走在赶往梦故乡舞厅的路上。尼林城区的夜晚灯火阑珊,

雨丝和雪粒穿越橘红色的路灯飘落下来,落到宽阔的柏油路上,落到人行道上,落到行人们身上,一辆辆汽车从被润湿的街道上驶过,发出阵阵"唰唰"声。

今晚的风是从东南方向吹来的,这是南方过来的暖气流与西伯利亚过来的冷气流在尼林草原相遇,才有了这独特的细雨加飞雪。

巴特尔揉揉眼睛,看着路灯橘色光幔下的朦胧雨帘,还有宽阔马路上的车流。人行道上,三三两两的行人不紧不慢地走着,好像很享受这细雨和飞雪纷扬的夜晚。如果不是想赶到那个梦故乡舞厅,然后去见阿爸,巴特尔真想这样走下去。

前面就是梦故乡舞厅了,面对着熙攘拥挤的人群,巴特尔下意识地犹豫了一下,还是走了过去。他站在人群边缘,仔细环视了一遍嘈杂涌动着的人群。他觉得这里说不定就有她或者她,正用一双好看的眼睛悄悄看着他,然后悄悄溜到他身后,突然紧紧蒙住他的双眼——她经常这样——紧接着就是一串清脆的笑声。然后她会调皮地来到他面前,用一双脉脉含情的眼睛看着他。每次与那双好看的眼睛相望,他的心跳都会加快,很多次他都想扑过去紧紧抱住她。可是无论她还是他,都始终克制着自己,他们很珍惜由于保持了那种微妙的距离而带给两个人的纯净感,他不想让自己变成和阿尔斯冷一样随便的男人。

巴特尔眼前的梦故乡舞厅,霓虹灯还在闪烁,人群还在涌动,可是他设想的那种见面方式没有出现,他不禁有些失落,犹豫着走进人群中。当他随着人群在舞厅前来回涌动时,他后悔了。他问自己这是怎么了,就为了一个未知的电话,顾不上吃饭,又改变了去看望阿爸的计划,匆忙从温暖的招待所跑出来?从嘈杂的声音中,他分辨出了自己饥肠辘辘的响声,特别是灌了几口冷空气后,肚子里的冷热气流碰撞、纠缠、流窜,化成一个悠长怪异的屁冲出了他的身体。他感觉很舒爽,又有些不好意思地环顾了一下周围,人们喊着叫着拥挤着,没有人注意到他。

在尼林市,梦故乡舞厅是最讲究的。从那些挤在舞厅门口购票的汹涌人群就可以断定,这一票是多么难求。巴特尔之所以来到这个高档舞厅,全是因为那个电话。但是看着很多人手里都举着一张票,看到只有拿着票的人才能走进去,他心虚起来,没有票怎么进?然而此刻他已经被人流挤到舞厅门口,没有退路了。舞厅门口保安严肃的脸,还有他们的厉声提示,让他情不自禁地想往后退——他不仅没有票,也不是城里人,万一保安当着这么多人的面把他推出去,那该多丢人啊。

人群中突然出现一阵骚乱,不知是谁使劲推了巴特尔一把,使他瞬间冲出人群,一下子站到了奋力抵挡汹涌人群的保安面前。满头大汗的保安们营造出一个相对安宁的弧形缓冲区,长有四五米,宽不到两米,从这里再走两步就是舞厅的门,那里站着两个一脸严肃的检票人。

"票!"一个保安大声拦住了无所适从的巴特尔,按住了他的右肩。

另一个保安也增援过来,用怀疑和警惕的目光打量着他,防备他会硬闯进去。

"是她,她、她——"巴特尔推掉保安的那只手,把右胳膊习惯性地举过头顶,几根手指底气不足地弯曲着,食指很胆怯地指向舞厅的里门。这个动作仿佛是在告诉保安,是那个人让我来的。可是他指着的那个推拉门,除了不时传出一阵阵舞曲声,更像一张黑漆漆的大嘴,里面没有一个人。这时,他心里掠过一个念头:这回可要丢人了。

"谁?男的还是女的?"保安往门里看了看,皱着眉头大声问他。

"女的,她的声音很好听。一个小时之前,她让我八点准时到。"巴特尔说。

那个保安想了想,又疑惑地看了看巴特尔,放下横举着的胳膊,做出一个"请"的手势说:"知道了,你进去吧。"

巴特尔被这意外惊呆了,迟疑了一下才在众目睽睽下走进舞厅外门。身后立刻传来一群年轻人的抗议声:"凭什么?凭什么放他进去?他有票吗?一定是走后门的吧。"

"他的票有人提前给了。"保安举起一张没有撕掉副券的舞票大声解释。

舞厅外门与内门之间是一个椭圆形的厅子,走过一段十几米的外廊,有两扇紫红木门,再往里走就是舞厅。巴特尔匆忙走进去,看见紫红木门旁边

站着一位穿着喇叭裤的姑娘,长长的头发波浪般披在身后。

"会不会是她?"巴特尔想着,冲她笑了笑,谁知那个姑娘面带厌恶地瞪了他一眼,嘴唇也动了动。在轰鸣着的舞曲声浪下,他从她努动的嘴形上看出来了,她说的话不多,顶多三个字——真讨厌。

"对不起。"巴特尔低声说。他怪自己太草率,为什么要孔雀乱开屏呢?讨了个没趣的他红着脸走进舞厅,一股夹带着音乐的热浪扑面而来。舞会刚刚开始,空气里,香水味、油烟味、烟草味,还有陆续来人带进来的一丝丝凉气,混杂在一起。

二十世纪八十年代初,跳舞成为尼林这座草原小城里人们的一场盛宴。这座不到二十万人的小城里,一时间男女老少齐上阵,跳舞成为人们不可或缺的话题,会不会跳舞成为衡量人们是否跟上潮流的一把尺子。就是因为有了跳舞这个乐子,人们感觉平淡的生活里骤然增添了浓郁的快乐。每当夜幕轻轻覆盖鳞次栉比的各式建筑,长短不一的街道上街灯如期亮了,所有舞厅的门口都闪耀起七彩灯光,人们脚步匆匆地走向大大小小的舞厅。清冷的大街上,只有饭后的老人们在悠闲地散步,与那些摇滚味道很浓的音乐形成了强烈反差。有时他们也会向舞厅看一眼,当看到霓虹灯光里闪现出男男女女们搂抱着摇来晃去的身影,立刻叹口气,将昏花的眼睛转向别处,然后慢慢走开。路灯下,他们缓缓离开的身影有些孤独,渐渐消失在远处的黑暗中。

显然,舞场里所有的人都没注意到巴特尔的出现。恍惚间,他甚至怀疑自己是不是梦游,怀疑那个电话和那个女人的声音是否真的出现过。他悄悄掐了一把大腿,钻心的疼痛让他差点叫出声。这下他确信她真的邀请过自己,特别是最后那句话,温馨得就像一根纤细的手指在他心头轻柔划过,让他浑身酥麻了一下。

舞厅里朦胧的灯光营造出一种散漫和无序,相熟的人礼貌地打着招呼或者说几句玩笑,情侣们则或手拉手或紧紧依偎在一起。一看见这些,巴特尔飞快地把目光转向别处,恋人们的亲昵举动仿佛是在嘲笑他,嘲笑他缺少男人的勇气。只有他知道,这是他心头的一道伤痕,虽然早已结了疤,但是永远不会痊愈,一个场景,甚至一句话,都会让那表面结痂的疤痕重新流出血来。

一些旁若无人的愣头青们无所顾忌地亲吻拥抱,仿佛在宣告他们青涩懵懂的爱情。这些刚到青春期的孩子们正处于情窦初开的阶段,满大街随处可见的舞厅,还有那些疯疯癫癫奔向舞厅的大人们,向他们传递出时髦、开放的信息,他们用行动接收到这个信息,却发生了谁也意想不到的变异。他们在好奇心的驱使下,带着放肆甚至玩世不恭的莽撞扑向异性的怀抱。

巴特尔感觉脸在燃烧,仿佛众目睽睽下拥抱亲吻在一起的不是那些不知深浅的愣头青,而是他。

终于,舞曲再次响起。这是一支刚刚火起来的曲子。瞬间,所有的灯光都熄灭了。经过不到一秒钟的黑暗,悬在舞厅中央半空的彩灯像突然睁开了魔幻般的眼睛。那是一颗硕大的黑色球体,均匀分布着许多孔,当它猛然亮起,立刻肆无忌惮地疯狂旋转起来,那无数个孔里瞬间光芒四射,无数道光怪陆离的光柱构成了一个错乱的空间,无数个光点像飞萤乱舞,也像飞流的瀑布尽情流泻,把舞厅切割得支离破碎。瞬间,真实的舞厅变得虚幻了,那些翩翩起舞的人们沉浸在飘逸和虚幻之中。

在舞曲声的召唤中,人们像下饺子一样涌进舞池。有些老舞迷很绅士地向女士做出一个邀请的姿势,女士优雅地站起来,将手搭在舞伴的手上,两个人随着舞曲的节奏翩翩旋转进舞池。也有很投入的男人紧紧搂着女舞伴,很享受地沉浸在自己的感觉中,根本不顾及女舞伴一脸的尴尬和无奈。人们都特别留意那几个与众不同的穿着喇叭裤的人,尽量躲开他们,那是提防,也表明了自己的一种态度。渐渐地,这种态度终于变成无形的围剿,疯狂的他们开始有所收敛,不再旁若无人、为所欲为了。

舞池里的杂音渐渐少了,与"嘭嚓嚓、嘭嚓嚓"舞曲节奏相一致的脚步声汇成一条声音的溪流,很有节奏地回荡。

巴特尔期待的那个打电话的她还没有出现。所有从他眼前经过的人都会好奇地看他一眼,他知道那不是看他,而是看他穿着的那双尖头蒙古靴。城里早就没人穿这种古老的靴子了,可这靴子在牧区还很实用。

巴特尔有些茫然地在一个空椅子上坐下,眯着眼睛,看着舞池里流动的人群,还有一张张在旋转光斑中闪过的脸。他的心脏不时被劲爆舞曲音乐有节奏地震撼着,要不是架子鼓"咣、咣"的敲击声,要不是男人女人的皮鞋高跟鞋摩擦地面的"嚓嚓"声,他真以为这是在梦中……

尼林这座小城变了,这是巴特尔重返尼林市的第一个感受。习惯了牧区生活的他,再次回到这座喧嚣的城市,已经不是一个在校的学生,而是一名实实在在的牧民。他上学时,这座城市还没有这么疯狂,人们有条不紊、按部就班地做着各自的事情,男女同学之间不用说接吻,就连拉拉手的胆量都没有。他跟美丽的心挨得很近,表面上却始终是一本正经的样子。

出于对这座城市的好奇,在上中专的三年里,他几乎跑遍了这座城市的每一条街道、每一个胡同。三年的光阴里,他好像飞快地长大了。在这个过程中,他用一种渐进的眼光,没有任何偏见地看着小城的变化,也曾以为已经融入它的怀抱,可是今天他不得不承认,他的心里始终没能跨越九曲湾的那条小河划分出的城乡之别。在这座城市面前,他感觉更亲切的还是九曲湾与小河那边的草原。

当年毕业时的一幕,成为巴特尔的一个心结,时不时就会浮现出来。那天,他无意中发现了他和美丽的户口本上的差别,"农村户口"和"城镇户口"几个字形成了一条鸿沟,把他和这座城市隔开。三年的学校生活即将结束,巴特尔有些哀伤,毕竟要离开这座校园了。那天晚上,美丽借着给他看毕业证,含蓄、羞涩地邀请他去看电影,他的心被深深触动了……

每个人的左侧肋骨里面都有一个柔软的地方,最容易被忧伤所打动。舞曲声中,巴特尔又想起了秀气细心善良的美丽,可是她的愿望是当一个城里人,而自己却在那条小河的对岸。他感觉自己与美丽之间始终隔着一条无形的河。山丹那个倔强的姑娘呢?虽然曾经跟自己同在河岸的一侧,现在也踏上了城市的土地,而且她太像一匹桀骜不驯的小烈马,自己是那个技艺高超的骑手吗?

几支舞曲下来,热气腾腾的舞厅里出现了持续不断的高潮。与气氛热烈的舞池相比,巴特尔感受到了更深刻的孤独。从那一双双或有意或无意从自己身上掠过的目光里,他看出了疑问、怜悯,还有一丝嘲讽。他觉得有些没面子,不过很快又冷静下来,因为他来这里的目的不是跳舞。可是坐着坐着,他又忍不住嘲笑自己太想入非非,太脱离现实了,那个让他神魂颠倒的邂逅期待,到现在为止已经不再让他激情澎湃了。

一首节奏强烈、极度震撼的舞曲声猛烈飘进巴特尔的耳朵,他终于坐不住了。他把外套往椅子上一甩,穿着那双老式的蒙古靴踏进舞场。他自由奔放的舞姿很快引起人们的注意,一个衣着时尚的姑娘靠过来,娴熟地对应着他的动作,两个人开始"斗舞"。他认出来了,这个姑娘正是他刚进舞厅时碰到的那位姑娘。她的舞姿奔放自如,没有一点扭捏和做作,紧抿的嘴角上挂着洒脱的笑。

"难道是她?"巴特尔暗暗问自己,可是马上又否定了自己的推测,"不对,如果是她就不会说'真讨厌'了。"

这时,一个五大三粗的男青年插到正在斗舞的两个人中间,笨拙又很蛮横地向那位姑娘靠过去。"讨厌。"姑娘不满地说了一句,白了那个男青年一眼。男青年不以为然,依旧赔着笑脸跳着。巴特尔不想多事,悄悄后退了几步,重新回到刚才坐着的地方。

第四十章　陌生的舞伴

舞曲《你是谁》响了三遍。显然是播放舞曲的人发现了这首曲子的魅力。舞厅的温度渐渐升高了，人们在时高时低的音乐声中汗水淋淋地舞着跳着。

从走进舞厅到现在，巴特尔还是一个人。他没有贸然去邀请别人，也没有一个女人主动来邀请他。除了脚上那双古老的蒙古靴，他的穿着与舞场里的年轻人没有什么差别，那双蒙古靴让他显得很有个性，可他是无意的。他不喜欢赶时髦，却经常在不知不觉中被推入潮流。他知道自己是一个牧民，一个身上或者骨子里都散发着牧区味道的牧民，同时也是一个肩负着带领九曲湾嘎查牧民们增收致富重任的嘎查长。

在舞厅的椅子上坐久了，巴特尔慢慢适应了这个陌生的环境，心情也不断放松，他的眼睛开始大胆地向四处搜寻。他想知道电话里那个姑娘到底是谁？她为什么还不露面？但他始终没有答案。

彩灯的光柱依然在烟雾腾腾的舞厅转动。一个女人四处张望了一下，犹豫着向巴特尔走来，显然她没有找到合适的舞伴。那女人走到巴特尔跟前，发现了巴特尔与自己年龄的差别，迟疑着停住脚步，有些尴尬又有些腼腆地向巴特尔伸出邀请的手。

巴特尔没想到来邀请自己的会是个姐姐级的女人，礼貌让他站了起来，和舞伴走进舞池。他有些意外，这个舞伴的舞感很好，她紧随着自己，轻盈，翩然，没有半点拖沓，恰到好处。

舞池很大,旋转的人流形成一个漩涡似的圆。经过短暂的磨合,巴特尔与舞伴已是十分默契,他暗暗观察起眼前的这个女人。她还很年轻,圆润的脸颊,丰满的身子,轻轻的喘息声很均匀地飘过来。他很少跟这个年纪的女人接触,此刻,他感受到了成熟女人的魅力。

二人的默契让舞伴兴奋起来,她跟随着巴特尔微妙的示意,或旋转,或贴近,或分开,娴熟、和谐的动作变换吸引了许多跳舞的人们,他们围着他和她旋转,同时欣赏着他和她的舞姿。这时,巴特尔察觉到这个女人在熟悉了他的节奏和招式以后开始发力,在不知不觉中掌握了主动权。这是一种无形的霸气,他慢慢被女舞伴把控住了。

巴特尔还没有碰到过这样柔中有刚、刚中有柔的舞伴,但他感觉很轻松、很舒畅,并被她周身散发出的成熟女人的魅力深深吸引住了。

二人尽情地跳了好久,巴特尔主动示意她要不要休息一会儿,可她根本不理会,用一种只有他能感觉到的力量,带着他继续在舞池中旋转。这个经验丰富的女人,引领着巴特尔走向一个陌生的领域。两个人的身体不时产生碰撞,巴特尔越跳越紧张,"小帅哥,放轻松,继续跟着姐。"女人轻声说了一句,亲切地看着他,嘴角挂着一丝惬意的笑。

巴特尔读出了舞伴的宽厚、从容、自信以及对自己的一种信任。他重新调整了心态和舞姿,抛却了顾忌和杂念,回归到舞曲的快乐旋律中。

舞曲终了。女人白皙的脖颈上浮现出一层细密的汗珠。巴特尔想起她带着他走进舞池后说的那句话:"小弟弟,谢谢你接受我的邀请,你让我回到了纯真的当年。"

"小弟弟,谢谢你让我找回了青春。"这是女人对巴特尔说的第二句话,"你知道这句话是什么意思吗?"

巴特尔有些局促地笑了。

"我看得出来,你很单纯,可能也不会懂。我是说,人生要经历三个境界,最初是'看山是山,看水是水',然后是'看山不是山,看水不是水',最后是'看山又是山,看水也是水'。"女舞伴说。

巴特尔蒙了。

女舞伴看着一脸懵懂的巴特尔笑了:"小弟弟,你慢慢会懂的。就像刚才那首舞曲《你是谁》,一千个人就有一千个他或她心里的谁,你说是不是?"

短暂的安静之后,女人望着巴特尔微笑:"年轻真好。"

"谢谢。"巴特尔礼貌地回答。

"喜欢读诗吗?"女舞伴问。

"喜欢。"巴特尔想说自己也爱写诗,犹豫了一下,把后面的话咽了回去。

"你的年纪告诉我,你就是一张白纸,优点是单纯,缺点是太单纯。"她说。

说实话,巴特尔又没听懂她的意思。

"我们经历过那段特殊岁月,有着对生活的真切感受。那些厚重的积淀本来应该变成诗,可是它太沉重了,灵感被那种沉重所束缚,一时半会难以升华,有可能到了拿不动笔的时候才能升华,所以我这辈子注定当不成诗人了。"她有些哀伤地说。

巴特尔知道她说的那段特殊的岁月是什么。

"小弟弟,现在正是你最好的年纪,多看点书吧,读万卷书,行万里路啊。"女人很诚恳地对巴特尔说。

"谢谢,我……"巴特尔说了一半停住了。

"你生活在牧区吧?"女人突然问。

"您怎么知道?"巴特尔有点心虚。

女人微微笑了一下,没再继续上一个话题,而是转向了诗:"你读过聂鲁达的诗吗?《二十首情诗与一支绝望的歌》,那是一个人赤裸灵魂的表白和绝唱,没有任何雕琢和修饰,真实得像一条小河潺潺流淌。"

"没有。我只看过几本知青的手抄本,听说是禁书。您说的这本书,我能看到吗?"巴特尔小心翼翼地问。

那女人很警觉地向周围看了看,淡淡地笑了笑,紧贴在他的耳旁低声说:"能。"

"聂鲁达,是谁?"巴特尔被她的神秘所吸引,好奇地低声追问。

"是一个外国人,他的这部作品获得了诺贝尔文学奖。"她低声说。

"诺贝尔文学奖是什么?"巴特尔追问。

女人无奈地摇了摇头,说:"小弟弟,你需要知道的东西太多了。这样吧,我有部手抄稿,哪天拿给你看。"

"哪天?"巴特尔继续追问。

"小弟弟,你真是穷追不舍呀。就下次在这里相逢的时候吧。"女人想了想说。

巴特尔看出来了,女人并不讨厌他这样穷追不舍。

"那——好吧。"巴特尔想到"下一次"对他而言几乎不可能有。

女人看出巴特尔有些失望,说道:"你有时间还可以到明珠盟日报社副刊去找我,我叫时代,当然了,这是我的笔名。"

"时代?笔名?"巴特尔心头顿时升腾起一种崇拜,天哪,没想到跟自己跳舞的竟然是一位报社的作家。他感到眼前一亮,周身的热血沸腾起来。

"你的感觉告诉我,你有文学天赋。"女人说。

"真的吗?谢谢您。"巴特尔受宠若惊。

"是的。作为一个文艺副刊的资深编辑,我有这种预感。"女人的语气很肯定。

陌路相逢的女舞伴给予巴特尔这样的评价,真是说到他心坎里了,就像一道闪电,让他眼前骤然一亮。尽管他还不知道她的名字,可是她的这句话,一下子让他感觉像是遇到了掏心掏肺的朋友,有种相见恨晚的感觉。

"太谢谢您了,我会努力的。"巴特尔真诚地说。

"有了作品可以到编辑部去找我。再见。"女人微笑着离开了。

看着她的背影,巴特尔的心有些振奋。

舞厅里突然停了电,四周陷入黑暗,瞬间的安静之后,喧哗声四起,跳舞的人们大声嚷叫着、咒骂着、推搡着,一片混乱。不知是谁把舞厅的窗子打开了,一股潮湿而清新的空气涌进舞厅,这让巴特尔心情一振,那憋闷心头已久的污浊气息被这股清风一扫而去。他整理了一下衣服,带着欣喜走出舞厅。

那女人还没走,独自站在舞厅门口,看到巴特尔也出来了,笑着问:"小

弟弟,闻到春天的气息了吗?"

巴特尔点点头。

"还闻到了什么?"她又问。

巴特尔使劲抽了几下鼻子,没闻到什么其他味道,有些茫然地看着她。

"要下雨了。春天的雨,这是今年的第一场春雨。一起走走吧。"她热情相邀。

面对女人的热忱相邀,巴特尔一时有些不知所措。他不知道邀请自己来舞厅的那位姑娘在哪里,为什么到现在还不露面,但面前这个女人的魅力让他无法拒绝,他还想听她说说诗歌、谈谈文学。

天空飘起了淅淅沥沥的小雨。走进雨中,巴特尔感觉春天的气息更浓了。

路灯橘色的光很均匀地洒在湿漉漉的柏油路面上,洇了薄薄一层水汽的路面折射出无数斑驳的光点。巴特尔看着多彩的城市夜空,感受着飘在脸上身上的细细的雨丝,不由得伸了个长长的懒腰。

"累了吧,小伙子?"女人问。

"不累,一点也不累,就是想这么伸伸腰。为了伸这个懒腰,我好像等了整整一个冬天。"巴特尔不知怎么说出这么一句。

"什么,什么?你再说一遍。"女人说。

"我说为了伸这个懒腰,我好像等了整整一个冬天。怎么了?"巴特尔以为自己说错话了。

"太好了,多美的诗句啊。我的感觉没有错,你就是一个诗人坯子。"女人兴奋地说。

"真的吗?"巴特尔的心再次猛然一跳。

"真的。这些年,我接触过很多年轻作者,经验证明,我的第一印象是非常准确的。"女人的语气比刚才还要肯定。

巴特尔深深地做了一个深呼吸,一种从来没有过的愉悦与轻松弥漫了他的全身。

巴特尔边走边使劲抽了抽鼻子,女人再次敏感地问:"闻到什么了?你知道这是什么味吗?"

巴特尔摇了摇头。说实话,他真不知道这是什么味道。

"这是丁香花的味道。这个时节的尼林市,满大街的丁香花都开了,整座城市都是这种浪漫的味道。有一首诗不知道你读过没有?"女人问。

巴特尔期盼地看着她。今晚的经历让他有一种久违的感觉,对,就像重新回到校园,徜徉在书海中。尽管女人问的问题有许多他都不知道,但他一点也没感到难为情。

"你知道近代很知名的诗人戴望舒吗?"女人又问。

巴特尔点点头,说:"您是想说他的《雨巷》吧?"

"是的。一首让人难忘的诗。那细小的丁香花,裹着温柔的紫色,虽然花瓣很小,散发出来的香味却那么浓郁。那首诗就像这细小的丁香花,带着迷蒙的愁绪从诗人的心头飘出,飘进一代又一代年轻人的心里。"

"我也喜欢《雨巷》。"巴特尔低声说。

女人轻声朗诵起来:

  撑着油纸伞,独自

  彷徨在悠长,悠长

  又寂寥的雨巷,

  我希望逢着

  一个丁香一样的

  结着愁怨的姑娘……

娓娓低语,让巴特尔感受到一个女人的深情与忧伤。

"编辑姐姐——我这样叫您,行吗?"巴特尔小声问。

"就是姐姐嘛,这样叫我感觉很亲切,也就有了呵护你的责任感。对了,我还不知道你的名字呢,能告诉我吗?"女人看了他一眼,笑着问。

"当然可以。我叫巴特尔,是九曲湾嘎查的牧民。编辑姐姐,诗里那个'丁香一样的结着愁怨的姑娘'是谁?"巴特尔问。

"呵呵,巴特尔——英雄,多威武的名字呀。你这句话里其实是两个问题,一个是真实的我,另一个就是诗里的那位姑娘。你说对吗?"女人有点调

皮地问。

巴特尔张了张嘴,不知该怎么回答。女人"咯咯咯"地笑起来。

"好了,不逗你了。我叫陈晓珊,是明珠日报社的编辑。关于你的第二个问题,其实我也不知道那位姑娘是谁。可是我们能不能换一种思维,那位姑娘是诗人追求的理想化身?在那样一个飘雨的时刻,诗人彳亍在一条小巷里。因为与那位丁香一样的愁怨的姑娘擦肩而过,他的希望被带走了,可是这并没有改变他走向新的向往的脚步。"陈晓珊用最简短的语言解读了她对《雨巷》的理解。

听了陈晓珊的这番解读,巴特尔联想到此时此刻的自己好像也有着类似的心境:受那个陌生的电话之约,他怀着一种兴奋的期待走进舞厅,在所有的期待先后破灭以后,陈晓珊姐姐出现了。他想把这些都说给她听,可是又怕太冒昧,长舒了一口气说:"晓珊姐姐,这首诗好美。特别是此时此刻,在飘着丁香花香的雨夜,跟在您——一位像丁香花一样美丽的姐姐身旁,我有一种身临其境的感觉。"巴特尔说。

"大千世界,有这样的经历,还能用诗的语言把这种感觉写出来,让所有读到它的人都被一种美所感动,这就是文学的力量。"陈晓珊仰望着雨雾蒙蒙的天空,抬起手在飘散的长发间梳理了几下,笑着说道,"'青鸟不传云外信,丁香空结雨中愁。'你看我,这么快就沉浸在《雨巷》的氛围中了,是不是有卖弄之嫌呀?"

"晓珊姐姐,您的解读很启发人。"巴特尔诚恳地说。

"是啊,丁香花,就像年轻人绽放的青春,或舒展,或凝聚,或快乐,或忧郁……其实这不就是人生旅途上的不同风景吗,领略一下又何妨?那各种各样的姿态,有热烈,有含蓄,有矜持,有狂放,这才是多彩的人生呀。"陈晓珊说。

"晓珊姐姐,我想读诗。"巴特尔第二次脱口而出。

"真的?"女编辑看了巴特尔一眼,脸上浮现出一丝欣慰的笑。

巴特尔认真地点点头。

蒙蒙雨雾中行人不多。两个人眼前是一条人行小道,静静地向前延伸,人行道两侧就是一丛丛丁香树。雨夜里的丁香花就像秀美的姑娘,羞涩地躲在夜幕里,悄然散发着迷人的香气。

陈晓珊被巴特尔的真诚所打动,拉着巴特尔走到路边的丁香花树前。她像个孩子似的仔细看了好久细密的丁香花,说:"这花真是可爱,给人一种精致的美感,对了,就像咱们明珠草原上的金莲花。你看她那么细小,那么娇嫩,伸展的花瓣多像一位披着紫色衣裙的美少女呀。我们应该给它遮遮雨,让它能尽情伸展柔软的身姿,展现出娇柔之美。"

巴特尔听了,感觉眼前的丁香花不再是花,而是一群真正的美少女了,不由得也俯下身,细细欣赏那一朵朵丁香花。

二人看了一会儿,陈晓珊突然直起身笑道:"巴特尔,让你见笑了,你会不会以为我是个神经病,竟然生发出这么多感慨?"

"不,我发现您太有生活情趣了,一草一木都能引起您的感叹。跟您对比起来,我太惭愧了,我是在九曲湾牧区长大的,却白白错过了与草原上的花草亲近的机会。"巴特尔坦诚地说。

"你看起来是一个魁梧的男子汉了,可给我的感觉还很单纯。我想你可能刚从学校毕业走上社会,对吗?看,你点头了,证明我没猜错。那就是说,你的生活帷幕才刚刚拉开呀。现在的你就像一张纯洁的白纸,没有一丁点儿瑕疵,可是随着年岁的增加,这张白纸上必然会留下岁月的痕迹。现在的你就像这小小的丁香花,散发着浓烈的热情,可是在经历了岁月的风霜雨雪后,还能保持这种纯真和热情就不容易了。但我希望你能。"陈晓珊转向巴特尔。

"谢谢晓珊姐姐,我会永远保持一颗初心和对理想的追求的。"巴特尔神色凝重地说着,再次把目光转向路边的丁香花丛。细雨中的丁香花在夜幕中争先恐后地绽放着,享受着被第一场春雨滋润的幸福。路灯橘黄色的光投射在水灵灵的丁香花上,细小的花瓣上有光点闪烁。

"对了,巴特尔,我感觉你好像有什么心事。一个刚毕业的中专生重返牧区,这本身就是新闻,可是为什么却在城里的舞厅出现?你不会是后悔了吧?能不能说一说,看晓珊姐姐能不能帮到你。"陈晓珊问。

"晓珊姐姐,没有您想得那么复杂,我确实是有事才进城的。我本来是来找我阿爸的,因为我们嘎查很快就要被划入国家自然保护区了,嘎查的牧民们今后也要整体搬迁到城郊新建的牧民新村。现在我们嘎查的牧民想在享受国家补偿的基础上,除了按政策要求饲养奶牛以外,再增加点收入,所以我先来和阿爸商量一下,看看有没有什么方法和路子。"巴特尔毫无保留地把自己进城的目的说了出来。

"你恐怕不是一个普通的牧民吧?"陈晓珊问。

"我是一个刚上任的嘎查长。"巴特尔有些不好意思。

"我就说嘛。巴特尔,你运气不错,碰上了我。不对,是我找到了你,对吧?如果我不主动请你跳舞,咱们能认识吗?如果不认识,你今天进城算是白跑了。"陈晓珊说着说着笑了。

"真的?莫非您有好主意?"巴特尔问。

"当然。跟我走,咱们去一个地方。"陈晓珊带着巴特尔向另一条街道走去。那是小吃一条街,巴特尔上学的时候经常去那里吃夜宵。

在尼林蒙餐馆前,陈晓珊推开旋转门走了进去,巴特尔紧跟着也走进去。这是一家规模不大的小餐馆,店里吃饭的人却坐得满满的。正在收银台前忙活的一个女人看见陈晓珊,急忙迎了出来:"哎呀,今天是什么特殊日子呀,大编辑光临了。"

"今天肯定是个好日子。来,老板娘,我给你介绍一位新朋友——九曲湾嘎查长巴特尔。"陈晓珊转头又对巴特尔说,"这位是尼林蒙餐馆的老板娘艾吉玛。"

"您好,艾吉玛——旋律,认识您很高兴,难怪我一走进来就沉浸在优美的旋律中了。"巴特尔说着,轻轻握了握艾吉玛的手。

"哎哟,真的?巴特尔,我听说过。是不是中专毕业后已经留校任教了,可是却主动要求回牧区的那个巴特尔呀?"艾吉玛问。

陈晓珊听了,转身问巴特尔:"是真的吗?你看你看,能从舞厅那么多人里选中你当舞伴,这说明我非常有眼力,慧眼识珠呀。"

巴特尔不好意思地点点头。

"原来你们也是刚认识呀。"艾吉玛老板问。

"对,刚认识的。不过我带巴特尔嘎查长来你这儿,可不是想蹭你的蒙餐,而是想咨询一下合作的事。"陈晓珊直接进入主题。

"那太好了,我正犯愁呢。巴特尔嘎查长,来,咱们坐下来说。"艾吉玛朝一个雅间指了指,吩咐服务员上一盘手把肉,再拿一瓶葡萄酒。

雅间里比外面安静了很多,三个人坐在圆桌旁,热烈地讨论起来。

"说吧,你们嘎查都有什么想法?如果合适,咱们可以签合作协议。"艾吉玛是个心直口快的人,刚一坐稳就迫不及待地直奔主题。

"我们嘎查以后搬迁到牧民新村以后,按政府的规定要以养奶牛为主,您说,怎么才能跟您的蒙餐店衔接上呢?"巴特尔也没有客气,开门见山地问。

"牛奶我消化不了那么多,再说肯定有指定的公司定时收购牛奶。假如你们再饲养一部分肉牛,那咱们合作的基础就有了。我发现市场上牛肉干的销路很好,呈现日益上升的趋势,特别是外地游客离开之前,一般都要带牛肉干,因此我就想打造一个牛肉干品牌。如果你们能饲养肉牛,咱们就可以合作一把。具体以什么形式合作,可以再商量。"艾吉玛说。

"巴特尔,你们为什么不组建一个牧民合作经济组织呢?"陈晓珊问。

"牧民合作经济组织?"巴特尔第一次听说这个名词。

"对,牧民合作经济组织。如果你需要具体操作方案,我可以提供一份样本供你参考。"陈晓珊说。

"太好了。我今天的收获真是太大了。来,我敬你们二位一杯,今天这单我来买。"巴特尔兴奋地给两位女士斟满酒,三人举杯一饮而尽。

"巴嘎查长,这单不能让你买,你是为九曲湾嘎查那么多牧民增收费心思,我不能让你破费。不行,我是老板我做主。"艾吉玛说完就笑了。

三个人说着笑着,艾吉玛突然想起了什么,说:"哎呀,光顾着跟你们说话,我都忘了,我有一位朋友,她家就是九曲湾嘎查的。她现在在尼林市乌兰牧骑当舞蹈演员,我把她叫来,你们认识一下吧。"说完,她急忙走出去,可是很快又回来了。

"人呢？怎么没来？"陈晓珊问。

"咳，都怨我，怎么把山丹姑娘给忘了呢。她走了，你们看，就是外面那个拦车的姑娘。"艾吉玛指着窗外说。

巴特尔一眼认出了站在路边的山丹，几年不见，她已经长成了一个大姑娘，但是那苗条的身影、丰满的曲线，和几年前没有什么区别。他站起来想追出去，可是来不及了，山丹已经拦住一辆出租车钻进去，那辆车很快开走了。巴特尔后悔进门时为什么没有留意那些吃饭的人，山丹肯定看见他了，以她的性格，肯定不会主动跟他打招呼的。几年前看电影的那场误会还没解释清楚，这次又看见他跟着一位陌生女人走进来……巴特尔有些懊恼。

巴特尔低头沉默了一会儿，站起来把三个酒杯倒满，说："为了合作，我再敬二位一杯。"说完，他举起杯一口把酒喝干，又默默地坐下了。

"巴特尔，那个山丹姑娘——你认识？"陈晓珊轻声问。

巴特尔点点头。

"那好办呀，等哪天我把她约过来跟你们见面。"艾吉玛说。

"可能事情不会那么简单。"陈晓珊摇了摇头说。

艾吉玛看看陈晓珊，又看看巴特尔，她知道不能再往下问了，就说："巴特尔，我还有个建议供你参考。我们店与你们嘎查合作没有问题，可是还有一个情况要考虑到，就是以我们店现在的加工能力，消化不了你们一个嘎查的牛肉呀，所以我建议你们再多联系几家合作伙伴。"

"那好办，可以在《明珠日报》上发一个广告。这事我来办。"陈晓珊爽快地说。

第四十一章　殊途同归

浩毕斯嘎拉图开着一辆老式客货两用车在出租屋前缓缓停稳,拔钥匙前又轰了一脚油门,汽车老牛一样猛地吼了一声,疲惫的身子哆嗦着叮当乱响了一阵,这才熄了火,就像一个耄耋老人费劲地喘出最后一口粗气,然后就趴在那里不动了。浩毕斯嘎拉图艰难地跳下车,两条腿软软的,特别是腰,像断了一样疼。他刚要向自己租住的小屋走去,突然眼前飘起许多金星,急忙靠着车头站了一会儿。看着完全黑下来的天空,他嘀咕了一句:"看这样子是要下点什么,雪还是雨呢?"他的两只手使劲在腰上捶了捶,等眼前的金星消散了,他才慢慢挪向小屋。

"哎哟哟——"他弓着腰哼了几声,勉强挪到屋前台阶上坐下。这哼哼声竟让他笑了起来。他想起了额吉还能走动的时候,每次走出蒙古包招呼孩子吃饭时都是这个姿势。那时他还年轻,不知道额吉每次迈过蒙古包那道不高的门槛会有多痛苦。每次她忍着疼痛跨过那道门槛,弓着腰站在门前草地上寻找孩子时,顿时就像换了一个人。她的眼睛眯成了一条缝,双手搭在额前,不停地在草原上寻找着。尽管缝衣袍纫针时连针眼都看不清,可是不管他走多远,额吉总能一下子就找到他所在的方向,招着手喊:"米尼呼(我的儿子)——吧嗒亦迪(吃饭)——"

每次听到额吉的呼唤,浩毕斯嘎拉图都感到那么亲切、那么暖心,于是撒开坐骑向额吉奔来。看到马背上飞驰而来的儿子,额吉满脸的皱纹都舒展开了。浩毕斯嘎拉图知道,额吉是凭借一种神奇的感应寻找着儿子。她

把两只手拢在一起放在一侧耳朵的后面，就能从远处传来的喊叫声中分辨出儿子的声音。那是母子间的心灵感应吗？他经常这样问自己。如今，额吉的那幅剪影深深铭刻在他心头，每次看到蒙古包，看到袅袅炊烟，额吉那张带着慈祥微笑的脸庞就会出现在他眼前。

坐在台阶上的浩毕斯嘎拉图突然有点想家了。自从来城里以后，他每天早晨出去晚上回来，很少有时间能这样坐一会儿。不过辛苦没有白白付出，他不光有了一些积蓄，还进一步充实和调整了自己的想法。刚进城时，他摸不着头绪，只能赶着那辆勒勒车东跑西颠地送煤气。时间长了，知道的人多了，他竟然成了尼林城里的一道风景，很多客户都知道他是牧区的一位嘎查长，落选后进城打工。有些客户不知道他的名字，但一说老嘎查长，也知道是他。他讲信誉，从不缺斤短两，也没有像有的人那样在煤气站灌满气以后，再找地方往空罐里倒腾一些，因此他的客户越来越多，有的人宁可停一天气也没关系，只等他上门。

因为客户多，他很快就买了一辆二手客货两用车。这是一位好心的客户主动推荐的，价钱跟赠送差不了多少。卖车的那个人说不用给现钱，只要免费给他送一年煤气就顶账了，可是浩毕斯嘎拉图不同意，坚持现钱结算。这下子又感动了卖车人，只收了预先讲好的价格的一半，另一半说什么也不要。后来浩毕斯嘎拉图才知道，原来另一半的两千块钱是巴特尔的一位女同学给付了。浩毕斯嘎拉图费了很大功夫，终于在女房东的帮助下，打听到了巴特尔的这位女同学——美丽。

有了这辆客货两用车，花费在灌气路上的时间就节省了下来，他的收入也明显增加了。不过他始终记着那位好心的牵线人和卖车人，给他们灌气从来不收那五元的送罐费。

从嘎查长到城市打工人，身份的转变让浩毕斯嘎拉图感触很深。不过他始终牢记自己进城的初衷，就是为嘎查那些牧民找到一条增加非牧收入的门路，现在看来很有希望。每天送煤气的间隙，他仔细观察、摸索，深有感触：九曲湾嘎查正处于城乡接合部，延伸产业链条、发展第三产业有着得天独厚的便利条件呀。

在水泥台阶上坐久了，浩毕斯嘎拉图隐隐感到屁股底下拔凉拔凉的，可他还是不想动。看看眼前这辆为自己在城里站稳脚跟立下汗马功劳的老爷车，再看看车上那十几罐煤气，他感觉有点力不从心。这是他今天要干的最后一项力气活，要把没送出去的那十几罐煤气扛回那间宿舍兼仓库的房子，然后才能踏踏实实地躺到床上。也许是太累了，当他的目光落到那十几个煤气罐上，双腿条件反射般地哆嗦了一下，他这才想起从早晨起来到现在就喝了点茶，吃了几块牛肉干，干了一天活儿，他的肚子早空了。为了节省时间和粮票，他还是按照牧区的习惯，早晨喝点茶、吃些肉干，晚上回来再吃顿饭。可是他忽略了一件事，就是他当嘎查长的时候，每天走东家进西家，哪家都有奶茶、奶豆腐、炸馃子，无论去到哪家，都能填饱肚子。

从进城的第一天起，浩毕斯嘎拉图就咬着牙对自己说："你是带着为嘎查牧民探路的使命进城的，不是被踢出群的老儿马。不管吃多少苦，你都不能走回头路，不能让嘎查的牧民们看不起你。"如今让他感到欣慰的就是他坚持下来了，没有走回头路；而且不但没有走回头路，还有了扩大规模的想法。他发现城里物业市场有很大的发展空间，就想着建立一个牧民物业服务公司，还在一个街面为阿拉腾选中了一个店铺。这些在他刚进城时是想也不敢想的。

台阶上虽然凉，可是浩毕斯嘎拉图必须歇一会儿，要不那些飘浮的金星会再次无情闪现。他靠着门框，从衣兜里掏出今天挣的钱，有整有零，他散乱地攥在手里，放到台阶上。看着这些钱，他干裂的嘴唇咧开了，疲倦的脸上露出了笑意，似乎瞬间就恢复了元气。他很耐心地整理着散乱的钱，五元、两元、一元、五角、两角、一角，最后，台阶上留下一堆硬币。借着不知哪里透射过来的光线，那些硬币泛出暗淡的光泽，像是一张张笑脸。

这是浩毕斯嘎拉图一天的全部收入，看起来不少，其实加起来不到一百块。这些钱要付房租，有他一天的饭钱，剩下的才是纯收入。他要把这些钱存起来，以便在实现自己设计的蓝图过程中发挥作用。他家的草场是离尼林城区最近的草场，虽然是全嘎查最次的草场，可是他相信只要有了钱，一定能让那片沙化的草地改变模样。虽然他不是队干部了，可是他始终没有

忘记队里那几个贫困户,不忍心甩掉他们,如果设想中的物业公司能成立,那几家中多余的劳动力就有发挥作用的地方了。

头发散乱地垂下来几绺,浩毕斯嘎拉图搓了搓额头,手指间就出现了一个柔软的小泥球,他想起来该洗澡了。他把那个小泥球顺手一弹,那颗混杂着灰尘、汗水与皮屑的小球就飞了出去,消失在黑暗中。他能想象出自己此刻的模样,脸上印着一道道干涸的汗渍,还有一片片黑色的油污。好在天已经黑了,门前匆匆走过的那些行人谁也不会留意他。

一阵风把深灰色的云层吹散了,皎洁的月亮露了出来。台阶上的凉意还在慢慢渗透,可他还是不想动,就那样倚在门框上,静静地看着尼林城区的东方,看着那轮黄灿灿的月亮钻出云层,缓缓上行。月光下的尼林城区,鳞次栉比的楼房剪影被镀上了很多条不规则的金边。当月亮升得再高些,他看到不远处那棵老榆树,巨大的树冠像一个硕大的伞,那些刚刚钻出来的枝叶把落下来的月光分割成无数个金色碎片,微风吹来,隐藏在树伞里的金色碎片不停闪动,像平静水面上闪动着的粼粼波光。

这景象让浩毕斯嘎拉图心头猛然一震,他想起了熟悉的那片草原。九曲湾的第一道湾旁也长着一棵古老的榆树,巨大的树荫足有几十平方米,弯弯曲曲的树干很粗,几个人手拉手也搂不住。额吉说过,可别小看那棵树,那是一棵有故事的树。

眼前的这棵树也有故事。浩毕斯嘎拉图刚住进来时,女房东特意告诉他,这里是尼林小城的发祥地。尼林城从那座庙和周围的一大片小土房慢慢发展到了今天。小土房前有一片榆树林,旅蒙商来了以后,又增加了一些地窝棚。后来,这些地窝棚又变成了小土房。随着人口的增加,那片榆树林渐渐萎缩,最后只剩下这一棵生命力极强的老榆树。战争年代,这里还很荒凉,这棵树旁住着一户老牧民,有一天,土匪来抢劫他放牧的牲畜,幸好剿匪的解放军骑兵及时赶到打跑了土匪。老牧民念念不忘解放军救了他,就把感恩之情寄托在这棵拴过解放军战马的树上,精心呵护它。

九曲湾的那棵老榆树是浩毕斯嘎拉图的一个牵挂。盛夏,难熬的白天,他会斜靠着老榆树纳凉;晚上,他经常躺在老榆树下听一阵阵蝉鸣。触景生情,此刻他又想家了,想额吉、老伴和儿子,不知他们现在怎么样?

不知从哪里吹来一股清冷的风,他抖了一下。隐隐作痛的膝盖让他再也坐不住了,这是变天的预兆。他抬头看了看北方的天空,厚厚的阴云从远处压了过来,或许是一场雨,或许是雪,不管怎么说,这是今年春天的第一场降水。牧民们的牲畜棚圈和贮草棚都盖好了吗?集体的那片打草场最后的命运怎么样了?巴特尔那小子居然当上了嘎查长,他行吗?现在干什么呢?他默默念叨着站起来,习惯地转向城区东南的九曲湾方向。这个倔小子有骨气,他说过多少次了,"阿爸,你坚持得对,这片草原是属于集体的,你留下这片草场没有私心。如果这片草场退化了,浑善达克沙地就会慢慢延伸过来。守住这条绿色防线是所有九曲湾牧人的责任"。

想起这番慷慨激昂的话语,浩毕斯嘎拉图感觉一阵轻松,自言自语起来:"这就是社会进步吧?当年阿爸担任九曲湾第一任牧民会主任时,想的是动员牧民砸碎封建枷锁,争取自由和解放,过上好日子。从当上生产队长开始,我每天想的是增加牲畜数量,支援国家建设,让牧民们吃饱穿暖。现在呢,巴特尔是为了守住这片绿色的大地,带领牧民过上更加富裕的好日子。"

这样一想,浩毕斯嘎拉图突然发现了一个道理:真是一代人有一代人的使命呀。

北面的阴云渐渐涌了过来,那轮被榆树枝叶分割成无数金色碎片的月亮也不见了,晴朗的夜空不知什么时候已被乌云遮住。风起来了。他捧起钱,拖着疲惫的双腿走进屋子,一股浓烈的煤气味扑鼻而来,这是留在屋子里的那些煤气罐散发出来的味道。

房东再三叮嘱浩毕斯嘎拉图:"老嘎查长,消防队是不允许在居民区储存煤气罐的,我看你不容易才睁一只眼闭一只眼。不过你可千万不能在小房子里点火做饭,太危险了,一旦出事,这些煤气罐可都是一个个大炸弹呀。真要爆炸了,咱们这儿可就成无人区了。"

为了安全,浩毕斯嘎拉图跟房东有了个口头协议,就是只要他能在正常时间回来,房东家负责给他提供一顿晚饭,条件是每个月他要无偿给换一罐

煤气。

房东是个中年妇女,她看到浩毕斯嘎拉图回来了,马上端着一碗面条和一碟咸菜走进来,放到浩毕斯嘎拉图床前的一张折叠方桌上:"看你累的,吃吧,不够我再给你盛。唉,真是辛苦。这年头,如果不是生活所迫,都这把年纪了,谁愿意背井离乡到外面打工!"

浩毕斯嘎拉图当了多年生产队干部,汉语交流没什么问题,笑着说:"谢谢您。您这间小房是我进城的第一站,给您添麻烦了。"他知道汉语里"你"和"您"有区别。

房东笑着说:"别客气别客气,我看咱们年纪差不多。虽然咱们接触不多,可直觉告诉我你是个好人。只要坚持,我相信你一定能在城里站住脚。身边这样的人太多了。比如我家旁边的那套房子,是一位南方来这儿做生意的人买的,听说他刚来的时候什么也没有,跟人合伙租了一间房子,白天当裁缝铺,晚上帘子一拉就是卧室。你看现在怎么样,不但街面店铺有了,住房也有两三套了,听说还要试探着往国外发展呢。"

房东光顾着讲励志故事,没看到浩毕斯嘎拉图早把面条干掉了。她不好意思地拿起空碗说:"不好意思,我再去盛。"

浩毕斯嘎拉图连吃了三碗面条,额头才隐隐冒出点汗,感觉身上也有了力气。女房东端着空碗和咸菜碟走出去后,他随手关了电灯,躺到硬木板床上一动不动。

这间临街小房靠近市中心,还有一扇小窗子。透过这个窗子,能看见远处一排霓虹灯组成的大字分外醒目地闪烁着——梦故乡舞厅,隐约还能听见一阵阵音乐声。这音乐像一阵催眠曲,浩毕斯嘎拉图很快进入了梦乡。小房里安静了几分钟之后,猛然爆发出一阵怪异的呼啸声,那声音尖厉、悠长,是一个疲惫到极限的男人发出的响亮、震撼的呼噜声,长长的近乎嘶鸣的声音起伏着,盖过了远处的音乐声,带着回声在小房内四处碰撞。

女房东听到了这声音,脸上露出怜悯的表情:"哎呀,这吓人倒怪的呼噜声,这是太累了吧?唉,图啥呢,简直是在玩命呀。"

细心的女房东关院门之前,探出头往院外看了看。看见那辆客货两用车上还放着十几罐煤气,她急忙返回院子,使劲拍打浩毕斯嘎拉图的房门。可是劳累了一天的浩毕斯嘎拉图哪里能听见呢,女房东只听到鼾声如雷。

"可怜的,这么大年纪了,还这么不要命地干,到底图什么呀。"女房东不忍心再敲,再次走出小院。这次,她发现那辆客货车附近有几个黑影在游动。她怀疑那几个人肯定是盯上了车上的煤气罐,毕竟扛走一个煤气罐也够他们喝顿酒了。

有些胆怯的女房东虚张声势地躲在小院里大声自说自话:"你快把这几罐煤气扛回去吧。你说什么——好,我注意点门外的动静——"她想吓走那几个黑影。

黑暗里的那几个人悄没声地溜走了。女房东再次使劲敲打起浩毕斯嘎拉图的房门,里面的鼾声终于停了。

女房东小声又急促地喊:"喂,快起来看看你车上的东西。"她怕那些不知躲到哪里的家伙们听见。

小房里的鼾声停了一会儿,女房东以为浩毕斯嘎拉图起来了,转身正要走,鼾声又了响起来。"唉,这是累坏了。"女房东无可奈何地摇摇头,又去关小院的门。这回她发现那几个黑影根本没走,远处几个忽明忽暗的烟头暴露了他们。

"还是把他叫醒吧,要是车上那十几个煤气罐丢了,他拿什么赔给人家呀。"女房东叹了口气,再次走到小房门前。这次她用尽全力敲门,门上的玻璃都快被震下来了,鼾声才再次停了,可是仅仅停顿了几秒钟,如雷的鼾声又响了起来。

女房东无奈地长叹一口气,可又不忍心不管煤气罐,只好把小院门打开。站在门口,她能看见市中心那幢高耸的楼房,那是尼林市最高的一座建筑,也是尼林市的地标性建筑。那座楼房竣工以后,楼下开了一家叫"城市快车"的快餐店,上面就是梦故乡舞厅。

女房东听着隐隐传来的舞曲声,再听听小房里那个疲惫男人的鼾声,不禁有些慨叹:一边是歌舞升平,一边是为生活而疲于奔命的人们,人和人真是不一样呀。

"不能让这个老嘎查长雪上加霜了。他如果是个万元户,我才不管他呢,哪怕他们连车带煤气罐都偷走,跟我有什么关系?我肯定不吭一声。"女房东想着,向客货两用车走去。她试着扳了扳车槽的扳手,竟然扳动了。她有些兴奋,又走到另一侧去扳,却没能扳动。不远处的角落里,那几颗烟头还在一明一暗地闪着。她有些害怕,但在一种责任感的驱使下,还是想把这件事做完,于是她爬上车,想把这些煤气罐一个一个搬下去放到小院里,这时她才发现所有的煤气罐都被一条铁链连在一起了。

这时,天下起了雨,雨不大,是蒙蒙细雨,偶尔还有雪粒。女房东下了车,把扳下来的扳手归了位,这才回到自家的小院,关上门,从里面锁上。小房里的鼾声依旧惊天动地地响着,她放心了,走回自己的房子。

小院子里安静下来,可是仔细听,还是能听到高一阵低一阵的鼾声。这种安静没有持续多久,一阵马蹄声响过之后,外面传来了几个人高声说话的声音,还有扳动客货两用车挡板的声音和"嘎啦嘎啦"的铁链声。刚刚躺下的女房东没敢拉开电灯,轻轻掀开窗帘,从一条不大的缝隙中往外看了看,过了一会儿又悄悄打开房门走到小院门旁,透过门缝往外看。蒙蒙细雨中,听得到几个人的说话声和扳动客货车挡板的声音。

"这些家伙还不死心,自行车换成骑马的了?他们是不是想偷车呀?"女房东暗自揣测。

小房里的呼噜声还像打雷一样响着。

"这个人,心可真大,一车的煤气罐不说,要是连车也被人偷走,他可怎么办呢?"女房东真替老嘎查长着急了。她决定无论如何也要把他叫醒。

女房东走到小房门前,举起手要敲,又放了下来。她怕自己这么一敲门,不但没把他叫醒,反而把院外那些人吸引过来。但她犹豫了一下,还是一咬牙使劲敲起门来。

她这边刚敲了几下,小院门外也突然响起敲门声,这可把她吓够呛,赶快回到了屋子里。她还是有些不放心,又轻轻掀开窗帘,仔细地在院子里查看了一遍。这时她听见外面那个人还在敲门。"这么晚了,会是谁呢?"女房东真害怕了。

过了一会儿,敲门声终于停了。女房东估计那些人躲雨去了,小院又恢复了宁静。女房东重新躺下准备休息,可是她心里还是惦记那台车,翻来覆去地折腾了一阵儿,她索性再次披上衣服,掀开窗帘朝外观望。

霏霏细雨中,女房东恍惚看见有个人在院子里晃动,她吓了一跳。不过很快她就看清楚了,是老嘎查长。他好像在找什么东西,先是在院子里转了一会儿,一会儿又到院门口摆弄了半天门锁,最后终于找到一个旧罐头瓶拿回小房里,女房东这才明白过来他这是想撒尿了。

看老嘎查长醒了,女房东放下窗帘走了出去,她想告诉他门外的那辆汽车旁边有人转悠,让他小心点儿。可是她还没来到小房子门前,院门口的敲门声又响了起来,声音虽然不大,却吓得她心惊肉跳。

女房东真的害怕了。看见老嘎查长也从小房里走出来,她急忙拿着一根木棍跑过去,小声说:"老嘎查长,有人敲门。"

浩毕斯嘎拉图静静听了一会儿,小声对女房东说:"会是谁呢?都快后半夜了,一定是有什么急事吧?"

女房东小声说:"老嘎查长,刚才我发现外面有几个人鬼鬼祟祟的,是不是想偷你的车和煤气罐呀?"

浩毕斯嘎拉图趴在院门旁听了听,小声说:"把门打开看看。"

"他们可是好几个人呢,你一个人行吗?"女房东低声说。

"没关系,他们是偷,不会明着抢吧?做贼心虚,谅他们也不敢太放肆。"浩毕斯嘎拉图说。女房东看他这么说,便拿出钥匙轻轻把门锁打开。让两人没想到的是,院门一下子被推开,一个人从外面闯进来:"阿爸——"

浩毕斯嘎拉图一听,惊喜交加:"巴特尔,这么晚,你、你怎么来——了,是不是……"

女房东紧绷了一晚上的神经终于松了。她看了看外面的车,车跟煤气罐都在,便长出一口气,说:"孩子,今晚你还走吗?"

"阿姨,我跟阿爸说会儿话就走。"巴特尔说。

女房东点点头,把门锁挂在门上的一根铁棍上就回自己屋了。

"阿爸,你别担心,家里没事。是嘎查的事,事关重大,所以我连夜找你

来了。"巴特尔说。

浩毕斯嘎拉图这才松了一口气,说:"进来说吧。"

巴特尔走进阿爸租住的小房,愣住了:"阿爸,你就住在这里?"

"是啊,挺好的。别看是小房子,冬天一点儿也不冷。"浩毕斯嘎拉图笑着说。

"阿爸,今天跟我走吧,去市里的招待所。"巴特尔心疼得拉着阿爸就要走。

"孩子,不行,明天我还得送煤气呢。"看见儿子的脸色变了,浩毕斯嘎拉图马上说,"过几天我就搬家了。我在市区租了三间门面房,准备过几天把你额吉和阿拉腾带过来,一间给阿拉腾开民族缝纫服饰店,剩下的两间我想开个蒙餐饭馆,让你额吉来露两手,让尼林城里人都来尝尝她的蒙古包子。"

巴特尔的脸色这才缓了下来,说:"阿爸,我刚从尼林蒙餐馆来。在一位报社朋友的介绍下,我准备跟这家蒙餐馆合作加工牛肉干。但是我心里没有底,想听听你的意见。"

"为什么要这么干呢?"浩毕斯嘎拉图问儿子。

"阿爸,咱们九曲湾嘎查辖域已经被列入国家自然保护区了,现在正在城郊兴建牧民新村,然后全嘎查整体搬迁到那里。虽然国家有补贴,但是牧民们还得增收呀,所以在那位朋友的引领下,我就想到要发挥我们嘎查牧民善于饲养牲畜的特长,在饲养奶牛的同时再饲养一部分肉牛。我算了一下,要比养羊合算。我们可以组成一个产供销公司,我们负责提供肉牛,对方负责烘烤和销售,然后按比例分成。而且,牛奶也会有专门的机构收购。阿爸,您说怎么样?"巴特尔说。

"牧民们的意见呢?他们同意吗?"浩毕斯嘎拉图问。

"我想先在城里考察一下,等思路完整了再跟敖支书和'两委'班子商量。现在我有这样几个想法,您看看可行不可行。一个是跟市里争取一下,把嘎查的打草场保留下来,平时封闭,每年秋季专用打草,用来补偿牧民饲养牲畜。一个是政府现在动员养奶牛,可是我担心牛奶收购总量有限,所以想再引进一些优良肉牛品种,这样就可以跟尼林蒙餐馆长期合作下去。最后一个最重要,就是在自愿的基础上,以入股的方式组建九曲湾牧民专业合作社,年终分红。这样就达到了延伸产业链条的目的,形成了肉牛从饲养到加工到送上人们餐桌的一条完整的产业链条……"巴特尔一口气把心里想的都说了出来。

浩毕斯嘎拉图始终没有插话,认真听儿子说着。看着儿子凸起的喉结、嘴唇上钻出来的胡须,听着那些陌生的名词,什么产业链条,什么入股,什么专业合作社,他心里涌起掩不住的欣喜和自豪。时代发展确实太快了,上了几年学,视野不一样了,眼界宽了,思路多了,这个小子长大了。儿子说完后,他就说了一句话:"儿子,你就大胆地干吧,阿爸给你当后盾。看来,传统粗放的畜牧业生产经营方式是该改改了。不过阿爸要提醒你,时刻不要忘记你是一名基层干部,一名入党重点培养对象……"

"阿爸,敖支书已经跟我谈了话,说嘎查党支部已经讨论通过我是预备党员了,等苏木党委批复后,就举行入党宣誓仪式。"巴特尔打断了阿爸的话。

"对对对,敖支书还专门进城跟我说过这件事。儿子,阿爸祝贺你。"浩毕斯嘎拉图郑重地伸出手,跟儿子使劲握了握。

"阿爸,我跟敖支书说了,入党宣誓仪式也要在一棵树下举行。他同意了。"巴特尔说。

"儿子,阿爸一定赶回去参加你的宣誓仪式。"浩毕斯嘎拉图激动了,动情地说着,"儿子,你长大了,千万不要忘了是辽阔的九曲湾大地养育了你。你要时刻记住李涛老书记的话,双脚要永远踩在这片大地上,为带领牧民过上更加富足的好日子而不懈奋斗。"

"阿爸,我记住了。"巴特尔说完就准备离开,被浩毕斯嘎拉图叫住:"孩子,你等一下。"

浩毕斯嘎拉图走到床边,从床垫下摸了半天,掏出一个小布包递给巴特尔,说:"孩子,这是阿爸进城以后挣的钱,连零带整有一万块,你拿着,给嘎查办事用得着。"

巴特尔急忙推开阿爸的手:"阿爸,不用,嘎查有钱。"

浩毕斯嘎拉图说:"孩子,阿爸知道嘎查有钱,可是那钱不能动。咱们嘎查困难的牧民还有不少,那钱是接济他们的。"

巴特尔看见阿爸举着小布包的手上满是裂痕,不由得眼睛一酸,两串泪珠便滚了下来。浩毕斯嘎拉图笑着给儿子抹去眼泪,把小布包塞进儿子的衣兜,顺手推了儿子一把说:"我的儿子,快去忙嘎查的大事吧。"

第四十二章　初遇骗子

九曲湾嘎查寻求加工牛肉干合作伙伴的广告如期在《明珠日报》上刊登了,虽然夹在报缝中间不太显眼,效果却出乎巴特尔的意料。一时间,九曲湾嘎查办公室不说车水马龙,也是来人不断,无数辆汽车接续而来,从车里走出来的人大多穿着名牌西服,手拎名牌提包,一副大款的派头。

老支书敖特根从来没见过这样的场面,躲在办公室里不想出来。

巴特尔有些后悔在报纸上发布广告了。但事已至此,他只好硬着头皮往下走。不过慢慢地他发现了一个规律:这些人虽然口头上是奔着加工牛肉干合作项目来的,可是谈着谈着就把话题转向了九曲湾,再进一步就是希望在发展景区旅游上达成合作。可是当他们得知这里即将划入国家生态保护区后,就没有再深入交谈的兴趣,应付上几句客套话就走了。

天渐渐黑下来,估计再没有人来了,老支书敖特根这才左顾右盼地走进巴特尔的办公室。

"孩子,我是真的老了,跟不上形势了。我做梦也没想到咱们牧区的基层干部还要跟那些商人打交道。"敖特根说。

"大叔,过去计划经济时,是国家为咱们的牲畜提供销售渠道。如今咱们要是不跟市场对接,牲畜存栏数量再多也变不了钱呀。"巴特尔用最简洁的语言解释。

"孩子,你就大胆地闯吧。虽然我不懂你说的市场,可是我相信你跟你阿爸一样,是一心想带领九曲湾的牧民走上富裕道路。"敖特根用一种只有

父辈才会有的眼神看着巴特尔说。

"大叔,说实话,我对如何对接市场,特别是如何与那些已经在商场里摸爬滚打得如鱼得水的商人打交道,心里也特别没底。"巴特尔苦笑着说。

老支书敖特根理解眼前这个孩子的难处,心疼地说:"孩子,慢慢来,无论什么时候,大叔都坚定地站在你的身后。"

"谢谢大叔。"巴特尔被老支书的话感动了。

"孩子,还有一件事,就是你转为预备党员的事,苏木党委已经同意了,等选个日子,嘎查党支部就举行入党宣誓仪式。"敖特根老支书说。

"真的吗?"巴特尔兴奋得差点跳起来。

"孩子,是真的,大叔是领誓人。不过……"老支书敖特根说到这儿,深情地看了巴特尔一眼,没再说下去。

"不过什么?"巴特尔追问道。

"我先不说了,到时候给你一个意外的惊喜。"老支书敖特根笑着说。

"惊喜?"巴特尔实在想不出会是什么惊喜。

院子里传来的一阵摩托车声打断了两人的谈话,紧接着,走廊里响起了脚步声。来人一直走到巴特尔的办公室门前停住,敲响了门。

"请进。"巴特尔话音刚落,门被轻轻推开,一个穿着很普通的中年人走进来。巴特尔向窗外看了一眼,看见院子里停了一辆摩托车。

"我找巴特尔嘎查长,请问……"来人很恭敬地问。

"您好,我是巴特尔。"巴特尔上前一步,与来人握了握手。他正要介绍老支书,老支书的背影快速在门口一闪,走了。

"巴嘎查长,您好。我叫吴笑,这是我的名片。"来人说着递给巴特尔一张名片。

巴特尔接过名片,看见上面印满头衔,其中最上面的是"明珠盟牧工商集团董事会秘书长"。

"吴秘书长,您好,请坐。"巴特尔真诚地说。

"巴嘎查长,是和平总经理派我来的,这是我们集团的介绍信。"吴笑说着从皮包里拿出一张盖着红印章的介绍信,放到办公桌上。

巴特尔拿起介绍信仔细看了看，突然想起这家企业在尼林市区名声挺大，他上学时曾多次从这个集团的办公楼前走过，知道集团总经理叫和平。

"巴嘎查长，我们集团仔细研究了你们嘎查的招商广告，认为你们凭借这么雄厚的资源优势，我们指的是牛羊和富饶的草场，为什么非要跟那些小商小贩合作呢？"吴笑一坐下就提出了问题。

"吴秘书长，您的意思是……您能给我们什么建议呢？"巴特尔被吴笑的问题吸引住了。

"我们查阅了你们嘎查的辖域范围，是与尼林市区紧紧相连的，这是你们的区位优势呀。仅凭这个优势就具备很广阔的发展空间呢，如果抓住机遇，或许会成为尼林市的一家明星企业哟。"吴笑的话吓了巴特尔一跳。

"是不是我的说法吓着您了？"吴笑察觉出了巴特尔微妙的表情变化，笑着问了一句。

巴特尔点点头。

"我们集团为什么看中了你们嘎查的区位优势呢？这样，巴嘎查长，您想想，假如你们在市区与九曲湾嘎查的临界处盖上一座甚至几座商业楼，上面开旅店，下面租出去……"吴笑的话让巴特尔眼前一亮。

吴笑看到巴特尔已经被他的话所吸引，继续说下去："巴嘎查长，我们建议你们可以尽快到市城建局联系联系，在嘎查辖域与城区接合部申请一块地皮，到那时，房地产商人会像苍蝇遇见……哦，不对，会像蜜蜂遇到花丛那样围上你们的。"

"可是……这个手续好办吗？"巴特尔问。

"要说难也确实难，要说好办也不太难，关键是看谁办。"吴笑说。

巴特尔听出话中有话，连忙问："吴秘书长，这……需要很多费用吧？"

"费用的问题咱们下一步再说。我这次来就是想告诉你们，我们集团想跟你们嘎查合作。什么意思呢？就是用地共享。考虑到你们基层嘎查的实际，在有关申请批地的费用上，有两个方案可供选择，一是费用完全由我们集团承担，但是用地批下来后其中一半用地的使用权归我们集团；二是我们集团出五分之四的费用，你们嘎查出五分之一，用地使用权五分之三归嘎

查,五分之二归我们集团。"

"吴秘书长,这五分之一是多少钱?"巴特尔有点动心了。

"大概五万元左右吧。"吴笑想了想说。

"什么时候交?"巴特尔问。

"假如你们嘎查有合作意向,我们可以先签订合作协议,然后你们先交一部分定金,尾款等你们与房地产商签订盖房合同后补齐。"吴笑略微思考了一下后说。

此时的巴特尔真动心了,但是还缺少下最后决心的勇气。

吴笑看出了他的犹豫,说:"巴嘎查长,你是不是担心钱的问题?我告诉你,等你盖好了楼房,每年租金这一项就会是这笔钱的十几倍或几十倍。"

吴笑最后的这句话让巴特尔下定了决心,他激动地说:"吴秘书长,就按您说的第二个条件签吧。"

吴笑好像早有准备,拿出两份打印好的合同书递给巴特尔,巴特尔认真地看了一遍,签上了自己的名字,然后两人各留了一份。

巴特尔把阿爸的那个小布包拿出来递给吴笑:"吴秘书长,就拿这笔钱做定金吧。"吴笑打开小布包,从里面掏出一沓沓十元、五元,甚至还有两元、一元的人民币数起来。巴特尔的心突然像被人揪了一下:这可是阿爸用汗水换来的钱呀,就这样让自己送出去了?

"巴嘎查长,祝我们合作成功。"吴笑把钱整理好,又和巴特尔握了握手,巴特尔把吴笑送到院子外,边走边思考自己的这个决定对不对。吴笑跨上摩托车离开了,巴特尔突然发现吴笑的摩托车没有牌照,这让他的心骤然悬了起来。

第四十三章　第一笔"学费"

巴特尔是从《明珠日报》上看到明珠盟农工贸联合集团举行集团转制庆典活动消息的。举行庆典的那天,他骑上摩托车,带着老支书敖特根,早早来到位于尼林市繁华区的明珠盟农工贸联合集团总部门前。这里一派热闹非凡、喜气洋洋的景象。

巴特尔刚停好摩托车,就听见有人喊他的名字。他循声望去,原来是陈晓珊。

陈晓珊走到巴特尔跟前,把手里的一个日记本递给他说:"你可让我好等呀。给,这是那本诗集,不过是我手抄的。"

"谢谢晓珊姐姐。"巴特尔接过诗集,又把老支书敖特根介绍给她。

"你们来是……"陈晓珊好奇地问。

"我们前一段时间跟这个集团签订了合作协议,知道他们转制搞活动,就来看看。晓珊姐姐,集团的吴笑秘书长您认识吗?"巴特尔说。

"吴笑秘书长?我没听说有这么一个人呀。"陈晓珊说。

"你看,这是盖着公章的介绍信。"巴特尔拿出吴笑留下的那封介绍信。

陈晓珊接过介绍信仔细看了看,突然指着集团大门口挂着的牌子说:"巴特尔,你看看公章上这个牧工商集团跟这个一样吗?"

巴特尔认真地把介绍信上的公章与眼前这个牌子上的名称做了对比,一下子发现了差别,介绍信上的公章全称是"明珠盟牧工商集团",而眼前牌子上的名称是"明珠盟农工贸联合集团"。

瞬间，巴特尔的大脑一片空白，他心惊肉跳地又看了好几遍，无力地垂下了头："我被骗了……这可怎么办啊？"

老支书敖特根还有些不甘心，对陈晓珊说："陈记者，麻烦你再跟这里的领导确认一下，他们的公章跟这个介绍信上的名称一样不一样。"

"好吧。你们等一下。"陈晓珊的眼神里带着无数种意味，有同情，有气愤。她看了看这一老一小两个人，没多说什么，迅速走入公司大门。

"孩子，别难过，假如咱们……真的被骗了，也……没什么。大叔知道你的心思，你是急于干出点成绩来，让九曲湾的乡亲们能增加收入，早日脱贫。"老支书抚摸着巴特尔的肩膀安慰他。

"大叔，那一万元是我阿爸不知流了多少汗水才挣来的……可我一句话就……唉……"一提到阿爸，巴特尔就想起阿爸住的那间临街小房，想起阿爸从简易床板下掏那个小布包的样子，想起阿爸那双满是裂痕的手。

老支书叹了一口气，不知该说什么好，两人都沉默了。

不长时间之后，陈晓珊跟着一个微胖的人快步走过来，气喘吁吁地说："巴特尔，这位就是明珠盟农工贸联合集团的和平总经理。"

和平总经理分别跟敖特根和巴特尔握了握手，说："你们的事刚才陈记者已经告诉我了。敖书记、巴嘎查长，最近我们陆续接到了一些投诉，说有人以我们集团的名义，打着集资合作的旗号骗钱。首先我郑重申明，我们集团没有叫吴笑的秘书长，这件事我们已经报了警。"

巴特尔听了这些话，只觉得双腿发软，身子也好像要往下滑。如果不是旁边的敖特根大叔挎住了他的一条胳膊，他或许就瘫坐到地上了。

"敖书记、巴嘎查长，陈记者介绍了你们的情况，我们理解你们想与市场对接的急切心情，我们也正在努力延长集团产业链条，做好牧区的畜产品与市场的对接工作，今后我们有可能真正合作呢。今天你们来得正好，现在我邀请你们二位作为特邀嘉宾参加今天的活动，可以吗？活动结束后，我们还要宴请与会的嘉宾，希望二位也能赏光。"

和平总经理转头又对陈晓珊说："陈记者，九曲湾嘎查的两位领导就交给你了。盟市的领导马上就要来了，对不起，我得先走一步，咱们一会儿宴会厅见。"

"和平总经理,您快忙去吧。您放心,今天我不仅要完成报道任务,还要完成陪客任务。"

三人目送和平总经理离开,巴特尔再也忍不住,眼圈慢慢红了。陈晓珊轻轻捅了一下眼泪汪汪的巴特尔:"别这样,不就是一万块钱吗?男儿有泪不轻弹哟。"

听陈晓珊这么一说,巴特尔的泪水反而哗的一下涌出来,瞬间就泪流满面了。

"孩子,没关系,吃一堑长一智,以后再遇到问题就会分析判断了。"老支书继续安慰巴特尔。

"是我太急功近利了,那个吴笑就是看出了我的这个弱点,所以才得逞的。"巴特尔抽泣着低声说。

"这事也怨我。那天我要是留下来,就能提醒你一下。我怕我在影响你们……对接,就走了,结果……"老支书检讨时还用了一个刚学会的词。

转制仪式正式开始了。喧嚣热闹中似乎有着一丝不易察觉的悲壮,从开始到结束,在所有与会者略带勉强的微笑中忽隐忽现。受这种氛围影响,巴特尔感觉就像在梦里一样,心头一直涌动着一种难言的苦涩。活动结束后走进饭店,觥筹交错中,巴特尔闷着头喝了无数杯酒,敖特根提醒了巴特尔好几次,但他已听不进去,至于什么时候走出饭店的,他更记不清了。在潜意识的支配下,巴特尔找到一个没人的地方号啕大哭起来。

不知过了多久,一只手落到巴特尔的肩膀上:"巴特尔,不要难过,事情的经过敖特根大叔都跟我说了……"

这声音那么温暖那么亲切那么熟悉,巴特尔的心似乎有了一丝安定。他抬起蒙眬的双眼一看,啊,竟是知青哥哥站在他身边。

"知青哥哥!"巴特尔委屈地扑到知青哥哥肩上,又抽泣起来。

"巴特尔,上学要交学费,你以为当嘎查长就不交学费了吗?你听我说,还是那句话,只要你双脚坚实地踩在大地上,就像希腊神话里的那位英雄安泰,那么任何挫折都不会打败你,你会永远立于不败之地。"知青哥哥的语气

和缓又坚定。

"巴特尔,知青哥哥说得多好。从哪里跌倒就从哪里爬起来嘛,你要迅速振作起来,九曲湾的牧民们还等着你呢。"陈晓珊热切地说。

老支书敖特根说:"孩子,那天我跟你说给你个惊喜,只说了一半话,现在我告诉你吧。等你入党宣誓仪式结束后,支部也该换届了,我已经向苏木党委建议,让知青哥哥担任九曲湾嘎查的党支部书记。我相信,凭借他的思维、视野和能力,最重要的是他对九曲湾的感情,你们一定会带领九曲湾牧民早日踏上富裕之路,实现小康。"

"真的?可是……"此时此刻,巴特尔说不出自己是一种什么样的心情。知青哥哥来九曲湾嘎查当书记他当然万分高兴,有知青哥哥帮他掌舵,他的工作肯定会开展得更好;可是慈祥的老支书敖特根大叔要离开了,他真是舍不得啊。

"巴特尔,我反复考虑过,虽说你交了一万元的学费,但这件事我们可以从另一方面来想。那个叫吴笑的骗子之所以能施骗成功,也是动了一番脑筋的,但他说的那条发展之路对我们嘎查的发展不是也有一定的借鉴意义吗?"知青哥哥说。

巴特尔渐渐平静下来,也慢慢清醒了。

"还有,这件事牧民们还都不知道。那些钱是浩毕斯嘎拉图大叔的辛苦钱,对你而言,在你刚当上嘎查长就遇到这样一件让你刻骨铭心的事,从某种意义上来说也是好事。"知青哥哥说。

"巴特尔,知青哥哥说得对。无论何时何地都要保持清醒的头脑,这样才能带领牧民们紧跟时代发展的潮流。最关键的是要稳步发展,要集思广益,任何时候脑袋瓜都不要发热,不要一个人拍脑门做决定。"陈晓珊也说。

巴特尔默默听着,努力记住每一句话,然后认真地说:"这件事,我要在嘎查大会上公开检讨。"

老支书敖特根还要说什么,知青哥哥对他摆了摆手,一字一句地对巴特尔说:"巴特尔,我欣赏你的这种勇气,我也相信你能知耻而后勇,初心不变。"

巴特尔点了点头。

第四十四章　雪落九曲湾

　　日子一天天过去了。自从巴特尔当了嘎查长,很多牧民期待着的三把火始终没烧起来,相反,这个年轻人好像很平静。在九曲湾嘎查办公室里,每天只能看见老书记敖特根坐在那间被温都苏装饰一新却没坐了几天的豪华办公室里,处理嘎查里的一些日常事务。他们也听说过几天知青哥哥就来当书记了。嘎查是最基层的一级政权组织,上面千条线,下面一根针,每天都有办不完的事。一个时期以来,有一个消息像风一样传遍九曲湾嘎查:嘎查辖域被正式列入国家自然保护区,尼林市的牧民新村也建成了,政府要求在国家自然保护区正式启动之前,全嘎查要整体搬迁到牧民新村。

　　牧人们仔细算了一下,按要求必须在年底之前搬进牧民新村,如今距离那时候已经时日无多了。搬进牧民新村以后,他们就离城市更近了,可是一想到要离开这片生活了多少代的故土,他们的眼睛难免湿润起来。一想到今后,牧人们都有些茫然,都想找一个明白人问一下。问谁呢?那肯定是巴特尔了,毕竟他是九曲湾嘎查历史上第一个有文化的嘎查长。可是他却隐身一样从九曲湾消失了,谁也不知道他去哪儿了、在干什么,只是隐约有传言说,巴特尔在城里的一家蒙餐馆打工呢。

　　距离嘎查整体搬迁的日子越来越近,牧民们也接到了通知,政府为了鼓励饲养优良品种奶牛,不仅口头号召,还拿出真金白银补贴牧民。越是这个时候,牧民们越想见到巴特尔,想从他嘴里听到点定神的话,可始终找不到他。

温都苏到处散布说："这个奶臭未干的毛头小子是被难题吓跑了。他肯定是想学他阿爸,为自己进城留一手。"

九曲湾的牧民对温都苏的用意心知肚明,可是巴特尔不见踪影也是真的呀。每当有牧民向敖特根书记打听巴特尔的去向,他都微微一笑,不明确回答,但是却用十分肯定的语气说："你们的巴嘎查长在干一件大事,这件大事事关大家的切身利益,你们就耐心等着消息吧。"

这时的巴特尔真是在干一件大事。他找到市城建局千方百计地软磨硬泡,在新建的牧民新村旁要到了一块地皮。他跟敖书记商量好了,拿出集体积累的一部分资金,再跟牧民们筹集一部分资金,建一座集吃住售于一体的楼房,上面开旅店,下面的街面房出租一部分,再自留几间销售奶食、牛肉干等自营产品,这样不仅能安排一些牧民子女就业,也解决了一部分牧民增收的问题。

此时的巴特尔确实在市里的尼林蒙餐馆。他正带着会计达木丁跟艾吉玛商量合作的问题。

"艾老板,上次咱们就探讨过合作的问题,现在我是来正式跟您协商的。我是这样设想的,牛肉由我提供,加工由你们负责,商标咱们共同注册,你有手艺,我有原料,咱们来个优势互补。这是第一步。今后,我们不能只做单一产品销售,还要不断推出新的产品,再通过探索各种新型模式,把货真价实的牛肉产品源源不断地推向市场。我相信,消费者肯定会认可我们的。我还想给您透露一个消息,我们正在筹备一个民族乐器制作车间和一个民族服饰加工合作社,如果我们多方加强合作,未来一定充满光明。"巴特尔说。

"这还是问题吗?你说得我都心潮澎湃了。你是陈记者介绍来的朋友,又是年轻的嘎查长,有想法有活力,我当然铁定跟你合作了。你让我突然有了再干一番大事业的野心,哈哈。"艾吉玛笑着说。

"您这样一说,我的信心就更足了。咱们赶上了一个好时代,可以像雄鹰一样翱翔蓝天。据我了解,烤牛肉干最大的成本是牛肉。现在你应该庆幸有我们一个嘎查的牧民为你提供上好的牛肉,我们的肉牛绝对是吃九曲湾原生态草原上的优良牧草长大的,是响当当的天然绿色牛肉。"巴特尔又跟进了一句。

"巴嘎查长,我想咱们不能就这么'悄悄地进城打枪的不要',能不能弄得动静大一点儿?"艾吉玛说。

"什么意思?搞一个轰动全城的开张仪式?"巴特尔问。

"对。把你的记者姐姐也请来,行吗?"艾吉玛问。

"她必须请,不过我还想再请几个人。"巴特尔说。

"人越多越好。"艾吉玛笑着说。

"回头我给您拿一个邀请名单。"巴特尔说完站起来。

"你这就要走?"艾吉玛问。

巴特尔点点头:"我得抓紧时间赶回嘎查去,还有一系列的会议要召开。因为涉及全嘎查牧民的切身利益,必须提交嘎查牧民大会讨论通过后才能实施。"

"好,你怎么回九曲湾嘎查?"艾吉玛问。

"坐火车,正好一个小时后有一班火车。"巴特尔看了看手表说。

"那好,我开车送你去车站。"艾吉玛说完,又把一式两份的协议书交给巴特尔,"巴嘎查长,我的章可是盖好了,只要你们嘎查的章一盖上去,这协议就生效了。"

巴特尔接过协议书,手不由得抖了一下,可很快就恢复了常态,转手交给会计达木丁,说:"艾老板,你就放心吧。"

从尼林蒙餐馆到火车站,中间要经过市中心商业区。这里每天都有店铺开张,也有一些店铺转兑,激烈无情的市场竞争就在这静悄悄的变换中展现出来。

艾吉玛的车是一辆二手的蓝鸟轿车,繁华的商业区从车窗外匆匆闪过。巴特尔看着窗外,心里还想着合作的事。突然,在一个临时搭建的舞台上,他看见一个女人正手拿麦克风唱着歌,她的歌声通过旁边的大音箱传得很远。台下基本没有观众,那个歌手孤零零地站在舞台上,面无表情。秋风的呜呜声也通过她手里的麦克风传了出去,过往的行人似乎没有人留意这位

顶着秋风唱歌的歌手。

"请等一下。"巴特尔突然对开车的艾吉玛说。

"巴嘎查长,有事吗?是不是要买东西?"艾吉玛停住车问。

巴特尔看着车窗外的那个舞台没有说话。艾吉玛顺着他注视的方向看去,惊呼了一声:"天呀,这不是山丹吗?巴嘎查长,她可是你们九曲湾嘎查的人呀。"

巴特尔点点头,眼睛里噙满了泪水。

"最近文艺团体改革,工资只发百分之六十,没办法,人们只能靠走穴或者像山丹这样在街头献唱。"艾吉玛轻声解释。

巴特尔打开车门走下去,他想去跟山丹打个招呼。可是还没等他走到舞台旁,台上的山丹已经看见了他,她的声音一下子停住了,然后手足无措地把麦克风塞给旁边的一个人,转身歪歪斜斜地跑了。

跟着巴特尔走过来的艾吉玛看见这一切,明白了这两个人之间肯定有一种微妙的关系,就说:"巴嘎查长,没关系,哪天我请山丹吃饭时,你也来。"

巴特尔的情绪有些低落,他摇摇头说:"谢谢,不用了,还是顺其自然吧。走,咱们去火车站。"

尼林城通火车,可以说是一件开天辟地、振奋人心的大事。很长时间以来,一提起通火车,人们说得最多的就是尼林城有什么东西呢?通了火车不会把尼林城拉穷了吧?可是通了火车以后,人们发现尼林城不但没被拉穷,相反,物价还比过去降了一些,出行也比过去方便多了。过去,冬天出门的尼林人对寒冷有着无法言说的体会,自从通了火车,出行只需穿一件轻便的呢子大衣就行了,再也不用穿皮德勒。

列车已经进站,来尼林城的旅客正在下车,离开的旅客还没有开始检票。热情的艾吉玛非要把巴特尔和达木丁送到车上,三个人站在火车站前说着话,不时看着下车的人流从出站口涌出来。

"巴特尔——巴特尔——"突然,有人大声喊着。

巴特尔扭头看去,只见一个满面胡须的人大步向他走来。那个人脏兮兮的,不知多少天没洗脸了,衣服上也有好几处破洞。

"好你个巴特尔,不认识我了?"满面胡须的人过来就捶了巴特尔一拳。

"阿尔斯冷,是你——"巴特尔终于认出来了。

两个人紧紧拥抱了一下,巴特尔问:"阿尔斯冷,你看看还有认识的人吗?"

阿尔斯冷看着艾吉玛摇了摇头,当他转向一旁的达木丁,又大叫了一声:"达木丁,达会计。"

"阿尔斯冷,来,认识一下,这位是尼林蒙餐馆的艾吉玛老板。"巴特尔介绍说。

"巴特尔呀,想不到如今在尼林城里你也是呼风唤雨的了,真有你的。既然有蒙餐馆老板相陪,你现在就为我接风洗尘吧。咱俩这么多年没见了,你可不能说不行啊。"阿尔斯冷还是当年的性格,大大咧咧的样子一点没有变。

"阿尔斯冷,改天我再给你接风吧,今天……"巴特尔刚想说今天还有重要的事情要办,可阿尔斯冷根本没让他把话说完:"行也行,不行也得行,我可不管你有什么事,今天这风你是接定了。"

巴特尔看看艾吉玛,又看看阿尔斯冷,只好对达木丁说:"达会计,碰上这个不讲理的家伙,我真是没办法,就请你跑一趟吧。你跟敖书记说,牧民大会晚些再开,我跟他吃完饭就赶回去。"

达木丁笑着点点头,去检票了。

三个人返回尼林蒙餐馆,艾吉玛给他们找了一个僻静的角落,又告诉服务员给他们上几盘家常菜。可这个阿尔斯冷真没拿自己当外人,一点不客气地对艾吉玛说:"艾老板,能不能先给我上一碗蒙古面条啊,我已经三天没吃饭,快饿死了。"艾吉玛急忙吩咐后厨先上蒙古面条。

"怎么搞的?三天没吃饭?"巴特尔问。

"一点也不夸张地说,我现在一分钱也没有了。我被外国倒爷给骗了,一分钱货没拿到不说,还差点把命搭上。幸亏我命好,搭上了一辆咱们国家运原油的车,要不我可能就裸奔回来了。"说到这儿,阿尔斯冷眼里噙满了泪水。

阿尔斯冷要的蒙古面条端上来了,酒和下酒菜也端上来了。阿尔斯冷囫囵几口就把面条干了进去,又不顾巴特尔的阻拦,连喝了几杯酒。然后,他明显亢奋起来,连连向艾吉玛招手,叫她过来。

巴特尔低声说:"阿尔斯冷,这可不是九曲湾,别胡来。"

阿尔斯冷并不理会他,大声问艾吉玛:"老板,你们餐馆能播放音乐吗?"

"能啊,你想听什么歌?"艾吉玛问。

阿尔斯冷对巴特尔和艾吉玛说:"可能你们不信,现在我是发自内心的只想听那首歌,那首《我爱你中国》。"话没说完,他的眼泪已经流了出来。

阿尔斯冷的这句话太出乎巴特尔的意料了,他不由得仔细打量起这个怀揣当跨国倒爷梦的家伙。当初他满怀激情地走出国门,现在却身无分文、落魄不堪地回来了,看来他的经历让他有了新的选择。巴特尔被他的真诚感动了。

经历了短暂的沉寂后,餐馆里响起那首人们十分熟悉的旋律。听着听着,阿尔斯冷突然放下手里的筷子,捂住脸哽咽起来,紧接着,他开始号啕大哭。他紧紧搂住巴特尔说:"你不知道,你不知道呀!在国外闯荡了那么久,经历了那么多事,现在我才知道什么叫祖国。"

巴特尔带着阿尔斯冷回到九曲湾老队部院里时,这里正热闹异常。随着一阵阵音乐声,牧人们从四面八方陆续赶来,走进那个破旧的老会议室。会议室的墙上挂着一条横幅,上面写着:自愿加入九曲湾嘎查牧民乳牛肉牛养殖专业合作社协议签约仪式。老支书敖特根坐在主席台上,看牧民们来得差不多了,就对巴特尔点点头,示意他开始。

巴特尔站起来环视了一下会场,说:"前一段时间我不在嘎查,但我知道大家都在找我,非常感谢大家的信任。在这段日子里,我做了一个关于乳牛肉牛养殖的市场调研,今天这个合作社就是调研后的选择。为了牧民增收致富,盟和市有关部门建议我们养奶牛,并且为我们联系好了收购公司。可是通过调研,我发现除了养奶牛,还有一个可以增收的办法,那就是再加养一些肉牛。"

"巴特尔嘎查长,为什么要养肉牛?"有牧民不解地问。

"我跟城里的尼林蒙餐馆进行了多次协商,最终确定了共同经销牛肉干这个项目,咱们负责提供牛肉,他们负责加工经销,最后双方按比例分成。"巴特尔解释说。

"这样一来是不是又能增加一笔现金收入?"阿拉腾站起来问。

"是这样的。不过,阿拉腾大婶,我阿爸已经在城里预订了一间临街的门面,他说让您在那里先开一家民族服饰加工店,为以后的民族服饰加工合作社做准备。阿爸说现在城里民族服饰市场需求很旺盛,就凭您的手艺,肯定会很受欢迎的。"巴特尔说。

"真的吗?那可太好了。自从我家那个酒鬼喝酒喝没了以后,我就想着到城里干点儿什么呢。"阿拉腾激动得哽咽起来。

巴特尔接着说道:"今天我们举行的九曲湾嘎查牧民乳牛肉牛养殖专业合作社协议签约仪式,对大家来说,完全是自愿的。为什么要成立这个专业合作社,就是为了利益共享、风险共担,让大家都有责任心,为了过上好日子共同努力,共同走上富裕之路。今后,咱们嘎查还要成立一个集吃住行售为一体的有限责任公司,开发更多更好的新项目。乡亲们,为了建设国家生态自然保护区,我们嘎查即将整体搬迁到牧民新村,这是一个难得的机遇,我们只有紧紧抓住这个机遇,才能过上更加富裕的好日子。下面,签约仪式开始。"

巴特尔的话音刚落,温都苏站起来,一声不吭地走了出去,阿尔斯冷却站起来说:"巴特尔,我第一个签。"

这下子,牧民们非常踊跃,全都兴高采烈地交谈着、议论着,几乎所有人都涌了过来,争着签名、按手印。

乌日娜把巴特尔拽到一边,悄悄递给他一个小布包,说:"你要的东西都在里面。这可是你阿爸送煤气罐积攒下来的钱啊,可不要乱花了。"

巴特尔把小布袋揣进裤兜,说:"额吉,你放心,我不会乱花的。阿爸说了,这笔钱是还给美丽的。"

乌日娜看着儿子笑着说:"你看看外面那个姑娘是谁?"

巴特尔急忙跟敖特根书记打了一个招呼,又叮嘱达木丁组织好会场秩序,这才走出会议室。

一见到院子里的女孩子,巴特尔的心一下子抽紧了——美丽笑盈盈地站在院子里。她笑着对他说:"没想到吧?"

"美丽,你怎么来了?"巴特尔感觉心跳有点加速。

"我怎么就不能来?"美丽反问了一句。

"我、我不是那个意思,我是说这么远你怎么就来了?"巴特尔有点不好意思。

"我,我想——见你一面,不行吗?"美丽说。

"嘿嘿嘿,你来得正好,你要不来我还想进城去找你呢。"巴特尔说。

"找我什么事?毕业以后一直没见到你,也不知道你这个嘎查长助理现在干得什么样了。"美丽红着脸低下了头。

"美女,你还不知道吗?巴特尔早就不是嘎查长助理了,他现在是我们的嘎查长。"阿尔斯冷不知什么时候出现在巴特尔身旁。

"真的?太棒了!巴特尔,这么大的事你怎么也不告诉我呀?"美丽嗔怨地瞪了巴特尔一眼。

"嘿嘿嘿,都一样,都一样。"巴特尔憨笑着说。

"不一样,不一样。我阿爸不当嘎查长以后,连着喝了好几天酒。"阿尔斯冷说。

"去去去,阿尔斯冷,快去找家理发馆,把你的胡子、头发好好清理一下吧。还当跨国倒爷呢,快跟跨国乞丐差不多了。"巴特尔边说边把阿尔斯冷推开。

"美女,你看,他都不让我跟你说话,是怕……"看巴特尔举起拳头要打他,阿尔斯冷吐了吐舌头跑了。

巴特尔从裤兜里拿出小布袋递给美丽,说:"美丽,在学校那三年,你给了我太多照顾,非常谢谢你。你在我阿爸最困难的时候伸出援手,我们一家更要感谢你。这钱是我阿爸还给你的,他说要把这份感激深深铭刻在他心里。"

美丽板起脸说:"巴特尔,你什么意思?你这是要跟我两清吗?我早说了这钱不用还。当初我就不想让你们知道是谁赞助买车钱的,可还是让你们知道了。现在我把话说在前面,你非要还钱的话,咱俩就绝交。"

巴特尔举着小布袋,不知该怎么处理了。美丽看着他窘迫的样子,笑着说:"这样吧,你们合作社刚开张,可能资金也不充裕,这点钱虽然不多,就算是我自愿入股你们合作社吧。但是咱们先把话说清楚,我不参与分红,你要把它记在你的名下。"

巴特尔知道不能再说什么了。他伸出双手做出要拥抱的姿势,说:"美丽呀,让我怎么感谢你呢?这样吧,我——"美丽笑着拍了他一下,低声问:"你最近见过她吗?"

巴特尔点了点头:"见过一次。是路过尼林城商业区时,看到她正在冷清的风中给商家站台唱歌。"

"她不是有工作吗?"美丽好奇地问。

"蒙餐馆老板认识山丹,她说因为文艺团体搞成本效益核算,人员工资只发百分之六十,剩下的部分要靠自己去挣。你认识她?"巴特尔说。

"嗯,因为你的关系,我对这个姑娘挺好奇,就打听到了她。你知道她经常在哪个歌厅唱歌吗?"美丽问。

巴特尔摇了摇头。

"她经常在乡愁歌厅唱歌。你想不想见见她?"美丽说。

巴特尔不知该怎么回答。他点了点头,紧接着又摇了摇头。

美丽看出了他的矛盾心理,拿出一封没贴邮票的信交给他,说:"我该走了,等我走了以后再看吧。"说完依依不舍地转身走了。

美丽在转身的瞬间滚出了一串泪珠,可能是怕巴特尔看见,走出几步以后才抹了一把。而巴特尔刚好看到了,他的心里像被扎了一下,很疼。他正想去追美丽,敖书记走出来叫他,说要商议一下牧民们入股嘎查工贸有限责任公司以后怎么分红。

巴特尔把美丽给他的那封信和小布袋一起揣进兜里,急忙跑进会议室,给牧民们详细介绍了公司的集资及运行规划设计,结果大大出乎他的意料,几乎所有牧民都表示要入股。

第四十五章 离别故土

当巴特尔把所有的事情都忙完之后，九曲湾嘎查的搬迁也进入了倒计时。三月一日起，九曲湾嘎查整个辖域全部禁牧，在这个日期之前，九曲湾嘎查的牧民们将全部搬迁到牧民新村。

元旦过后，家家户户都开始忙着整理东西，准备搬迁。从五月一日开始，施工队将进驻工地开挖地基。按照合同，到年底前，集吃住加工销售为一体的工贸公司楼将全部完工。

春节快到了，空气中已经有了鞭炮火药的味道。即使在城乡接合的地方，偶尔也能听见几声清脆的鞭炮声在空中响起。年味越来越浓了。

年前，巴特尔把所有的工作都安排好了。他要进城里去，带着美丽，邀请上《明珠日报》的陈晓珊姐姐，再到梦故乡舞厅跳一次舞，然后就开足马力筹备九曲湾嘎查工贸有限责任公司成立大会。他想把明珠盟宝音书记、市委坚强书记、李涛老书记、知青哥哥、陈晓珊姐姐都请来参加揭牌仪式。

把所有重要的事情都安排好以后，巴特尔吃完晚饭，又来到九曲湾小桥上。

随着一阵粗犷的吆喝声，一个大马群向河边奔来。几年不见，马群又变大了。

满天星星颗颗明，我心上只有你一人。
想亲亲想得我手腕腕(那)软，呀呼嘿；
拿起个筷子我端不起个碗，呀儿哟；

想亲亲想得我心花花花乱,呀呼嘿,呀呼嘿;

煮饺子我下了一锅山药(那个)蛋,呀儿哟,呀儿哟……

巴特尔听出来了,这是老马倌在唱歌。可能是因为重新组成了家庭,过上了正常人的日子,老马倌的心情就像那一望无尽的芦苇丛随风飘舞着,从他的歌声中就能听出比过去增添了不少底气。

老马倌没看到小桥上的巴特尔,骑着杆子马风暴风驰电掣般冲过尼林河。河水仿佛被拦腰劈开了,水花四溅,整个河床都被撼动了。转眼间,风暴奔上了河岸,马群消失在朦胧的夜色深处。

巴特尔想去一个地方,那个地方离小桥不远,那是知青哥哥曾经的家。但是,那座曾令他神往的蒙古包早已不在了。美丽告诉他,雅诺姐姐在等了知青哥哥很多年以后,终因观念不同与知青哥哥分道扬镳了。后来遇到一位钟情于她的男人,她现在已经是一位母亲了。

那个地方沉寂了。过去那些年,每当夏夜来临,那里就会响起悠扬的琴声,可是如今,那里只有枯黄的牧草在风中轻轻摇摆。巴特尔又想起了那首古诗,知青哥哥的声音仿佛又在他耳边响起:

蒹葭苍苍,

白露为霜。

所谓伊人,

在水一方。

……

物是人非。只有九曲湾还在,尼林河还在,茂密的芦苇丛还在。巴特尔的眼泪涌出眼眶。

初春的草原上,淡淡的春意在空气中弥漫,巴特尔深深吸了几下蕴藏着春意的空气,沁人心脾。一场飘雪不期而至,轻柔的雪花在九曲湾大地上纷纷扬扬,给春天的九曲湾增添了梦幻般的魅力。飘雪中,远处那棵老榆树显得更加挺拔,像一位历经沧桑的老人不屈地伫立在这片熟悉的土地上。禁牧以后,这片被铁丝网分割成无数块小网围栏的草原,将恢复它曾经有过的

生机和坦荡,尼林河依然潺潺流过这片草原。

巴特尔走向那棵老榆树,抚摸着粗壮的树身,仰起脸看着那巨大的树冠,雪花钻过干枯的树枝落下来,落到他脸上。他跪下来,低头亲吻脚下的土地。

一阵马蹄声传来,夜幕中,三个骑马人直奔大榆树而来。巴特尔认出来了,是阿爸、额吉和美丽。

浩毕斯嘎拉图跳下马走过来:"孩子,我们猜你就在这儿。"

乌日娜轻轻抱住儿子,贴了贴他的脸颊说:"儿子,是不是舍不得离开这里?"

巴特尔含泪点点头。

美丽的脸上淌着泪水,默默地站在远处看着这一家人。

浩毕斯嘎拉图对儿子说:"我跟老支书敖特根认为,你们的选择是正确的。禁牧以后,这里就成了你们的打草场,真是取之不尽呀。依托这片草场,你们在牧民新村一定会干得风生水起。"

巴特尔眺望着那片一望无际的草原,说:"等咱们嘎查的工贸有限责任公司有了效益以后,我还想在这片草原上铺设一座木桥,让前来旅游的人们欣赏我们九曲河湾的美景,体会芦苇荡的风姿,在这片大地上感受古人诗句里曾描绘过的浪漫。"

浩毕斯嘎拉图说:"孩子,精心描绘你心里的那幅蓝图吧。我刚听说你们的九曲湾牛肉干脱销了?"

巴特尔点点头说:"是的。嘎查的年终统计表显示,牧民们的年终分红加上国家补给的禁牧补贴,大家的收入比正常年景高出了一倍。"

浩毕斯嘎拉图摇了摇头,说:"我不敢相信呀。"

"阿爸,是真的。加入合作社之前,牧民们的收入里有一部分要用于支出生产费用,比如修补网围栏、拉水和农机燃料什么的,现在这些费用都节省下来了。"巴特尔解释说。

"哈哈,我刚才是想刺激你一下。儿子,你比阿爸有想法,我就放心了。过去我只知道被动地守护这片草原,结果还没守好,留下不少遗憾哪。对了,听说苏木党委、政府还任命你当九曲湾河长了？"

巴特尔点点头。

"太好了。你一定要守好九曲湾,把这片美丽的大地完完整整地交给子孙后代。"浩毕斯嘎拉图说。

这时,乌日娜推了巴特尔一把,说:"光顾着跟你阿爸聊工作,都忘了人家美丽姑娘了。快去跟美丽姑娘打个招呼,多好的姑娘呀。"

美丽笑着走过来说:"巴特尔,我知道山丹今晚在哪个歌厅唱歌。"

巴特尔有些惊讶:"真的？"

美丽点点头说:"去吗？"

浩毕斯嘎拉图和乌日娜看看儿子,又看看美丽,露出满脸的疑惑。

美丽带着巴特尔赶到梦故乡歌厅,巴特尔远远地一眼就看见那个熟悉的身影从歌厅里走出来,快步离开了。

美丽也看见了,大喊了一声:"山丹——"

山丹没有回头,而是快步走到街旁叫住一辆出租车,飞快地打开车门钻了进去。出租车喘着粗气快速驶离,消失在如织的车流中。街道两侧变幻的霓虹灯,欢快而有节奏地闪烁着。

巴特尔怅然地望向美丽,美丽无奈地摊开双手:"为了让你破镜重圆,我可是尽力了。"

巴特尔低声说:"美丽,我想见她没有别的意思,是想征求一下她的意见,想不想到九曲湾歌厅来当经理,看来她是有意在避开我。算啦,有些事情勉强不了。不过,我真要谢谢你,你真是一个心胸宽广的好姑娘。"

美丽甜甜地笑了。突然她想起一件事,问道:"巴特尔,之前我给你的那封信看了吗？"

美丽突然一问,巴特尔才想起还有这么件事。他整日忙着嘎查的事,早把这件事忘到脑后了。他万分歉疚地对美丽说:"美丽,真的对不起,实在对不起,我忙得给忘了。"

美丽轻轻舒出一口气,脸上带着一丝得意,笑着说:"你没看？那可太好了。可能这就是咱们的缘分使然。"

"你都写了什么?"巴特尔急忙追问。

"不告诉你。让你看的时候你不看,现在想看也过时了,我声明——收回。"美丽的脸上一片娇媚。

梦故乡歌厅的门打开了,走出来一群年轻人,巴特尔一看就知道,他们肯定是自己的新校友。他们就像当年他走进校园时一样,满怀着对明天的憧憬和渴望而激情澎湃、充满力量。现在的他们一脸纯净,说说笑笑地走着脚下的路,他们能想到走向社会的那一天吗?

从梦故乡歌厅里传出一首熟悉的歌,巴特尔知道,这首歌是《你是谁》……